U0488579

“十三五”国家重点图书出版规划项目

国家社科基金重大项目“海外藏珍稀中国民俗文献与文物资料整理、研究暨数据库建设”（项目编号：16ZDA163）阶段性成果

海外藏中国民俗文化珍稀文献

编委会

中国纪行

Viaje de la China

[西]阿德里亚诺·德拉斯·科尔特斯（Adriano de las Cortes） 著
徐志鸿 译
陈超慧 黄媛 校

“十三五”
国家重点图书
出版规划项目

海外藏
中国民俗文化
珍稀文献

王霄冰 主编

陕西师范大学出版总社

图书代号　SK23N2080

图书在版编目（CIP）数据

中国纪行 /（西）阿德里亚诺·德拉斯·科尔特斯著；徐志鸿译．— 西安：陕西师范大学出版总社有限公司，2023. 12
（海外藏中国民俗文化珍稀文献 / 王霄冰主编）
“十三五”国家重点图书出版规划项目　国家出版基金项目
ISBN 978-7-5695-4005-5

Ⅰ. ①中…　Ⅱ. ①阿…　②徐…　Ⅲ. ①游记—作品集—西班牙—近代　Ⅳ. ①I551.64

中国国家版本馆 CIP 数据核字（2023）第 232233 号

中国纪行
ZHONGGUO JIXING
[西] 阿德里亚诺·德拉斯·科尔特斯　著　徐志鸿　译

出 版 人　刘东风
责任编辑　王丽敏
责任校对　谢勇蝶
出版发行　陕西师范大学出版总社
（西安市长安南路199号　邮编　710062）
网　　址　http://www.snupg.com
印　　刷　陕西龙山海天艺术印务有限公司
开　　本　710 mm × 1000 mm　1/16
印　　张　24.75
插　　页　4
字　　数　456 千
图　　幅　61
版　　次　2023 年 12 月第 1 版
印　　次　2023 年 12 月第 1 次印刷
书　　号　ISBN 978-7-5695-4005-5
定　　价　138.00 元

海外藏中国民俗文化珍稀文献

总序

◎ 王霄冰

民俗学、人类学是在西方学术背景下建立起来的现代学科，其后影响东亚，在建设文化强国的大战略之下，成为当前受到国家和社会各界广泛重视的学科。16 世纪，传教士进入中国，开始关注中国的民俗文化；19 世纪之后，西方的旅行家、外交官、商人、汉学家和人类学家在中国各地搜集大批民俗文物和民俗文献带回自己的国家，并以文字、图像、影音等形式对中国各地的民俗进行记录。而今，这些实物和文献资料经过岁月的沉淀，很多已成为博物馆和图书馆等公共机构的收藏品。其中，不少资料在中国本土已经散佚无存。

这些民俗文献和文物分散在全球各地，数量巨大并带有通俗性和草根性特征，其价值难以评估，且不易整理和研究，所以大部分资料迄今未能得到披露和介绍，学者难以利用。本人负责的 2016 年度国家社科基金重大项目“海外藏珍稀中国民俗文献与文物资料整理、研究暨数据库建设”（项目编号：16ZDA163）即旨在对海外所存的各类民俗资料进行摸底调查，建立数据库并开展相关的专题研究。目的是抢救并继承这笔流落海外的文化遗产，同时也将这部分研究资料纳入中国民俗学和人类学的学术视野。

所谓民俗文献，首先是指自身承载着民俗功能的民间文本或图像，如家谱、宝卷、善书、契约文书、账本、神明或祖公图像、民间医书、宗教文书等；其次是指记录一定区域内人们的衣食住行、生产劳动、信仰禁忌、节日和人生礼仪、口头传统等的文本、图片或影像作品，如旅行日记、风俗纪闻、老照片、风俗画、民俗志、民族志等。民俗文物则是指反映民众日常生活文化和风俗习惯的代表性实物，如生产工具、生活器具、建筑装饰、服饰、玩具、戏曲文物、神灵雕像等。

本丛书所收录的资料，主要包括三大类：

第一类是直接来源于中国的民俗文物与文献（个别属海外对中国原始文献的翻刻本）。如元明清三代的耕织图，明清至民国时期的民间契约文书，清代不同版本的“苗图”、外销画、皮影戏唱本，以及其他民俗文物。

第二类是17—20世纪来华西方人所做的有关中国人日常生活的记录和研究，包括他们对中国古代典籍与官方文献中民俗相关内容的摘要和梳理。需要说明的是，由于原书出自西方人之手，他们对中国与中国文化的认识和理解难免带有自身文化特色，但这并不影响其著作作为历史资料的价值。其中包含的文化误读成分，或许正有助于我们理解中西文化早期接触中所发生的碰撞，能为中西文化交流史的研究提供鲜活的素材。

第三类是对海外藏或出自外国人之手的民俗相关文献的整理和研究。如对日本东亚同文书院中国调查手稿目录的整理和翻译。

我们之所以称这套丛书为“海外藏中国民俗文化珍稀文

献”，主要是从学术价值的角度而言。无论是来自中国的民俗文献与文物，还是出自西方人之手的民俗记录，在今天均已成为难得的第一手资料。与传世文献和出土文物有所不同的是，民俗文献和文物的产生语境与流通情况相对比较清晰，藏品规模较大且较有系统性，因此能够反映特定历史时期和特定区域中人们的日常生活状况。同时，我们也可借助这些文献与文物资料，研究西方人的收藏兴趣与学术观念，探讨中国文化走向世界的方式与路径。

是为序。

2020 年 12 月 20 日于广州

序

◎ 中山大学中文系　郭丽娜

亚欧之间的文化交流，有文献存留的，可以追溯到元代。从方济各会柏朗嘉宾（Giovanni da Pian del Carpine，1182—1252）的《蒙古行纪》和鲁布鲁克（Guillaume de Rubrouck，1220—1293）的《东行纪》，到马可·波罗（Marco Polo，约1254—1324）的《马可·波罗游记》，都为欧洲开启了一扇扇东方的想象之门。15 世纪西方大航海时代拉开序幕，东西方之间的交流路径从陆地转向海洋。西班牙和葡萄牙两大地中海边上的传统航海和造船业强国，分别向西和向东进行环球航海探险，对外扩张，走向东方。此后，东方的信息，包括器物、制度和精神文化等，以实物和图文的形式源源不断地传递到欧洲，成为西方知识界新的思想资源，改变西方世界对东方世界的认知，使正在建构中的西式全球知识体系更加完善。

西方的全球知识体系建构历程，是西方人认识人类生存的星球的过程，更是西方学科门类化和专业化的过程。游记作为一种基本文献，是这一历程的产物，也见证了这一历程。早期游记是一种特殊的文学体裁，既有纪实性，又有因存在认知局限而产生的想象，也有作者的自觉想象，是全球知识形成史的“神话”阶段产物。

在大航海时期，西葡的游记主导着西欧对东方的认识。

由于中国在早期西葡殖民地之争中被划入葡萄牙的殖民范围，关于中国的记述多出自葡萄牙人之手，比如托梅·皮雷斯（Tomé Pires，1465？—1524或1540）的《东方概要》（*Suma oriental*）、杜亚尔特·巴尔博扎（Duarte Barbosa，？—1521）的《东方纪事》（*Livrodas coisasdo oriente*）、加里奥特·佩雷拉（Galiote Pereira，生卒年不详）的《我所了解的中华》（*Algumas cousas sabidas da China*）和多明我修士加斯帕·达·克鲁兹（Gaspar da Cruz，1520—1570）的《中华志》（*Tratado*）等等。此类游记既有手稿，也有出版物，数量不少，不一一列举。

在大航海时代西葡的无数“中华形象”作品中，影响力最大的并非葡萄牙人的言说，而是葡萄牙的老对手西班牙人的作品。西班牙贵族胡安·冈萨雷斯·德·门多萨（Juan Gonsales de Mendoza，1545—1618）以加斯帕·达·克鲁兹的《中华志》和奥斯定会西班牙籍修士马丁·德·拉达（Martin de Rada，1533—1578）的《大明纪事》（*Relación de las cosas de China que propriamente se Ilama Taybin*）为主要蓝本创作《中华大帝国史》一书。初版是意大利语版本，于1585年在罗马出版，1586年马德里的西班牙语版本为定稿版本。该书在16世纪末已被翻译成英、法、德、拉丁、荷兰等语言，出版了30多个版本，成为西方第一本全面介绍中国历史、文化和经济概况的著作，在欧洲引起轰动。

历史尽管充满悖论，但仍有其发展规律。耶稣会士利玛窦（Matteo Ricci，1552—1610）几经周折进入北京宫廷，此后耶稣会在葡萄牙远东保教权的庇护下，基本垄断了远东的话语权，成为17—18世纪欧洲东方知识的主要形塑者，进一步打开东西方对话的大门。金尼阁（Nicolas Trigault，1577—1628）的《基督教远征中国史》、卫匡国（Martino Martini，

1614—1661）的《鞑靼战纪》、杜赫德（Jean Baptiste du Halde，1674—1743）的《耶稣会士中国书简集》《中华帝国全志》和钱德明（Jean-Joseph-Marie Amiot，1718—1793）等的《中国历史、科学、艺术、风俗习惯录》，均见证了耶稣会在17—18世纪为推动东西方对话所付出的努力。

阿德里亚诺·德拉斯·科尔特斯（Adriano de las Cortes，1578—1629）的游记《中国纪行》是这一时代的产物，为独具一格之作。首先，该书书名虽冠以"中国"两字，实际上却是现存不多的耶稣会士书写中国地方民俗之专著。以利玛窦为首的耶稣会文化适应派进入北京宫廷，走社会上层路线，侧重中华典籍的翻译和介绍；方济各会、奥斯定会和巴黎外方传教会等教会团体多在地方活动，研习方言、民俗和民间文学。这已成为国内外研究界的"学术定式思维"。历史的迷人之处往往在于其多面相与多层次。近年，随着文献的挖掘和研究的深入，学术界逐渐意识到耶稣会在民风民俗和民间文学方面也是有所建树的。从这一角度看，《中国纪行》无疑是耶稣会适应策略的补充注解，对深入了解和客观理解耶稣会在东方的活动是有裨益的。其次，《中国纪行》是西班牙籍耶稣会士对葡萄牙籍耶稣会士"所辖区域"的民俗进行观察的作品。对于葡萄牙籍耶稣会士而言，这是一个同会"他者"的视角；对于研究者来说，则提供了一个新的切入点，来理解大航海时代复杂的人事关系，形成对时代局势的整体把握。

潮汕地区在历史上曾是偏远之地、文化沙漠。9世纪初韩愈被贬为潮州刺史，致力振兴教育，以文化人，开启民智，中原文化始在潮汕地区扎根发芽。到了明末，相对于文化繁荣的中原，潮汕仍是开化中地区，并非耶稣会工作的重点区域。《中国纪行》极为罕见地记载了潮汕地区的风俗文化，从文献的角度来看，其民俗学价值和人类学研究意义不可低估。

这一西班牙手稿的发现和挖掘，应归功于法国文史研究界。20 世纪“全球史”观（global history）盛行于英美学术界，作为回应，法国年鉴学派主张建构“整体史”（total history），集大成者费尔南 · 布罗代尔（Fernand Braudel，1902—1985）提出长时段研究方法。布罗代尔在从事文献梳理和理论建构的过程中，发现了一直沉睡于大英博物馆的《中国纪行》。他建议巴黎高等研究实践学院研究员茱莉亚特 · 蒙贝（Juliette Monbeig，1906—1993）进行整理，并翻译成法语。蒙贝去世之后，这一工作由从事东亚宗教研究的法国学者帕斯卡尔 · 吉拉尔（Pascale Girard，1978—）接手。

《中国纪行》从手稿整理到付诸出版，再到引起中国学术界的注意，前后经过了三十多年。手稿经西班牙马德里康普顿斯大学教授贝亚特丽斯 · 蒙科（Beatriz Moncó，1955—）整理，于 1991 年发行西班牙语版本。2001 年，帕斯卡尔 · 吉拉尔的法译本在巴黎尚德涅出版社（Chandeigne）发行，得到法国历史学家和汉学家弗朗索瓦丝 · 欧班（Françoise Aubin，1932—2017）的肯定。2003 年，欧班在法国巴黎社会科学高等研究院刊物《宗教的社会科学档案》（*Archives de Sciences sociales des Religions*）上为该书写了书评，指出书籍的“图像文献价值极高，那些是见证明末社会状况的图像文献，尤为重要。目前清代的图像文献丰富，而明末相对缺乏。书籍的出版弥补了空缺”。2011 年，我国知名学者耿昇先生撰写《明末西班牙传教士笔下的广东口岸》一文，分上、下两篇，为广州口岸史研究提供了文献线索，也使《中国纪行》进入中国学术界的视野。

同事中山大学中文系王霄冰教授慧眼识珠，将该书纳入

2016 年国家社科基金重大项目“海外藏珍稀中国民俗文献与文物资料整理、研究暨数据库建设”的研究范围，并进行翻译。译者徐志鸿是年轻学者，在翻译界初露头角，学术热情高涨。翻译是一项实践性工作，要做到“信”“达”“雅”兼顾，非常不易。只能凭着“译匠”良心，恪守职业操守，尽力而为。以此度量徐志鸿的译本，可圈可点。

我一直从事中外文学和文化关系研究，但 17—18 世纪并非我之所长。王霄冰教授在民俗学研究领域学养深厚，承蒙垂青，也出于对她的钦佩，我于一个月前接下写序的任务，此后战战兢兢，认真查阅相关资料，做足准备，以免贻笑大方。但愿不辱使命，也借此机会向王霄冰教授表达感激之意。在查阅资料过程中，突然回想起 2017—2018 年在法国巴黎社会科学高等研究院访学期间，曾应法国人文之家前全球化讲席教授弗朗索瓦 · 吉浦罗（François Gipouloux，1949— ）之邀，参加《中国纪行》法译本译者帕斯卡尔 · 吉拉尔的研讨会，与她有过交流。当时曾感到诧异: 潮州弹丸之地，怎么会引起法国汉学界的关注? 此次作序，弥补知识缺漏，提升认知能力，也唤起在巴黎的美好学术回忆，收获很大。

我是“土生”的潮州人，至于是否“土长”，心中无数，对这片土地的情感是复杂的。在过去几十年，我直接触摸到潮汕的发展脉搏，也间闻地方的变化，亲睹老一辈为社会进步而做出不懈努力，也感受到年轻一代的朝气，期待潮汕地区华丽转身，继续朝气蓬勃。

法国学者保罗 · 利科（Paul Ricœur,1913—2005）在《历史与真相》中写道：“我们期待某种比史学家的‘正确’主观性更为严肃的主观性。我们期待历史是‘人’的历史。这种‘人’

的历史帮助读者在史学家书写的历史指引下，建构一种高品位的主观性。”换言之，学术的核心是人文，以体现人类社会的发展与进步、展望未来为旨归。潮汕文化兼有中原文化之大气与区域风土之秀气，既保留了大量传统文化习俗，又勇于开拓创新。《中国纪行》中译本与读者见面，有助于我们了解潮汕习俗的变迁。我们也惊喜地看到，年轻一代民俗研究者关注到新文献，并尝试从民俗的角度加以使用，提出新见解。比如黄媛对书中记载的诸如“文公帕”“潮屐”“翘鞋”等妇女服饰进行研究，说明明代潮汕妇女服饰之丰富性，展现明末礼教束缚渐宽与民族融合背景下，潮汕地区具有生气的各阶层女性群像及其服饰演变。这是一种历史人类学研究范式，试图阐释某一民俗现象的动态变化历程，颇有新意与见解，有助于促进民俗学研究，也为潮学的发展注入了新活力。

学术乃天下之公器，对学术怀有敬畏之心，共同推动文化交流，应是治学者之初衷，不时回望，勿忘初心。以此共勉。

2021 年 5 月 7 日于广州

西班牙语版前言（摘译）[①]

◎［西］贝亚特丽斯·蒙科　著
◎ 陈超慧　译　徐志鸿　校

作者及其手稿

阿德里亚诺·德拉斯·科尔特斯 1578 年出生于塔乌斯特（西班牙萨 19
拉戈萨）。尽管他的家人极力反对，希望他还俗生活，但阿德里亚诺还
是于十七岁时加入耶稣会。据吉列尔米（Guilhermy）神父所说[②]，这也
是上级将阿德里亚诺派往遥远东方的原因。 20

拉·科斯塔[③]（la Costa）和荣振华[④]（Joseph Dehergne）神父都提到了一件事，那就是阿德里亚诺是 1605 年 6 月 22 日到达菲律宾群岛的。1608 年，阿德里亚诺以神父的身份前往米沙鄢群岛。1613 年 5 月 16 日，时年三十五岁的阿德里亚诺被派往提拿港。当时，他已是耶稣会里的高级神职人员。

从我们之后对他的了解以及其学院与圣托马斯学院之间的纷争看，阿德里亚诺神父似乎是个顽固的人，是个固执坚持自己的决定和信仰的

---

① 翻译参考吕理政主编：《帝国相接之界：西班牙时期台湾相关文献及图像论文集》，台北：南天书局有限公司，2006 年。——译者注

② *Ménologue de la Compagnie de Jésus*, Deuxiéme Partie, París, 1902, pág. 30.

③ 奥拉西奥·德·拉·科斯塔（Horacio de la Costa，1916—1977），菲律宾史专家，耶稣会首位省级会长。——译者注

④ 荣振华（1903—1990），传教士，《16—20 世纪入华天主教传教士列传》的作者之一。详见 https://no.wikipedia.org/wiki/Joseph_Dehergne（最后访问日期：2021 年 7 月 7 日），也可参见荣振华等：《16—20 世纪入华天主教传教士列传》，耿昇译，桂林：广西师范大学出版社，2010 年。——译者注

人，并且，他对自己所坚守的东西了如指掌。然而，根据他的手稿，我可以说，他的头脑中也有一些明显的笛卡尔式的思维方式。这么看来，他的上级委派他前往澳门处理他口中所说的“一些重要事宜”就一点都不奇怪了。

在手稿中，除在结尾处提到“谈妥相关事宜”以外，神父没有再提到这所谓的“重要事宜”，我们对此所知甚少。

里松·托洛萨那①（Lisón Tolosana）指出，“神父对此事的抵触态度说明，此事似乎与经济或商贸活动有关”②。然而，索梅尔沃热③（Sommervogel）则说（吉列尔米神父也说过），阿德里亚诺此行的原因是马尼拉的高层有“一件与澳门葡萄牙人相关的要事需要处理”。帕斯夸尔·德·加杨戈斯④（D. Pascual de Gayangos）则取了一个折中的观点。他在《大英博物馆藏西班牙语手稿目录》（*Catalogue of the manuscripts in the Spanish language in the British Museum*）中写道：“（手稿）作者是一个方济各会神父，其上级阿隆索·德·乌曼内斯（Alonso de Humanes）委托他去处理宗教及商贸事宜。”在当时，澳门是一个经济、政治和宗教要地。除去教会名称的错误以外⑤，加杨戈斯的观点大致是正确的。

21 出于种种原因，1625 年 1 月 25 日，阿德里亚诺神父根据指示，登上名为“圣母指引号”的双桅小帆船，从马尼拉港口出发，前往葡萄牙人的聚居地——澳门。

在二十二天之后，也就是 1625 年 2 月 16 日，这艘船被暴风雨严重损坏，止步于中国海岸。痛苦和迷茫包裹了阿德里亚诺神父和他的同伴，片刻后，他们就被当地中国人逮捕。尽管索梅尔沃热和荣振华神父坚持

---

①西班牙第一位撰文研究《中国纪行》的现代学者。——译者注

②C. L. Tolosana, *Un aragonés en China (1625).* Revista española de antropología americana, (7), 1972, 197-222.

③卡洛斯·索梅尔沃热（Carlos Sommervogel，1834—1902），法国耶稣会研究者，《耶稣会书目》（*Bibliothèque de la Compagnie de Jésus*）的编纂者。——译者注

④帕斯夸尔·德·加杨戈斯（1809—1897），西班牙历史学家，阿拉伯学家以及书目编纂学者。——译者注

⑤阿德里亚诺是耶稣会的，并不是方济各会的。——译者注

说他们仅在中国逗留了十一个月，但实际上，这些囚犯可能待了一年零五天，饥饿、孤独和绝望一直折磨着他们。

1626年2月21日，囚犯们终于被释放，前往澳门。4月30日，他们从澳门前往马尼拉。正如前文及阿德里亚诺神父自己所说，在离开澳门前，他们已经完成了教会委托的事宜。在离开马尼拉一年零四个月后，即1626年5月20日，阿德里亚诺·德拉斯·科尔特斯神父终于重新踏上了菲律宾的土地。差不多三年以后，1629年5月6日，阿德里亚诺神父离开人世，时年五十一岁。在三十四年的时间里，他一直为教会服务，做出了巨大的贡献，直到近四百年后的今天，他的游记仍旧足以引人入胜。

这位耶稣会士就是这样被囚国外一年有余。在这三百七十天里，他得以认识、了解到其他的人和另一种生活方式，并为我们留下了这部浸满了他的喜悦、悲伤和希望的手稿。接下来我会介绍一下这部手稿。

这部手稿被藏于大英博物馆[①]西班牙手稿部，题目为《中国纪行》（*Viaje de la China*）。加杨戈斯将这部手稿记录于《目录》第二卷第二部（东印度、中国、日本等，地理）的第291页。在本研究中，我所用的是原手稿的两份拷贝（一份是微缩照片，另一份是复印件）。

手稿作者将手稿分为两部分。第一部分题为《耶稣会阿德里亚诺·德拉斯·科尔特斯神父所写。作者在这一部分讲述了他的旅程、旅程中遭遇的海难，以及他在中国潮州府与其他人一同被囚禁一事，还有路上的
一些其他见闻》。第二部分题为《此部分展示第一部分中最为值得关注 22
之物的图画，图画后附上其出现的章节，并加上一些关于该图画的相关内容以及解说》。

手稿第一部分结束于手稿第139页背面，从第140页开始便是阿德里亚诺神父所写的《第一部分章节表》。该目录按章节编排，体现了第一部分中三十二个章节每章节所涉及的主题。手稿第二部分于手稿第142页开始。阿德里亚诺神父在第142页的标题下写了这么一段话："本书结尾附上三个章节讲述圣福音和基督教在中国的传播情况，其他章节讲述1625年发生在中国人身上的事情和其他事情，以及以前在中国统治

---

①蒙科1991年作此前言时手稿尚在大英博物馆，如今已经转移到大英图书馆，特予以说明。——译者注

过的君主、他们统治的时间。”

在手稿第143页到172页间有大量细致精美且配有文字解释的图画。在手稿第172页，德拉斯·科尔特斯神父再次重复了上述标题的一部分《追溯福音在中国的传播历史》，并在下方写道：“第一章·圣福音传入中国的时间”。然后，在我们的惊讶和苦恼中，手稿于第174页背面结束。

我从来没有读过如此仓促结尾的文本。手稿中处处显露出作者的严谨，结尾如此仓促，不像是作者本人的意愿（至少我是这么觉得的）。在我看来，手稿结束得如此仓促，可能是由于某种强大的不可抗力，甚至有可能是因为作者逝世。当然，也有可能是我的想法过于大胆，因为手稿显然是在德拉斯·科尔特斯回到马尼拉之后写就的，他在教会的工
23 作那么忙，我觉得他应该不会有太多时间写作。德拉斯·科尔特斯神父于1626年5月返回马尼拉继续传教，除完成传教任务外，他还要在那里接受治疗，还要下决心写作，并且开始写作，还要为了手稿找画师画图，跟画师说怎么画图，监督图画的真实性，完成写作以后还要申请得到相应的许可，在做完前面一系列的事情以后，他才终于能够开始最后一部分的创作。我们知道作者处理信息审慎，务求正确，他不可能没有搜集过相关的文献。我们有理由相信他可能用了三年的时间完成这一手稿，这三年刚好是从他被释放的那一年到他去世的那一年。

时代背景

阿德里亚诺·德拉斯·科尔特斯神父手稿所记录的事件发生时间为1625年到1626年。那是西班牙尚处于辉煌时期的17世纪初。实际上，我并不是要随便写一写西班牙巴洛克时期的特征，然后依靠这个梳理出神父传教时的社会、政治以及文化背景。我只是单纯地想要指出，在那个时代，身为西班牙人，就意味着带着武器、智慧和自己的语言在整个欧洲冒险。西班牙人就是拥有探索之心的人，就是带着流浪汉小说[①]式

①16世纪中叶出现于西班牙，随后传播至整个欧洲的文学流派，主要描写社会底层人物及其不幸遭遇，描述社会底层生活，揭露人性丑恶。——译者注

（pícaro）或《堂吉诃德》[1] 式的幻想，心中充满自豪，使用外交官的语言，
拥有神学家的信仰，对神秘事物感到激动，并且骨子里就是传教士的人。

在阿德里亚诺的经历之中，有三个地方对他影响颇深：菲律宾、中
国内地和中国澳门。菲律宾群岛是他当时的住所之地，也是他传教活动
的所在地（patrón de conducta socio-misional）。而中国内地是一个神秘
的地方，因缘际会之下，我们的主人公来到了这里。中国澳门则是联系
上述两处地方的一条细线。

尽管当时海湾两侧[2] 已有公开的联系（广东与澳门、厦门与漳州）， 24
中国仍是一片未知的、无法穿越的大陆。人们只能通过外国商人（甚至
是东南亚土著）、来自漳州的中国人，或者住在马尼拉华人市场的“生
理人”（sangleyes）的描述来获得与中国相关的零星信息。因此，当时
流传的关于中国的叙述大多不仅像神话传说一样，而且还包含大量的错 25
误信息，尽管这些信息随着时间的推移而有了细微的变化，但它们阻碍
了这片土地上的人们[3] 了解一个真正的中国，许多 17、18 世纪的哲学家、
作家也受到了这些信息的影响。

到中国去

正如我之前所说，西班牙人和葡萄牙人的目光和心思都投向了未知 34
的中国。人们的好奇心催生了大量关于这遥远的“他者”（otro）的传说，
也激起了人们了解中国、到中国传教的热忱与渴望。远东地区吸引了无
数的商人和传教士，甚至还有士兵摩拳擦掌想要征服中国。有很多名字，

---

① 西班牙乃至欧洲历史上最重要的小说之一，描述了一个发了疯的没落骑士为了追寻心中的正义走南闯北、无所畏惧的故事。流浪汉小说和《堂吉诃德》都代表当时西班牙人的民族性格，那种无所畏惧，为了寻求心中的正义四处漂流，并且愿意忍受恶劣的生活环境的民族性格。——译者注

② 指中国和菲律宾。——译者注

③ 指菲律宾人或者在菲律宾居住的西班牙人。——译者注

如胡安 · 德 · 苏麻拉加[①]（Juan de Zumárraga）、多明哥 · 德 · 贝坦索[②]（Domingo De Betanzos）、巴托洛梅 · 德拉斯 · 卡萨斯[③]（Bartolomé de las Casas) 和方济 · 沙勿略[④]（Francisco de Javier），都和后来在中国传递福音的旅程以及对未来的希望有关。

1572 年 8 月 10 日，马丁 · 德 · 拉达教士在寄给时任墨西哥总督马丁 · 恩里克斯（Martín Enríquez）的信中提到，他曾尝试派两名教士前往中国，但由于没有得到当地官府的批准，该行动以失败告终。1574 年 7 月 17 日，吉多 · 德 · 拉维萨里斯（Guido de Labezares）在致国王的信件中阐述了签订中西贸易协议会带来的好处。并不只有教会和政府想要接近中国，事实上，除却他们为此所付出的努力，一次小小的意外便可以让两国接近的进程加快。

1574 年，胡安 · 德 · 萨尔塞多（Juan de Salcedo）船长从伊罗戈（Ilocos）省的锡奈特（Sinait）乘坐大帆船出发前往卡加延（Cagayán）的海岸。其间他遇到了六十二艘船，每艘船重 150 到 200 吨。这六十二艘船上有
35 两千名装备精良的士兵，他们都是林阿凤（Limahong）的手下。林阿凤是一个令人闻风丧胆的海盗。打败了西班牙船只之后，他就朝马尼拉进发。在马尼拉，双方发生激战。最后林阿凤带人撤退到邦阿西楠河（el río Pangasinán）。当时交战双方都明白，这场冲突可能会持续数月。

与此同时，一支中国船队向博利瑙（Bolinao）港进发。这支船队是前去打探林阿凤的行踪的。王望高（Wang-Wang-Kao）是这支船队的指挥官，他向当地西班牙人宣读了中国皇帝的诏书（provisiones），中国皇帝在诏书中宣布，擒获或杀死林阿凤之人将有重赏。中国人来到菲律宾

---

① 胡安 · 德 · 苏麻拉加（1468—1548），墨西哥第一任大主教，1539 年曾有意离开墨西哥远赴中国，但是最终还是放弃了这个计划。详见 https://es.wikipedia.org/wiki/Juan_de_Zum%C3%A1rraga。——译者注

② 多明哥 · 德 · 贝坦索（1480—1549），多明我会传教士，主要活动于墨西哥、危地马拉和菲律宾。——译者注

③ 巴托洛梅 · 德 · 拉斯卡萨斯（1474—1566），16 世纪西班牙多明我会传教士。——译者注

④ 方济 · 沙勿略（1506—1552），西班牙天主教传教士，曾经在印度、马六甲、日本传教，曾经希望通过上川岛偷渡中国内地传教，未遂，身染疟疾病死。——译者注

总督的面前，受到西班牙人的礼遇，拉维萨里斯借机表达了西班牙人拜访中国的愿望。他们得到了幸运女神的眷顾，王望高主动提出把西班牙国王的使节带到中国。就这样，西班牙使节首次以正式访问的方式踏上了中国的国土。

一

未知的中国向西班牙人打开了大门。6 月 25 日清晨，以马丁 · 德 · 拉达神父为首的一群西班牙人启程赴华访问，出发那日的下一个星期日，他们便看到了中国的土地。

验明了身份之后，西班牙使节们来到了中左所[1]（Tiongzozou），他们受到了兴泉道[2]（Insuanto）的热情款待，享用了当地的食物和饮料，并开始近距离了解中国当地生活的方方面面，包括音乐、乐器、服饰和人群。三天后，他们继续上路，溯流而上，在同安县（Tangoa）做了停留。此地距离他们的目的地约 13 里格。当地的知县[3]（Corregidor）接待了他 36
们，并为他们送上阉鸡、母鸡、鸭、鱼、水果。他们在当地过夜。第二天早上，即 7 月 11 日，他们就出发前往漳州（Chincheo），并“在日落前四小时”到达了目的地。

漳州令使节们大为惊异。面对城里的街道、物品和动物，尤其是往来的人流，使节们心生敬慕，写下了夸张的语言：“从入口开始，主街就挤满了人，往来的人多到即使有人在主街上丢一颗麦粒，这颗麦粒都不会落到地上……”不过，遣词造句如此夸张，也是西班牙人的常态。

宏伟的漳州城满足了使节们所有的期待。它美丽、富裕，人口稠密。最重要的是，当地长官把他们当作朋友一样款待，送了许多礼物，让他们得以见识和体验中国的仪式，给他们留下了一个充满光明、快乐和缤纷色彩的中国印象。中国人非常慷慨友善，送了他们很多的礼物，甚至连回房的时候都有惊喜在等着他们：“兴泉道给诸位送了一份很好的礼

①明代的中左守御千户所，遗址在今厦门市思明区。——译者注

②明代中期建立的管辖泉州府、兴化府（今福建莆田市）、永春直隶州（今福建永春县）的行政区域。这里指的应该是负责管理兴泉道的道员。——译者注

③门多萨在《中华大帝国史》的第 186 页描述道：“他们称其为知县（Ticoan）”。博克塞则在其著作第 248 页写道：“这个官员被称为知县（Ticon）”。——译者注

物”，包括“四匹丝绸（每人一匹）、一张写字桌以及给仆人和奴隶的其他物件和带图案的被子”。

1575 年 7 月 14 日，他们启程前往福州（Aucheo），花了七天才到达目的地。在此段旅途的第三天，他们就到了兴化（Megoa）城，他们在那里过夜。当时该城的居民并不多。之后，他们就一直行进，在福州
37 城郊停了下来。巡抚（Virrey）[①] 派使者在此迎接他们，同时，使者带来巡抚的话，让他们先在城郊过夜，好好休息，以便可以在次日按照必要的礼仪进入福建首府。在这位使者之后，又来了几个军事长官(capitanes)，又一次显示出了中国的慷慨气度。西班牙人收到的礼物简直让他们眼花缭乱，他们不禁再次发出感叹：“这里的物产极其丰富，（他们送我们的东西）足够一百个人晚饭吃的，剩下的第二天还能拿来当午饭。”

次日，大家一起去见巡抚，教士们坐着轿子，其他人则是骑马。众人跪在巡抚面前，通过翻译说明了此次来华的目的，同时呈交了拉维萨里斯致中国皇帝的信。福建巡抚问了他们一些问题，就与他们道别了，临别前还送了他们一些珍贵的礼物。在逗留期间（大概五天的时间），他们借此机会游览了城市，还见到了福州都督（Totoc）。他们受到了热情的款待，在豪华的宴席上聆听中国音乐，观赏其他一些表演，其中还包括“一个技艺娴熟的翻跟斗演员，两个男的肩膀上扛着一根棍子，而他在上面如履平地”。中国每天都给他们带来奇妙的惊喜。

等待回信期间，拉达神父和同伴得到了一些关于“中华帝国的地理、历史、宗教、道德、管理、政治、矿藏、天文学、数学、建筑、医药、矿物学、农业、造船、音乐、歌曲、游戏、棋艺、写信方式、城市及各省居民的服饰……占星术、手相、面相和算命”的书。这必然会让他们对中国的存在形式（existencia）、习俗、规矩、宗教、礼仪、知识、传统和娱乐产生新的认识——这是一次与文化“他者”的交流。

但是他们碰到的不仅仅只有好事，他们需要遵守中国的法律法规和规章制度。回信迟迟不到，到了最后，西班牙人“就像被人囚禁了一般”。
38 巡抚召集了省内各级高官（gobernadores）召开军事会议，同时也邀请了

① “Virrey”一词原本指“总督”，但是明朝没有福建总督，只有福建巡抚。——译者注

西班牙的教士和士兵一同赴会。在会议上，西班牙人此行的目的和希望得到了传达，与会人“一致决定，只有西班牙人抓到林阿凤，并且把他交给中国（不管死活），中西才会缔结和平友好协议，批准教士们在中国境内传福音”。他们想要交换的东西显而易见：用海盗的人头换取对于中国的了解，用敞开的大门换取被软禁的生活。

这个要求让西班牙人不得不打道回府。8 月 19 日，他们又和福建巡抚吃了一次饭，巡抚告知了他们离开的时间，并送了“四十匹丝绸、二十匹纱布、一顶金色的轿子、两把丝绸阳伞，还给每人送了一匹马，将每个人的回信放置在各自专属的盒子里。另外，巡抚还送给他们四十匹五颜六色的丝绸，希望他们将这些东西分给那些在围困林阿凤的过程中尽了自己一份力的文武官员，还给了他们三百张黑色毯子，并给每个士兵配了一把遮阳伞。教士每人得到了八匹丝绸，而士兵和其他同行者则每人得到了四匹丝绸、一把遮阳伞和一匹马”。

1575 年 8 月 23 日，一行人离开福州，前往中左所。回程肯定是很累人的。他们花了四天时间来到漳州，然后马不停蹄，又花了两天时间才来到同安县，一路上都没有休息。次日，即 8 月 30 日，他们到达港口，漳州当地的地方官设宴为他们践行，同时又像巡抚一样送了些类似的礼物。9 月 3 日，兴泉道接到巡抚的命令，要求西班牙人启程离开。

最后，9 月 14 日星期三，他们在夜色中离开了中左所港。同行的还有将官[①]（Xiangac）麾下的五艘大船和五艘小船。回程的航行情况比较复杂，他们在岛屿间航行，耽搁了很长时间才到达目的地。在这段时间，39
他们得知，林阿凤已经突破了胡安·德·萨尔塞多的包围，离开了吕宋岛。当时，林阿凤在大官山（Tacoatican）岛，距离他们泊船处约 12 里格。中国将官无视人们想要与海盗作战的愿望，继续往博利瑙港进发，并于 10 月 17 日到达。回了一趟邦阿西楠河后，一行人于 1575 年 10 月 28 日到达马尼拉。他们花了四十五天时间来完成这不到 200 里格的航行。

拉达神父的旅行就在四个多月后结束了，其中大约有一半的时间他都有幸对中国进行了深入的了解，这可是当时几乎无人了解的国家。

---

① 翻译参考门多萨著《中华大帝国史》（孙家堃译，北京：中央编译出版社，2009）。——译者注

二

拉达神父的行程结束后，中国士兵在马尼拉逗留了六个月，想要抓到林阿凤。在这段时间里，中西两国人民开始在相处中相互沟通，相互了解。据门多萨神父所说，尽管残酷的现实是中国人并没有得到很好的招待，甚至在五百名士兵进入马尼拉城时还引起了西班牙居民的不满，但这段交往经历是很愉快的。另外，这些中国人遇到了很多困难，他们需要帮助，但西班牙官员却没有（或者说不想）解决他们遇到的问题。1576 年 6 月 4 日，萨尔瓦多·迪亚斯·德·塞巴约斯（Salvador Díaz de Ceballos）给新西班牙总督致信："（这五百名士兵）在这里逗留了六个月，住在我们西班牙人的房子里，这片土地的物产本来就贫乏，他们的人数却那么多，逗留的时间还那么长……他们需要帮助。当他们离开的时候，他们非常不悦，也对统治者充满敌对情绪。"

确实，这不悦情绪可以归咎于杉德博士（Dr. Sande）。据马尼拉市政府的记载，这些外国人款待了西班牙人，还给他们送了那么多东西，他们希望西班牙人礼尚往来，但是马尼拉总督并没有礼尚往来，杉德还袒护这种吝啬行为，他写道："中国人善于撒谎，他们说我们什么都没有给他们，但是实际上他们吃掉了皇家税局的大量食物储备，还用掉了
40 大把其他的东西……"事实上，所谓的礼物更多是为了让奥斯定会的教士们[①]能够重返中国，马尼拉总督本人并不想给任何东西。甚至，马尼拉总督还和客人起了争执："（这些中国人）收到了林阿凤逃脱的消息……所以他们叫我写信给中国，告诉他们林阿凤已经死了。为了诓骗中国官府，他们还找到了很多人头，说这些都是林阿凤的手下，但是说实话，这片土地的原住民手上有很多人头，只要你拿珠宝过去跟他们交换，他们就会给你……我跟他们说……我们卡斯蒂利亚（los castillas）（中国人是这么称呼西班牙人的）不会骗人，也不想骗人，让他们也别做那么幼稚的行为。"

贪婪/吝啬，谎言/正直，无耻/高尚，是人们在建立一个"我们/你们""西班牙人/中国人"的对立的时候，拿来对双方进行比较的，对于

---

①拉达神父一行都是奥斯定会的神父。——译者注

统治者来说，这种对立是排外的。这些不同，还有刻意地区分“他者”，让中西双方更加排斥对方，于是导致了拉达神父第二次赴华计划的流产，还有以杉德为首的渴望征服中国的主战舆论的高涨。1577 年 4 月 29 日的信中，谨慎的费利佩二世（Felipe II）多次尝试阻止这种可怕的欲望：“至于征服中国……这边认为现在并不适合做这件事，而是要努力和中国修好……”甚至在之后，国王还继续好言相劝：“现在，十八个方济各会的赤脚修士（Descalzos）要出发了……卿要相信，这里对与中国相关的事宜都处理得十分小心……”我们可以看到在同一个问题上，产生两种截然相反的看法：传教/战争、和谈/打击、了解/排斥。

天朝的国境再次关闭了，但西班牙人的信念仍旧在东方的海洋上遨游。阿尔法罗（Alfaro）神父、马丁·德·伊格纳西奥（Martín de Ignacio）教士、奥古斯丁·德·托德西亚斯（Agustín de Tordesillas）修士等人的传教热情高涨，他们写下了关于在中国传教的作品，极其浪漫，充满希望。

另一方面，尽管葡萄牙人对此不悦，但各种各样的教会还是逐渐在澳门生根发芽，毕竟，澳门是通往中国其他地方唯一可行的跳板。但是问题并没有解决，1584 年 8 月 11 日，因住所被洗劫，住在澳门的西班牙方济各会教士不得不返回菲律宾。之后，奥斯定会的教士们也尝试了一次，但是失败了，多明我会的教士们也失败了。因为葡萄牙人想要独占澳门，所以他们不允许教会进入澳门，教士们的努力因此落空。为了避免本国内部[①]的冲突，国王费利佩二世于 1589 年 8 月 9 日宣布禁止菲律宾的西班牙传教士前往中国传教。但是，自 1578 年起，澳门就成为耶稣会士的后援点，也确实，1582 年，利玛窦正是在澳门登陆开始传教，为基督教在中国传播奠定了坚实的基础。

在天朝的耶稣会

上文已经说过，阿德里亚诺神父属于耶稣会。我想也许正是得益于该教会的性质，耶稣会的神父在中国取得了不俗的成绩，在来华之前，他们的思维模式就已经在新大陆取得佳绩。

① 葡萄牙于 1580 年被并入西班牙，1640 年才脱离西班牙独立。——译者注

阿科斯塔(Acosta, 1540—1600)神父就读于阿尔卡拉大学(Universidad de Alcalá),师从梅尔乔·卡诺(Melchor Cano)和多明戈·德·索托(Domingo de Soto ），阅读过萨拉曼卡学派的论文，他的这些学习经历使他产生了一套思维模式，在面对美洲世界的时候，他就运用了这种模式去看待美洲世界。在美洲的实地经历让他更加坚定自己的思想。在询问、阅读、提问和调查后，他在《论如何保证印第安人的健康》（*De procuranda indorum salute*）和《西印度自然史和道德史》（*Historia natural y moral de las Indias*）中阐述了自己对一个不同的却相似的“他者”的想法。正是在第二本著作中，耶稣会士的脑海中开始形成了一套对华思维模式。

作为文化的旅行者，阿科斯塔神父对中国人的特性做了观察、对比、选择和辨别。他的文字既体现了他作为西方“高等人”的狂妄自大，也体现了身为传教士的他对中国文化的好奇。通过直接且独特的反思，他认为，中国文化其实也属于“人类的理智和实践”，中国人是一个不同的种族，甚至是“蛮族”。但他们拥有另一种社会和文化体系，尽管方
42 式不一样，却可以让他们更接近福音：“如果我们竭力用武力和权力让他们走近基督，那只会让他们离基督教教义更远。”

阿科斯塔的想法新奇，与阿隆索·桑切斯（Alonso Sánchez）神父的思想相悖——桑切斯写了一篇备忘录给国王看，提议发兵征服中国。不管怎样，桑切斯在中国大地上的经历并不愉快，也许是因为这个原因，他才有了武力征服中国的愿望，对外国力量的了解也十分浅薄。他曾两次到访澳门（分别是 1582 年和 1584 年），并有机会与中国官员接触。1582 年，他作为国王的使节前往澳门，将西葡两国合并的消息告知当地葡萄牙人。1582 年，他带着传教任务和胡安·巴蒂斯塔·罗曼（Juan Bautista Román）一同前往澳门。有趣的是，在这两趟旅行中，他拜访了罗明坚（Rugieri）神父，为利玛窦神父送过信，这两位耶稣会神父都被载入了中国人的史册。我会在后文简要介绍这两位神父，试着向各位展示耶稣会士在这“人类学”的传教活动中是如何对未知事物表现出完全、绝对的尊重的。这种传教形式十分少见，但是正是这种传教形式催生出了一种新型的精英模式，并且，作为补偿，这种传教形式将会被另一个精英阶层感觉、目睹，这一次，这个精英阶层与宗教联系在了一起。

1582年8月，利玛窦（1552—1610）根据其上级罗明坚的指示驶向中国海岸。当时，他身上带了一只新奇的手表，手表能报时，他把这只手表送给了肇庆（Zhaoquing）总督。总督批准，两位传教士可以在当地定居，但是他们在外表上只能像和尚一样行动。

显然，利玛窦拥有很强的外交能力，弥补了桑切斯神父的不足。通过灵活的手段，他获批在韶州建立了第一所耶稣会官方的会友之家。另外，他遵循亚里士多德的哲学思想，开始结交当地的重要人物，甚至将 43
他们收作门徒（如徐光启就是利玛窦的门徒）。他在南京学习汉语和中国的经典古籍，还结识了著名的儒学家李贽。他还和著名文人及儒学家瞿太素[①]成为好朋友。他接受瞿太素的建议，像中国文人儒生一样着装，甚至还留了指甲，以行纯粹的文人之风。

我想说的是，这就是耶稣会士被卷入“礼仪之争”[②]（de los ritos chinos）的原因，甚至在教会内部也出现了不同的意见。利玛窦认为，基督教要想在中国这片土地传播开来，获得成功，就必须依赖传教士的名望和声誉，所以必须根据当地习俗，用中国人的方式传道。利玛窦还认为，中国文化的故步自封只有靠西方的科学知识来打破，而且，传说中的“外国鬼子”（diablo extranjeros）也可以依靠这个来恢复自己的名声。

于是，利玛窦于1605年5月12日致信一名与耶稣会会长相熟的葡萄牙辅助人员，请求派来一位精通天文学的教友帮他将天体图和星历表翻译成汉语，顺便修正一下中国的历法，于是教会便派来了熊三拔（Sabatino de Ursis）。利玛窦还说，这样做可以打开中国的大门，提高耶稣会的声誉，巩固他们已取得的地位，让他们拥有更大的行动自由。利玛窦神父提出的传教方法是让传教士入乡随俗（chinizante），这是科学的、有策略的。但是，诺比利（Nobili）神父向罗马方面举报了利玛窦神父所做的创新，并表示了抗议。他这么做是为了让另外一些传教士满意，

---

①事实上，瞿太素并不是著名的文人、儒学家，他当时是一个纨绔子弟，依靠父亲的关系在官场上招摇撞骗。（黄一农，1994）——译者注

②17—18世纪天主教内部关于中国人祭祖、祭孔以及其他习俗是否违反基督教教规的争论，最终导致了罗马教廷与清廷的对抗，清廷下令禁止基督教在中国传教，罗马教廷也禁止中国教徒祭祖、祭孔，祭祖、祭孔的禁令一直实行到1939年。——译者注

毕竟后者忠实地遵守了《致传教士》（*Monita ad missionarios*）中的规章制度。

尽管有诸多不顺，利玛窦还是走遍了中国大地，广泛传播了他的知识和为人之道。他开始四处旅行，完成自己的计划，也同时感化了许多人，最后于1601年成功定居北京，九年以后身故于此。庞迪我（Diego de Pantoja）陪伴利玛窦一直到后者去世，他是这一批耶稣会成员中唯一的西班牙人。后来，庞迪我写了一封长信，极好地汇编、介绍了中国文化以及帝国的首都。[①]

确实，有些耶稣会士在一定程度上早就已经帮利玛窦探好了路（如
44 罗明坚和巴范济神父）。同样值得一提的是，1582年3月9日，范礼安（Alessandro Valignano，耶稣会在东方的总干事）神父在澳门殚精竭虑希望传教士能够采用他《解决方法》（*Resolutioni*）一书中的传教方式，利玛窦也抓紧时间将这些方法翻译成意大利语。

但是，无论是在对中国诸事物的存在方式的适应上，还是在道德和思维层面对未知事物的开放程度上，利玛窦都是极为特殊的一例。利玛窦是依纳爵·罗耀拉（Ignacio de Loyola）的真正追随者，他学习了中国的语言，模仿了中国的文化模式（modo cultural）和存在形式，就是为了"使自己成为"这个不同的"他者"中的一员，但是他始终是根据耶稣会的指示（fila）来体会、完善自己的传教方法的。通过学习，利玛窦成为第一个用中文写书的欧洲人，并特意将此书命名为《交友论》（*De la amistad*）。他笔耕不辍，1593年翻译了《儒家经典四书》，1608年翻译出版了《几何原本》，《几何原本》上还附上了耶稣会徽章（IHS），美丽而富有深意，很好地反映了利玛窦的调和主义。

另外，利玛窦的影响就像一条分岔的河流：他在询问、阅读、研究的同时，利用自己的学识将十戒、基督教祈祷词、基督教格言翻译成汉语。此外，他是一个受过良好教育的西方人，还是耶稣会士，能够教授数学

---

① 蒙科教授于2021年7月28日致信译者，要求加上这两句1991年出版的《中国纪行》前言中没有的内容，下面附上蒙科教授所写的西语原文：Precisamente hasta aquí llegó acompañado del único español que forma parte de este grupo de jesuitas, el P. Diego de Pantoja quien escribiría una "Carta" que es una recopilación excelente de la cultura china y la capital del imperio.——译者注

原理、宇宙学和天文学。利玛窦还掌握测绘学知识，结合中西方的知识，他制作了一张中国地图，在旁边加注，标示中文名称，并配有对风土人情的大段描述。

诸多因素让利玛窦和中国文化的距离越来越近。正如我之前所说，他甚至还和朝廷的人交上了朋友。利玛窦这个人和他的事迹在中国深入
人心，因此，中国人根据他的意大利语名字的汉语谐音给他起了个中文 46
名——利玛窦。

实际上，这位耶稣会的“马可 · 波罗”在深入“他者”的内部结构的同时，并没有忘记自己身上的传教和创新使命。这是个艰巨的任务：他要完全地创新，同时要深刻尊重现状，甚至要赋予这些已有的概念（significante）新的含义。从人类学的角度看，葬礼或儒家礼仪都是文化仪式的一部分，利玛窦则把基督教教义加到这些文化仪式当中。

就这样，像利玛窦一样的人在不同的地方传播新思想，满足了人们对奇怪事物的好奇心。实际上，向中国传播西方科学知识可以说是后来来华传教士的标准范式。如汤若望（Schall）神父（下文我们还会提到另外的人），从1634年起，他编撰了一百三十七卷关于天文学和科学的书，而且令人难以置信的是，这些书竟然还成为钦天监（Tribunal de Matemáticas）的参考资料。利玛窦还送过很多礼物，这个行为十分出名，也同样成为后世效仿的典范。1634年2月2日，传教士向皇帝进献望远镜，还送了一台铜质原形赤道黄道仪（esfera armilar, ecuatorial y zodiacal）。这些礼物打动了皇帝，让耶稣会传教士们可以继续留在北京。汤若望神父继续工作，并根据伽利略的规则预测了1645年9月1日发生月食。

实际上，利玛窦利用科学和文化传教，通过自己的行为传递了一个世界通用但又十分特别的信息：传教士是这片土地上的一员，但是对于这片土地来说，他又是一个“他者”。也许，恰恰因为他身上这模棱两可的状态，利玛窦的感觉就更为敏锐，作为真正的人类学家，他对同一种行为可以做两种不同的解读。比如说，对中国著名的中庸思想，他是
这么说的：“当下最流行的观点就是，三教（儒、释、道）是一样的（les 47
trois sectes sont la même chose），人们可以同时信奉（appartenir）这三个宗教。那些自诩最为睿智之人就是这么想的。他们就这样自己骗自己，

也欺骗他人。他们觉得宗教的种类越多，对国家就越有利。最后，发生的事情与他们希望的恰恰相反。正因为想要追随所有宗教，他们最终一事无成，因为他们没有虔诚信奉的东西。这就是为什么，一些人坦率地承认自己不信教，而另一些人则搞错了，轻信了一些虚假的信仰。这个国家的大部分人都是无神论者。”

这些话很好地体现了价值观的重要性和宗教的功用性，甚至清晰地体现了中国的信仰活动和行为。这段文字也透露了利玛窦为什么要对一些语焉不详的儒家文献进行批判性的重新诠释。但是，有些人把那场著名的“思想禁令”[①]达到最高潮归咎于耶稣会的传教活动，这些人就不会同意这些观点，这个思想禁令是耶稣会秉持或然论[②]（probabilismo）带来的结果，或然论也使得耶稣会制定了一项略显冒失的政策，后者最终导致了不良结果，反噬了耶稣会自身。当然了，这个话题应该另写一篇文章论述，此处就不展开了。我们在这里仅仅需要指出的是，在我看来，从利玛窦明白要将他与其他土地上的人的相遇“人类学化”开始，他的行为就应当得到赞赏而非批评。这片土地愿意永久接纳他和他的同伴。在他死后，“皇帝给他在北京郊区划了一块墓地（solar），这块墓地还有一片美丽的花园”。那里还长眠着许多的耶稣会传教士，他们将自己的言行传遍了中华大地，直到 1615 年，中国开始驱逐赴华传教士。

确实，我们可以说，皇帝将滕公栅栏（Tren-Kung-Shala）赏赐给利玛窦，是他允许中西友谊继续延续的标志。利玛窦的继任者龙华民（el Padre Longobardi）非常敏锐地察觉到了这一点，截至 1838 年，一共有八十八位赴华传教士安葬在滕公栅栏。

---

① 可能指上文提到的礼仪之争，或者是这场礼仪之争导致清政府禁止基督教在中国传教，或者是罗马教廷禁止中国教徒祭孔、祭祖、实行中国礼仪。作者语焉不详，我们无法确定。——译者注

② 一种基督教神学，16 世纪由耶稣会发展起来，用来指导当不同的典籍的观点相互冲撞时应该如何行事。或然论主张如果人们想要采取某种行动，而这种行动具有某种有利的或然性（也就是说，如果这种行动是有利的话），那么人们就有理由采取该行动而不必受到指责。利玛窦就是利用或然论缓解了中国传统礼仪和基督教神学的冲突，促进了明末清初基督教在中国的传播，但是后来或然论的过度包容为罗马教廷所质疑，或然论也成为后来礼仪之争的根源。——译者注

信仰基督教的人不断增加。1613 年中国已有五千名信徒，三年以后受洗人数增至一万三千人，信徒分布于各大重要城市，包括韶州（Shiuchow, Sciaoceu）、南昌、南京、北京、上海、杭州、南雄（Nanhiong）和建昌（Kienchan）。

但是，在 1615 年到 1616 年间，中国开始了第一次对基督教的排斥。 48
南京的官员认为基督教是“番物”（cosa extranjera），道德败坏。他们没过多久就开始逮捕教徒，高一志（Vagnoni）和曾德昭（Semedo）神父被遣返澳门。1617 年 2 月 4 日，朝廷下令驱逐传教士，宗教矛盾扩散到全国。在传教士的帮助下，中国信徒躲过了逮捕。直到 1623 年沈潅(Chin—Kio）去职，南京教案才告一段落。

另外，在李阁老[①]的推动下，皈依基督教的高官们运用他们的影响力努力争取北京方面重新接纳耶稣会诸神父。1615 年 6 月 27 日，金尼阁神父获得批准，可以以布盖头来进行弥撒，将《圣经》翻译成中文，并且中国的神父可使用汉语来进行礼拜。

另外，西安府发掘出土了《唐大秦景教流行中国碑》（inscripción nestoriana，阿德里亚诺神父在手稿第三部分提到过这块石碑），证实了历史上已经有传教士在中国传教。也因为这个原因，在此之后中国传统的卫道者就允许了传教士继续在中国传教。1640 年，中国基督教信徒已达六万七千人；到 1663 年，信徒人数达十二万五千人（尽管当中有一些困难和阻碍，但此处我们暂且按下不表）。耶稣会就以这不可阻挡的势头进入了东方大地。

再说手稿

德拉斯 · 科尔特斯神父的《中国纪行》由三十二章以及另外两部分组成。这可以让我们大致了解手稿的结构，并根据作者所关注的内容，了解他的写作方式、模式、个人风格和内容。但是，在分析上述方面之前，
我们必须记住，这部作品是由三个迥异的部分组成的。 49

第一部分是整个故事的核心部分，包含阿德里亚诺神父手稿的主要

① 此处应指李之藻。——译者注

内容。之后我们会再详述这一部分。

正如我之前所说，第二部分给人带来一种视觉上的享受。这一部分“展示第一部分中最为值得关注之物的图画”。实际上，在这五十八面纸（手稿第 142 页到第 171 页）中，阿德里亚诺神父绘制了充满力量且细致精确的图画，还严谨地为每张图画附上细致的文字解释，扩充已有的信息。

这一部分的内容是这部手稿的一个关键特征，将它和其他描述中国的西方作品区分开来。此部分的图画都是与文化相关的，画的都是与当地人生活息息相关的内容，带有“人文主义”色彩。虽然文中确实提到过动植物，但是图画里并没有动植物，除了在某些必要的场景中画出了一些必须出现的动物（比如马），或者是麝——因为它是一种极为特殊的动物。这些动植物都是和人一起出现的。遗憾的是，手稿中没有出现作者所说的地图，它们本来能为手稿增色不少。

第三部分题为《追溯福音在中国的传播历史》。在我看来，这是与其他章节最为不同的一部分。事实上，读者们会“感觉”这一部分是“额外加上的”，会觉得作者原本并没有打算写这一部分。和其他章节不同的是，这一部分并非其个人经历的结晶。

一

阿德里亚诺 · 德拉斯 · 科尔特斯神父将第一部分命名为《耶稣会阿德里亚诺·德拉斯·科尔特斯神父所写。作者在这一部分讲述了他的旅程、旅程中遭遇的海难，以及他在中国潮州府与其他人一同被囚禁一事》，最后加上“还有路上的一些其他见闻”。他的目的很明显，就是写一部
50 游记，讲述他在中国的个人经历，特别是他被囚的经历，另外还加上了他在这片异国的土地上看到的事情。

所以我们可以看到，这部手稿和其他描写异国风土人情的作品不同。正如我之前所说，手稿的大量图画、图表就能将它与其他作品区分开来。因此，阿德里亚诺神父不属于任何流派，也没有一个理论框架可以涵盖他的作品，作者和读者也没有什么哲学定律或知识规则可以遵循。这部手稿并不是一部学术作品，它只是单纯地叙述作者的遭遇，讲述一段偶

然的个人经历罢了。也正是出于经历者，也就是作者的意愿，这个文本才得以呈现在读者面前。

也许正是因为这个原因，阿德里亚诺神父的手稿并没有序言，或是一小段既可以引导读者，又能够解释写作动机的引言。只有在未完成的部分，也就是我们所说的第三部分，才对这些方面做了一些解释。如此一来，第一章的题目结束之后，神父直接带着解释性的语言进入主题，这些解释性的语言也是全书的核心。

这部作品是以时间为顺序的：以旅途的开始为起点，以神父安全返回马尼拉为结束。而且手稿中也有一些临时的目的地，这让它成为一部真正的游记。但是，通过一句“还有路上的一些其他见闻”，作者摇身一变成为民族学家，他收集了大量的中国文化资料，有时候这种资料是精心收集而来的。在手稿第一部分的叙述中，他就加入了对其他风景、作物、不同的风土人情和存在方式（modo de ser）的描述，组成了三十二个章节。我们只要看看目录就可以知道每一章节讲述的是什么内容。

通过对比章节表和手稿内容，我们可以发现这部手稿的一些本质特 51
征：1. 个人经历；2. 中国文化。具体划分如下：

1. 与个人经历有关的章节：第一到三章，第八、二十五、三十一和三十二章。

2. 描述中国文化的章节：第十六到二十三章，第三十章。

上述章节都是只阐述单一方面的内容的，要么只叙述个人经历，要么叙述中国文化。我们知道阿德里亚诺神父的写作方式十分自由，但是他的思绪似乎完全被回忆左右，他时不时就会打破严格的结构，从一件事突然跳到另一件事，而且还觉得自己这么做没问题。第四到七章、第九到十五章、第二十四章以及第二十六到二十九章都明显地体现了这一特点。

手稿的内容比例一目了然，但我们还是用数字来说话。旅行以及被囚的经历，即关于作者本人的经历，占了手稿第一部分的 25.31%。所谓的“中国文化”相关内容占了第一部分的 28.12%。而混合两方面的内容则约占了第一部分的 50%，也就是第一部分的一半。我们可以说，阿德里亚诺叙述自己在中国所见所闻的意愿似乎大于叙述自己在中国遭受的磨难，他的行为更像是一个富有好奇心的、对所有事物都感兴趣的人，而不是一个痛苦的囚犯。尽管时间流逝，但在从事情发生到神父写下这部手稿的这段时间里，神父所遭受的巨大文化冲击让他忘记了自身的不幸。

原则上，我们可以认为，阿德里亚诺神父的手稿并没有一个严格的结构。就像我之前所说，该手稿与同类的经典作品并不相似。但是，作为一名耶稣会神父，他不可避免地要遵循某种行文结构的范式：物理实体、土地、土地出产的产品；国家本身，这个国家的运作方式和规则、经济和政治；居民和住房，居民日常生活的行为；神话和传说、仪式和祭祀。就这样，中国文化逐渐呈现在读者的眼前。从另一方面来说，阿德里亚诺神父的手稿中还包含更多东西。我想这不仅归功于耶稣会神父们在学术上的严谨，同时也多亏了德拉斯·科尔特斯神父本人的性格，也就是他对信息严谨的要求。

二

52 神父目光敏锐，他很快就察觉，只有通过实际的调查才能够走近“他者”。也就是说，只有通过对事物的直接了解和个人亲身体会的经验，才能走近和理解他人的实际情况。神父也知道，有一个问题极大地制约了他，就是他不懂汉语，因此他极力避免不懂汉语所导致的不良后果，总是对比不同的资料，向那些可能比他懂得更多的人请教，所以阿德里亚诺神父总是向那些在他看来“会说西班牙语”（ladino）而且又“熟悉潮州府”（curial）的中国人提问。另外，他还会观察，记下那些从实际经验得来的资料。

我个人把这种精神称作“笛卡尔精神”，虽然笛卡尔本人把这种思维方式归功于耶稣会的教导。笛卡尔精神对作者的这部手稿来说是十分重要的。根据他的叙述，我们发现，他会测量距离、面积和器具，甚至只愿意提供已经证实的信息，这让他受制于自己的经验：“中国人有一种著名的、疗效显著的药叫作‘中国棒子’……我见过刚采摘的新鲜的‘中国棒子’，当时他们还没有为了保存而对其进行烹煮……”

对神父来说，经验和直接知识就是真实，就是真实性的保证。有时他会提醒读者，某件事是“听说”而来的，也会特意告诉读者，自己当时的被囚处境让他可能无法得知某些信息。但是，阿德里亚诺神父结合了他笛卡尔式的思维方式和民族学知识，为我们提供了极好的资料，如第二十和二十一章，也就是“中国人的财产和贫富（上）”和“中国人的财产和贫富（下）”。

另外，有些时候，神父会觉得询问他人（那些既“会说西班牙语”又“熟悉潮州府”的中国人）或自己观察不够。好的信息来源和经过遴选的阅历确实可以被视作“真实性”的代名词，但是它们的真实性有时候并不清晰。因此，为了让读者能够更好地理解，阿德里亚诺神父选择了可以被称作“检视文化他者性”的对比性方法。文本再次成为我们最好的资 53
料：“他们也会学习道德哲学，他们的学者自矜于模仿这些道德哲学和那些古代哲学家（就像我们西方的柏拉图、塞尼加还有其他的哲学家）说的名言警句和智慧……”

如果说这一对比反映了阿德里亚诺神父对中国知识的尊重，那么只要再看看他在手稿中描写的非基督教的宗教仪式，我们就会发现神父在手稿中体现了值得称颂的灵活思想：

> 我还看到祭坛上放有一个当地人崇拜的女性神像叫观音（Juanima）。这个神祇可以画成很多种形象。有一次，我看到她被画成手里怀抱一个小孩的形象，小孩臂膀张开，小手上挂有念珠，好像在数念珠一般，她上面还有一只鸽子，好像在参与她所做的事情，有点像圣母玛利亚怀中抱着婴儿的形象。

即使是对于一个耶稣会士、一个值得尊敬的人来说，这样的对比也是颇有意义的。尽管在另一方面，我们可以发现，他用了一些指小词，表达细腻，这更像是圣女特蕾莎[①]的语言，但还有别的类似的例子。在描述另一尊“很像我们的圣米迦勒”的圆雕神像时，神父也用了类似的语言。

相似的不仅是宗教人物的形象，还有宗教仪式：“那个干着神父活儿的人……继而又站起来，做了许多动作，其中一个是跑到小祭台中间，不知道对在场的人说了些什么，看着就好像做弥撒的时候牧师跟大家说

① 西班牙 16 世纪重要的天主教神秘主义作家、神学家。——译者注

‘主与你同在’……”

显然，祷告词的相似性弥补了信息的不足（那些“不知道对在场的人说了些什么”的话）。我想，这样的对比让收集到的信息不会出错。

显而易见，研究、对相似事物的对比、同理心、个人的体验和验
54 证、对比和类推以及在文化变化中的思考都是神父撰写这部游记的黄金法则。

阿德里亚诺神父的关注点也同样是全面的，他结合了所有“完整的”主题（temas enteros），按完美的结构逻辑展开叙述。也许是因为我之前提过的“笛卡尔精神”，他的视野十分全面，近乎细致，没有东西能够逃过他那敏锐的目光。我们可以通过他看到另一种将米煮熟的方式（而且这也是一种烹饪文化），甚至还能知道神像前每根蜡烛的价格。当然了，手稿内容的准确度很高，但是偶尔还是会出现少数几例错误（márgenes de acotación）。我们可以合理地认为这些错误与神父的研究无关，而是他当时的地理位置（他当时不能到所有地方去看全部事物）和外国囚犯的身份导致的。我们所说的这些都要考虑到当时的时间和他身处的地方。不过，对于我们来说，阅读阿德里亚诺神父的这部作品仍旧不失为一种纯粹的享受。虽然这部作品是以自传体风格写成的，带有一定的主观性，有些时候甚至还表现出了对那些害他身陷囹圄之人的憎恨，但是整部作品都充满了新奇有趣的物事，甚至还有一丝幽默的趣味。

基于上述原因，在接下来的章节里，我会摘抄阿德里亚诺神父在手稿中的一些评论，好让我们更好地了解这部有趣的手稿。

阿德里亚诺·德拉斯·科尔特斯神父眼中的中国

当我们的作者开始其中国之旅时，当时的人们对中国已经不是完全一无所知了。更准确地说，当时的中国就相当于几个人的名字，或者是几个地区的名字，人们都知道那些地区，甚至就有耶稣会的人在那里居住。

因此，在阿德里亚诺神父登陆中国的时候，中国的形象是两极分化的。一方面，中国整体上还是严密地封锁，不让西方文化渗透进来；

另一方面，西班牙人和葡萄牙人都“了解”中国，因为他们都和一些
中国城市保持联系，如澳门、广东、漳州还有这些城市的周边地区。 55

因为这种种原因，所以我认为，要明白手稿和作者，我们应记住，阿德里亚诺神父一开始并不想去中国，他只是得去澳门处理一些事务。在他看来，澳门并不相当于中国[①]。在记住作者旅行的初衷后，我们就可以开始深入研究《中国纪行》这部手稿了。

一

阿德里亚诺神父说，他于1625年从菲律宾首府马尼拉出发，前往离马尼拉180里格的澳门。他们很顺利地到达了伊罗戈省，经过距离中国海岸100多里格的“岛屿周长角”。他说，船应该“掉转船头往西航行”。

在他开始航行的二十二天后，即1625年2月16日，双桅小帆船在天朝的海滩前遭遇海难，阿德里亚诺神父及其同伴沦为了中国人的囚犯。在一年零五天的时间里，阿德里亚诺神父得以了解中国，并将他眼中的中国形象写了下来。现在，我们就从不同方面来分析阿德里亚诺眼中的中国形象。我们先从故事的开头，也就是他们驶向澳门的航行说起。

1月25日，他们登上“圣母指引号”，从马尼拉港口出发。如果一切正常，他们只需六七天就能到达目的地。不用说，他们的双桅小帆船一定装满了东西，船上也一定有足够的帆幅和用具（每侧十六或二十桨，两根棍子）完成航行。船上装了价值约1200比索的银条（这一数据对理解后面发生的事情非常重要），那是一些澳门和马尼拉商人的财产。很明显，这本质上是一次商务旅行，而阿德里亚诺只不过是利用了这次机会前往澳门，但也正是这次旅行的商务性质帮助我们理清了船上人员和乘客的性格、种族和社会地位。

当时常见的航行方式是沿海岸航行或者半沿海岸航行。因为靠近
陆地，沿着海岸或岛屿航行可以解决被迫登陆时出现的问题。因此，我 56
们可以合理地猜想，“圣母指引号”应该是沿着吕宋岛海岸朝北航行。神父说过，由于延误，他们驶向伊罗戈省叫“美岸市的阿布拉河”的河流。

---

① 事实上澳门当时就是中国的一个城市，葡萄牙人仅仅是在那里取得了居留权而已，法理上澳门当时完全是属于中国的。——译者注

事实上，美岸位于南伊罗戈，而阿布拉（省）则是与伊罗戈东部接壤的省份。

经过伊罗戈后，他们继续航行。据神父所说，他们到了马尼拉岛上一个叫作“岛屿周长角”的端点。“岛屿周长角”位于北伊罗戈省，这个海角大概位于东经 120° 34′，北纬 18° 30′。这个海角是吕宋岛（而非马尼拉岛）西部的终点，也是吕宋岛北部的起点。它的西北边一直延伸至当时的美雷伊拉[Mereira，读者注意不要和美赖拉角（Mayraira）混淆]。美雷伊拉海角可以很好地抵御来自北边迪力克湾（Dirique）的风，是吕宋岛北部大山脉西向的一个重要山嘴。当然，这座巨大的山需要花费很大功夫才能绕过去，所以阿德里亚诺的船要进行第一次后退并不是奇怪的事。

阿德里亚诺神父说，他们无法从“岛屿周长角”直线到达澳门，必须“掉转船头往西航行”。这些话很重要。我们可以据此判断，小船没有绕过海角，而是继续沿海岸航行，继续朝北，直到到达巴布亚内斯（Babuyanes）和巴塔内斯（Batanes，这与神父所说的 22° C 的寒冷吻合），到达台湾南部后重新朝西航行，然后再次沿着海岸前往澳门。

手稿中没有很多关于小船最后时刻的描写，我们认为当时的风暴可能已经让小船失去控制了。我们可以推测，寒冷、海浪和黑暗让驾驶员难以控制小船，更遑论向西以后向南航行到达澳门了，小船直接就冲上了中国海岸。

我知道，在游记中，作者会详细描写自己所去的地方，以及旅程中
57 所经过的地方。但是不幸的是，神父使用的是“西班牙语化”的中国地名，导致我们没办法知道这些地名具体是哪里。一个具体的例子就是阿德里亚诺登陆的地方“潮州府”（la prefectura de Chaozhou），他就称之为“Chauchiufu”，另外一个例子就是“靖海所”（Jinghaisuo），他把这个地方叫作“Chingaiso”。[①]

① 蒙科教授于 2021 年 7 月 28 日致信译者，要求加上一句 1991 年出版的《中国纪行》前言中没有的内容，下面附上蒙科教授所写的西语原文：caso concreto que vemos con el lugar de llegada, la prefectura de Chaozhou, que él denomina Chauchiufu. o la llamada Chingaiso (Jinghaisuo).——译者注

二

阿德里亚诺·德拉斯·科尔特斯神父的手稿与其他游记有本质上的 61
不同。我们先看看作品本身的不同，也就是形式、方法和创作目的上的
不同。我们以拉达神父为例子进行对照。

总的来说，马丁·德·拉达神父的旅行手记是完美的。这位奥斯定
会神父记下了特定时刻发生的事情。通过他对几次事件的主观描述，中
国向他打开了大门。我们了解到了一些宴席礼仪，因为拉达受邀出席宴席；
我们了解到了当地的物产，因为神父收到了礼物。尽管这两部书稿里面 62
存在可能过于主观的视角，但是拉达和阿德里亚诺在书中仍都在不停地
调查、询问。也许就是因为这些原因，我们会觉得两部作品在大体上是
非常相似的。

另外，很明显的是，这两部手稿的“总体结果”也是很相似的。一方面是因为中华文化中的某几个共同的方面在这两个作者的笔下都有所提及，好像这两部手稿是同一个人写的一样。我指的是两位作者提供的许多数据都是完全客观，甚至能够量化的。其中一个例子就是用“海乌鸦”捕鱼的例子。拉达和德拉斯·科尔特斯都很严谨地描写了“海乌鸦”捕鱼的过程，但有趣的是，两个人都没有说中国人其实是在用鸬鹚捕鱼（鸬鹚就是“海乌鸦”），也没有说鸬鹚捕鱼必须是在晚上进行（事实上，时至今日，中国的渔民还会在船上放一盏灯，用来在黑暗之中指引方向）。同样，门多萨的一些段落（他只是收集了到中国的旅行者的总体经历和感觉）和阿德里亚诺的很相像，猜一猜下面这些段落哪一些是哪位作者的，是一个很好玩的游戏：

> 他们走进门里……士兵和其他人留在外面，由于外面的人很多，所以要用手很大力地推才能进去……
>
> 我们主人的房子就像圣周时去祷告的教堂一样，当地人不排队，就这么进进出出……
>
> 很多中国人跑过来看他们……
>
> 在街上行走的人们要相互推搡才能通过……

拉达和五十年后的阿德里亚诺都对中国的众多人口感到惊讶，他们看到了这么多人的时候都“惊呆”了。但是，对于如此众多的人口，两

人却有不同的观点和结论。拉达指出，大量的人口意味着大量的劳动力，
63 即高生产力和大量的财富。但阿德里亚诺神父却不是这么想的，他看到了土地的肥沃和高生产力，但也看到，这些财富都被分得更零散，每人分到的东西就更少。他的结论是，尽管中国人拥有很多财富，但因为人口众多，每人分得的财富就很少了。他还举了个具体的例子：

> 我觉得，中国人吃得节俭的另外一个原因是，虽然中国有很多物产，比如说鱼、果蔬或者其他食物，但如果中国人不在吃这方面精打细算，而是像我们欧洲人那样大吃大喝的话，那即使他们中国所有州府的土地肥力都达到极致，也不可能满足这么大的粮食需求量。

两位神父都看到了中国土地的肥沃，阿德里亚诺神父甚至还介绍了人们是如何收割大米的。尽管两人得出的结论有所不同，但他们都推测，巨大的人口应该与肥沃的土地有关。但是两人都不知道当中的真正原因，如中国盛产大米的真正原因。作为外国人，他们不知，早在 11 世纪，宋真宗（Chen Tsug）就从中南半岛引入了快速成熟、抗旱的新稻种。这种稻米只需一百天便可成熟。一个世纪后，他们又得到了一个六十天便成熟的新稻种。到了 15 世纪，这一稻种已在重要地区广泛种植，甚至在崎岖的西南地区也有种植。

这个例子可以让我们合理地推测，尽管两个人呈现的中国形象有所不同，而且有时候是不完整的，但是从来都不会不准确。下面我们继续就这些方面进行讨论。

三

中国似乎对两位神父都产生了巨大的影响。这个冲击是另外一种风
64 景、做法和存在方式造成的。他们在发现和融入这个与他们原本的世界不一样的世界的时候感受到了冲击。游记及其中的一些突出的因素就是这种与“他者”冲突的结果。不管怎么样，两人与中国人的首次接触还是有很大差异的：

> 然后，他们就出现了，有士兵来迎接，随行人员也已就

> 绪……他们排好队列，将他们带到国王的宫殿。①
>
> 他们没有跟我们说话……开始拿走我们所剩不多的衣服和在沙滩上找回的一些零碎东西。……一个中国人跑到我这里来，抢走了一件……斗篷……过了不久，另一个人又把我头上戴的小四角帽抢走。②

再联系以下片段，我们可以发现，两者的叙述还是有很大差别的：

> 他们被带到国王在城里的宫殿……这些房子很大，建得很好，装饰得很漂亮，有很好的庭院和走廊，还有一些里面有各种各样的鱼儿的蓄水池。
>
> 留下我一个人在这里。没有衣物御寒的我冷得发抖，我求这些中国男女给我找个地方避寒。他们看到我冷得哆嗦，还牙齿打架，便把我带进一个猪圈里，在干净的地面放了一些稻草，让我躺上去。……用一条绳子的一端套着我的脖子，将另一端绑在柱子上，把我拴在那里。我在那里休息了一小会儿……

我们看到了在接触“他者”时的两种视角和感受方式。因为观察者所处的境况不同，这两个画面也不一样，这两种观察方式都从感官层面到思想道德层面、从原始经验到价值观层面给作者留下了深深的烙印。

因其被囚的处境，阿德里亚诺神父只能感受到物理层面的巨大差异：“然后，我们去吃东西，连水和面包都没有，只有一小碗煮得很糟糕的米饭和一片浸过卤水保存起来的白萝卜……一条手指大小的小咸鱼”。他也能体会到道德和行为方面的差异：“在下船踏上大中华土地时、在
缴械投降之前顽强抵抗时，我们是没有罪过的，但是中国人却找到了给 65
我们定罪的理由，并给我们定了斗殴罪，以便将他们粉饰掉……”③

和这个视角对应的是一个新的价值取向，这不仅让拥有同一价值取向的人变得高尚，还让他们去斥责和鄙视那些“他者”的价值观。从戏

① 这是门多萨的内容。——译者注

② 这是阿德里亚诺的内容。本段在西语正文中本有出现，由于诸多因素，我们删除了正文有关内容，但出于对前言作者的尊重，我们在前言中仍保留这些内容。——译者注

③ 本段在西语正文中本有出现，由于诸多因素，我们删除了正文中有关内容，但出于对前言作者的尊重，我们在前言中仍保留这些内容。——译者注

谑到细致地描述，为了鄙视对方的价值观，他们什么都可以做。例如，书中描述了中国士兵操练时的场景：“我们虽然一战败北，但在我们看来，这些中国士兵的小规模战斗演练不是用来打仗，而是用来逗乐的。他们做得最好且最符合兵法的是挥舞护胸盾和刀，转动长矛时也显得轻松自如，但是他们攻击的样子十分浮夸，因为他们攻击时会用尽全身各个部位做出数以百计的动作，特别是用他们的手和手臂，他们可以从长矛的尾巴一直摸到它的金属头，因此，当他们真正攻击敌人的时候，双臂已是疲惫不堪了。”

不必说，神父这滑稽的描述达到了预期的效果：1. 在读者的想象中生动地呈现了当时的画面；2. 展现了一种古怪而又无能的士兵形象；3. 产生了轻视的效果；4. 中国人自然就居于西班牙人之下了。以下这句话完美体现了神父的这个想法：“我们总去看他们干这些事儿，只是为了乐一乐。这个话题就到此为止吧，因为再怎么聊，能聊到的都只是一些荒诞不经的事。”

实际上，神父的目的似乎是通过一些严肃认真的、体现一个民族尊严和力量的事物（我们不要忘记，耶稣会信徒是“基督的战士”），构建不同文化的区别和等级。

66 但是，阿德里亚诺神父的自我文化评价似乎忘记了一件事情：有时候，我们看见的可能是整体里的一小部分，我们不能因为眼见为实，就把见到的东西当作完整的真相。另外，神父也没有把该信息与中国整体信息或西班牙的信息做对比。我相信，神父看到的士兵确实是在做这么些有趣的滑稽动作，但这些士兵并不比西班牙的士兵差。首先，西班牙军队由四个部分组成，每一个部分的名字都暗示了士兵的出身：志愿兵、犯人兵、强制征兵、贵族兵。确实，我们的同胞常在“荣誉”的驱动下努力为好的军事长官服务（只要想想卡洛斯五世如何进入著名的安东尼奥 · 德 · 雷伊瓦麾下就明白了）。在费利普四世登基的时候，西班牙军队是一支骁勇善战的军队，由七个西班牙军团、十三个意大利军团、十一个瓦龙军团、两个勃艮第军团、两个爱尔兰军团和九个德国军团组成。这些人除了夸耀自己的勇猛，还特别注意自己的外形。毫无疑问，这有助于在别人眼中建立良好形象，让别人以为西班牙士兵就是既整洁又健壮、既优雅又勇敢的。

但为了得到正确的判断，我们也要说一下我们士兵的抢劫、掠夺
行为，还有其他暴行。大部分被征集的士兵都只是在等待时机逃离军团。
军团中甚至还有年轻人和没有用过兵器的人，他们的形象令人悲哀。当 67
时，有一位评论家是这么说的：“几乎所有被征入伍的士兵都是年轻人。
看着他们拖着剑的样子，真是让人心中充满遗憾和同情。那些士官也是
一样的情况。您看，这些士兵是那么柔弱，他们如何能战斗！”同样的
事情在别人身上发生我们就嘲笑，在我们自己身上发生，我们就悲哀和
同情。

通过上述事例，我想指出，阿德里亚诺神父似乎忘记了西班牙文化里的这些事情，但是他作为一个受过教育的人，不应该不知道这些事情。而且，虽然他是外国人，但是他仍旧忽略了一点，那就是，在中国文化中占据主流的是公民伦理（ética civil）而不是军事伦理（ética militar），这就代表了中国社会当时的状况。而且，在与我们作者同时代的其他作者，比如门多萨的眼中，中国军队的形象是完全不同的，我想这样的对比是有用的：

> 即使是在和平时期，军事长官每月都会操练这些士兵。操练的内容包括快速或慢速列队行走、根据鼓声的指示攻击和撤退以及熟练使用武器。武器包括火枪、长矛、护胸盾、大刀、钩镰枪、半月刀、斧头、匕首和马具。

如果上述的对比还不足够，我们可以再加入一些不同点。比方说，“他们打火枪和射箭的功夫不到家，用火枪射击的时候，他们会把火枪放在手臂上，随随便便地发一枪……总而言之，他们再怎么训练也好，都不具备很高或者说完全不具备士兵应有的素质，而且毫无兵法可言。他们的古怪行为成千上万：往这儿跑一跑，往那儿跑一跑，坐在地上，站起来，再叫几声……”

阿德里亚诺神父的视角与同时代的作者有所不同，但是考虑到他当
时的境遇，这还是可以理解的。我在关于士兵的内容这一方面如此啰唆，
恰恰是因为这种轻蔑的态度在阿德里亚诺神父身上并不常见。正如我之 68
前所说，神父应该很了解西班牙的情况。显然，文本暗示的意思就正是

他想传达的意思：这是一支属于野蛮国家的、由乌合之众组成的军队。

但是，像他这样一个总是想着要进行信息和资料对比的人，却在这件事上完全失去了准确性，这可能是因为他抱持成见，可能是因为他对中国军事无知，也有可能单纯是因为他鄙视中国的军队——我们不能忘记，对他来说，中国的军队代表着这个国度最为黑暗的一面。当时他是囚犯，有士兵负责看守他。士兵就是囚禁他的权力机构活生生的代表。

并且，在上述问题中，神父忽略了另外一些对他来说无法理解的价值观。在中国，人们并不是通过军事行为或战功来获得声望，而是通过慷慨行为来获得他人的尊敬的；军事训练或知识并不像有道德的行为那么重要。甚至是在日常生活中，尤其是对那些身居高位的人而言，道德成为人们真正的追求和模范标准。另外，就像马塞尔·格拉内特（Marcel Granet）所说，有时，战斗当中混杂了吹嘘、慷慨、祭品、侮辱、信仰、诅咒、赐福和妖术。实际上，在中国，战斗与其说是武器的对决，还不如说是道德品质的角逐，用来衡量参赛者是否值得尊敬。事实上，尽管阿德里亚诺神父提供了这些信息，但中国贵族要接受的最重要测试恰好就是射箭。我不得不再次指出，尽管战争连连，但所谓的“军事品质”对中国社会并没有太大的影响，只有我们所说的军事“道德原则”才能动摇这个社会。

69 通过以上研究，我们可以看出，一方面，阿德里亚诺神父的手记有时缺乏整体观，另一方面，他的评价也缺乏客观性（但他的资料并非如此）。即便如此，我认为，这部手稿还是为我们提供了很有趣的视角，具体而言，就是阿德里亚诺发明了一个自己的道德标准，并且通过纯粹的比较，否定了他者的道德标准。

四

神父看到了中国人在外形和行为上的差异，因此他对自己的价值观和分类方法做了调换或微调。但是，和其他西班牙旅行者相比，他欣赏这些差异，因为它们能带来难以逾越的文化鸿沟。我举一个具体的例子：对于赴华西班牙人来说，接受中国的礼仪并非易事；就算是拉达神父也曾经争论是否要给官员下跪。同样，在阿尔法罗神父的手记中，我们也可以读到以下这些话：“一个警卫让他们在法官面前跪下，他们就谦卑地下跪，没有抱怨一句”。

这些评论显然不单单是在讨论下跪的重要性。这里特意指出“没有抱怨一句”，是为了突出下跪的人的谦卑。在拉达神父的眼中，这种谦卑似乎是荣誉的反义词，因为一个有荣誉的卡斯蒂利亚人只会在其国王或者上帝前下跪。但是，阿德里亚诺神父的手稿里面则没有把这个当成多大一回事：“……跪着不知道跟官员说了什么，我也跟着跪下……”“……我们又一次跪在官员面前……”“……我们在房子的门槛处又一次跪下……”

阿德里亚诺神父还走得更远。在他那利玛窦式的本能的驱动下，他将作为西班牙人的骄傲转化为理解“他者”以及尊重对方的规则：“我们一个接着一个来到官员们面前跪下，连蒙带猜地行着如此这般的礼节。”
这一行为与之后的行为一起，变得更加有力：“官员从宝座上下来的时候， 70
又放一次鞭炮……在官员走到我们所在的位置之前，我们这些在场看着官员向前走的人全部都要跪着。”

跪下是所有前去“看着官员向前走”的人都要行的礼仪，神父和他的同伴都无条件地遵守了，下文还有更多解释性的文字：“上述的情况仅限于去往公共审判现场时出现。当官员们只是在大街上经过的时候，一般情况下是不会有所有的这些大阵仗的。虽然随从有时候会带一些东西，特别是旗子，还有人拖着棍子、吹喇叭或拉手摇弦琴，但是官差不会带这么多仪仗器具，路上也不会有人下跪”。

下跪是那些身处低位之人必须行的礼仪。还有一点可以将阿德里亚诺神父和其他西班牙旅行者区分开来，那就是当他知道一个帮助过他的中国人被人逮到之后：“我数次跪倒在官员面前，几乎要亲上去，乞求他饶恕那个中国人……”我觉得这段文字既悲惨又感人。作为一个男人、一名囚犯，神父跪在官员脚下，“跪”这个词甚至能凸显神父本人的谦卑、恭顺，而他的这个举动恰恰是为了替一个“他者”、一个与自己“不同”的人求情。确实，读者可能会想，这仅是为了表达他对那名中国人的感激之情。没错，但并不单单是这样。阿德里亚诺神父的态度是有多重原因的。我们接下来就看一下究竟是为什么。

在上文中，我提到了一些西班牙人拒绝遵守中国的礼仪，认为这些礼仪在某种程度上是对他们荣誉的侮辱。我想我在前文已经表明阿德里亚诺神父并不是这么看的。对他来说，这仅仅是一些礼仪，他的游记也表明，这对他来说是无关紧要的。可以猜测，他要么就是没有受到当时时代文化，也就是巴洛克时期典型的“荣誉之人”（hombre de honor barroco）文化的影响，要么就仅仅只是想向这位中国人表达谢意。实际上，在我看来，正如这位人类学家对我们说的，这个例子生动地证明了人类是多么地模棱两可，我们可以有很多种方法来解读这个例子。我们再来看一个相似的例子。

71 这位耶稣会神父多次告诉我们，他饱受低温和没有衣物遮体的困扰。有时，他的主人会借一些“小小的衣服”给他穿。神父还曾单独提到，他接受过“一位地位显赫的中国人”送给他的一块日本印花布，根据他的描述，这块布“白天拿来当衣服穿很舒服，晚上睡觉的时候就用来当毯子”。神父的一位同伴向这位重要人物暗示神父需要几条长袜蔽体，这个中国人却送了“几条毛毡”，“这些是中国的富人用来御寒的”。阿德里亚诺神父得体地做了回应，并且，当天气转好，他们不再需要这些东西的时候，“我把这几样东西都还给了他，还表达了我的谢意”。这一行为当然为其荣誉增色不少，但是与施赠者原本的期望相违背。这位重要人物“收到了之后也没有再给我送什么了，哪怕是再旧再破的东西，也没有送”。

一位有荣誉感的西班牙人即使被囚也是这么行事的。在退还所借物品一事上，荣誉被解读为慷慨与正直的同义词，当时的情况让他必须借东西来继续生存下去，但是在西班牙的荣誉观看来，这种借东西的行为是不能接受的。尽管双方的道德准则并不完全等同，但这件事清晰地体现了人类模棱两可的本质。

我上文提到的事情已经是显而易见了：阿德里亚诺神父是一个非常正统的西班牙人，是一位有荣誉感的人，他懂得如何不卑不亢地表达谢意。读者可能会发现，这一态度是与神父在官员面前下跪的举动不太一样的。那究竟发生了什么呢？

首先，由于具有很强的荣誉感，神父把必须归还的人情和必须给他人提供的帮助看得比自己还紧要。他为他人的性命求情，却从不为自己的性命求情。这也是这位耶稣会神父多样性格中的一个重要部分：作为囚犯的荣誉感，并在不同的时间和地点坚守自己的道德规范。这一举动还有另一层更为重要的人类学意义：阿德里亚诺神父为了别人挺身而出，但是他为之挺身而出的又恰恰是一个完全不同的“他者”，而不是他的同伴，这是一个完全陌生的、和他完全不同的“他者”，与此同时，这又是一个帮助了一个与自己完全不同的“他者”，而且为这个“他者”而甘冒风险的“他者”。这两位“他者”以不同的方式互相帮助，并找到了走近对方的某个连接点。我想，这也是值得我们去探讨的一个方面。

五

正如我之前所说，阿德里亚诺神父与中国的首次接触真是糟糕透顶。 72
因此，读者可以发现，神父在整部手稿中都充满着痛苦和绝望，因此有时候他会从叙述转变为批判。与作者当时的境遇相匹配的是，手稿渐渐地向我们展示一些很细碎的时刻，在这些时刻中，人们对“他者”的拒绝，让“他者”不再趾高气扬，消灭“他者”的意图是很明显的。其中一个例子就是：

> 我们开始混在一大群中国男女之中。我们碰到了一帮小伙子，其中一个朝我脸上扔了一把泥土，他以这种方式给我打招呼，另外一个在我的脖子上狠狠地揍了一拳，他以这种方式迎接新来的客人。

不仅是年轻人做出这种不好客且充满恶意的举动，连官员也是这么对待他们的。在官员面前，他们的待遇甚至更糟：“其他中国人当着他（官员）的面把我的衣服脱掉，甚至还拉着我要把我的长袜也脱下。就这样，他们让我一丝不挂，没有任何衣物蔽体，接着把我反手绑起来，在我脖子上拴上绳索……”更有甚者，“他们故意把贝尼托·巴尔博萨船长和三个普通成员的耳朵削下一块……”①

① 本段在西语正文中本有出现，由于诸多因素，我们删除了正文中有关内容，但出于对前言作者的尊重，我们在前言中仍保留这些内容。——译者注

另外，我们还要注意一点，他们什么都没有做，就成为对方的敌人。正如神父所说，在这种情况下，即使什么也不做，对方也会认为你要准备做一些不利于他们的事情："聚集的人有三百多人了，他们开始表现出敌意，拿着长矛、刀、箭、弯月形的兵器向我们靠近，甚至向我们扔石头，发射火枪，有的还用长矛刺我们。在我们并没有任何地方先一步冒犯到他们的情况下，这一切就这么发生了。"

实际上，最后这句话是为了澄清他们当时的目的根本不是侵犯对方，
73 甚至他们当时根本没有走上前半步，但是仅仅是因为他们的外貌、感知方式、行为、观点不一样，他们就被伤害了。有时候，由于外貌或仅仅是所属地域、政治群体、社会群体或文化群体的差异，一个人就能被视作异类，成为评判和迫害的对象，这绝对是哪里都有的事情，司空见惯，读者可以看到，不管是什么"主义"、什么宗教，这种事情都会发生。而神父则懂得如何用让人颤抖的平铺直叙来解释这一情况。

然而，这位耶稣会神父逐渐适应他所生活的世界，比如天气，气候因素并没有影响拉达神父的中国化，但对阿德里亚诺神父来说却很重要。他的同伴和当地的中国人开始沟通和交流。在好奇心的驱使下，双方进行了第一次接触。接触是通过最原始的方法开始的，也就是五感。比如说，视觉："不管我们经过城市还是小镇，都有人在看到我的时候表现出惊讶的神情……"另外还有触觉："一些男女甚至跑过来摸我们的头发、胡须、双手和赤裸的双脚……"

但是，这种原始的好奇让人们在后文开始细致地询问起对方的身世，让他们想要知道这个"他者"是谁，是怎么样的。这就变成了真正的文化交流："官员们很好奇那个动作是什么意思（这里指的是画十字的动作）……"这当中甚至还包含适应和学习："只跟我们相处了两个月就已经学会了很多西班牙语。他问了很多关于西班牙语的问题，马上写下我们所回答的西班牙语单词……"

74 另外，这一次接触与距离的缩短有密切关系。距离的拉近甚至让双方跨越了宗教的藩篱，创造出一个群体，在这个群体里大家都是一样的（尽管这只是暂时的），另一方面，还形成了有来有往的互动。当"一家寺庙的和尚宴请了三位神父"时，这两个方面都有明确的描写。

在那里，上帝和佛祖的使者们研究双方的差异，向对方展示自身的特别之处，进行交流。在这交流中，双方的相似性和好奇心扮演了重要的角色：

> 还有就是和尚们大多会在脖子上戴大而粗的念珠。……我几次数过整串念珠的数量，如果不算最大的两颗珠子，所有的念珠串都包含 108 颗念珠。最大的两颗将其他的念珠分开，使得每一部分都是 54 颗，最大的两颗珠子其中一颗附带一个小柱子，如果再在小柱子上加上一个横梁的话，就会变成完美的十字架，这是我们西方念珠的形制。我问过一个和尚，他们用那两颗“圣父”（Pater Noster）一样的珠子祈祷的时候，嘴里念的是什么，他说什么都不念，除了“南无阿弥陀佛”这个很短的词，这是对神像的祈祷词。我感觉就像我们向耶稣或玛利亚祈祷时所念的一样。

事实上，在这不同却又“相似”的双方之间的一问一答是一件很了不起的事。（在两页纸的篇幅内）神父四次向对方询问一些具体的问题，包括关于祈祷、和尚的生活、修行的时长以及标志的含义等方面。这都是可以和自身进行对比或者对照的资料。

我们可以发现，在阿德里亚诺神父的手稿中，希望了解对方的欲望是如何弱化了对待“他者”的粗暴态度，抗拒是如何变为适应的；双方对“他者”的评价是如何由于对方的思想准则与自己的相悖而改变的。作者将后来对“他者”的评价放在原本对“他者”的评价之上，导致了观点的自相矛盾，还导致阿德里亚诺神父思想和表现上的立场模糊不清的情况。如果说思维的创造活动“制造”了不同的“他者”（就像是我们所看到的拉达神父和阿德里亚诺神父的情况一样），那么，在主体的思维和境况随着时间变化的时候，主体眼中的形象又会有所
不同，这些形象又产生了另一个完全不同的具有双重面孔（bicéfalo） 75
的“他者”。我们来看一个例子：

> 他们总是避免见到我们，避免和我们说话，就算是帮我们送一些信件也不肯……他们不愿意帮我们用汉字写一封信或一封请愿书，不愿意充当我们的翻译，也不愿意帮我们和那些负

> 责我们的官差（手稿第58页）交涉，让他们给我们改善我们的伙食……或许是因为害怕当地的官员……或许是因为作为异教徒，他们缺少真正的慈悲之心。由于不想跟我们有什么瓜葛，他们出于某种目的如果被迫有求于我们的时候，会尽量避免让我们知道他们的住址，就算我们知道了，他们也会否认。[①]

这段话将“他者”总结为奇怪、自私、铁石心肠且没有情感之人，它是一个再好不过的例子了。但是，同一个主体，同一个他者[②]的情况下，神父说出了这样的话：“那天的庭审结束之后……那两个走到前面接受行礼的大官给我们每人分发了两小块和好的红糖面包和两个甜甜的小橘子。另外两个高官是我们所在的潮阳县的高官……给了每个人类似的礼物，还给某些人特别送了一些小食品。”

这些外人不提供食物，不提供帮助，也不帮我们求情，但是他们却请我们吃饭（和尚）、给我们吃的东西（官员），也帮我们从中调停（那个为了神父向官员求情的中国人）。于是我们看到了一种不同的表现，一种不一样的评价，新的表现和评价让双方在合作的情况下重新认识了对方：“在那天庭审后，我们开始没有那么害怕会被马上处死了，因为官员们向我们展现出了仁慈的一面，这让我们又开始有了一丝生的希望”。因此，“我们也开始对中国的城市有了不错的印象”。

就这样，在这个新视角中，“他者”是好的、仁慈的、友好的、富有同情心的。这个“他者”距离并不遥远，像一个伙伴或者朋友一样。因为亲近，而且作者在思维上将现在产生的“他者”形象放置于以前的“他者”形象之上，“那人”变成了一个“你”，这个“你”了解我们，也理解我们。有很多关于这方面的例子：

> 上帝终于施舍给我一个中国人，他看起来很同情我，从他
> 76 的神情可以看出，他很想帮助我。……那位富有同情心的中国
> 人负责押送我，他走得很慢，一路上搀扶着我走过街道，还给
> 我指了指往哪里走可以少一些石子和碎瓦片，让我可以下得去

---

①本段在西语正文中本有出现，由于诸多因素，我们删除了正文中有关内容，但出于对前言作者的尊重，我们在前言中仍保留这些内容。——译者注

②同一个主体（神父），同一个他者（中国人）。——译者注

> 脚。……
>
> …………
>
> 之后，善良的米盖尔·松田神父也过来找我了，这真是他那位主人给予我们的巨大恩惠……

中国的平民百姓、有身份地位的中国人、当官的中国人……心灵的理解跨越了双方的境况、社会阶级和地位的藩篱，阿德里亚诺神父甚至开始和看守他们的士兵接近，也就是他之前一直十分鄙视的人：“这些官差都很同情我的遭遇，他们扶着我的手臂让我往前走。”

还有一种情况存在，就是那个被否定的、招来很多成见的“他者”。在这个情况下，这是一个被一棒子打死（generalizado）的“他者”，没有面目也没有任何特征。

因此，我们就看到了一个融合了不同的人，无视每个人的个体差异，将他们无差别地视作同一种人的评价。阿德里亚诺神父总是带有偏见地聊起“那些中国人”（los chinos），总是聊起那些被人厌恶、惹人讨厌的“他者”，他已经预设了自己的这些偏见都是真实的，并且，他很信任的省区大主教，那个想方设法救他出囹圄之人，还印证了他的这种偏见：“丢失的白银被官府的人监守自盗，所有的争端也因这些白银而起。若不谈那么多人事，诸公或已悉数来到澳门。”

“被捕”这个“果”变成了“因”，这个“因”不仅导致了作者身陷囹圄的现状，还造成了作者形成了一种特定的看待“他者”的创造性
视角，也正是由于这个“因”，作者的脑海中形成了一种将整个人群一 77
棒子打死的偏见性形象和评价：“一件很特别的事情就是他们不会放开任何银子，银子就像是黏在他们手上一样。不管他们是用什么方法得到这银子的。我觉得没有任何一个民族会像他们这样。”

但是，在与“他者”朝夕相处的过程中，阿德里亚诺看到、感觉到并知道了这个“他者”的特性如何，因此他的脑海中形成了一个独一无二、简单化、局限到每一个人的视角。在接触的过程中，这些十分喜欢钱的人不再是复数的整体，而是化身为“仁慈的房东”或者“好心的中国人”了，他们的名字前面甚至配得上一个意味深长的物主形容词：“我那仁慈的中国人”。就这样，一个亲近的、平易近人的“他者”形象就被创造出

来了，与之前的“他者”形象截然不同。他创造出了一个不一样的群体，这个群体的人具有鲜明的特性，能够将他们与其他人区分开来，他们也比同一群体的其他人更具特色。比方说：

> 地方官员询问一个葡萄牙人我们是否真的收到了澳门寄来的银子……葡萄牙人告诉他，我们确实收到了钱……官员回答道：“让我惊讶的是，他们竟然把钱给你们了，因为即使要永远销声匿迹，我们中国（有些）人都不会把拿到手里原本应该给别人的钱给出去的，即使是儿子对父亲也是一样的。给你们捐钱的人应该是一位澳门的基督徒。”①

现实和“对他者的视角”相互影响，而且这两个方面（如拉达的例子）都重新建构了对“他者”的评价、态度、认知和脑海中的“他者”形象。这样的建构让“他者”真实的本质或者“他者”的存在距离“主体”更近，或者更远，这个“他者”会被赋予另外一种特性。我会在结论中聊到这一点。

六

读者应该还记得，上述各部分都是“阿德里亚诺神父眼中的中国”中的一部分，在这篇文章中我想表达的观点是，这些阅历、经验、信仰
78 和特殊思维进程，可能会给问题中的主体建构出一种“真实”，这种真实是大写的“真实”。这种“真实”甚至在问题中的主体坚持主观的评价、坚持自己观点的时候都会存在。我希望我已经讲清楚这一点了，拉达神父眼中的中国和阿德里亚诺神父眼中的中国并不是一样的。另外，在这一部分我会重新提及一些在上文已经隐晦地提到过的内容。

我想，读者都应该知道，阿德里亚诺神父此次中国之旅中，有一个因素值得我们注意，那就是，此次旅程是非自愿的，是由不幸的意外、不情愿的心情和囹圄之苦共同铺就的。我想说的是，神父原本并不想在中国传教，也没想过要遇到这些与自己完全不同的人，我认为，在这种情况下，他受到的冲击会更大。

---

① 本段在西语正文中本有出现，由于诸多因素，我们删除了正文中有关内容，但出于对前言作者的尊重，我们在前言中仍保留这些内容。——译者注

另外，神父还和三个社会文化向量互相交织。在我看来，这些社会文化向量不仅影响了他的性格，更重要的是，它们还影响了他对现实的看法和他的“他者”形象的重新建构。换句话说，这个西班牙耶稣会传教士打造了一幅属于自己的特别的世界图景（Weltbild），形成了与其他世界图景相异的特征。

因此，我们可以看到，我们的作者拥有三重特殊身份：首先，他是一个以征服者民族为精神支柱的人；其次，他是一个传教士，以教会的任务为己任，也就是发展教徒；最后，他还是一位教士，以追随卓越的依纳爵·罗耀拉为荣，以方济·沙勿略、弗朗西斯科·德·博尔哈（Francisco de Borja）或者是在中国传教的罗明坚和利玛窦等人和他们的事迹为精神支柱。

毫无疑问，这三个身份让阿德里亚诺神父在被囚期间保持了他作为西班牙人在文化上的骄傲，这种骄傲塑造了他的整个价值体系。他经常面对“他者”，因此深谙如何与“他者”打交道，与此同时，他对上帝和耶稣的士兵们的信任又如同钢铁一般坚硬，这又让他能从一个特殊的视角看待自己的牢狱生涯和悲惨境遇，看待那些害他成这样的人。

然而，我们必须承认的是，虽然我们可以说阿德里亚诺神父没办法放下自己的社会文化包袱，但他当时所处的背景环境对于他来说也很陌生。我再重复一次，阿德里亚诺神父来华的目的并不是传教，而是听从上级命令去办事，而且办的这件事看起来与他个人或工作无关。

我们不能忘记此趟旅行中“非自愿”的因素，这是一个需要注意的
个人因素。另外，他的目的地发生了变化，目的地的变化逐渐侵蚀或是
改变了他对“他者”的宽泛印象，同时也侵蚀、改变了他的思维结构和 79
存在形式。首先发生的事情就是处境、地位和角色的变化，这些变化导致了理解方式和态度的变化。换句话说，阿德里亚诺神父从一个熟悉的、可接受的地理环境（米沙鄢群岛 - 马尼拉 - 澳门）去到一个未知的、计划之外的地理环境（中国），从一个道德水平较高的空间（传教士和学校校长）去到一个道德水平低甚至是遭谴责的空间（囚犯）。这一切都改变了他的视角、感情、生活、经历和理解方式。

从另一个角度看，阿德里亚诺神父已经十分习惯与异于自身的“他

者”交往了，他给这些人上课，监督他们，并向他们传福音。但是现在，在他面前的这个“他者”虽然文化不一样，但是在文明程度上与他是相当的；由于神父当时是囚犯，因此这个“他者”的社会地位甚至还要更高。神父唯一能找到差异的地方是在道德方面，也正是神父对“他者”进行攻击、对比、比较的方面。显然，在精神层面上，神父相信自己才是那个掌握唯一真理的人，所以他有时候会用宗教方面的内容来捏造一个道德准则。

因此，神父比较了双方的生活方式、境况、价值观和期望，并由此塑造出一个“他者”。像我之前所说，至少从主体的脑子里蹦出“他是怎么样的呢”这样的问题，并且从产生相应的期待开始，这个“他者”身上就包含了矛盾和悖论。实际上，至少在这个具体的案例里，当时中国的时代和情况是很适合孕育对“他者”的期待的，至少在一定程度上，这些期待深植耶稣会士的脑海中，促使传教士们纷纷来华旅行，并写下这些手记。

从人类学角度看，我们知道，要回答“他是怎么样的呢”这个问题并非易事。他是谁？他怎么样？“他者”是什么？这些都是我们学科的问题，我敢确定，这些问题在我们察觉它们之前就已经存在了。

原则上，我们知道，“他者”在文化上的特性使“他者”自身可以打破文化边界，消除藩篱，而且“他者”会建立标识将我们与作为文化
80 主体的“他者”自身区分开来。实际上，这个“他”住在其他地域，说着其他语言，以其他方式生活，有着其他的习俗，“他”的生活很特殊，与我们的生活不一样。

在宏观上将“他者”与我们区分开来的过程中，“他者”让我们感到疑惑、危险、抗拒。由于“他者”对我们造成了威胁，因此我们给“他者”取了不同的名字，吉卜赛人、乡巴佬、犹太人、基督教徒、异教徒、巫女…… 这些名字在字面上不同，但是它们却有着相同的含义，而且这些含义一般都是成对的，因为宗教法庭法官觉得巫师奇怪的同时，巫师也会觉得宗教法庭法官怪异。

在“他者性质”这方面，道德准则是用来限定“他者”的，而语言、仪式、象征等则仅仅只是用来表示某些信息的意思的渠道，只是走向差

异和异质性、走向对“他者”的确切理解、走向“他者”独一无二的特点的道路。这条道路也会将我们引向悖论、双重含义和模棱两可。

在阿德里亚诺神父给我们发送的信息之中，我们已经看到这一点：作为“他者”的中国人有两副两极分化的面孔，是一个在正反两个维度的多样性都很高的生灵，是一个可以从许多不同的方面进行诠释的“雅努斯式”[①]（janoizado）的主体。

毋庸置疑的是，如果阿德里亚诺神父将他的视角“中国化”，根据
不同的行为和情况调整他看待问题的角度，那么，中国人也会“西班牙
化”他们的态度。对“他者”的好奇和兴趣，以及之后在理论上或者在
实践上对对方的重新评价，都是一个好的开端，可以向“他者”展示自
己的另一副面孔，并发现对方的另一副面孔。“他者”的另一面会吸引、
驱动和鼓励自己，甚至还会被认为高于自己。从我们/他们的这个辩证
角度出发（包括思维理解和行动方面），阿德里亚诺神父越过了地理、
道德和信仰的距离，将所有因素融合到一个存在的等式中（我是我，而 81
他是“他者”）。这个等式意味着我们需要通过接近“他者”来重新确
认我们自己的本质是什么，我们的本质就是活在本质里，作为人类存在
的生灵。

① 雅努斯是罗马神祇，有两副面孔。这里一整段都是在说阿德里亚诺笔下的中国人形象的两极分化，有的中国人在他笔下很善良，很正面，有的中国人则被他描绘得很低劣，很可鄙。——译者注

目录

第一部分 潮州府纪行[1]

耶稣会阿德里亚诺·德拉斯·科尔特斯神父所写。作者在这一部分讲述了他的旅程、旅程中遭遇的海难，以及他在中国潮州府与其他人一同被囚禁一事，还有路上的一些其他见闻。

① 此为译者拟定的短标题，下方为原标题的中文翻译，本书大部分标题皆如此，后面不再一一说明。本书正文部分的脚注如无特别说明，皆属译者注。

第一章　遭遇海难

从马尼拉城乘船去往中华海岸，途中遭遇海难

97 澳门是中国沿海的一座城市，城中住着来自中国和葡萄牙的贵族和商人[①]，距马尼拉 180 里格[②]（legua）。1625 年，马尼拉方面需要派人赴澳门商谈一些重要事宜，故而请求耶稣会省教区大主教阿隆索·德·乌曼内斯奔赴澳门与当地委员会诸公接洽[③]。省教区大主教选中了我与他一同前去，我的中国之旅即缘起于此。这一部分将讲述从这里一直到我回到马尼拉的经历。

我们于 1625 年 1 月 25 日扬帆起航。所乘之船名为“圣母指引号”（Nuestra Señora de Guía），是一艘双桅小帆船（galeota），一种葡萄牙人使用的船舶。它形制稍小，船上人偏又较多，有九十七人，包括船长和领航员等六名卡斯蒂利亚[④]人，因此整艘船稍显吃力。我们从（手稿第 1 页）马尼拉出发，此次船上有巴尔塔萨尔·德·席尔瓦（Baltasar de

---

① 此处有删减。

② 根据西班牙皇家学会的《西班牙语字典》（*Diccionario de la Lengua Española*）的解释，在西班牙语古代的度量衡系统中，1 里格约合 5572.7 米。（Real Academia Española, 2020）详见 https://dle.rae.es/legua?m=form（最后访问日期：2021 年 7 月 12 日）。

③ 此处有删减。

④ 卡斯蒂利亚是西班牙的历史地名，坐落于伊比利亚半岛中部。（Ferrari NúñezÁ, 1958），1469 年卡斯蒂利亚的伊莎贝尔一世（Isabel I de Castilla）与阿拉贡的费尔南多二世（Fernando II de Aragón）结婚，后来又于 1479 年分别坐上了卡斯蒂利亚王国和阿拉贡王国的王位，最终 1492 年收复格拉纳达，宣告了西班牙的统一。（Suárez Fernández, 2018）其语言卡斯蒂利亚语就是今天的西班牙语（Castellano）。

Silva）和路易斯·德·安古洛（Luis de Ángulo）两位寺外修士[1]、三个商人和我。在此九十七人当中，有六十九人是日本人，包括我们教会的米盖尔·松田（Miguel Matzuda）神父，日本省区大主教叫他返回日本，98
数年前，他因为信教，被逐出日本，他此行便是为了从澳门回自己的祖国。另外还有三四个东印度水手（lascar[2]，或者叫船员），他们是居住在果阿城附近的摩尔人，其中两个人还带上了自己的妻子。剩下的是来自马尼拉附近的犹太人，他们带着家仆和两个奴隶。我之所以提供了这么多船上人员的相关信息，包括这些人的地位和国籍，是因为这些信息之后会有用。

那一天我们航行穿过6里格的马尼拉海湾，一直到当天半夜。但因为逆风，我们被迫在马尼拉海湾入口处的一个小岛上停驻。后来我们只得沿这个区域的海岸一直航行，航行了100里格，来到马尼拉所在岛屿的西边，一直到这座岛上一个叫作“岛屿周长角”[3]（Cabo del Bojeador）的端点。我们用了二十二天来穿过海湾，其中四天是停留时间。这么长的停留时间迫使我们不得不靠岸停泊。为了找到靠岸停泊的港口，我们还不得不将船往回开几里格，在伊罗戈省美岸市的阿布拉河[4]停泊。

---

①根据西班牙皇家学会的《西班牙语字典》的解释，文中“寺外修士”（seglar）一词的意思是“没有教职的”（Que no tiene órdenes clericales）（Real Academia Española, 2020），也就是说，“寺外修士”一词实际上指没有教职的神父、教士等。详见 https://dle.rae.es/seglar?m=form（最后访问日期：2021年7月12日）。

②“东印度水手”（lascar）一词来自印地语（laśkar），后者来自波斯语 لشكر（lashkar或laskar）。这个词用来表示来自南亚次大陆（即东印度，与西印度群岛相对）的水手（East Indian sailor）。（Harper, 2021）详见 https://www.etymonline.com/word/lascar#etymonline_v_43152（最后访问日期：2021年7月12日）。

③岛屿周长角位于北伊罗戈省东经120°34′、北纬18°30′的地方。（Moncó, 1991）

④阿布拉河发源于本格特省（Benguet）的大塔山（Mount Data），经过南伊罗戈的塞万提斯（Cervantes），最终流入阿布拉省（Abra）（Cordillera People’s Alliance, 2001），而美岸市曾经是被阿布拉河、梅斯蒂索河（Mestizo River）与格万特斯河（Govantes River）三条河孤立起来的岛屿（City Government of Vigan, 2016）。

一部分人上岸打发时间，观察到了太阳与月球相合（conjunción）[①]的现象，离我们很近。

在那时发生了一件事。船长贝尼托·巴博萨（Benito Barbosa）和两个东印度水手从小镇乘一艘小船回船上。他们在天黑后的一个小时离开河滩，被湍流冲走，没了踪影。我们在双桅小帆船上的人没有目击这悲惨的一幕，（手稿第 1 页背面）知道此事之后，我们叫人乘舢板（一种中国的船舶）带着我们船上的三个葡萄牙人去找寻。之后的天气十分恶劣，我们断定那条舢板应该已经毁坏了，被派去找寻失散同伴的人已经遇难。这件事使我们心中的痛苦不断加重。船长和东印度水手刚告失踪，海面就卷起巨浪，船上的人连陆地都看不见。但是船长的那艘船设计良好，船长和两个东印度水手还用粗布上衣和短裤做成了风帆，得益于这风帆，他们才能安然无恙，并于第三日在阿布拉河 16 里格开外的地方上岸。舢板也到了这里，三个葡萄牙人得到了船长返回陆地的消息，他们便跟上船长，四个人[②]（cuatro juntos）一起回到了美岸市阿布拉河边的小镇，回到了双桅小帆船，所有人都高兴万分。

之后，我们启程，到达"岛屿周长角"。那是马尼拉所在岛屿的
99 一个端点，中华的陆地在其北侧，直线距离约 100 里格。但我们的目的地是澳门，应该掉转船头往西航行。我们开始穿越"小海湾"（el Golfillo），那是这里最为不祥、最为波涛汹涌，也是最危险的海湾，臭名昭著。我们在这儿航行了两天，风平浪静得让我们都有些讶异。我们在这里又度过了两天平静的日子。海面升起薄雾，（手稿第 2 页）有点冷，当时差不多 22 ℃，但是冷得让人印象深刻，特别是我。我离开 14 ℃的地方[③]已经二十年了，这二十年间，我一直住在菲律宾诸岛，那里一年到头大部分时间都十分炎热，让人大汗淋漓。在横渡海湾的第五天，风浪

---

① 根据西班牙皇家学会的释义，"conjunción"一词在天文学上用来表示两颗或数颗行星相对排成一排的现象（Real Academia Española, 2020），详见 https://dle.rae.es/conjunción?m=form（最后访问日期：2021 年 7 月 12 日），表示的正是汉语中"合"的现象，《辞海》中对"合"这一现象的解释是："行星与太阳间的距角为 0°的特定位置……这时看到它们同升同落。"（陈至立，2020）考虑到文中提到的"行星"是"月球"（luna），因此这里很明显是在说太阳与月球相合的现象。

② 不知道这里为什么是四个人，如果加上东印度水手应该是六个人。

③ 这里指的是西班牙。

加剧。在马尼拉时间的2月16日，即耶稣受试探的星期日①，也就是澳门时间星期一，破晓前的两个小时，我们的双桅小帆船撞上了中国陆地，也就是说我们完全行驶错了航道。

我们四位牧师十分匆忙地倾听了船上人们的忏悔。领航员和水手们眼睁睁看着船分解、下沉，心急如焚，却没办法救人，但他们还是竭尽全力让船在某个沙滩靠岸。有些人在前甲板，有些人在后甲板，领航员则在水手舱。大浪剧烈震动，打在我们身上，让我们喝了好几口盐水。寒冷穿透我们的身体，消耗着我们的体力。为了不让那些撼动船的大浪将我卷走，我只能抓住左舷上最高部分的一块漆板②，右舷上的漆板已经插进水里，我的手臂冻僵了，所以当我松开漆板时，手臂甚至不能弯曲。当最终逃出生天时，我感觉自己快要瘫痪了，当时我们并没有多少时间可以穿过大面积的危险区域，（手稿第2页背面）到达安全区域避开风浪。其他人的遭遇也没有比我更好，没有人敢离开船。直到天亮，我们才终于清楚地看到陆地。有许多当地人从附近村庄中走出来，他们来到了沙滩上。在我们看到他们之前，他们就已经觉察到了我们的到来，这些人没有帮忙，实际上他们不是过来帮忙的，而是过来等着抓我们的。

第一波袭来的巨浪撞破了我们的船，海水侵入船体，船分裂成小块。
没有了船的我们开始游泳逃生，那些从中间往船头方向掉到水里的人就 100
遭殃了，他们沉得很深，大浪袭来后，又来了一个回头浪将他们卷入大海，他们撞上礁石后便淹没在大海之中。我们往船尾方向掉，境遇稍好一些，但也不是没有遇到海浪。虽然海浪没有那么大，但是我们也费了好大劲，而且我们的处境也十分危险。比较靠近船尾的人抬抬脚就能轻易逃脱，他们摆脱了困境。浪花撞击我们的胸口，我们这里的浪没有那么大，但我们的处境也和其他人一样，猛烈的海浪时不时地摇晃我们的身体，将我们淹没，让我们喝了好几口水。

---

① 耶稣在旷野禁食，战胜了魔鬼的三次试探。（丁光训 等，2010）[755] 这个故事在《圣经》的许多章节都有记载。耶稣受试探的星期日就是四旬斋的第一个星期日。（Beth，2007；Albright et al., 1971；Schweizer, 1975）

② 原文“laca”，意思是中国漆或者是漆器，此处具体指代什么并不明确，但是法语版将其翻译为“planche”（木板），故而综合两个版本，译为漆板。（De las Cortes, 2001）[41]

我不会游泳，只得紧紧抓住水面上最容易够得着的一根树枝。一个很善良的日本人叫莱昂（León），他从船的一侧将我扛起，然后向岸边游去；我也游，但是只是用脚浮水。就这样，我们一起逃到了岸边，但两个人在水中站着，迈出第二步开始就感觉不到陆地了，我们被海浪冲走，大浪把我们带到礁石上，就像之前淹死的那些人一样，但上帝希望在这时候波涛的撞击（手稿第 3 页）对我们有利，一个汹涌的巨浪十分猛烈地冲过来，将我们推出好长一段距离，但没把我们冲到海里，而是把我们带到了岸上，我们才得以站起来逃脱。上帝拯救另外一些人的办法是赐给他们几柄船上漂到岸边的长矛，在水里的人用手紧紧抓住矛的尾部，陆地上的人抓住矛尖把他们拉出水面。两个日本人冒着危险用这种方法救出了米盖尔 · 松田神父。而一些人从船尾出来步行到沙滩上，由于饱受严寒和巨浪的冲击，他们逃出生天的时候已经精疲力竭，这些人在距大海两三拃[①]（palmo）的地方就没办法继续前进了，人们必须抓住他们往岸上拖才行。

这次有十五人遇难，其中一个是巴尔塔萨尔 · 德 · 席尔瓦。他坐在位置最好的一棵树上，别人在游泳过来救我的时候，也想救他，但船上的大副看到他被寒冷折磨得痛苦不堪的样子，奄奄一息，衰弱无比，大副觉得他没有生存的希望了。大家把他送回船上之后，在向圣洁无比的耶稣祈求的过程中，在那些帮助他一步一步向前的人面前，席尔瓦谢世

① 根据西班牙皇家学会的说法，西班牙的一拃大约为 20 厘米（Real Academia Española, 2020），详见 https://dle.rae.es/palmo（最后访问日期：2021 年 7 月 12 日），阿尔卡萨伦镇政府（Villa de Alcazarén, 2005）根据 1852 年 12 月 28 日《马德里学报》（*Gaceta de Madrid*）给出的数据推算出卡斯蒂利亚地区的一拃长度为 0.20897625 米（Villa de Alcazarén, 2005），但是上述数据都是卡斯蒂利亚流行的长度计算法。考虑到神父是阿拉贡萨拉戈萨省的陶斯特人，故而似乎帕布罗 · 拉腊 · 伊斯杰尔多在描述阿拉贡历史上的度量衡体系的时候给出的 0.193 米更加接近神父所说的一拃的长度（IZQUIERDO, 1984），根据 1852 年 12 月 28 日《马德里学报》给出的数据，当时萨拉戈萨省的巴拉（vara）的长度为 0.772 米，阿尔卡萨伦镇给出的运算关系是 1 巴拉为四拃（Villa de Alcazarén, 2005），因此可以得出 1852 年萨拉戈萨省的一拃长度也是 0.193 米。可见 0.193 米是最接近本书中的“一拃”的数据。

了。另一个人是赫罗尼莫·德·索托（Gerónimo de Soto），他是钦琼[①]人，
不会游泳，只得惊慌失措地爬上了一块木板，很多人已经叫他别这样，101
但是他不听，于是乎，大浪后来便将他打下了木板，卷往礁石和激流。在两三西班牙寻（brazada）[②]处，索托消失不见，谁都没有办法救他了。两人在迷航的一开始就已经进行了忏悔，之后又重新忏悔。其他死者都是水手和奴隶，还有一个（手稿第 3 页背面）女奴、几个马尼拉市附近的土著和一个年纪很小的日本小孩。

一系列救援刚一完成，船就四分五裂了。如果这艘船不是那么崭新坚固的话，如果我们提早一个小时在夜幕下迷航的话，如果那些人知道了我们是谁以后没有撒腿就跑的话……但是，上帝显灵，给予了我们足够的时间还有白天的光芒。在那十五人当中，有个东印度水手叫苏贡萨巴（Suconsaba），他原本都逃上岸了，也是幸亏有他，我们才逃上岸的，但是他最后也被寒冷和劳累夺去了生命。同样的事情也发生在这十五个人中的一位方济各会修士身上，他来自果阿城附近。虽然我们有些人被中国人砍了头，但是至少我们寻到了他们的尸体带走。下文将详述具体情况。

---

① 钦琼，一座历史悠久的小镇，距离西班牙首都马德里约 45 公里，四周被葡萄园和橄榄树环绕。这里最著名的是一座标志性的大广场（Madrid Destino Cultura Turismo y Negocio S. A., n.d.），详见 https://www.esmadrid.com/zh/qin-qiong-chinchon（最后访问日期：2021 年 7 月 12 日）。

② “brazada”一词是“braza”（西班牙寻）的另一种拼写，在现代西班牙语中已经弃用（Real Academia Española, 2020），详见 https://dle.rae.es/brazada?m=form（最后访问日期：2021 年 7 月 12 日）；而“西班牙寻”（braza）一词有两种意思，一种是航海用语中的一种长度单位，约合 1.6718 米，另一种是一种深度单位，用于绘制航海图，合 1.829 米（Real Academia Española, 2020），详见 https://dle.rae.es/braza?m=form（最后访问日期：2021 年 7 月 12 日）。这里很明显不是一种深度单位，因此可知这里的 1 西班牙寻约为 1.6718 米。

第二章　船员被囚①

当地人囚禁从海难中生还的人们

102 我们幸存了下来，到了陆地上，面面相觑，不知道发生了什么，一些人穿着湿透了的衣服，另一些人穿着麻布做的上衣和内裤，风寒侵体，让我们如同沙滩上的界标一样僵立在那里。眼中所见就是如此，我敏锐地感觉到了死亡，因为寒气是如此逼人，我觉得自己在一点一点地（手稿第 4 页）死去。有一个人把他那湿透的披风一部分盖在我身上，另一个人让我把头靠在他的胸前。我们喝了一罐水椰酒②，装在很小的圆水罐里，水椰是这附近的一种小型棕榈树。水椰酒是被回头浪冲上岸的，原本被用作船上的食物储备。我们还吃了一些奶酪和新鲜的椰子。

在这当口，出现的当地士兵越来越多，可能有五十多个了。这些人一看到我们的箱子被浪花冲上来，就把它们打碎，急匆匆地取走里面的东西。他们没有跟我们说话，我们也没办法做出任何反抗。为了在严寒中保命，我们决定往前走。我们请求当地人带我们去镇子里找满大人③（但

---

① 第二章、第三章做了部分删减。

② 原文“vino de nipa”。“Nipa”中文名为水椰树，拉丁语学名为 Nypa fruticans，赵汝适《诸蕃志》“苏吉丹”有载“又有尾巴树，剖其心取其汁，亦可为酒”（冯承钧，1956）[27]，“渤泥国”有载“有尾巴树、加蒙树、椰子树，以树心取汁为酒”（冯承钧，1956）[77]，其中的“尾巴树”与“Nipa”音近，可见就是水椰树，并且从赵汝适的论述中我们可以知道水椰树是通过树心取汁酿酒的。水椰酒（vino de nipa）是菲律宾用水椰树的汁液发酵后酿成的一种不烈的白酒（Aguardiente flojo que se fabrica en Filipinas con la savia fermentada de la nipa）（Real Academia Española, 2020），详见 https://dle.rae.es/vino#4AOcMVl（最后访问日期：2021 年 7 月 12 日）。

③ 原文“Mandarín”，意思是官员。为了突出原文“Mandarín”“lautea”两词的区别，这里没有采用意译，而是采用音译，后面的部分“Mandarín”一词不断出现，都采用意译，翻译成了“官员”。

是因为他们都把官员称作“老爷”①，所以他们可能没有听懂），好让我们和官员沟通协商。但他们并没有这么做，而是开始拿走我们所剩不多的衣服和在沙滩上找回的一些零碎东西。 103

这个时候我们已经快要到村庄了。我们身边的当地人可能已达百余人，他们站在村子的入口，做手势叫我们往一片原野的方向走。我们感觉那里可能是一片无人之地，如果我们去的话，他们在那里可以轻轻松松就把我们杀了，那是一条不归路，我们不愿意走这条路。现在，就算天气转好，我们也没办法回船上拿银子了。船上的商人们算了一下，银条和衣物的价值可能要达到 10 万比索，其中 1 万以下是从马尼拉来的人所带的财物，其余则是澳门葡人和商旅的财物。总而言之，我们不想按当地人说的那样做，我们也用手势告诉他们，我们想去找官员商谈。我们选择了另外一条路，那看上去是一条通往某个镇子的路，那条路在村子的左手边，与当地人所指之路方向相反。士兵的数量增加了许多，聚集的人有（手稿第 5 页）三百多人了，他们开始表现出敌意，拿着长

①原文“lantea”。考虑到阿德里亚诺经常将“u”写成“n”，比如说“Macau”，他就写成了“Macán”，我们可以知道这个词的正确写法应该是“lautea”。阿德里亚诺的“lautea”转写自“老爷”一词的潮汕话发音“lao^{6} ia^{5}”。本书的潮汕语拼音采用《潮州话拼音方案》，详情请参阅 https://zh.wikipedia.org/wiki/%E6%BD%AE%E5%B7%9E%E8%A9%B1%E6%8B%BC%E9%9F%B3%E6%96%B9%E6%A1%88；潮州话发音来自“潮州母语网”https://www.mogher.com（最后访问日期：2021 年 7 月 13 日）。本书其他方言采用国际音标记音，用国际音标记音时国际音标用方括号标示，用潮汕话拼音记音时潮汕话拼音用双引号或圆括号标示。同时还要注意，本书第一到六章时作者身处潮阳县以及惠来县，二地口音略同，因此第一到六章的潮州话转写依照潮阳口音；第七到九章在潮州府，因此依照潮州口音，第十到二十七章在澄海县蓬洲所，依照澄海口音；之后一直到文末，作者都跟着潮州兵团行进，不知道兵团的人口来历，因此要根据词语的发音确定该词来自哪个口音。以上内容后文不再重复。当时应该不是每个当官的都被称为“老爷”，《柳南随笔》记载“前明时……外任司道以上称老爷，余止称爷……其父既称老爷，其子贵亦称大爷”（王应奎，1983），外任司道大约相当于所谓的“三司六道”，“三司”就是承宣布政使司、提刑按察使司、都指挥使司，“六道”即布政使下的左、右参政，左、右参议，以及按察使下的副使、佥事（白钢，1991），其中品级最低者佥事为正五品（吕宗力，2015）[475]，文中的靖海所官员大约为靖海千户所的正千户，品级正五品（吕宗力，2015）[64]，刚好可以被称为老爷。

矛[①]、刀、箭、弯月形的兵器向我们靠近，甚至向我们扔石头，发射火枪，有的还用长矛刺我们。在我们并没有任何地方先一步冒犯到他们的情况下，这一切就这么发生了。

104 现在我们身边可能有上千个士兵了。为首的是一个骑着马坐镇后方、带着旗子和铜鼓的人，那个人没有带高音笛，而是带了一个钟。这种钟在菲律宾被称作“生理”（sangley）[②]，它没有钟舌，没有经过仔细加工，用铜制的便盆制作而成。他们用一根被顶饰包裹环绕的棍子敲击它，这根棍子顶端有一个球状的抹布，防止把钟敲坏，同时这个抹布也让钟声变得特别响亮。钟声响起，他们开始翻筋斗，有的时候还是光着膀子的。我们没有食物，只得结束战斗。我们怀疑那个骑着高头大马的家伙是当官的。但不管怎样，为了活下来，我们决定向这个当官的投降，把武器扔在地上，高喊“满大人、满大人”。我和另外两个欧洲人是最先投降的，然后其他人也跟着一起投降了。

---

① 原文“medias lunas”，不知道是名词还是形容词。如果是形容词的话，肯定是形容武器的形状；如果是名词的话，可能是 17 世纪的一种兵器，叫作“media luna”，但是找不到相关资料。如果用来做状语，那么意思是翻筋斗，就更不可能了。所以，此处按照形容词翻译。

② “生理”（sangley）是 16—19 世纪西班牙人对移民菲律宾的闽南语系华人的称呼。这个词的词源在历史上众说纷纭，主要有三种说法，即“生理”（闽南语“生意”的意思）、“商旅”及“常来”。（赖林冬，2016）这三个词都来自闽南语漳州方言，因为 16 世纪去往菲律宾的多是漳州的商人。而这三个词在漳州方言中的发音分别为 [sing$^{1\text{-}6}$ li^{3}]、[siang^{1} li^{3}]、[siang^{2} lai^{2}]。我们认为，后两者在闽南语中的使用频率较低，不足以让它们成为一个民族的代称，因此“sangley”来自“生理”的可能性更大些。

第三章　靖海所

囚犯们被带往靖海所，他们在这里被迫参与劳动

在进入靖海所[①]（Chingaiso）之前[②]，我感觉它是一座外观不错，且 109
城墙修筑得很好的城镇。所以，我求我主人[③]让我稍稍整理一下着装，以 110
便穿着整齐地进入城镇[④]。我们开始混在一大群中国男女之中。我们碰到了一帮小伙子，其中一个朝我脸上扔了一把泥巴，他以这种方式给我打招呼，另外一个在我的脖子上狠狠地揍了一拳，他以这种方式迎接新来的客人。[⑤]走在我身边的主人被连带着沾上了灰，主人很生气，拿着他手里的刀吓唬他们。官差让我走过无数街道，我也承受着巨大的痛苦，因为我是光脚走路的，而城镇地面却满是小石子、碎陶片和尖锐的瓦片。这是整个艰难路程中最难熬的一段（手稿第 9 页背面）。我根本不知道要去哪里，也不知道哪里能放脚。

走完那段路之后，我的主人把我带到了他那简陋的房子。我们快到的时候，他把路上一直给我穿着的衣服脱下，然后给了我一件及腰的短外衣。这件外衣又脏又破，沾满污渍，布料简单，没有袖子，好像是用碎布拼成的，窟窿多得我都不知道怎么穿。他还给了我一件配套的衬裤，上面的窟窿有巴掌那么大，根本御不了寒，而且我还因为它变得衣不蔽体。

---

①应该来自“靖海所”三字的潮汕话发音“zêng^{6} hai^{2} so^{2}”。

②此处有删减。

③主人指押解阿德里亚诺的官差。在押解路途中，阿德里亚诺会经常提到押解自己的官差，并冠以“主人”“房东”等称呼。叫“主人”是因为他目前受制于人，而叫“房东”是因为他在潮州府留宿之地多由负责他的官差看守，他以为留宿的住房是官差的，遂有此称呼。

④此处有删减。

⑤此处有删减。

他又走到刚刚那个满是中国男女的院子里，给了我另外一件外衣，这件
外衣也是没有袖子的，但是穿上以后至少我没那么冷了，而且也没有那
么衣不蔽体了。然后，我们去吃东西，连水和面包都没有，只有一小碗[①]
煮得很糟糕的米饭和一片浸过卤水保存起来的白萝卜。我打手势表示我
想喝水，那些中国男女当时没给我水，过了好一会儿，他们才给我拿了
一些烧开的热水。我快要渴死了，可是我没有把水喝下去，所以他们以
为我要的可能不是水而是别的什么东西，于是又拿来烟叶给我抽。我又
一次打手势告诉这些人我想要凉水，但是如此一来二去，他们看到我要
水的动作就大笑起来，还有一些人看起来很好奇地想知道我要的是什么，
好给我拿来。他们又重新给我拿来一点热水，跟刚刚那种叶子一起煮开，
然后又给我拿了一条手指大小的小咸鱼，但我实在咽不下去。最后，他
们看起来很想知道我到底要的是什么，于是又给我盛了一点很难吃的米
饭，他们这里管这叫作粥（canja）[②]，我吃下了这碗粥，因为不用怎么
嚼就咽下去了，而且我也不想让身子衰弱下去。干渴一直在煎熬着我，
但是我做了这么多手势，他们都不知道我想要什么，于是我决定为了上
帝继续去忍受这痛苦。（手稿第 10 页）那一大群人离开了庭院，留下我
一个人在这里。没有衣物御寒的我冷得发抖，我求这些中国男女给我找
个地方避寒。他们看到我冷得哆嗦，还牙齿打架，便把我带进一个猪圈[③]
111 里，在干净的地面放了一些稻草，让我躺上去。我请他们让我躺在旁边
的小木板上面，他们不肯，用一条绳子的一端套着我的脖子，将另一端
绑在柱子上，把我拴在那里。我在那里休息了一小会儿，之后，我想要
一双鞋穿，因为我两只脚冷得直打哆嗦，但愿望没有实现。

到了下午三四点的时候，我听到当地人的钟声响起，我的主人急急

① 这里原文用的是 tacilla，意思是小杯子，但是中国没人用杯子吃饭的，所以可能这里神父想说的是小碗，故而移译如上。

② “canja”一词来源于葡萄牙语“canja”，意思是粥，“canja”一词又来自马来语的“kañji”，后者又来源于泰米尔语的“kánxi”。（Nascentes，1955）

③ 原文“pocilguilla”是 pociga 的指小词，后者可以指猪圈，也可以指肮脏的地方（Real Academia Española，2020），详见 https://dle.rae.es/pocilga（最后访问日期：2021 年 7 月 13 日），但是因为不知道当时具体是什么样的一个场所，后面又出现了“干净”的字样，所以翻译成猪圈。

忙忙地走了进来，把拴着我的麻绳解开，拉上我就走，就像白天拉着我走了好几条街的时候一样。他走得很快，我的两腿都已经受了风寒，所以我十分痛苦地跟他走着。我们从城墙的一个门口出来，走向荒野。我们这些病人和另外一大队人走在一起，深信死期将至[①]。

早上走了一路之后，我们有些人脚上长了水泡，受了伤，没办法脚板着地往前走，还有一部分人在开始的冲突中已经受伤流血，有气无力，快晕倒了。感谢上帝，我恢复了一点精神，之后在我的同伴被处死的时候，我能够不带恐惧（手稿第 10 页背面）和悲伤地看着一切发生，我甚至还很开心，就像我此刻表现出来的一样。我看到还没轮到我被处决，就开始想办法好好利用这段时间。时间一点一滴地过去，官差用麻绳拉拽我们前进，给我们留下很小的空间，一些人走到了我这里，我也走到了另一些人身旁，鼓励他们，倾听他们的忏悔。

我们来到了一个平原或者是广场一类的地方，那里矗立着一根高大的杆子，杆子脚下的四周有像耻辱柱（rollo）或者刑讯室门口使用的石阶。在那里，我们见到了一个骑着马的官员。我的主人把我拉到了他的右手边，然后跪着不知道跟官员说了什么，我也跟着跪下，向官员展示了一下我的帽子。官员打着手势，告诉我们一会儿要回去。当我们准备回去，到了靠近靖海所城门的地方时，我们听到有人在叫我们，还让我们往回走。我们又一次跪在官员面前，我不明白中国人到底想要做什么，但是我的主人把我拉回了靖海所。在我们来来回回的时候，我碰到谁就听谁忏悔，但因为我的主人没有给我太多的时间，也没有足够的空间，所以这一切都进行得十分仓促。

走回靖海所的众人回头望了望那根柱子，我看到一个人跪在柱子旁，头耷拉下来，好像是在准备受刑，我感觉他长得像东印度水手，或者是
跟我们情况类似的人。可能某个人命令他跪在那里，一开始的时候，他 112
们也命令我跪下，现在也是他们命令我站起来的。另一个同伴之后告诉我他也看到了那个人，而且他的想法跟我一样，我的另一个同伴告诉我，在我盯着那个人看的时候，他走到了官员身旁，他发现官员十分生气，抽出了一把剑，（手稿第 11 页）拿在手中，大喊着什么。

① 此处删去一句话。

那个下午，我看到了太多的不幸，当回到靖海所门口，走向官员和其他的当地人时，我已苦不堪言。一个当地人手里拎着我们一个同伴的头（刚刚我提到过），我都不知道他们把他脑袋砍了；另一个人拿着一把明光锃亮的出了鞘的刀，我觉得他可能是刽子手；第三个人拿着一盒溶解了的有色墨汁，我觉得那是拿来标记该往哪里砍的；走到我面前的第四个人把我的手平放在喉咙上，用手势和动作很清楚地告诉我，他一定要把我的脑袋削下来，然后就走了。我回到猪圈以后心想："他们可能已经把我同伴的脑袋砍下来了。"我请求这些被杀的同伴代我向主问好，自己也以悔罪的姿态做好了慷慨赴死的准备。我觉得我的死也只是时间问题而已。

夜幕降临时，我们船上的一个年轻小伙来到我的猪圈里，他告诉我，官员也命令他回去，他想可能别人也是一样的。我努力劝他做好心理准备，并且让他当晚慢慢地忏悔。

翌日天明时分，中国人把（手稿第 11 页背面）一个日本人带到了我们所在的地方。从这个日本人的口中我们得知，官员在前一天下午已经下令众人回去，记下了那些逮捕和押解我们的官差的名字，给
113 了这些官差一些奖章以表彰他们勇猛作战。这些奖章是用几小块染了色的棉布所做，官差们站成一队，欢呼雀跃，庆祝他们在我们身上取得的恢宏战绩[①]。

中国人小心翼翼地帮我放好我那软弱无力、苦不堪言的双腿。我几乎没办法站起来，也没有人能给我一双鞋让我的脚暖和一下。上帝终于施舍给我一个同情我并且愿意帮助我的中国人，这一点从他的神情就可以看出来。他把我从猪圈里抱起来，带着我去了很多地方，他帮我求得一双草鞋，我感觉我从来没穿过这么舒服的鞋子。他给了我一件破旧的外衣，虽然这件衣服不怎么御寒，但至少是有袖子的，我的双臂也看起来更加体面一点。他又给了我一顶帽子，帽子顶部和边缘特别破烂，我们把手从边缘伸进去，用针缝了几下，补好了顶上最大的窟窿，缝补好之后我把它戴上，就是一顶小小的便帽。

这一切发生得真是时候，因为在我们刚刚处理好这一切，并且把我

①此处有删减。

打扮得能出去见人之后，中国人便马上把我们带回去见那个发脾气的官员，就像先前那样。那是我们被关在牢里的第二天的早上8点到9点之间。像平时一样，他们用绳子拉着我们，还把我们的双手放到背后捆好，把我们带到了官员的房子[①]和法庭。那位富有同情心的中国人负责押送我，他走得很慢，一路上搀扶着我走过（手稿第12页）街道，还给我指了指往哪里走可以少一些石子和碎瓦片，让我可以下得去脚。我走进官员家的第一扇门，陆续赶到的人很多，门前的街道人满为患，在我走过第二扇门的时候，我碰到了刽子手，他手里拿着那把经常拿来砍人的大刀，我走进第三扇门，里面是一个矮矮的厅堂，官员坐在里面的一张办公桌后面审讯。

官员身着黑袍，黑袍上有一圈白色的缎子。官帽没有帽檐，在官帽的纸皮或者是某个笔挺的东西上面有一块精细的黑色头巾，帽子中等高度，帽形很圆，甚至有点像是半个脑袋，帽子后面的一半往上延伸，耸立起来的三个部分都是圆形的，一直到帽子的最高处，但是帽子前面的一半却是平的，帽子耳朵位置往后其他的两个小纱巾做成的人造物往外延伸，这里的纱巾和头顶的黑色头巾是一样的，这两个多出来的特别大的耳朵在官员摇头的时候也会发出铿锵有力的声音。桌子上有一些中国
人用来当墨水瓶的石头[②]，其中一个墨水瓶里面装的是黑色的墨，另外一 115
个里面装的是彩色的墨，桌上还有用来生这些墨水的小面包[③]，官员用这两种墨水在同一张纸上写字，一些字是黑色的，一些是彩色的。那儿还有一些我们画家用来画画的画笔（中国人拿来写字），画笔按次序摆放，被保存在一些镀锡铁做成的凹槽里，以防墨水弄脏桌面。一些抄写员在官员旁边或者坐在同一个桌子后面处理信件或其他公文。官员的背后是

①这里应该说的是靖海所衙门。古代衙署确实有“前朝后寝”的布局:“在京衙署，署内多不建官邸。京外衙署附设官邸，多建于衙署后部或两侧，供官员和眷属居住。”（姜椿芳 等，1988）

②这里说的应该是砚。

③原文“destastintas sus panecillos”，这里说的应该是用来研墨的墨条。

一个装饰物，或者说是一个木制的花木攀缘架[①]，做工精细。其他几面墙
116 壁上放着（手稿第 12 页背面）一些兵器，当官员需要现身公共场合时，
他会将这些兵器和一些仪仗用具一起带上。

官员在那里和另外两个人处理着什么，可能这两个人在去找他的时候回答了他问的一些事情，官员怒形于色，站起来厉声呵斥，声音急促，双手抓住办公桌，气得直打哆嗦，他充满怒火的双眼死死地盯着我们，一会儿盯着这些人，一会儿盯着那些人，好像要把我们和他的桌子一前一后都吞下肚子去一般。那两个跟他说话的人马上跑了，消失在视野之中。官员转头看向我的押解人，命令我们离开大堂。当我们正准备离开时，我们在房子的门槛处又一次跪下（我指的是大门处），不知我的主人跟官员说了什么，官员回答了他，最后做手势让我们出去。我不知道要去哪儿，也不知道他给我判了什么罪，回到第二扇门的时候，我发现那个拿着大刀的刽子手已经不在那儿了[②]，走出第三扇门，来到大街上的时候，我碰到了来自墨西哥城的路易斯·德·安古洛神父，他正在往里面走，脸色煞白地问我："神父先生，我们到底是会死还是能够活下去？"我回答他："我永远都不知道怎么告诉主，我们到底是会死还是活下去。我感觉刽子手就在那条街熙攘的人群中，我不知道中国人会不会将我送到他的手上。"虽然我没办法用双臂拥抱安古洛神父，但我还是做了做样子，我跟他说："如果阁下想再次忏悔，请先开始吧，之后也请倾听一下我的忏悔。"我们简短地进行了忏悔，士兵们则（手稿第 13 页）急得要命，拼命催我们往前走，我的主人领着我走进人群，带着我走出人群，把我带到我的猪圈里，又把我像之前一样拴了起来。之后，善良的米盖尔·松田神父也过来找我了，这真是他那位主人给予我们的巨大恩惠，对我们来说，这真是莫大的慰藉。我们特意互相聆听忏悔，我们一起进行了祷告，但因为身边没有祷告书，所以只是根据记忆祷

---

① 原文"despaldera"，似为"espaldera"之谬，意思是"花木攀缘架"。"espaldera"一词在此处是引申用来表示一切形状类似于花木攀缘架的东西，主要特征是有网格，并且靠墙而立，明代公堂上具有这种特征的陈设有很多，比如有镂空雕花的门或者屏风。由于作者对这个"花木攀缘架"并没有做过多的描述，我们不能确定它到底是什么。

② 此处有删减。

告了一部分的内容。我们聊起了发生在彼此身上，以及发生在同伴身上的苦难，我才发现我不是最惨的那个。松田告诉我，他自己在苦难之中保持良好的精神状态，他一直在训练自己，以期有朝一日脱离现在的苦难，回到他的故乡日本，为基督教牺牲，他要在那里宣传基督教，为追随基督教的人们施行圣礼。在那天白天和晚上剩下的时间里，我们都在享受这一莫大的快乐。

其实说了这么多，之后我还要说很多。我想告诉大家：如果之前发 117
生那么多事的时候，（手稿第 13 页背面）在我们深陷恐惧之中的时候，
能有一个翻译告诉我们发生了什么的话，或许一切就不会那么难受，我
们所经受的苦难也至少能减去一半，但我们并没有翻译[①]。

上午 10 点零 8 分，中国人彻底检查了日本神父的东西，特别检查了我们携带的钱财、珠宝和其他贵重物品，还检查了船上有什么武器。日本神父虽然听不懂也不会说汉语，但会写一些汉字，尽管不多，但通过笔谈，双方还是互相理解了一些东西。那天，中国人把我带到了另一个住处，换了一个主人，第二天，他们又把我带到了另一个在郊区的城墙之外的住处。他们也给日本神父搬了许多次家，我们两个都受够了这么多次的搬家，也受够了中国人把我们从家里带出来后，“我们要去哪里”“为什么要搬家”之类的疑问钻入我的脑中的痛苦。船上的许多人都和官差商量了多次，才能来找我们忏悔。那几天，我们经常有机会（手稿第 14 页）见到摩尔东印度水手，我们劝他们放弃穆罕默德的宗教，皈依我们的信仰，他们在死亡的边缘挣扎，所以最好还是皈依天主教，但我们都没有成功。

我们中的很多人会奇怪为什么没有碰到去过马尼拉的中国人，毕 118
竟每年中国有那么多人出入马尼拉。但事实是，我们走错了航道，我们
没有到漳州府，也就是马尼拉华人出发的地方。我们现在待的地方很少 119
有当地人去过马尼拉（特别是靖海所的当地人）[②]，即使我们在靖海所
找到了去过马尼拉的中国人（我们的两个同伴就发现有一个中国人去过
马尼拉），他们也只会讲一两个单词，只会用我们的语言告诉我们说他

①此处有删减。

②此处删去一句话。

们西班牙语说得很差劲：俺到女画家圣多明各·马尼拉为了他们的直到打架[①]。说完他们就溜了，我们再也没见过他们。他们还说，他们不敢跟我们说话，也不敢吐露心声。听他们这么说，我们就明白了，这是因为我们的主人和监视我们的官差威胁他们。如果看到他们和我们说话，就要把他们押起来带去见官，甚至在我们被关押的好几个月后还会发生这种情况，那时候我们已经见过很多漳州人了，而且我们发现他们都在马尼拉或澳门待过，懂我们的语言，但他们还是躲着我们。（手稿第14页背面）

①原文“mi a pintora Santo Domingo Manila para que suya hasia pelea”是一个不成话的西班牙语句子，应该是模仿华人说西班牙语。

第四章　中国人的服装服饰

在靖海所他们遇到的别的一些事情。本章也记述了当地中国人的服装服饰

在这里，普罗大众从来没有见过外国人，也没有见过其他国家或 120
民族的人。外国人也不会来这个地方，这里的大部分人也不会离开潮州府。所以，不管我们经过城市还是小镇，都有人在看到我们的时候表现出惊讶的神情。当地人对黑人感到特别好奇，因为他们一直很奇怪黑人为什么怎么洗都洗不白。一般来说，我们如果去到人口比较多的城镇，我们主人的房子就像圣周时去祷告的教堂一样，当地人不排队就这么进进出出，我们的主人经常跟这些人吵起来。当地人口多到难以置信，而且平时都比较封闭和拘谨，所以他们那么多人来看我们一事就显得更加惊奇了。一些男女甚至跑过来摸我们的头发、胡须、双手和赤裸的双脚，他们跑过来看我们用手抓食物吃[1]（中国人是用筷子吃饭的，他们用筷子用得那么熟练，可以轻而易举地拿筷子将一
粒生的或熟的米粒夹起，然后送到嘴里）。在我们盥洗、漱口或做类 121
似的事情的时候，尤其是当我们用碗喝凉水的时候，他们会显得十分诧异，甚至伸手去把我们的水从嘴边或手上拿开，做手势告诉我们不要喝，告诉我们喝凉水伤身。

关于本地的女子，我们发现她们很喜欢许多人一起走过来围观我们，而且是趁男人们都不在的时候，似乎（手稿第 15 页）有专门的人替她们把风，在男人都离开了的时候就通知她们。有时候，她们在里面只要感觉到一点动静，即使她们可能是普通人或下等人家的女子，也会立马小

---

① 此处有删减。

心翼翼，动都不敢动，而那些看起来身份更高贵的女子则不知道往哪儿躲，看到对方是男人的时候，她们就急忙躲起来，等男人离开再出来。

一开始，我们的主人有几次把我们带到几座大房子里，还有几次是
123 去官员的房子，显然，官员已经跟官差打过招呼了，要让几个中国女性看一看我们，另外几次，中国人故意让我们去叫门，他们显然知道我们会经过这些街道。事实上，这些中国女子不允许见当地的男人，在家里不行，出门也不行，所以她们出门的时候都是坐在完全遮挡住的椅子[①]里，但是她们会像我之前提到的那样对待我们。还有一些是普通女子，她们走动得更多，经常走街串巷，和西班牙同等阶层的女子相比，她们上街时穿得更加不修边幅一些。从这里就可以看出，那些说中国女子都比较内向的人（确实大部分人都这么说）应该区分一下她们的阶层，更确切地说，应该是某些等级的中国女子比较内向。

我觉得，关于中国男人的服饰不需要多说，因为有数以千计的中国男人生活在菲律宾，不过这里确实有许多不同类型的男人[②]和不同种类的帽饰是我们在菲律宾没有见过的。中国男人把帽子戴在盘起的长发上，用黑色发网扎紧，有一些发网是白色的，这种发网是用密实的亚麻布制作的。像中国女子一样，（手稿第 15 页背面）男人也会将这种发网戴在头上作为装饰。

戴用亚麻布或丝绸制成的，如同束发帽一般的发网的是那些地位最高的人。这种帽子的戴法是把头发放进其中并将其束紧，看上去十分清楚好看，这种帽子不带帽檐，其中有一些类似于主教法冠（mitra）。不过，这些官员会把中间往上的尖端上下折叠起来。这种帽子是重要人物佩戴的，比如地方长官、其他的一些高官或拥有类似的高级职位的人。另外的一些则是四角帽，形状类似于我们司铎的四角帽，但这种帽子跟四角帽的佩戴方法不同。中国人是将一个角所在的部分放在前面的额头上，其余的部分放在后面，戴在耳朵之上；这些帽子中平实方正者则放在额头上，剩余部分同上。我见过那些官员在他们的家里或者是出行的

①这里指的应该是中国的轿子。现代英语也将“轿子”称为“sedan chair”。

②即不同地位、职业、社会等级的男人，因为当时去菲律宾的大部分是工商业阶层，神父没有见过其他阶层的中国男性。

时候戴这两种帽子，但他们如果要进行仪仗的话，就不戴这种帽子[1]，这种帽子是给受过教育的人戴的。我还见过六角帽和圆帽，还有一些上部平整的圆帽，这三种帽饰是平民百姓戴的，都是用于正式或隆重的场合的。总而言之，从所戴帽饰的不同就可以看出每个人的地位差异。还有其他一些不一样的帽子，如普通的平民百姓除束发帽以外不戴其他帽子，耕田的时候则再在束发帽上戴上白色或者棕褐色的大檐帽，上面有小小的毛毡，形状难看，工艺粗糙，但是样子很像我们的帽子。

女人的衣服很长，宽松肥大，显得正派，（手稿第 16 页）不过，长 124
得矮的女子和男子一般都会穿短衣或短裙，衣服下摆离地差不多一拃。
从鞋子就可以看出男女差异。男子穿白色的长袜，这长袜比我们的靴子
还要宽，有袜底，为了方便走路或御寒，用麻布制成的带子缠紧。女子 127
也穿长袜，宽度和男子长袜一样，白色，没有袜底，在脚跟上往下转一圈，然后把它的端点缠到脚背上，就好像穿在脚上的鸽子一样，一只手那么宽。如果是绿色、蓝色或是其他颜色，上面绣有类似于袖口上面的黎明图案的刺绣，就像中国人穿的鞋子一样，它的末端与剩下的部分色彩相异。男子的鞋和女子的鞋一样不遮蔽脚背，这些鞋子不是用粗棉布或毛皮制作的，更常见的是丝绸制的，织造繁复，工序复杂，有趣而美观，这些鞋子看起来比身上的衣服都要华丽精致。遥远的那一边[2]，当基督教徒装扮起来准备欺骗并借机砍下敖罗斐乃（Holofernes）的头颅时，《圣经》说那对凉鞋夺走了可怜的敖罗斐乃的眼睛，正所谓“凉鞋夺目”（Sandalia ejus rapuerunt oculos ejus）。（《友弟德传》第 16 章第 11 节）[3] 看看她们用带子缠裹得严实的双腿吧。

中国女人的鞋子很不一样，是小船形状，鞋尖终结于一个点，就像船只的掉转向上的冲角或者是腰果的核果（手稿第 16 页背面）一样，核果部分由鞋子生出，向上弯曲，总而言之，可以说它就像公鸡的头冠一

①关于官员的仪仗，详见第六章。

②即以色列。

③翻译参考中文版《友弟德传》。《友弟德传》，又称《犹滴传》，天主教及东正教《旧约》、新教“次经”的一卷，讲述犹太女英雄友第德智杀敌军主帅的故事。（丁光训 等，2010）[788]

样。因为鞋子很紧，而且是像拖鞋一样的木屐，比一般鞋子要短，所以她们走路很困难，但对她们来说算不上特别难，她们之前走路走得那么多，我们都惊讶总能在路上遇见她们，看到她们用这种鞋子走那么远的路，再看看西班牙或世界其他地方的女人，真的可以把她们当男人看了。我的一些同伴在大街上看到她们或穿着鞋，或光着脚，他们说，没办法理解为什么她们光着脚的时候看上去和西班牙女人的脚一样大，却能穿得下看上去那么狭窄短小的鞋子。有时候我的同伴会信誓旦旦地说，他们看到她们之中的很多人都长着一双即使是跟男人的脚比起来也算是大得畸形的脚。总而言之，从她们还在母亲的臂弯时开始，她们就用某个东西[①]束缚和压迫双脚，把脚塞进那么小的鞋里面，这样的习俗可能是为了避免让她们感觉到被那些精致小鞋压迫的痛苦。

女子不像男子一样戴发网。她们把头发整理得很好，在发旋上打上
128 一个结。结婚的妇女在一个小半球内打上发髻，这个小半球和一个小型的裙状物放在一起，后者上了黑漆，就像一小撮头发一样，出门时用一块薄布覆盖（手稿第 17 页）包裹头部，也可以用它来挡住一些没有头发的地方。她们专门用镊子拔除一些额头上的头发。很明显，她们不用其他种类的头巾或披巾，未婚女性则不会留意没有头发的地方，也不会盖住头发，头上的结也不带任何东西。

所有女子都在耳朵上戴有相同形状的耳坠。女子不戴披巾，男子通常不留胡须，其余的男女服饰和裙子几乎是一样的。乍一看，倘若没有好好看清楚未婚男女（特别是做奴仆的未婚男女）有没有戴耳坠，几乎分辨不出是男是女。男子总是带着小扇子，而且不比女子少。毋庸置疑，总体上可以说，女子穿男式短裤穿得不比男子少，她们也穿一些小裙子，也会穿其他的长裙。

我觉得这些题外话已经说得很多了，现在我要讲一讲新一轮的困难了。2 月 20 日天亮的时候，我们穿的衣服很少，感到很冷。那天早上，我的第三个主人用手势告诉我该走了，我们从他在郊区的家里去往靖海所，走了几步，他看到一个小木桩，试了试木桩能不能卡好我的两只手腕，同时取出一根新的绳子，套在之前一直套在我脖子上的绳索上，感觉是

① 原文可能缺少了相关的关键词。

要把我套得更牢一些。我们进入城墙，主人把我押到官员所在的街道，来到官员家门口，我以为（手稿第 17 页背面）我们要进去，但是主人一语不发，转个弯到了另一条街[①]。

我们走进一栋前面一点的房子。我发现，那栋房子属于上文提到过 129
的那个同情和救助过我的中国人。以他的贫困程度来看，他是尽其所能在帮我。我的主人把我连同我刚刚说到的绳索和卡住双手的小木桩一起交给他。那天，除一碗常规的白米饭以外，他还送了我很多吃的，包括一碗好吃又新鲜的鱼，那鱼带点姜，是按我们的方法煮的。我又多要了点汤，觉得自己吃得比国王还好。晚餐吃的是新鲜大葱，葱是煮熟的，不会半生不熟（中国人就是要把东西都煮过了才吃）。总而言之，那天的用餐和住宿都让我很开心满意。

那天似乎是佛寺的节日。我们经过的许多其他地方也都在庆祝节日，人们像往常一样带着圆雕神像在街上列队前行。我看到的游行是在晚上，
人们经过神像，那些不列队行走的人下跪，捶打自己的胸口[②]。 130

当地人带着钟和其他一些乐器，在列队行进的过程中边走边奏乐。最为鲜艳夺目的莫过于在他们手中闪烁的多种多样、精巧无比的灯笼了，这种灯笼就像我们在圣周经常提着的灯笼一样。很特别而且令人肃然起敬的是，这里每栋房子里，甚至是给穷人住的洞里或船上都会有供人们向神像祷告的小礼拜堂。神像几乎都是圆雕塑像，人们每一个夜晚都会在神像前点灯和焚香，人们会走向小祭台，行礼下跪。

那天晚上，我的主人做手势叫我和他们一起去看看当地的（手稿第 18 页背面）寺庙。他们把我带到一座寺庙的门口，对于这座寺庙，我真是一点思想准备都没有，甚至没有想过它是怎么样的。他们又把我带进另一座寺庙，里面全是人，他们好像在祈祷，忙着在神像前面行礼下跪，将香插入火盆内，点燃香火，把它们放到祭坛上。庙里很多点亮的灯火，数量众多的神像布满了所有的墙壁，这些神像都是圆雕塑像，一些是全身像，一些是半身像，神像很大，镀金，还有画上去的衣衫和服饰[③]。

---

①此处删去一句话。

②此处有删减。

③此处有删减。

回去的时候，我的主人带我进入了刚刚去过的第一座寺庙，这座寺庙里的东西和我刚刚见到的还是有所不同的。他们从那里把我押回了家里睡觉，看来他们只是想带我出来看看当地的寺庙[①]。（手稿第 19 页）

---

①此处有删减。

第五章　潮阳县

从靖海所将囚犯们带往潮阳县，本章也有关于当地中国人吃狗肉和驴肉的记载

第二天天刚亮，官差就把被囚的我们五花大绑带到了官员家里，我们一个接一个地走到官员面前。当时，在我身上发生了一件不幸的事，虽然我没事，但是我第三个主人，也就是那个检查我手上的枷锁合不合适的主人，遭殃了。事情是这样的，当时我正在聚精会神地四处寻找着教会里的一个矮黑人[①]奴隶(negrillo esclavo),他从马尼拉来，带着赫罗尼莫 · 索托的尸体，在我们被捕之后，我就再也没见过他了。我在大街上走了三四步，想在人群中寻找他，却一不小心闯进了官员家里的第一扇门后的第一个院落，官员就坐在那里，他穿着用染色的锦缎做成的外袍，那里摆放着一些仪仗器具，他面前还有一个办公桌。里面的人立刻让我跪在官员面前，官员看到我，便命人把我带进第二个院子里，官差让我一直处于官员的视线范围内，还迅速地将我的手绑好[②]。 131

后来，中国人把我们六人一队地分成几队，每队有自己的队长，还有带兵器的官差。他们带着许多我提到过的那种用于进行胜利欢庆仪式的小旗子（染色麻布制成），小旗子上用黑色的笔写着几个中国字，说我们是海盗，以械斗罪被捕。 132

讲点别的吧。这里我想提一提船上养着的一条大猎犬，那可能是一条西班牙斗牛犬（alano）。它在船破碎的时候逃出生天，没有游泳，而是搭在一扇活板门上，搭得很稳，顶住了巨浪的侵袭。它脖子上也拴着

①矮黑人也称尼格利陀人（negritos），是东南亚的一个人种，与非洲的黑人并非同种。

②此处有删减。

一条绳子，神情很哀伤，一个官差带着它，好像它也犯了这些人加诸我们身上的罪一样，但其实它并没有参加那场战斗，因为在沙滩上我们已经跟它走散了，它也没有在我们逃跑和防卫的时候跟着我们，所以它是在之后被抓捕的。它很难过，看起来它似乎知道现在命运在跟它对着干。我觉得官差也应该给它来一碗米饭，因为当他们给它米饭或者它的主人的米饭从桌子上掉下来的时候，它会很高兴地去吃，（手稿第 20 页）看得出来，它肯定很饿。

它个头很大，身材匀称，当地人甚至是官员们都不厌其烦地望着它，不过这也正常，因为毫无疑问这些人从来没见过这么大的狗，中国也没有进口很多这样的大狗。当地的狗品种低劣不堪，体形瘦小，容貌丑陋，长得像怯懦的小狼崽。中国人有狗肉店，屋子门前会售卖被剃了毛的狗和半生不熟的狗肉，我们走在大街上也经常能够看到篮子里装着小狗崽，
133 中国人像卖小羊羔或小猪崽一样出售这些小狗崽。根据我们的所见所闻，连位高权重之人都吃狗肉。

有一次，海门所（Aymanso）的长官宴请一位官员，这个官员掌管着潮州府海岸一个拥有十三条舰船的舰队，他也宴请了我的五个白人同伴，赴宴的五个白人同伴后来看到筵席上有几碗狗肉，官员们吃得特别香，这些官员说吃狗肉特别暖胃。这里的狗都是家养动物，所以长不了多大，如果一条狗长得很肥，即使它个头小，也会被宰杀出售。因此，活下来的狗通常品种低劣，是那些长得最瘦的。宰杀之前，即使狗长得不肥，人们都要先把它饿个两天再杀，然后，当地人不砍下狗头，也不放血，而是活生生用棒子打死它，（手稿第 20 页背面）他们说这样吃起来味道更好，肉质更嫩，对身体更有好处。当地人也不剥狗皮，他们处理羊和其他类似的动物的时候也不会用热水烫掉皮毛，因为他们连皮毛都要吃掉，舍不得扔。

当地人狗肉吃得不多。虽然我没有在所在的地方看到，但据我从亲眼所见的可靠之人那里探听到的消息，中国很多地方蓄养着大量的驴子，在这些地方，吃驴肉和吃狗肉一样都是很常见的，算起来，可能比牛肉常见。那些狗肉店把狗头放在盘子里卖，驴头也是一样。驴头还会带耳朵，这样人们就知道哪里卖驴肉，哪里卖狗肉。当地人也吃骡肉和马肉，

他们会把骡子和马杀掉，然后把它们的肉卖掉。当地人还吃蛇肉和其他虫子的肉。在中国，狗死掉以后，尸体不会被扔到垃圾场，甚至骨头也不会被扔掉，中国人会把它收起来，保存好，然后卖掉，我就好几次看到他们拿一些箩筐装着死狗。在法院的审判庭，当我们这些可怜的麻风病人[①]被带到官员面前介绍的时候，中国人首先介绍的就是我们那条斗牛犬。看他们介绍它的时候的样子，就好像它犯了什么罪，要进行忏悔，必须接受审判一样。

总而言之，第一天我们游街的时候在那个平原或广场上看到的那根
竖立起来的杆子，我当时以为是用来砍头的，但事实上，它是官员听讼
时用来升旗的，那个地方也是（手稿第 21 页）中国人经常用来升旗的地 134
方，在城墙外头。我还不知道杆子前那幢完全坍塌的建筑是用来做什么
的，我们就在那里等官员过来，他得意扬扬地骑着马过来，身边一帮随
从步行跟着他，敲着“生理”钟和小铜鼓，吹着小喇叭，打着火枪，所
有人都向他行礼。这时，留在靖海所镇里的人就屈指可数了（虽然靖海
所没有海门所那么小，但它的郊区也不过三千户人家）。

我们开始往另一个镇子走。官员走在最后，有时候骑着马，有时候坐在像床一样的椅子上，几个中国人用肩膀抬着。我们在正午前的三个小时里走了 3 里格，人们跑出来看我们，每里格都能见到一些人家。我们这一路以及其后走过的路程都是沙地，我的双脚还不是很灵便，第一天长出的水泡还没有弄破，我感觉双腿要断了，关节和其他部分的肌肉里的筋腱令我脆弱不堪。那双旧草鞋不仅妨碍我，还令我伤痕累累，因为它们不合脚，而且穿着它们脚会沉到大量干燥的沙子里面，所以我只能把它们脱掉。

最后，我们来到了第三个村庄，在平坦的野外露宿，承受着正午烈日的暴晒。官差除给了一点水以外，没有给我们一点冷饮或冷食解暑。

① 这里作者大概是将当时他们疲病交加的状态形容为得了麻风病一样。

一个姓莫[1]（Mo）的大官来到这里，我用了我们西班牙的官职名称来匹配他的官位（这样做是为了供后人参考），（手稿第 21 页背面）他可能是潮州府（用我们卡斯蒂利亚语应该叫潮薮[2]）法院审判庭的第四级官员，由于他的职位和职权，人们经常把他唤作莫舍（Mocia）[3]。

押解我的官差把我带上前。他是那个我前面提到的同情我的官差，
还有另外两个是我家里的官差。官员坐在那里，戴着前面说过的那种
帽子，面前有张办公桌。在帽子这件事上，好像没有一个中国官员是
不一样的，他们都是戴着黑色的帽子，材料和形制就和我前面提到过
的一样（只有中国皇帝头上的帽耳朵不是像被钳子夹住一样横在两边
的，而是朝上的）。莫舍还穿着一件白色绸缎做的外袍，他是一个年
纪很大的男人，风度翩翩，胡子长得很好。我们在他面前跪下，官差
135 们向他介绍我们。这些官差都很同情我的遭遇，他们扶着我的手臂带
着我往前走[4]。

我们在烈日暴晒下等待另一个高官的到来，等了差不多两个小时。他是州府的二把手，职位大概是军团长（Maestre de Campo）或者是军事总长官。他姓明（Men），根据他的职权和地位，人们一般叫他“大老爷”（Talavia）[5]，也叫“三户”（Samhu）[6]，意思是州府的二把手。他到

①原文用的词是“nombre”，考虑到东西方姓氏和名字顺序的不同，神父很可能将姓氏当作名字。当然 Mo 也可能是这位官员的名字，但是根据“Mocia”，莫舍这个称呼，应该是姓氏没错，后面还会提到更多官员的“名字”，会根据情况进行翻译。

②原文“Chaoceo”。

③“Mocia”后面的“cia”，我们猜想可能是人称后缀“舍”，潮汕话读音“sia^{3}”，但是在潮汕话中这个词在现代似乎多用来指公子哥。但是这也不能代表明朝时候的潮汕可以用“舍”称呼官员，我们也无法完全排除有这种可能性，所以关于“Mocia”以及后文出现的“Goucia”一词，我们只能保持存疑的心态，将它们翻译成“莫舍”“吴舍”，潮汕话发音分别为“mog^{8} sia^{3}”“ghou^{5} sia^{3}”。

④此处删去一句话。

⑤根据“Talavia”的职位可以推断出他是潮州卫指挥使（正三品）（陈致平，2003），明代最低可称为老爷的官阶为正五品，所以身为潮州卫指挥使的“Talavia”理所应当被叫作“大老爷”（潮汕话发音为“dai^{6} lao^{6} ia^{5}”）。阿德里亚诺神父将平民对这位高官的称呼当作了他的职位名称。

⑥此处为音译。

达现场的时候排场很大，随从众多，人们一边前进，一边敲着“生理”钟和铜鼓，吹着喇叭，举着官员的各种仪仗器具，另一些人纵列行进，人数众多，一些士兵拿着长矛和火枪，另一些拿着弓箭，长官也跟他们一起走。（手稿第 22 页）大老爷坐在一把床一样的椅子[1]里，八个男人抬着他。他穿着绿色锦缎外袍，看上去比较年轻，尽管胡子很少，但相貌英俊，仪表堂堂。很多人骑着马跟着他，马戴着许多很大的铃铛，每个铃铛都有一个球那么大，声音震耳欲聋，还有一大群恶棍跟着铃铛声走了过来。

我上面说的已经很多了。那天我知道这些人什么时候会把双手被缚、五花大绑的我们拉出来，他们把我们拉出来后，我便看见两三个有权有势、骑马坐轿的中国人来接我们，那天有人就已经告诉我，这几个中国人把押解着我们一部分同伴的官差撤了，并派人把这些同伴带到了他们家里好生招待。另外一次，有一个官员命令官差把我们带去靖海所见他一面，当时官差中有一个人不想带他家里的人[2]去见官员，但他最后明白这会惹来麻烦，所以他马上就带手下的人去见了那位我提到的官员。这位官员做手势告诉他的囚犯们不要害怕。他们在官员家里逗留的每一天他都在处理公文。我们从这件事推测，这位官员可能知道一些关于我们这件案子的真实信息，后来他总是表现出知道一些案子的真实信息的迹象，对于我们的不幸遭遇也表示了同情。在我们要去见官员之前，官差给一部分人戴上手铐，给另一些人戴上了小木枷。在跟随官员的士兵中，有一位武官为我们充当翻译，因为他曾经在马尼拉待过一段时间。(手稿第22页背面)他没有给我们脸色，136
还告诉我们，他在马尼拉做鞋匠，缝制鞋子赚的钱让他在中国有了现在的光景和地位，所以，当别人向他提议不要给我们解开手铐的时候，他没有向官员请示就拒绝了这个提议。官差先带走了三位神父，跟着我们一起走的是戴上镣铐的斗牛犬。

---

①为了读者阅读方便，后面一律翻译成轿子。

②“圣母指引号”上的人员被安排住在官府指定的房子里，阿德里亚诺以为这些房子是官差的家（这些房子可能是官差的房子，也可能不是），所以他这里将官差所押解的船上成员称为“他家里的人”。

当我们进去时，官员们站在一张办公桌的附近，他们都很平静，神情严肃，他们身边有另一个翻译，那是一个在日本长崎结了婚的中国人。通过这个翻译，他们向日本神父了解了我们的一些大概信息，比如说：我们是什么人？来自何方？去往何方？船上装着什么？我们为什么会失事？他们只是口头问，没有写下来。之后他们还叫了其他的白人过来，于是他们知道了我们之中谁是商人。他们没有问更多的问题，也没有叫别的人过来。

这两位官员，连同翻译、日本神父和船上的商人一起到了我们失事的地方。在那里又来了一个大官，他是战争将领，根据神父和商人们的描述，他知道了我们当时离陆地有多远，也大致知道了船是怎么解体的，以及我们案件的其他细节，之后他下令抓捕了几个村民，让他们交出之前从我们身上拿走的钱。我们在审讯的开头就猜到他们会这么干。

在官员们努力解决上面那些事情时，我们就出发继续上路。在沙子上走路太过辛苦，我一步都迈不出去了，（手稿第 23 页）愈渐衰颓的我再也无法抖擞精神，那天下午我们走了 2 里格，对我来说，那是我一生中最难熬的几个小时，每一步都走得提心吊胆，毫无喘息的机会。最后到了村里的时候，我们也找不到能够落脚的地方，就和在其他村子时一样，官差希望我往前走到另一个更远一点的村子。我躺在大街上，跟他们说他们想怎么处置我都行，但我现在一步都走不动了。于是，他们把我弄进了一个小房子，那天晚上我需要用什么东西就出来拿，然后抱回去用。

第二天早上天刚亮，官差就叫我们所有人启程。我用前一天下午的
137 那句话回应，最后几个官差轮流背我走了一会儿，我的两只胳膊都没有力气，所以没办法勾住他们的肩膀。他们就用轿子抬我，一直抬到了一个小湖的岸边。这一段路一共是 1 里格，路程的前半段有一些有人烟的村庄，而后半段我们则是乘船渡过一个小湖。

我们到了小湖的对岸，那里有一座很大的城市叫作潮阳县，城墙修得很好，靠近一个水坑，里面有特别多的船，还有用芦苇以及各种木材制造而成的木排，城墙内有一个精美绝伦的高塔，马尼拉的任何一座庙宇的高塔都不足以与其相提并论。在去水坑边之前，我们穿过了一片郊区。我感觉郊区面积很大，人口更是不可胜计。一般来说，在（手稿

第 23 页背面）菲律宾群岛有一万五千到两万中国男人（中国的女人在任何情况下都不被允许离开中国去往其他国家），这些在菲律宾的中国男人当中的大部分人住在马尼拉城墙之外的郊区的小镇或市场[①]里。尽管如此，与这座城市的郊区相比，我感觉马尼拉的郊区还是十分小的。在这座城里以及后面经过的几座小镇里，我发现十二岁以下的孩童非常多。[②]

---

①原文“parian”，来源于菲律宾他加禄语，市场之意，专门指马尼拉附近的华人聚居区，也叫作“八连”。

②此处删去一段。

第六章　开庭审讯，以及中国官员出行时的随从、仪仗

潮阳县的众囚犯被带去中国官员面前做开庭审讯，本章也有关于中国官员开庭审讯或其他需要出席公共场合时身边的随从、仪仗等的描述

139 2月23日天一亮，官员们和陪同他们去失事地点查看的人就回来了，
而押解我们的官差也在天亮时把我们押到了官员的法庭。法庭一般坐落
于靠近城市的城墙外的田野，所在的建筑有像门廊一般的三个矮厅，中
间的矮厅大，两边的矮厅小，它们互相间隔开，矮厅前有墙，朝向一片
宽阔的田野或一个方形的广场。三个厅房既没有墙也没有门，位置明显，
只有几根比例恰当的柱子用以支撑天花板。在中间的厅房内，根据参加
庭审的官员人数，中国人准备了相应数量的小型桌椅，小桌子的前端用
带颜色的锦缎装饰，中国人的前帷布（frontalera）装饰使用另外一种颜色，
与我们的前帷布类似，但不是像我们的教堂祭台的前帷布装饰一样下垂，
日本也不使用下垂的前帷布。桌子上按照我之前提到的那样摆放着一些
纸，还放着画笔，或者叫笔。中国人也会挂一些丝绸的门帘来装饰厅房，
两边的厅房也会设置一些座椅（手稿第24页背面）供不是来参加庭审的
140 高官坐。他们不会为低级官员设置任何东西，低级官员站在审判官员的
前面。一般来说，会有很多负责审判的官员，这些官员带着前面说到过
的仪仗。其他一些琐碎的小事我就不再提了，我只想补充一句：所有官
141 员的外袍上会有一条布料优质的腰带，腰带有一只手掌那么宽，很整洁，
前面部分制作精良，看起来与衣服的腰身十分贴合；腰带的后面部分则
是紧绷的，不折叠，绑得很紧，后面部分距离腰部半拃，胸部及背部与
胸部对称的地方有两块方形的布料，就像一个刺绣精良的白袍的下摆一

样。根据官员的品级不同，腰带布料的种类、质量以及腰带款式会有所不同。另外，他们都穿着深黑色的靴子。

在官员来到他的厅房做庭审前或者从厅房回家的时候，我们这些囚犯总是要戴着脖子上的绳索，在大街上站成两列，让他从我们中间通过。那些负责押解我们的官差围在我们周围，在他们之间还有很多其他人，在这些官差身后还有两列士兵，他们握着长枪，长枪插地，很多长枪上有小旗，但主旗不在这里，而是在那个我之前错以为是枭首示众柱的杆子上，长枪兵之中还有火枪兵以及其他一些拿着别的武器的士兵。官员或官员们到达时会有随从和跟班跟着，随从们敲着小铜板铃和钟，演奏其他乐器，特别是那些小号，这些随从可以根据场合情境吹出不同的声响，而一般用于节事的则是一种类似于手摇弦琴的乐器。在升大旗的地方，人们会弹奏一阵相似的音乐（手稿第 25 页）来回应官员跟班的奏乐。在这个时候中国人还会放一次鞭炮。鞭炮响后，长枪兵将他们的长枪连同小旗一起放倒，并一起大吼一声。

在这之后，两队携带武器的士兵在官员前行进。走在官员前面的还有一些低级司法人员和奴仆，他们一些走路，另一些骑马，肩膀上扛着仪仗器具，有一面旗子的，有两面旗子的，也有三面旗子的，有的可能还要更多，因此仪仗器具的数量、多样性、种类丰富程度是衡量官员品级高低的一个重要体现。有一些官员会携带长柄刀作为仪仗器具，一些则是中国刀，还有一些肩膀上背着写过字的小牌子，上面用汉字写着这个官员的职权和品级。两个官差站到两边，拉着两根铁锁链，另外两个同样拉着铁锁链，用两根长棍打四下或六下，警告旁人从主路上让开，好让后面过来的官员通过。有的官差还会带一些常用来惩罚犯人的器械，比如说锤子，（除惩戒器械之外）还带着一些挂着的香炉或冒烟 143
的熏炉，以及两匹用缰绳牵着的马。每个队列中有一两个文件柜[1]或大箱子，里面有纸张和公文。官印则被锁在箱子里，只有用钥匙才能打开，里面放着两个印章的柜子或箱子则密封得更加严实。当官员们出门在外，他们一直会把这些东西留在视线范围以内，甚至睡觉都带着它们，据说（手稿第 25 页背面）他们就把这些东西藏在枕头底下，因为丢失

① 或许是中国古代的书箧。

官印是一项重罪，官员用官纸封好官印，用有色的墨打湿官纸，写上字[①]，让纸张和墨一起封住官印，就这样进行简单的标识，不打蜡也不用其他东西来封住官印。如果要讲完全部官员所使用的仪仗器具，那就要讲很长一段时间了。

官员身边跟着两个人，这两人拿着几把大而轻的蒲扇。这些蒲扇用一些在马尼拉使用的小型藤本植物制成，一端扭曲，感觉是用硬纸板做成的，上面涂了一些沥青，还画了一些图案，每把蒲扇上面都画有一条大蛇，这蛇或者龙是用来象征官员的。蒲扇也可以用来遮住官员的脸，不让人们轻易地看到官员的样子，或者是从上方遮住太阳光，防止晒到官员。官员身边还有一把巨大而精美的遮阳伞[②]，有时候还会有两三把这样的遮阳伞，一些官员的遮阳伞是一种颜色，而另一些官员的遮阳伞则是另一种颜色。官员坐在一个没有遮挡的圆形轿子上，有时候是四个人用肩膀抬轿子，有时候是八个人。轿子制作精良，涂有不同的颜色，如果是金黄色的话，那就与宝座无异了。

这些宝座都是官员在公共场合出行的时候才坐的，他们平静严肃，似乎连眼睫毛都一动不动，气氛这样严肃，自然所有人都表现得小心翼翼。我看到，官员来庭审的时候总是身着深紫色锦缎制成的外袍，在其他场合则会穿其他不同颜色的衣服。但是我从没有见过官员穿黄色的衣服，因为黄色是皇室的象征，只有皇帝和皇子才能穿（手稿第 26 页）黄色的衣服，衣上绣有五爪的龙，甚至最里面的衣服都是黄色的，绣工精湛。仪仗队行进到一半的时候，中国人又放一次鞭炮，然后又做一次前面的步骤。在快要走到审判庭的时候，大家都走得快一些，抬宝座的人几乎是跑着将官员带过去的。官员从宝座上下来的时候，又放一次鞭炮，中国人又做一次前面的步骤，士兵又像前面说的那样回应一次。在官员走到我们所在的位置之前，我们这些在场看着官员向前走的人全部都要跪着。

145 上述的情况仅限于去往公共审判现场时出现。当官员们只是在大街上经过的时候，一般情况下是不会有所有的这些大阵仗的。虽然随

---

① 此句原文无，根据意思加上。

② 就是华盖。

从有时候会带一些东西，特别是旗子，还有人拖着棍子、吹喇叭或拉
手摇弦琴，但是官差不会带这么多仪仗器具，路上也不会有人下跪，
其他人往街道的一边靠，只是站着不动，直到官员通过为止。官员也 146
并非总是坐着之前所说的那种高高在上的宝座，有时候，官员会坐在
有遮挡的轿子上，上面只有一个帘幕。如果官员品级不高的话，他可
能只是骑马而已。

有两三个官员以我上面提到的方式到了审判庭现场，他们坐在自己的位置上，之后到来的官员不需要参与庭审，而是在小厅等候。他们之间的礼仪很特别，我没办法全部介绍，即便如此，我还是可以提一提其中两个，因为它们实在令我忍俊不禁。

第一个，官员之间要互相陪同，一个陪另一个到第一个椅子旁，那个不坐的官员（手稿第 26 页背面）在要坐的官员的面前停住，要坐的官员看着他，不坐的官员用他自己的那身外袍的宽大袖口扫一扫椅子，清理一下，才让要坐的官员坐下；然后，这个不坐的官员又去陪同另一个官员，且又做同样的事情。当官员很多的时候，其他的官员也会这样子做。这些事情完全没有必要做，因为既然有奴仆的话，奴仆肯定会提前清理椅子的。

第二个，三个或以上的官员要同时在小祭坛或者是办公桌前站一会儿，好像弥撒开始阶段的主祭、助祭、副助祭深鞠躬忏悔一样。在行了多次大礼之后，官员们各自回到自己的位置，回去之后，所有的官员两个并排待在一起，品级最高的官员向前走一步，其他官员开始用我们在圣周对十字架行礼的方式对这些最高级的官员行礼：去的时候磕三次头，回来的时候又磕三次头。官员们将手插进那宽大的袖口，双手紧握，举过头顶，然后身体和手一起往下弯，直到双手和额头在地面触碰到一起。官员们每磕一次头，就接着磕第二次，在长官行礼完毕之后，一大群士兵一起行礼，每行完一次礼就大吼几声。

完成以上事情之后，我们一个接着一个来到官员们面前跪下，连蒙带猜地行着如此这般的礼节。接着，我们通过翻译进行陈述，然后官员们（手稿第 27 页）亲自写下每个人的姓名、国籍或故乡，我们来自何方、去往何方。之后，官员们写下负责押解我们的官差的名字，要求这些官

147 差好好照看我们，因为官员们会清点官差的人数以及我们的人数。那天的庭审结束之后（因为我们的人数很多，庭审从早上天刚亮开始，一直到中午才结束），那两个走到前面接受行礼的大官给我们每人分发了两小块和好的红糖面包和两个甜甜的小橘子。另外两个高官是我们所在的潮阳县的高官，他们待在两个小厅中的一个里，并派人来叫我们，给了每个人类似的礼物，还给某些人特别送了一些小食品。在那天庭审后，我们开始没有那么害怕会被马上处死了，因为官员们向我们展现出了仁慈的一面，这让我们又开始有了一丝生的希望，我们也开始对中国的城市有了不错的印象。

第七章　潮州府

潮阳县的众囚犯被带往潮州府——府治之所在，他们给我介绍了一些当地有意思的东西

中午，中国人将我们分成两批押解前往府治所在的潮州府 148
（Chauchiufu），一批沿陆路，一批乘两艘舢板沿水路。那天下午、晚上以及第二天清晨，我们当中最瘦的人乘船渡河，（手稿第27页背面）一开始，我们发现这条河很宽阔，而且它的沿岸遍布村子和小镇，有一些地方还围了城墙，一直到潮州府都是这样。在到达潮州府之前，我们发现它的附近有两座用砖石砌成的塔，美妙绝伦，在建筑和美丽的外形上可与西班牙萨拉戈萨的新塔（Torre Nueva）及瓦伦西亚的米迦勒塔[①]（Micalet）相媲美，每一座塔都有八条美丽的圆形回廊，比例恰当，一条回廊上面是另一条回廊，上下距离保持得也很好，为其增色不少。中国人告诉我这些是官员们的坟茔，上面所写汉字的意思是"顺着这些高塔，他们可以飞升到天堂"。在我们此次途经的好几个卫所和城市中，我们都看到很多类似的很漂亮的塔。

在河上航行的大小舢板不可胜数。这种船到处都是，随时可见，总
是布满宽敞的河面。在潮州府，那段脖子上套上绳索、自由受限的日子 149
终于宣告结束，我感到很开心，我们又一次回归自由状态。我们在潮州府享受到了高度自由，我们现在有空闲的时间和心思好好观赏潮州府了。我仅写了一些我感觉比较有趣的地方。

这条河上有一座巨大的石桥，自城门起一直延伸到城市的一大片郊

①新塔为萨拉戈萨于1504年到1512年建起来的一座塔，毁于1892年。米迦勒塔建于1381年到1429年之间，至今仍矗立在瓦伦西亚。

区，桥的另一侧有二十个特别大的洞，与中间分开桥梁的四五个桥洞连在一起。人们用（手稿第 28 页）一些船代替桥洞和柱子，船上有一个很不错的两侧有栏杆的木制通道，它的用途可能跟堡垒类似，在必要时可把通道切断，不让外来者通过，也有可能是为了让大船或载有高大树木的船从桥梁的一侧通过到另一侧。为了阻止小船通过，当地人甚至设置了与水面平齐的链子，从一根柱子连到另一些桥洞中的另一根柱子，使得那些船和木制的填充物就像一扇关上的门一样。

在河流通过那座桥的一段，如果顺着三只小船那么宽、建造在最近的两个石柱内部的石阶往下，会发现从一侧到另一侧有七百步的距离，而木制部分和船只部分长一百七十步。桥宽由四块石头组成，即至少宽二十五步，最宽的有二十九步，石头的宽度都是 1.5 巴拉[①]，我用我的拐杖量过它们的深度，也是这个数值。八十块石头组成了平坦的桥洞，桥洞没有做成拱形。有八块类似的石头在河岸的地面，比原来的石头长了十到十二步。我们很惊奇一个单块的石头能够如此之大，且仍旧坚固，纹理漂亮。这是我在从巴塞罗那到塞维利亚、从塞维利亚到墨西哥和菲律宾一路上所见的建筑和采石场中都没有看到过的。中国有很多光秃秃的大山，都出产这种石头。

桥上的点睛之笔就是它上面的一条街道，因店铺林立而显得美轮美奂。（手稿第 28 页背面）不仅在柱子和拱柱的最宽处有店铺，在桥梁的两侧，也就是紧随其后的两个墙面的大部分地方也有店铺，还有外面颇具匠心，并与水下部分连通的建筑也有店铺。从一个店铺的屋顶到另一个屋顶之后，第三个屋顶下降并连接太阳桥上的街道。两边的店铺数量
150 都是两百家，店与店之间没有间隔。如果当地人能再好好重建一下这些店铺就好了，要完成这项工作，他们的能力是绰绰有余的。这些店铺可以用作食肆，里面有许多不同种类的烹调好的食物，食物就放在桌子上。另外，还有卖甜点、水果和其他食物的店铺，其中最多的是小型的杂货铺，

---

① 根据《马德里学报》1852 年 12 月 28 日给出的数据，卡斯蒂利亚地区使用的巴拉长度为 0.835905 米，萨拉戈萨省使用的巴拉长度为 0.772 米（Ministerio de Fomento，1852），萨拉戈萨省的巴拉长度更符合阿德里亚诺神父所说的“巴拉”。

里面堆满了各式各样有意思的东西。总而言之，这座桥还有它上面的街道，很值得一看，价值非凡。

城市的四周是广大的郊区，城墙的一座桥靠近河流，另一座桥下有坑洞和小湖，里面有水。城里有很多很漂亮的大型建筑，有佛塔也有官家的宅邸（位高权重的官员们就住在里面），还有其他一些特别的房子，我曾经想进去好好看看它们的设计。城市里也有十二个以上面积很大的小湖，这还没有算上在城墙外郊区里其他更多的小湖，湖里都游满了鱼。城市里面还有一些笔直亮丽的长街，但这些街道的翘楚要数主街，主街很宽很长，整条街道两侧各式各样的店铺鳞次栉比，一些是杂货铺，里面有各式各样的商品，一些专门出售食品，比如食肆、糕点铺以及类似的店铺，还有一些则是各种官家店铺。门前皆设有棚子和门厅，（手稿第 29 页）在其外街道的两侧，人们站成一排，叫卖水果、蔬菜、活海鲜及新鲜的鱼干和咸鱼，桌子上摆着猪肉、牛肉还有其他肉类（中国的鱼店就是这样子的）。所有的这一切令人目不暇接，流连忘返，让整条街道更具美感。

然而更加美丽、为整座城市锦上添花的，要数那二十六座牌坊（portadas o trechos）。它们占满整条街道的宽度，没有留下灯火照不到的黑暗的角落，这是极好的，因为夜晚时分这些地方可能会比较危险。这样的设计应该引入西印度和西班牙。牌坊上十分漂亮的大石头和大柱子都被加工得特别精致，其结构和外观都精美绝伦。总而言之，这些建筑之美妙是我在其他街道从未见过的，在欧洲的街道也没有见过，这些建筑中的任何一座都可以让西班牙的某一座城市增色不少。但是由于材料便宜，而且经过官家的手，与在西班牙的建造相比，此处的建造成本不算高，在西班牙要找到类似的材料可是一笔不小的花销，至少我知道，它们中最好的那一个没有两三千比索是建造不起来的。对于中国所拥有 151
的财富来说，这笔花销是很大的了，因为在这里，银子或者钱是很贵的。

我向别人询问这些建筑是属于皇帝的还是属于平民的。一些人告诉我，它们属于一些特殊的富人，这些富人在学术领域（sciencia）拥有学位，被晋升为官员，为了给这座城市带来荣耀，并且让后人铭记这些人，当地人建造了这些建筑，而且在主要的地方和石头上用大字铭刻下（手稿第 29 页背面）他们的名字。另一些人告诉我，当地人利用公共收入为那些政府里杰出的官员建造了这些建筑，或者是为那些在朝廷获得进士（doctor）的潮州人建造的，这些人地位崇高，功勋卓著。城里其他街道上还有一些类似的拱门。

我试着绕着城墙快速地走了一圈，从下午 1 点开始，当我走完一圈回到起点时，太阳刚好下山。从城墙往下看，满目都是中国式的矮建筑，整座城市和郊区清丽高雅，其中的居民和灯火可能已达十万之多或超过这一数目了。

我询问了所有走陆路到达潮州府的囚犯，前往潮州府的路上是否也像那条河的两岸一样住着那么多居民。在之后的路程里，我也看到了当地人告诉我的情况: 每 0.25 里格就有一些城镇，有的城镇大，有的城镇小。最让我惊奇的是，这里距离我们被打败，缴械投降时所在的城镇以及我们第一天离开靖海所的那条路已经有 7 里格之遥了。正如我说过的一样，那里的城镇之间距离为 1 里格。相较于前后左右，无处不在的包围着我们的城镇，我们在走的这条平坦之路真可以说是荒无人烟了，我们赶路时，视线中总是有城镇的，就算是错过了某一些城镇，也会立马就看到另外一些城镇。基本上，这里所有的田地都种上了作物，有的地方种植制作面包的谷物（sementeros de pan），有的地方种蔬菜和豆子。

第八章　潮州府庭审

潮州府官员数次下令将众囚犯押送庭审，并向他们提出若干问题

25 日，我们在潮州府被押送庭审，只有军事总长官出席庭审。除 152
在庭审中搜我们身，以及看看我们是不是在等候他出现以外，大老爷
就没做别的事。一位佛寺的僧人来到我身边，解下他的长袜，把包着
他下半身的棉布给我。他说他知道我是神父，所以才请我拿这些棉布
包我的腿，我十分感谢他给予帮助，我之前乞讨多次都没有收获暖腿
的东西。

26 日，我们又回去接受庭审，只有两个上面提到过的官员，军事总
长官大老爷和莫舍出席。人们并不用本名称呼他们，每个官员都有不同
的习惯性称呼,我猜那是他们的职位名称,这里所有的人都这么称呼他们。
这两位官员总是亲自记录下我们的回答，我们带了多少钱，带了什么珠
宝，做什么生意，带了什么武器，是怎么迷失的，是如何在中国靠岸的，
海浪把我们带到何处，或我们离开船的时候水有多深，淹死了多少人，
淹死的人分别是谁，靖海所的士兵杀了我们多少人，还有我们船上死者 153
的姓名是什么。在接下来的庭审中，他们向我们提了类似的问题，还提
了先前庭审中提到的一些问题。

27 日，我们又被叫去接受一次新的庭审。在这次庭审里，我们又被问了前面提到过的问题。除前面提到的那两位高官之外，还来了另外

两位高官：一位姓米（Vy），他的职位和职权为大爷（Tayya）①，是我们所在的潮州府审判庭以及法院的第二大高官，也是负责府衙（La casa real）的官员；一位姓吴（Gou），审判庭第三大高官②，他的职位和职权是吴舍（Goucia）。在这次庭审中，只有两个突然到来的大官问了我们问题，并写下我们的回答。

28日，又举行了一次新的庭审。第五位官员加入了庭审，他比之前的官官位都高，姓韩（Jan），他的职位和职权是潮州府的知府（visorey）、统治者③和法院院长。他在军事总长官的陪同下到场，另外三个官员则去往其中一个小审判庭。韩又审问了我们一次，像前面的几位官员那样，他亲手将我们的回答写下来，问了一些前面几位官员问过的问题，同样也向逮捕我们的靖海所官员问了一些问题，并做了笔记。他还问了他的手下一些问题。在这次庭审和前面几次庭审的过程中，这些人反咬一口，控诉我们。他们才是挑起战争，并在这场战争中屠杀我们，掠夺了我们白银的人。他们说，我们登陆以后藏了起来，将带来的白银埋好以后才与他们搏斗，说我们是海盗，经常在海面游走，劫掠船只，还说我们是一群不同国籍联合在一起四处劫掠的强盗，行为恶劣。（手稿第31页）我们中有两三个同伴，因为皮肤白皙，还长着金黄色的胡须，所以被他们说成荷兰人，是中国人的敌人④。

---

①这位米姓官员很明显是同知，根据庵埠镇一块石碑的记载，天启六年（1626）时任潮州府同知为莫天麟，而天启五年（1625）的时任潮州府同知也很有可能是他。（杨焕钿，2019）阿德里亚诺称呼他为“Tayya”，称呼后文出现的知府为“Tavia”，这两个词很明显是“大爷”（潮汕话发音为“dai⁶ ia⁵”）的音译。如前所述，五品以上的官员才有资格被称为老爷，知府为正四品，府同知为正五品（吕宗力，2015）[388; 555]，被称作“大爷”，很可能是因为父亲已经官至五品以上，已经被称为老爷的缘故。

②根据姓名推断可能是天启年间的潮州通判吴升，但吴升是浙江临海贡生，第二十五章却又记载他是福建人。（周硕勋，1763）[40]。

③看到“visorey”（总督）这个词，我们脑海中首先浮现的就是知府，有关资料显示这段时间的知府是李栻，但李栻的姓氏对不上，而且这位总督在第二十六章死去，当时大约是1625年10月25日，李栻虽生卒年不详，但是下一任潮州知府马鸣霆直到天启七年（1627）才就任（周硕勋，1763）[33-34]，并且《明熹宗实录》卷八十又记载天启七年正月己卯李栻被擢升（“中央研究院”历史语言研究所，1966）。此处存疑。

④此处删去一句话。

靖海所的人说了很多话来为自己狡辩，想要洗白劫掠船只、白 154
银的罪行。根据中国人的观念，我们肯定是在船只搁浅的地方丢了很大一笔钱，只要那些钱没有被送到潮州府的官员，或者是广州的都堂（Tutan）和海道副使[①]（Haytas）手上，那就是我们丢的。所以这些人控告我们将白银藏匿起来，说我们跟他们恶斗了一整天，说我们是海盗云云。他们的证据就是一个小小的抓伤，但官员们看到以后并没有理会他们[②]。

我们在庭审过程中碰到的最大困难，就是我们没有一个能让我们理解中国人，也让中国人理解我们的翻译。因此，我们看到的情况是，不管是中国人问问题的时候，还是我们回答问题的时候，双方都没有完全理解对方的意思，都只能靠猜。

第五位官员问路易斯·德·安古洛（手稿第 31 页背面）神父，是否有士兵抢了他的钱。神父回答说，有一个人抓住了他，他不得不把从船上带下来的 50 比索给了这个人。听到这个回答，靖海所的人开始大吵大闹，士兵们跪在官员们面前，一口咬定翻译收了我们的钱，他们狡辩了很久，我们不知道他们说完上面那句话之后还说了些什么。在这之后，靖海所的长官又申诉了一次。

最后，幸运的是，官员们的表现表明他们没有把这些说辞当一回事，因为他们明白我们没什么东西能拿来贿赂翻译的。但另一方面，翻译们也变得懊恼悔恨、惶恐不安，有人说是因为靖海所的人威胁他们，不准他们继续给我们当翻译，还让这些翻译远离我们，直到官员下令让他们回家。确实，他们也是这么做的。

官员们应该是花了好大力气才找到翻译供第二天庭审驱使。其中一个翻译在澳门待过，能够听懂一点葡萄牙语，他在这天出席了部分庭审，认出了我们当中的一位商人。这个商人住在澳门，叫安东尼奥·维耶加

---

①海道副使，全称提刑按察使司巡视海道副使，系明政府为了推行海禁政策而在沿海各省设置的一种官职，属于提刑按察使司机构系统，是按察司的副职之一，起初只是负责维护沿海治安，禁止本地区居民间非法贸易，后来权力越来越大，直到掌管了朝贡贸易。而广东的海道副使在后期甚至执掌了海外贸易的管理。（王杰，1994）

②此处删去一句话。

155 斯（Antonio Viegas），葡萄牙人，几年前，他卖了几皮科（pico）[①]的丁香给这个翻译，他也当众把这件事告诉了官员们。官员们下令让他与另外两个在澳门结婚的葡萄牙人堂·弗朗西斯科·德·卡斯特尔·布兰科（D.Francisco de Castel Blanco）和曼努埃尔·佩雷斯（Manuel Pérez）一起到他们面前回答一些问题。然后，官员们把三个人妻子的名字写了下来。包括米盖尔·松田神父在内，教会有许多人（手稿第 32 页）认识前面三个人，他们都被传唤到官员面前。官员们准备去澳门调查一下这几个人所说是否属实。

在路易斯·德·安古洛神父的回答引起骚动之后，官员们便不再向后面的人提类似的问题了。但一个叫若昂·罗德里格斯（Juan Rodríguez）的葡萄牙小伙子说他在被捕时给了靖海所官员九枚戒指，可能值 300 比索，官员们问靖海所官员此事是否属实，靖海所官员否认了指控。葡萄牙小伙子很肯定地说给了戒指，还用手势告诉庭审官员，如果情况不属实，可以把他的头砍下来。翻译听到之后，让他发誓，他用圣十字架的动作发誓，官员们很好奇那个动作是什么意思，翻译告诉他们那是我们发誓的时候做的动作。靖海所官员极力否认，于是葡萄牙小伙子指了指一个中国人，说是当着这个人的面给的，知府于是把这个人叫了出来。有一些人说他们不知道葡萄牙小伙子说的是什么，另一些人则一口咬定说看到罗德里格斯给的是六枚戒指。我这里能说的就是，这些证词引发了很大的骚动，知府看起来很生气。之后，一个翻译告诉我："靖海所官员把你们当成强盗，在你们脖子上套上绳索拉了过来，现在你们清白了，他和他手下的人却被抓了。"三个月后，知府逐渐把靖海所拿走船上白银和珠宝的人都抓了起来。（手稿第 32 页背面）至于我们在陆地上被靖海所的人公然攫取的财物，据说，靖海所官员已经上交了戒指，而前文那个当过翻译，让我们免于戴上手铐木枷的武官则告诉我说，有八枚戒指被靖海所官员交给知府了，说是剩下的那一枚掉了，找不到了。

那两个很晚才到达庭审现场的翻译告诉我们他们是基督徒，其中一

---

① "pico"，菲律宾重量单位，法语版认为"比 63 千克多一点点"（De las Cortes，2001）[487]。

个来自亚辰（Achen）①，在中国待了二十五年，他的葡萄牙语讲得极好， 156
听力也很好；另一个则是孟加拉人，他在中国待了三十五年，葡萄牙语讲得没有第一个人好，也没有第一个人听力好。这场庭审从很早开始，一直持续到太阳下山。在这次庭审过程中，官员下令解下我们脖子上的绳子，前面受到怀疑的翻译们也在这次庭审中大获全胜，因为我们肯定没有见过这场庭审的翻译，也没有跟这些翻译说过话，新的翻译印证了之前的翻译说过的话。在庭审现场，官员们给了我们每个人十五个硬币，马尼拉也有这种硬币，都是中国人带过去的，中国人称之为“洽帕”②（chapas），在澳门的葡萄牙人称之为“卡夏”（caxas）。在中国，150 洽帕相当于 1 雷亚尔③，与此同时，另一个中国人给我们每个人多派了三个硬币当作施舍。

3 月 1 日，我们又被带到庭审现场，军事总长官很晚都没有到，我们只得站在炎炎烈日下的原野上等他，这是每次庭审都让我们感到十分困扰的一点，烈日的暴晒让我们难以忍受，粉尘和围绕在我们周围的人群（手稿第 33 页）也让我们很受困扰。只有官员们能在厅房里避暑。最后我们不得不回去，没有举行庭审，因为没有官员到场。

3 月 2 日，我们又去了庭审现场，我们猜测我们的案子中最后那两位翻译会来，最后他们也确实来了，但是在庭审的过程中官员们没有让我们说话，翻译们也不敢说话，不敢发表意见，而且如果不是被提问，他们也不敢和官员们说什么。我们看得出来，和前面的翻译相比，他们的回答比较适中简短，应该更加清楚明白。这也让我们恍然大悟：出于对官员们的敬畏，如果不是被问到问题，翻译们就不敢说些什么。

慢慢地，我们发现，就算是翻译们被问到什么问题，他们也没有胆量回答官员们不喜欢的话，因为倘若他们这么做，官员们就会找一些莫

---

① 法语版认为“Achen”是苏门答腊北部的“亚齐”（Atjeh）中文化以后翻译为葡萄牙语的转写，因为难以考证，所以译者不置可否。（De las Cortes，2001）[487]

② 根据鼓信威的描述，1 两银子在天启朝大约为 600 至 1000 文（鼓信威，1958）[456]，1 雷亚尔约相当于中国的 1 钱银子（见下注释），因此 1 洽帕有可能指的是 1 文钱。

③ 雷亚尔为一种银币，大约重 3.43 克，当时中国的 1 两为 35.8 到 37.2 克（丘光明，1992），因此 1 雷亚尔大约为 1 钱银子（可能少一点）。

须有的罪名打他们板子，理由是他们跟官员们说了一些官员不喜欢在工作中听到的话，所以，他们会跟官员们说假话，并一直在想办法说些他们认为提问的官员喜欢听的话。我们做了很多努力，试图找到一个人用汉语帮我们写请愿书，表达清楚我们所需要的东西，但是没有人肯帮我
157 们写。这两个翻译不会写字，他们只负责辨认我们是什么人种，确认我们不是敌人，了解清楚我们是从哪些地方或国家来的，他们用一种我们能够很好理解的方式开展（手稿第 33 页背面）这项工作，甚至一些东印度水手还是他们的老熟人。

军事总长官下令给庭审现场的白人每人 1 雷亚尔作为救助金，其他人则每人给了 3 孔锭①，还给了每个人一件短裤和一件短小的蓝袖外衣。三位神父也分到同样的东西，每人一件长衣或一件完整的长袍，这种衣服类似于中国人衣服之外最上面的那一件衣服，我不知道它叫什么名字，但与我们西班牙女人所穿的裙子和长宽袖子的上衣组成的套装一样，是为了掩盖住里面陈旧的衣服的。中国人给我们短裙，因为他们也穿短裙。中国人还留长发，用发网包住；也留指甲，而且要留到长度与手掌的宽相等（我在中国见过几次这样的指甲）。长指甲是中国人有权有势的象征，这表明他们不需要工作（扇子也是他们不需要工作的证明之一），在见过了几位贵妇人和有权有势的中国人之后，我们特别确定上面所说的都是对的。

之后，军事总长官向我们传达了多次庭审后的最后决议：潮州府的知府要带着官员们亲手写下的我们案子的卷宗去往广州和那边的官员协

① 原文“condin”，来自马来语的“kunduri”，是一种重量单位以及金钱单位，实际上就是中国古代的“分”，但是为了防止大家将其跟现代的“分”混淆，我们还是使用音译。这里的“condin”应该是铜钱，应该是天启通宝或者泰昌通宝。根据阿德里亚诺后文的描述，“1 孔锭在中国相当于 3.5 马拉维迪”，而 1 雷亚尔（大约 1 钱银子）合 34 马拉维迪，因此 1 孔锭大约为 1 分银子。又如上所述，1 两银子约 600 至 1000 文，因此此处的孔锭大约为 6 至 10 文钱，很有可能就是所谓的“当十钱”（一个当十钱相当于 10 文钱）。根据记载，当十钱始铸于天启元年（1621）（张廷玉，1974）[1968]，停铸于天启五年（1625），于天启六年（1626）全数收回（鼓信威，1958；方国明，2018），阿德里亚诺在中国待到了 1626 年 2 月，这期间他是有很大机会接触到当十钱的。

商，我们必须等广州那边的判决消息。在此期间，中国人把我们分批派到不同的地方，每天给我们每个人 1.5 孔锭当作伙食费，1 孔锭在中国相当于 3.5 马拉维迪，这样的话，每个人每六天能分到 1 雷亚尔。之后，官差给我们的伙食很差，他们说（手稿第 34 页）是钱太少导致的，我们也经受了许多痛苦。上面提到的那个决议让我们很难过，因为我们没办法找到更好的翻译，跟我们一起去广州，也没办法得到来自澳门的帮助。澳门离广州很近，澳门的葡萄牙人也能帮我们更好地去和官府的人交涉。大老爷还叫我们给澳门写信。

我们照做了，信写好以后，就把它交给了我们熟悉的一个在广州经商的澳门华人，他会把信带去澳门，同时，也让那些人恳请广州的都堂[1]下令准许我们去广州，我们好向他说明整个事件的经过。那些到达
澳门的人会去澳门市政厅[2]找澳门总督马士加路也[3]还有日本大主教先 158
生和我们教会的神父，这些人会把我们的案子有理有据地对官员说清楚，告诉他们将我从马尼拉派去澳门到底是为了什么事务。除这些信件之外，后来出庭的那两个翻译也同意帮我们带另一封同样内容的信去广州和澳门，还保证尽快赶到，我们答应这两个翻译到了澳门以后会支付他们酬劳。

在我们入狱后的第八天，堂·弗朗西斯科·德·卡斯特尔·布兰科又写了一封信从潮阳寄到澳门。这封信是写给一个他很信任的中国人的，力求达成一定的协议。他是偷偷地寄出的，收到结果以后也没有公之于众，甚至连我都不知道有这么大一件好事，在后面我们会看到，正是堂·弗

---

①都堂为明代总督、巡抚的别称（龚延明，2006）。我们从后文可以知道，在 6 月份的时候都堂已经被革职，也就是说，文中多次出现的都堂很可能是天启五年（1625）五月被革职的两广总督何士晋，《明熹宗实录》卷五十九与《皇明续纪三朝法传全录》对此次革职都有所记载（“中央研究院”历史语言研究所，1966；高汝栻，1636）。

②原文“ciudad”，意思是城市，法语版认为是澳门市政厅（Senado da cámara）（De las Cortes，2001）[487]。

③原文“D. Francisco de las Careñas”，系西班牙语转写，其葡萄牙语原名为 D. Francisco de Mascarehnas，为澳门第一任总督，1623—1626 年在任（《港澳大百科全书》编委会，1993）。

朗西斯科·德·卡斯特尔·布兰科的这封信把我们救了出来。随着时间的推移，我们发现，让那两个翻译带去给官员的信件根本没有送到收信人手中。

上面提到的 3 月 2 日的那场（手稿第 34 页背面）庭审是最后的一场庭审。我们的协商看起来进行得不错，官员们进行的这几场庭审都让我们更有信心自己能够活下去，但是，就像我前面说的，后来事情的发展有点糟糕，甚至导致许多人比以前还要怀疑自己是否还能活下去。

第九章　中国和尚与佛寺

潮州府的几个和尚宴请囚犯中的一部分人，本章也记载了关于中国和尚和中国佛塔的一些信息

159 在我们出发去往被分派的地方之前，城郊一家远离市区、地处农村的寺庙里的和尚宴请了三位神父。到了以后，我们才发现前来邀请的人实际上不过是庙里二十位僧人的信使。

中国僧侣的衣着形制与其他中国人一致，颜色也大致差不多，但又并非完全相同，一部分和尚穿黑色，另一部分则穿棕褐色或灰色，这些是最常见的颜色，我还见过穿白色，甚至绿色和黄色衣服的和尚，有些还经常身穿布满各种颜色补丁的衣服；另一些和尚的衣服上有各种颜色的小方格棋盘形图案，有黑色、棕褐色、白色、绿色、黄色及其他颜色。即使是同一座寺院的僧人，他们的穿着也会千差万别。和尚们的长袜和鞋子与其他中国人穿的类似，只是他们的鞋子都是按照一种形制，以同一宽度、硬度（手稿第 35 页）设计的，不过分加工，十分整洁。和尚们的服饰和其他人的一样。真正让和尚们与众不同的标志是他们头上戴的小圆帽，那是一种用黑色毯子做成的小软帽，恰好合适，上面有圆圈。另一个标志就是他们会用折刀剃光头发，留光头，但我也见过别的发型，还有的和尚头发不像其他中国人一样完全留长
并用发网盘起来，而是散开，只到肩膀，然后戴上上面提到的小圆帽。 160
我有几次看到一些僧人戴着同样材质的头冠，但这个头冠并不是小圆帽，而是在纸板上放一顶小圆帽，纸板制作得很好，我觉得他们应该是节日才会戴这种帽子。

还有就是和尚们大多会在脖子上戴大而粗的念珠。我发现其他一部

分中国人也戴这种念珠祈祷，特别是女人。商店里大量出售这种念珠，还卖一种灯。我几次数过整串念珠的数量，如果不算最大的两颗珠子，所有的念珠串都包含 108 颗念珠。最大的两颗将其他的念珠分开，使得每一部分都是 54 颗，最大的两颗珠子其中一颗附带一个小柱子，如果再在小柱子上加上一个横梁的话，就会变成完美的十字架，这是我们西方念珠的形制。我问过一个和尚，他们用那两颗“圣父”（Pater Noster）一样的珠子祈祷的时候，嘴里念的是什么，他说什么都不念，除了“南无阿弥陀佛”这个很短的词，这是对神像的祈祷词。我感觉就像我们向耶稣或玛利亚祈祷时所念的一样。

我还问过他和尚的生活是怎么样的。他简要地告诉我，（手稿第 35 页背面）他结过婚，妻子尚在人世，但在二十年前，他抛弃了她来当和尚，他坚信丈夫休掉妻子以便回归单身是很正当的事情。做和尚要苦行，所以他们没有人吃肉，也不吃鸡蛋和鱼，不喝酒，这是他们斋戒的内容。他们住在社区和寺庙里，有领头人。没有领头人管理的或者处于领头人管辖之外的就是流浪僧人，这些流浪僧人会半夜跑到寺庙参与诵经，在祭坛上燃烧一根蜡烛，同时在神像面前进行佛教仪式，流浪僧人第二次回去参与诵经是从凌晨 4 点直到天明，第三次是在下午，然后他们听到钟鸣，就会去吃饭。吃饭之前，僧侣们会一起进行祝福仪式，然后进行感恩仪式，如果没有按照规定完成上述仪式，或者吃肉，或者犯其他戒律的话，和尚们就会拿棍子打那个人的上半身，但是出于尊重，他们只会打在棉裤上。如果他们要出寺，在外住
161 宿或去别的乡村，通常不需要申请批准。和尚们的吃穿用度都要自己上门化缘请求施舍，化缘所得上交以供所有人食用，不过每个人也有自己的财产，以留己用。

我问那个回答我问题的僧人，能不能不做和尚。他回答说，那些还俗不做和尚的，后来都死了。（手稿第 36 页）而且他告诉我，据他所知，这种情况只会出现在他的教派。他说苦行是一件好事，上天会对好人进行奖励，地狱会对坏人进行惩罚。但之后他就混淆了很多事情，他混淆了灵魂转世和新的生命。他还说只要施舍和尚一点东西，他们就会念经，

把人从地狱的酷刑中解救出来，以及诸如此类的胡话[1]。

邀请我们的和尚们所住的房子和寺庙都不是很大，但是这些建筑建 162
造得很不错，很整洁，清洁光润得如同镜子一般。他们的祭坛、神像、诵经的僧群、记载着自身宗教仪式的经书、寺庙里他们独有的乐器和钟（他们的钟与我们卡斯蒂利亚的钟形制一模一样）将他们的屋子、禅房、饭厅和其他办公室装点得十分漂亮，一切干净、舒适。他们说这座庙是一个官员建造的，足以维持他们的生活和开销了。

一般来说，中国人神像的形象有男有女，其中一些在外形和衣着上很像中国官员及官员的妻子[2]，官员的妻子也有自己的服饰穿着，（手稿第 36 页背面）以便标志她们的身份。我就此问题询问了一个当地人，那个人承认说，中国人确实将某些官员和他们的夫人当作神祇供奉，古时候，那些当官的出名，要么是因为治理有方，要么是因为战功赫赫，这些当官的一定要这么做，他们当了官，让一方土地上的人民幸福了，就会被当成神明崇拜，只有这么做，他们的统治才能更容易，人们才会相
信除这些官之外，天上再没有更尊贵的神明。人们祭拜这些官员的塑像 163
（当然还有其他神祇的塑像），向他们贡献祭品，请求他们保佑自己健康，生病的时候祈求他们的庇佑（这个我后面会讲到）。

一般而言，军事领域的神像是士兵、将军、武官参拜的对象，这些神像有自己的庙宇，参拜之前，人要把脸涂红，带着红脸参与军事演习。我发现武官也穿着红色锦缎做成的外袍（ropón）。我还发现在许多供奉男性神像的寺庙里（有时候会有女性神像），除了衣饰和圆帽（帽子上也有官员们戴的圆帽上面的那两个耳朵），墙上还挂着官员出行时佩戴在身前的仪仗器具，甚至还有遮阳伞和用来打人的两根棍子。

我向一个当地人询问那些仪仗器具的用处，他告诉我，那是拿来表彰官员的，中国人每年都要大游行，把这些东西带到官员们面前。于是我告诉他，我觉得把那些东西供在庙里，还跟两根棍子一起带着上街游

---

①此处删去一句话。

②这里不知道为什么出现了道教神祇的描述，而且道教神祇和佛教神祇都被统称为“pagoda”（神像），可能神父对中国人的信仰体系了解不多。

行（手稿第 37 页）是多余的，因为那些官员都只是木头雕出来的，不能说话，所以也并不能指挥人或者用棍子打人。他说不是这样，木雕们晚上会跟当地人说话，如果他们做了坏事，木雕们就会用棍子打他们。我问他，哪些人能听到神像说话，哪些人从来不会被打。他回答说，这一切都在梦中才会发生①。

这个中国人语言天赋很高，只跟我们相处了两个月就已经学会了很多西班牙语。他问了很多关于西班牙语的问题，马上写下我们所回答的西班牙语单词，加强记忆，不轻易忘掉。我们最后和他相处得很好，甚至比我们碰到的去过马尼拉一段时间或数年的其他中国人还要融洽。这
164 样我们就能相互沟通了，他也会用汉语帮我们翻译②。

我在许多其他地方见到过庙宇和佛寺，（手稿第 37 页背面）其数量之多令我肃然起敬，但是很少庙宇和佛寺是干净整洁的，它们很多都有灯油污渍和灰尘。在一个有和尚的庙里，我看到一个显眼的角落有炉灶和厨房，这个寺庙和它的神像可以和其他较好的庙宇相媲美。在另一个寺庙也有一个和尚，他是寺庙的看守人，他的床占一部分空间，另一部分空间是炉灶和厨房。出于尊敬，我不再多说。

上面那个佛寺的和尚们带我们来到饭厅。他们没有给我们酒，也没有肉，没有鸡蛋，没有鱼，和尚们一整年都不吃这些东西。和尚们的领头人和我们一起坐在桌子旁，和尚们还给我们吃青果子和干果、生冷的咸蔬菜，还有其他煮熟的、热的蔬菜，用小麦和大米磨成的粉制成的不同种类的小面包以及红糖和小麦面粉做的甜品。当地人不揉面粉，我不知道他们是用什么方法把面粉弄到一起的。另外，还有米制的硬糖和其他一些类似的小东西以及常规的米饭。在喝的方面，和尚们喝的是泡着我说过的那种草的开水，开水很热。日本人和中国人认为这个东西很有益，经常拿来当作礼物。有一些是我们西班牙的漆树，至少是长得很像漆树的植物。

上面说的是一次宴席。据我所知，中国僧人都要斋戒。我们的主人发觉我们的人在斋戒时，就会放一碗饭在桌子上，还有一些烤四季豆或

---

①此处有删减。

②此处有删减。

其他豆类，最好的菜也就是（手稿第 38 页）白萝卜和浸着盐水的芥菜叶，之后是水，然后就没别的东西了，我们的主人还笑我们那天吃了个用很难吃的鱼做成的面包。有一天，我的主人跟我说，他和他的妻子正在斋戒，以纪念某位神仙，我观察他们的早饭、午饭和晚饭，发现他们一整天吃饭的次数很多，但都不会破“不食肉蛋鱼、不饮酒”的戒律，和尚们一 165
整年都这么吃斋。他们还分给了我们一些小内衣裤，这些小内衣裤是他们自己穿过的，没办法给我的双脚御寒，虽然我尽力试过，但效果不如那些我说过的长袜好。我们跟他们说谢谢，然后和他们道别。根据一段时间的观察，我发现，相比起对待某些中国人，他们对我们已经很客气和宽容了，而且已经为我们做了很多。

我提到过的这个寺院或佛塔里的僧人似乎不用出去化缘，但其他寺院的僧人会出去化缘，我就看到过好多次。化缘的方式有很多种，我见过有一个僧人挨门挨户化缘，他站着化缘，十分谦逊恭敬，手里拿着根长拐杖，拐杖上有一个很有意思的标志，看起来应该是他所属的佛寺的标志; 另外一个僧人跪在施主面前化缘; 还有一个只上前一步，一言不发; 还有一个在化缘之后会送给施主一些大纸，黄色的纸上印着一些类似罗马教皇圣谕一样的东西，画上的文字之间有几条蛇之类的（手稿第 38 页背面）东西，人们将纸贴到家里墙上整洁显眼的地方，好像它们是很神圣的东西一样，用我们的话来说这些东西就是教皇的圣谕或者赎罪券；还有僧人会一边敲小钟一边唱歌。如果施主给的数量不够，有一些化缘的僧人是不会接受施舍的。

有一个和尚在潮州府城的一条街道化缘了一天。街上有一张长桌，长桌上有一张窄窄的长凳，长凳和长桌一样长，凳上有三个小柱子（或者叫三个球），高度大约一拃，可能还要多一点，柱子竖着立在长凳上，没有安全措施，凳子上也没有凹槽，两个小柱子在凳子的前半部分，朝向凳子的一边，另外一个朝向另一角，三者呈三角形排列，那个和尚就跪在前两个小柱子的顶端，两只脚交叉放在后面的那个小柱子上，另外，他耳朵上还挂着黄铜金属制作的耳环，每个环圆周大概 2 赫梅（jeme）[①]。

① 拇指和食指张开后的长度（Real Academia Española，2020），详见 https://dle.rae.es/jeme?m=form（最后访问日期：2021 年 7 月 13 日）。

这个和尚保持这个姿势进行化缘，有人施舍，他就低下头和身子，手不
触碰任何地方，做感谢的动作，直到亲吻到长凳的一角，然后又重新直
起身子，展开手臂和手掌，转着念珠，祈祷着，还加上其他的一些动作。
166 路过的当地人都看着他笑，很少人给他施舍。他很容易就摔得四脚朝天，
而且会摔得很痛。

在一个冬日的天明时分，天很冷，我看到有一个和尚在大街上化缘，他拿着一根小棍子轻敲着一个小桶，用悲伤的曲调唱着歌，他光着脚，没有（手稿第 39 页）戴帽子，每敲三四下就下跪一次，额头点地，然后在地砖和石头地面上重重地一磕，他就这样一直走了一天，到晚上才停下来。第二天，我又碰到他和他的同伴一起在化缘，碰到了他们两次。他的同伴带着一面旗子，旗子的一面画着一个中国的神像，还有几炷冒烟的香，另外一面写着几个大字，我不知道是什么意思。那个可怜的人试图继续前一天的苦行，他的额头溃烂，面庞浮肿。第三天，两个人又一次经过同一条街，按照他之前忏悔时走过的顺序挨家挨户地化缘，一些人躲在家里不给他施舍，另一些人给了两个和尚一些洽帕（或者叫卡夏），和尚不接受，说只收银子，最后他们给了两个人几块碎银子和孔锭，两个和尚就在一本用白色和有颜色的纸张做成的书上写着什么，还在有颜色的纸上写上施主的名字。

一天，三四个僧人一起化缘，他们中有一个进行的苦行很厉害：全身位置最靠上的一块肋骨从肩膀延伸到胸部中间，他的喉咙从这里开始向上生长，并且暴露在外，之所以暴露在外，是因为他早就在喉咙这里穿了孔，并把一根铁链的链环穿进孔内，铁链有小指粗细，长度可以绕身体一周，想一想就知道溃烂的地方有多痛。这个人在没有给施舍的人家门口用炭或者类似的东西写下一些话，（手稿第 39 页背面）应该是诅咒一类的话语。我还见过一些上门乞讨的穷人，一些是用常规的方式乞讨，另一些则为了能够挤到前面要钱，采取了之前说过的那些方式，他们的目的很明显。

一天，我看到一个当地人，他每在街上走五十步就要停半个多小时，天很冷，他穿得很少，甚至可以说是没穿。他没有头发，头皮暴露在外，肩上有一块巨石，他竭尽全力背着它往前走。他有时候在那里化缘，一

出现就以十足的热忱讲经传道，坚持激进的苦行，一大帮人跟着他；他 167
有时候坐在那条街道中间，把石头放在两边的肌肉上，然后虔诚地讲经传道，并用石头敲打着两边的肌肉。另一天，我看到另外两个人在用同样的方式化缘，不同之处在于，他们仰面躺在地上，一会儿把石头放在肚子上，一会儿放在胸部和肋骨上。过了一会儿，他们把石头举高，先大叫一声，然后拿着石头，重重砸在胸部和肋骨上。这是很沉重、艰难的苦行，但并不是真正的苦行。

我在另一天看到另外三个人是这么化缘的：其中一个人坐在地上，拿头往地上或者往墙上撞；另一个人手里拿着板砖，有时候往额头敲，有时候低下头，胳膊伸到背后，拿板砖去敲背；还有一个人拿着一块巨石，也往胸口上砸。我不知道这三个人怎么能做出这么荒唐的事情，如何忍受这么强的撞击，显然（手稿第 40 页）这不是装的，而且他们的头盖骨和肋骨断了，从击打以后的痕迹和瘀青还有他们击打的力道就可以看出来，他们肯定打得很重。魔鬼就是这么玩弄这些化缘的和尚的，告诉他们这些虚假的苦行能带来怎样的荣誉。其实依靠这样的苦行，他们根本没有从人们身上得到什么好处。这些和尚在化缘迟迟不见成效的时候特别喜欢打自己，这样很快就会有人不想看到他们自残，给他们施舍。但通常是他们打完了，人们也不会给钱。

很明显，有些人在施舍的时候很吝啬[①]。我们经常看见，施舍往往少得可怜，比如说一个小硬币（我说过，要一百五十个这样的小硬币才能凑 1 雷亚尔）或是很少的一小把米粒和类似的东西。有时候，自己身体不舒服或者同伴生病的话，我们也会化缘，希望拿这个钱买一个鸡蛋或者差不多价钱的新鲜小鱼。有时，在刚到一个地方时，我们会化缘希望求得一些纸墨，我们总可以化缘得到一些东西，但是一个孔锭那么多
的施舍已经是很大了，更大的施舍很少会有。在一开始的几天和几次碰面， 168
当地人不会给施舍，或者只给一点点。慢慢地，他们看到哪些人是化缘的，就会在化缘人来乞讨时提前关上门，这种行为还是挺常见的。坦白讲，我们也曾有很需要帮助的时候。

这里我要多说一件事，（手稿第 40 页背面）这也是异教徒之间会有

①此处有删减。

的，且在所有地方都很常见的一件事：穷人可能会比看起来富裕有钱的人更乐于施舍。有钱人一般会在眉宇之间给你一个“不”字，或者给少一点，我们经历过太多次了。冬天的时候，我的一个欧洲朋友走路的时候，没有长袜也没有鞋，脚上顶多穿着一双草鞋[①]，他穿的旧木屐需要修了，而修木屐需要 10 孔锭，他挨门挨户地化缘，手上拿着木屐，希望让人们看到木屐已经坏成什么样子了。一个位高权重且很富有的官员在家里看到我的朋友走过来，就告诉家仆说，如果我的朋友跑过来化缘就撵他走，不要给他施舍。我的朋友在这个官员身上没有得到的施舍（哪怕是 1 洽帕或者卡夏），反而在当地的穷人身上得到了。当地没有医院，因为缺少基督教信仰，当地也没有给予病人们极大怜悯的机构。但是当地人也不像柬埔寨和东印度一样荒唐，这两个地方没有给人治病的医院，但是有给鸟治病的医院，病鸟飞过来求医，人们细心治疗，治好了就放飞它们，这是确凿无疑的。

除我说过的这些和尚以及那些中国人认为虔诚的教徒外，我还看见过一些不被视为虔诚教徒，只是作为追随者去模仿那种生活方式的人，姑且称之为第三种人（tercerón）。这些人留长发，把头发扎起来，上面戴一个半发网或者黑色毯状物做成的小圆帽，这第二种帽子并非神职人员戴的那种小圆帽，第一种（手稿第 41 页）也并非普通中国人戴的那种半发网。这样的人一些住在寺院里当杂役，一些则成了家，住在家里。第三种人也会和其他和尚一样上街化缘，也会用到上面说过的一些化缘和苦行方法。

我还遇到一些类似于修女的人，她们的房子或寺院只在潮州府城里有，其他的城市里没有。在我们去接受审讯的时候，那些住在上述寺院里的修女便从她们的寺院给我们送过吃的，两次都是在同一个地方，一个很老的修女和另外一个来给我们分派食物，另外两次，她们派人来叫
169 我们去她们寺院里吃饭。上面那四次吃的都不过是米饭、豆类和咸的蔬菜。
她们身着的服饰和中国女性穿的一样，但颜色是灰色的，穿的长袜和鞋子都是男性所穿的那种，材质及形制都与和尚们穿的一样。她们也用折

① 原文用的是“alpargatas”，鞋对应原文“zapatos”。对于西班牙人来说，二者不是一个东西。

刀剃了光头，戴正好合适的小圆帽或小头盔（casquetillo），脖子上佩戴念珠，不戴耳坠，与其他不戴耳坠的中国女性无异。

有一天，修女们带我们中的一些人去参观她们的寺院。寺院里的庙宇和佛塔特别大，很干净，建造装饰得十分整洁，神像的形象几乎全是女性，大部分都是城里和其他地方的神像的形象，人们经常白天去这个寺院，以九日祭（novena）[①] 的方式拜祭。我们进入寺院，走到一般访客进入的地方，能在那儿看到她们的饭厅，她们当时快要吃完饭了，其中一个修女从座位上站起来，身着如同合唱队的斗篷一样的衣服，敲着（手稿第 41 页背面）一口小钟，开始做感恩的动作。其他的修女也随声附和，在感恩完毕且对其中一个神像鞠躬行礼之后，她将身上的斗篷脱下。

我们问了她们一些关于生活方式的问题，发现她们的答案和和尚的一模一样：不吃肉，学习其教派的教义和仪式，在街上和港口演奏乐器或唱歌化缘，为了化缘跑很多地方，我们在很多地方都看到过她们。她们被要求按时回到诵经队伍，钟声响起就要听令回来，她们甚至要同时一起洗脸洗手。至于出寺去城里或去别的地方，她们告诉我们，那是要经过批准的。而且她们都是老年女性，她们中的一部分也抛弃了她们的丈夫，选择过她们所认为的神圣的生活。中国人把“修女”称作“尼姑”（nico），把僧人称作“和尚”（fuision），把第三种人称作“居士”（chicon）。[②]

不管是有人居住的地方，还是荒无人烟的地方，佛塔或庙宇的数量都比我们基督徒教堂的一般数量要多。有一个很特别的现象：除了重要的大庙，街上还有许多形制类似于小礼拜堂（capillita）、祈祷室（oratorio）或村口基督教场所（humiliadero）[③] 的寺庙。路上和田野中还有很多寺庵（ermita），有一些是我们著名的圣殿（santuario）的形制，很多人跑来，

---

① 九日祭（novena），一种持续九天的对上帝、圣母或圣徒的宗教祷告。（Moliner，2008a）

② “nico”（尼姑）与“fuision”（和尚）都来自潮汕话“ni^5 gou^1”和“huê^5 siên^7”或“huê^5 sion^7”。而“chicon”翻译为“居士”参考法语版后的“专有名词索引”（Index des nomspropres& des nomscommuns de diversesorigines）（De las Cortes，2001）[518]。

③ “humiliadero”是一个集合名词，包括放在小镇或者乡村的出入口的各种与宗教相关的事物（González Arnao，1826），比如村口的小教堂、十字架、耶稣受难像等等。

爬上它的屋顶，就像朝圣庙会[①]（romería）一般。无论在有人居住的地
方还是荒无人烟的地方都是如此。我不敢完全确定上述关于中国人寺庙
170 的信息（手稿第 42 页）全都是对的，也不敢打包票保证之前说过的那些
关于中国人的教派、长得像官员的神像以及军事方面的神像的信息没有
错误。我曾见到当地人朝拜一个神像，这个神像的一张脸上有三组五官，
大小类似，对我来说，这就是三位一体。当地人回答了我关于这个神像
的事，然而错漏百出。

我还看到祭坛上放有一个当地人崇拜的女性神像叫观音（Juanima）[②]。这个神祇可以画成很多种形象。有一次，我看到她被画成手里怀抱一个小孩的形象，小孩臂膀张开，小手上挂有念珠，好像在数念珠一般，她上面还有一只鸽子，好像在参与她所做的事情，有点像圣母玛利亚怀中抱着婴儿的形象。

另一个圆雕神像长得很像我们的圣米迦勒[③]，和尚们告诉我，这个神动员当地人给和尚们施舍，和尚们每次化缘都会请求这个神庇佑。另一个神像在我们眼里就是丑陋的喷火魔鬼，当地人拜他，他就不会去伤害他们。另外一个好像也是前面那个神像中的一员，额头上有第三只眼睛，在他身边有许多和尚的塑像，和尚们正在膜拜他。在这些塑像中，一些和尚相互交谈着，一些似乎十分畏惧和崇拜那个三只眼睛的神，另外一些似乎正在沉思着什么，用手捋着胡须，一个和尚举起拳头要打死脚边的一头狮子或者老虎，一个手里拿着一条蛇，一个手中执一根小棍，好像刚刚吃完饭，清洁着他的牙齿，另外一个和尚抠着耳朵，好像很痒，想弄干净。（手稿第 42 页背面）当地人有一种用象牙或乌木[④]做成的很小的手柄和同样材料做成的小刷子，他们不用尖端挠痒，而是用一种念珠的珠子一样的小球来滚动，他们低下头，将一个这样的东西伸进衣服

① 朝圣庙会是某些地方庆祝宗教节日的时候在寺庵或庙宇旁举行的庙会（Fiesta popular）（Real Academia Española，2020），详见 https://dle.rae.es/romer%C3%ADa?m=form（最后访问日期：2021 年 7 月 13 日）。

② 参考法语版后的“专有名词索引”（De las Cortes，2001）[518]。

③ 天使长米迦勒，《圣经》中的天使。

④ 原文“cuano”，不清楚具体是什么意思，法语版用了“ébène”（乌木）来翻译（De las Cortes，2001）[132]，不知道从何而来。

和身体之间，抠挠背部，很舒服。还有一个和尚塑像是在给自己挠痒，
另有一些其他形象的神像。当地人在这些神像面前屈膝下跪，似乎他们 171
代表的是一些很神圣伟大的人物。在佛塔的大门后和角落处一般都有一些圆雕神像，就好像在忏悔室里一样，这些神像以手托腮，好像真的在听忏悔。

第十章　蓬洲所（Panchiuso）及中国杖刑

当地中国人将囚犯分成几批送往几个不同的地方，囚犯中的十四人被带往蓬洲所，本章有关于中国杖刑和中国监狱的一些方面的记述

172 3月3日，我们离开潮州府。我所在的这批囚犯共十四个人。我们走水路，在一条河上一直航行到夜晚。第二天，我们下了船，在一个村庄歇息。4日，我们只在陆地上走了2里格，我的一只脚承受不了长途跋涉的辛苦。在这2里格中，有1.5里格的路程是有人家的，我们经过了数座小村庄以及一个叫作庵埠（Amptao）① 的商业繁荣的大城镇。

中国有很多大河，也因为这些大河，中国的各个州府（手稿第43页）都如同岛屿一般相互隔绝。河流拥有很多支流和河口，通过这些支流和河口，人们可以从一个城镇渡河去往另一个。从潮州府走到附近的村庄要两三天的行程。我感觉河水很混浊，有一些还带咸味。虽然在一些大山的峡谷里有一些水质极佳的山泉，但在大城市和村镇里的人们通常喝井水。井水混浊、味咸，水质很差，我很少能够喝到好的水，也没见本地人喝到过什么好水，有的是因为没有好的水，有的是因为好的水在很远的地方，所以没办法去打。所有人都喝井里的水。在当地人用手刨
173 的坑中的雨水就是他们的灌溉用水，还有一部分则是从河口流过来的，涨潮时的水量足以满足灌溉需求。当地人使用一种简单小巧的水车装置，不需要牲口进行牵引，只要一个人，用双脚就可以在那里转一整天，很轻松。当他们需要给自己菜园子里的蔬菜浇水时，只需要一个人就能打水回家。但通常情况下，当地人更多是用手从路边的井里打水浇灌蔬菜。

---

①神父一行人所航行的河流一定是韩江，而他们上岸的地点应该在潮安区东凤镇下园小学附近，距离蓬洲所旧址11公里（2里格），他们经过的最大的市集就应该是庵埠。“Amptao”转写自“庵埠”二字的潮汕话发音“am^{1} bou^{1}”。

我看到很多田里种着小麦和大麦。大麦不是用来喂牲口的，当地人将大麦粉和其他粉混合，做成上千种不同的食物，之后我会提到用来制作小饼的小麦粉。当地人也有黄米和玉米，还有许多广阔的甘蔗田，他们利用甘蔗制作白糖和另一种很黑的糖，我们叫作“红糖”（chanaca），他们把红糖卷成团出售，这些红糖被当作甜点和烹饪用糖使用，（手稿第 43 页背面）中国人和日本人用这种糖用得最多了。当地的小麦很细小，当地人也不割麦子，而是直接连茎拔起。很少人用小麦和面制作面包，在广州，人们制作一种中国人不吃的饼干运去澳门出售，而在漳州制作的则是运往菲律宾出售。这里的当地人用小麦和面制作小面饼，就着奶油和红糖吃；他们还用小麦和面制作小牛轧糖，以及其他小零食。很多时候，当地人直接生吃小麦，不过有的时候也会把小麦烤好，调味之后就着牛奶吃。稻米才是这里人的主食。

在潮州府，除官员和军队长官以外，我们几乎没见过别的人骑马。中国人骑的马体形矮小，步幅也很短。他们不使用马蹄铁和马刺，他们的坐垫和马嚼子与我们的不是完全一样的，有一些不一样的设计。我们在惠州府和广州府看到的马匹种类更多，但是在山里是绝对没有如此多的种类的，有人跟我说，山里有很多烈马，他们会把烈马抓回来驯养。我们也时不时会看到驴子，故而也肯定有骡子。他们的驴子长得很小，十分瘦削、纤弱，不像撒丁岛的驴子那样活跃。

总而言之，当地可以充当坐骑的马匹稀少，也就没有必要关心这些府的坐骑。因此，马尼拉的中国人经常在那里向黑奴和当地小孩一束一束地收购马鬃，以夸尔蒂约[①]（cuartillo）为计量单位和糖蜜一起收购，然后带回中国。我知道这些马尼拉华人把马鬃按重量卖给中国人，每奇

---

①作为重量单位，1 夸尔蒂约大约相当于 1156 毫升（Real Academia Española，2020），详见 https://dle.rae.es/cuartillo?m=form（最后访问日期：2021 年 7 月 13 日）。

南塔[①]（chinanta）卖 15 特斯通[②]（testón），每斤[③]（cate）卖 3 特斯通。
174 中国人用这些马鬃制作（手稿第 44 页）中国人戴的发网式束发帽或圆帽（我在前面提到过），并用黑染料重新染色。

如果有人不想走路，可以找两个中国人用肩膀抬他，享受这样的服务需要花钱。轿夫将两根杆子并在一起，制成一个宽度不超过肩宽的窄窄的梯状物，杆子的中间挂一个小木板或座位，可坐人，下面再放一根削短的小棍子用来放脚。两杆之间有一根横着的杆，类似于梯子的踏棍，用来给轿夫当靠背，这样轿夫的双臂就能撑起两根主杆。如果需要遮阳或避雨，乘客可以打遮阳伞或者雨伞。如果乘客是地位显赫人家的女性，在两杆之间的位置会用竹竿制作成一个架子或椅子，上方和四周都用帘幕遮蔽。如此一来，中国的女人想像马尼拉华人那样在城镇里出行和闲逛的话，就可以和男性一样坐上形制精美、整齐干净的座椅了。

轿夫走得十分轻松，每次服务完成得都十分快速。我很惊奇地发现，抬椅子的两个中国人不换班，只有吃饭的时候停下来，但仅仅这两个人
175 却可以在一天之内走出西班牙脚力很好的人顺风走一天才能走出的距离。轿夫用背上的杆子抬的不仅仅是人，还包括客人那重重的行李，但在中国，他们可以将骑马的人远远甩在身后。

走了 2 里格后，我们到达了蓬洲所，加上郊区的人口，蓬洲所大概有八千到一万人。当地人直接将我们带去见武官，（手稿第 44 页背面）他和他的手下负责看守我们，他命令士兵们即使是白天吃饭和晚上守夜的时候都要守着我们，我们去哪里，他们就要跟到哪里。除此之外，和我们被逮捕的地方靖海所相比，这里的监狱没有那么拥挤，因此，尽管我们这些囚徒被分别关在不同的地方，但相互之间沟通便利。在官员下

---

① 桑杰尔（J.P.Sanger）的《菲律宾人口普查》（*Census of the Philippine Islands*）（Sanger，1905）[449] 记载奇南塔为 6.3262 千克。

② 西班牙皇家学会说这种货币“大约相当于等值的托斯通（tostón）”（Real Academia Española，2020），详见 https://dle.rae.es/test%C3%B3n（最后访问日期：2021 年 7 月 13 日）。1 托斯通为 4 雷亚尔（Monedas Españolas，2021），也就是说，1 托斯通相当于 3 钱银子多一点，少于 4 钱银子（1 雷亚尔略少于 1 钱银子）。

③ 这里指的是菲律宾斤（carry），根据桑杰尔的记载，在菲律宾每斤约为 0.63262 千克，10 斤等于 1 奇南塔（10catties=1chinanta）（Sanger，1905）[449]。

令看管我们的时候，一个可怜的当地人拆坏了一扇门，官员当即下令打他板子。据说，打板子一般都是在官员面前执行，不管官员的品级有多高，甚至当到了知府，也要亲眼看着板子打完。受刑者往往不愿意被打板子，所以一些人紧抓着受刑者的手臂，而另一些人紧抓着受刑者的大腿。在那次之前我还没有见过中国人是怎么打板子的。

官府的人把他面朝下按在地上，脱下短裤，掀起裙子，如果受刑人不安分的话，另外一个人会拿膝盖压住他的背，然后行刑人出来，他的标志是小便帽[①]，上有孔雀羽装饰，带一根长长的带子或者缠上一块有颜色的棉布。在官员面前，行刑人总是带着用来行刑的器械——一根（不是一捆）棍子，棍子有在火上烤过的痕迹。他用双手抓住棍子，棍子可能有 1 西班牙寻那么长，厚一指[②]以上，抓握的一端宽度不超过两只手的宽度，越往另一端延伸越宽，按照比例来算的话，另一端打得也更痛一些。宽的这一端可能有（手稿第 45 页）六指宽，边缘被打磨过。这是一根很好的棍子，在菲律宾被叫作“大树干”（patones）[③]，被土著人用作房屋的柱子。

官员的办公桌上一般摆着一个用植物茎秆做成的漂亮小筒，做工精良，装饰得很美，里面是几块用小茎秆制作的窄窄的小板，上面用中国字写了一些话，每句话大概有五个字。官员把手伸进去，拿出一块，两块，
三块，甚至更多块小板，他想拿多少块就拿多少块。官员每拿出一块板， 176
就要杖刑五次，两块板则要打十次，四块板则是二十次。如果受刑者有钱贿赂行刑人，他就会在官员看不到的一边偷偷举起手，他举了多少根手指头，就是给行刑人多少雷亚尔的钱，这样行刑人行刑的时候就不会

---

①应为皂隶巾。《三才图会 · 衣服》有“巾不覆额，所谓无颜之冠是也，其顶前后颇有轩轾，左右以皂线结为流苏，或插鸟羽为饰，此贱役者之服也”之说（周锡保，1984）。

②一拃的十二分之一（Real Academia Española，2020），详见 https://dle.rae.es/dedo?m=form（最后访问日期：2021 年 7 月 13 日）。上文提到阿德里亚诺的一拃约为 0.193 米，也就是说，这里的“一指”长 1.608 厘米。

③根据法语版注释，“patones”来源于马来语“bâtang”，是树干的意思。（De las Cortes，2001）[489]。

用全力。

177 行刑人在受刑者腿肚子往上一点的地方重重地打几下，接着把棍子抽回来，这样可以提起棍子继续往受伤部位打，在这种打法之下，收回棍子时还会带起一点皮甚至是肉。如果行刑人不是完全打中部位，而是转一下棍子，或者在收回棍子时把棍子收到自己身边然后又一次举起，这样打在可怜的受刑者身上的效果不亚于刀割，就不仅仅是带起一点皮肉那么简单了。这么干很明显是故意的，听说那些行刑人经常这么做；但是根据我所看到的还有别人告诉我的情况，我不确定他们到底是不是故意这么做的。

当贿赂的钱没有满足行刑人的要求，或者行刑人故意要打得很重的时候才会出现上述的情况。当行刑人抬头的时候看到（手稿第 45 页背面）贿赂的数目而且满意了，他们就把棍子先放到自己背上，把棍子挥得很明显，往下打的时候看起来很用力，但在快要打到的时候，他们会稍微减轻手上的力度，甚至让棍子的一端触地，装得很像，但是这样的话，大部分力量就打在地上了，而行刑人把棍子的一端拉到伤口上的时候，也会用很小的力气。我上面已经说了一些关于杖刑的信息。据我知道的以及在一些地方看到的情况来看，受刑者一般都需要绷带包扎，有时候一些人甚至卧床数日，在这数日内，他们腿部发炎，呈黑色，青一块紫一块的，很严重，但这还是行刑人没有用力地把棍子往伤口拉的情况，也就是行刑人没有使尽全力打下去的情况。如果行刑人对受刑者毫无怜悯而且下狠手的话，受刑者的伤势会更严重。有时候，如果行刑人想或者官员下令要了受刑者的命的话，打两三下肯定就够了，有时甚至只打一下都能要命，我就听说有只打一下就要了性命的情况发生。

在法官下令行刑时，中国人对他们的长官俯首帖耳。看到这样的场景，我想，世界上没有别的国家的人比中国人更服从上级的了，因为人们普遍恐惧杖刑，所以，除非是重要的案子，或是案情严重的案子，官员们审讯犯人的时候都能省去很多时间。若案子涉及犯罪，官员会将犯人收监，把犯人从监牢押去庭审现场的时候，犯人可以提出他们的诉求，知府（Tavia）过目之后，会下令将诉求交给秘书和书记员。最后，官员开始走法律程序，根据他们的（手稿第 46 页）风俗习惯和法律进行相关审讯工作，但一般的审讯是不会使用纸张的，也不会通过书记员、代诉人或律师一类的角色完成。官员快速地调查一遍犯人，如果需要写些什么，也是官员自己亲手将调查结果写下，并很快下达判决，然后根据犯人所 178
犯的罪的轻重来打板子，如果要把一个人活活打死的话，是没有人敢反对的，甚至没有人敢说一句话，犯人招供也是向官员招供。

当地人没有剑[①]，也不用剑，更不用剑防身。如果不是军队在战场厮杀，即使是当兵的也不会随身携带武器，因为他们会拿手里的扇子当武器。当地人经常互相争吵，互挥拳头，相互抓挠，甚至拿木底鞋互相殴打（无论是本地男性还是女性都喜欢拿这种鞋当拖鞋穿），他们打架没有到要拿棍子的程度，也不会相互扔石头，但是一般会打得双方披头散发，而且抢占先机的人会先抓住另一个人头上的绳结或一小撮头发，将对方拉到地面，这样他就赢了，因为这样的话，他想怎么打就怎么打，他想怎么踢就怎么踢。当地人伤害别人的另一种方式就是唇枪舌剑，那都仅仅是为了一些有的没的无用之事。总而言之，不管是多严重的争吵，都立马能被官府用棍子轻易地平息下来，而且当事人都心甘情愿，官司也因此被棍子给终结了，人们不会再提起更多的诉讼，棍子也充当了双方的调解者，双方也因为棍子产生了一段新的、转瞬即逝的友谊。

我们可以将中国称为“大中国”，不仅是因为它为数众多的府，还 179
因为它众多的人口和其君主在领土范围内对自己臣民巨大的统摄力，以及每年数以百万计的税收。毕竟，只用一根棍子，中国皇帝就能统治比世界上其他任何一个君王统治的都要多的人口，他手下的大臣们十分服从他，尊敬他，臣民之间十分和平。很令人惊奇的是，这么大数量的人口，我们也来了那么长的时间，除路上可能会遇到一些强盗，河海之上会遇到几船水匪和海盗以外，竟然从来没有见过中国人之间有大型的冲突发生。那些强盗、水匪和海盗经常四处搜寻村落，做一些小偷小摸的勾当，除此之外，我们就再也没有见过或听到过什么作奸犯科的事情了，即使有人想做一些作奸犯科之事，他们也会尽量做得隐秘，安全，保证这事传不到官员耳朵里，因为他们知道，一旦这事传到了官员耳朵里，那他们就得落入棍子的“魔爪”了。这也是在中国监狱数量那么少的原因，除特别大的都市和城镇之外，其他地方是没有监狱的。

---

① 此处指欧式剑。

就像我说的，蓬洲所（也就是官府关押我的地方）的面积不是很大，所以没有监狱，甚至连类似的场所都没有。至少我听说的情况是这样。就像我说过的一样，中国人用棍子解决一般的犯罪，所以没有必要使用监狱；如果有犯重罪的人，他们会把犯人押到大城市里的监狱。对付犯人，他们有棍子，他们的皇帝用棍子可以让所有的人都在最大程度上听他的话，并且尊敬他，也可以维持臣民们的和平，这种和平是世界上所知的最大限度的和平。（手稿第 47 页）

在我第二次去潮州府的时候，我去参观了城里的两所监狱，看到了很多被关在这里的人，他们都很惨，当地的铁牢数量很少，比我们西班牙要少。犯人们要么脖子上套着窄窄的链子，要么戴着木制的小型枷锁，要么手脚戴着大型枷锁，我没有看到戴脚镣的犯人。几乎所有在监狱里的犯人都是可以自由活动的，有很多还在做自己的活计，尤其是做中国人用的发网式束发帽，以此维持生活，这种活计在中国人中很普遍，当中国人没有什么要忙的事情的时候，他们就在家里做这事。

通常情况下，中国官员们不会判处死刑，判死刑是一件罕见的事。
如果到了要判死刑的地步，一般会砍头，这种刑罚是用在那些在中国出
180 了名的盗贼或者拦路抢劫的江洋大盗身上的，因为这些人犯下的罪行太
大，必须用这种方法制止。皇帝会使用在中国并不常见的死刑对付那些
阻挠他统治的敌人，这样同时也可以维持他的臣民平安恬静的生活。按
照我的理解，中国皇帝知道他必须养活一百五十万的臣民。

中国人通常会给一些犯重罪的人戴上一种特殊的头部枷锁。那是用一些粗重的大木板制成的，两两之间钉得很紧，所用的木板很长，很宽，把头插进木板中间的洞的人甚至都无法用手够到嘴巴。官府的人把犯人的头塞进（手稿第 47 页背面）这些枷锁里，让他们只能够一直站着，没办法坐下。戴上这种枷锁的人没有能活过一到数个月的。我在监狱里和审判庭门口看到很多人戴着这种烦人的枷锁，只不过轻一些。中国人惩罚某一些犯人的方式就是逼他们戴着这些枷锁在城市大街上游街示众十五天或一个月，枷锁上写着大大的字，简要说明这些人犯了什么罪。

181 一天，我碰到一个可怜人，他已经游街示众一个月了。枷锁很重，

特别大，周长有 1 巴拉，厚度约四指。他的手没有办法够到嘴巴，所以必须另一个人喂他吃东西。他如果要睡觉也躺不下来，坐下来也十分痛苦，他把正方形大木板的一个角放在地上，木板上半部分的那个角抵住墙，他就在墙壁和枷锁之间躺下，很不舒服，脖颈和头部是扭曲的状态，他就是这么睡觉休息的。我看不懂木板上面所写的字，也没办法问他游街示众的目的和时间，我只知道一般来说这种枷锁都是用在赌徒身上的。

杀人犯在这里不判死刑，杀了人用银子就可以解决，有时候杀了一个人用 5 比索就可以摆平。这里的杀人案很少不是强盗或者海盗干的。他们给犯人施以大量酷刑逼迫其招供，（手稿第 48 页）一般只有重罪犯才会关进监狱，关进监狱的人很少能够出来，原因可能是官府的人一直不让审讯终止，也可能是每年某些时候要探视监牢的官员不去读犯人的申诉书，因为太多人因有罪或无罪被关进牢里，官员这样有地位的人是不会让自己的良知折磨自己的。还有一个原因就是官员经常打板子，如果是重罪的话，小官和狱卒就会利用职务之便找犯人要钱；如果犯人没钱，小官和狱卒很多时候会打他，逼迫他筹钱。另外，这些犯人都是穷苦人家出身，他们也没钱治疗自己挨板子后留下的伤口，所以他们的伤口会渐渐腐烂，然后死去，这是很常见的。当然，更常见的是死于穷苦和饥饿。

总的来说，犯人都是当地的穷苦人，而且因为只有大都市和城镇有监狱，所以很多犯人远离自己的家乡和亲人。在天子脚下，他们没有饭吃，也得不到任何施舍。在中国，犯人会一大群围上来吃残羹剩菜，他们吃着剩下的水果皮，吮吸着骨头和鱼刺，喝着另外一些犯人用来煮饭或是煮一些别的东西的锅洗完之后余下的水，大量的犯人就这样在牢里日渐消瘦，郁郁而终。如果是外国人被关进监狱，那多年以后还能出去 182
就真是奇迹了。我发现，监狱里有独立的小寺庙，很干净，装饰得很美观，供犯人去朝拜神像，神像就放在祭台上，就像在我们西班牙监狱里供犯人做弥撒的小礼拜堂一样。（手稿第 48 页背面）

第十一章　中国人的祭祀仪式和殓葬制度

六名囚犯被安置在蓬洲所的一座寺庙内，本章记述了当地中国人拜佛和祈祷时的一些仪式和迷信活动，同时也记述了当地中国人是怎么处理尸体的，还有关于中国的殓葬制度以及所用棺椁的记载

183 在到达蓬洲所后的前三天里，中国人把我们中的六人安置在当地一座寺庙内。这座寺庙特别好，很多本地人去朝拜，看守寺庙的是一个老人，他在里面吃饭和睡觉，还坐在小矮板凳上编麻鞋之类的东西出售，其他的一些当地人经常去找他玩小木板[1]之类的游戏。中国人让我们睡在祭台边地面的稻草上，在这段被囚禁的日子里，稻草床就是我们最普通的床，但更经常的情况是我们睡在两三块从地面立起的小木板上，在木板上放上小席子，拿小稻草捆当枕头，如果木板上或席子上滋生了一些臭虫和跳蚤之类的东西，尤其是在冬天，那就特别难受。那几天，我们就在祭台边的稻草堆上睡觉，中国人还派了很多士兵看守我们。

有很多人去寺庙拜佛。中国人礼拜的方式就是鞠躬（我上面说过的），
而他们给官员行礼则是像给圣十字架行礼的那种方式，有时候跪着，有
184 时候站着，身体的一半深深地倾斜下去。（手稿第 49 页）还有我已经说
过了，朝拜时寺庙会给朝拜者提供香，朝拜者会把香放在火盆里。有个大鼓挂在旁边，朝拜完了以后，朝拜者会去打两三下这个鼓，还会用棍子敲击一口钟，这个钟的做工与我们的钟类似，它挂在另一边，朝拜的人也是敲它两三下。在寺庙最大的祭台，同时也是主祭台上摆放着两小片轻木片，下部加工成小型角状物的样子，上部是圆形，上面还有很多小洞，我不知道这些小洞的具体数量。本地人把它们扔到空中，他们也

①原文“tabla”，可能是某种牌类游戏，或为中国寺庙中的抽签占卜。

会用一模一样的方式把桌子上摆了满筒的小型植物茎秆（cañuelas）抛到空中，官员下令杖刑的时候也会扔类似的植物茎秆。然后，掉下来以后他们就跑去看插在墙上的木板上写的内容，根据掉落时的形态判断吉不吉利。他们说，神像通过墙上的木板说话，将占卜结果告诉他们，这些木板就像圣书一样。

我每天都在街上碰到几个老人家带着小小的神的头像。这些头像很丑，做工粗糙，是木制的，中空，头像从中间分开，老者用头像的一半敲击另一半，敲击声整条街都能听到。还有好几次，我们看到男盲人们在吹小笛子，女盲人们在演奏小铜板铃[①]，一开始我以为这些盲人在乞讨，但是后来我才知道不是，他们是在回答那些问问题祈求好运的人，告诉这些祈求好运的人将会发生什么事情。老人带着小型角状物（类似于我刚刚提到的那些），回答来访者关于运势的问题。（手稿第 49 页背面）

有时候，一队人会拿着做好的食物送到寺庙里，一个托盘里盛着一
条大鱼，另一个托盘里放着很多鸡蛋，还有一个托盘里放着猪肉，所有
这些食物都是半熟的，和中国人所吃的东西没什么两样。当地人把这些
食物和酒还有其他小吃放在祭台上，然后把祭品排成一排，一个人行使
神父的职能（有时候没有这个人），祭台上，这个“神父”面前摆着一
本书，他对着书把献祭的菜品名一个一个大声读出来，剩下的人应和， 185
将那些食物一个个献祭给神像。最后，前来参加祭祀的众人将一些镀金
银的纸放到火盆中烧，还在火上浇献祭的酒。

当地人把献祭的食物（手稿第 50 页）带回家[②]，舒服地吃喝，庆祝节日。与东印度民族马拉巴尔人（melanares）[③]的节日不同，马拉巴尔人祭祀完神像以后不会把食物吃掉，而是把它们扔到寺庙的屋顶上给一大群乌鸦吃，乌鸦有了食物，就住在那些寺庙里或附近。但是，中国人就

---

①有“如算命星卜家、择吉的盲人，白天以敲铜板铃（俗称扣刊），夜间吹妇扶夫盲笛逗人”之说（广东省汕头市地方志编纂委员会，1999）。原文“atabillo”，应该是“atabal”（铜鼓）的指小词。

②此处有删减。

③法语版将其写为“Malabar”（De las Cortes，2001）[150]。在西方，“马拉巴尔”一词用来指印度西海岸的南部地区（Encyclopaedia Britannica，2009）。

会吃掉给偶像的祭品①。

中国人会摆上满桌的食物献祭，将整个家庭聚集起来，在喧哗和歌声中，弹奏他们的几种乐器，“生理”钟、铜鼓、蜗牛壳（caracol）和小喇叭等几种乐器的声音混在一起，变成了一场嘈杂的交响乐，无休无止，从天黑前开始，他们吃着献祭的肴馔，一整晚都不消停。如果刚好是邻居这么吵的话，那我们就别想睡觉了②。

有一回，经过一条（手稿第 50 页背面）街道的时候，我听见有两栋房子在演奏这些嘈杂的交响乐。两栋房子刚好在正对面，让人没办法进入任何一家，而且每栋房子里都传出震耳欲聋的声音，大量的人还阻断了街道通行。

186 我向我的狱友提议进入那两栋房子。那些房子里有几个院子，里面的墙壁上都绘有壁画（其中有一个院子的壁画尤其多），里面的人物是几个神像和几个丑陋的黑色魔鬼。这些画里面的人物就像其他画中的人物一样，戴着冠冕。墙壁被桌子围绕，桌子上的几个小碗装着当地食物，几个大肚长颈瓶里装着酒，烛台上面摆着许多点燃的蜡烛，还有小火盆里的熏香和许多炷香。院子中间是一个小祭台，摆放端正，前部有美丽的雕花，上面是一个很漂亮的架子，由画上图案的、镀金的纸板按照圣体龛的形制做成，四周有亮光、熏香、炷香和一些装订得很整洁的书，还有其他一些和中国人的民族信仰有关的东西。小祭台前面站着几个当地人，他们身上有奇怪的仪仗器具。那个干着神父活儿的人穿着合唱队的披风，唱着某本书的内容，其他人随声附和，在小祭台周围绕了很多圈。这些人不断鞠躬、下跪、磕头，有时候拜倒在地，继而又站起来，做了许多动作，其中一个是跑到小祭台中间，不知道对在场的人说了些什么，看着就好像做弥撒的时候牧师跟大家说“主与你同在”。（手稿第 51 页）这些人还向墙壁上的画（特别是中央的那幅画）鞠躬，总是绕着祭台转，下跪磕头，直到头碰到地面；他们还演奏我说过的嘈杂的交响乐，二者同时进行。

当时为了节省时间，我马上就走了。我知道那些人是在为一个死去

---

①此处有删减。

②此处有删减。

的士兵开追悼会，几天前，我们看到他们带着他的尸体下葬，举行了类似的仪式，也准备了吃的东西。他们在坟墓前就把食物吃了，是那个类似于神父的人告诉他们那些他们早就相信的事情：尸体的灵魂一定要在那天回到家里，他要吃神像前供奉的食物[①]。

军事总长官和军队的武官去拜神是为了战事。第二天，寺庙就专门 187
为此忙碌起来，官员下跪，其他人行礼和鞠躬，官员亲手献上了几炷香。他先将其点燃，抬起放在头顶，然后在寺庙的火盆里烧镀金的纸，朝拜的同时做着一些（手稿第 51 页背面）我们见过很多次的事情。那些官员每个月第一天以及望月那一天都要去做这些事[②]。

同时，作为被软禁在寺庙里的人，看到他们做这些事情，我们就会大笑，偶尔还劝导他们不要这么做。在他们演奏、摆弄火盆里的熏香和炷香的时候，我们还嘲笑了他们。我觉得这是当地人把我们六个人分成三人一批，并分别安置在其他两个房子的原因。我、一个日本人和一个矮黑人分到的是当地一个重要人物的房子,但是当时并没有人住在那里。

房子里最好的部分放着一个装着尸体的棺材或箱子。有好多次，可能有六次之多，他们命令我们不准触碰摆放在木制长凳上的棺材或箱子，好像它是什么神圣不可侵犯之物一般。我们得跟它一起睡觉，强迫自己镇定、冷静下来，不要想那么多，但是这是不可能的。希望我们同伴一个人待着的时候不会觉得死人在呻吟吧。另外三个同伴待的地方也有尸体，深夜入睡时总是感觉有东西不停地经过，因为疑惧、过分想象和对尸体的恐惧，另外那三个同伴无法入眠，也不敢独自进出停放尸体的地方。

从别人告诉我的和我看到的情况来看，中国人的习俗就是，当一个人死了以后，会进行各种仪式和典礼，人们首先将死者的头剃光（男人、女人都要剃），然后用他们的毛发制作黑色的小发网（我说过，中国人很喜欢在头上戴发网）。死者被安放在棺椁内，棺椁闭合得刚刚好。即 188
使死者是穷人，活着的人也会为死者哭泣。这里的人为死者哭泣就相当于在菲律宾的土著人为死者歌唱。如果死者身份重要，活着的人会将尸

①此处有删减。

②此处有删减。

体停放在死者生前的家中，就像我们上面看到的我们所住的屋子的情况，
可能会停放十年，时间不长的也可能是四年，有一些尊贵之人会停放六年，
但一般是一两年，停放后会将尸体带到野外下葬。如果是平民百姓或穷人，
快去世的时候，就在家里放三四天，等他死了就下葬。每个城镇都有为
平民和穷人准备的墓地，距离城镇一两个火枪的射程，这些平民或穷人
189 就葬在这里。人们为死者挖掘一个小的地下室，用石头盖上，如果死者
是重要人物，上面再覆盖大量泥土，也会在山上的斜坡和路上铺上石头，
建造加工精良的石制坟茔。

官员和显赫人物的坟茔华丽无比，在这些坟茔的某些部分还会种上
很多松树，专门种得井然有序，别出心裁。年初，为了庆祝 2 月份第一
个有月亮的日子，店铺关门不做生意，街上也没有人卖东西，（手稿第
52 页背面）人们在街上的门面和家里的门口挂上碎纸片，四处走动，互
相邀请，他们穿过街道游行，还跑去拜佛。有一种情况，我们在好几个
地方都看见了：当时刚刚好是岁首，我们刚好路过，看到当地人在挖掘
死人的骨头，洗净它们，烤火弄干，同时还和它们说话，死者的儿女和
其他亲属带着几张镀金银的纸过来，把它们固定在坟茔上，就这样放几天，
然后活人会回来把纸烧掉，坟茔上有好多这样的纸，很多人在对着它们哭。
其他人也跟我说，在下葬后的前三年或前四年里，当地人习惯每年都带
190 一些食物去坟茔祭祀，一段时间以后食物上面会有大量从土里新长出的
杂草，草长得越高，代表亲属朋友对死者越用心。

当地人的丧服是一种特有的长袍，可以盖住底下的衣服和长袜，头上戴一种高帽，由很奇怪的白麻做成，很粗糙，丧服由黄麻（ungiua）① 编织而来，像帆布一样（密实柔软的白色布料对于中国人来说是用于华丽的服装的），而头几个月穿着的是一种制作得更加粗糙和奇怪的粗棉布，并用一根很粗的绳子缠着。如果死者是父母，当地人会戴孝三年，为了报答自己出生的头三年里父母怀抱、养育他们的恩情。如果死者是其他人，当地人就穿一段时间丧服，具体要看死者是长辈还是晚辈，活着的人对死者有什么样的义务。在戴孝差不多结束（手稿第 53 页）的时候，

---

① 蒙科版《中国纪行》写为“ungiua”，而法语版则写为“ungmua”（黄麻）（De las Cortes，2001）[156]，来自潮汕话“黄麻”的发音“ng^5 mua^5”。

父亲或儿子或最亲近的亲属出门，来到大街上，茫然不知所措，他们脱帽，披头散发，带着音调抽泣和大哭，穿过几条街道，就好像死的人又多了一倍一样（那是不存在的另一倍），接着，他们走到死者下葬的地方，进行一些我不清楚是什么的仪式。

死者的妻子要表现出她的哀痛，和其他的亲属一起，大声地、带着音调地哭，这样她才能找得到下家嫁出去，她的父母才能又拿到一份聘礼。我发现，更野蛮的是马拉巴尔的女人和东印度的其他民族，她们很多人习惯在守寡的时候做疯癫狂乱之事，这个民族鼓励女性在丈夫死时跟着殉夫，还要举行奇怪的仪式，如在大街上公开严肃地巡街之后，投入火堆，活活被烧死，她们的父母这时候无可奈何地把她们投进去，如果他们不这么做，那就是一种耻辱。他们已经癫狂到这种程度了，魔鬼跟他们说这是荣誉，叫他们去干这种事，把这种习俗带给他们，他们也经常做这种事。

这三个月来唯一一件事就是我们遇到了那被抛弃的第四个同伴（也就是那具尸体），直到后来，为了避开渐渐到来的夏日酷暑，中国人把我们挪到了另一间很破烂的房子。由于寒冷，冬天的日子更加难熬，我们只能自己想办法补救，制作了一个稻草的睡具[①]，因为我们没别的办法了。（手稿第 53 页背面）

①原文“chocuelas”。找不到这个词，怀疑已经不再使用，故而不知道具体意思，用泛指的“睡具”来替代，而法语版则认为这个词指的是“遮蔽处”（abris）。

第十二章　中国人的穿衣、饮食

本章记述了囚犯们在穿衣、饮食方面的悲惨遭遇，以及当地中国人在穿衣、饮食方面是怎么做的

191 在蓬洲所期间，我们所有的人（共计十四个人）都感受到极度不适。冬天的时候，天气很冷，我们穿的和吃的都很少。稀少的稻草里还有臭虫和跳蚤，这让我们睡觉的时候很难合眼，中国人给我的那些陈年破衣里面全是祖传的虱子，而且我们没有任何上衣可以换，甚至连一块换洗的破布都没有。这简直就是没有尽头的灾难，是人生最大的梦魇[①]。在我们遭遇海难之后，基本上每个人都得了鼻炎或伤寒，还持续了很长时间，一些人得了溃疡，另一些人则是一下觉得冷，一下又犯热病，还有其他的一些小毛病时不时困扰着我的这些同伴。

192 自把我们关进监牢的第一日起至今，官差给我们的口粮就很少，而且不好吃，以当地的烹饪方法烹调出来的食物不合我们口味。（监狱里的配餐）一般是一小碗不加盐的熟米饭，只搭配清水和这片土地上经常吃到的面包，但是（手稿第 54 页）只要你跟狱卒要，他们就会给你更多这种面包。通常情况下，鱼也很少，不好吃，很咸，而且是坏掉的，鱼身上的盐分不去掉，也不刮去鳞片，鱼内脏也不去掉，连很有身份地位的人也会吃这些东西。看到我们把鱼头丢去喂他们的狗，连我们的主人也感到很可惜，有时候，看到我要把鱼头扔掉去喂狗，狱卒就会走上前来，从我的碗里把鱼头用筷子夹出来自己吃掉。有一天，吃晚饭的时候，我们的一个主人不想把鱼给其中一个人，因为那个人在中午时把鱼头扔给了狗，他很生气。我们知道，他不只是不想给我们吃鱼头，而且还不想给我们吃别的任何东西，所以我们故意不吃饭，于是狱卒又开始给我

① 此处有删减。

们鱼头吃了，之后几顿都有鱼头，直到全部吃完为止。

如果有猪肉的话，狱卒会给我们三四块，但都是又冷又肥，而且半生不熟，他们通常还会给几块切好的萝卜和一些泡在盐水里没煮熟的冷的草[①]。他们不会每一顿都给我们上面提到的全部东西，通常一顿饭里给的就是米饭和上述的一两样菜。如果他们给我们吃一两个鸡蛋和质地不错的肉或鱼、一点点酒和一些小菜的话，那一顿就是人间美味了。

这些是我们运气较好的同伴吃到的东西，另外一些同伴则要苦命得多。他们说他们很少能吃到米饭配小鱼，通常就只有几块萝卜，或者是盐水泡芥菜叶或茄叶，很多时候只有米饭，有时候，白天给了米饭，晚上就不给别的东西，完全没有晚饭，或者只给（手稿第 54 页背面）米饭。如果第一天没有给食物，我的一些同伴第二天通常会估量一下狱卒们给他们的食物值多少钱，有些人发现，他们那 1.5 孔锭的伙食费被省去了三分之一，另一些人则发现他们的伙食费有一半都没有用。我们船的大副说，有三个月他们的食物通常就只有米饭，除了少数情况会给他几块咸鱼、几块萝卜或者盐水泡芥菜；而我们船的领航员有两个月没有吃到过米饭以外的其他东西。另外一个葡萄牙人和他营地 193
里的其他十二个人有三个月的时间每人每天吃的米饭只有普通人一顿饭那么多，除米饭之外的东西只给 2 卡夏，这里面米饭值 4 卡夏，如果价值达到五六卡夏，狱卒就给他们现金当伙食费，伙食费不能超过 6 卡夏，也就是说狱卒给他们的钱不超过 1.5 孔锭的三分之一，而且他们还得买柴火烧饭。

我还可以谈很多与这个主题有关的事情，比如说，有三个囚犯连续十天没有收到任何口粮，还有其他的无数件悲惨之事。最令人悲愤的是，这些地方的某些官员还会克扣饭钱。官员还没开始克扣的时候，他们还会给我们上面提到的那些米饭和卡夏，他们开始克扣以后，有整整一个月，他们只给米饭。官员每个月都会将整月的饭钱一起拿给狱卒，但是狱卒把银子都留给自己了，1 卡夏都不留给囚犯。另外一个官员在听说了他

① 这里指的应该是蔬菜，但是为了突出神父的特殊表达，我选择保留原文的“hierba”的“草”的翻译。

手下的狱卒给的饭菜有多么差劲之后，就把狱卒叫过来，问他为什么会有人抱怨饭菜糟糕，原来这个狱卒之前克扣了饭钱，克扣下来的饭钱值1雷亚尔，（手稿第55页）官员于是逼那个狱卒把钱交出来。但拿到钱以后，官员并没有把钱给我们这些正在挨饿的人，而是中饱私囊。

戴着大耳朵帽的官员与跪下说话的人在这些微不足道的小事上的卑劣行径十分一致，这些人根本不在乎我们这些外国人是不是有眼睛和嘴巴。一般来说，官员每个月都会推迟将饭钱交给那些安排饭菜的狱卒，如果发生什么事的话，“好的！我用棍子把钱给你们”。我们必须得自己出钱买东西吃，因为我们的饭钱原本就很少，这些狱卒还找各种借口不给钱，他们这样做比直接告诉我们他们没钱，或者是官员没给他们钱还要糟糕，特别是过去了三四个月，官府的人一毛钱都没有给我们。有时候，这些官府的人甚至连狱卒的薪水都不给。

可怜的斗牛犬在那几天死了。官府的人也给它每天分配了1.5孔锭，这是给船上最有地位的人分配的钱数，他们把钱算好分配给它的主人。但是，有一天，一个小官看到它身形瘦削的样子，便叫了看管它的狱卒过来，因为狱卒不给它吃食，所以小官打了狱卒板子，还罚了他5.5雷亚尔。这个狱卒跑去找官员要斗牛犬的饭钱，去了好几趟，官员说：“怎么？狗也要花钱？”狱卒如果把斗牛犬绑起来，它就要受苦；如果把它放了，它就跑到街上抓猪，把它们撕成碎片，人们还因为这件事打过官司。

194 另外一次，官员跟士兵说：“你别来我这儿要那条狗的饭钱，它要是死了，（手稿第55页背面）那你就得挨板子。”最后，官府的人还是像给人钱一样给了那条狗银子，但是我上文说过，有四个月他们没有给饭钱，它的主人没钱养它，只能任由它死在牢里。在中国，这样的美味是不可以错过的，当地人也不会让这条狗从嘴边溜走，狱卒没有把它扔到垃圾场，而是把这条狗的死讯告知官员，还跟他说，这条狗的肉每斤可以卖1.5雷亚尔，但是官员让狱卒把狗埋到野外，别给广州的海道副使（Aytao）和都堂惹官司，因此他们舆论上赢得了良好的口碑，官员也因此得到了尊重。但是有些当地人虽然没有亲眼看到官府的人吃掉那条狗，却断定他们肯定会想方设法弄到这条狗的肉，连一根骨头都不会剩下。

这件事太不幸了，我无法释怀。

我想知道有权有势的人和当官的吃不吃狗肉，便以中国人表示恭谦的礼节询问了那位曾经阻止官差们给我们戴上手铐，还给我们当过翻译的武官，他说："知府不一定吃狗肉，但是二把手大老爷肯定吃，他可爱吃了。"

好了，闲聊娱乐的时间到此为止，不过上面说的事情一点也不好玩，而且十分悲惨，让人很不舒服。我们受的罪太多了，特别是葡萄牙人安东尼奥·门德斯（Antonio Méndez），他在第一天的冲突中被人用箭射伤，虽然一开始看起来（手稿第 56 页）并无大碍，但是由于当时没有接受治疗，吃了败仗以后，我们还走了那么多路，经历了这么多，就算是铜铸的身子也会垮掉。在那之后又发生了很多事，我们在路上时经常下雨，全身湿漉漉的，他因此发了烧。三个月以来，发烧还有伤口不断的疼痛让他的身体每况愈下。中国人提前十五天把他搬离了那个地方，我也一直在路上帮助他。尽管如此，在忏悔了好多次之后，上帝还是把他带走了，用死亡帮助他脱离了苦海和囹圄。

另外一个更不幸的就是一位叫佩德罗的他加禄土著[①]，他侍奉一位世俗修士。我提到过这位修士，他死于第一天我们船只海难的时候。在
修士死后，佩德罗腿上长了脓肿，这可能是上面提到过的诸多不适还有 195
各种旅途劳顿导致的。没有医生给他看病，也没有神父给他忏悔，虽然他祈求忏悔多次，但是到他死的时候都没有做过一次忏悔。在这两个人生病的时候，他们善良而热心的同伴在不缺食物的情况下替他们要了被中国人称作粥的怪异米饭、鸡蛋和一些揉好的沾上红糖的小块面包，他们没有得到其他更多的礼物。除一些小木板上的小席子之外，他们没有别的床可以休息。当地的官员将两人的尸体放入棺材的时候，潮州府的另一位官员来到当地看这两个人，以确认他们不是被人毒死的，然后看看我们是活着（手稿第 56 页背面）还是死了，回去好报告潮州府的各个官员和广州城的海道副使和都堂。

很多中国人都给我们介绍过他们所吃的食物[②]，也给我们解释了他

---

① 指菲律宾说他加禄语的民族。他加禄语即菲律宾语，是菲律宾的土著语言之一。

② 此处有删减。

们给我们吃的那些东西到底是怎么做的。他们将家里的一个角落用作厨房，厨房里有一个不带烟囱的炉灶，灶台的上面嵌入唯一的一口铁锅，或叫炒锅（caxaay）。一般来说，有两口锅的人家已经算是大户人家了。他们一般不用西班牙的那种锅（olla）[①]，也不用单耳罐，也不用泥土烧制的坛子。他们在炒锅里煮米饭，把需要的量的米放下去，然后放满水，这样水就不会煮干，米饭熟了之后，他们就用笊篱把米饭捞出来，放在一个木制的带盖子的小容器里，取出一天要吃的量。炒锅里剩下的水中留着许多残渣，他们把残渣捞出来喂给小猪吃，所以小猪被喂得很肥。炒锅底还剩一点点米饭，这些米饭是笊篱没有捞出来的，然后他们再加上一点水煮沸，就变成了一种煮得更加熟的米饭，也是更加奇怪的食物，叫作粥，我感觉这种米饭更多是用来喂猪的，而不是他们自己吃的。而且经验告诉我们，这样做出来的米饭吃不饱肚子，差不多就相当于一小撮稻草的量。菲律宾的土著女人对这种米饭的处理就不一样得多，她们对水量的把握精确，可以保证当米饭熟透了的时候（手稿第 57 页）水刚好完全煮干，米饭也刚好煮熟，煮好的米饭白花花的，颗粒与颗粒之间都是分离的状态。

196 在把粥取出来盛到另一个罐子里之后，他们将一些茄子、芥菜叶子或者那种叫作苦瓜（margoso）[②] 的黄瓜一样的东西（因为第一次煮熟的时候会很苦，所以人们叫它苦瓜）还有其他的草类放到炒锅里。中国人从鱼店里买回来的鱼并不清洗，也不将其身上所带的盐分去掉，不刮鳞，不去掉鱼内脏，而是直接把它和那些草放在一起煮。如果要煮肉，他们就把肉切成小块，和上面的草一起煮。他们不加调味品，也不撇掉汤里的泡沫，煮过东西的水也不会用第二次，即使这水仅仅是用来煮过苦瓜。有时候，他们会把生肉切成小块，放在桌子上津津有味地直接吃。他们烹煮上面提到的东西就是把水煮沸一下，几乎从来不会半生不熟，他们将食物连汤放入碗里，或热或冷（通常情况下是冷的）。然后他们将食物摆在炉灶旁的桌子上，就在这桌子上吃饭。

---

①原文只有“olla”一词，表示“锅”，但是可能指的是西班牙的那种比较高的、用来炖东西的锅，所以这里加上了“西班牙的那种”来限定这种锅。

②来自形容词“amargoso”（苦的），直到今天他加禄语都还称苦瓜为“amargoso”。

每一个家庭都有一个装满水的大缸，不加盖子，除此之外，没有其他容器装水。虽然这水不干净，还有用来煮饭的水上漂浮的那种浮渣，但这种大缸里的水是主人不想喝热水的时候用的[①]。

言归正传，中国人吃得差，穿得也差，他们的服饰很少是用丝绸做 198
的。一般来说，无论男女，即使地位显赫，家庭富裕，他们所有的夏季服饰都是用棉布做的，冬季服饰也是用未经加工的或者漂白过的毛毯做的。这些毛毯有的染了色，有的没有染色，在不冷的情况下，他们很少穿长袜和鞋子，平时穿着木屐走路，足部裸露在外。他们吃饭时狼吞虎咽，米饭吃得很多，但是除米饭之外，其他东西吃得很少，而且吃得特别差。我所说的是他们之中伙食情况比较不错的一类人的情况了，这是我看得足够多，也经历了足够多之后得出的结论。

在蓬洲所，有一位地位显赫的中国人看起来很是同情我的遭遇，他的房子是最好的那种房子，他出行时的排场也是中国最大的那种，他或许做了三年官，或许做了许多年的官。有一天，前一晚（手稿第 58 页背面）特别冷，他一大早就来到我所在的地方，就为了辨认我的衣服，他回到家中后便给我送了一块很旧的日本印花布，布料很长，絮上棉花，白天拿来当衣服穿很舒服，晚上睡觉的时候就用来当毯子。我的矮黑人同伴暗示他我急需几双长袜蔽体，于是他又给我送了几条毛毡，这些是中国的富人用来御寒的。在一切结束之后，我把这几样东西都还给了他，还表达了我的谢意。他收到了之后也没有再给我送什么了，哪怕是再旧再破的东西，也没有送。

这个人曾六七次邀请我去他家吃饭。中国人一般是五六个人在一张桌子上吃饭。所有的中国人都在高高的桌子上吃饭，即使他们很穷，也会坐在长凳上或椅子上，桌子上没有桌布，没有餐巾，没有刀和勺子，没有盐瓶和胡椒粉瓶，没有糖罐，没有油，也没有醋，他们只给每个人提供一双筷子，在大户人家，这些筷子的做工都十分精良。

另一次，一位蓬洲所有钱有势的官员请我和我另外一位同伴吃晚饭，
我们桌上有八九个人，他们都是中国人的长官和地位显要的人物。食物 199
以及上菜顺序都是当地人一直习惯的做法。首先上酒，酒是热的，然后

① 此处删去两段。

纯喝酒，装酒的碗很小，小得装不下三四个顶针。他们谈笑风生，觥筹交错，直到差不多将酒喝光，我说“差不多”是因为他们留了一点点酒，在上了菜之后，他们就一小口一小口地就着菜喝酒，酒很少，如果有人一开始不喝，等菜上了之后，才就着菜喝酒（就像我做的那样），他们会认为是不礼貌的行为。但由于我是客人且是外国人，所以他们能够原谅我的这个行为。之后，他们将不同的小碗摆满桌面，最大的只有一个芥末调味碟那么大，另一些大一点的，可能只有三四个像我们平常所用的小碗大小。在一两个那种相对大一些的碗里装着几小块猪肉，另外一些这种碗里装着几块母鸡肉（在我上面提到过的其他饭局中都没有上过母鸡肉），另一些碗里装着最好的鱼，大小相对中等的碗用来盛煮好的草、一些很小的鱼、切成四块的小甜橙和一些切成小块的干柿子（chiquayes），另一些碗用来盛分成四块的水煮鸡蛋，下方是蛋壳（这是本地的特色吃法）。中国人的碗很小，因为东西很少，在盛着好东西的小碗里，为了让它看起来好像装着很多菜，体积更大，他们会在下面放东西，比如说在装着四到六块鸡肉、鱼肉或猪肉的小碗下面会放几片煮熟的芥菜叶，或者是用盐水浸泡的芥菜叶，或者是几小块同样方法制作的白萝卜，在水煮鸡蛋下面会放它们的壳。还有一些小碗里装着一些类似于小硬糖的东西，这东西用红糖和米粒制作，类似于墨西哥粽（tamal），另外一些这种东西用一些绿色的蒜和一些草制作，另有一些小碗用来装几种又生又咸的海鲜，一些小碗里装的则是几块鱼干，（手稿第 59 页背面）在其他一些小碗里装着一些酸酸的小型野果，与油橄榄一样用来当作饭前饭后的小吃[①]。

通常而言，上述的菜品都是煮得半熟，没有香料，也没有配料，它们上的时候都是冷的，他们用筷子将菜品或其他一些乱七八糟的东西从碗里夹出来，就像鸟用它的喙叼东西一样（当然我不是说乌鸦或者其他东西）。他们时不时就小嘬一口酒，说话，聊天，这时候就会停下好长一段时间。完事儿之后，在清理掉桌子上的东西之前，他们还会给每个人上一碗热米饭，米饭装在中等大小的碗里，对于当地人来说，这就是

① 油橄榄是西班牙饭前饭后的一种小吃。这里原文“suplen por aceitunas”，意思是代替油橄榄，表示上述的野果也是一种饭前饭后的小吃。

他们的面包[1]。整个国家普遍都把米饭当主食吃，他们吃了一碗之后，又 200
来第二碗、第三碗、第四碗，直到再也吃不下为止；他们用左手把小碗拿到嘴唇边，右手拿筷子，把米饭囫囵吞枣吃下肚，好像狂饮美酒一般，或者说就好像把生米倒入袋子里一样；他们在开始吃饭的时候先大呼一口气，待米饭下肚，才再吸一口气。

有时候，在他们吃米饭时，如果小碗里的菜还剩一点，他们就会夹出一两块伴着米饭吃。米饭是他们的主食，如果把上述小碗中的饭菜全部倒进一个对我们来说中等大小的碟子里，可能刚刚好放满，我感觉是因为他们胃口好才吃得下这么多东西。饭后他们会上一小碗粥，就是那种用很奇怪的方法煮熟的米饭。在吃饭的过程中，他们不洗碗，倒上煮熟的水，里面放上我说过的那种草[2]，水很烫，他们一边吹一边喝水。不管是吃饭时还是其他时候，（手稿第 60 页）他们都不会喝冷水，如果有人喝了，那就是件很奇怪的事，甚至在我的记忆中从来没有见过他们在平时不吃饭的时候喝冷水。上文所述都是有排场的饭局的情况。一般情况下，即使是有权有势之人，也不会吃品种这么丰富的食物。即使有人会吃一些比较好的菜品，食用的量也不多。

我在上文提到了一些学校，其中一所曾经在午饭前的两三个小时邀请我留下来，和他们的校长还有两位重要的校内人员吃饭。他们只上了第一道菜、酒和两个他们经常用来装芥菜的小碗，但里面装的却不是芥菜，而是磨成粉末的鳀鱼，另外两个小碗里装的是生的咸鱿鱼，之后每人分到一个小碗，里面装着的是煮熟的野苋，既不放油也不放醋，接着他们上热米饭，这是一种有颜色的米饭，最后上的是用那种草泡的热水。我那一天刚好很饿，所以对我而言那顿饭就是一份大礼，解了我的燃眉之急，也就是饥饿。毋庸置疑的是，那天在官差的家里，他没有给我应给的饭菜。此外，我不太喜欢的一件事是，除普通的吃饭以外，学校里那些想要当官的人还不断地麻烦我们这些客人在纸上写下我们的文字，仅仅因为他

① 西班牙以面包为主食，无论吃什么类型的食物一定会配上面包，这类似于中国的米饭。

② 即茶叶。

们对我们的文字的形状和样子很感兴趣，想要收藏写有我们文字的纸张。

201 有些高官也邀请了我们的一些同伴去他们家吃饭。在我们需要去庭审的那些（手稿第 60 页背面）日子里，参加庭审的人也经常被邀请参加公开饭局。所有的这些饭局都以上述方式进行，没有桌布也没有餐巾，不同的是他们的调味品可能会好一点。军事总长官请我们这些神父吃了两次饭，那可能是我吃过最好的两顿饭了。第一次是吃几块千层饼一样的手掌大小的饼，不是什么贵重东西；另外一次则是几个小圆面包，小球那么大，用调味调得不好的面团制作，半生不熟，馅儿是加上红糖的面粉和菜豆。

潮阳县的高官当时也参与庭审，他们曾经送我们的一些人去吃饭。席上有一小碗小小的鸡块，另一个小碗里装着小小的猪肉块，两碗食物都是煮得半生不熟，喝的汤也是不加调味料、不放盐的；另一个小碗里装的则是小块的生萝卜，还有十二个上面说过的小球，每个人一个小球，送去吃饭的一共有十二个人；还有一些甜甜的橙子、少许酒和米饭，除此以外就没有其他东西了。这里我想补充的是，有几次饭局结束之后，我都听说，如果我的同伴向那个官最大的讨要施舍的话，他都会给。他在这个位置上干了两年，曾经在一些中国商人的陪伴下去过澳门，但他没有公开声援我们，除上面说的给了我们一些施舍之外，他没有在其他方面帮助过我们。

我的两个同伴恰巧去了知府的府邸。他公开准备了摆满三个办公桌（手稿第 61 页）的食物。像我之前说的，桌上没有桌布，也没有其他调味品或餐具。别人告诉我的情况是，三个办公桌上都摆满了大大小小的碗，里面装的食物和我前面说的那些类似，他们不用碟子装菜，用碗，只有几条完整的大鱼是装在碟子里的，但是都没有去鳞，也没有去掉内脏。还有一种猪肉做的大饼，放在几个托盘里，这种托盘是一种大而圆或大而方的木盘子，四周装饰起来，做工精良，用五颜六色的油漆上色，还涂上金色，比手掌大一点，中国人和日本人用它来装食物。我们可以看出来，里面装的食物做得不好，调味也做得不行，食物生冷，表面爬满了苍蝇。

因为广东省的都堂（相当于该省的总督）很满意澳门葡人的表现，

所以遴选了十二名代表并邀请他们来肇庆（Sciauquin），代表全体澳门 202
葡人赴宴，并借机达成一些协议。那刚好就是1625年，也就是我们被囚
禁的这一年，在本书关于城墙的那一章我会专门讲到。当那十二个人来
到都堂面前时，都堂提醒他们，他所做的一切都是以皇帝之名做的，一
切花销也是皇家支付，所以这次宴会十分庄重。他首先给每个人送了一 203
块小银板，一些人拿到的银板有一拃长，宽也差不多是一拃，另外一些人拿到的（手稿第61页背面）要长两倍，但是没那么宽，这种样式一般是用来制作马口铁小板的，刻上几个字，如恩惠或友谊云云。这些小银板就好像护照一样，他们在中国碰到任何人都可以使用这些银板，那是这些高官给予他们的莫大恩惠。之后，都堂给了他们一些小花束，那是一种形态瘦削的小型植物的花朵，都堂让他们把花插在帽子上，就像是帽子上的羽饰一般，但是没有羽饰那么珍贵。之后他们就上了马，在前面喇叭和铜铃的演奏声中，他们被带到宴会现场。

我恭谦而热切地询问了十二名代表中的两位，他们告诉我，当时，中国人给每个赴宴的人准备了五张不同的桌子，其中有四张摆满了各种各样的广州特产干果、蔬菜和肉类：母鸡、骟鸡、石鸡、火鸡、鸭子、乳猪，诸如此类，不过都是整只生吃。家禽都被拔了毛，清理干净了，一只只摞起来，堆成金字塔形状。第五张桌子上盖有新做的锦缎（这样看起来好看一些），宾客就坐在它旁边的椅子上。桌上没有其他桌布、餐巾、勺子、盐瓶之类的用品，只有乌木或象牙制作的筷子，筷子的一部分还用了白银装饰，中国人就用这些筷子吃饭。在第五张桌子上摆放有十六到二十个陶瓷碗，里面摆满了水果和一小块一小块其他桌子上所摆的肉，这些肉大部分都是烤的，也有只是不加调味品煮熟的，有两三个碗里面装着小丸子和其他东西，这些看起来（手稿第62页）是煮过而且加了调味料的。

那十二名澳门葡人贵族坐在各自的椅子上，靠近上面所说的为每个人准备的其他四张桌子。都堂没有赴宴，陪他们吃饭的是其他一些官员。这些官员用金制的小杯子和小碗喝酒，十分小巧，体积可能还没有半个鸡蛋壳那么大，它们和小银盘一起使用，比欧洲使用的小杯子和小碗都要小巧得多。宴会期间，在餐桌前还有几个中国艺人表演喜剧，除此以

外就没有其他娱乐活动了，没有别的食物，没有其他更好的调味品，也
没有其他餐具。澳门葡人贵族们十分入乡随俗，和中国人一样吃饭，他
204 们也只是夹一两个碗里的东西，特别是吃水果的时候，并不矫揉造作。
宴会结束后，他们便庄重地回到自己的房间，就如同他们赴宴时那般庄
重。之后，上百个中国人到场，开始清理那四十八张桌上的水果和生肉，
但是没有把任何东西送回到澳门葡人贵族们的房间，因为贵族们很绅士
地将它们留给了附近的穷苦老百姓，之后就返回澳门了。但是之后，作
为一个中国人和政客，都堂却将对澳门城的葡萄牙人不利的请求和消息
呈送给了皇帝[①]，相关信息会在这一部分的后面提到。

在这一章的末尾，我想最后提一下中国人在相遇、拜访以及开始交谈的时候一般是如何相互打招呼的。（手稿第 62 页背面）他们见面之后第一句问的不是我们经常说的“你最近过得怎么样呀”或者“上帝保佑您”之类的话，而是相互询问是否吃了饭，除此之外就没有其他打招呼的形式了，也不会问所遇之人、与之交谈的人或所拜访之人的身体状况好坏与否之类的问题。一开始听懂了这个问题之后，我们不知道是一种问候语。当时我们的主人还没有开始给我们那少得可怜的食物，我们快要饿死了，我以为他是在表达同情，想施舍一些食物给我们，因此很多时候我都回复说，如果他们愿意给我一些食物的话，我会非常想吃。他们虽然听懂了我的回复，但是在这种情况下，从来没有中国人跟我说：“来，我给你一些东西吃。”当我明白这只是一种问候方式之后，为了验证这只是一种问候方式，我有好几次回复了同样的内容，结果都是一样的。

① 此处有删减。

第十三章　老虎

仁慈的主，请不要让猛虎袭击我们中的任何一人！本章也将记述老虎给当地中国人带来的伤害

我们在入夜后可以聚集到一个小广场上，交谈、休息一会儿，这是 205
我主给予身在蓬洲所的我们的一大恩惠。夏天，因为住在小房子里不是很舒适，我们中的少部分人（包括我）经常在天亮前一两个小时去另一个小广场呼吸一下新鲜空气，并眺望天空，平复心情。有一天凌晨 4 点，老虎出现了，在追一头猪；另一天早上，老虎又来了，这次是追狗。（手稿第 63 页）我们提前知道了情况，小心翼翼，所以活了下来。特别是之后，我听闻我们在这里待的几个月里曾连续几天发生老虎追人的事情，有时是中午时分，在距离房子一个火枪射程再远一点点的野外，有时则是夜晚，这个镇子有四五千户人家，其中九人被害，老虎将他们的头咬下来，吸他们的血，吸饱了血后就把尸体留在原地。

我们生活在蓬洲所的这些人就面临这样的危险。我们白天不敢去野
外，而晚上即使获批，也不敢出门上街，怕老虎就在街上晃悠。这真的
是比菲律宾河里的鳄鱼和日语中被称作川太郎[①]（canarovaro）的小动物 206
还危险。川太郎的意思是河里的小孩儿，它长得像小孩，会抓住涉水的人把他们溺死，它也会离开河岸同人类或马匹搏斗。它头顶上有一个碗口大小的凹陷，里面储满了水，它力气很大，经常能取得胜利，如果把它放倒，让它头顶的水全倒出来，它就会拼尽全力回到水里，重新将水灌满凹陷。

人们告诉我，蓬洲所的老虎个头很大。在追人的时候，它一边追一边往人的左手边跳，用牙齿咬住左手，叼在嘴里，然后把尸体剩余部分

① 即河童的别名，罗马音“kawataro”。

背在背上，一只爪子按着尸体防止掉落，（手稿第 63 页背面）只用另外
三只爪子走路，好像背着一根稻草一样。为了让老虎把尸体放下（虽然
尸体已经被咬掉了头），中国人就一直吹铜制的小喇叭，造成巨大的声响。
207 老虎很害怕小喇叭发出的声响，急忙撇下尸体，落荒而逃。我觉得中国
人在外行走时喜欢在马匹上挂大铃铛的习俗就是由此而来，我想这是为
了驱赶老虎，让它远离道路。有时候，我看到一些在外徒步行走的人手
里就拿着小喇叭以防万一。

第十四章　中国军队

当地官员将囚犯们分别押解到几个有驻军的地方，本章还有一些关于中国军事和中国军队的记述

潮州府的官员将我们所有人分别押解到潮州府的各个地方，还分派 208
了几个连队的士兵到这些地方昼夜轮流看守我们。一件让我们觉得特别
有趣的事情是，士兵们每隔几个月就有几天早上要跑到军械广场去，当
地官员也要去。另外还有几天，几个武官会训练这些士兵，他们会演练
小规模的战斗，还会进行另一些中国当地的战斗训练。下午则是分组操
练早上学到的内容，特别是射靶子，这些士兵用的靶子是一块布，展开
宽度达到 3 巴拉，长度达到四五巴拉。射中靶心是十分光荣的事情，因
为士兵要么可以借此机会升职，（手稿第 64 页）要么可以提升自己在军
中的地位，早上射中靶心的士兵会得到武官的奖赏。射中靶心的士兵会
敲响铃铛，这样大家就知道他射中靶心了。

我们留意到，月初中国人开始训练的时候，为了有一个好的开
始，武官会去神像前拜祭，军团长大老爷每次都要献祭一头杀死剥
皮的猪和一只羊，祭品都是完好地被放在祭坛上，羊的角也还在头 209
上。中国人在祭品面前鞠躬行礼，还做其他的一些仪式，完成之后，
他们就将猪、羊撤下，送去加工，准备吃掉，然后大老爷坐下，准
备看士兵们训练。

中国士兵习惯在身体两侧和背部披上一件中间敞开的小衣服，特别是穿裙子或者长长的衣服的时候，这件小衣服就好像一件又长又宽的披肩，衣服长度一直延伸到脚部。一些连队士兵的衣服是红色的，另一些连队的是黄色的，也有蓝色、白色、黑色以及其他颜色的。一些是长矛手，一些是弓箭手，还有一些是火枪手。他们的火枪很细长，制作粗糙，

射击所用的火药的威力也不大，用来射击的小球是一些小型霰弹，在尺寸上可能比一般的霰弹还要小。还有另外一些士兵持刀，配有护胸盾。他们的头盔类似于我们的莫里恩头盔（morrión），是用藤本植物或是柳条之类的东西编出来的，外部涂上沥青或者颜料一类的东西。他们穿在身体上的装备是一种内絮棉花的宽大外衣，很不耐用，连剑击都抵挡不了。不管是和平时期还是战争年代，（手稿第 64 页背面）他们都不会用剑[1]，不会将剑绑在身上，所有的士兵都是使用上面提到的武器，而且都只配有一件武器，所以只要他们发射的第一箭或第一枪失误了，或者是对敌人的第一次攻击失手了，他们就再也没有装备进行自卫了。

我们虽然一战败北，但在我们看来，这些中国士兵的小规模战斗演练不是用来打仗，而是用来逗乐的。他们做得最好且最符合兵法的是挥舞护胸盾和刀，转动长矛时也显得轻松自如，但是他们攻击的样子十分浮夸，因为他们攻击时会用尽全身各个部位做出数以百计的动作，特别是用他们的手和手臂，他们可以从长矛的尾巴一直摸到它的金属头，因此，当他们真正攻击敌人的时候，双臂已是疲惫不堪了。他们打火枪和射箭的功夫不到家，用火枪射击的时候，他们会把火枪放在手臂上，随随便便地发一枪，当然，在那之前他们还要准备好长一段时间。我说的这些都是选了特殊现象来讲，挑出了重点，省略了大部分。总而言之，他们再怎么训练，都不具备很高或者说完全不具备士兵应有的素质，而且毫无兵法可言。他们的古怪行为成千上万：往这儿跑一跑，往那儿跑一跑，坐在地上，站起来，再叫几声……武官走在前面，骑着马，不带兵器，手里拿着小小的旗。我们总去看他们干这些事儿，只是为了乐一乐。这个话题就到此为止吧，因为再怎么聊，能聊到的都只是一些荒诞不经的事。

210 当然了，关于那些中国士兵，我还要补充一点。（手稿第 65 页）早上，当武官们（或者说仅仅只是武官）到场观看士兵们训练的时候是这么对待这些士兵的：在士兵前后跳跃或者是拿着长矛做那些动作，或者是教授其他乱七八糟的军事动作的时候，如果有地方失误了，那武官们

① 指的是西方的那种剑。

就要打他们板子，而士兵们就像学校的小孩子一样，拉下裤子，躺在地
上被武官打板子，武官说要打多少下，就打多少下，至于怎么打，我上 211
面已经提到过了。这就是为什么那些当兵的要独自加练，并一直复习，
以便更好地掌握课上所学内容。

军事总长官和知府会不时跑到士兵们生活的地方看这些士兵训练。
当士兵们被叫去领工资的时候，官员会让士兵在面前操练，奖励练得好 212
的士兵，惩罚那些有明显失误的士兵，打他们板子。蓬洲所的士兵里有四个是我同伴的房东，也是押解他们的人，其中两个是父亲，另外两个是儿子，在他们身上就发生过这样的事情：当他们和其他地方的士兵一起来到知府面前操练时，儿子们射击和射箭都做得很不错，都能十分熟练地打中靶子，作为奖励，两人各得到 2 雷亚尔。但父亲们却失误了，于是知府下令两人各受杖刑五下，儿子自告奋勇替父亲挨打（手稿第 65 页背面），然后父亲就没什么事了。这样一来，该奖的奖了，该罚的也罚了。回到蓬洲所之后，士兵们跟我们讲了这件事。忍受着被棍子打的痛苦，两个儿子中的一人还给我们展示了挨那五下之后留下来的溃烂的伤口，里面充满了脓，可以看到流血的痕迹。由此可见，打板子可不是闹着玩儿的。

另外还有一次类似的情况。或许是因为心情不佳，另一次观摩操练时，大老爷打了很多人板子，下手都很重。挨打的都是那些没有打好靶子的士兵，那些做得好的士兵则被升职、升军衔。有一个士兵手里的旗子脏了，大老爷就下令把所有士兵都打了，下手很重，每个人可能都挨了四十下板子。挨打的人也十分悲惨，他们需要接受治疗，连续一个月都下不了床。

那些士兵是为了养家糊口，领取皇帝给他们的工资才去当兵的，也正是因此，他们不得不被强权钳制。在中国，在赚到了四五比索的钱之后，如果再挨打，他们就会放弃士兵的工作，脱下黄色或红色的衣服，转而用这些钱去做生意，卖一些不值钱的小玩意儿，在中国有很多人就是拿着这么点钱去做类似的生意的。相比于中国和尚的遭遇来说，中国士兵们挨的板子其实已经不算多的了。官员们知道，和尚们不能吃肉、鱼或鸡蛋，也不能喝酒，不能碰女人，还有其他禁忌，（手稿第 66 页）所以

若有违反，官员会把和尚抓起来，像对其他中国人一样公开打他们板子。但是和尚们一直都努力防止、避免自己陷入这样的危险。

213 中国人很少打女人板子，但有时候也会打。打板子的时候，他们不会脱掉女人的裤子（所有人都穿这种裤子），这样女性就没那么耻辱。但是如果罪名是通奸的话，那她们就失去了这样的待遇，会被公开处刑，别人告诉我说这么做是因为她干了那样的丑事已是不知羞耻了，所以她活该受到这样的羞辱。

那些考取举人的生员每年都会被要求回来接受测试。如果发现他们
214 没有取得进步，反而退步了或者忘记了很多东西的话，他们也要公开被打。
所有官员都要接受这样的惩罚，即使官职再高，离皇帝再近，甚至到阁
老（Colao）的位置，也都不能避免。如果下属犯了错误或者犯了罪，比
他地位高的官员就可以打他板子，比如说皇帝就可以打阁老板子，这是
十分确定，而且一直在施行的。在给官员打板子之前，上级会先贬他们
的官，褫夺他们的仪仗用具。这点就可以印证我上面提到过的观点：通
过一根棍子，皇帝不费吹灰之力就统治了所有的中国人，包括中国境内
所有州府的下层人民、中层人民、上层人民和官员，每一个人的生活都
受到了限制，而设限工具就是那一根棍子。这个限制很早就设立了，从
幼年开始，也就是刚刚开始上学的时候，中国人就生活在这些棍子所设
的限制之内。

我专门为此验证过。我在很多学校里见到老师的桌子上就放着许多
215 的小棍子，它们和官员们的棍子很像，老师的座位旁边还有一根小棍子，
是用来打小孩子的，虽然我把那叫作“小棍子”，但是实际上那是一种
多节的坚硬铁棒，（手稿第 66 页背面）只要拿这个“小棍子”打一下，
任何强壮的人肯定都明白是什么滋味，况且这个“小棍子”所打的是小孩，
所有学校都是这样。除了这种“小棍子”，学校就没有其他东西充当戒尺了。
我甚至在一些学校里见过有两根“小棍子”，老师座位两边各放一根，
就像官员们总是在身边放两根棍子，或总是在审判庭和家门口的两侧放
两根棍子一样。

第十五章　学校和科举考试

当地中国人很喜欢看囚犯们写西方文字，本章还有一些关于他们的小孩、学校、科学以及科举考试① 的记述

在这里，我想说一说孩子们学习读书写字的学校的情况，因为我现 216
在就在学校里。首先，我要说的是，在中国，无论一个男性生活如何凄惨，其人如何粗鄙，层次如何之低，也很少会不学习读书写字的，就像在各等级的贵族中很少有不会读书写字的人一样。很特别的是，中国人对读书写字有一种十分特别的喜爱，他们特别喜欢看我们写我们的文字，让我们把字母写在一张小纸上，然后把小纸珍藏起来，把纸张展示给没有见过我们的人看，小纸多得数不胜数，我们再怎么写也写不完，没办法满足他们的愿望。当地人经常给我们看一些我们船上丢失的东西上面的小棍子，我们在离这里很远的地方丢失了这些东西，不可能再失而复得。看到我们的文字跟他们的很不一样，（手稿第 67 页）中国人会感到特别惊奇。

中国人写字是从上往下、从右往左写的。他们不仅文字不一样，连写字的笔都不一样，他们的笔是毛笔，他们的墨是一块或一团小面
包一样的墨块，是很硬的固体，如果是很薄的一块，用手就可以把它 217
掰断，他们用松油的烟制作这种墨块，将它和其他的烟混合，让它凝固和变硬。

墨水瓶是一块平整光滑的石头，一边有一个小凹陷，里面仅能装下一个核桃的水，他们在凹陷里面浸湿墨块的尖端，然后摩擦石头的平坦处，石头开始被墨染黑，浸润在墨水中。他们不需要棉花，只要拿毛笔蘸一

① 原文为“los exámenes para el grado de bachilleres”，直译为学士学位考试。作者将欧洲的学位制度与中国的科举制混淆，故而此处按照历史事实翻译。

蘸里面的墨，在边沿轻刮一下就可以写字了。

他们用捣碎的绿色植物茎秆造纸。在中国不缺造纸的材料，因为他们有很多不同的植物茎秆，其中一些还特别粗壮。我见过用于造纸的一些植物茎秆，我量了量它们有多粗，结果发现一截的周长有两拃加四根手指的宽度那么长。他们也用棉花制作纸张，一张完整的原纸几乎有一张床单一半的长度和宽度。事实上，我们不需要羡慕他们的字形有多么好看，也不需要羡慕他们的墨水瓶、墨水、写字的笔和纸张，反而他们确实是很羡慕我们的文字，他们的纸张和墨水很劣质，所以写完以后很快就掉色了。另外，他们的男性很少有不会读书写字的，女性则很少有会读书写字的。只有从小和男孩子们在一间学校里面学习的女孩才有可能会读书写字。我们一共只见过两个会读书写字的女孩儿，（手稿第 67 页背面）而且当时她们还在学习的过程中。

学校数量很多，一个村庄只要有二十或四十户人家，就一定会有学校。只要街上有人居住，就一定会有学校，我们几乎每走一步就会看到一个学校，还能听到孩子们在高声学习。学校多也会有压力，学校多就意味着有很多学童，学校里的一个老师一天就要带十二到十五个小孩。每个小孩有一张自己的小桌子，小桌子有抽屉和钥匙，还有一张长凳供孩子坐下。天刚亮的时候，甚至天还黑得看不见五指的时候，我们就能听到学校传来的读书声，这是确凿无疑的，我为了求证，还特地跑去看了一下。过了一会儿，在 7 点到 8 点之间，学生会吃早饭，之后就一直读书或写字，直到中午回家吃饭。在下午 1 点半或更早的时候，他们就会回学校，没有时间吃午后点心，而是继续学习直到夜幕降临，直到光线渐暗，并最终消失。这一点让我很惊讶。

218 很多人（比如那些聪明能干的人）会很开心自己拥有基本的读写能力。本地的重要人物和官员的孩子会去学更大的学问，他们会在家里请私人老师，或者在学校里面学，以便未来能步步高升，当上大官。

据我所知，在中国人所学的学问中，第一项是学习文言文[①]，这科目特别难，而且范围很广，他们学习文言文就像是我们（手稿第 68 页）

① 原文“lengua mandarina”，意思是官员的语言，这里说的是文言文。

学习希腊语和拉丁语一样，他们用文言书写历史、法律、教义和寓言等诸如此类的文本，这种语言里的每个东西都用一个字来表达，“凡物皆文”[1]。我的理解是，很多汉字单独一个就是一个象形文字，中国人所要学会的就是读懂和写下发生过的事情，在读写的过程中通过文字学习到学问。第二便是学习人文学科（letras humanas）、修辞艺术和说话的艺术，学会优美风雅的文字风格，并在长时间内持续地思索一个问题或事物，他们也会写他们特有的格律诗歌，他们也会学习道德哲学，他们的学者自矜于模仿这些道德哲学和那些古代哲学家（就像我们西方的柏拉图、塞涅卡还有其他的哲学家）说的名言警句和智慧。他们也会致力于数学的学习，观察天体和星星的运动，也会研究占星术，编纂出一系列书目（repertorios），然后提前预知什么时候有日食或月食，还刻印了许多相关的书[2]。如果要印一页纸的字，他们要先刻下一整个木板的内容，如果要印下一页或剩下的几页，则需要重新在另外的木板上雕刻新的模板，所以，他们要印多少页的内容就需要刻多少块木板，（手稿第 68 页背面）所有的印刷品都是如此制作的。

他们在学校里持之以恒地学习，直到成人结婚。之前，我看到的所有学生年龄几乎都在十五到十七岁之间。这些学校的学生在家里吃早饭和睡觉，很早就去学校，在学校待一天直到晚上，中午家里会给他们送吃的。这些学生的习惯与其他中国人无异，但是他们会受到最好的照顾，
他们走在路上，我们一眼就能认出来。学校的老师的数量一般不会超过 219
八到十个，通常是四到六个。

几乎所有的学校都是一样的建筑。学校总是坐落在一个有花有树的大菜园或大花园里，位置十分便利。学校大门内有门厅，里面有一两个给门卫住的小房间，然后，大菜园的中央有一个方形的大矮厅，似乎是饭厅的形制，两张窄长桌就像长凳一样，两边围住内部，用来上课和写字，这个厅看上去是用来做课堂和饭厅的。在主墙壁的位置，恰好有一个带座位的办公桌，那是老师的位置。在这个厅室外面，其他两个分开的厅围绕在它的两侧，每一个厅都有四个小房间，它们的门和窗都朝向环绕

① 原文为拉丁语“quot res tot litera”，即一切物品都是文字。

② 此处有删减。

着整栋建筑的花园。花园通常很整洁，里面经常会有水池，一些水池中还会有小鱼。我看到的情况是，上面提到的建筑两侧有另外两排小房间，建筑与二者之间留下一条窄窄的（手稿第 69 页）小巷子。整栋建筑看上去很漂亮、精致，总是很干净。老师住在一个小房间里，学生住在其他的房间，一个学生住一个房间，学生的房间里有桌椅、写字台、书箱、油灯和提灯，床上挂有帐幔，还有其他晚上留下来学习时需要准备的东西。总而言之，房间布置得就好像每个学生白天、晚上总是会来学校一样。他们希望通过文字（por vía de letras）爬上高位，获得要职。

在我们被囚禁于潮州府期间，城里有两场考试，每一场考试都有上千名考生参加。他们在我们举行庭审的大广场上，用长杆子做围栏围出另一个方形广场，足以井然有序地将上千张桌椅摆成数排，每个考生一套桌椅，围栏上放满荆棘和尖刺，一排排士兵环围栏而立，将手中的长枪立起，并组成了第二道围栏。在考生之间有一条道路，他们身后与第一道围栏之间有另外一条道路供人通行，不让外面的人看到里面的情况，如果人们想要围观，就不能发出声音，只能安静地在长街上看。

220 10 月 13 日，天明时分，人们就出现在考场，大官莫舍在广场的一面墙壁旁的一个平台上，平台的两边各有一个不错的楼梯，平台上有一个座位，还有其他与大官职位待遇对应的陈设，大官的身前有一张大大的办公桌，另外还有两个平台（手稿第 69 页背面）上面放着两个小型木制的塔状建筑（torrecillas de madera），每一个上面都站着一个中国人，手上拿着钟，身边还有纸和墨水。上千个考生各自坐在长凳上，每人都有一张桌子和自己的笔墨。他们在那里自己写自己的，不和其他考生交谈，不和任何人交谈，不吭声，不晃悠，不挪动位置，不跑去外面做一些其他的事，倘若有人要这么做，比如有的人想跑出去，而且没有成功，那么他会被当场抓住，身上穿的衣服会被脱掉，而且要体验一下棍棒的滋味。由于习惯，考场内外没有人吭声，连苍蝇声都听不见，否则就会受到上述惩罚。他们从天明开始一直考到下午 4 点，其间不吃东西。到点之后，小木塔上的人敲钟，考生逐排安静地起身，走上平台的楼梯，将签好名的卷子交给考官莫舍，莫舍把卷子都放进小抽屉，交完卷子的考生们接着从平台的另一个楼梯下去。第二场考试就像第一场一样不缺板子，日期为当月的 28 日，考场的布置及其他方面和我说过的一样，但是考官变成了知府，他半夜在平台下面睡觉，以便在第二天一早准时开始考试。次日的考试一直持续到日落。

几天后，一个大官从广州过来；卷子会交给他过目、打分。那些能力达到要求的人会得到相应的头衔。

那一年，我们去了很多次庭审。我们发现，庭审上最多的就是想要戴大耳朵帽的学生。考中举人的学生都穿着小袍子，袖子宽大，用蓝色塔夫绸制成，袍子末端的镶边是黑色塔夫绸，他们脚穿深色鞋子，他们和其他人不同的地方在于亚麻制成的发网的圆帽，根据每个学生的等级高低，每个人的发网各有不同。有一些学生已经很老了。

在听取诉求者和监狱囚犯的诉求之后，知府开始接收和处理上面提 221
到的那些学生的诉求。因为这些学生在文化和习惯上地位较高，所以知府们和其他官员会更加尊敬他们，给予他们一些特权和豁免权，只因他们是有文化的人。

有一件事被我们当作笑料嘲笑：一个原本没有戴大耳朵帽的，吃萝卜和浸盐水的芥菜叶都吃不饱的中国人，在拿到大耳朵帽后，便开始禁止人们在私底下讲话，只允许人们在公众场合说话，或者是来到衙门，跪在他面前跟他讲话。我们认识一个很可怜的中国人，我们是在他当官前的几个月认识他的，后来，他从一个可怜的村民摇身一变当了官，有一天，我的一个同伴看到他下令抽打一些路过的其他地方的中国人，每个人挨了三十多下板子，就因为这几个中国人停下脚步看他。他不想让路人看他，也不愿意他们把目光投到（手稿第 70 页背面）他身上。

在大城镇也有很多像前文描述那样的学校。

第十六章　中国当地的鱼和肉

在这个部分，我不仅介绍这次被囚经历，还会介绍我在所待过的州府内看到的事物。在努力用心观察以及向中国人询问一些常见的事物后，我希望补充中国境内另一些城市和村镇（特别是那些主要的城市和村镇）街道中存在的东西或经常发生的事情

222 无论是在城内还是城外，我们看到了各种行当的商店和市场，有鱼店、肉店、水果市场、蔬菜市场和贩卖其他东西的市场，此外就没有看到其他什么了。

总的来说，每天都有卖狗肉（这个我提到过）和猪肉的。猪是长长的，背部下陷，腹部几乎要拖到地上。中国人并不像我们在西班牙一样到山上或田间进行放牧，他们把猪小心翼翼地养在家里，甚至有人给猪挠痒痒和除虱子，他们用稻草铺好的床给猪睡，不会挑屋子中最糟糕的地方养猪，他们给猪很好的食物，他们吃的饭，也会给猪吃（就像我之前说过的那样），所以那些猪很胖，在这里很难能看到一头瘦猪，肉店里很少有瘦肉，全部都是肥肉，人们就吃肥肉。有时候中国人卖杀好的猪，
223 有时候卖活猪，也卖活鸡。其他东西也是应有尽有，甚至还按斤两卖柴火和稻草。这些人苦心钻研如何伪造一切，欺骗（手稿第 71 页）买家，他们使出浑身解数，能骗则骗。

他们在卖活鸡的时候，为了让鸡称起来更重，就先让它们将沙子吞下，填满嗉囊。所有的肉都浸在水里，他们让肉吸满水，这样，卖肉的时候，肉称起来会更重。他们普遍使用这些小伎俩，而且拿他们一点办法都没有。无论是卖什么东西，比如麻布和丝绸等，他们在出售之前都要要许多小伎俩。他们的小伎俩还有在酒和奶里面掺水，或用水果核磨成的粉（比如荔枝核磨成的粉）冒充小麦或大米磨成的粉。这些小伎俩并不高明[1]。

① 此处有删减。

在卖牛肉的时候，他们的习惯是先以精准的刀工去掉主要的骨头，拿出来的时候，骨头是干净的，不带一点儿肉。在中国我没有看到野猪出没的迹象，他们说，野猪很少，鹿倒是比较多。澳门城旁边有一个岛，人们经常去那个岛上狩猎。他们说，在那个岛上有许多的鹿。他们出售的油脂（中国人喜欢拿油脂烹饪）很脏而且很恶心，（手稿第 71 页背面）让人很怀疑那是不是狗油或者从其他虫子身上榨出来的油。

他们出售大量的家鸡，也出售性格刚烈的放养鸡（这些山鸡是打猎时抓的），也有大量或温驯或野性的鸽子，以及他们打猎时用枪打到的其他鸟类，如水鸭等。我听别人很肯定地说他们也会狩猎兔子，但是事实上，我所在的地方没有看到兔子的踪迹，只知道在澳门一些葡萄牙人在家里养了一些家兔，倘若我们不是在中国而是在马尼拉的话，这个迹象根本不足以证明郊野和山区有兔子和野兔出没，虽然城里饲养着从果阿带过来的兔子，但野外没有兔子，而且我不觉得它们有能力在野外生存下来，菲律宾的岛屿上生活着大量有毒的小动物，它们不会给幼兔留半分生机。马尼拉的田鼠特别大，而且数量很多，当地土著经常看到它
们成群结队地从一个岛游到另一个岛，当地还生长着一种有毒的老鼠， 224
有着长长的彩色嘴巴。

马尼拉还有很多蛇，种类不同，有一些种类毒性非常强，被某些蛇咬伤后短短几个小时人就会丧命，有的蛇可能半个小时就能让人丧命。有一种蛇，米沙鄢人称它们为托纳（Tona）[①]，咬一下就能让人当场丧命。还有一种大蛇，土著人称它们为萨纳（Sana）[②]，它们没有致命的毒性，但是会缠绕住它们抓到的猎物，像螺旋一样卷成一团，给猎物施加极大的压力，将其挤压致死，它们捕食小动物，特别是鸡，它们会跑到鸡睡觉的地方，把鸡整只吞下。人们曾经抓住一条不算很大的萨纳，（手稿第 72 页）剖开它的肚子，在里面发现了十一只完整的鸡，羽毛还清晰可见，

---

① 在约翰 · U. 伍尔夫（John U. Wolff）的《宿务米沙鄢语字典》（*A Dictionary of Cebuano Visayan*）中没有找到“Tona”一词，却找到了“Tuna”，对其的描述为：一种小型蛇类，乌黑发亮，长得像虫子，毒性致命，栖息于青草或杂草之间的潮湿地带。（Wolff，1972）根据其外貌描述，有点类似于盲蛇，但是似乎盲蛇并无毒性。

② 法语版注释认为是网纹蟒（python reticulatus）（De las Cortes，2001）[493]。

那都是它刚刚在鸡舍里吃下去的。这件事是一个目击者告诉我的，十分可信。它们也会捕食猪或者鹿，有时候甚至会吃人。它们爬上路边树上比较粗的枝条，尾巴在枝条上缠上一两圈，当猎物经过的时候，它们突然向下扑去，将猎物缠住，吊在半空，然后竭尽全力挤压猎物，将其杀死。

一个土著曾从一条萨纳口中死里逃生，他刚好是从我当时所在的小镇离开的，与另外一人结伴而行，从我所在的小镇去往另一个小镇。依照土著的习惯，他们喜欢一前一后行动。一条萨纳从一棵大树的枝干扑下，往走在前面的那个人身上扑，但是它身体伸展得太长了，没办法卷到土著的身体或腰部，所以它只是卷到了一条腿，然后就马上往上爬，走在后面的人拿刀赶到，刺伤了那条怀孕的萨纳，它放开了猎物，将身子缩回到树枝上，最终跌落地面死去，尸体的恶臭让那条路在一两个月内都无法通行。我看过许多萨纳，其中长得最大的一条身长大概有 36 尺[1]（pie），而身体最粗的地方周长为两拃，为了让我们见识一下，教会的几名神父专门把这尸体带了过来。

菲律宾群岛上（手稿第 72 页背面）不可能有兔子，尤其是野兔，我这么说不是因为这样子就能判定中国没有兔子。我在中国见过一只小动物，差不多有一只猫那么大，我的印度狱友称之为獴[2]（mongus）。他们告诉我，獴会跟在蛇的后面，是蛇的对头和天敌，双方敌对程度更甚于猫和老鼠，如果碰到獴的话，蛇很少有机会能够逃出生天。獴看到
225 蛇之后就会抬起头，做出搏斗的姿态，试着去咬蛇，它们的身体闪避蛇的攻击，总是跳来跳去地对蛇展开进攻，抓住蛇的后脑勺[3]，如果某些时候不幸被咬中了，它们会找自己知道的草药进行治疗，帮助自身恢复健康。

有几次，我在街道上看到有卖斑鸠的，还有几只瘦小的石鸡或者鹌鹑，它们嘴巴不是红色的，也没有什么色彩，鸟喙和羽毛几乎都是棕褐色的。这里有中国当地特产的鸟类，很好看，当它们生龙活虎出现在我

---

①1 西班牙尺约合 28 厘米（Moliner，2008b）。

②翻译参考法语版（De las Cortes，2001）[493]。

③原文“cocodrillo”，意思是鳄鱼，而法语版则翻译成“occiput”，是后脑勺的意思，由于西语版原文不成句，所以这里依照法语版进行翻译。

面前的时候，我很惊讶它们竟然会那么美，因为我从来没有见过可以与它们媲美的鸟儿，甚至没有见过可以在美貌上望其项背的鸟。

我见过几小群山羊，还有一些肉羊和绵羊，但是数量不多。我听说中国内陆地区有更多的羊，用棉花代替羊毛的情况应该很普遍。中国人也养水牛或沼泽水牛（carabao），但数量不多。养的牛不多，他们不设专门的牧场或庄园养牛，甚至在田里养的牛都难以聚成小型的群体，这些牛经常在村镇附近活动，但数量达到（手稿第 73 页）一百的牛群很少，它们都很温驯，中国人晚上就把它们关在家里。中国人用它们来驱动牛车，还用它们来耕地和种植粮食。牛这种牲畜之所以养得少，有一个原因是这里禁止饲喂某些品种的牛，有些时候我还看到官员下令给牛主人施杖刑。肉店不能一直出售牛肉，想卖牛肉必须获得官员批准，而且只能出售那些由于各种原因失去工作能力的牛的肉。这里牛养得很少，而且牛长得瘦小、丑陋。澳门城旁边有一个小岛，名叫牛岛①（isla de las vacas），之所以叫作牛岛，是因为上面大约有两千头牛。我想，中国内陆可能有更多的家牛，但是没有专门养牛的大牧场或大庄园。我觉得中国人不喝牛奶，也不吃奶酪，他们也不会从牛身上挤奶喝或者用牛奶制作奶酪，但我确实看到交易会期间他们将牛奶和奶酪带去广州城的那条河上卖给船上的葡萄牙商人，这些奶酪没有做成凝乳，也没有做成鲜奶酪，甚至没有像我们的奶酪一样凝结，所以保质期不长。

中国人大量饲养家鹅，他们的鹅和西班牙的鹅在喙上有一点不同。他们还饲养了很多鸭子，鸭子都是一大群一大群的，它们数以千计、成群结队在河岸、池塘边行动，（手稿第 73 页背面）很特别的一点是，
这些鸭子分辨得出自己的铃铛声，能根据铃铛声返回到自己的船上， 226
所以不同船上的中国人敲铃铛的时候，原本混杂在一起的数以千计的鸭子就开始逐渐各奔东西，回到自己船上，毫无差错。另一件很奇怪的事是，中国人如果要孵化五百枚甚至上千枚蛋的时候，他们不需要母鸭、母鸡或者其他禽类孵蛋，他们用煮熟了却不是很热的大米壳儿孵蛋，这些米壳每三天煮一次。与此同时，他们还用其他手段进行孵化。

---

①法语版认为这所谓的牛岛指的就是牛头岛，位于珠海香洲东南部 26 公里，珠江口外偏东侧。（De las Cortes，2001）494

三十天之后，小鸭子就破壳而出，之后，他们把小鸭子放进水盆里拿去卖，价格低廉。我们见过这个情况许多次，可是每一次都感到非常讶异。

这种孵化手段实际上是一种对自然生态条件的模拟。菲律宾群岛的土著经常能在一种长得比护胸盾（rodela）还大的巨龟的窝里看到这种情况，它们的龟壳可以制作上千种不同的珍奇物品。这种龟在海里游泳，有时爬上沙滩，在沙子里产圆卵四百颗以上，这些卵比普通的球要小一些，外壳不会硬化，保持柔韧，像人们在开膛的母鸡体内找到的那种尚未硬化的鸡蛋。它们把卵埋到沙子里，通过太阳光照射产生的热量进行孵化。菲律宾群岛上另一种数量众多的大鸟也是这样孵化它们的卵的，这种鸟被称作冢雉[①]（tabon），它们经常在沙子里刨出一个 2 巴拉深的洞，在里面产卵，（手稿第 74 页）一段时间之后，幼鸟就从洞中刨土钻出来。据土著的说法，这些幼鸟各有祸福，如果幼鸟刚好是往上刨，那它们就能够出来；如果往下刨，就会越刨越深，永远留在那里了，不过有时候，一些欧洲人会把迷途的幼鸟从洞中取出，放在手掌上，然后从上面盖住它，它就会像在刨土一样抓来抓去，这是它没有丧失本性的标志，此时要做的就是必要时激发它的本能，让它能够从沙子底下爬出来，获得新生。

关于冢雉的蛋，首先要说的是，对于冢雉这种体形比石鸡大不了多少的鸟类，它们的蛋可以说是不合常理地巨大，我虽然不想延展太多，但是还是不得不提另外一部作品中的内容，书中讲述的是作者从菲律宾去往墨西哥时的经历，在这本书中，作者写道：“一只冢雉体长一拃，而它的蛋却有一拃半。”因为在这个部分我没有其他可引用的证据来佐证这个观点，所以我也说不清楚到底是不是真的，但是，因为我见过它们的蛋许多次，我可以肯定的是，每颗蛋都有三颗鸡蛋
227 那么大，里面几乎全是蛋黄，吃起来非常香，特别是在孵出幼鸟之前，蛋被煮得很熟很硬的时候，连着没孵出来的幼鸟一起吃，味道很棒，油水很多。

中国人口众多，因此要消耗大量肉类。但是，当我听说每个大城市和大型乡镇（比如广州城和潮州府等等）每天要杀死数以百万计的肉猪时，

① 该物种中文全称为菲律宾冢雉，拉丁学名为 *Megapodius cumingii*。

还是大吃一惊，（手稿第74页背面）但转念一想，实际上，大多数人可能一整年都没有机会吃到肉，即使吃也吃得很少，就像我上文说过的一样，只有十分有钱的人或者官做得非常大的人，才能在想吃肉的时候将桌子上的猪肉、鸡肉或者其他的肉一小块一小块地往嘴里送。可以这么说，中国人所消耗的肉食量是极少的；如果他们像欧洲人吃肉吃得那么多的话，那现有的肉类品种就显得杯水车薪了，而且不可能满足他们的日常饮食需求。我刚刚提到的主要肉类基本上都来自驯养的家畜，中国人最主要的是耕田种稻子，在中国，稻米是数量最多的粮食，中国人靠稻米填饱肚子，相对来说，其他粮食数量较少。

我觉得，中国人吃得节俭的另外一个原因是，虽然中国有很多物产，比如说鱼、果蔬或者其他食物，但如果中国人不在吃这方面精打细算，而是像我们欧洲人那样大吃大喝的话，那即使他们中国所有州府的土地肥力都达到极致，也不可能满足这么大的粮食需求量。我在潮州府境内待的时间最长，我在这里看到的情况是，当地人从来不像我们西班牙一样休耕，他们一年要收获三次，一次接着一次，其中两次是稻米，一次是小麦，一穗稻谷或者一株小麦能出产四五十颗种子，这是因为这里的气候和土壤条件极佳，比西班牙和墨西哥的（手稿第75页）条件要好很多，而且更加适宜耕作。

我们现在来聊一聊鱼类。这里的人普遍吃鱼比吃其他肉要多，这里鱼类产量十分高，他们不仅仅在海里捕鱼，也在几乎无法停船的河道、河口以及大量的鱼塘里捕鱼，这些鱼塘是人工开凿出来的，坐落于村镇旁边。他们也会进行鱼塘养殖以便捕捞更多鱼。基本上，我们每天都会看到中国人带着几个竹篮子，篮子里铺上某种涂蜡的纸和沥青，里面装满水，放有抓回来的活生生的小鱼。鱼塘主把小鱼买回来，放进鱼塘里，
它们的繁衍速度非常快。他们会把活蹦乱跳的鱼钓起来，之后又放回水中，228
这么做是为了促进鱼儿的生长，让鱼儿卖个好价钱。

在中国，一个这样的鱼塘就相当于一个大的庄园，其周长相当于两到三个赛马跑道的长度。虽然中国人也经常购买新鲜的鱼来吃，但是更多时候他们吃的是咸鱼，因为中国人比较喜欢吃咸的和生的东西。尚在哺乳期的小孩和他们的母亲依靠盐水浸泡的蛋黄和咸味食物清洗牙龈。

小孩也依靠这些咸物断奶。小孩断奶之后，母亲就利用咸物教他们吃东西，孩子长大一点后，就喂他们吃盐水浸泡的芥菜叶子、白萝卜、茄子还有一些水果，比如香瓜、黄瓜和西瓜，中国人是连着果皮一起把这些东西吃下去的。

第十七章　中国当地的水果（手稿第 75 页背面）

在讲到中国出产的水果之前，我们必须知道的是，据我的理性推测， 229
整个中国国土国境线约长 2000 里格，中国人所绘地图显示，中国国土的形状几乎是方形的，中国有两个相邻的省份靠海，即广东省和福建省，它们处于南部沿海地区，与菲律宾的婆罗洲和吕宋岛隔海相望。两省的海岸线从北纬 19 度的海南岛（Aynao）[①] 开始由东南向东北延伸。海南岛是隶属于广东省的州府[②]，一些部分距离广东省陆地 6 里格，一些部分距离大陆 4 里格，可以由此横渡到漳州府。漳州府是隶属于福建省的州府，位于北纬 25 度，中国内陆也是从这个岛开始从南侧向北侧延伸，一直延伸到那个长 300 里格的著名石头城墙，它位于北纬 42 度。城墙是为了抵御鞑靼人的袭扰修建的，鞑靼人就生活在城墙外 600 里格的地方，如果是从天上飞过去，双方的直线距离应该是在此基础上减去 150 里格。中国东部与高丽王国（reino de Cora）接壤，那是一个半岛国家，再往东就是日本岛和大洋了，新西班牙就是从这个大洋通往菲律宾群岛的。中国
西部与孟加拉和莫卧儿帝国（Mogor）之间的一些小国家毗邻，我们有 230
理由认为，中国东西两个端点的距离可能至少有 400 里格。在一些州府出产一些东西，另一些州府出产的又是另一些东西；在一些州府出产一些水果，而另一些州府出产的又是别的水果。我认为，这是（手稿第 76 页）由中国各个州府所在地的地形高低不同所致：因为地形高低不同，温度就不同，出产的水果就不同。

我仔细地观察过，我所到过的州府境内只有一种十分好吃的梨子，除此之外还有另外两种口味极佳的梨子，还有杏子、核桃和栗子，这都

①来自葡萄牙语“Ainão”。

②即琼州府。

是西班牙也有的水果及坚果，但是它们都比西班牙境内出产的要大，可以说质量也更好。这里的野草莓、蜜李（ciruelas chabacanas）、枣子和西班牙的普通李子一样大，中国人也将这些水果像李子一样晒干，大量出售。这里也有石榴和无花果，类似于葡萄牙的石榴和无花果，还产一些葡萄。这里也出产西瓜和萝卜，但是都不是玫瑰红色的，而是黄色的。这里出产的水果还有香橼、柠檬、青柠和不同种类的橙子（酸的、甜的和酸甜的）。这里也有香瓜，但比不上西班牙的香瓜。这里有两三种不同的长条状小香瓜，果皮是绿色的，有一些的果肉是绿色的，另一些的果肉则是白色的，果肉含粉，松软，但是没有多少味道，中国人在它们还是青色的时候就摘来吃了，这种香瓜可以当作味道不错的黄瓜来吃，我看到其中有一些香瓜颜色一样，但是果肉松软，味道不好，它与西班牙所产香瓜最大的不同就是它是圆形的，而且其果肉切片上有条纹。我们不需要在香瓜的种类上花费太多精力。

我所见过的中国本土特产的水果种类（手稿第 76 页背面）比我预想中要少。首先值得介绍的是中国的特殊橙子，叫作柑橘（Mandarín）。中国还有一些更好的橙子，可以连果皮一起吃，味道特别好。当地还有一些被称为中国橙子[①]的巨型橙子，有人头那么大，有一些甚至像长得不错的普通圆形南瓜那么大。这种橙子的果肉有些是白色的，有些是粉色的，果皮的颜色类似于香橼，味道妙不可言，有点类似于一种我说不出来的葡萄味。此外，还有许多其他种类的甜橙，果皮非常薄，这些可能是世界上最好的橙子了，简直是上苍赐给我们的礼物，如果是成熟之后摘下的话，没有任何方糖的味道能与这种甜橙的味道相比。这里出产的另外一种水果是荔枝，味道同样也是无与伦比。荔枝的果核一般是长条状的，
231 果肉类似于葡萄，味道十分柔和，即使吃得再多也不会肠胃不畅，它外表是橙黄色的，类似于野树莓，最大的荔枝差不多有一个核桃大，晒干以后能够保存一整年。另一种特产水果叫作柿子（chicueyes），熟透了的柿子十分美味，晒干后的味道比西班牙的无花果还好。另外一种被称作龙眼（lurgan），还有一种叫枇杷（vinas）[②]，这两种水果都不错。虽

①根据描述，当为柚子。

②翻译存疑。

然我用心地了解过当地的水果情况，但我没有见过或听说过其他的水果了。（手稿第 77 页）

至于那些西印度群岛（las Indias）附近地方出产的水果，它们肯定是通过西班牙人的贸易被带到了这里。我看到了菠萝和香蕉，这些水果长得不好，应该是发育不良。我看到了品种十分低劣的阳桃（linbines）。中国有很多霹雳果（piles）[①]，这种果实介于松子和巴旦杏之间，外形像松子，而味道则像巴旦杏。我在澳门见到过波罗蜜，这是一种菲律宾出产的水果，很好吃，果肉黄色且紧实，闻起来和吃起来都很香。它有很多果核和籽，果核大小和烤起来的味道就像栗子。波罗蜜绿色的果皮上有很多刺，就像刺猬一样，个头很大，可能有两三拃那么长，周长也大概是这么长，大小有一个大肚陶罐那么大（botija perulera）。它悬挂在树干上生长，个头最小的就生长在一些粗壮的枝条上，甚至有土著说从大树底下可以挖出一些长在根部的果实。我也见过香果，香果也叫作蒲桃，不过我仅在澳门见过。同时我也见到了杧果、木瓜和番石榴。中国大陆不产可可，但是在海南岛上产可可。行船几天就可以从这个岛到达广东省，它那肥沃的土地为中国大陆提供了大量特产。

① 也叫“菲岛橄榄”（Canarium ovatum），来自中比科尔语和他加禄语（菲律宾语）的“pili”。

第十八章　中国当地的蔬菜、酒、醋、油、橄榄和谷麦（手稿第 77 页背面）

232　中国当地出产以下蔬菜：味道很好的萝卜；一些个头很大、介于芜菁和萝卜之间的蔬菜（或者说虽然它是芜菁，但是被当作萝卜）；蒜瓣很大、很不错的大蒜；不值一提的小洋葱，其大小甚至还比不上坚果；韭葱[①]；大量的芥菜、苋菜[②]、马齿苋；硕大的红葫芦；长条形白色的葫芦；还有一种更加粗厚的、发绿的葫芦，他们称之为瓠瓜（candol）[③]；味道很不错的黄瓜；还有一种长长的、上面长满刺的黄瓜，叫苦瓜，烹调的时候需要加两三份水来淡化它的苦味，这之后味道就很棒了；还有另一种不长刺的瓜，被称作丝瓜（patola）[④]，它们的味道也不错；还有茄子和土豆或甘薯[⑤]（这里是这么叫的），外表发红，果肉是白色的；还有另外三四种类似的植物，被称作芋头（gabe）[⑥]、香芋（ube）[⑦]等等。

还有四五种不同的豆类。那都是不同品种的菜豆，但不是西班牙的鹰嘴豆，也不是小扁豆、豌豆（arbeja）或蚕豆。不过，在澳门，有人送

---

①韭葱是欧洲的一种类似于中国大葱的作物，在中国种植得不多，这里很可能指的就是大葱。

②原文“blados”，查不到这个词，或许是苋属植物的统称“bledos”的讹写。

③阿德里亚诺将“candol”描述成一种葫芦，当时潮汕地区所产的葫芦科植物中唯一没有被提到过并且符合“粗厚”“发绿”的描述的就是瓠瓜（吴颖，1661）。

④他加禄语将棱角丝瓜（*Luffa acutangula*）称作“patola”（Wiktionary, 2021），详见 https://en.wiktionary.org/wiki/patola（最后访问日期：2021 年 7 月 13 日）。

⑤原文“lamotes”。

⑥他加禄语将芋头（*Colocasia esculenta*）称作“gábi”（Wiktionary, 2021），详见 https://en.wiktionary.org/wiki/gabi（最后访问日期：2021 年 7 月 13 日）。

⑦他加禄语将香芋或者叫参薯（*Dioscorea alata*）称作“ube”（Oxford University Press, 2021），详见“ube, n.” OED Online. Oxford University Press, June 2021. Web. 13 July 2021.

我后面的那几种豆子作为礼物。在这里，人们把绿色的、还没成熟的豆子当作美食，不会把它们晒干保存。在菲律宾，人们甚至会更早地摘下这些豆子，因为他们要的是这些豆类植物的植株和花朵，而不是作为果实的豆子。我也见到了菠菜、莙荙菜、薄荷、茴香和芫荽，但是没见到 233
欧芹和藏红花。中国人用一种黄色的小根代替藏红花，菲律宾土著称之为“姜黄”（dilao）[①]。这里也有很多很好的姜，（手稿第 78 页）还有一些肉桂，但是没有孜然、丁香、肉豆蔻和胡椒。在澳门，我见过一些中国内地没有的蔬菜。这里出产莴苣和苦苣，还有一种野生程度更高的蔬菜，叫作西洋蒲公英（almirón）[②]。中国有很多槟榔，中国人白天很爱嚼槟榔，而且经常吸烟。在澳门，人们将蒜苗的芯、萝卜和其他蔬菜还有柠檬浸在醋中，制作成美味佳肴。

在中国，所有的酒都是米做的。在很偶然的情况下，酒的味道会不一样，因为酒会和某些果汁混合，比如说和荔枝汁、红枣汁（我上面说过的）或者其他果汁混合。制作这种米酒的方法是将米煮到一定程度，之后用巨大的蒸馏器蒸馏，就像在马六甲和菲律宾的人所做的那样。这些地方没有葡萄园，也不种植或栽培葡萄，只是在一些河流的河口或泥坑中自然生长出一些小型棕榈树，就像是人工种植的一样。当然，也有人将小树移植到泥坑或湿地中，不做任何其他措施，只是将小树的芽绑起来，绑好之后用刀割几下，让它们滴出一种味道很好、可以喝的液体，叫作图瓦酒（tuba）。马六甲和菲律宾的人用蒸馏器将图瓦酒和大米一起蒸馏，（手稿第 78 页背面）制作出一种风靡群岛的酒，即白酒（aguardiente）。中国人用酿酒的酵母制作醋，他们也用红糖制作糖泡沫（espuma de azúcar）和甜蔗果汁。

---

① 法语版根据杰梅里 · 卡雷利的描述提出“dilao”类似于姜（Gemelli Careri，1700），而“dilaw”在他加禄语中是黄色的意思，姜黄在他加禄语中就被称为“luyang dilaw”（Wiktionary，2021），详见 https://en.wiktionary.org/wiki/luyang_dilaw（最后访问日期：2021 年 7 月 13 日），由此可见所谓的“dilao”就是姜黄。

② “almirón”是安达卢西亚方言，其标准西班牙语对应词是“diente de León”（狮子牙），后者就是指西洋蒲公英（*Taraxacum officinale*）（Porubová，2012）。在文中，“almirón”一词被描述为类似于莴苣和苦苣的蔬菜，可能这里的“almirón”指代的是一种菊科植物。

这里的食用油是用芝麻榨的油，而用来照明的油则是用月桂树的小果实榨的油。这里还有用芥菜籽榨的油、用药用价值很高的芥菜茎[这种茎世界闻名，被称作中国棒子（palo de China）①]榨的油和用我们冬天小型无花果的籽榨的油。在这些地方，人们种植这种无花果，将种子撒满整片田地，在果实长出来后将小型果实摘下，放在太阳下暴晒，果实自己就裂开了，里面的籽就跳出来了，人们先把籽儿煮一下，或者在煮之前浸泡三四天，接着研磨成粉，就和橄榄油或芝麻油的制作方法一样。中国没有油橄榄树，所以中国人用上述的这些东西或者其他一些特产所榨的油代替，他们用被称为梅（muy）和橄榄（canaa）的野生小型果实代替油橄榄，但是无论如何，这两种果实都没法和油橄榄相提并论。

234 中国有大量的蜂蜜（蜜蜂养在蜂房里）和蜂蜡。蜂蜡可以用于制作普通蜡烛、四芯大蜡烛（hacha）和教堂大蜡烛（cirio）。据别人告诉我的情况来看，在一般情况下，高官用这些蜡用得很少，他们更多使用另一些对于他们来说必需的产品，但是中国的女人会用蜡来将头发弄卷。中国人家里和寺庙神像前用于供奉的蜡烛都是用动物脂肪制作的。中国有一种树，（手稿第 79 页）其汁液可以取出来制作用于燃烧的蜡烛，看起来和动物脂肪制作的蜡烛一模一样，要十分细心才能分辨出来蜡烛是否是用动物脂肪制作的。中国人夜行时不用四芯大蜡烛，而用内置蜡烛的灯笼，普通人则用一把破裂的植物茎秆将蜡烛点燃，而普遍在家里使用的光源则是用上面提到的那些油制作而成的蜡烛。漳州人经常带一些蜡去菲律宾进行贸易，通过贸易，这些蜡又被带到新西班牙，因为蜡的数量实在太多了，所以在菲律宾和新西班牙两个地方，没有欧洲人家里是不用蜡做的蜡烛照明的，就像没有欧洲人从头到脚不是穿着丝绸的一样（中国也出口了大量丝绸到这些地方）。

但是最令我感到惊奇的是，中国人不把蜜蜂养在蜂房里，而是养在山上变成野蜂，让它们自己在树干上筑蜂巢。这些蜂巢牢固得狂风暴雨也吹不走，蜂巢封得那么密，没有一滴蜂蜜会渗漏出来滴到地上。蜂巢是那样硕大厚实，甚至可能存在长达 1.5 巴拉，宽达 1 巴拉，有一些部

① 法语版认为是茯苓（De las Cortes，2001）[497]。

分厚一拃的巨大蜂巢，甚至有一些可靠的人告诉我，他们见过比这还要大得多的蜂巢。当土著人[①]看到蜂巢挂在树上的时候，他们会在树的根部做上十字架的记号，或者在树皮上做另外一个记号。（手稿第79页背面）这样，即使另一个人看到这个蜂巢，他也不会去碰它，因为他看到标记就知道这个蜂巢已经有主人了。

---

①原文“indio”，即“印第安人”，阿德里亚诺一般用这个词指菲律宾土著，不知道为什么在这里却出现了这个词，阿德里亚诺一般用“chino”指中国人。

第十九章　中国当地的商品贸易

中国当地的商品贸易，以及当地的金、银和其他一些地区出产的其他种类的金属

235 在中国，人们一点儿也不缺生活用品。如果说世界上存在一个不需要其他国家支持的国家，那这个国家一定是中国。中国还大量出口商品，葡萄牙商人从广州的交易会将它们买进，并经由澳门将这些商品卖往日本岛和东印度。漳州人也带着这些商品离开他们府，特别是经由厦门港离开。漳州人在厦门港的贸易活动规模最大（甚至所有中国人都是如此），因为从中国朝廷所在地北京来这里十分方便，从其他地方过来也很方便。我能够确定的一点是，每年必定有三百艘载满商品的中式大帆船从中国出发，将货物运往菲律宾、摩鹿加群岛①、大小爪哇②、交趾支那③、占婆、甘孛智④、北大年、暹罗、英得腊其利以及其他国家和这个群岛的其他地方。

漳州府是福建省的滨海州府之一，也是最靠近菲律宾的州府。关于它，我想提两点：第一，除漳州府人之外，（手稿第 80 页）中国其他省份的人都不会离开中国，即使有例外的情况，其他省份的人也是经由漳
236 州府坐漳州人的船离开中国的。即使是澳门这样一座广东省的沿海城市，城里所住的中国人也基本上都是漳州人，去往菲律宾和别的地方的中国

① 今马鲁古群岛。

② 历史上苏门答腊岛和爪哇岛常被认为是相连的，大小爪哇应该指的就是这两个岛。

③ 交趾支那（Cochinchina），中南半岛的历史地名，越南人称之为南圻（Nam Kỳ）（《东南亚历史词典》编辑委员会，1995），故地在今越南南部（孙文范，1990）。

④ 即柬埔寨。

人也都是漳州人，甚至在广州的交易会上帮助人们与葡萄牙人进行贸易的中间人也都是漳州人。第二，因为漳州人和漳州这个地方，我们将“Chinchiu”（漳州）这个词修改和缩短，将它变成符合西班牙语发音条件的词，“Chinos”（中国人）和“China”（中国）两个词就从此而来，这是欧洲人对这个民族及其土地的称呼。一开始，为了和他们交谈，我问他们这片土地叫什么名字，他们说他们是“漳州人”（Chinchiunang）①，即漳州的人。中国人自己之间不用“chinos”（中国人）相称，也不把他们的土地称作“China”（中国）。在他们的语言里，不管保不保留“China”后面的字母“a”，即“Chin”或“China”这两个词，都表示“冷”。他们互相之间以“大明”（Taymines）相称，也用这个词称呼他们的国家，也许是因为他们有一些方言把中国皇帝的朝廷所在地、中国最主要的城市称作北京，而另外一些方言将其称作“大明”（Taybin）。中国人每天都要跟我们这些囚犯重复一次：你是外国人，我们是大明人，汝番我大明（lu fan gua Taymin）②。如果我们叫他们“chinos”的话，他们是完全听不懂的。（手稿第 80 页背面）

我估计中国出口的所有商品都是经漳州人之手出口的，而且他们出口的金子很多，质量很好，做成重半磅（libra）③的小船。这些金子大部分流入东印度和日本岛，小部分流入菲律宾。他们同时也把金子冲压成很薄的金箔，也制作成金线，但那都是成色不好的金子，放在纸上和丝绸捻在一起当作商品出售，这种商品卖出去的价钱一般。

中国人同样也有很多珍珠、红宝石和麝香，还有灵猫香，但是很少。中国有大量的生丝、加工过的丝、粗丝和松松垮垮的丝，还有各

---

①这是“漳州人”的闽南语发音，现代漳腔闽南语这个词的发音为 [ziang$^{1\text{-}6}$ ziu$^{1\text{-}6}$ lang^{2}]。

②这是潮汕话，现代潮汕话这个句子的发音为“le^{2} puan^{1} ua^{2} dai^{6} mêng^{5}”。

③根据西班牙皇家学会的记载，古代卡斯蒂利亚地区的磅为 16 盎司，约合 460 克（Real Academia Española，2020），详见 https://dle.rae.es/libra（最后访问日期：2021 年 7 月 14 日）。但是考虑到阿德里亚诺是阿拉贡萨拉戈萨省人，则他常用的磅应该是阿拉贡磅，约合 12 盎司（Gran Enciclopedia Arag onesa，2000a），古代萨拉戈萨省 1 盎司为 28.775 克（Gran Enciclopedia Arag onesa，2000b），计算可得古代萨拉戈萨省的 1 磅为 345.3 克。所以，345.3 克应该最接近阿德里亚诺所说的“磅”。

种各样让世界惊叹的纺织品，他们的丝绸为世界所赞叹，然而他们并
不懂得将其美化，也不懂得经营丝绸生意。中国的丝绸之白是世界丝
绸之最。他们的漆叫中国漆（laca），品质极佳，沾水也不会弄脏。
而其他东西，即使乍一看好像有点意思，但是很快就会失去光泽，那
些丝绸也马上变成了人们口中的破布。总而言之，中国的丝绸和欧洲
的丝绸截然不同，不过中国人可以仿制精细无比的欧洲丝绸，他们制
作的丝绸里的优质者被用于出售，而中国人自己则穿最劣质的丝绸，
237 即使是当官的也不例外，不过官服是用特别好的锦缎制作而成的。我
们好几次在官员家里见过他们，他们当时没有穿官服，（手稿第81页）
我在庭审现场也见过两个官员因为天气太热脱下官服。令人十分难过
的是，他们自己平时穿的衣服和出行时所带仪仗器具上的装饰图案都
劣质不堪，非常凄凉。

中国有许多种麻布，都是由四种材料制成的。最差的一种叫作马
尼拉麻[①]（abaca），那是一种香蕉，但是比香蕉野生程度更高，长出来
的蕉也更小，不能食用，中国人使用马尼拉麻制作粗糙的布料，用它做
238 成的丝线来伪造其他布料。第二种植物被他们称作黄麻（hungmua），
大量耕种，用它制作的布料和用马尼拉麻制作的布料几乎一样粗糙。第
三种材料他们叫作“葛”（qua），做的布比第二种麻布要好一点。这
三种材料制作而成的布料，有些会织得很紧实，有些会织得很光滑，有
些会织得很厚，有些则会很薄。有些布料会保留天然的色彩，因为再怎
么使用，它们也不会发白；另一些则一般染成黑色或蓝色，他们给染色
布料上浆（amidonner）[②]，用大石头磨光，这样它们看起来就更像毛毯
而不是麻布了。另外一种植物叫作苎（tiu），也用于织布，也是如此
染色，有时保持原样，有时他们会对其进行漂白，就像我们称为“小布”

①所谓的马尼拉麻即蕉麻，后文“葛”来自潮汕话“guah^{4}”，即葛麻，“苎”来自潮汕话“diu^{6}”，即苎麻，“南京”即南京布，也叫南京紫花布。吴淑生、田自秉的《中国染织史》中有“明代的麻织工艺，在我国的东南地区有着很大的发展。麻织的品类也较多，有麻布、苎布、葛布、蕉布等”的记载（吴淑生 等，1986）。关于南京布详见范金民（2019）的论述。

②用的是法语版的翻译，因为西语版所用的“atolle”一词表意不明。（De las Cortes，2001）[228]。

（liencezuelo）的布料一样，（手稿第 81 页背面）用苎制作而成的麻布是最好的，一些聪明人希望把它们当成亚麻布。神学家存在一个多年的疑问：它们是否能用于制作圣餐布呢？除此之外，他们再无其他材料制作麻布。上述材料由于质量低劣，或做工不精，或造假严重，使用年限都无法超过四年。无论是否漂白或染色，中国人都普遍使用这些麻布来制作夏天的衣服。虽然一部分人会穿几件锦缎或者丝绸制作的衣服，也并不多，更不可能全身都穿丝绸或锦缎，反而在菲律宾居住的中国人穿丝绸的概率会更高。

在中国有很多别的材料（或许可以统称为亚麻布制品），也都是大量出售的。那都是用棉花制成的，只是如同我上面所说，有粗糙精细之辨、光滑细密之分、黑白之别、上浆与不上浆之分，以及是否磨光之差。不一样的布有不一样的名字，有的叫卡达其（cadaqui）①，有的叫南京（lanquin），有的叫绡（sin）②。冬天，所有人都穿用它们制成的衣服，就像夏天穿麻布一样。因为冬天经常寒气逼人，所以中国人会在自己制作的衣服里塞棉花，就如同我们西班牙在紧身上衣内部塞毛一样。

对于中国人来说，糖也是销往日本和东印度的很好的商品。以前在菲律宾还没有种植甘蔗的时候，他们的糖还销往菲律宾，然而现在菲律宾已经种植了大量的甘蔗，就没有这个需求了。他们都很少吃白糖，几乎所有的甜点都是用红糖做的。他们乘船渡海去往菲律宾和其他地方，（手稿第 82 页）携带大量罐头，特别是大量的鸦葱罐头、杏子罐头以及其他水果罐头，同时，也有很多蔬菜罐头和干果罐头，比如荔枝罐头、柿子罐头、无花果罐头、栗子罐头、核桃罐头、味道极好的火腿罐头。
如果是南京人的话，还会带体形巨大的阉鸡以及其他东西。唯一的问题 239
是他们要怎么通过各种手段和伎俩赚到银子。

① 来自菲律宾语词语“kandaki”，而“kandaki”来自阿拉伯语“tiyaab-al-kandakiyyat”，意思是“毛料布”（a wool-cloth），用来表示“一种来自毛的紧而实的衣服”（Potet，2013），但是没有证据显示这种“卡达其”到底是不是毛料织品。我们尚无法推断这种布到底具体是哪一种。

② 考虑到西语版和法语版两位转写者在转写神父所引名词时经常有 n 与 u 的倒置现象，故而这里或许神父想写的是“siu”，而潮汕话中“绡”读音为“siou^1”，不过由于没有确凿的证据，故而也只能存疑。

中国人把很多药带到日本去卖，特别是一种十分管用的黄色泻药，被称为“中国泻药”（purga de China）。我问这是什么，他们说是一种树的汁液，这种汁液被当作泻药，经常在里面撒上一些粉末，看起来就像鸡蛋上面撒了一点盐一般，当他们需要这种泻药发挥其真正效用的时候，只消将其放在冷水中用来洗手即可。中国人有一种著名的、疗效显著的药叫作“中国棒子”，药用价值甚高，被用于贸易，销往菲律宾及东印度，并由此销往西班牙和霍尔木兹海峡，通过霍尔木兹海峡运往土耳其和其他国家，由于其极高的药用价值，所有人都寻找和使用这种药材，我见过刚采摘的新鲜“中国棒子”，当时他们还没有为了保存而对其进行烹煮。我尝了一下，味道很不错，但因为它的效力太强，所以一定要控制食用量。同样，我们从中国人手里买来了大量的大黄，那或许是他们自己种的，或许是他们从别的地方买过来的，关于具体来源，我并不知晓详情。我知道他们还有其他药品或草药，但是要我在这里一五一十地把它们全部讲清楚实在太难了。

我注意到，对于中国医生和药剂师来说，（手稿第 82 页背面）他们的工作就是掌握草药知识，这也是他们的科学最重要的部分。不过不可否认的是，他们某些根据脉象诊断疾病的知识也值得一提，他们可以根据脉象看出病人之前发生了什么意外，以及病人的隐私和秘密，还能够预言病人将会得什么病，这是件令人惊异的事情，但也不是每一个医生都能做到。中国医生不像我们一样验尿，也不检测其他体征或血液，不给病人吃泻药，也不让病人灌肠（ayudas），他们利用一两截植物茎秆让病人的肚子胀气，以达到腹泻之功效。而关于放血，我就不知道他们会不会这么做了。治疗的时候，他们就是给病人服几瓶中国盛产的小饮料和一种在这里取之不尽、用之不竭的小球，这小球比药丸还要小一点，一次服用三十到四十粒，也不看泻药的即时效果如何。他们经常灼烧一些身体部位，在灼烧的时候，使用大量带火的小纽扣，在里面放一种能像导火线一样燃烧起来的草，此举是为了将溃疡里的东西清理干净。他们不允许病人吃肉，所有的肉都不许吃，即使是鸡肉也不可以，但他们有时候会允许病人吃一些小鱼。中国的富人靠医生治病，但是普通人却不是。在这方面，中国人很像印第安人，他们都知道一些治病的

办法，都会先让自己憔悴下来，绝食六到八天。在这期间，即使是父母 240
和妻子也不会要求他们吃饭，当他们突然想要吃东西的时候，只会喝放置在床头的一罐水，之后不久，他们的身体便恢复了机能，再次生龙活虎起来。

中国人有许多染料。虽然马六甲的可食用丁香（他们用来染色）和被我们叫作“巴西”的红色木头（他们从菲律宾还有其他地方进口这种木头）不多，但（手稿第 83 页）中国人还推崇一种十分特殊的产品，那就是鸟巢，只有葡萄牙人才这么叫这种东西，这是一些鸟用于孵卵制作的巢，也有可能是从别的鸟那里偷来的窝，它们在里面产卵，孵出雏鸟。在中国，官员们和富人们花高价买这些鸟巢吃，将其当作一种享受，但是我不知道他们吃鸟巢是不是真的只是这一个原因。

中国人有世界上最好的瓷器，精致无比，其中许多销往东印度和菲律宾，而且就我看到的情况，他们在自己国家基本上不用精细瓷器，很少有中国人会使用精细瓷器制作的大肚长颈杯、盘子、碗或杯子，所有人用的都是粗制滥造的碗、小碗和一些比较粗糙的大盘子。他们也有玻璃，但是质量很差，用得不多。他们的镜子是一块圆形的板，手掌大小，或比手掌大一点，用钢制作，擦得很亮，而且富有光泽，为了镜子看起来更加铿亮，必须经常擦拭它们，这是一种永远都不会损坏的镜子。他们有很多水银，用小桶包装销往日本。

中国人有很多有意思的木头物件和金属物件，比如床、办公桌、文件柜、箱子，有各种不胜枚举的色彩斑斓、光彩照人之物，也有许多用黄铜、铜、锡、白镴、钢和金属线制成的物品。他们有些人使出浑身解数赚钱，在这方面（手稿第 83 页背面）吉卜赛人不能望其项背。有些人的伎俩十分巧妙、狡猾，对金钱更是贪得无厌。在马尼拉，有一个有权有势的人生病了，疾病侵蚀了他的鼻子，一个中国人自告奋勇说能让他变得不那么难看，但是要收钱，中国人的提议被采纳了，于是给他做了一个假鼻子，工艺不错，能够以假乱真，中国人还在上面装上一副眼镜以便靠耳朵把鼻子支撑起来，戴上这个假鼻子以后，那个人就没有以前那么丑了。中国人用意想不到的方法让这人恢复了容颜，所以他从口袋里拿出数量可
观的比索支付给中国人当作劳务费和加工费，也是为了表达谢意。那个 241

中国人于同一年回到了他的老家，次年又来到马尼拉，带了许多商品来卖，其中有一个皮箱就装了大概几百枚不到一千枚的假鼻子，这个中国人要卖掉那么多假鼻子，就必须找到上千个没有鼻子的人。这是真实发生过的。

中国的铁资源丰富，也大量对外出售，上帝将他们创造出来，并给予了他们这样丰富的物产。

上述商品被中国人带到马尼拉出售，也被带到广州卖给澳门商人，多年来大量的商业往来让这两座城市成为银矿。每年数以百万计的白银流入这两座城市，商人们也用白银建立了以利益为根基的友谊，也正因如此，他们一辈子都得不到真正的友谊，因为他们一生的友谊是依靠利益建立起来的。（手稿第 84 页）[1]

中国缺铜，要从日本进口，将买入的铜中所含的碎银提取出来，然后又将质量更差的铜加工卖出。中国人还用铜铸造我们称为“卡夏”的钱币，150 卡夏大约相当于卡斯蒂利亚的 1 雷亚尔。这里最为奇缺而且少得可怜的是银，虽然他们跟我说在一些州府有大量银矿，但是应该是贫矿，更有可能的，也是最多人给出的答案是中国皇帝不允许开采银矿，因为不想他们为了采矿荒废农业，也不想他们离开州府，而是希望他们靠出售田产来获取白银[2]。

242 除卡夏之外，中国不使用其他货币，没有金币也没有银币。中国人把白银熔化铸成小面包状。基本上，所有中国人家里都有一种工具，这种工具类似于巨大的剪刀，能够轻而易举地将白银剪成小块，需要的时候就用这些小块银子买东西。至于挑出来的碎银子，他们会将它们收集到一个半铃铛状的物品里，这个物品挂在一条带子上，里面装满了蜡，他们把蜡和碎银子一起按压，使得碎银子留在蜡里。当他们觉得蜡里的碎银子很多的时候，就把蜡熔化，好好地利用那些碎银子。（手稿第 85 页）

在中国，所有人都会一直带着一杆小秤，用其称量购物时需要支付的银两重量，卖家在收钱之前要看清楚银两的重量。所有小孩都看得出掺杂了其他物质的白银，所有小孩都知道眼前的白银是多少开[3]的，人们

---

① 此处删去两段。

② 此处有删减。

③ 金银的纯度单位。

要么收下，要么退回，有时候也会重新协调是要给多一点，还是给少一
点。他们一般都是“砝码异而斗升异”（mensura et mensura，pondus et
pondus）[①]，给钱的时候就用一杆秤称量银子的重量，而收钱的时候就用
另一杆，这样他们可以多收一小块碎银子，或者如果没有办法分开的话，
就不返还回去了[②]。一开始，我很惊讶他们在购物的时候做这些事情，也
很奇怪他们为什么不把白银熔化以后铸币，但是后来我发现在中国这是
不可能的，因为这样会产生更多造假和欺诈，而且是没办法解决的。看
看在菲律宾的一些中国人干了什么就知道了：在菲律宾，每个人到手的 243
比索都是要给到别人的手上的，于是他们就把比索的边缘切掉，这样原
本价值 8 雷亚尔的比索就被他们切掉了 2 雷亚尔，然后他们再想办法把
硬币弄大和擦亮，让它看起来就像新硬币一样，这种事情是没有办法处
理的，一不能施刑鞭笞，二不能罚他们去划战船[③]。

① 出自《圣经·箴言》第 20 章第 10 节，和合本翻译为：“两样的法码，两样的升斗”。作者在文中想表达的意思就是，跟中国人做生意，同样的东西，换一个砝码，称出来重量就不同了。本书与拉丁语相关的注释都参考法语版（De las Cortes，2001），下文不赘述。

② 此处有删减。

③ 此处删去一句话。

第二十章　中国人的财产和贫富（上）

244 拥有大量商品并不意味着中国人都很富有，事实正好相反，他们许多人极其贫困。在这里我想写一下中国人的财富情况，当然我明白把它翔实地记录下来是一件极其困难的事情。另外，在讲述中国人普遍的财富情况的同时，不可避免地要接受和承认大量特殊情况的存在。（手稿第 85 页背面）

排除掉我上面讲到的特殊情况，也就是最有钱的人和最穷的人之后，
中国大多数人的财产状况如下：一条小狗、一只猫、一只鸡、一头小猪。
妻子通常一边用一条带子把孩子绑在背上，一边将米饭与一些小草煮熟
当作全家的口粮。这些中国人每年会用两三张毛毯来制作全家的衣服。
丈夫则每天都受雇进行这样或那样的工作，在空闲时间栽种两三个小菜
畦的蔬菜，产出的蔬菜供家人一日三餐食用。为了防止食物短缺，他们
每年还可能会吃一些野生程度比较高的蔬菜，也就是空心菜（cancon，
这种蔬菜原本是给肮脏的动物食用的）之类的蔬菜，他们种植这些蔬菜，
245 也很喜欢吃，也拿来卖。卖菜得来的一点点钱用来买衣服，其他衣服和
家当价值可达 8 到 12 杜卡多[①]，这对于普通的穷人来说是一笔不小的财
富，很多人的生活可能还要更凄惨一些。中国人种蔬菜要花费很大的力
气，因为他们得从井中取水，徒手灌溉，缺水就意味着家中没有食物果腹，
这对一个家庭来说是不小的损失。

很多时候我都想起菲律宾出产的摩鹿加甘蓝（coles de Moluco）[②]，

---

①1497 年西班牙的经济改革中规定 1 杜卡多相当于 11 雷亚尔余 1 马拉维迪（也就是 375 马拉维迪），这个价值一直没有变更。杜卡多原本是一种金币的名称，重约 3.6 克，后来在卡洛斯一世统治时期（1516—1556），被埃斯库多（escudo）取代，杜卡多仅仅变成了一种计算金钱的单位（Hernández，1998）。1 雷亚尔大约为 1 钱银子，则 1 杜卡多，作为一种计量金钱的单位而非货币，相当于 1 两银子。

②这种蔬菜可能是某种长势迅猛，可以长到树木那么高的甘蓝，但是难以查证。

这种甘蓝是从特尔纳特群岛（las islas de Terrenate）带去的，只消把它们种下，不用做其他工作，它们就能长得像大树一样高大，十分茂盛，这样的状态可以持续几年，每天都能摘下大量（手稿第 86 页）最柔软的叶子，煮熟了吃，比我说过的空心菜要美味得多。中国人十分卖力地种植这种植物并拿来出售，也很喜欢吃摩鹿加甘蓝，毫无疑问，这种蔬菜是中国人所能拥有的最宝贵的财富，但他们没有把这种蔬菜带到中国来，可能是在中国长不出来，也可能是他们没有意识到要把摩鹿加甘蓝带到中国去。

现在聊一聊士兵们的财产状况，他们几乎全部都结婚了，其中一些人留在自己的家乡，另一些则去到中国海岸线上的一些浅滩上参加海军，同侵扰海岸线的海盗作战。一些士兵和海盗一样穷，另外一些则可能相对更加富有，穿着和饮食都更好一点。他们不会在穿着上花费超过 30 杜卡多的钱。很多人都拥有自己的几个小菜畦，不论是穷人还是富人，拥有菜畦是中国人共同的理想。他们的富有还体现在薪资、家当以及其他诸如此类的方面。

我发现蓬洲所每个连都有一百名士兵。据别人告诉我的情况，每个长官的月收入不超过 4 杜卡多，而且，由于每个士兵都必须强制拥有一匹战马，所以士兵们还要支付战马的口粮钱。

有一天，我问一位长官一匹马值多少钱，他告诉我值 15 杜卡多，我
还问了士兵的薪水，然后我发现每个士兵月收入是 1 杜卡多，在某些条
件下（手稿第 86 页背面）会超过 1 杜卡多。现在我们已经知道了长官的
薪资，通过长官的薪资，我们足以推断出其他武官和地位优越的士兵的
薪资水平。悲惨的士兵们除了要给战马口粮钱，还要给其他官员一些零
零碎碎的费用，在发工资给士兵的时候就会收取这些费用，所以当那 1 246
杜卡多的薪资送到他们手上的时候，这笔钱已经被克扣了十分之一，而
且他们还会拿这些钱来赌博。

在军营外，这些士兵基本上都是当地底层人民，在当兵的同时他们还做着其他工作，比如说脚夫、鞋匠和裁缝之类的工作，这些工作赚来的钱让他们存下了一笔财富，他们也用这笔钱养家糊口。这些工作占据了他们大量的业余时间，只有在一年最为严寒的三个月里，他们才会进

入军营接受训练。在这三个月里，他们每天都会参加小规模的战斗训练，并接受检阅，以便在后面阅兵环节获得相应的薪资，其他时候他们不会进军营，也不会驻守岗位。

这些士兵的名声很差，他们被派去大路上或小镇里捉拿造假的人的时候，自己就会偷学造假的功夫。某些守卫浅滩、清洗海岸线的海军士兵还会抢劫、杀戮穷苦的当地农民，他们会假扮成海盗，无论是中国人还是外国人的船，无论是在河上还是海上，一律都抢，而且是来多少艘船就抢多少艘船，许多澳门的小型船只和我的一些同伴多次碰到（手稿第 87 页）他们的海军，然后被他们抢劫、杀掉，他们还会掩藏证据，如果没办法掩藏证据，他们就说杀掉的人都是海盗和贼寇，而且抢来的赃物也很容易让官员们心花怒放。另外，他们基本上都是在晚上作案，能够举报的人都被他们杀掉了，他们把被杀害的中国人和亲善中国的外国人的头带去拿给州府的都堂，然后又可以从皇帝那里骗到一笔赏钱。

如果地理位置理想，那某些行当的工匠和普通店铺的店主就足以拥有 30 杜卡多的财富，富有的店主则坐拥 150 杜卡多的家财。我发现，仅靠一名工匠的收入，能存下 30 杜卡多就算多的了。他们的行当都是自由选择的，并不一定强制必须子承父业。

我和一个有地位的中国人做了一个月的邻居。他是一个行当优越的士兵，拥有士兵的薪水和裁缝的工作。我看到他在裁缝这个行当上干得不错，制作出许多很有分量的作品，而且他连续不断地工作，甚至连节假日都不休息。我问他一个月能赚多少钱，他说 1 杜卡多，而
247 且同时他每年还必须支付 8 到 10 雷亚尔的店租，还要养家糊口，让妻儿吃上饭。

我了解了别的一些级别相似的行当，发现情况大体相同，那些收入不错的工作每天能赚 2 孔锭，（手稿第 87 页背面）这些人每缝一百针就能赚 1 夸尔托[①]。

中国人经常在神像前焚香。一开始，当得知他们在焚香上花费不小

---

①原文“cuarto”。西班牙古铜币名，其价值相当于 4 马拉维迪，后者也是西班牙古铜币名（Real Academia Española，2020），详见 https://dle.rae.es/cuarto?m=form（最后访问日期：2021 年 7 月 14 日）。

的时候，我感到十分惊讶。我很好奇他们每天或每周在这上面要花多少钱，也很有兴趣了解做这方面营生的工匠能赚到多少钱，因为每天这些工匠都能卖出那么多的香。我多次打听价格，在我第一次听到价格的时候，我不相信，又让我的一些同伴去问了，这些同伴问了几间不同的店铺，结果我们发现，这些工匠每卖出一万或一万两千支香才赚1雷亚尔。事实上，这里的香虽然在工艺和材料上不及西班牙的香，但是也很长，做工也不差，是用本地种植的香草的粉末制作的，这些香草既不是迷迭香，也不是百里香，也不是西班牙所产的其他香草，而是中国本地特产的一种香草。总而言之，制香的工匠买入这些香草之后，由于生活所迫，必须通过制香赚钱养家糊口，但是每卖掉一万两千支香，他们才赚1雷亚尔。

不可思议的是，在这个地方，普通人的收入只能吃劣质的大米和盐水芥菜叶或盐水萝卜度日，这是整个中国普通人平常的口粮，就像那句谚语所说的一样：“萝卜也能养活人丁众多的朝廷。”① 那些希望在工作中赚到更多钱的人也只是想给一日三餐多添一条鱼而已。如果想要更多的食物，那就必须发家致富了。

尽管别人跟我说，在中国内陆，人们经常用牲口来驮东西，但我从来没有（手稿第88页）见过驮畜。中国的货物都是本地人自己搬运的，搬运时，搬东西的人会在肩膀上放一根长1西班牙寻的扁担，他们把扁担放在一个肩膀上，扁担两端挂上几个大而宽阔的草篮子或大篮筐，用打了结的细绳承重，一只手抓住前面一端的细绳，另一只手抓住后面一端的细绳，这样一来就更加稳固了。用这种方法，他们能背起一整头驴，换肩膀的时候，也不用把东西放在地上，重新调整它的位置，只消抓着扁担在后颈上绕一圈，把之前在后面一端和抓住这一端的那只手换到前
面来继续往前走（甚至是跑）就行了。这些中国人以这种方式搬运一筐 248
筐的大米、鱼、水果和其他各种各样的物品，沿街叫卖。

关于他们这样子奔走叫卖一天能赚多少钱，我做过一番思考，我感觉他们一天负重行走的辛劳与他们赚到的钱并不能成正比。我也经常奇

---

① 此处引用了一句古西班牙语的谚语：“Rábanos y queso, traen la corte en peso.”字面翻译为：萝卜和奶酪，养活了整个朝廷。陈国坚将其翻译为“青菜油盐虽然贱，王公贵族也少不了”，意思是“东西虽小，不可轻视”。（陈国坚，1993）[772]

怪为什么每个城镇都有数以千计的商品陈列街市，而且卖的全部都是一
249 样的东西。人们批量买入这些东西，然后零售售出，但是在售出之前，这些东西通常就已经腐坏或损毁了。我很惊奇中国人是怎么用这么微薄的收入养活那么多人的，但他们确实做到了，因为他们吃的东西（手稿第 88 页背面）惨不忍睹，从生到死，他们都只吃一样的东西。顺便一提，我可以确定的是，中国人普遍都很少吃肉或水果，他们吃的全部都是豆类和咸味的草，不花什么钱，但是，光吃这些并不是总能吃饱，所以宴席上、餐桌上总会有米饭。虽然他们穷得叮当响，但在这些宴席上，几块肉、鸡蛋和中国酒却都是不能少的。

家产约为 30 杜卡多的渔民除一艘船和一张网以外就没有其他特别的东西了。农夫和园丁的家产也是 30 杜卡多，外加一两头小牝牛或水牛用于耕地，还有他们所拥有的一小块田地。这三个职业最好的食物就是鱼、米饭和蔬菜，这是他们吃得最多的食物。中国人一般会充分利用一切。在收获之后，对那些看起来应该扔去垃圾场的东西，他们都能找到物尽其用的方法，比如说橙子皮、鸡蛋壳、大街上的稻草和灰烬，甚至神像前烧的那些纸都可以捡起来利用甚至大量出售，而这些东西在西班牙可能就被视为粪土了。

在梳头的时候，中国人会把梳子梳下来的头发收集和保存起来，还会把山羊和鹿的皮剥下来（不砍掉它们的头），卖掉毛，这些毛可以用来制作他们写字的“画笔”。而猪鬃可以用来制作小刷子，这些小刷子可以用于清理衣物和大米，每十斤猪鬃卖 3.5 孔锭。

中国人会反复利用所有东西（手稿第 89 页）以及从这些东西身上取下来的某些部分。他们用动物的骨头制作不同的东西，而鸡、鸽子、鱼还有其他动物（这些动物被他们收集回家进行出售）身上的某些部分都被烧成灰烬，在他们插水稻秧苗的时候加入小坑中施肥。据说一个骨头尖在某些情况下可以卖 6 到 8 雷亚尔。我见过在商业繁华的庵埠的一些房子和仓库里摆满了骨头，就像谷仓里堆满了麦子一样。他们把那些已经完全没办法穿的破布做成细条，一个个地拧成一捆，变成几根又粗又长的线，将这些线缝制成一些比较粗糙的毯子，穷人可以在床上盖这些
250 毯子御寒，我们这些囚犯冬天就是用这些毯子御寒的，但是它们并不御

寒也不能用于取暖。加上我上面提过官府的人提供给我们的饮食，可以说是“汝曹食而不能餍”（comedistis et non estis satiatiu）（《圣经 · 何西阿书》第 1 章），而现在我可以说后面还应该加上一句：“汝曹衣而不能暖”（opernistis vos et non estis calefacti）。[①]

有些人会请求店主批准他们打扫店铺，把里面的垃圾带出来。在街道上，特别是在一些出售水果、蔬菜和其他产品的商店及人群聚集的地方，我们看到，有许多当地人在石头之间挖掘，（手稿第 89 页背面）在打扫和收拾地面的脏东西和烂泥，然后带走，好在里面寻找碎银子，这些碎银子是买东西付款时掉出来的，之后却再找不到了，顾客还掉了其他东西。这些人就靠着这么一点微薄的收入糊口，但连捡垃圾这么一门行当都还 251
要每年向皇帝缴纳 1 杜卡多的许可费。

所有中国人都在四处寻找着能够利用的东西，所以人们都物尽其用，他们会将这些东西还原成原始材料。他们会把碰到的小纸片都捡起来，用以制作更粗糙一些的纸。他们把丢弃的短小破布做成上面提到的毯子，或者用它们制作鞋底，做出来的鞋底很厚很粗，也很结实，他们还用破布制作一指厚的被褥。小米粒、鱼刺以及其他东西扔到地上就会被小猫、小狗和小鸡吃掉。这些都是有意而为的，并非无心之举。他们用来赚钱的东西也是精心准备的。这一切都源于他们贫穷凄惨的生活，这样的生活使他们在废物利用的方面颇具智慧。

现在我要讲一讲农夫和园丁，为了给田地和菜园施肥，他们会买垃圾场和粪堆里的东西，所以，城镇里不少人（手稿第 90 页）从事这项工作，这些人在街道上游走，捡拾见到的所有的人畜粪便。从事这项工作的人之多令我十分惊讶，有时候，我看到三四个人争先恐后地往前跑，就只为抢先捡到这些秽物。

街角摆有罐子，有需要的人可以使用。在同一条街上，还有一些人大声请求房子里的人买一些他们的东西，付给他们青菜、水果和些许米饭。当地还有一些水坑，园丁会接收从里面捡出的东西。当知道有一个满是粪便的水坑，很多人就会跑去捡拾，他们如此趋之若鹜，甚至到晚上天黑之前的几个小时，我们还能看到他们拿着点燃的植物茎秆制成的火把

① 第一句拉丁文来自《圣经 · 何西阿书》，第二句则是作者杜撰。

在大街上捡东西。他们还会早起去捡拾，以防别人捷足先登，也防止猪狗在开门后跑出来吃掉那些东西。关于这点我还能说很多，但是过犹不及，所以我就不再说了。

当地有钱有权之人的财富一般是可耕的田地，有时候是他们的奴仆
和雇佣的短工耕田，有时候他们把田地租给别人。这些田地一般坐落于
252 小池塘边。这些小池塘是人们在城镇附近徒手开凿出来的，从河流的潮
淹区引水灌满整个池塘，在需要时就可以放空里面的水。这里的有钱人
都会有一些小池塘，里面养着够一整年吃的大量的鱼，家里至少也有（手
稿第 90 页背面）几群鸭子和鹅，四到六只小牝牛或水牛，还有家猪，甚
至十二只母鸡。

在家当方面，有钱人的家中有几把做工精良的椅子（不过是理发师的那种形制），配上精美的桌子。在一些大厅里，我们可以看到二十张桌子，在一座房子的不同厅房中的桌子数量可以有二十五张、二十六张，甚至是四十张。这些桌子叠在一起，搁置一旁，常用的只有一两张，这是一种炫耀排场的方式。在农村式的床上（cama de campo），有麻布或某种少见的丝绸制成的幔帐，厚不足一指，枕头是用某种小型藤本植物或纤细的柳条编织而成的小网做成的，内部中空，里面什么东西都没有，最常见的情况是床上还会有一张蓝色的毯子。一个中国人再有钱，他都不会使用床单，这是很普遍的现象（就像中国人不穿衬衫一样）。他们还有一些“一式多件”的冬装，用蓝色、黑色或白色的毯子做成。他们夏天则穿同样颜色的麻布做成的衣服，有一些衣服是用锦缎或者并不贵重的丝绸制作的。还有一种制作优良的鞋子是雨天和赶路时穿的，我发现，这些鞋子是富贵人家所穿，上面就算没有马蹄铁一样的东西，至少也会在鞋底钉满形制类似于椅子腿的钉头，有人跟我说那是为了防滑，同时让鞋子更加经济耐用。他们还会坐漂亮的、做工精良的轿子在城市或大路上行走。

当地人的珠宝比较少，也不值一提。女人戴的珠宝如此，男人亦是如此（他们的发网为此专门设置了一个开口）。他们在头发上（手稿第 91 页）绑上高高的发髻，直立于头顶。已婚女性头顶的发髻被一个半球体的纸盒覆盖，这种纸盒有一个小型裙边，就像骡子和马的眼罩一样，

这是潮州府特有的，因为在惠州府和广州府形制就不一样了。潮州府的
人用加工过的银制细条或带子缠绕和装饰这个球（也可以叫小黑帽），
有一些细条或带子甚至镀上了金，但是很细，所以其实是一些无用之物。
有一些上面还加上了一种类似于带沿头盔的头饰，另一些头饰更小，类 253
似于王冠，这些都是贵重之物。

一般情况下，如果一个当地中国女性打扮得不错，她头顶上戴的那个纸盒做的头饰一定全部都覆盖着镀金的银，银饰下面是一个金属线制成的小型支架，金属线是中国特色的形制，这个头饰和王冠很像，上面有时候会有几只小鸟。我曾经去过一个银匠的家，问他一顶这样的头饰多少钱，他说银制的头饰是 11 雷亚尔，而金制的则是 9 雷亚尔，形制上再做点文章的话就要多加 5.5 雷亚尔，这样子的话加起来就是 3 比索 1.5 雷亚尔，这还是仍然留在银匠手中的头饰的价格。

为了让那些小球戴得稳固，不从发髻上脱离，中国人会用三四根锥子[①]穿过这些发髻，有些锥子是铜钉做成的，有些是龟壳做成的，（手稿第 91 页背面）有些是骨头或者白石头，有些则是一种类似于玻璃的材质制成的，这种材料是由一种黏黏的米制作而成，葡萄牙人将那种米称作“极米”（arroz polo），菲律宾土著叫作“黏米”（malaquet）[②]。锥子的顶端是银钉、镀银的钉子或是镀金的钉子，形制精美，做工精良。固定发髻的东西就是这些，如果这个女人有钱有权的话，其锥子就不仅仅是顶端有贵金属了，而是整个都是银制的，如果这种锥子做工精良，其价值可以达到 1.5 雷亚尔。

除上面所述的东西、一些银制的指环（价值最高可以达到每一个 0.5 雷亚尔）、一些耳坠（最大最精美者价值可以达到 1 雷亚尔）之外，并且再除去有钱有权势之人用来喝酒的小杯子（我说过，这种小杯大约能装三四个顶针，可以是金制也可以是银制）、银制小盘（这两种器具都不是很值钱），我再没听说过当地人有其他珍宝了。没有金器、银器、

①这里“锥子”指的是中国人佩戴的簪子。

②来源于他加禄语中的“有黏性的”一词“malagkit”，这个词也指有黏性的米（Wiktionary, 2021），详见 https://en.wiktionary.org/wiki/malagkit（最后访问日期：2021 年 7 月 14 日），所以这里翻译成“黏米”，应该是指我们所说的糯米。

小首饰、项链、手镯、宝石，甚至连珍珠也没有。我听说我们被捕的地
方靖海所的人会采珠，当地妇女的手上会佩戴珍珠，头上的整套首饰里
也有珍珠，但是很少，只有一两颗，在靖海所之外的地方就没看到有什
么人佩戴珍珠了，也没有其他珍宝或小型首饰。我也没能打听到当地人
家的餐具之中是否有银制的或金制的罐子，或是银制的或金制的盘子、
盐瓶或者其他这类东西。有一些男性会戴戒指（价值见上）和一些锥子（或
254 者叫掏耳勺），锥子也是用来（手稿第 92 页）穿发髻的，价值比妇女的
那些锥子顶端的钉子还要低。除此之外，我就没有看到当地人佩戴其他
什么珠宝了。

我好几次专门去参观那些金银器店，进去后，看见里面应有尽有。那是一条很不错的街道，街上都是银匠开的店，除上述东西以外，我没看到别的珠宝和银器了。当地的成年男子和少女用茉莉花、玫瑰花或其他类似的花装饰发髻，他们以此为美，当地的大街上就有人出售穿成串的花，这种装饰受众人喜爱，并且大家都这么戴。

中国当地富人还拥有田产和奴隶，他们以此作为财产，他们的奴隶都是州府本地人，是被穷苦的父母卖作奴隶的。虽然中国对终身奴隶的需求量不是很大，但是奴隶是中国卖得最便宜的商品：一个十五岁的奴隶有时候值 12 雷亚尔，有时候值 15 或 20 雷亚尔，或者再高一点，而一头家猪则要 4 到 5 杜卡多。事实上，奴隶可以用同样的价钱赎身，尽管他们确实是奴隶，但奴隶主待他们很好。中国当地的富人如果不是商贾，那么他们的财产可以达到 1000 或 2000 杜卡多，如果将他们的家产全部以最高价格变卖，那还可能可以达到 3000 杜卡多。

富人一般都会和三四或六个甚至更多的妇女结婚，因此他们有很多儿子继承财产。在分配遗产时，富人会把田产分发给众多儿子，每个人（手稿第 92 页背面）都按比例分到自己的那一部分遗产，但是他们的财产都会比他们的父亲少。人们可以通过结婚时聘礼的数量判定一个中国人有多少财产。在菲律宾，男性需要付聘礼，而女性不需要，新郎将聘礼交给新娘的父母，而一对新人则拿不到聘礼里的任何东西，在某种意义上，就是新郎花钱从新娘的父母手里买下新娘，有钱有权的中国人也是这样做的，结婚的时候花 500、1000 杜卡多的情况很少，只有更高一级的有

权有势的人物才能做到。

上述的聘礼是男人与第一位夫人结婚时给的，如果是之后结婚的夫
人，在结婚时则不需要支付太多的聘礼。更常见的情况是人们在这些女
孩年纪尚幼时专门买来做童养媳，如果她们令原配夫人满意，她们就可 255
以成为夫人。原配夫人是第一位夫人，也是地位最高的夫人，她在家中
的地位和丈夫一样，简而言之，和其他夫人相比，她就是做主的人，她
发号施令，负责全家事务，和丈夫坐在一张桌子上，这些权利是其他夫
人没有的。在其他地区和国家，女人之间可能争风吃醋，但这在这些夫
人之间并不存在，不过在一起生活的过程中，她们还是不可避免地会有
一些争吵。相比之下，男人们就可谓是醋瓶子了。如果原配夫人没有生
子，那其他夫人所生的长子就是合法的继承人，这是法律规定的，潮州
府内也确实发生过类似的事情。有时候这些夫人都留在家里，有时候则
在不同的地方，因为丈夫们在不同的时候会跟不同的夫人一起生活。（手
稿第 93 页）

第二十一章　中国人的财产和贫富（下）

继续上一章的内容，本章特别侧重于记述当地商人、官员、中国皇帝的财富

256 如果把中国的财富都聚到一起变成一个整体的话，它的总量是十分巨大的。这里有大量的商品，这些商品甚至被带到了其他国家，但是具体分到每一个人的商品数量就很少了，每个人能够拥有的珍珠、红宝石和金子很少，而每个养蚕人拥有的丝蚕数量也很少。同样，如果把丝绸、毛毯、麻布的数量分到每一个纺丝、绞丝、织造的人身上，那它们的数量就少之又少了。其他的商品也是如此，但如果所有商品聚集到商人手上的话，数量就十分巨大了，一部分商人的手里货物会少一点，另一部分则多一点，而那些特别有钱的商人手里的货物就非常多了。所以说，持货量可以成为衡量商人财富状况的一个标准。

毫无疑问，在中国，商人是这个国家最富有、财产最多的人，如果说这个国家有谎言和破产的话，那这些肯定是他们的。关于这个问题，那些曾在广州的交易会上被人狠狠愚弄的澳门葡人可以做证。在中国，商人中最有钱的是那些做盐生意的商人，盐是中国最大的生意，比丝绸、金子、麝香、红宝石、麻布和其他商品的生意都要大。中国没有公爵、侯爵或伯爵，也没有其他享有封地、收取食邑租税的爵位。不论那些十分富有的人是通过什么手段得到现有的财富，他们都不会被授予食邑超
257 过 2 万杜卡多的爵位［关于这点，我已经说过了普遍情况（手稿第 93 页背面），知道了普遍情况便可再去推算和估量另外一些富人的情况］。在欧洲这个食邑算是很一般的了。

在中国，真正有钱的只有皇帝本人，所有臣民上缴的赋税（不超过一枚鸡蛋的价钱）全都会运到他家。数量众多的人口、土地丰收的果

实、河流上航行的和港口上停泊的数不胜数的船只、大量出产的金银、数量巨大的商品交易，这一切，包括另外一些未曾提及的东西，都要缴税，而税只缴给皇帝一个人。皇帝还不需要为费钱的事操心，根据皇家公文的详细记载，账目中的净资产数额十分巨大，可达到每年一亿五千万甚至是一亿六千万，包括金银、麝香、稻米、丝绸和其他东西的价值。

进出北京皇宫朝廷的官员不可胜数，据说单单在京官员就有三千名。而在走过几个城镇之后，见过的官员数量已经足够让我惊讶了，大大超出我的预期。士兵的人数也多，而且都有薪水，关于士兵的话题我已经谈过，他们的人数可以达到一百五十万，甚至有中国人信誓旦旦地告诉我，中国的士兵有两百二十万。皇室子孙众多，皇帝必须养着他们，（手稿第 94 页）能够继承帝位的王子们倘若全部站在一起，可以排成一个笔直的长队，皇帝的皇后及妃子生下来的嫡子和庶子可以达到六万人，已故的也有一万人。宫里还有许多太监，他们在宫内的吃穿用度也是皇帝负责。除皇后以外，宫内还有很多嫔妃。这还没算建设高楼、宫殿、城墙和国内其他公共设施的钱。皇帝在这上面可谓是花钱如流水，据说如果某些年份建筑和开支变少了，就会将省下的几百万存入国库。与此同时，在另外一些年份，如果皇帝把所有收来的赋税全部花掉，甚至还会设置新的赋税，因为已有的赋税不足以支撑他们一整年的花销。

现在只剩下官员的财富状况了，这个可以通过做官之前和之后的田产和财富状况推断。据我所知，那些潮州府的官员在做官之前都是商
人，他们拿经商赚到的钱买得官位，不仅他们自己这么说，大家普遍都 258
这么说。而且，中国人中有传言说用差不多 200 杜卡多就可以买到一个地位中等的官职，用 300 或 400（手稿第 94 页背面）就可以买到大官，甚至是知府，而用 500 或者多一点就可以买到都堂、海道副使还有全中国除皇帝以外的任何职位。只要多给一点钱，就算是那些一天到晚待在家里的或文化水平不过关的人也能当大官。在中国，行贿也是一种上升渠道。

我推测，知府的所有财产加起来可能有 3500 杜卡多，而军事总长官大老爷可能有 6000 杜卡多，这还不算用于补贴他们饮食起居花销的职位

俸禄，另外，他们在当官的同时也做生意。关于这点，我听到的说法是他们的佣人和代办人会帮他们去做生意，把商品卖到马尼拉和广州，在交易会期间和澳门商人做生意，也把其他州府的商品买到潮州府并卖给当地的市场和店铺。大爷是审判庭的第二大官员，也是主管州府的国库的官员，大家都说他父亲是漳州商人，十分富有，他父亲帮他买下了现在的官位，死后还给他留下了巨额的遗产，但是没有人能够确切说出具体数额。靖海所的官员（也就是那个把我们抓住的人）和蓬洲所（蓬洲所是我待的时间最长的地方）的官员都是武官，每个人的财产或许有（手稿第 95 页）200 到 300 杜卡多。

关于每个官员的俸禄，最可信的数据是，不管官做得多大，甚至是一人之下万人之上的官员，每年从国库得到的俸禄也都不可能超过 1000 杜卡多，相对地，官越小，俸禄就越少。然而，十分熟悉潮州府的中国人告诉我，知府每个月的俸禄约是 230 杜卡多，一年的俸禄是 2630 杜卡多[1]，而军事总长官大老爷每个月是 120 杜卡多，一年的俸禄
259 是 1440 杜卡多，大爷管理州府的国库，他每年的俸禄是 1000 杜卡多。据说，吴舍和莫舍每个人每年的俸禄是 157 杜卡多零 1.5 托敏[2]，也就是说月俸是 13 杜卡多零 1 雷亚尔；而抓住我们的靖海所武官、蓬洲所的武官还有其他类似的武官，每个人的月俸是 4 杜卡多，一年的俸禄就是 48 杜卡多。

既然已经讲过知府、审判庭官员、军团长[3]、武官和士兵长官以及其他大官的财富了，那推断出其他州府类似职位的官员的俸禄和财富应该不是难事。不过，在广州这样的省会城市，还有都堂、按察使、海道

① 知府为正四品官，洪武六年（1373）制定了一套以府上缴中央的税额为标准衡量知府等级的制度，但是后来取消了。（吕宗力，2015）[555] 据赵翼《廿二史札记 · 明官俸最薄》记载，“正四品二十四石”（赵翼，1987）[473]，也就是说，一年 288 石。以天启时期的米价，1 石米 0.927 两银子，288 石米就是 267 两银子（鼓信威，1958），如果是按照赵翼说的，“银六钱五分当米一石”（赵翼，1987）[474]，那这个数量更少，怎么也不可能达到 2630 杜卡多（按照前文的计算，1 杜卡多大约为 1 两银子）。

② 拉丁美洲某些地区使用的银币（Real Academia Española，2020），详见 https://dle.rae.es/tom%C3%ADn?m=form（最后访问日期：2021 年 7 月 14 日）。

③ 即军事总长官大老爷。

副使和其他大官，在京城朝廷还有阁老和皇帝的（手稿第 95 页背面）其他顾问，这些官员都比潮州府众官员的等级高，所以，关于这些官员的财富和俸禄，我可能就不能像前面那样给出一个确凿的数字了。但可以肯定的是，如果每个官员都把手伸向贪污腐败的话，那他们收入肯定要远远超出他们的俸禄，在三年的时间里，他们想捞多少钱，就捞多少钱。

即使是出身下层或其父辈曾做低贱的工作，官员们也不会为此感到羞耻，相反，除了那些王子的后代（由于害怕他们造反，皇帝就把他们安排到某个职位上），还有另外一些由于特殊原因获得世袭贵族地位的人（这些人是极少数），那些官员的父辈基本都是这样的，所以当不当官并不是出身门第可以决定的。在中国，人们不会因为一个人的出身门第而否定他，没有人可以因为出身门第就对另一个人说“我比你更好”，人们更不会为这种事争吵，官员家庭的权势完全是由官员职位的高低和财富、田产的多少来决定的。

第二十二章　中国官员共同效力的一个政府

260 政府禁止外国人进入统治区域内。如果外国人进入后没有经过许可就离开，就会遭受严重的惩罚，替这些外国人隐瞒事实或者包庇他们的中国人也会受罚。马库斯·图留斯·西塞罗在他在位期间的第三本书上，将此举定义为“不人道行为”，他说：“禁胡人入城者，诚非人哉！”（vero urbis prohibere peregrino fane inhumanun est）[①] 该政策也有其他严重的弊端和缺点，在实行之后的几天，这些缺点就显现了出来，只是没有那么显而易见。中国政府也因此（手稿第 96 页）获得了世界上其他国家政府所没有的威望，只要在公共场合，人们一定会看到这个社会的秩序和结构是多么有条不紊，并且一定会为此高兴。无数的官员，一个隶属于另一个，事务和权力被平均分配，使得没有任何官员有权力造反或者做一些拖整个民族后腿的事情。这样，政府就能和平地统治这片土地，而那些企图破坏这种和平的人会被革职。

让人惊异的是，上级官员对下级官员的约束力十分强大，下级官员对上级官员也是盲目和不假思索地服从，不论在最底层官员之间，还是阁老以及众高级官员之间，这种现象都普遍存在，即使是阁老和最高级
261 的官员也要绝对服从皇帝，同样，普通的黎庶也要这样服从官员。这种绝对的服从，加上上下级之间紧密的联系和严格的尊卑之别，使得上级官员对下级官员，官员对贫穷、低贱、怯懦的黎民百姓的统治和命令都十分专横，通过一根根棍子，官员就可以残暴地对待百姓，黎民百姓对官员的贿赂之举就源于对杖刑的恐惧。即使是最小的事情，有些官员也会充分利用，对平民百姓施以酷刑，他们也因此秘密地接受了巨额贿款。

① 出自西塞罗所著《论义务》（也译《论责任》，拉丁原文 *De Officiis*）第 3 卷。原文为“vero urbis prohibere peregrinos sane inhumanum est”。

官员们也允许他们的下属极力搜刮贿赂，因为下属也想赚钱，而且他们会抓住每一个赚钱的机会。

因收受贿赂而引起混乱的官员确实会受到皇帝和一些视察员的严厉惩罚，但是由于传到皇帝和他的顾问们耳朵里的事情少之又少，所以那些惩罚不足以阻止那些（手稿第 96 页背面）官员成为社会正义最大的拦路虎。他们相互奉承，相互包庇，而且对于那些可能会指控他们，或者是与他们作对的官员，他们也会在这些官员离职之前弹劾他们，让这些官员挨板子。由此可见，在一个没有信仰也不敬畏上帝的国家，再好的法律也无计可施，再强大的政权也没办法很好地统治这个国家。

第二十四章 囚犯中的十二人前往广州

花费了足够多篇章来讲述、记载一些当地中国人微不足道的小事之后，将更多的注意力放到囚犯们身上来，他们中的十二人离开了潮州府，去往广州

265 现在我要更多地把注意力放到我在中国的经历和囚犯们的故事上，少说一些题外话了，（手稿第 99 页）当然了，我还是不可避免地需要提到一些题外话。上面说的都是中国很普通、很常见的东西，都是我亲眼所见，或者是在我单纯靠眼见已经不足以了解到真相的时候，询问他人得到的回答。慢慢地，我在中国各大州府旅行的时候见识到了一些东西。当然，我不会想当然地将这些见闻推及其他州府。尽管如此，后面我会提到，中国的建筑结构是可以类推到全国的，还有中国所有的州府里面的人和物都是差不多一样的，这些都是可以类推到全国的。我说到的这些东西也并非什么令人眼前一亮之事，并不出奇。一些事情可能与中国政府和各种各样的官员、各地的方言、考试以及学位等级制度、硕士、博士、不同的教派[①]（这里很多人是无神论者）还有许多其他的风俗扯上很大关系，我也没有展开来完整地去讲这些不同的事情，原因是这里写字要写得很小心，在中国，写字的人必须将笔握在手中，小心翼翼地蘸取墨水，还有其他显而易见的原因[②]。

266 我没有空闲时间来写这么多琐碎的小事，因为准确翔实地了解这些事情是很困难的。如果将琐碎的小事全部都加入这一部分来讲述一些中国更加普遍的情况，那就要求我对这些事情有更全面的见解；如果我把它们写出来，对于读者来说，这些文字就是眼见为实的证据，具有最大

①神父用“教派”一词表示宗教，“不同的教派”实际上指的是儒、释、道三家。
②此处删去一段。

的可信度。像我一样记载中国的作者较少，况且来中国首先要克服重重困难，还要获得通关令牌和许可证书，因此，除在交易会时期进入广州城河那里和城墙外河岸边的那一小块郊区以外，几乎没什么人进入中国的其他地方。而且坦白地说，因为没有时间，而且语言不通，我错过了很多意义重大的事情。在这么大的一个君主制国家里，那些事情都变得黑暗而模糊，即使是出生在这个国家的人也很难注意到它们，我对这些事情饶有兴趣，所以我紧紧抓住每一个确信自己目睹了某些大事件发生的人。

现在我要回到牢狱故事中来了。几个月来，官员们在我们的案子上一直静观其变，缄口如瓶，这是我们所遭受苦难之中最令人难过的一件事。几个星期以来，官府一直在找借口拖延，有些人说这是因为他们在讨论谁来管我们的案子，是都堂（总督，广东省所辖各府之内地位仅次于皇帝的官员），还是海道副使（掌管外来人员、广东省各州府海港以及海军和陆军的官员，因为澳门也是中国的港口之一，从它境内的河流可以直通到广州城，所以澳门城也是海道副使来管理的）。因此，距离我们重获自由还需要很久。

事实是官员之间确实有分歧，但不是上述理由造成的，因为都堂比
海道副使职位要高很多，也比省内所有其他官员职位都要高。另外一些 267
人告诉我们，为了让葡萄牙人将刚刚建起来的城墙推倒，都堂已经派人围攻了澳门，事件最后演变得十分血腥，葡萄牙人还把一个中国长官的头颅砍了下来。这件事情让我们诚惶诚恐，我们不得不好好想想怎么找回船上的白银，保住性命。后来随着时间的推移，中国长官的事情被证伪，但其他事情都被证实了，这个我后面会慢慢讲到。

同时，关于我们船上的白银，有几个当地人告诉我们很多银子都被拿走了，管理银子的当地人看到银子以后就把它们送给了官员们，其中一部分被送去了广州。到最后，官员还是没能成功欺瞒百姓，官员再怎么欺瞒也是徒劳的，他们无法蒙蔽百姓的双眼，捂住他们的嘴巴，（手稿第 100 页背面）因此官员们的秘密最终还是从百姓的嘴里泄露出来了。

我们没办法进入潮州府的审判庭，不仅仅是我们，任何平民百姓都不能进去，这足够让明眼人（包括我们）看出来我们船上到底有多少银子，

进而推算出我们现在所身处的境况之险恶。我们想像多俾亚的母亲那样说出那句话：“愿此银不尝存世”（nunquan fino pericosa pecunia）[1]。这些白银能把我们带入鬼门关，能把我们的脖子送到刀口上。

为了掩藏他们的真实意图，这些官员不信任旁人。3 月初，潮州府的知府就启程去往广州，4 月初就回来了，也就是说，他只待了一个月（就像他在庭审结束之后跟我们说的一样）。虽然他回来之后公布了都堂已经见过来自吕宋和澳门的好人（这些人都是中国皇帝的朋友）的消息，但是知府并没有打算把我们送到广州城，也没有把我们信件的回信送到我们手中，这些信件都是军事总长官大老爷在庭审结束后要求我们写的，他还答应帮我们送过去，所以，我们并不清楚澳门方面是否知道我们战败被俘一事。

另一方面，我们看到一些官员在我们的案子上立场更加偏执，而
268 且据可靠消息，知府开始生我们的气了。他回来之后，审判庭的第三把手吴舍又出发到广东去见都堂（手稿第 101 页）商量我们的案子，但是我们并不清楚他们的意图，也不知道他们隐瞒了一些什么。5 月初，吴舍回来了，只宣称他已经将我们的案子送达。另外，之前一直负责跟进我们案子的军事总长官现在也跟这件案子没有关系了。吴舍回来之后，知府又即刻赶赴广州，而我们则一直身处昏天黑地之中：澳门的光来不到我们身边，而我们的案子也看不到一点曙光，我们只听说知府又一次出发了。教会陆若汉神父[2]和另外一些葡人贵族于 3 月 5 日，也就是我们败北后的第十八日，在广州写了一封信，正是这封信让我们看到曙光，这封信是堂 · 弗朗西斯科 · 德 · 卡斯特尔 · 布兰科从潮阳所寄信件的回信。在这封回信中，澳门葡人没有告诉我们澳门那边的情况，但他们说，他们已经在着手助我们脱离苦海，他们也会尽力求都堂救救我们。

---

① 出自《圣经 · 多俾亚传》，第 5 章第 19 节经文：“钱又加不上钱，宁愿失去那笔钱，而使我们的儿子安全”（思高圣经）。这句拉丁文正确的写法是“nunquam fuisset ipsa pecunia”。

② 陆若汉（João Rodrigues），葡萄牙人，耶稣会传教士，1576 年到 1614 年在日传教，1614 年来华，1634 年病卒于澳门。1623 年和 1629 年两次陪同葡萄牙军队来到北京协助明朝抗清（富路特 等，2015；方豪，2007）。

在第二次外出停留期间，知府让吴舍叫我们船上的十二个人去往他们所在的揭阳（Quinio），揭阳距潮州府一天的路程。到了以后，这十二个人被带往一间屋子，在里面待了两三天。很多中国人跑过来看他们，据他们所说，他们感觉自己就像在参加一场戏剧演出一样，光是带当地人去看他们，那些看守他们的士兵就赚得盆满钵满。靖海所的官员和一些逮捕我们的（手稿第 101 页背面）士兵也被叫去，他们和我们的十二名成员一起来到吴舍面前出庭。士兵们狡辩说是我们主动挑起与他们的争斗的，而吴舍则问了我们那十二名成员在逮捕我们的时候那些士兵抢了多少钱和珠宝，在说完以后，那十二个人还想补充其他内容，特别是关于船上白银的事情，但是吴舍没有给他们机会。翻译说，吴舍没有叫他们回答其他问题，他们只要回答前面那个问题就可以了。

吴舍让我们的十二个人和靖海所众人退下，并让两边的人都去潮州
府等待马上就从广州归来的知府。知府在出行一个月后归来，据说他收 269
受了靖海所众人窝藏的我们船上的一些白银和珠宝，那是他们第一次上交白银和珠宝的时候没有交上去的部分。后来官府又把我们中的那十二个人派往了广州城，说都堂想亲眼看看，检验一下我们是不是好人。而在八天之前，即 5 月 9 日，官府已经把靖海所众人送去了广州，据说靖海所的人还带着维护他们对我们所施暴行的担保书信。同时，官员还让这十二个人带着一块令牌，上面写着："无论人们在广州对这十二个贼寇做什么事情，我们都会在潮州府对他们留下来的同伴如法炮制。"

这十二个人，在当地人（手稿第 102 页）追杀我们时，手中握有武器，虽然当时他们和我们这些留下来的人都被蒙在鼓里，不知道令牌上的内容如此负面，也对官员们在这桩案子上所隐瞒的秘密毫不知情，但那十二个人和我们面对的形势让所有人产生了新的忧惧和疑虑，特别是在看到潮州府的官员仍然为我们是不是好人争论不休以后。因为自知府第一次归来后，我们当时已经十分坚信官府把我们当作来自澳门和马尼拉的好人，是中国皇帝的好朋友。

第二十五章　为重获自由所做的努力

留在潮州府的囚犯们身上发生了几件事，在肇庆、广州他们为重获自由所做的努力，以及赴广州的十二个人是如何去往澳门重获自由的

270 在5月3日收到广州的回信后，6月23日，我主显灵，给我们带来了几封新的信作为慰藉。6月6日，我收到两封给我的信，这两封信来自日本司库[1]陆若汉神父以及中国（手稿第102页背面）司库瞿西满[2]（Simón de Acuña），他们都是教会的成员。他们让捎信的中国人给我和米盖尔·松田神父带了几件特殊情况时救急的衣服，同时又给了我们20比索以满足其他需求，另外还有14比索当作施舍分发给众人。一些在广州的葡萄牙商人已经拿到了属于自己的那份钱财。

这些救助金很少，因为送过来的时候会有风险，而且都堂不久之后就下令让我们去广州，这点钱完全不够盘缠。但是捎信的中国人还是连哄带骗地克扣了一半以上的钱[3]。

271 地方官员询问一个葡萄牙人我们是否真的收到了澳门寄来的银子，他同时还说："因为负责你们膳食的士兵已经告诉潮州府的官员，有人给你们送了钱，而且钱已经到了你们手里。"他说，那些人应该把钱给我们当伙食费，这样士兵就不需要负责我们吃喝了。葡萄牙人告诉他，我们确实收到了钱（手稿第103页），但是钱太少了，根本不够吃喝，而且带过来的银子最后还被捎信的中国人克扣了一部分[4]。

第二件事是，都堂原本在道路上布置了警卫以便和漳州商人做生意，

---

①原文为"Padres Procuradores"，是宗教团体中掌管修道院经济事宜的神父。

②瞿西满（Simão da Cunha），字弗溢，葡萄牙人，耶稣会传教士，1590年生，1629年来华，1660年卒于澳门。（费赖之，1997）[224]

③此处有删减。

④此处有删减。

或达到其他目的，但是这些警卫被撤走了。这之后有人通知我说收到了一些寄给我和我同伴的信件，但是与此同时，官府通过撤走警卫的方式阻挠了我们和澳门之间的通信。

第三件事使得一切都变得难办，同时也是最让我们感到痛苦的一件事情：无论是海路还是陆路，澳门都被围了起来，不允许给养输入，澳门被都堂和他的手下严密封锁。最后为了与中国人和平相处，不起兵戎，依照中国人的要求，葡萄牙人拆掉了澳门城墙[1]。

第四件事（手稿第 103 页背面）是，在几名澳门葡萄牙人贵族的陪同下，陆若汉神父由肇庆奔赴广州，他们被都堂叫去签订合约，而且还以葡萄牙国王和澳门城之名宴请都堂。与此同时，他们可能会想办法拿到令牌，并遣人把令牌带到潮州府救我们出去，然后把我们带到广州。可以肯定的是，当堂·弗朗西斯科·德·卡斯特尔·布兰科在我们兵败
后第八天从潮阳寄出的信到达广州之后，我主的恩典便接踵而至。在澳 272
门被围前不久，陆若汉神父在澳门葡萄牙人贵族的陪同下来到广州与都堂磋商，他们向都堂提出了新的请愿。当时，潮州府众人和都堂协商将我们以盗贼之名处死，但是被澳门众人阻止了。或许当初知府去广州就是为了跟都堂商量把我们处死的事，回来之后知府跟我们说他对我们有一些意见，这可能就是由于事情的发展没有如他所愿，那时他对我们隐瞒了真相。陆若汉神父在信中是这么说的：

> 蒙主恩典，在第一封信抵达之后我们便来到广州城，并得以于第一时间向都堂请愿，让他知道我们的人与船上的众人熟识（手稿第 104 页），也让他可以下令放诸公去澳门。这是因为在这片土地上，这些人会以盗贼之名杀掉所有人，以便掩藏自己的鸡鸣狗盗之行。都堂向我们保证他会尽快释放所有人去澳门。求主保佑一切都顺遂人愿。以上。

值得注意的是，一方面，中国人和澳门葡人之间关于城墙的悬而未决的矛盾令我们蒙受损失，也让我们被释放一事延宕；另一方面，若不是因为这次事件，陆若汉神父和贵族们根本不可能在时机不成熟而又紧

---

①此处有删减。

张的关头奔赴广州，因为那不是交易会时期，没有一个葡萄牙人会跑到那里去，但假如陆若汉和贵族们没有去广州的话，捎信的中国人就不会拼尽全力跑去澳门，澳门方面也不会尽力想办法救我们出来，知府可能会利用一些用心险恶的情报在广州和都堂一起判我们死罪，等到知府回到潮州府以后，我们可能就会被处死。关于此事，陆若汉神父的评价再清楚不过了："蒙主恩典，澳门出现了矛盾，才让我们及时赶到广州，使得第一封信起了作用。"①

273 在蓬洲所还发生了一件事，那是陆若汉神父那封信到达时的事情。我们只能在看守做记录的情况下交谈，后来官府的人又听说一个外地人（un chino extranjero）和我们交谈了，于是官府的人又吵起来了，他们开始怀疑我们了。之后衣服送到时，官府的人真的过来检查那些衣服了。房子里喧闹不堪，大街上全是围观的中国人。当时，他们在我不知情的情况下，跑去找到那个送衣服来的中国人，把他带到了官员家里。

为了平息街道上的聒噪之声，我的解决办法是穿上新衣服（一件中式衣裳），直接走到官员家中，告诉这位官员到底发生了什么事。我在官员家门口碰到了那个中国人，他走到我身边，告诉我说，那个官员是他的亲戚，他早就预料到官员要找他，急急忙忙跑过来。这时，官员从他家出来，听那些当地人控诉我们，我们也开始为自己辩护。官员开始斥责那个中国人②，根据我的理解，不管他事先再怎么做好准备，肯定是逃不过一顿板子的了。之后官府的人拿来了一根绳子，我想他们可能是想（手稿第105页）把这个中国人押送到潮州府，调查他是否有什么值得怀疑的地方，看他是不是那个在3月5日出发后只用了短短十天就把第一封信送到广州的人。调查完以后，根据现在的情况，可能又要有许多可怕的事儿发生。

我数次跪倒在官员面前，几乎要亲上去，乞求他饶恕那个中国人，但是他用手势告诉我，要他饶过那个中国人，没门儿。然后官员继续骂那个中国人，说他在把东西给我之前应该先过来通知他。官员说，他现在已经对我有所了解，知道我是一个善良的神父，不应该不让别人带东

① 此处有删减。

② 即捎信者。

西给我，但是捎信人做得不对，因为捎信人在没有获得许可的情况下私自和我说话，给我东西。从始至终官员都只是言语上进行了威胁，但没有做出行动，最后他骂够了，便下令让我们回去。

翌日，捎信人告诉我，他给了官员 10 比索和一块丝绸。官员没有把 274
它当作亲戚之间的礼尚往来，而是当作贿赂收下了。我估计捎信人用这些礼物救回了他的命，把自己从棍棒的魔爪下和死亡的危险中解救了出来。总而言之，多亏了他将我们第一封信送到广州，我们才免去了潮州府的庭审。在这一切事情发生之后，那个中国人已经什么都不害怕了，他来看了我们几次，我提醒他不要再来了，请求他，甚至是乞求他离开，（手稿第 105 页背面）不要再来我们这里。因为我们看到这个地方的中国人都怀疑我们，把我们看得很紧，似乎每个人都开始负责看管我们了，就好像监视我们的士兵一样，我们害怕又发生什么新的事情①。

官府的人再一次指控那个捎信的中国人，并将他带到了官员面前，控诉他已经准备好了一艘船，要带我们逃到澳门，官员让人在他脖子上套上绳子并把他押走了。我们觉得他可能是被带到潮州府的监狱去了，我们实在是怕极了，很痛苦，但是第二天官员又遣人来告诉我们，他找那个中国人索要了更多的银子作为释放他的条件，最后官员把那个中国人放了，那人离开了，我们再也没有机会跟他说话了。

同时，这次事件也令我们更加窘迫。守卫们对我们的看管和监视本就十分严格，现在我们想逃走的谣言一传出去，他们就认定我们是要逃跑的人，我们也臭名远扬了，大家都说我们是要逃跑的人，（手稿第 106 页）这也让被分配到各处的同伴们的境况更加窘促。官府的人对我们的监视愈发严格，不让我们与其他城镇的中国人交流，也不让我们之间传递书信，那些官差不但不帮我们传信，还会当场把信撕掉，或者把信交给官员，这使我们基本上不知道自己的同伴是死是活，给我们带来了无穷无尽的痛苦。

在那之后，一个从广州过来的中国人在潮州府和我们的一个同伴聊 275
了几句，马上就被抓了起来，关了一晚上，人们还问他是不是那个给我们带衣服的中国人。第二天他被带去见庭审官员，和他一起去的一个亲

①此处删去一段。

戚是城里的居民，这个亲戚跟官员们商量说能不能带他们两个去见一个小官。这个小官出来见了亲戚，让他保证那些“番人”（fanes，这是他们对我们外国人的叫法）不会逃跑，如果逃跑了就唯他是问，这才放了那个跟我们说话的中国人。一个半月后，我给米盖尔·松田神父寄了几封信，那个宴请过我多次的官员派了一个奴仆帮我送信，帮了我很大的忙，信到了神父的手上，但是当神父把回信给那个奴仆的时候被别人看到了，官府把这个奴仆抓了起来，带到那位官员面前，官员知道这是他的仆人，所以姑息纵容，最后把这个仆人放了。官府连续几个月监视所有与我们交谈的人，并且中断了我们的书信来往。（手稿第 106 页背面）

之后，通过蓬洲所的官员，我得知米盖尔·松田神父发烧了。当时，潮州府境内遭受飓风，或者叫碧瑶风（bagío）的侵袭，松田神父那时候在海门所，十分痛苦。一般来说，飓风期间，二十四小时内都有强风，能让指南针完全颠倒过来，但是这次坏天气持续了四天以上，松田神父受了很多苦。飓风摧毁了树木和房屋，情况令人惨不忍睹，一些大树被连根拔起，树根朝上，我就见过这种情况。

总而言之，我们所有人都在我们破破烂烂的小房子里受了一些苦。米盖尔·松田神父和他的一名同伴赶紧离开了他们的房子，他的同伴是葡萄牙人，如果没有出来的话，这个葡萄牙人可能就死了。而我们船上的一名摩尔东印度水手岛多特（Daudot）就没那么好运气了，他住在踏头埔（Tatapo）[①]，飓风将他的房子卷起，他从天上摔下来，摔断了一条腿，不到两天就死了。

当晚，那位善良的日本神父便在风雨里，不知道何处安身，病情加重，有时候甚至没有脉搏。当地的官员是一位好心肠的中国人，他同情松田神父，所以跑去看他，官员帮松田神父写了一封请愿信，派一名信使送
276 给我所在城镇的官员，请求他允许我去看松田神父，蓬洲所的官员又让那位信使朋友（手稿第 107 页）把信从官员家带到了我这里。我在两个士兵的看管下坐船去找松田，后来又急急忙忙地走了几里格路，心里害怕当我到神父那儿的时候他已经死了。然而在见到我以后，他马上好了很多，也十分开心。看到他的病情好转，我也十分高兴。我见到他的时候，

① 来自潮汕话“dah^8 tao^5 pou^2”，即今汕头市达濠岛。

他正躺在一块小木板上，木板上是一条灯芯草做的很窄的小席子，小席子上有垫子。他用自己的衣服做床单和被子，他和他的同伴都遭受了许多苦难。

我们互相诉说了近期发生在自己身上的事以及经受的苦楚[①]。神父与另外一位生病的同伴住在一座环境很好、建筑精美的寺庙中，寺庙的马厩里放着官员的马。这对于我来说不是什么新奇之事，因为在飓风期间，蓬洲所官员的马匹也被放到了我所在的寺庙里（和这间寺庙有类似之处），但是与此同时，在小镇里某些房子的一个角落里却可以看到八到十个落难的老乡被安置在此。总而言之，官员们一方面在神像面前跪下，磕上一千个响头，上香之前还要将点燃的香置于头顶；另一方面，却将自己的马安置在神庙里吃饭睡觉，把神庙当成自己的马厩。

海门所是一个城墙围起来的小镇（也可能是村庄），加上城外郊区的话，居民人数可能有一千五百到两千人。（手稿第 107 页背面）要去那里，我必须先经过潮阳，那是我们第一次接受庭审的地方，在回蓬洲所的途中，我又经过这里，这一次，我对它的观察比前几次要更仔细和从容，这座城市的城墙之内居住的人口加上郊区的人口可能有三万多人，我们的一些人和某些中国人都估计或断言这里的人口总数还要再多几千。城中有许多很不错的房子，我进了看起来最不错的几间屋子，想要看清楚内部构造和设计，主街有几座凯旋门，隔一段距离就有一座，结构极其精美，体积很大，石料也很漂亮，形制就是我之前提到的潮州府凯旋门的形制。

我走进潮阳最精美的一座寺庙，惊讶地发现里面聚集了那么多人，
女子尤其多，她们将甜甜的水果、小饼和其他食物摆满了祭坛，在神像
面前不停地磕头，祈求病人身体安康。那些和尚（也就是牧师）帮助她们， 277
引导她们，跟她们说了不知道什么话，让她们对这个信仰更加虔诚。在
我进了寺庙里面之后，一位值得尊敬的中国人向我走来，说我也应该跪下，
像他们那样朝祭坛和神像磕几个头，拜几下。我说："不，没门儿，这
些信仰糟糕透顶。"我大声说着，同时用头和手做着手势，（手稿第 108 页）
我和人群一起走近神像，嘴里还是说着同样的话，大家都在看着我。出

① 此处有删减。

来之后，我就和两名士兵一起启程回蓬洲所了。

在回来的几天之后，我收到了陆若汉神父分别来自广州和澳门的信，在7月和8月又收到了新的一些字迹辨认较为费力的信件。

第一，信件内容告诉我，在广州的交易会上有上百个澳门居民，他们买东西准备运到日本，中国人对他们的束缚让他们很不舒服。

第二，在商谈澳门一战的和约条款时，都堂也提到了我们的船只和船上的白银。这件事的发展情况乐观，因为澳门居民已经拆了很大一部分的城墙（就是朝向陆地的那一段），这件事让都堂十分高兴，而且很愿意严厉地惩治靖海所的那帮人，逼迫靖海所的人把船上的白银交出来。都堂已经送出了令牌，让我们这些遭受了海难的人和那些“难逃罪责”的靖海所士兵，连同那个逮捕我们的叫正千户（Cabanchon）的官员[①]和他手下的一名小官一起去广州。同去的还有一位澳门的葡萄牙人和一个翻译，他们带着令牌，能够带我们离开潮州府去往广州。（手稿第108页背面）

但是，两天以后，信使在路上碰到了我们的那十二个同伴，那十二人当时正赶往广州，这十二个人的初衷是好的，但做法不妥。他们希望信使先带着令牌折返回去，先让他们在广州陈述自己的供词，并且希望在信中加上他们的辩白，不给潮州府官员留下驳回的空间，因为他们害怕潮州府官员会说，那十二个人早就离开了，而令牌必须等官员他们自己去了广州，见到都堂以后才算数，并以此为借口驳回令牌，但是潮州
278 府的官员可能也不敢做这种事情，因为知府已经去过两次广州城，官员吴舍也去了一次，根据后两次的情况，他们去广州城很可能就是为了驳回我们的令牌，但都堂一直是站在我们这边的。就算是在澳门被围时期，他们也没从都堂那里得到什么好处，反而是都堂让我们当中的十二个人去了广州。

第三，在信使和那十二个人回到广州后，便听闻京城送来一份公文。

---

①靖海所为千户所，阿德里亚诺在第一章提到攻击船上人员的中国士兵达到了上千人，这说明这个官员应该是有权力调动千户所所有士兵的官员，很有可能就是千户所的最高官员，即正千户。这个“Cabanchon”我们已经很难考证其真实姓名，因此只能以职位代称。

公文对都堂大加训斥，并委任了继任者，因此都堂已经离开广州府。同时，除非发生重大事件，否则都堂不会再插手州府事务，直到继任者走马上任为止，由于在其他职务任期内犯了事，都堂受到严厉指控，皇帝褫夺其职位，命他赴京受审，这一消息传遍了广州和其他地方。

第四，（手稿第 109 页）因为第三件事的原因，都堂的令牌一事搁置，而且没办法再跟他商讨任何事了。上面提到过的这些事情主要是从几封信件得知，它们都指向了瞿西满神父 8 月份在澳门写的信，瞿西满如此写道：

> 基督令吾平和，我的神父：都堂命令释放所有囚犯回到澳门的令牌已经到达广州，如果不是那十二个人，现在阁下已经安然无恙地回到澳门了。令牌到手时我还在广州，而为此进行交涉的陆若汉神父当时在肇庆，都堂当时也在那儿。之后，我想尽办法派出一艘载着 200 杜卡多的船，想把这些钱当作诸公路上的盘缠。信使出发，遇到了那十二个人（原本预计是不可能遇到的），他们听说了广州传来的好消息以及都堂的仁慈，便让拿着都堂令牌的信使们回去，拿走了令牌，希望带到都堂面前。他们于 6 月 23 日到达广州，而阁下以及阁下的同伴却没有来，他们发现都堂被革职，所有的一切都变了，释放诸公一事也搁置了。阁下想想看，我看见诸公仍在潮州府，心中是何种滋味！仅仅是派遣船只和派信使带令牌（手稿第 109 页背面）就已经花费甚巨，我们现在已经不能找海道副使要令牌解救诸公了，因为此人性情跋扈，只会一味伸手要钱。请阁下代我亲切问候米盖尔·松田神父[①]。我如今自责万分，我为阁下祈祷，祈求上帝保佑阁下。以上。

第五，官府通知那十二个人，希望他们返回潮州府，但那十二个人 279

① 此处有删减。

不愿意，硬要留在来广州参加交易会的葡萄牙商船上；他们又与提举①（Techesi）协商，终于得以留在广州，待在那条船上。吴舍的一个仆人原本负责把那十二个人带回潮州府，在这件事发生之后，这个仆人火急火燎地跑回潮州府告诉官员们这个普天同庆的消息，吴舍让人打他板子，还让仆人带着几封信回广州交给海道副使和其他官员，问这些官员我们是不是好人，如果不是，就请这些官员把那待在葡萄牙人船上的十二个人送回潮州府。

信件到达广州时，十二个人早已和一些中国商人联系上，这些中国商人确认了确实与这十二个人相熟，也确认了这十二个人的澳门居民身份。（手稿第 110 页）此后提举释放了他们，并回信给吴舍，说这十二个人已被释放回澳门。

第六，陆若汉神父又一次提醒我们知府想要取我们的性命，我们现在要做的已经不是追讨银子了，而是要确保活着回去。陆若汉神父在信上是这么说的：

> 这位知府为了销赃，希望把我们船上的人当成日本人和荷兰人，这样就可以名正言顺地杀掉诸公了。

后面陆若汉神父又补充道：

> 丢失的白银被官府的人监守自盗，所有的争端也因这些白银而起。若不谈那么多人事，诸公或已悉数来到澳门。因为白银已经被他们分赃，为了不必再上交赃物，他们便谎称诸公是日本人和荷兰人，诸公都是坏人。如此一来，便无人复愿相助诸公，诸公的结局或许就是暴毙身亡，或者被人慢慢折磨而死。以上。

船上的白银令那些可悲的官员头脑发昏。我们不是荷兰人，也不是日本人，这件事再清楚不过了。我们的翻译只懂卡斯蒂利亚语、葡萄牙
280 语和日语，而且潮州府满是去过澳门或马尼拉的人，他们都很清楚（手稿第 110 页背面）我们是这两座城市的人。大老爷和大爷是潮州府人，

①《明史·职官四》记载：“市舶提举司。提举一人，副提举二人，其属，吏目一人。掌海外诸蕃朝贡市易之事，辨其使人表文勘合之真伪，禁通番，征私货，平交易，闲其出入而慎馆谷之。”（张廷玉，1974）[1848]

而且大爷的父亲还是在马尼拉致富的商人；知府和吴舍则都来自福建（Oquien），也就是漳州所在的省，他们之前也是商人，也在马尼拉待过，还在广州交易会上和澳门的葡萄牙人打过交道，所以他们必定十分了解两座城市的人民。我再补充一点：知府外语能力很强，甚至懂我们的卡斯蒂利亚语，只是在白人和我们这些囚犯面前，他假装不懂我们的语言，但是有两次，他一不小心跟我们船上的两名东印度水手用卡斯蒂利亚语讲了一些道理，于是露馅儿了。他们想玩弄手段将事情变得如黑夜一般黑暗，并且确信他们这样就可以将银子藏匿起来，并隐瞒我们的身份，诬陷我们是日本人和荷兰人，好取我们的性命。

第二十六章　潮州府知府和官员吴舍去世

在澳门为囚犯能够重获自由所做的新一轮努力，潮州府知府和官员吴舍去世，本章还将讲述什么是潮州府

281 7、8月之间，陆若汉神父在广州和澳门分别给我们寄了两封信。（手稿第 111 页）在从广州寄出的那封信里，他说道：

> 基督令吾平和。我今天又写了一封信给阁下。随着都堂的离职，澳门城诸事的协商及其他相关事宜、原本进展顺利的海难之船一事、释放诸公一事、收回白银一事以及其他事件皆被搁置，毫无进展，然上帝之意并非吾等之意。都堂的一个仇敌接替了海道副使[①]一职，他或许会反对之前都堂支持的一切事宜，即澳门城诸事以及其他相关事宜，故而直到现在这个海道副使仍不愿发送令牌，也不愿在诸公一事上改变态度，而是放手不管，完全交由知府做主。知府如今大可为所欲为，必会将诸公视为奸佞小人，打入囹圄。我留在广州近两个月，请求磋商。如今，海道副使已为我提交了一份申请，派人携令牌赴潮州府寻找诸公，我希望他们三四日内可以启程，还有一位澳门葡萄
> 282 牙人也将一同前去。我启程赶往澳门，因身为省内司库，澳门需要我。我这几天留在广州仅仅是因为只要我留在这里，阁下以及迷航的诸位基督徒就不会被暴力杀害，此处有310比索，（手稿第 111 页背面）以做阁下路费之用。请阁下不要因为释放之

① 从陆若汉的信中我们可以看出在 1625 年的 7、8 月之间海道副使换了人，这个人可能是《明熹宗实录》卷五十九记载的天启五年五月庚午（1625 年 6 月 27 日）升为“广东按察司副使分守海北道”的丘茂炜（“中央研究院”历史语言研究所，1966）。

> 日不断延宕便疑心我对阁下的仁爱之心不足，未尽全力助阁下脱险。因为即使我们耶稣会的总会长（Padre General）身陷囹圄，我所能做亦仅止于此。于广州，以上。

上面所说的海道副使的令牌没有兑现，陆若汉神父在下面的这封信中提及了此事，他于 8 月 22 日在澳门写下这封信。在信中，他如是说道：

> 基督令吾平和。我虽身体抱恙，缠绵病榻，但我写这封信是为了告诉阁下那位带着衣服和钱，并为阁下带来信件的中国人是如何归来的，这一趟归程必定十分艰辛。求主显灵！我们在此殚精竭虑希求将诸公带回，然诸多坎坷与阻碍不断出现，以至如今仍旧一事无成。我曾派一位在广州的葡萄牙人将一切事物带与诸公。我们原本提交了一份办理令牌带给阁下的申请，但管理澳门诸事的海道副使却反悔了。他说他不想给令牌，于海难之船一事上亦不会给予任何帮助，因为知府和其他官员是他的同僚，这些官员判定船上的人是日本人以及其他奸恶之人。那位葡萄牙人在海道副使面前回复道，并非如此，诸公是澳门葡人，和（手稿第 112 页）之前回到澳门的十二个人一样，许多中国商人都认识诸公。随后，这些证词被在场的中国商人证实了。然而，无论如何，海道副使仍旧不愿将令牌下发给我们，因为他极度憎恶葡萄牙人：他在广州交易会上已经对葡萄牙人做下许多暴行。
>
> 同时，他也十分仇视现在的都堂。都堂由于在京城受到指控即将解职，但仍在省内，把持着府印直到下一任都堂前来。而新任都堂已经写信，表示只有澳门诸事尘埃落定之后自己才会走马上任，不想惹麻烦。而现任都堂虽然仍旧在任把持府印，但由于皇帝与他有隙，他无法自如地发挥职权，只能够处理一些最为重要的大事。他与海道副使之间在澳门诸事上有着巨大的龃龉与矛盾，海道副使为了让都堂不好过，便不愿帮助我们，283
> 并且从中作梗，他看准了都堂不能对他如何，因为皇帝如今对都堂不满。

由于都堂仍然把持着府印和指挥权，他仍旧有权力检查澳门是否满足了皇帝的要求，是否回应了京城对澳门城做出的指控（朝廷正是因为这一指控，对澳门发动了连续三个月的海陆围攻）。广州的诸高官迫使都堂与海道副使同去澳门，以丈量被拆下的那一部分城墙的尺寸，并调查其他相关事务，（手稿第 112 页背面）倘若发现虚报，他们便写信给京城，涉事的官员便要受罚，而倘若一切属实，那么所有官员将签字联名上书弹劾海道副使，因为他之前一直百般阻挠此事。

所有的官员都来了，海道副使也在其中，由于他之前在交易会中的诸多暴行，他担心葡萄牙人会对他无礼，所以他留在了一个距澳门城 2 里格的小镇，没有进澳门城。其他官员在到达之后发现一切属实，葡萄牙人在收到通知后便将城市按照要求改好了。所有的一切都对海道副使和他的谎言不利，他感到羞愧，不知所措，如果他去澳门，那就是自投罗网。澳门向诸官员呈递了数封反对海道副使暴行的请愿书，其中一封控诉他的虚伪。现在他又不想把海难之船的诸公放回来了。

我们每天都在等着此事的处理方案，希望官府将此事交由另一名愿意释放诸公来澳的官员处理。众所周知，海道副使收受了靖海所三十九名士兵以及当地众官员的贿赂，这些人因行了谋财害命的不法之事被都堂下令关押在广州受审、受罚、受死。然而，恰巧都堂此时被革职，靖海所众人又给了海道副使大量白银作为贿赂，因此他们被海道副使放了回去。也是由于这个原因，海道副使才拒绝放（手稿第 113 页）船上诸公归去，因其惧怕受贿之事被人发现。

那位给诸位带衣服的中国人做得很好，应该受到嘉奖，他为了此事甘冒风险，站了出来，直面那些与船上白银一事有利益关系的官员，这些官员希望此事就这么悄无声息地过去。诸公欠上帝和这位中国人一条命：倘若他没有率先带来消息，诸公如今已经被当作荷兰人和日本人杀害，那边的人早已决定要将诸公斩首，并将首级送往广州。这位中国人已经下定决心要

带着令牌去见诸公，我以最好的方式款待了他，并给予他一些
银两，甚至还想进言澳门市政厅，希望市政厅嘉奖他所做的一
切，让他知道好人必有好报。而诸公所要做的就是尽量不要提
银两之事，因为在我看来，银两就是整件事最大的阻碍。我刚 284
刚为阁下祈祷，祈求上帝保佑阁下，我希望得到我主的许可，
乞求遭受诸公所遭受的一切苦难。于澳门。以上。

我们收到的另一个消息是，萨尔瓦多（Salvador），这位在葡萄牙王国土生土长、在马六甲成家的骑士，同时也是被释放回到澳门的十二个人之一，在到达澳门的时候生了脓肿，几日后去世。他原本是一个身体健康状态很好的人，但是海难及之后的牢狱之灾导致他得了脓肿，他回到澳门后不久，脓肿发作夺去了他的生命。

在我们收到上述消息的时候，还得知另一个消息：知府已经从潮州府启程。按照之前公布的消息，他要跑去南雄（Namgion）结我们的案子，这一趟往返就要一个半月以上，他路上还要去广州一趟，因为据他所说，他已经没钱给我们提供口粮了。海道副使对此事的态度尽人皆知，我们害怕他和知府之间有什么不可告人的秘密，而且我们并不相信知府千里迢迢地跑去广州是为了我们好。中国人告诉我们，在南雄有另一位都堂，比广州的都堂官位还要高。我们当时便害怕了起来，如果知府去找这位都堂的话，他就可以凌驾于广东诸州府之上，而且他肯定不会说什么好话，到那时候，他说我们是什么人，我们就是什么人了，百口莫辩。这就解释了他为什么要这么火急火燎、大费周折地跑那么远，去一个新的地方。

在此时，一些当地人取巧欺诈，告诉我们当中的一些人说官员要回来了。我们的一名翻译则给我们带来了关于官员去南雄的确切消息。我们问这个翻译，官员去南雄干什么。他说，官员去看一下我们到底是不是可以送去澳门的好人，如果不是，官员就要砍掉我们的脑袋。不过他后面又补充道：“已经有好人说他们认识你们了。”我们感觉他说这些话的时候语气真诚，但他有意用最后那一句话更正之前关于官员南雄之行（手稿第 114 页）的说法，又让我们感觉他给我们说过的那句话就是随口一说，不能相信。时间就这么一天天过去，知府归来的日子一延再延，

伴随着严刑拷打和绞刑架，他想给予在潮州府的我们强力一击。如此窘
285 境之下，我们只有以神的荫庇和护佑作为慰藉，这样的荫庇与护佑的力量已经在前面几次窘境中得到检验，现在，情势逼迫我们不得不向他的神力寻求帮助，让他看到我们的悲伤与无辜。

最后，10 月 5 日，知府回到潮州府，身体不适，闭门不出，不让任何人进入他的府邸。在第一次带着坏消息去广州的时候，知府发现澳门城的葡萄牙人已经将请愿书呈递都堂，都堂已经知晓我们船上人员和白银的事情。在回到潮州府时，知府感到有点腹痛，但这次，也就是第三次去广州时，他已患了绝症，这个月的 21 日，我主对他施行了惩罚，他死了。吴舍也去了广州，在那里碰到了官司，后来又因为我们的十二个同伴留在了广州的那条船上（手稿第 115 页）打了他的奴仆。他之前没有生病，但在处理知府遗嘱的期间，他喝了一杯酒之后突然感觉不适，也于当天（也就是该月 25 日）死去。

这样的话，我们就对知府带来的关于我们的事件的消息一无所知了，不过之后人们告诉我，知府去南雄见的实际上是被革职的都堂，知府和官员吴舍都希望放我们去澳门。我们总是很难看破官员们的秘密和他们的精巧诡计，但这些都逃不过天上的神的法眼。我也渴望在将来到天上之时，能够得到最准确翔实的消息，所以我现在仅仅是讲一些浮于表面的事情。

无论是知府生病的时候还是死后，人们都在佛寺中为他祷告，祷告仪式盛大隆重，这与他的身份地位相称。我在上面已经讲过了关于这方面的普遍情况。我只知道，州府内的官员都一起去了，知府的尸体被放在中间，许多桌子围着他，桌上摆满了盛满祭品的碗，官员们坐在这些桌子旁，吃喝了很久，吃喝是中国人在工作之余的宴会节庆之乐的终点，也是一切殡葬、悲伤和眼泪的终点。

286 我想尽办法去了解潮州府这个我们遭遇海难的地方，在这过程中，我开始明白中国一些方面的事情，但是为了让大家明白潮州府是什么，这部分我不打算讲太多关于中国的其他内容。我发现，中国分成十五个地域辽阔的省份，每个省份都下辖数个府。我们所在的省名叫广东（Quanchen），也就是我们平时所说的坎通（Cantón），人们告诉我这

个省下辖十府，每府都有自己的知府（也就是统治官员）、一个军事总长官和法庭等等。第一府是广州府，沿海的澳门城在它的所辖范围内；第二个是韶州府；第三个是南雄府，知府两个星期前就是在那里面见了都堂，随着我的了解深入，我发现，这个府直接由广东省的都堂管辖，而不是广东省的最高州府，有几个中国人在知府去往南雄的时候说南雄是广东省的最高州府；第四个是肇州府（Zianchiufu）；第五个是高州府（Cochiufu）；第六个是雷州府（Lichichiufu）；第七个是廉州府（Dianechiufu）；第八个是琼州府（Quinchiufu）；第九个是惠州府（Fuchiufu）；① 第十个是潮州府，也就是我们遭遇海难的地方。

潮州府的南面为海岸所包围；（手稿第 115 页背面）东面是滨海的漳州府，也就是我们称为漳州的地方，中国商人从这里出发去往马尼拉；北面是汀州（Tinchiu），漳州府和汀州府都由福建省的海道副使和都堂管辖；西面是坐落于广州府和潮州府之间的惠州府。我发现潮州府有十个城市，第一个是潮州府城，第二个是揭阳②，第三个是潮阳，之后就是大埔（Taupon）、平远（Timguan）、普宁（Fulen）、程乡县（Teiyocuy）、惠来（Fuelay）、饶平（Yaupen）和澄海县（Tinghaicuin）。还有一些中国人说，除这十个城市之外，潮州府还有另一个城市。但是经过调查，我发现，这个所谓的“城市”实际上是潮州府的一部分，叫作“海阳”③（Ancho），但海阳由特殊官员治理，这位官员也是潮州府数位大官之一，所以人们才会将潮州府分成两个城市。

上述每一个城市都下辖有十个小镇，每个小镇下辖十个村庄。在经 287

① 以上州府的中文翻译皆参照自法语版后面注释（De las Cortes, 2001）[501]。从“Quanchen”开始的转写可能都来自明清官话，读音分别为广州府 [kwaŋ^{53} tʃiw]、韶州府 [ʃʱiɛw^{11} tʃiw fu^{53}]、南雄府“nam^{11}ɦyuŋ^{11}fu^{53}”、肇州府 [dʒiɛw'^{24} tʃiw fu^{53}]、高州府 [kaw tʃiw fu^{53}]、雷州府 [lui^{11} tʃiw fu^{53}]、廉州府 [liɛm^{11} tʃiw fu^{53}]、琼州府 [kʱyuəŋ^{11} tʃiw fu^{53}]、惠州府“ɦui^{24} tʃiw fu^{53}”。

② 以下城市多是根据读音以及史实推测。这些地名在潮汕话中的发音分别为揭阳“gig^{4} ion^{5}”、潮阳“dio^{5} ion^{5}”、大埔“dai^{6} bou^{1}”、平远“pêng^{5} iang^{2}”、普宁“pou^{2} lêng^{5}”、程乡县“têng^{5} hiên^{1} guin^{7}”或“têng^{5} hion^{1} guin^{7}”、惠来“hui^{6} lai^{5}”、饶平“rieu^{5} pêng^{5}”、澄海县“têng^{5} hai^{2} guin^{7}”、海阳“hai^{2} iên^{5}”。

③ 根据描述判断，海阳县靠近潮州府，又有专门县令管辖，但是海阳县的潮汕话发音与“Ancho”的西班牙语发音又不一样，因而此处也是存疑。

过仔细了解，知道了每个村庄的人口数量之后，我可以断言，潮州府规模巨大，人口众多。

身为知府的他甘心被银钱俘获，成为我们船上白银的奴隶，使我们深陷这么多苦难之中。而他却永远无法吞下那一大块令他窒息（手稿第116页）的银子，这块白银在他四五十岁身体正好、享尽地位和荣华富贵的时候夺去了他的生命，他的灵魂也将因此受到永无止境的折磨，他的灵魂会在那里陪伴和他一样的人。根据以前的故事，我们可以想象，他的灵魂一定会被魔鬼折磨，魔鬼会将这些金银熔化在地狱的大锅中，逼着他将熔化的金银喝下，“渴金者，饮金”（aurum sitysti，aurum bibe）。你若活在人间、存留在世间之时过于渴慕金子，那在你入地狱之时就要永无止境地啜饮熔化的金子，这样才能平息你对金子的欲望。

第二十七章　在广州为囚犯重获自由所做的新一轮尝试

在广州为囚犯能够重获自由所做的新一轮尝试，潮州府境内的囚犯身上渐渐出现新的状况，本章还将讲述麝是什么动物

现在，我要根据瞿西满神父于10月30日在广州写的信，讲述一下 288
9月和10月在广东发生的与我们的案子有关的事情：

> 基督令吾平和。阁下知道，为将阁下从囹圄之中解救出来，我们已是竭尽全力。只要是我们能做的，我们都做了。9月16日，视察员骆入禄（Gerónimo Rodríguez）[①]神父命我乘武车（vucho）[②]回到广州，为了进入中国，我必须与众士兵及（手稿第116页背面）其他守卫共乘。此外，我还在路上得到消息，阁下所遣的一名中国信使被逮捕，官府的人将其劫持、关押，所有的信件都被官员找人翻译了出来，想看看是否有一些与诸公相关的内容。我竭尽全力想将那位中国人安然无恙地救出，却无能为力，那位中国人至今还在监牢里，在被抓住后，他的处境十分不妙，如今半死不活。然而，在信件中并没有发现不利于阁下的内容。
>
> 我在抵达广州时受到款待，之后官府便开始着手办理令牌
> 之事，要把释放诸公的令牌交给我。后来我终于拿到令牌了， 289
> 这时我突然生病，严重发烧，病痛深入骨髓，但是这些工作我还是很好地完成了，因为我是在为我主服务，在完成拯救阁下

---

①骆入禄（Jérôme Rodrigues），字甸西，葡萄牙人，1605年来华，1630年卒于澳门。（费赖之，1997）[96]

②此为音译。

的使命。我感觉没有比释放阁下的令牌更能解除我病痛的良药了。所以，当一些官员派人来看我时，我跟他们说希望阁下可以过来。我还希望他们带一些衣服、船上食品和其他一些诸公路上必要的东西，（手稿第 117 页）以期诸公归途能够走得舒服些。我还询问了正在办理令牌的官员的情况，并问了一下该送一些什么礼物，因为在中国，没有礼物是办不成事儿的。所有人都预估，办成所有的事儿要花费 200 比索，但是我觉得这个数额太少了，想去探望并带走阁下与教会的澳门诸公，200 比索完全不够。

在一切谈好之后，即将启程的前夕，几个捕快［也叫武部[①]（upos）］突然闯入即将带令牌去往潮州府的信使家中，将其押去该区的官员府邸，给他罗织了一些罪名。因为捕快带走那人时逼得很紧，速度很快，所以路上需要用到的东西一个都没救下。捕快离开后，来了另外一帮人，其强盗行径不亚于第一帮人，他们将我谈判得来的金银和其他物品悉数抢走。加上各种花销，为了拿到令牌，我大概已经花了 500 比索。当人们将令牌失窃的消息告诉我时，我受到极大的刺激，再次病倒。由于盗窃官家令牌是对官府极大的羞辱，我为此花了很多钱，也送出了很多礼物，但失窃的令牌始终没有再出现。窃贼害怕被人发现，因为如果官员知道窃贼是谁，此人必定会被杖杀。眼见寻找令牌这条路是行不通了[②]，阁下还在盼着令牌的到来，我不得已又向海道副使呈递了一份请愿书，望他再给我们（手稿第 117 页背面）一块令牌。然而海道副使听闻之后一副趾高气扬的样子，他告诉我说，如果想要新的令牌，首先得找到原来的令牌。于是他命令送令牌的人留意令牌在哪儿，让他去找

---

① 武部即兵部，后被 16 世纪的葡萄牙人用以称呼中国捕快和士兵。（De las Cortes，2001）[501]

② 原文“Viendo pues cerrada la puerta para hallar la chapa”，直译为：我见寻找令牌之门已经关上。

一找。送令牌的人费尽九牛二虎之力寻找，然而都是徒劳，窃贼始终不肯现身。

听闻此事，海道副使大发雷霆，暴跳如雷，接着，他命令众捕快（武部）到他面前，打了那个送令牌的人二十大板，把他打得半死，然后把他送回原来的大牢，丝毫不念及他为了找回令牌所做的那些努力。我此次在广州停留近两个月，事情不断延宕，无人能说清楚我到底是有多么生气。看来，在案件判决下来之前，想让海道副使给我发新令牌是不可能的了。所以我想，明年6月之前我是拿不到这个令牌了，我们的事情又要拖延一段时间了。

在广州，每天都有成千上万的新问题要我们解决。我孤身一人处在这群和我们信仰不同的人之间，阁下应该可以想见他们会对我做什么，就像他们在那边对阁下所做的一样。这些天，
有一位来自澳门的中国医生一直在为我治疗，他经常带一点饼 290
干给我吃。有一天，他被强盗攻击并绑架，这些强盗说绑架他是因为他在出售资产的时候没有纳税，他们不需要证据，单单依靠一套说辞就已经足够让那位中国人被这样的指控困扰，并让我们没有饼干吃了。

我在这里一直苦苦挣扎，（手稿第118页）直到我们的主帮我们再取得一张令牌。一开始，捎信的那个中国人原本想和一些去往潮汕的向导同去，但看到这件事拖了那么久，他想先行一步，去告诉阁下新的消息，并让阁下知道我们现在是如何在忐忑不安与取得新令牌的希望之间摇摆不定的。由于中国政府的态度一直飘忽不定，因此尽管我从未失掉信心，但令牌肯定要很晚才能拿到手。那个中国人想走，我觉得他肯定不会留下来助我们努力争取令牌了。所以，我与他达成协定：他将一些白银带给阁下，能给多少就给多少，等他回来以后我付钱给他。以防万一，我只提前给了他15比索以及两件和服[①]御寒。

①也有可能是汉服。

> 他没办法带祈祷书[①]（breviarios）过去，因为我之前带来的祈祷书被偷走了，而这个中国人又不能帮我从澳门把剩下的带过来，所有人都在盯着这座城市的大路，一旦他们发现某个中国人带着祈祷书，就会说他私通外国人，把外国人的东西带进中国，然后把他杖杀。
>
> 在写这封信时，我收到了新任察院[②]（Chaen）（也就是所有官员的监察员）到来的消息。官员们必须在离广州城 15 里格外的路上等他，官员们（包括海道副使）会在那儿待十五天以上。阁下应该明白，案件进程又一次被推迟，因为这些官员要等到两周以后才会从视察和宴饮之中回到广州，这两个月也不会有庭审了。官员们命令我先回澳门。我必须这么做，否则我就要待在这片所有人都是天王老子的陌生土地上。（手稿第 118 页背面）
>
> 我被迫回到澳门，但是我写了这封信告知您上述事情，同时也告诉阁下，我在广州这儿已经将案子委托给了一名值得尊敬的中国人，他会不断争取令牌。当我们的葡萄牙人从澳门出发去参加广州的交易会时，我一定会回来，继续为释放诸公进行协商。请阁下为我向我主祈祷，这里所有人在祈祷和做弥撒时都怀念着阁下。以上。1625 年 10 月 30 日于广州，瞿西满。

在说完这些在广州发生的事之后，我再次回到发生在潮州府的事情。在知府死后，官员大爷接替了他的位置，大爷是法庭的二把手。武官大老爷去了靖海所，也就是我们遭遇海难、被劫和被捕的地方。他在那里待了几天，又从那里去往海门所。米盖尔 · 松田神父从海门所写了下面的信寄给我：

291 基督使吾平和。我们这边很快知晓了知府和官员吴舍的死

①基督教用于祈祷的小书。

②即“巡按察院”，“巡按御史”的别名，是都察院委派到地方监督当地官员的督察员，瞿西满所说的察院应该就是陈保泰，据《明熹宗实录》卷六十记载，他接替天启五年六月丁丑（1625 年 7 月 4 日）因擅离地方被削职的胡良机成为广东巡按御史，卷六十六记载陈保泰后来也因为犯罪被削籍为民，但是仍行巡按广东之职。（“中央研究院”历史语言研究所，1966）

讯，我们的主也惩罚了靖海所官员：那个逮捕我们的人在从广州回来的途中被盗匪抢劫和虐待，并因此受伤，现在他没办法行使职权，身无分文，也当不了官了。据说他已经把从我们船上拿走的银子花得一干二净，现在，这些钱对他来说已经化为乌有，甚至是变成了缠身的官司，（手稿第 119 页）成了击打在他身上的狂风暴雨。事态已经发展到军事总长官都要跑来靖海所的地步，今日我给军事总长官上呈了一份请愿书，要求他给我们一些银子来应对已经变冷的天气。

军事总长官来我住得不太舒服的寺庙祷告。看到我以后，他派人叫了镇子里的人来，跟我说："钱现已给您了。"我回复道："先生，我没拿到钱。""那从澳门带过来的 4 比索在哪儿？""先生，我已经分发给我的同伴，每人 1 雷亚尔。"我回答道。他听完以后，大笑起来，表现出开心的样子，笑脸盈盈地和其他陪同的官员及士兵长官说话。阁下，您看，他连我们这些琐碎的小事都记得一清二楚。之后，他就从家里发出针对请愿书的书面回复，说道："澳门方面已经带了钱和衣服给你们，而吃饭方面皇上也给了你们每人每天 1.5 孔锭，而且，这个小镇的官员告诉我，他给了你们几次酒肉，这就已经足够了。次月，新都堂便将赴广州上任，他上任了就会让你们去广州的。"

这是他给我的回答。军事总长官还问我海门所的官员是不是良善、好心肠之人，我对他大加赞扬，认为他是一个天性善良、尊重他人之人。十二天之后，海门所的官员给我们大家送了三斤猪肉和两斤牛肉，（手稿第 119 页背面）后来他又给我们送了两三次稀有的肉类和酒。军事总长官在对我的请愿书的书面回复中提到，我们会在圣诞节，也就是那位婴儿出生在伯利恒之时[1]去广州城。我们会遭遇寒冷，但是寒冷又是不存在的。我的神父，我们会十分耐心，当我们真正启程回归的时候，我

① 那位婴儿指的是耶稣基督。伯利恒是巴勒斯坦南部城市，耶稣基督出生于此，故而此处被认为是基督教圣城之一。圣诞节就是庆祝基督降世的节日。

们会祈求我主保佑。1625年11月12日于海门所。米盖尔·松田。

米盖尔·松田神父给我写了另一封信，我在这里也补充进来。他在信中这样写道：

基督使吾平和。我的同伴们都需要衣物御寒，我请求海门所官员下发许可证让我们去潮阳县挨家挨户化缘。在许可证下发之后，我的所有同伴全都去了潮阳，数日后，带回来很少的一些米和另外一些吃的东西，每个人都得到差不多1雷亚尔的
292 东西，还有两个人收到了从广州来的信使带来的两件衣服和两张毛毯。他们遇到的人都给了施舍，加上化缘来的钱，衣服的问题部分得到了解决。外科医生文图拉（Ventura）想改天再去化缘，但我尽力说服他跟我们当天去，他才去了，因为他正处于恢复期，很瘦，他在途中晕了过去，没办法回来，幸好一个中国人发现了他，而且很同情他，并把他背了回来，可怜的他现在可谓精疲力尽。

踏头埔方面，据我所知，（手稿第120页）我们船上的书写员病了。我向海门所善良的官员申请许可证去看他，官员允许了，于是我去了，并聆听了书写员和他同伴的忏悔。我的神父，踏头埔实在是太糟糕了，这里的状况惨不忍睹，他们连房子都没有，住在寺庙里，水非常咸，吃得很差，我看到一些人面如死尸，在寒冷中不停地颤抖和打哆嗦，小镇里也没有人救他们。我为二人做了力所能及的事情，我们为这个小镇的同伴募捐了21孔锭和一些旧衣物，每个人都力所能及地拿出了一点东西，把这些东西一并发给了他们，希望能够让他们的境况得到一点改善。

军事总长官大老爷也去了那里。在踏头埔的船上成员向他乞讨，他也很同情这些人，为了他们有衣服穿，他给了一个丈夫死于飓风的摩尔寡妇30孔锭，又给了其他人每人各3孔锭。因为这里加上寡妇只有九个人，所以他一共只给了6雷亚尔的施舍。请阁下为我向我主祈祷吧，除此之外，我别无他求。1625年12月16日于海门所。米盖尔·松田。

官员大老爷又从踏头埔去了另一个小镇，那里住着我们的十二名同伴，其中一个是有一定身份地位的葡萄牙人，寒冷与饥饿让他半死不活，他穿得很少，还跟我说他身上没有什么部位是看不到的。他跑到官员面前下跪，（手稿第 120 页背面）大声地告诉他说遭遇海难的人都是好人，他是葡萄牙人，请求官员给他吃饱穿暖，要不然就把他的脑袋砍下来。他一边请求，一边心里默默祈求主让官员下令砍他的头，但是大老爷下令给他 30 孔锭买衣服穿，又给了他的同伴每人各 1 孔锭。在那之前，他还碰到过同一帮人，这些人向官员乞讨，官员也给了每个人各 1.5 孔锭。

在所有官员中，官员大老爷是向我们表示同情最多的一位。另一次，在经过一个港口时，他在没有人乞讨的情况下给了我们一些肉和食物。尽管如此，我还是不能说大老爷“不附佥众之所谋”（et non concuserat
con filio actibus corum）①。因为当知府第一次从广州回来，他的企图被 293
我们的葡萄牙人的请愿书所粉碎的时候，我就说过再也见不到比知府更为我们的事奔波劳碌的官员了。知府途经蓬洲所的时候，我们跑去见他，问他我们的案子怎么样了。他当堂审理了我们的几个人，虽然我们没有向他要任何东西，但他还是下令给了我们一只鸡和一只鸭，只是我们感觉他没有以前那么温和了，之前他还认真地和我们说：“你们的葡萄牙人从澳门跑到广州，为了你们的事情谈判，但是他们连吃东西和穿衣服的钱都不肯给你们就跟我们告别了。”从那天起，我们心里便种下了怀疑的种子，慢慢地，他们后来变得越来越冷漠无情，我们心中怀疑的种子也慢慢（手稿第 121 页）生长壮大。

莫舍给了四个抱怨官府不给他们饭吃的人每个人 3 孔锭，在派我们从潮州府启程去广州时，他也下令给我们每个人 3 孔锭。在叫那十二个人去揭阳的时候，吴舍也给了他们一些米饭、酒和肉。那个在庭审中充当过翻译的长官和十二个人中的一人关系很好，在他们要启程去广州的时候，这个长官把我们的同伴几乎带去了除知府以外所有官员的家中，

---

①原句出自《圣经·路加福音》第 23 章第 51 节，和合本翻译为：“众人所谋所为，他并没有附从”（et non consenserat consilio et actibus eorum）。作者此处引用《圣经》，是由于他害怕大老爷像知府那样，原本乐善好施，却突然换了一副面孔，变成阻挠他们去澳门的恶魔。

并跟他们说，我们的同伴在原来的国家是一位有权有势的人，希望诸位大人赞助他一些路上用的盘缠。大老爷给了他 8 雷亚尔，大爷给了 4.5 雷亚尔，吴舍给了 5.5 雷亚尔，莫舍则给了 6 雷亚尔和 6 孔锭。

除此之外，潮州府官员就没有给予过我们更多的帮助和施舍了，我们甚至连进他们的家门找他们谈话都不行，每一次都是无功而返。在他们家门口，他们的家奴和士兵会大力推搡我们，甚至撕我们的衣服，总之就是不让我们进去。每个穷人来到官邸门口都要经历这样的悲惨遭遇。

从 10 月底开始，守卫们开始忘记了我们的存在，我们只要申请许可证，他们就放我们去其他小镇，但不是每一次我们申请都会下发许可证。有时候，我们还能进小村子里。在（手稿第 121 页背面）附近的小镇之中，我去过四次庵埠，这个地方我提到过很多次了，镇子里的人口可能有三万到四万，是潮州府统治下的商品集散市场。这里人山人海，数条河流穿过村庄，其大量支流之中总是聚满船只，河流上还有许多木桥，
294 来自四面八方的货品首先来到庵埠，这些货品有的来自潮州府，有的来自外地，然后从庵埠被送到潮州府城和全府各地。庵埠有一个精美的木塔，是日本城堡的形制，在塔上最精美的部分摆放着几尊神像。这里也有一
295 些不错的建筑，特别是某些学校。庵埠也有许多很富有的商人。

我也去了刺桐城（Saitung）①。那里房子很多，所以规模上和庵埠一样大，虽然商业也同样发达，但是在这方面，刺桐城还是稍逊一筹。我和同伴在赶路时，看到身边有几个中国猎人带着狗追麝。中国有很多人会像他们这样带着狗猎麝。

几天后，我专门去观摩了一张这种动物的皮，还买了下来。坦白说，麝不是一种狗，也不是猫，也不是鹿。除不长角以外，麝总体上和鹿长得很像，它有着尖尖的嘴巴，皮要比鹿皮更粗糙，不过（手稿第 122 页）颜色几乎是一样的，它的尾巴很长，末端有一撮白毛，腿很白，很长很细，小蹄子分开，就像山羊蹄一般，体形像一只刚出生的小鹿。它肚脐上有一个小袋子，里面分泌并且充满一种血液或者其他液体，叫作麝香，如果要在不杀死麝的情况下取下小袋子，就必须等里面的麝香成熟之后才可取下，由于麝的乳头向下与小袋子连接，如果在麝香尚未成熟时就把

① 刺桐城即泉州，参考法语版（De las Cortes, 2001）[503]。

小袋子割下来，那麝香会流出来，麝就会死亡。中国人还告诉我们，麝香成熟的时候，为了摆脱割袋子带来的痛苦，并给新长出来的袋子留位置，麝本能地会在一些岩石上摩擦自己的腹部，让乳头连接的袋子干燥并且脱落。随着时间推移，另外一个新袋子就会长出来，里面又会生出新的麝香。

第二十八章　拿到允许囚犯离开潮州府前往广州的令牌

让囚犯离开潮州府去往广州的令牌带到，本章还将讲述路途上有趣的见闻

296 圣诞节，作为圣诞礼物，我们的主带来了允许我们前往广州的令牌。这个令牌是都堂颁发、按察使办理的。原来的都堂已经离任了，在等着下一任都堂到岗，而按察使则是广东省的二把手。上面我们说过，陆若汉神父在澳门写了几封信，在其中的一封里提起过向海道副使请愿。正是按察使让关于这些请愿的谈判成为可能。（手稿第 122 页背面）

我们所在的城镇距离潮州府城只有一天或一天半的路程，新令牌到了之后，我们所有人很快就来到潮州府，整装待发。大爷代替知府行使职责，命正千户，也就是在我们于靖海所迷航的那天将我们抓获的那个官员，和靖海所罪责最重的士兵走一条路，而我们走另一条路。1626 年的新年，1 月 15 日，潮州府的人将我们交给一个六十人的军团，这个军团把我们带到广州城，交给那里的人。同时，他们命令士兵每天给我们每个人 3 孔锭当作伙食费，我们后来发现用这些钱换来的饭菜比平时
297 城镇里我们那价值 1.5 孔锭的饭菜还难吃。一般来说，人们只需十二到十五天就可以舒舒服服地从潮州府城到广州城，但我们却用了二十三天，之所以多出来七天，是因为他们把我们留在路过的主要城市，把我们上报给当地官员，我们因此耽误了很长时间。最开始十天的行程全都在潮州府境内。在这十天里，我们从我们被抓获的地点——靖海所海滩，从南到北直接穿越潮州府全境。

离开潮州府之后，我们在惠州府境内继续赶路，一路向西走，在之后的十三天里，我们在广州府境内赶路，有时候在河岸上走，有时候在

旅人行走的道路上走，有时候在泥路上走。潮州府和惠州府境内都是高山，（手稿第 123 页）但我们没有上山，也没有翻山越岭，而是一直在平原地带行走，在山口以及峡谷地带有着非常平坦舒适的道路，在这些地带，人们专门在道路两侧种植松树，所以整条路走下来十分舒适。上面说到的山麓都光秃秃的，因此这里缺少柴火。在一些地方，当地人用稻草和枯叶生火煮东西吃；在一些冶炼作坊里，他们用一种泥土或沥青的碎屑代替烧炭，燃烧的时候不生烟，就像烧稻草和枯叶一样。山上有宽约一掌的树木，都是松树，因为松树被大量用于建筑或者烧火，所以我没有见过中等大小以上的松树。它们一般都不大，也不怎么有年头，就像我们西班牙的松树一样，都是宽约一掌的新松树，在一些山上，可以看到人们专门种植的松树。我们惊奇地发现了一件很特别的事：在平地上，比如说河岸或者山口，每拃土地都栽种了松树，即使是在最小的角落也种上了松树，这绝对毫不夸张。

河流宽阔，但是并不深，水量也不大。当地人使用的那种船舶可以说是不错的住所了，船上运载了大量货物，货物摆放得特别好，用来运货的商船做工精良，官员及有权有势的人的船舶则井井有条，值得一看。
我们曾经进入一艘船参观，发现内部是一个十分完整的居所，内部画有 298
图案，镀上金色，十分整洁，（手稿第 123 页背面）外部涂抹上漆（chabán）。漆是一种黏稠的液体，从树木的表皮获取，无论是单独使用还是混杂不同颜色使用，这种液体都十分有光泽，干了之后耐久。物体上了漆之后，变得光洁干净，熠熠生光，如同一面镜子。在中国和日本，人们用这种液体来给各种各样的木制器具上漆，使其具有光泽，上了漆之后的木制器具都会变得很漂亮，在欧洲则做不出这么有光泽的东西。

我所说的河上的这种船舶是一些长长的大帆船，龙骨平坦，吃水很浅，像用于盛放牲畜饲料的大木槽，船首和船尾两端都不是尖的，而是方形的，帆也是方形，长度比宽度要大很多，上面铺有棕榈树叶做成的凉席。中国人不使用帆桁，而是将帆系在桅杆上，从上往下系，如同给门的铰链上锁，这三个特点[1]很普遍，不管是河船还是海船都是如此。为

① 即龙骨平坦，船首和船尾方形，不使用帆桁。

了充分利用原本是用作纵向通道或者桨手坐板的空间，中国人使用一种活板，从船尾一直铺到船首，这样，活板便可作为船上住所中的地板用了。在船边缘的栏杆和顶桅的附近，建造了六到八个坚固的房间，房间宽敞宜居，占满了船只的整个宽度。一个人站在房间（特别是主厅）里，无论他有多高，他的头和天花板的距离都会大于一拃。

房间的长度和宽度也特别合适，即使是船最狭窄的地方也显得十分宽敞。这些空间用作食品贮藏室、厨房、柴房、鸡舍或猪舍，还用于饲养其他牲畜、（手稿第 124 页）储存酒类，还有储存淡水的水池。房间上面还有一层，类似于阁楼或者假的甲板，有门，可顺着梯子到甲板上。两边都有走廊围绕，走廊朝向船外水面，房间的门窗也朝向水面，门窗上有一种很特殊的门帘，还有一种很奇特的百叶窗，那是用小型植物的细小茎秆编织的小席子做成的，涂上颜色，十分奇怪。门帘和百叶窗是为了让划船的人可以探出头，这些人有时会在船尾划桨，就好像鱼的尾巴一样摇摆。中国人划桨的方式和我们欧洲的很不一样，有时候，他们用长竿或结实的植物茎秆用力往水底撑，这样他们就可以把船划到任何他们想去的地方。很多时候，他们也用纤绳拖拽船使其移动。

299 总而言之，这种船可以说是一个很漂亮的水上之家，很适合在中国那平静的河流上航行，在这里，内河的船不会跑到外海去。无论是在西班牙的哪个地区或者是其他任何一个王国，这种船舶肯定会被用来当作举办大型聚会及休闲娱乐活动的场所，当地有权有势的中国人喜欢在这种船上举办河上宴会，我对此感到很惊奇。至少二十个当地中国人开着窗子，闲适地坐在他们的位子上，他们面前是一张长长的桌子，上面摆满各种各样的小菜，船在水上航行，或者更准确地说，船在宽阔的河面漂荡，他们宴饮吃喝，十分庄严宁静，有时中断一会儿，（手稿第 124 页背面）伴随着音乐声，大家无忧无虑地聊着天。桌上一定总是摆满菜品，大厅很宽敞，参加的人感觉就像在自己家里的大厅一样。

河上还有许多很大的、由细长的杆和大网组成的水车，并不是特别精良，仅仅水流就可以让它们转动起来，水车上装的不是戽斗，而是一些植物茎秆制成的小短管。和我们的水车不同，这种水车不使用绳子牵引，人们用手臂转动轮子，利用转动的力量牵引水车，由于有轮子，他们不需要太费劲就能打出少许水，轻而易举地完成灌溉。

我在河流上看到的第三件有趣之事便是渔业。在这里捕鱼很有意思，人们利用海乌鸦[①]捕鱼。在坐船渡河时，我们见到几艘正在捕鱼的中国渔船。一个渔民拥有四到六只（甚至更多）驯养过的海乌鸦，并每年要为每只海乌鸦交纳一定的款项给皇帝。在带海乌鸦去捕鱼之前，他们会停止投喂，用细绳紧紧绑住它的脖颈，防止它吞下捕来的鱼，然后他们将海乌鸦放下水，海乌鸦就可以像鸭子一样在里面畅游。

海乌鸦的脚类似于鸭子的脚。渔民们拿着一根长杆子在渔船上，像放牧一样监视海乌鸦的行踪，迫于饥饿，海乌鸦只好投入水中，追逐它们所看到的一切鱼类。它们经常在水下尾随猎物很长时间，把鱼含在喙中，它们有时候远离船只，有时候在船只附近，但即使是在想要吞鱼的时候也几乎从不将头探出（手稿第 125 页）水面。然而，在它们吞鱼时，
只能吞到脖子里，吞不下肚。它们的脖子很长很宽，容量很大，线圈套 300
上取下两三次，脖子里面就可以容下很多中等体形的小鱼，当脖子装满了鱼之后，它们就会回到船上。如果它们迟迟不回，渔民就会伸长杆子叫它们上来。它们会顺着杆子一跃，跳到船上，渔民就按压它们的脖颈，将活鱼弄出来。那情景就好像是一个人因为胃痉挛用力地、大声地将食物呕吐出来一样。

如果是大鱼，海乌鸦就把它啄死，让鱼浮到水面上，渔民就会拿小网从下面将其捞起。如果鱼太大了，一只海乌鸦难以对付，它便召集它的同伴，也就是其他海乌鸦，其他海乌鸦一边朝它那边游，一边嘎嘎叫，最后，海乌鸦聚集到一起，它们的力量是那样强大，大鱼败下阵来，漂浮到水面，被渔民捞起。海乌鸦一头扎进水中，离开水面，回到船上的样子很有意思，它们将小鱼通过胃痉挛的方式呕吐出来的场面也很有意思。渔民要处理四到六只海乌鸦，处理完一只后，又去处理另一只，之后又去让第三只海乌鸦呕吐，在最初的两次，渔民会把细绳上的纽扣松开，让海乌鸦把鱼全部吞下去，这样它们就尝到甜头了，想继续抓鱼，但是

① 这里指的是鸬鹚，为了保证原文的原汁原味，这里选择不进行意译，而是将作者原文直译出来。

之后抓到的鱼它们就得全部吐出来让渔民收走。这些海乌鸦像人类一样，努力工作就是为了每年把自己努力工作赚来的钱交给皇帝，为了自己有食物，也是为了支持它们主人的生活。它们都是很大的鸟，黑色，长着长长的喙，喙的一端（手稿第125页背面）是钩子形状，它们是一种乌鸦，但是生活在海里，并不与普通的乌鸦完全相同。[①]

在道路旁和河岸边有无数城镇，行人更是随处可见，人口数量极大。路旁和河岸边中国的城镇最多，人口也最多，这里的人就好像是从草里生出来的一样。蜿蜒的山川阻隔不了城镇的发展，在山川的前后以及左右两边都有城镇。在一些城镇从视线之中消失之前，半里格之内的另一些城镇便开始映入眼帘，在距离这些城镇0.25里格的地方，又可以看见大量的小村落。一路上，我们都能看到这样的小村庄，大量的小房子还有普通居民，其中也有一些大城市。在到达广州城之前，我们在广州府境内看到了七座城市，在离开潮州府之前，我们经过了十座城市，其中
301 一座叫程乡县，位于惠州府境内，除府治所在地惠州之外，还有长乐县（Theolo）、陆丰县（Luxancuy）、永安县（Onangecuy）以及归善县（Cuyxen），而我们在广州府内看到的则是番禺县（Poloncuy）。[②] 我感觉，在规模和美丽程度上，包括惠州城在内的所有这些城市都不能与潮州府媲美，这是我专门仔细地观察后所得出的结论。

---

① 很明显是由于神父缺乏生物学知识导致的一种误判，鸬鹚系鹈形目鸬鹚科鸬鹚属的统称，而乌鸦则为雀形目鸦科鸦属中数种鸟类的统称，分类学上毫无联系。另外，鸬鹚是在沿海生活的鸟而不是海洋鸟类，一般生活在河川、湖沼及海滨区域。神父说其“生活在海里”，实为误判。

② 从程乡县到番禺县的地名都来自潮汕话，读音分别为程乡县“têng^{5} hiên^{1} guin^{7}”或“têng^{5} hion^{1} guin^{7}”、长乐县“ciang^{5} lag^{8} guin^{7}”、陆丰县“log^{8} hong^{1} guin^{7}”、永安县“iong^{2} ang^{1} guin^{7}”、归善县“gui^{1} siêng^{6}”、番禺县“puan^{1} ngo^{5} guin^{7}”。

第二十九章　广州城

囚犯被带到广州城，本章还讲了一些关于这座城市的事情

2 月 6 日，我们到达广州城，那天我们在许多河流的支流上航行，这些支流就像宽阔的（手稿第 126 页）湖，上面布满了小型岛屿。涨潮时河水很咸，而退潮时的河水则口感粗糙，也带点咸味儿。这条靠近广州城的河流的支流里的水就是这样。广州城边有四座十分精美的高塔，和我提到过的那些潮州府的高塔一样精美。 302

整座城市可以分成四座大的城市。第一座城市的人们住在河上的小船里，一部分是专门住在这里的当地人，另一部分则是从其他地方行船过来的商贾。人流不断地进进出出，有的人是刚到这儿，刚开始做生意的，有的则是做完了生意要离开广州的，这些商贾和那些河流上的定居者的总数不少，单单是这座城市，就已经拥有众多的人口。一般来说，定居河上的人住的船很小，这些人很穷，他们以船为家，没有别的住所，船上住着夫妇、儿女、小狗、小猫、小猪，还放有所有家当以及船尾祈祷室[①]里面的神像。每一艘小船里的人都有自己的行当营生或职业用以养家糊口。

一些小船上有店铺，出售一些见不得人的东西，还出售食物，诸如 303
鱼肉、盐、果蔬、酒、柴火一类的东西，船上的人四处吆喝叫卖，就像在大城市的街道上叫卖出售商品一样。一些人把船只租出去，将人、物从一艘小船带到另一艘船上或陆地上。最令我惊叹的是，我看到一艘这样的船上有一个带着吃奶婴儿的妇女，她把孩子系在背上，努力地划船，工作量丝毫不比她的丈夫（手稿第 126 页背面）少，甚至还要更多。会

① 应该是中国的神台，这里为了保持神父原来的西班牙语表达，没有进行本土化翻译。

走路的小孩子就四处跑，不会走路的孩子就坐在一个只要轻轻摇晃一下或者往外一跳就有可能掉到水里的地方，但这些孩子是那么自信，那么有安全感，就好像坐在一栋石房子的宽敞大厅里一般。这些小船上面没有安装用来挡雨的罩子或用于躲避恶劣天气影响的东西，为了遮风挡雨，这里的人使用诸如植物茎秆和树叶制作的席子之类的东西覆盖住顶部，这样，在需要的时候，他们就将其盖上去，不需要的时候就可以将其撤下。

四座城市中的第二座可以说是广州城的郊区，这个区域坐落在河畔，有大量不同种类的建筑，住着一群底层的地痞流氓，他们不住在船上。交易会时期，这里会有专门的房子供商人居住。葡萄牙商人原本是可以进入广州城的第一道城墙之内的，但在交易会时期，除非葡萄牙人的长官带着翻译去同海道副使和其他官员谈事情，否则葡萄牙人就不可以进入广州城，而且上述的进城情况是要经过特批的。

第三座城市可以说是第一道城墙之内的城区，这个区域被称为“新城”。第四座城市，即老城，则是第二道城墙之内的城区，官员的家就坐落于此。

几乎没有人跟我说过这座城市人口到底有多少。我问过许多人，但是他们跟我说的数字都过于夸张，不过看到这座城市极其庞大，连我这样好眼力的人都不敢估量判定这座城市到底可能会有多少人。有一个罗曼语讲得很不错的当地人，他彬彬有礼，熟悉关于中国的（手稿第 127 页）事物，和葡萄牙人一同长大，他告诉我广州可能有五十万居民。不管怎么样，我从来没有在中国以外的地方见过这么多人，也不觉得在中国以外的地方能见得到这么多人。

第三十章　中国的建筑

正如之前提过的，我去过几次广州城，见识过广州和本书中提到的 304
其他地方的建筑。为了满足那些想要了解中国建筑的读者，在专门观察和留意之后，我想在这里谈一下中国建筑。这里，我要提醒大家注意，在见过第一座村庄、城镇、城市、佛寺、官员或平民百姓的房子之后，会发现它们的区别很明显。总体而言，在看到一座中国建筑物后，我会特意用心去询问和调查，看看这种建筑在中国其他地方是否是一样的，当见到去过中国的人，特别是去过澳门的人、去过北京朝廷或去过中国内陆的同事，或是住在马尼拉的西班牙语说得很好的中国人时，我就会跑去跟他们聊天，以确认我在中国见到的事物的准确性。如今，如果我们排除掉一些特殊的因素，如巨大的河流、某座桥或寺庙与众不同的特点、
当地出产的水果以及某一些省份和城市的特色之处、特殊习俗和用法， 305
我就可以确定我所见的事物的真实性了。

我发觉中国的统一程度很高，地区和城市之间形成一个完整的整体，十分相似和一致。在西班牙，城市和乡镇在外观上差异很大，不同的特殊建筑的形制也有很大差异，但是中国本地人在服饰、容貌、待人处事、食物等方面却十分相似，甚至是一致。如此一来，只要见过一个中国的男性或女性，就如同已经见过其余所有中国人一样；只要见过一个官员的排场、随从和官员家中下人的服务，那对所有官员的情况就了如指掌了；只要见过一个和尚、军人，造访过一个村庄，见过其中的村民，参观过一座城镇或一座城市，见过城镇当地数量庞大的官员和民众，见过一个富裕或普通中国人的房子，观摩过一座中国庙宇，你就会发现它们高度的一致性。印度风格的建筑、印度的村庄形式和物什风靡亚洲，中国也不例外，所以它和美洲西边的风格很相似。至少我写下的都是我看到的情况，确凿无疑，至于中国内陆地区的情况，实际上总体看来，和我在

上文提到的情况没什么不一样。

在后面的部分，我将会将建筑分成官员或富人的房子、佛寺、中产阶级的（手稿第 128 页）房子和穷人的房子来讲述。我们从第一种建筑开始，即官员或富人的房子。这类房子都有一个方形大院，并且这个大院一定坐落于整座建筑内部，其地面以巨大的地砖铺就。每块地砖的尺寸和大小皆保持一致，故而地板做工精良，以上文提到的那种十分漂亮的大石头制成，砖与砖之间严丝合缝。这种内部铺设巨大而精美的地砖的大院一定是整座建筑中最奢华的部分，大院四周围绕着四座矮厅[①]，这四座矮厅没有楼梯，和大院大致齐平，若是从天上鸟瞰，大院为矮厅所环绕的情景一目了然。

上述厅房的墙壁一般和普通墙壁一样高 2 寻半，更高的有 3 寻半，
如果是主墙，比例上会更高或更矮，若是连接屋脊的墙壁可高达 5 寻。
306 如此一来，在中国官员的住宅里，从天花板到屋顶不超过 3 寻或 3 寻半，
到屋脊则不超过 5 寻（或许稍高一些），一般要小于 5 寻。墙壁一般是
牢固的土坯墙，很少的情况下会是石墙或砖墙，所有的墙壁都有质量低
307 劣的地基，墙身很狭窄。富人的住宅没有高大的建筑也没有多余出来的
建筑，只有几间矮厅，且顶上没有阁楼，也没有顶棚。（手稿第 128 页
背面）

墙壁的高度便是如此。与此同时，官员在墙壁上加上一种精美的木结构作为屋顶的支撑，这些支撑屋顶和建筑其他部分的木结构一般为圆形，精致得好似用车床加工出来的一般。每个木结构高度一致，做工精美，木头一个个地在建筑上端和下端拼接在一起，精巧而美丽，最重要的是，这种结构很牢固。木结构装好后，再装上一块精美绝伦、芳香四溢的松木，上置瓦片。靠近木结构的瓦片几乎都是平的，屋顶向屋内倾斜的部分固定在木头上，做工精良，让房顶显得美轮美奂[②]，顶端的瓦片呈凹陷状，比下面的瓦片更窄，也比我们西班牙屋顶的瓦片更窄，用石灰将瓦片铺好，屋顶十分牢固，几乎不需要修缮。一些瓦片被做成宽阔、匀称、精美的水溜，用深紫色的涂料上色，再绘上图画，让屋脊部分显得井井有条，精美无比。

①即中国人所称的“厢房”。

②应该是指中式建筑有坡度的屋檐。

一切都美轮美奂，甚至比我们西班牙的那些精美的建筑更加精美。

院子里没有一个厅房的窗户是朝向街道的，所有的窗户都朝向庭院内部。厅房的门也都朝向庭院内部，厅房的屋顶有一个或多个天窗或窗户，光线从这里进来。厅房里装有类似于教堂里玻璃彩窗的窗户，用来遮挡雨水和阳光，这种窗户镶嵌的是透明的碎瓷片（手稿第 129 页）而不是瓦片。如此一来，四个厅房便合为一体了。我们要离开的话，一定要从第一个厅房离开，它朝向大街，主厅的大门（也是整栋房子的大门）在它的中间部分。第一个厅房分成几个小部分，中间部分是最大的厅，也是门厅所在，两边则是下人住的小房间。

门厅的第二面墙和里面的墙壁都不是厚实的墙壁，而是一根根窄柱，
柱与柱之间有木制的隔板，更确切地说，隔板上有几道假门，相互交织
在一起，假门随时可以拆卸或安装，如此一来，这些柱子令整座门厅更
加美丽。建筑内其他柱子的基座用石头做成，做工精良。虽然门厅里的 308
很多柱子基座和其他基座一样是用一整块石头做成的，但是更多柱子的
基座是木制的，制作精美。我说过的主厅中间通向大街的门都是关着的，
是双重门，而一直延伸到门厅两侧的门是打开的，可以出入，左右各一道，
这样大街上的路人就看不到院子里的情况。

现在我们穿过院子，来到前面与门厅相通的大厅，这是房子的主厅，它的第一面墙与门厅的第二面墙一样都由石头或木头制成的柱子组合而成，也有上面提到过的假门。如果房子里有另外一个庭院，那么就不会有（手稿第 129 页背面）假门，而会有从中间打开的门，只要想关随时都可以关上。主厅一般大而完整，如果要将其分割，就可以像上述门厅中一样用木制隔板将其分开。这里有两个很小的房间，每边一个。在主厅对着主门中间的墙上有一个小洞，就像是祭坛装饰上的壁龛一样，里面放着一个装饰好的小祭台，上面有一个或多个神像用以拜祭，神像前是长明灯和火盆，里面放香炉或烛台，用来上香。

两边各有一厅，其第一堵墙皆朝向内部和庭院，里面是普通的门窗。我看到这两个厅是由砖或其他材料砌成的，其中一个是木制的，有柱子，不过墙很窄，像是隔板一样，只比隔板厚一点。有些人会把这两个厅当作一个完整的大厅；有些人会把它分成几个房间，这些房间或被用作厨

房，或被用作杂物间或食物储藏室，其余的房间里面有床，用作卧室。

如果是大房子的话，在两边厅堂后面还经常会有两个厅，它们相互之间不分开，分界不明显，它们其实是两排用作办公室的狭窄的小房间，就在两边厅堂的中间。主厅后有一条狭窄的巷子或过道，就在门厅前，
309 巷子内有一个小院子，院内有一口水井、（手稿第 130 页）一些柴火和母鸡以及其他家中物什。主厅和小院子之间有一条狭窄的小巷子，厅里或院子里的人看不到巷子里的情况，女人们就在这些小巷子里散步，从房子一边的厅或房间走到另一边。

现在要做的就是保持庭院、门厅、厅房、门窗、隔板、墙壁、柱子、天花板上的木结构和其他建筑材料整洁干净，再雕刻上花纹，涂上颜色，以装饰整栋建筑。我试着去打听了一下一个当大官的有钱人建一栋漂亮新房子的花销，我发现，包括工人劳动力在内，花费高达 200 到 300 杜卡多金币。不一定所有的中国房子都是我说的这个数目，因为很多房子不是只有一个庭院，而是有很多个庭院，之后我会提到，这样的房子的主人地位显赫，房子外观很好，建造它们可能需要花费几千杜卡多金币。

在有些城市会有官府，里面住着时任大官。要注意的是，这种房子不直接朝向街道，而是与街道分开，向内部靠拢。在建筑中部靠近朝向大街那个大门的位置有一扇狭窄的方形大门，里面是审判庭，官员们从家里出来，来到审判庭处理没有做完的日常公务。（手稿第 130 页背面）关于官府还有一点值得一提，那就是一条通向庭院的石头路，这条石头路从朝向大街的门一直延伸到审判庭。

从朝向大街的门沿着石头路走到其四分之一的长度时，就可以看见两边都有一些支撑屋檐的柱子，两柱之间有一扇门，通常情况下，这扇门保持关闭状态。和它前面那扇朝向大街的门一样，这扇门的两边又分别有两扇门，其有趣之处就在于官员从房子里出来的时候会响起钟声或小吏的喊声，朝向大街的大门，也就是中间的那扇门会被打开。在门前的石头路上，官员突然出现在大街上，或者出现在内庭里等候的民众和
310 商人的视野之中，然后，民众和商人便陆续从两个侧门进入审判庭。普通人不能从中间的大门进去，也不能走石头路，只有官员才能使用大门和石头路。在上述那三扇门前，一般会有一个小院子或小广场，其入口

是一扇大门，在官府中，这扇大门之上是一座木制建筑，有两个或两个以上的屋顶层，似乎是士兵的哨岗之类的东西。

上面的描述已经涵盖了中国所有建筑的结构，不需要再补充其他新的建筑结构。但是根据上述的情况，据我所见过的许多现有的（手稿第 131 页）建筑来看，如果主体建筑需要的话，我猜想只会在庭院中门厅前面的主厅和两侧的厅房后面加设一些类似的庭院，新增的庭院也是被厅房围绕，可通过几条窄巷从第一个庭院进入厅房；同样，如果有权势的中国人想建更多的房子的话，就会又加设一些庭院，最里面的庭院、厅房以及我一开始所讲的那个大院则不会加设其他新的结构。我认为在中国，上述情况是普遍现象，我唯一能确定的是，皇帝的宫殿都是很庞大且很不一样的建筑，带有许多高楼和屋顶层。我没法就此给出翔实的信息，因为如果我只靠眼前所见就妄下定论，可能会产生诸多谬误。

寺庙与官员、富贵人家的府邸结构一模一样，唯一的不同之处可能在于后者有一些前者没有的东西：寺庙有门厅，后面也有铺地砖的庭院，但是院子两边没有厅房。大户人家家中厅房门口的位置在寺庙变成了两个池塘，池塘靠近庭院附近的那堵墙，里面有游弋的小鱼。在主厅中部的两边，沿着墙边走去可以看到一排井，井上面有许多神像，有全身像，也有半身像。主祭台前面是一张摆着火盆的桌子，来拜祭神明的人在火盆上点香，同时也会带着寺庙提供的烛灯和香来点，同样这里也有一些长明的吊灯。

穿过门厅，当地人在我们西班牙（手稿第 131 页背面）教堂里圣水池的位置也设置了石制的圣水池，但它不是用来装圣水的，而是用来放
一个大火盆的，当地人在进寺庙的时候会在其中插上烟雾缭绕的香。门 311
厅两侧也有小房间，装上了铁栅栏而不是隔板，每个房间里都有一个巨大的马的圆雕塑像，一个黑人用马嚼子扼住它，黑人塑像也是圆雕塑像。在某些佛寺，我说的这个庭院在神像的厅房之前，这个庭院并不是露天的，而是有屋顶的，只有通向池塘的部分没有屋顶，这里有几扇窗，光线可以通过窗户进来，而在寺院的其他部分只有大门可以供光线通过。至于佛寺内的其他一些细枝末节，我已经在很多地方说过了。

中国的建筑和建筑结构就是普通常规的形制。在规模庞大且富丽堂皇的寺庙里，除第一个庭院以外就没有其他东西了。在厅房里面到处都有神像，厅房没有墙壁，只有柱子，然后再加上另外一个类似的院子以及另外一个放置神像的厅房。这些建筑的高度与官员或当地有钱人的房子的高度一样。我觉得在中国应该没有其他结构的寺庙了，也没有形制更加庞大的寺庙加设新奇的东西或不一样的东西。上面的内容至少是我在中国看到的普遍情况。另外，尽管我用心仔细地观察了我到访过的城市中的寺庙，尽管很多中国佛寺拥有精美的地砖和石柱，而马尼拉郊区城镇和市场（手稿第 132 页）里中国基督徒的教堂一般是木制建筑，但是前者却一般比不上后者。

中国中产阶级的房子结构也是一样的：屋子只有一扇门，连朝向大街的窗户都没有，门厅、庭院和三个厅房也都被缩减。有时候房子里只住一个人，但更常见的情况是每个厅房里住三个人。每个家庭的房子里都有一个小厨房或炉灶。有一些房子用作商店，另外一些用作客栈，客栈有一个朝向大街的屋顶层，用以摆放商品或供行人留宿，有点类似于我们西班牙建筑的阁楼或屋面衬板（falsa cubierta）。我也在一些地方看到一些拥有一两个屋顶层的建筑，就像我们西班牙的建筑一样，但是数量不多。据我所知，这些建筑中的一些是用作客栈的，另外一些则在没有城墙的市镇中用来抵御强盗，所以它们的窗户很小，几乎容不下一个男子通过，而且窗户位置很高，与屋檐齐平。

312 中国穷人的房子则没什么可说的，它们很矮，墙壁有时候是土坯墙，有时候是泥墙，使用手制陶瓦，瓦片质量低劣，安装得也不好，所以人们在雨季来临之时会将瓦片扔到地上，因此地上总是有很多瓦片和碎陶片，就像我之前说过的一样，在我们被俘成为囚犯的那天，我们光着脚在靖海所的大街上游街，地面上就有很多瓦片和碎陶片。考虑到上述所说的情况以及盖房子时所用的所有材料，穷人的房子其实就是像小型猪圈一样的建筑，房子没有楼梯，里面住着丈夫、妻子、小孩儿①、小猪崽、猫狗和母鸡，（手稿第 132 页背面）还有一个小炉灶。有一些城镇迁到山里，

① 原文“chino, china, hijuelos”，即中国男人、中国女人，小儿子们，根据汉语习惯改写。

像印第安人①一样使用小木板和芦苇搭建茅草屋。

根据上面已经说到的方面，要描述中国都市、城镇、农村的结构并不是一件难事。因为都市、城镇，甚至一些农村，都是有城墙围绕的，这些都市、城镇、农村一般都建在可通航的河流岸边，一般而言，都市、城镇和农村内部几乎都是方形结构，在城墙与城墙之间进行设计，有两条主街，一条纵向贯穿整个城镇，另一条则横向穿过城镇，与其余街道形成网格布局。不过，这些房屋之间经常会有一些漂亮而笔直的街道，但一般情况下什么样的街道都有，长的、短的，直的、弯的，宽的、窄的，还有四段城墙之间的小巷子。一般来说，城镇里的房屋有一些空位，这里有四条街道，还算干净亮丽，街道上有用于遮阴的大树，粗大的树干则经常被用作城墙土台的支柱。

在这些城镇中，一个最有意思的地方就是中间的两条街道，它们彼此交叉，这样街道就十分开阔宽敞，特别是主街，从城镇的一边延伸到另一边，整条街就是一个市场，街道两边满是店铺，这里的东西全部都可以买卖。在主要城市（比如我提到过的潮州府和潮阳）的主街上有一些精美绝伦的石制凯旋门，（手稿第 133 页）这些凯旋门所在的主街风化严重，若是没有它们，主街或市镇内的其他街道就没什么好看的，完全跟漂亮沾不上边，只要注意到街上那些我提过的矮房子，立马就能感觉到街道的暗淡。这些房子没有什么特别的大门或门厅，甚至连小厅或小门都没有，没有栅栏和阳台，甚至没有窗户，没有用于遮阳避雨的屋檐，没有一点优美别致之处。西班牙城镇里面的街道要比这里的好些，也精 313
美些。

无论是从外围看还是从远处看，城镇城墙的外观都很不错，一般而言，它们由漂亮的石头砌成，有一些是砖头砌的，尽管砖石很宽，但砌得很好。距离城墙一掌的内部土台很不牢固，或是因为加工粗糙，或是因为地基年久失修，我见过的城墙都很少去掉这些年久失修的地基。我感觉广州城的城墙比较完整坚固，因为当地人不可能像上楼梯一样那么轻松地踩着这里的砖石上下城墙，这只是为了防止城墙往前延伸些许来到某些人家的门口，以防这些人家对城墙造成影响。

①或印度人，这里西语原文为“indios”，可以指代两种人。

在第一次经过潮阳县时，我就感觉那里的城墙很不结实。当第二次到潮阳县时，我发现我之前提到的 8 月的台风已经摧垮了大部分城墙。为了进行修补工作，人们将竹竿插在地上，两两绑在一起做成围栏。城墙上有雉堞，（手稿第 133 页背面）但没有高塔也没有炮孔，虽然中国人有诸如碉堡和暗炮台之类的高层防御工事，但并不是很重要。

在海门所的堡垒中，我没有看到大炮。堡垒建在海边，对于当地人来说很重要，我去过那里一次，感觉所有的一切都是骗人的，我的几个狱友信誓旦旦地跟我说，几个月以后那里除几个小口径炮（它们的炮弹刚刚好有磁铁那么大）以外就没有别的大炮了。白天城墙上没有任何士兵放哨，而晚上哨兵则在塔楼里睡觉，睡得很香。刚刚提到的那几个狱友经常在晚上到海门所的堡垒上确认在放哨的人是不是还在醒着放哨，如果士兵睡着了，他们就会嘲笑他，并把他换班时要用到的铃铛之类的东西藏起来，如果发现有士兵睡着了或是犯了类似的过错，官员就下令不痛不痒地打他五下板子惩罚他。

314 有一些城镇（如我常常提到的庵埠）没有完整的城墙，如果有地方需要修筑城墙，人们会用建造得方方正正的建筑代替。街道笔直且统一，又多又长，屋子和屋子连接在一起，就像城墙一样，所有街上的居民晚上都会关上门。如此一来，就好像在城镇周围围上了城墙并关上了城门一般，人们甚至不能在夜间从镇里的一条街散步去另一条街。

我看到在这种城镇里，工匠们经常被按照街道划分开来，同一行业的工匠聚集到一条街道或两三条邻近的街道上。我甚至看到药剂师有自己专属的街道。一条街道上不能混进这个行业以外的工匠，在这些城镇里，（手稿第 134 页背面）如果某条街是卖肉的就不能卖鱼，如果是卖蔬菜的就不能卖水果，一切都划分得清清楚楚，设计得井井有条。有坡面的屋顶遮挡街道，使其免受雨水侵蚀或烈日照射。要注意的是，虽然小城镇与都市相比，后者更加气派，也拥有更多更加位高权重的大官，而且贯穿都市的很多街道上都有凯旋门，但是在人家和灯火的数量方面，并非所有的小城镇都比都市少，它们有的拥有三万甚至四万以上的人口。

315 很常见的一种情况是，每座城市的城墙外都能看到一座很好看的高塔，而在王国的首府城市，比如潮州府，我则看到了两座高塔。这些城市被称为府，是中文的叫法，每个府的“府”字前面再加上自己的名字，譬如潮州府和惠州府。而在一省的首府广州城，我看到四座高塔，其中一座只盖到一半，还没有完工。我不知道在中国内陆是不是所有城市都是如此，我讲的只是潮州府的情况。这里我想再说一点，这些塔在结构上十分一致，形制美轮美奂，石头和砖块制造得很好，高大，呈圆形，下面宽，间隔一段距离以后，越往上就越往里收缩，依照比例往上，直到终结于装饰精美、派兵驻守的塔尖，塔尖呈金字塔形状。我很确定它们中有一些可能是某个官员的建筑，或是官员坟茔上的装饰物或纪念碑。但是一般来说，这些高塔是用于装饰城市的公共建筑，也不会像某些人说的那样，被用作（手稿第 135 页）府库，或用于储存官家销售的商品。因为我们发现它们的门是开着的，就算有时候门是锁着的，我们费一番口舌也能够拿到钥匙上去参观，但没有看出这种用处的迹象。

城镇的城墙之外总是有广大的郊区，一般来说，我觉得郊区比城墙之内的州府大两三倍。这些郊区一般有一条很漂亮的街道，街道又长又直，满是各式各样的商铺、小百货店、饭馆、糕点店和其他的一些食品店。在郊区，这种街道里面的店铺数量一般要比那条横穿整个城镇的街道要多。除这些街道外，郊区的其他街道少有这么井井有条的。所有的街道都缺少条理，如胡同和巷子。

农村方面则没有什么特别要说的，一些农村有城墙围绕，很多农村体量很大，居民有一千、两千甚至三千，但是小村庄的数量也特别多。小村庄一般也有一条窄窄的街道满是饭馆和小商铺，饭馆同时也作为客舍接待来往的行客，其他部分都是小巷子。还有一点值得一提的是，就像我曾经说过的那样，即使再破再小的村庄也会有学校供孩子学习读书写字，也会有寺庙供人进行朝拜、求签问卦、烧香和献祭食物。说了这么多中国建筑常见的情况（手稿第 135 页背面）应该足够了。

我已说过一些关于学校建筑和在船舶上工作的人的情况。在形制上， 316
和尚所住的寺院相当于一些比较特殊的中产阶级住所，这些住所靠近寺庙，每个和尚分得一间居室，房间很小，仅够放下一张小床、一个床头柜和一张矮板凳。

第三十一章　众人被释

按察使命令囚犯中的两人与靖海所的官员和士兵一道去按察使府邸出席庭审，案件告一段落

317　为了在广州城结束我们迷航海难以及被囚一事，按察使[①]让我们出席了几次庭审，据葡萄牙人对他的称呼，我们推测他是广东省的第二或第三把手，职责是管理广东省内一切与刑法有关的事务，包括从初审阶段到上诉阶段的所有事情。他下发了一块令牌，只让我们当中的两人进入庭审现场，他不想让更多人进来，或者说，他还不太信任我们。这两人进去后，我们案件的审讯持续了一天。当然，有了进入城市的许可证，我们在进城后就有一整天时间可以参观这座城市，官府也没有逼迫我们在天黑之前离开，在此之前我已数次进入该城，两道城墙内的区域我都参观过。除城市规模更大、商业更加繁荣之外（手稿第 136 页），我没有发现什么异于潮州府的新奇之处，不过这里的河上没有桥梁。按比例看，我认为这里的人口不比潮州府多，但是在街上行走的人们也要相互推搡才能通过，在主街上更是如此。

318　我们参加了一部分的庭审。被解职的靖海所官员、他的士兵以及我们的两个同伴也参加了庭审，而官员方面则只有按察使一人出席。我们站在他面前，他让我们发誓说天上有一位知道一切真相的神，他说我们要遵照神的旨意，我们要做的就是道明真相，不能说谎。我回答道："我

---

① 明代按察使为各省提刑按察使司的长官，主管一省的司法。卜正民在其著作中认为此时的按察使应该是潘润民（卜正民，2010）。《明熹宗实录》卷五十六"天启五年二月二十六日"条载：升河南布政使司右参政潘润民为广东按察使。《明熹宗实录》卷七十五"天启六年八月二十四日"条载：升广东按察司按察使潘润民为云南布政使。可见自 1625 年 4 月 3 日至 1626 年 10 月 13 日，潘润民都在广东按察使任上，1625 年 12 月 25 日参与庭审的极有可能是潘润民。

们番人（los fanes）一向讲真话，不讲假话。”虽然每次庭审都不超过两小时，但我们都是跪着的，尽管按察使对我们的态度恭谦有礼，但无论是听官府的人说话还是自己说话，我们都不能坐着，他总是站起来，走到我们所在的围栏那里。很特别的是，他会从头到脚打量我们，和其他官员一样，他会让自己的眼神装得十分端庄严肃，他矫揉造作地掩饰他的好奇心，不漏过一样他能够看到的东西，即使是我们同伴的鞋底或者脚板都照看不误。

靖海所的官员控告我们第一天斗殴，在我们为自己（手稿第 136 页背面）辩白之后，我们控诉靖海所的人杀了我们的人，抢夺我们的财物并且虐待我们。靖海所官员说我们不是那艘船上遭遇海难的人，那十二个人（也就是我们那现在已经获释回到澳门的同伴）才是遭遇海难的人，还说我们是荷兰人和日本人，而不是澳门和马尼拉的人。反驳他并不是什么难事，为我们自己做证也是轻而易举，最难办的是船上的白银。靖海所的人说，我们的船上没有白银，也没在他们面前拿出来，他们也没有拿走那些白银。而我们很快就用大量无可置疑的论据对他们进行了驳斥，甚至一位帮助他们的当地人都站出来说我们所说的都是实话，但不是他们把银子抢走的，而是当地中国渔民。这样的辩护和论据是完全不利于靖海所的人的，因为他们承认了白银是被抢走的，但是他们不仅想靠这套说辞推卸罪责，还想依靠这套说辞争取对自己有利的结果。

按察使问了我们许多问题，一直掩饰自己的真实意图，就是逼迫靖海所的人说出银子的下落。其中有两个问题应该是专门为了封住我们的嘴的。第一个问题是我们是否看见银子被人从船上拿出来。我们告诉他没看到，因为当时场面太混乱，我们无暇顾及，但是我们有别的途径知道谁拿了这些钱。第二个问题是我们是否见到靖海所的人（手稿第 137 页）杀死了的那些首级被放在公堂上展示的人。我们回答道：“事实上，我们只见到有七个人被靖海所的人斩首，至于剩下的人，我们不知道他们是活着的时候被斩首的，还是在海难遇难或者冻死之后被斩首的。”听 319
到这两个回答之后，按察使中断了争吵，说他没办法让死人起死回生，船上的白银都失落在海里了，没人知道这批白银现在怎么样了。按察使还问我们，我们的人数那么少，是怎么携带这么大量的白银过来的，还让我们看看需要什么其他的东西。

我们回答道：“那些白银是属于几位马尼拉和澳门商人的，倘若大人愿意下令物归原主，我们肯定会接受，至于我们自己的话，我们希望大人释放我们回澳门。”按察使说，最后这一个要求肯定能实现。我们说，我们需要一些船。他回答说，他会叫海道副使给我们船和释放我们的令牌，不会伤害我们的。我们希望官府能给一点船上的食物以便路上吃，但在半小时的时间里，按察使都在不停地拐弯抹角说着其他事情，就是不想从口袋里拿出 1 雷亚尔的钱。他说，有两艘澳门葡萄牙人的船在交易会上，（手稿第 137 页背面）这些人与我们是同胞，肯定会给我们所需物资。我们回答说：“大人，您是那么伟大，那么有权力。我们这些海难者既然是被您手底下的中国人抢走了钱，您是否应该下令给我们一些东西呢？那些澳门葡萄牙人在交易会也有自己的花销，而且他们在澳门已经为了我们能够回去而做了很多努力，帮了很多忙。既然我们还在广州，在大人您的荫庇之下，况且我们要的也不多，请您下令满足我们的请求吧。”按察使没有想办法解决这个问题，也不想下令用哪怕 1 雷亚尔的钱来救助我们。之后，他将令牌下发给了海道副使，凭着令牌我们可以坐船，也可以以自由之身回到澳门，他跟我们说，如果要坐船的话就要给钱，我们按他说的做了。

按察使很好奇我们西班牙人从哪里拿的银子，是从我们的国王还是从民众身上拿的钱。我们告诉他，我们的土地就如同中国的土地一样，有红宝石、麝香、金子以及其他各种矿产，人们会把它们从土地和大山上开采出来。至于他很想知道的那个问题，即我们的白银是从哪里来的，实际上那也是从我们的土地中开采出来的。我们还补充道，我们的国王经手的白银最终也都会回到他的臣民手中，因为我们的国王会恩赐礼物，在奖赏那些服务他的人、犒劳为他工作的人的时候，他都会慷慨解囊。他的银子很多，但是他的银子都是用来赏赐臣民的。（手稿第 138 页）按察使很惊讶。最后，他把允许我们登上葡萄牙人的船只的许可证给了我们，与此同时，他还拘留了靖海所的官员和士兵，准备调查一下他们

是不是跟我们的银子有关。虽然银子被这些银子的主人弄丢了，但是了 320
解我们案件的官员肯定不会把它弄丢，按察使也不会把这些银子弄丢。据我们所知，他下令逮捕了靖海所的官员和士兵，将他们投入了监狱，这些人肯定会招供银子在潮州府哪个官员的手里，由于这涉及白银，如果他们不肯说，肯定少不了要挨板子，广州监狱里的酷刑和各种琐事，一样都不会少。

第三十二章　回家

囚犯们持释放他们的令牌从广州启程去往澳门，并从此地返回马尼拉

321　靖海所的人都进了监牢，我们一直期待的时刻终于来临，我们终于被释放回到澳门。为了光明正大地从我们身上拿到几雷亚尔的钱，那些负责我们释放事宜的小官欺凌我们。这种伤害不亚于我们被囚时所遭受的除有生命危险的事情之外的任何苦难。毫无疑问我们不得不拿白银贿赂这些小官，好请求他们与我们协商允许我们出海之事。（手稿第 138 页背面）我主的恩惠让我们远离了他们，并坐船从广州回澳门。10 日，我们从一艘想要攻击我们的巨型水匪船的虎口中逃生。2 月 21 日，在经历了一年零五天的囚徒生活之后，我们抵达了澳门。无论是城市形制还是建筑形制，这座城市都和我们西班牙的城市一样。在这里，我和米盖尔 · 松田神父脱下了身上的中国服饰，穿上了教会的教士服，这是中国教区和日本教区的视察员骆入禄神父和澳门耶稣会里其他的神父及弟兄姊妹给我们的礼物。对我们来说，在争取我们被释一事中，上述诸君和司库陆若汉、瞿西满表现出的尽职尽责以及殷切关怀也是珍贵的礼物。
322　毫不夸张地说，我不知道如何报答这些神父，因为他们送给了我礼物，帮助我重获自由。坦诚地说，我终其一生都将对他们满怀敬意，愿为他们赴汤蹈火。先到澳门的十二个人和我们这些之后被释放的人中的一部分都生病了，有一些还病得十分严重，米盖尔 · 松田神父和另外一部分人没有那么严重。我在短时间内恢复了健康，之后便去完成我原先的任务，即与澳门的人商谈相关事宜。在谈妥相关事宜之后，米盖尔 · 松田神父选择留在教会，而我则返回马尼拉。

我们当中的三艘双桅小帆船于 4 月底出发。几天后（手稿第 139 页）我们许多停在澳门河上的小船也完成了装载。其中有五艘船遭受了一场

持续两天的强烈风暴，在远洋上航行较慢的两艘小船差不多用了两个月才到达马尼拉。由于风暴，三艘双桅小帆船停在几座离马尼拉所在岛屿不远的小岛上，船上的人都觉得很迷茫，我们当时已经看到风暴要把船强行拖上岸，大海也快把船吞没了，我们都做好了遭遇海难的准备，但是此时我主庇佑，在险象环生之后，我所在的双桅小帆船“船长女士号”（Capitana）还是幸免于难。而双桅小帆船“海军上将女士号”（Almiranta）则被毁。尽管有很多人游泳逃生，但还是有四十多个人罹难，其中不乏商人和有权有势之人。这次事件使澳门城损失了价值 30 万比索的丝绸，还不算到了马尼拉以后要上交的部分，毫无疑问，这一部分的价值达 20 万比索，也就是说，这次意外一共造成了 50 万比索的损失。

我在澳门的时候就有两三次甚至更多的机会可以登船，但我主都有意让我放弃了登船，他的庇佑和恩惠是我欠他的债，我在前往中国的路上已经遭遇了一次海难，我主不希望我在回马尼拉的路上再遭遇一次。我于 1626 年 5 月 20 日回到马尼拉，受到了教会神父们的热情款待，他们按照耶稣会的习惯给予我丰厚的施舍。感谢我主，阿门。（手稿第 139 页背面）

第二部分 当地风俗图册

此部分展示第一部分中最为值得关注之物的图画，图画后附上其出现的章节，并加上一些关于该图画的相关内容以及解说。

329 本书结尾附上三个章节讲述圣福音和基督教在中国的传播情况，其他章节讲述 1625 年发生在中国人身上的事情和其他事情，以及以前在中国统治过的君主、他们统治的时间。（手稿第 142 页）

我敢肯定中国人从来没有更易过他们的着装，他们的建筑外形也没有变过，他们的行为方式和他们生活中的物什，总体而言都没有变过，至少那些最具有特点的东西是没有变过的。中国政府是一个叫洪武（Hiungmuno）的皇帝在 1368 年建立的，他当时以僧侣之身起义，团结了中国人，鞑靼暴君从 1206 年开始就以暴政统治中国，洪武就率兵反抗他和鞑靼，并通过武装力量，推行统治，制定法律，成为全中国的领主（señores），其统治一直持续到今时今日。中国内部从那时开始一直到现在没有发生任何改变，鉴于中国人基本上都是自己统治自己，因此也没有迹象表明这种改变是必要的。

在中国，中国画家在艺术上的地位极其重要，他们画画不会加阴影，但是他们来到马尼拉以后，在很短的时间之内便学会了西方画家的技法，
330 其自身技艺也趋于完美。关于下面的图画，有一点大家必须注意：我不仅在场协助绘画工作，还遴选了技艺臻至完美的中国画家，这位画家对中国独有物件、这些物件的特征（facciones）以及中国人的描绘十分精准，十分符合这些人和事物原本的样子。对一个欧洲画家来说，猛地一下要求他如此生动准确地描绘那些事物的难度是很大的，而且在画这些东西时还必须注意其身上最细微的细节（menudencias），如果根据绘画艺术原则，这些细节没有必要出现在画里的话，画家还必须把它们的名字写下来。（手稿第 142 页背面）

编号 1：所有中国官员身着的各式长袍，见于第三、五、六、九章。

这些长袍在形制上长而完整，有些类似于主教所着的法衣（dalmática），不过这些长袍是长袖的。我在第一部分已经描述过它们的材料和颜色，

它们胸口的图案有用金线绣上的一些狮子一类的动物，根据动物种类的不同，官阶大小相应变化。与胸部相对，背部也有类似的图案，使用的是相同的刺绣手法。小官身上绣的一般是花鸟，除此之外，长袍与长袍之间还存在着一些其他差异用以辨别主人的官职大小。（手稿第 143 页）

编号 2：中国所有官员都会使用的腰带，见于第六章。

它们由不同的材料制成，根据材料也能区分官阶大小。有些是用兽角制作的，有些是用某种香木制作的，有些是用贝壳或者龟壳制作的，有些是用鹿角制作的，有些是银做的，有些是金做的，最尊贵的是用一块贵重的大理石制作的，这种石头十分类似于蓝宝石。很有意思的是，它们是用不同的小石头制成的，这些小石头被制作成正方形，与其他小石头焊接到一起，做工精良。在戴上腰带的时候，主要的正方形小块刚好吊到腹部位置，而丝绸制的流苏则垂到一旁。

编号 3：两拃长、四指宽的象牙小板。

去找皇帝说话的人会使用这些小板，他们用两只手握住小板，把手放在靠近腰带的位置，如此一来小板的上端就会碰到他们的鼻子，这样其他人跟这些官员说话的时候这些官员的嘴巴就被遮住了，这是时下中国人之间的礼节。除了那些住在宫中，且与皇帝关系密切的太监和近臣，其他人不能和皇帝讲话，就算是最高级的官员也不行，只有少数情况下高级官员才能跟皇帝讲话，但是在一年的某几天，特别是皇帝的生辰这天，这些最高级的官员会身穿有颜色的（colorado[①]）长袍，头戴金制或者镀金银制的圆帽来到朝廷，皇帝不出场，但是官员们照样会举行很多仪式，跪拜着去朝觐他，带着小板，张开嘴巴说着什么。

编号 4：小到最小的官员，大到皇帝本人，所有官员都穿的靴子，见于第六章。

官员卸任之时，如果他在任时治理得当，人们就会拿他在任时穿的 331
靴子纪念他的治理之功。这些靴子会被赋诗赞颂，保存在位于公共场所的一个锁得很紧的文件柜里。这是一种靴头前翘甚至会包住足尖的靴子。（手稿第 143 页背面）

①这个词也有“红色的”的意思。

Ropon de todo genero de Mandarines del q^l. en la relacion cap. 3.4 5. 6. 9.

Son largas y cumplidas en la hechura algo semejantes a vna Dalmatica excepto las mangas q̃ son largas. Su materia y color se dixo en la relacion en el quadro. Sobre el pecho van bordados con hilo de oro algunos animales como vn leon y otros y segun tal o tal animal assi es menor o mayor el Mandarin en correspondencia del pecho en las espaldas lleva otro semejante quadro con la misma bordadura. los de los Mandarines pequeños lo ord^o. son flores o pajaros, y entre estas ay tambien sus destinctiones q̃ denotan ser dentro de su esphera mayores o menores Mandarines.

编号 1

Cinto q̃ lleuan todos los Mandarines del q.l en la relacion. cap. 6.

Nº 2

Son de varias materias por las quales se conoce tambien ser mayor o menor el Mandarin: Unos son de cuerno, otros de alg.a madera olorosa. otros de concha de tortuga. Otros de cuerno de unicornio. otros de plata, y otros de oro, y otros de mas estima. de una rica piedra marmol muy semejante al Zaphiro. y son curiosam.te hechos de varias pedrecillas ya aquadradas ya bobadas. unas con otras bien trauasadas La principal pieça quadrada les cae al ponerselo sobre la boca del estomago y la borla de seda cuelga a un lado.

Tablillas de Marfil de dos palmos de largo y quatro dedos de ancho. Usan destas tablillas los q̃ llegan a hablar al Rey de China tomas las con entrambas manos arrimando estas a las cinturas de suerte q̃ la punta supior de la tablilla llega a darles en la de la nariz con la q.l dexan cubierta la boca mientras le hablan. Genero de cortesia entre los Chinos en los tiempos presentes fuera de los principales Eunucos y personas cercanas en sangre al Rey q̃ viuen dentro de su palacio. ninguno otro le habla aunq̃ sean los supremos Mandarines. y si algunos destos, sera cosa rara. pero muchos dellos van en ciertos dias del año particular.te el dia del nacim.to del Rey vestidos de ropones colorados con bonetes de oro o de plata sobre dorados en las cabeças a su tribunal, y sin q̃ el Rey alli parezca. Con muchas ceremonias y genuflexiones lo adoran cubriendo sus bocas con las tablillas dhas mientras alli dizen algunas palabras.

Nº 3

Botas q̃ usan todos los Mandarines desde el minimo hasta el mismo Rey de China de las quales en la relacion cap. 6. quando un Mandarin acaua su officio para memoria de su gouierno si le tuuo bueno suelen pedirle y rogarle que dexe las botas que calso en el tiempo de el, las quales con muchas poesias en su alabança las conseruan en lugar publico en un escritorio muy cerrado (y sobre) las suelas de la bota suben hasta cubrir la punta del pie.

Nº 4

从上到下分别为编号 2、3、4

我在第三、四两章讲到了中国人所戴的圆沿帽（gorro）或者圆帽制作的材料及其不同之处。材料上的不同很容易看出来，最主要、最常规的是以下几种：

编号 5：有一种中国皇帝御赐的世袭爵位叫“国公”（Cogcong），遵循长子继承制。据说现今可能有八个家族拥有该爵位，作为他们的先辈在打江山的过程中侍奉先皇的奖励，这是仅次于皇帝的第二大爵位，皇帝给予了他们崇高的地位、特权以及食邑。他们比阁老的地位高，地位类似于我们西班牙人所说的“金羊毛官”（los del Tusón）①，但是他们只有军事权力而没有政治权力，所有军事方面的官员都隶属于他们。国公就戴这种帽子，其原材料是上好的金子。

编号 6：阁老戴这种帽子。阁老一般有两三个人，最多有六人。他们在朝廷上没有什么特别的职务，但是他们会注意、料理全国上下发生的事情，皇帝会事无巨细地询问他们到底发生了什么，即使是六部的事务也要询问。他们每天都要去皇宫上朝，皇帝在他们面前询问国情，听取他们的意见和陈词以后，就会下决定。所有的官员都可以在一年的某个庄严的日子戴上阁老的这种帽子。

编号 7、8：无论官职大小，其他中国官员都戴这种帽子，第二张图在前端和上端有绲边，但是这种绲边不显示官职大小。（手稿第 144 页）

编号 9：银制，通体镀金，阁老和其他官员在皇帝的生辰拿着上述的象牙小板朝拜皇上时佩戴。

编号 10、11、12：后面这三种帽子由十分重要的官员在不穿戴官员的标志（insignias）的时候佩戴，特别是在家中。（手稿第 144 页）

编号 13：这是给拥有硕士学位（licenciado）的人使用的，下面的腰带也是如此，流苏垂到背后。这些硕士还会穿黑色的靴子，上面覆盖着小型毯状物，类似于官员们穿的靴子。

编号 14：没有获得学位但是位高权重的老年知识分子所戴，很多官员在不穿戴官员的标志时也戴这种帽子。

---

①指的是 1430 年成立的金羊毛骑士团（Orden del Toisón de Oro）。

De la materia y alg^a distinction de la hechura de los Gorros o Bonetes q̃ usan los Chinos
se trata en la relacion cap. 3. y 4. Los q̃ fueren de materia diferente se notara los
principales y mas ordinarios son los siguientes.

Tienen los Reyes de China dada vna dignidad q̃ llaman Cogeong la q^l va por decen-
dencia heredandola los hijos primogenitos de sus padres dicen q̃ abra de presente como ocho
familias q̃ las gozan en premio de servicios q̃ sus progenitores
nº 5 hicieron a los Reyes antiguos de China en ocasiones de conquista
Es la segunda dignidad despues dela del Rey y tiene
sus preminencias, y privilegios, y rentas que el Rey les
da. Son mayores en dignidad q̃ los colaos, y como si dixesemos los del Tuson en nr̃a
España. pero solam^te tienen mano en materia de guerra y no de gouierno a cuyos Man-
darines la milicia y todo genero de Mandarines della estan sujetos. Estos usan deste
genero de bonete la materia del q^l es de finissimo oro.

Usan deste los Colaos. Estos suelen ser en numero dos tres y q^do mas seis. no tie-
nen tribunal alguno particular a su cargo pero cuydan y velan sobre q^to ocurre
nº 6 en el Reyno y con ellos consultan los Reyes de Chi-
na los negocios q̃ ocurren indifferen^te aunque sean to-
cantes a los seys consejos del Reyno. Van todos los
dias al palacio. antiguam^te hallauase el Rey presente con ellos al consultar, y dar
sus por ellos pareceres, y el Rey auiendoles oydo determinar. Deste bonete de Colaos
pueden usar todos los Mandarines una vez en el año en cierto dia de solemnidad.

Usan deste todos los demas Mandarines de China sin distinction de ser mayores, o
menores. la segunda pintura lleua mas room rinetes en la punta anterior y superior del
pero no causa distinction alguna.

从上到下分别为编号5、6、7（左）、8（右）

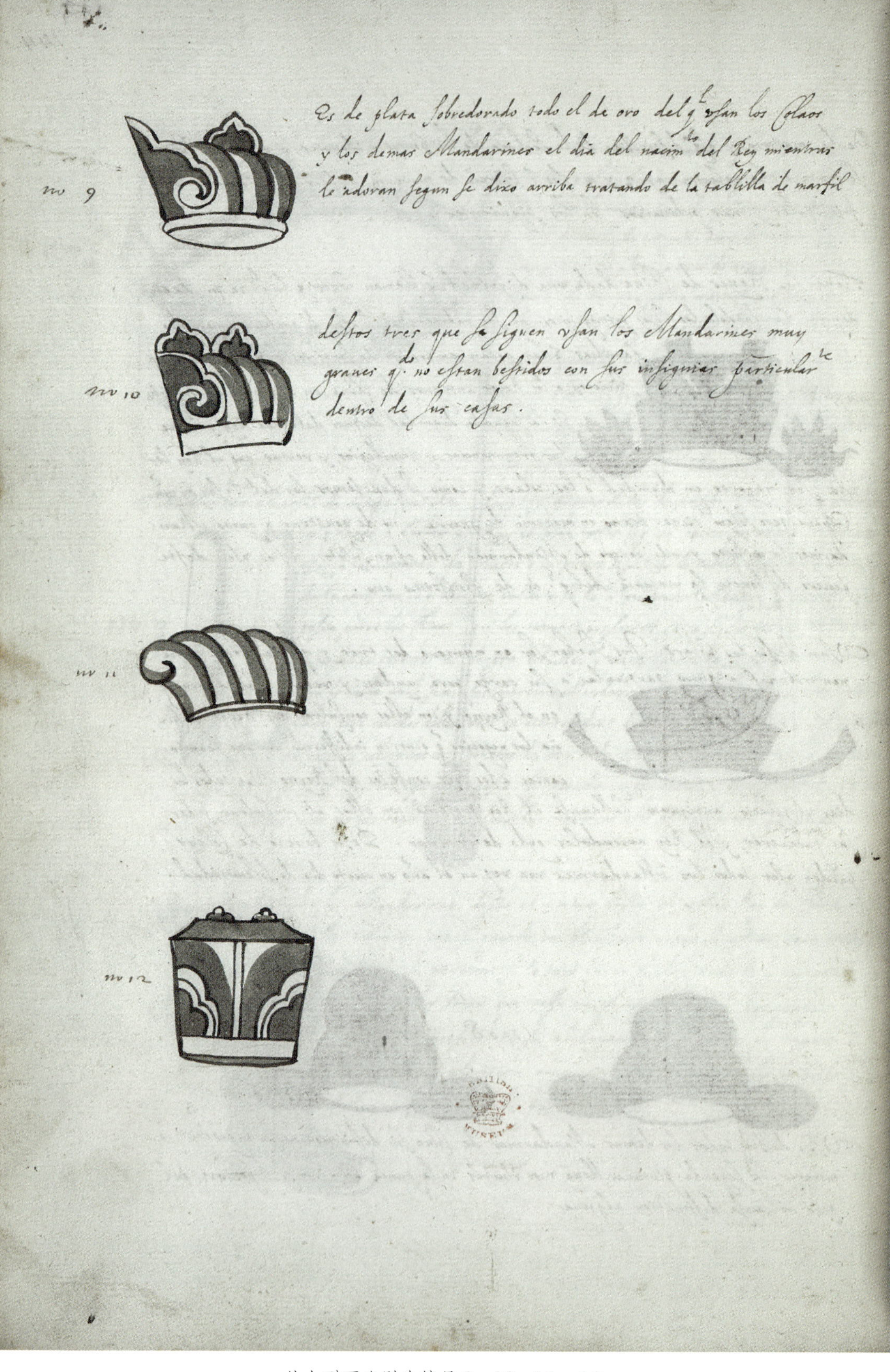

nº 9 Es de plata sobredorado todo el de oro del q.l usan los Colaos
y los demas Mandarines el dia del nacim.to del Rey mientras
le adoran segun se dixo arriba tratando de la tablilla de marfil

nº 10 destos tres que se siguen usan los Mandarines muy
graves q.do no estan bestidos con sus insignias particular.te
dentro de sus casas.

nº 11

nº 12

从上到下分别为编号 9、10、11、12

编号 15、16：还没有获得学位的学生和知识分子戴这两种帽子，一些中级官员在不穿戴官员的标志时也会戴。（手稿第 145 页）

编号 17：金制，诸如总军团长（generales maestros de campo）一类
职位很高的武官所戴。他们在军事演练的时候戴这种头盔，在公共场合 332
面见一些他们隶属的政府高官时也会戴。

编号 18：镀金铜制。某些等级低于上将（capitanes generales）或军团长的武官所戴。他们会在军事训练或者公开会见更高级的官员时戴这种冠。上面看起来像鸟类羽冠的东西其实是红色丝绸制作的流苏。

编号 19：和上面那个头盔是一种材质，流苏也是一样，戴这种头盔的武官比上一种等级低，佩戴场合与上一种一致。

编号 20：（译者按：没有文字介绍）（手稿第 145 页背面）

编号 21：军事首领在不进行军事演练的时候戴这种帽子，还有许多有地位的中国人和中级官员在不穿戴官员的标志时戴。

编号 22：用毯状物制成，所有士兵都会戴。

编号 23：在宫内侍奉的太监所戴，如果太监地位高的话通常会有一些小区别：他们的帽子会更加华丽，而且会用金和宝石装饰。

编号 24：官员的秘书戴。

编号 25、26：这两种帽子以及其他大同小异的帽子都是给官员或者重要人物的小孩戴的，公子哥造型（es modo de galán）。（手稿第 146 页）

编号 27：普通人平时佩戴的帽子，有一些这类帽子的顶上是平的。

编号 28：红色的毛毡做成，给高官抬轿子的人所戴。

编号 29：刽子手所戴，上面总是有孔雀羽毛作为羽饰。

编号 30：第四章提到的束发帽，从底层人民到皇帝，所有的中国人都戴它，不过皇帝的束发帽可能是丝绸或者其他材料制作的。中国人把束发帽戴到额头的一半位置，紧紧地缠绕着头部。

编号 31、32：这两种帽子是给高级的僧侣戴的。（手稿第 146 页背面）

编号 33、34、35：这三种帽子是普通的僧侣所戴，他们经常戴第三种帽子，是用黑色毛毯制作的罩子，或者叫尼姑巾（necochin）。

编号 36：总的来说，中国人不穿衬衫，他们不穿衬衫就需要经常

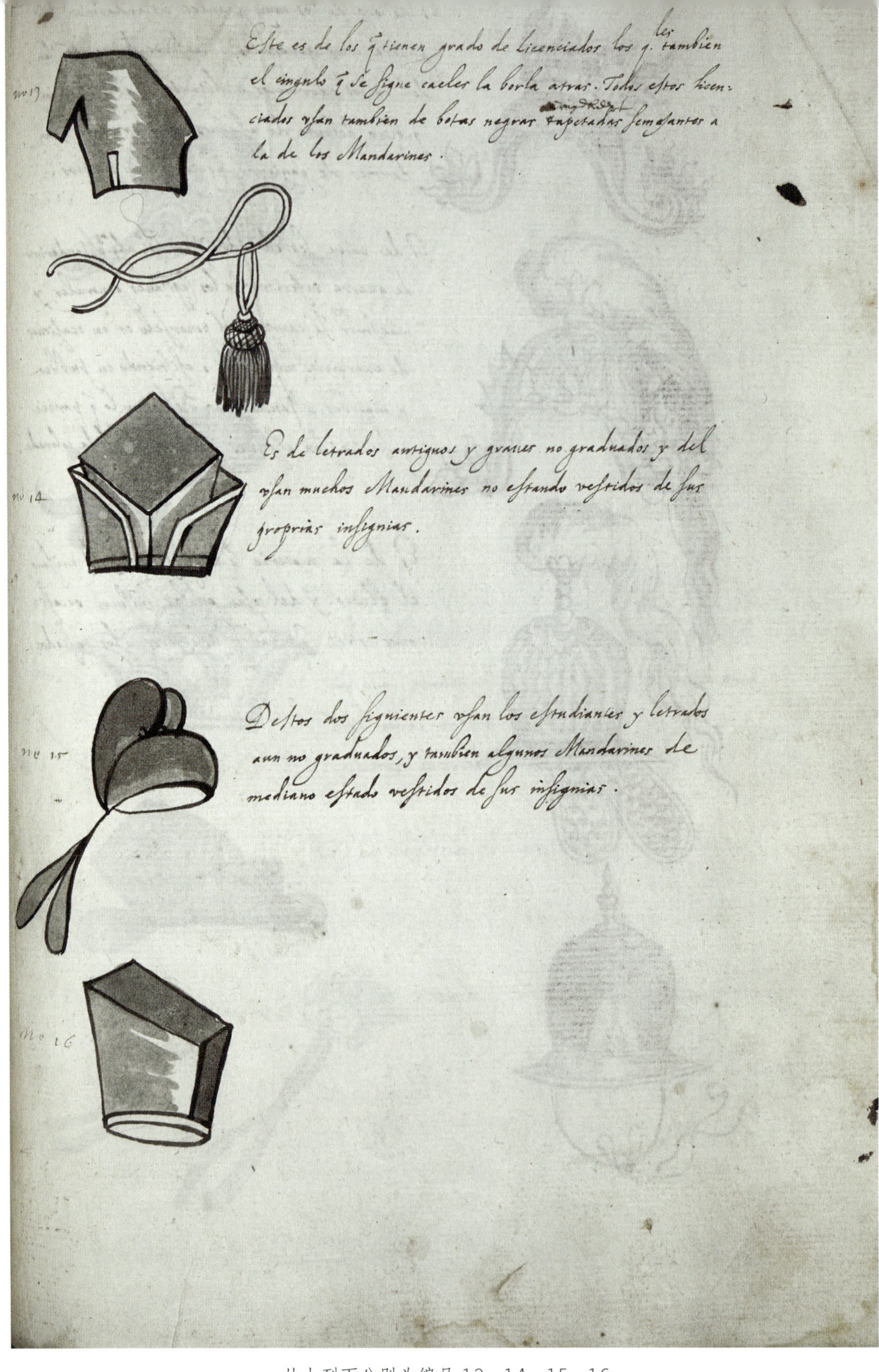

no 13

Este es de los q̃ tienen grado de Licenciados los q. les tambien
el cingulo q̃ se sigue caeles la borla atras. Todos estos licen-
ciados usan tambien de botas negras tapetadas semejantes a
la de los Mandarines.

no 14

Es de letrados antiguos y graves no graduados y del
usan muchos Mandarines no estando vestidos de sus
proprias insignias.

no 15

Destos dos siguientes usan los estudiantes y letrados
aun no graduados, y tambien algunos Mandarines de
mediano estado vestidos de sus insignias.

no 16

从上到下分别为编号 13、14、15、16

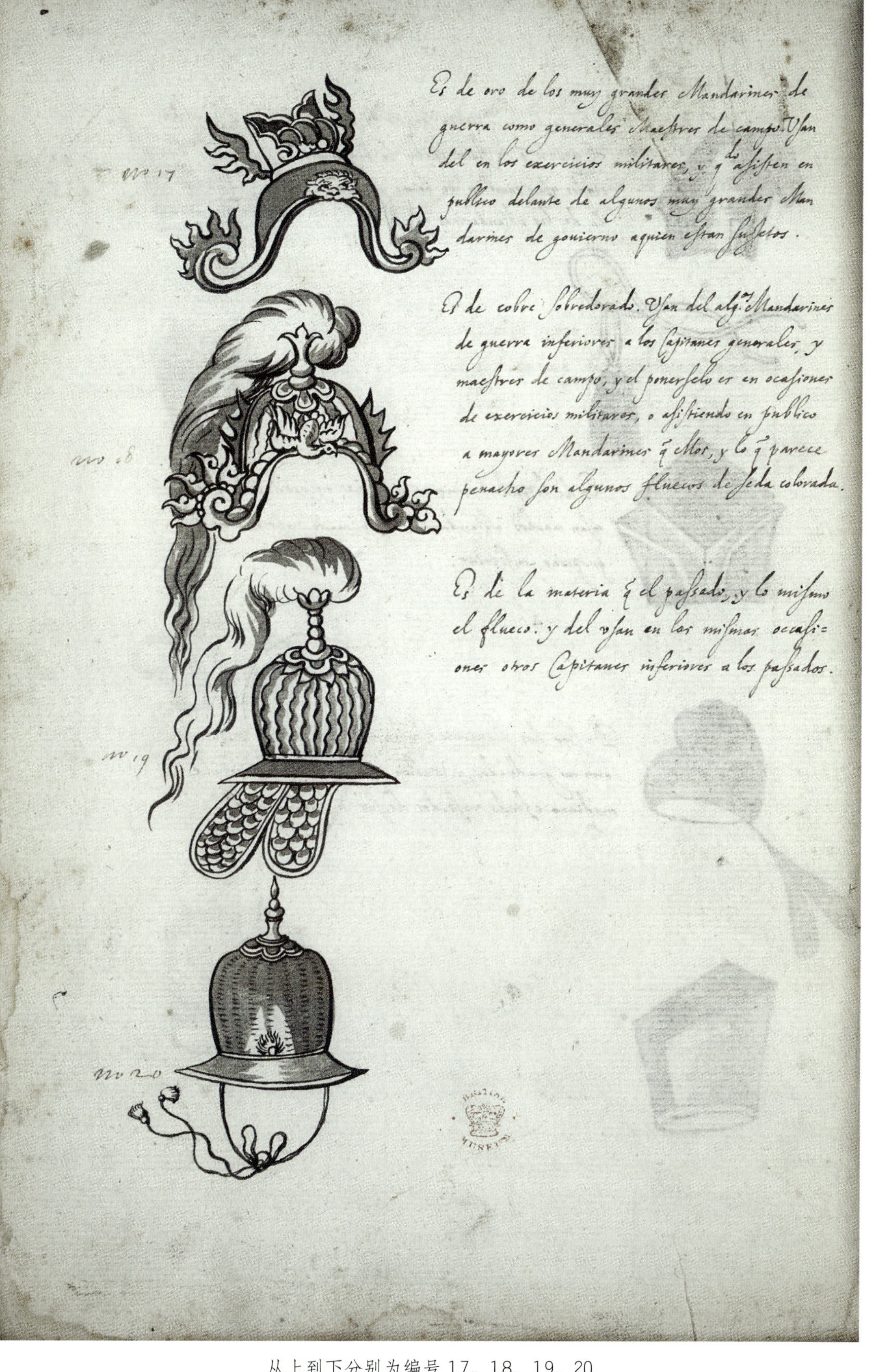

从上到下分别为编号 17、18、19、20

De este usan de ord.º los Capitanes fuera de los exercicios militares, y muchos Chinos honrrados, y algunos Mandarines de mediano estado no estando vestidos de sus proprias insignias.

nº 21

nº 22

Es de manta y es el comun de los soldados.

nº 23

Es de los Eunucos q̃ sirven en palacio. los de los muy granes dellos suelen tener alguna poca differencia en mas gala y adorno de oro y piedras preciosas.

nº 24

Usan deste los secretarios de los Mandarines.

nº 25

nº 26

Estos dos y otros poco distintos de ellos son de mocitos hijos de Mandarines o de padres granes. es modo de gala.

从上到下分别为编号 21、22、23、24、25（左）、26（右）

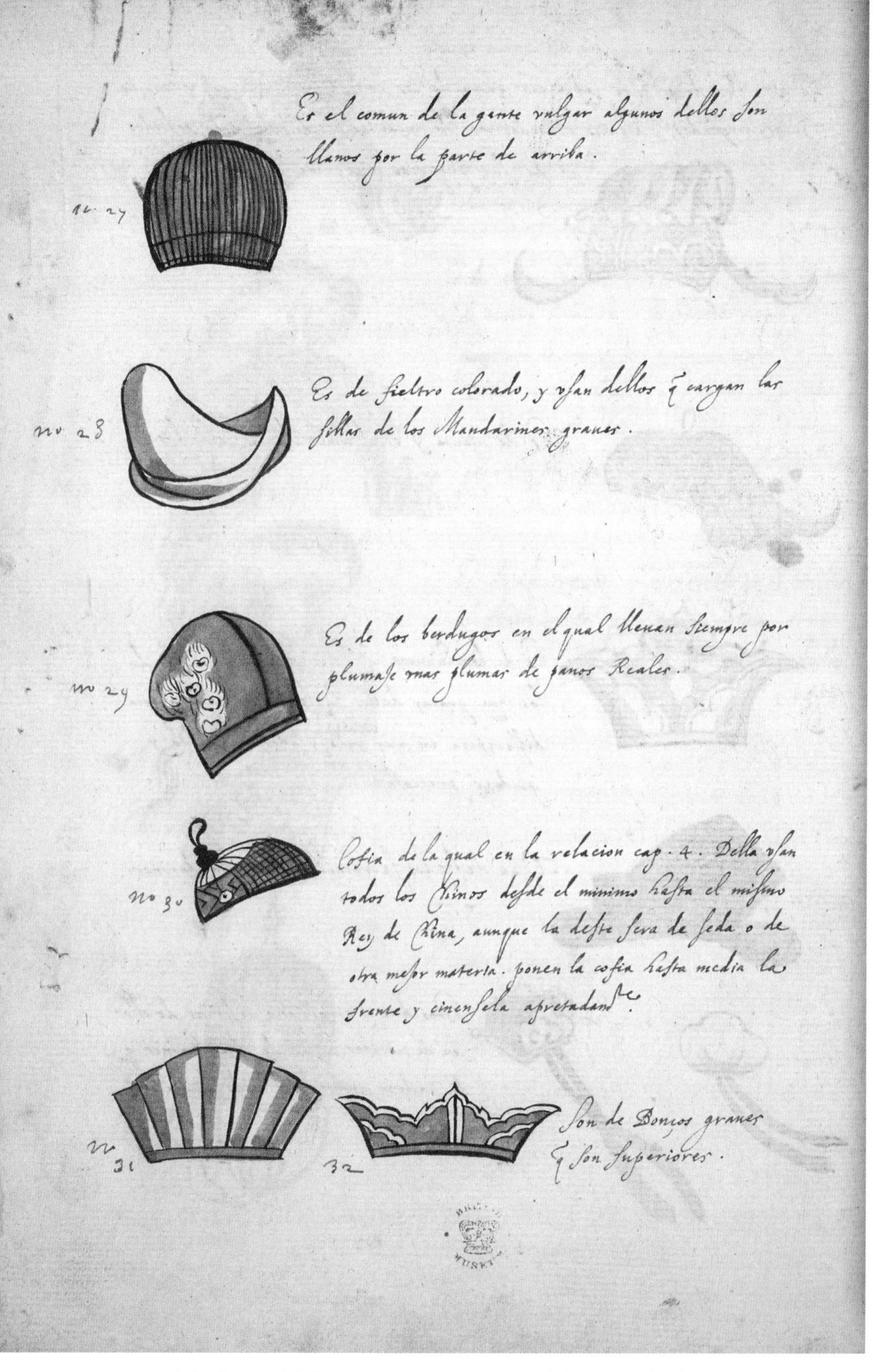

Es el comun de la gente vulgar algunos dellos son llanos por la parte de arriba.

no 27

Es de fieltro colorado, y usan dellos q cargan las sillas de los Mandarines graues.

no 28

Es de los berdugos en el qual lleuan siempre por plumaje unas plumas de panos Reales.

no 29

Cofia de la qual en la relacion cap. 4. Della usan todos los Chinos desde el minimo hasta el mismo Rey de China, aunque la deste sera de seda o de otra mejor materia. ponen la cofia hasta media la frente y cinensela apretadamte.

no 30

no 31

32

Son de Bonços graues q son superiores.

从上到下分别为编号 27、28、29、30、31（左）、32（右）

洗澡。他们最常穿的衣服是简单的小型外衣（sayuelo），如果冷的话就多加两三层，一件穿在另一件的上面，或者其中的几件絮上棉花。有一些讲究（regalado）的中国人的这种外衣一般会加上丝线制成的小网。

编号 37：从底层人民到皇帝，所有中国人都穿这种短裤，裤腰上没有开口也没有带子，所以人们在调整收紧的时候，为了将其绑好，会让裤腰部分多出来半拃，并且将多出来的部分往回挪，在其下面绕一圈，
333 再把多出来的部分塞到身体和裤腰之间，调整好。如此一来，它就很牢固了，不需要任何东西绑着，可以十分安全地进行任何种类的工作，就好像有带子绑着一样，有的人会把裤腰部分穿到腰部以下四至六指的位置。一个这么大的民族的所有人都穿这种裤子，这件事情令人惊奇，可以说十分奇怪，甚至难以理解和相信。有些人将裤子的末端松下来，绑在大腿的一半位置，有些人将其收起，用辫带将其连同面积不到一平方拃[1]的小袋子或者小垫子一起绑住，这种小垫子经常在见官的时候使用，以减轻膝盖的负担，因为平民百姓经常被迫跪在官员面前。（手稿第147 页）

编号 38：所有的中国男人都会将这种小裙子穿在短裤的上面；平常的这种裙子用白色麻布制作，如果是丝绸做的，那就是给女人穿的。它们下垂到大腿的一半位置。

编号 39：用亚麻布制作的带子或者绶带。中国人用这些带子绑紧膝盖以下直到踝关节的部分，这样就不用穿着长袜走路，冬天也可以防止这部分受风寒。

编号 40：所有人都穿着这种长袜，长袜一般用白色亚麻布制成。在冬天，如果可能的话中国人会穿上毛毡或者皮革制作的这种长袜。

编号 41：第四章出现的鞋子。品质较差，是给普通人穿的，用皮革制作。

编号 42：皮革和木头制作的木屐，中国人穿鞋子的时候套在鞋子外面穿。

---

① “平方拃”并不是常用的面积单位，考虑到作者对当时中国人戴的护膝大小有自己的理解，故保留此说法。

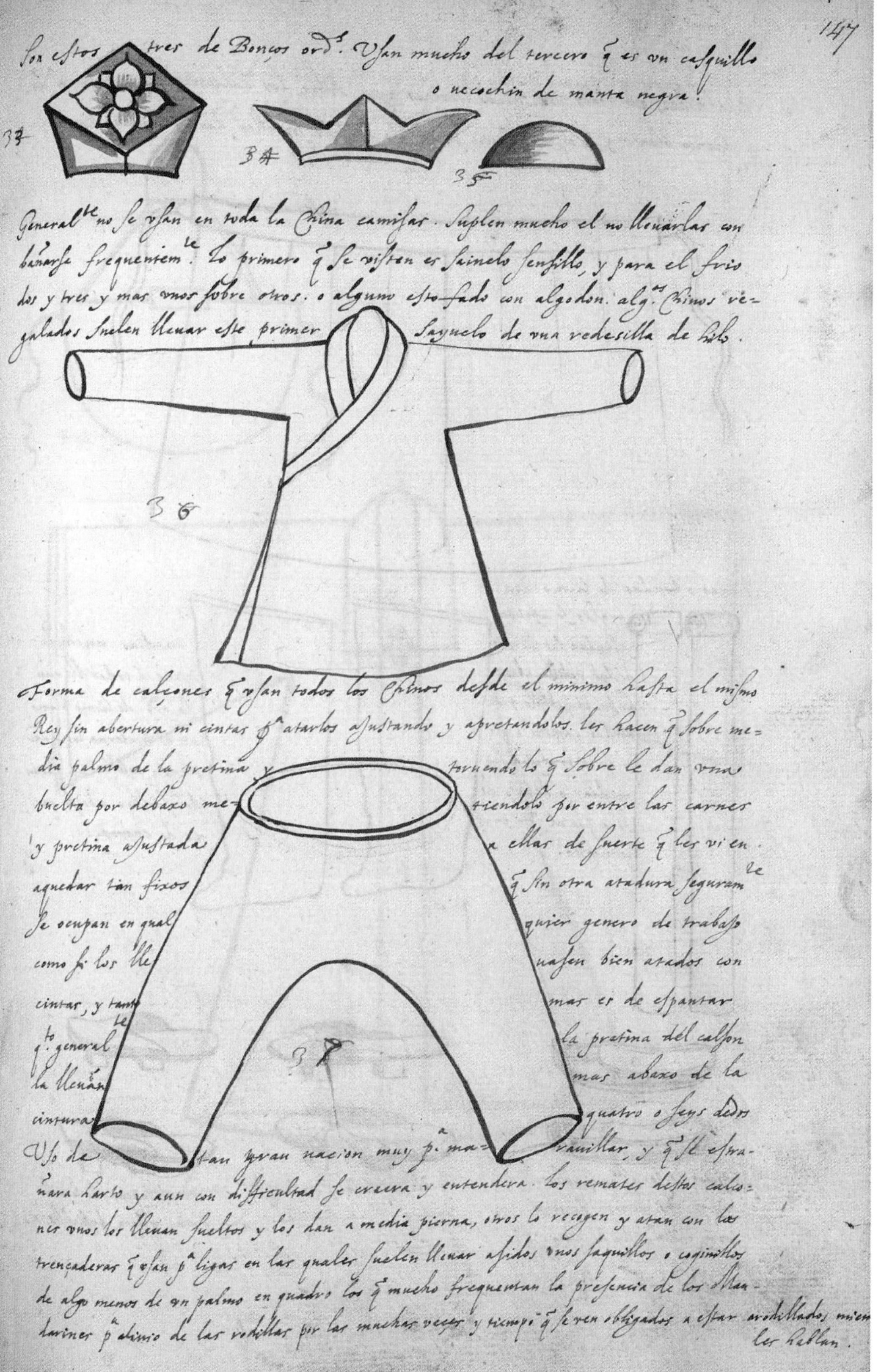

147

Son estos tres de Bonços ord.s Usan mucho del tercero q es un casquillo o necochin de manta negra.

33 34 35

General.te no se usan en toda la China camisas. Suplen mucho el no llevarlas con bañarse frequentem.te Lo primero q se visten es sayuelo senzillo, y para el frio dos y tres y mas unos sobre otros. o alguno estofado con algodon. alg.os Chinos regalados suelen llevar este primer sayuelo de una redesilla de hilo.

36

Forma de calçones q usan todos los Chinos desde el minimo hasta el mismo Rey sin abertura ni cintas p.a atarlos ajustando y apretandolos. les hacen q sobre media palmo de la pretina y torciendo lo q sobre le dan una buelta por debaxo me- tiendolo por entre las carnes y pretina ajustada a ellas de suerte q les vi en aquedar tan fixos q sin otra atadura seguram.te se ocupan en qual- quier genero de trabajo como si los lle- vasen bien atados con cintas, y tant... mas es de espantar q.to general.te la pretina del calson la llevan mas abaxo de la cintura quatro o seys dedos. Uso de tan gran nacion muy p.a ma- ravillar, y q se estrañara harto y aun con difficultad se creera y entendera. los remates destos calcones unos los llevan sueltos y los dan a media pierna, otros lo recogen y atan con las trençaderas q usan p.a ligas en las quales suelen llevar asidos unos saquillos o coxinillos de algo menos de un palmo en quadro los q mucho frequentan la presencia de los Mandarines p.a alivio de las rodillas por las muchas veces y tiempo q se ven obligados a estar arodillados mien- les hablan.

37

从上到下分别为编号33（左）、34（中）、35（右）、36、37

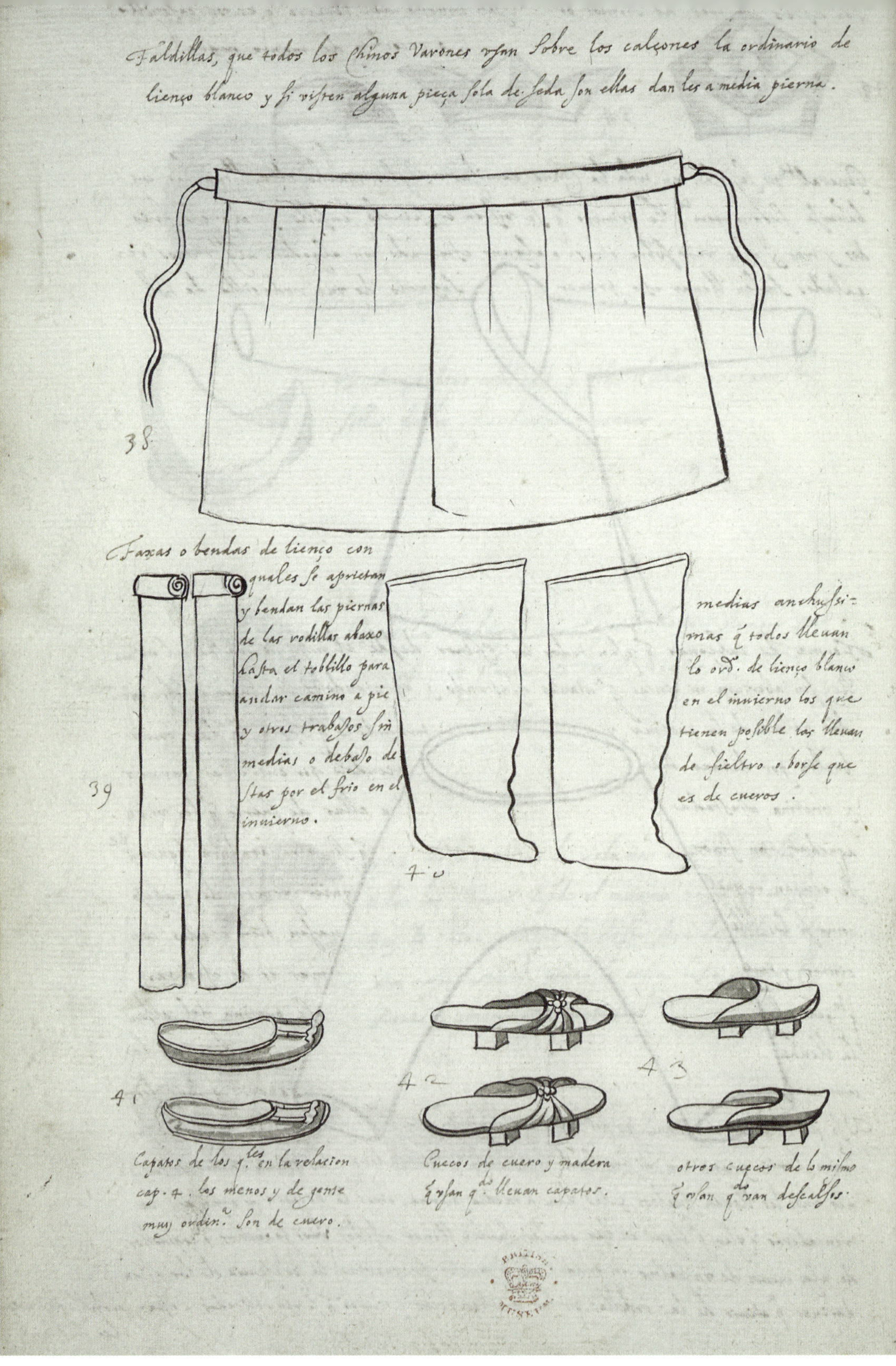

从上到下分别为编号38、39（左）、40（右）、41（左）、42（中）、43（右）

编号 43：另外一种木屐，中国人会在光脚的时候穿这种木屐。（手稿第 147 页背面）

编号 44：袋子。中国人会将其挂在脖子上，给肚子保暖。当把它们放在肚脐下面的时候，袋口会垂下来。

编号 45：在家里穿的长衣。（手稿第 148 页）

编号 46：长袍或者长衣，普通人所穿，在其他衣服穿好之后，穿在最外面。

编号 47：不工作的时候拿在手里的扇子，不管天气是热是冷。中国的礼节要求说话者说话时遮住嘴巴，中国人就是用扇子去遮。这些扇子通常很有趣，相互赠送这种扇子作为礼物是很常见的，已经成为一种习惯。

编号 48：有地位的中国人所穿的肥大的长袍，在其他衣服穿好之后，穿在最外面。

编号 49：中国人用来当作擦拭鼻子的手帕，他们将其抓住，挂在一边。 334

编号 50：剪刀形状的器具，用来剪切银子，见于第十九章。中国人专门将小块的银子放到剪刀的刀锋上，用拳头握住刀锋，抓紧剪刀的一个“眼”或者末端，狠狠地砸向地面，这么一击，银子就被切成两块了（左图）。

中空木料制作的容器[①]，中国人经常装在袋子里或者保暖衣物里随身携带，形制类似于一个小铲子，里面还装着一个小秤，用来称量银子的重量（右图）。（手稿第 149 页）

中国女性的服饰

编号 51：小外衣，和男人所穿的那种一样。

编号 52：有开口和带子的短裤，旁边有一条大家都在使用的带子。

编号 53、54：长袜，有带子可以绑。

编号 55：第四章出现的鞋子，其鞋底有更短的小木屐，被用作拖鞋。

编号 56：亚麻布制的条带，用来紧紧缠住双脚的足底、脚背和脚趾，从出生的时候开始就要缠这个东西。

---

① 原文使用了“cazuela”（砂锅）来表示这种器具，但是实际上这是一个秤，因此进行了折中翻译。

Tal triquera cuelgan la del cuello y abrigan con ella el estomago, y vientre, la bica della les cae al ponersela debaxo de la del estomago.

44

45

Ropeta larga para dentro de cassa.

从上到下分别为编号 44、45

Saya o Ropa larga de la gente ordinª. sobre todo el resto de bestidos quando cumplidamente se visten.

46

Auanillo, q̃ de ord. no trabajando lo llevan en la mano sea tiempo de calor o de invierno y mucho frio. es cortesia cubrirse algo la boca q.do hallan y hasenla con el. Son communmente curiosos los auanillos, y es muy ord. y muy usado enbiarse de presente unos a otros un Auanillo.

47

从上到下分别为编号 46、47

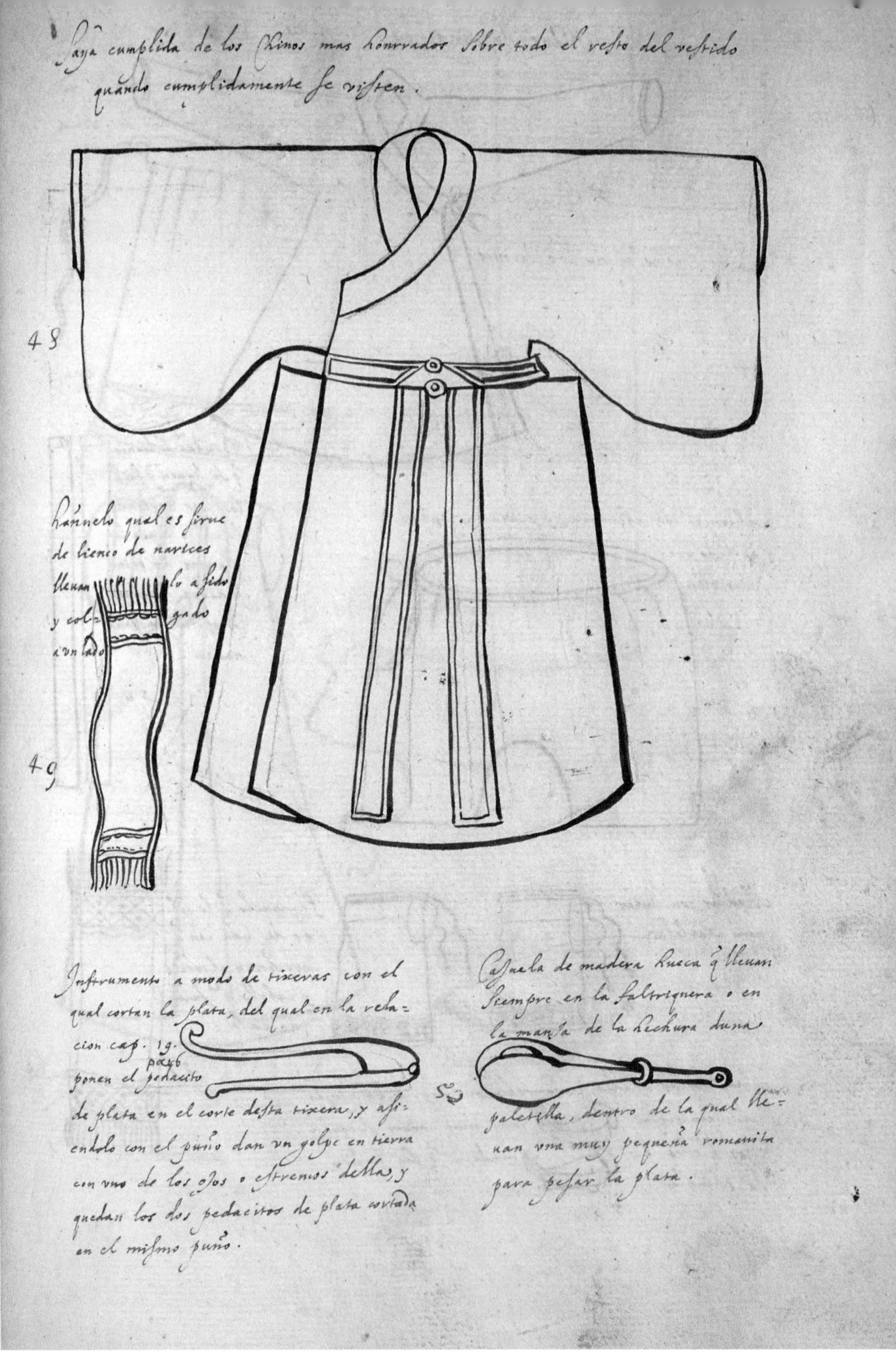

从上到下分别为编号 48、49、50

编号 57：头巾，一般用丝绸制作，出门的时候用来绑住发饰和头发。（手稿第 149 页背面）

编号 58：官员夫人或者有地位的中国妇女所穿的小裙子，裙长及地。底层妇女的裙子特别短，而且裙边没有绣花，也没有加工，有很多缝在一起的褶皱。

编号 59：无袖的衣服，在家里穿。

编号 60：系在腰间的袋子。

编号 61：所有的中国妇女都会带在身上的扇子。（手稿第 150 页）

编号 62：出门时穿在所有其他衣服外面的长袍，胸口和背后的卵形刺绣鸟纹只有官员夫人才能使用，就像官员身上的方形图案以及刺绣的动物纹饰一样。

编号 63：没有流苏的腰带，官员夫人所用。

编号 64、65、66：官员（夫人）贵重的头饰[①]，见于第二十章。其材料是金银，地位低一些的中产阶级妇女也会使用这些头饰，特别是在婚礼上，是自己的也好，是借来的也好，她们都会戴上这种形制的头饰。

编号 67：所有上了年纪的中国妇女都会佩戴的头饰。如果是官员夫 335
人或者是有地位的女人，头饰会有连接颈部的小条或者带子，用很细的薄棉布制成。如果是其他地位较低的中国女性，那么这些小条就是用纸板制成的。

编号 68：中国中产阶级妇女使用的头饰。（手稿第 150 页背面）

编号 69：中国底层妇女使用的头饰。她们还使用另外一些差别不大的类似头饰，见于第四章和第二十章。

编号 70、71：所有的中国妇女都会佩戴的耳坠。

编号 72：中国人会给死去的人穿上其生前拥有的最好的衣服，放到棺材里。如果是妇女的话，他们会给她戴上这样的头饰。

---

①原文“Tocados ricos de Mandarines”，直接翻译为官员贵重的头饰，没有提到是官员夫人所使用，但是这整个大节都是讲女性的服饰，因此这里作者可能是误将官员夫人“Madarinas”写成了官员“Mandarines”，我们加上括号，将“夫人”两字加入了译文。

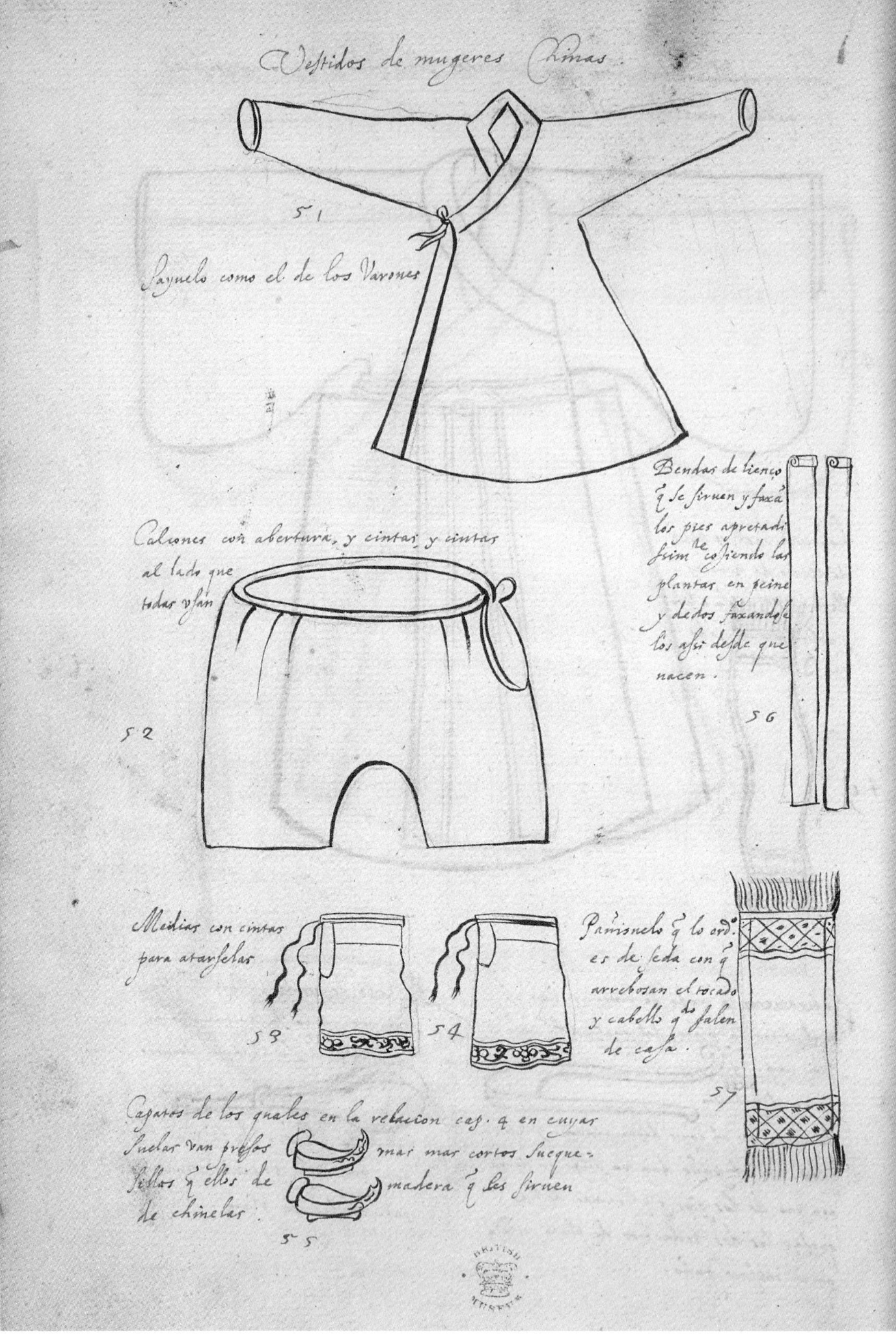

从上到下分别为编号 51、52（左）、56（右）、53（左）、54（中）、57（右）、55

从上到下分别为编号 58、59（左）、60（右）、61

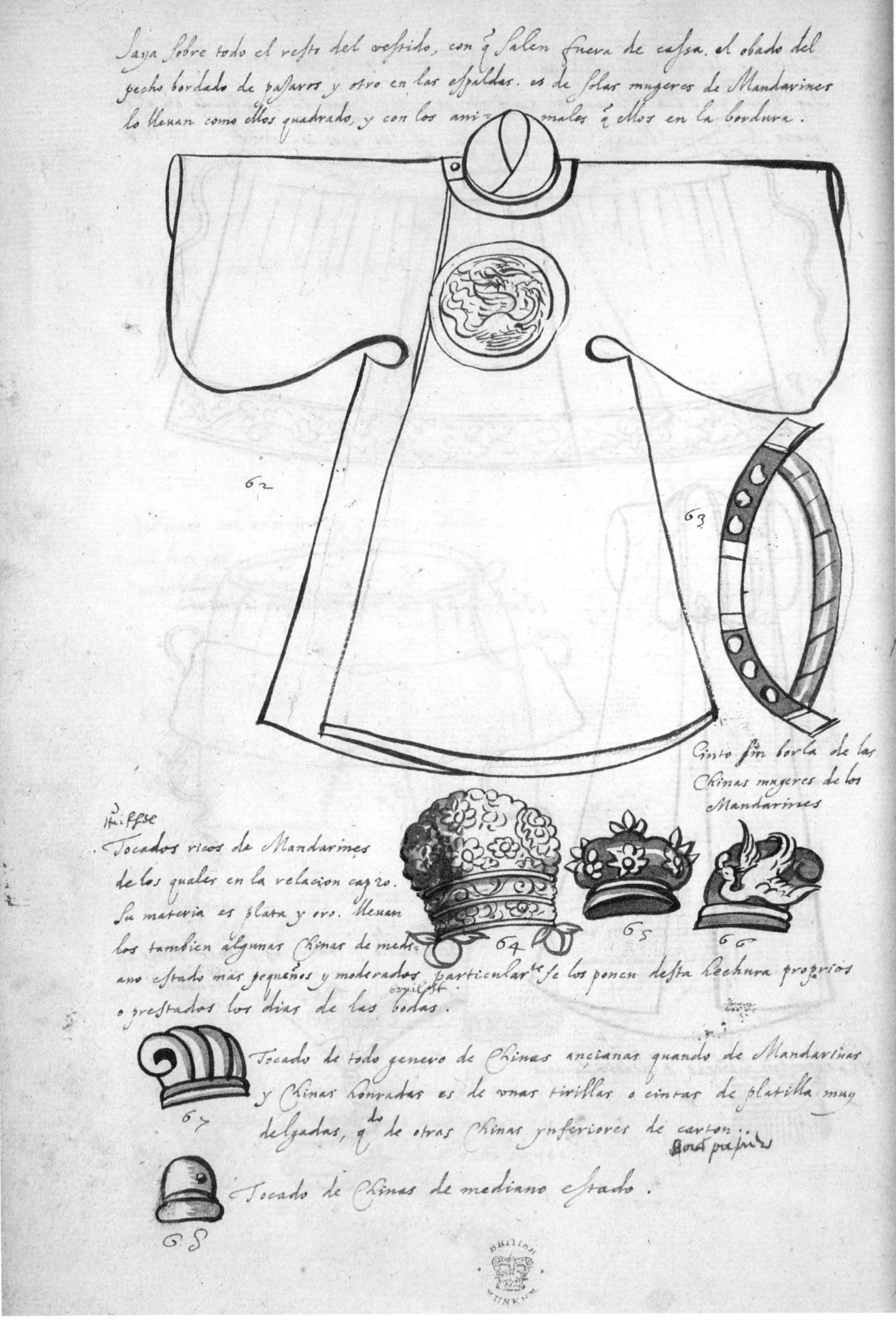

从上到下分别为编号62（左）、63（右）、64（左）、65（中）、66（右）、67、68

Tocados de Chinas baxas Usan tambien de algunos otros muy pocos differentes questos de los q les en la relacion cap. 9 y 20.

69

A los diffuntos los ponen enataudes con los mejores vestidos q tenian a las mugeres les añaden el tocado siguiente.

Hechura de arracadas q lleuan todas las Chinas

70. 71

72

Lutos de los Chinos communes a hombres y mugeres de la materia de que son se trata en la relacion cap. 11.

Saya ordinaria muy larga deshilada y con muchos remiendos de la q l usan quando el luto es por padre y madre.

A

73

Caña q les sirue de baculo quando el luto es por padre.

Tronco de palo que les sirue de baculo quando el luto es por madre.

74

75

从上到下分别为编号69、70（左）、71（中）、72（右）、73、74（左）、75（右）

中国人使用的服丧用品，男女通用；关于服丧这个话题详见第十一章

编号 73：普通的长袍，很长，有毛边，有很多补丁，如果是为父母服丧，那么就要穿这种长袍。

编号 74：为父服丧的情况下使用这种棍子作为拐杖。

编号 75：为母服丧的情况下使用这种木头棒子作为拐杖。（手稿第 151 页）

编号 76：粗糙亚麻布制成的帽子，为父母居丧的时候使用。

编号 77：同一种亚麻布制作的束发帽。

编号 78：同一种粗糙亚麻布制成的头饰，中国女性在服丧时使用。

编号 79：用于缠身的细茎针茅所制的腰带，为父服丧的情况下使用。

编号 80：细茎针茅所制的绳索，为母服丧时使用。

为不是父母亲之人居丧时使用的器具

编号 81：白色绳子制成的束发帽。

编号 82：使用同一种亚麻布制成的纸制高帽形状（coroza）[1] 的头饰。

编号 83：一条绳索，代替腰带系在身上。

编号 84：常见的长袜，不过它内部的丝被纺得很密。

编号 85：用丝纺制而成的鞋子。（手稿第 151 页背面）

336 编号 86：很长的长袍，有很多毛边。

编号 87：普通的裙子，有很多毛边。（手稿第 152 页）

编号 88：官员站着，身着与其官位对应的官袍、官帽、腰带、靴子。请注意腰带是如何在背部与腰部分开的，详见第六章[2]。朝廷通过三个等级的考试给知识分子授予学位，分别对应我们的学士、硕士和博士，并且从中遴选政府官员。朝廷也会给士兵考试，让他们用弓箭射击一个靶子，并且让他们写关于战争某些方面的文章，然后给他们类似的三个等级，让他们当武官。虽然他们之间争夺着政府里某些地位很高的职位，

---

① “coroza”是西班牙一种纸糊的高帽子。

② 第六章对应内容为“腰带的后面部分则是紧绷的，不折叠，绑得很紧，后面部分距离腰部半拃”。

比如朝廷里兵部（el Consejo de Guerra）的官员、每个省设立的海道副使（省内的军事头领）、海军上将以及每个府地位较低的武官，还有总兵（Chumpín）、舰队的将军以及军事头目，或者是其他的武官，但是除这些职位以外，剩下的武官的地位都比文官（Mandarines de gobierno）要低。如果排除掉我们已经见过或者我已经讲过的例子，通常情况下，文武官都会穿同一套衣服、外衣甚至是使用同一套仪仗。

编号 89：两个中国人将自己的诉求写在几封长而宽的纸制折子上，形制类似于天使呈献给撒迦利亚先知的那本书。像图上这样用小折子上交诉求，而且在给的时候把折子全部打开是违反礼节的。请注意，这两个人没有佩戴任何种类的帽子①，而且虽然中国人的礼节不像欧洲人一样要求脱帽致意或者用帽子做别的事情，但是中国人会用手和手臂以及弯曲身体的形式行礼。社会地位低下的中国人或者是罪犯见官时会行这种礼，即使他们见官是为了提起诉讼，他们也要行礼。有些官员在与其他官员会面的时候没有戴上符合自己身份地位的帽子，这些在之前应该是违反礼节的行为。（手稿第 152 页背面）

编号 90、91：行刑人，帽子上有一撮孔雀羽毛，腰带红色，走在官员前面，拖着棍子，见于第六章和第十章。注意，只要有官员的地方，即使是在官员家里也会有行刑人和棍子，虽然我们并没有画出其他官员家中的行刑人和棍子，因为这样就不必画那么多幅画。

编号 92：官员骑马出行。在民间巡视，很平常的官员出巡时骑马，而大官则不骑马。（手稿第 153 页）

编号 93：一个有地位的中国知识分子。

编号 94：一个穿戴上所有衣物的有地位的中国人，身居数职。他们一般穿短袖，要么只有小型外衣和短裤，要么加上一条裙子。后面我们会看到，某些职位的人在工作中有时候也要像图中人一样穿戴上所有的衣物。

编号 95：为其他亲戚居丧。

编号 96：为父母居丧。

中国人死后，会有人为他们居丧，在送葬的时候会有各种特殊的仪

① 对于神父来说，216 页图中两个平民戴的是发网而不是帽子。

式、典礼来颂扬死者生前的贡献（这一般都会较为冗长、烦琐）。这些典礼之后，他们还会在一定时间之内做这些事情，直到他们的悲伤随着时间平复：不坐在椅子上，不睡在高高的床上，不吃肉，不喝酒，不沐浴，
337 回避他们的妻子，在家里不说话，不出门，出门一定坐在用粗糙的亚麻布遮挡住的轿子里，等等。除武官之外，其他人，甚至是阁老，在父母亡故的情况下，也要被迫离职三年整去哭丧以及完成其他的居丧礼仪，没有例外，即使居丧者的职位再高都必须完成这些礼仪，但是三年守孝期结束之后，他们就会回到职位上做完这三年来没有做完的工作。（手稿第 153 页背面）

编号 97：一个中国军事首领。

编号 98：一个中国士兵。

在中国使用的几种武器

编号 99：这是一种杆子，其上还有一些枝条，顶端是铁制的矛尖。中国人的长矛都是用杆子制作的，比欧洲的长矛好很多。

编号 100：藤本植物制作的护胸盾，形状类似于柳枝球[①]。（手稿第 154 页）

编号 101：一位中等官员的夫人，或是一位有权有势的中国妇女，她们乘轿子上街，也会用一块头巾盖住头饰。

编号 102：中产阶级的中国妇女，穿上所有要穿的衣服，以这种装束出门上街，但是要注意，她们会在出门时缠上头巾遮挡住一切，因此头饰就看不见了。见于第四章和第二十章。

编号 103、104：两个底层妇女，穿着短短的衣服，无论是在家里还是在街上都是这样穿。一个妇女给水桶或者叫吊桶装满水，用于家用；另一个背着自己的孩子，就像第四章和第二十章所说的那样。（手稿第 154 页背面）

编号 105：中国人运送物品的方式，以背部发力的方式运送像床一

① 一种工艺品，折下许多柳枝，缠成球状而成。原文中作者使用“mimbres de esfera”，而事实上，现代西班牙多用“esfera de mimbre”表示这种工艺品。

样的椅子以及箱子，见于第二十章。[①]

编号 106、107：中国人如何将数样物品从一个地方运送到另一个地方，见于第二十章。（手稿第 155 页）

编号 108：这个人把一些东西放进一种一个叠着一个的小筐里运送。

编号 109：这个人使用一种水桶运水，这种水桶类似于用于提取井水的吊桶，他们不用坛、罐运水。

编号 110：这些人在运送一块大石头。

编号 111：这些人在运送一根大梁，用这种方式，再加些人手的话，他们可以运送许多其他很长、十分大而且非常重的物品。（手稿第 155 页背面）

编号 112：所有中国人都在高高的桌子上用筷子吃饭，见于第十二章。他们一口一口地吃食物的过程中会聊很多事情，谈话的间隙会把碗端到嘴边（吃饭）。（手稿第 156 页）

编号 113：这个人用一块大石头磨光或擦亮毯状物，见于第十九章。 338

编号 114：这个人把这些布匹拆开，将里面的丝抽出。注意，他们在工作的时候会把发网制作的束发帽拉起，仅仅让其缠住发髻，这样头部的负担会轻一些，因为这些束发帽如果戴好就会紧紧勒住头部。（手稿第 156 页背面）

编号 115：一只老虎抓住了一个中国人，把他放到背上带走，见于第十三章。

编号 116：另一只老虎，它正压着一个中国人。（手稿第 157 页）

编号 117：狩猎麝，它身下有一个小袋子，中国人用镊子去夹它的肚脐就是夹在这个地方，见于第二十七章。（手稿第 157 页背面）

---

① 此处科尔特斯说与这张图相关的内容见于第二十章，但实际上相关内容出现在第五章。

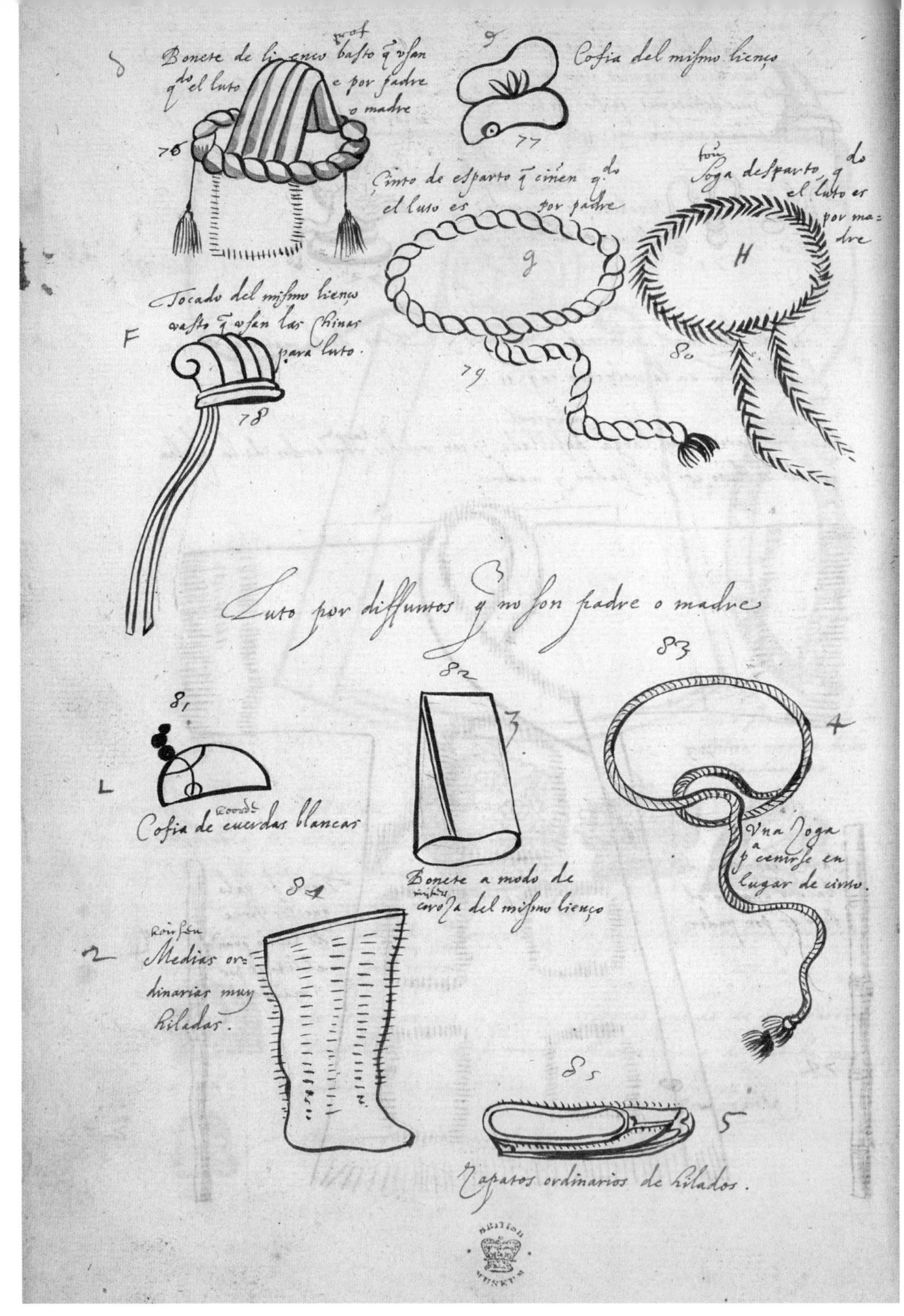

从上到下分别为编号 76（左）、77（右）、78（左）、79（中）、80（右）、81（左）、82（中）、83（右）、84（左）、85（右）

从上到下分别为编号 86、87

Mandarin en pie vestido con el ropon, bonete, cinto y botas de su officio. notese como el cinto va apartado de la cintura por las espaldas. de q̃ en la relacion cap. 6 a los letrados los graduan mediante sus examenes de tres grados, q̃ corresponden al de nros bachilleres, licenciados y dotores, y dellos eligen los Mandarines de govierno. A los soldados los examinan tambien provandolos a tirar vn blanco con arco y flechas, y haziendoles q̃ escrivan vna composicion sobre algun punto de guerra, y les dan otros tres grados semejantes y son Mandarines de guerra y aunq̃ ay muchos entre ellos q̃ compiten con muy grandes de govierno, quales son en la corte los Mandarines q̃ son del consejo de guerra, y en cada provincia vn Aytao, q̃ es Capitan general en ella y Almirante de la mar, y otro algo infe- rior a el en cada Reyno particular, y el Chumpin q̃ es general y cavo de los navios de vn armada y algunos otros, pero los demas son muy inferiores a los Mandarines de govierno y exceptuando lo ya notado, y las ocasiones q̃ ya tengo dhas. lo ordº. entrambos generos de Mandari- nes llevan vn mismo traxe en vestidos y insignias, qual el desta pin- tura.

88

los Chinos q̃ dan sus peticiones al Mandarin escritas en vnos pliegos de papel muy largos y anchos al talle del libro q̃ mostro el Angel al Propheta Zacharias c.5. es descortesia darlas en pliegos pequeños, y darlas desplegadas como se pinta. notese q̃ no tienen genero algº. de bonete, y aunq̃ no vsan quitarselo ni hacer con el cortesia alguna como los Europeos. las q̃. les hazen las Chinas con los braços y manos y inclinacion del cuerpo. con todo esso los Chinos presos y todos los demas q̃ se presentan en forma de reos aunq̃ paresca como tal por algª. acusacion algun Mandarin no hablan a los Mandarines con los bonetes de su estado o dignidad antes seria descortesia parecer con ellos.

从上到下分别为编号 88（右）、89（左）

从上到下分别为编号 92（左）、90（右）、91

从上到下分别为编号93（左）、94（右）、96（左）、95（右）

从上到下分别为编号97（左）、98（右）、99（左）、100（右）

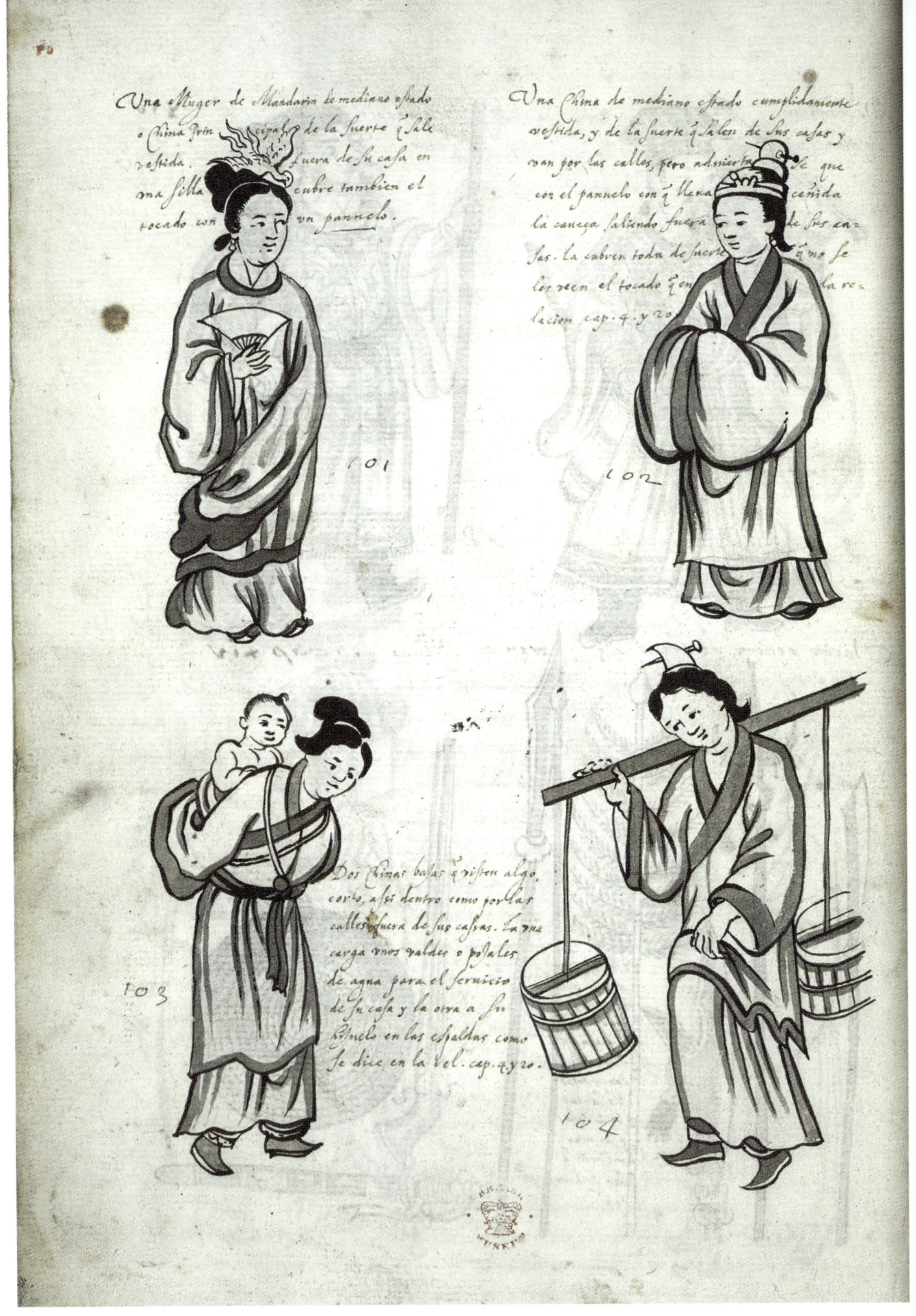

从上到下分别为编号 101（左）、102（右）、103（左）、104（右）

从上到下分别为编号 105、106（左）、107（右）

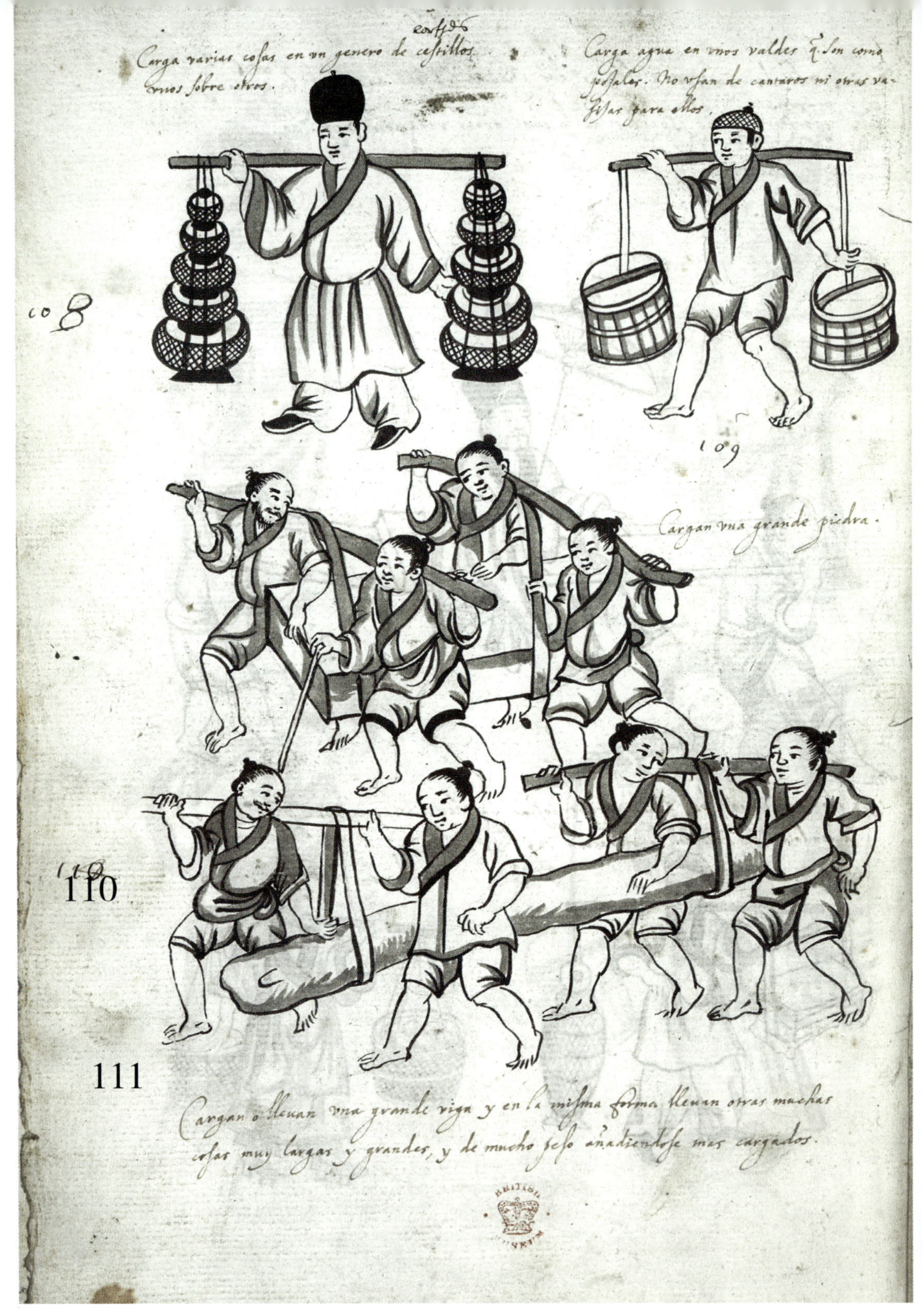

从上到下分别为编号 108（左）、109（右）、110、111

Comen en mesa alta todos los Chinos con palillos de q̃ en la relac. c. 12. Raçonan
mucho entre bocado y bocado, que dandose en el interin con las esfendillitas en
la mano Junto a la boca.
6
Siruen a la mesa
112

编号 112

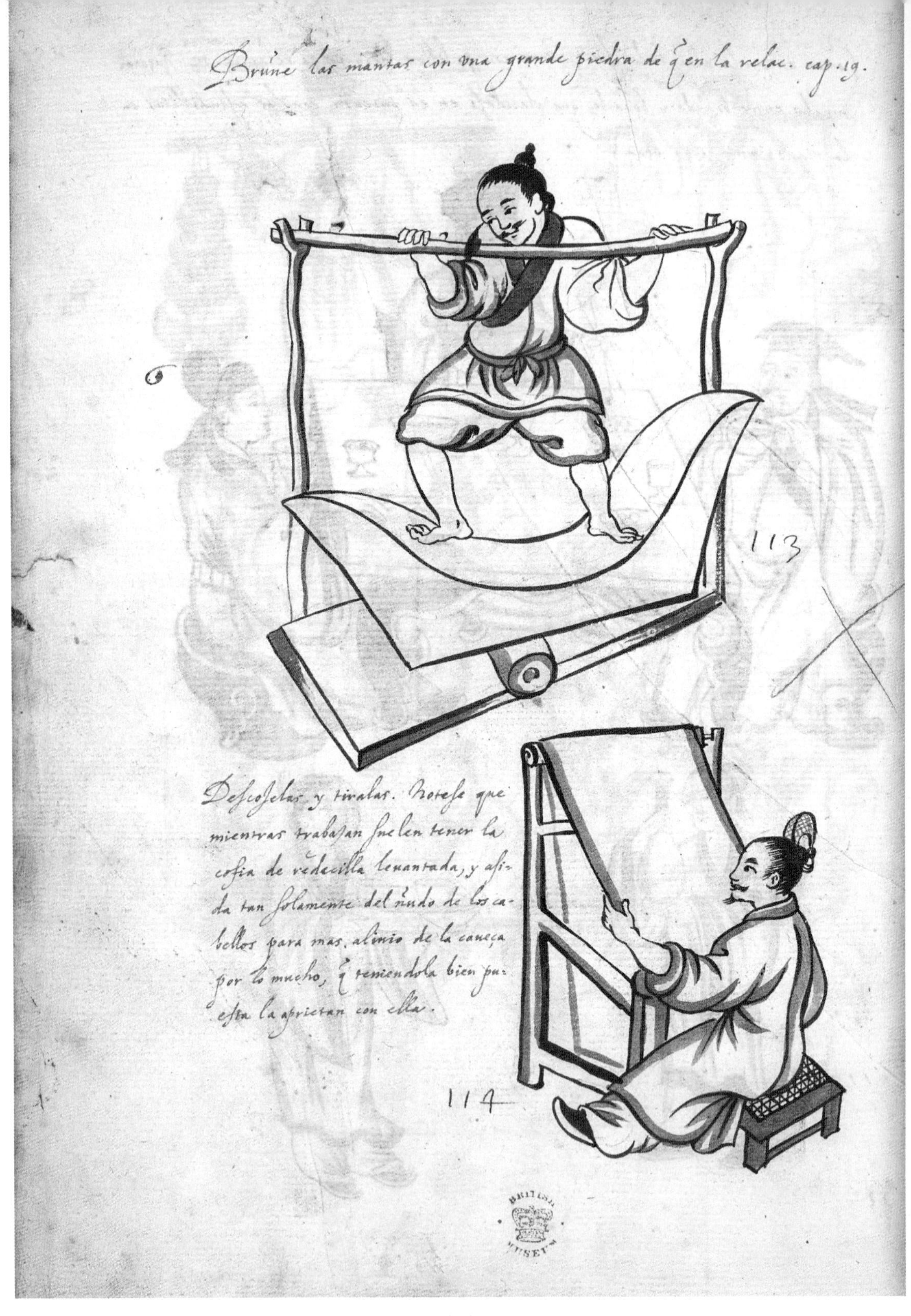

从上到下分别为编号 113、114

从上到下分别为编号 115、116

Cacan el animal del almiscle, y a el le cuelga la bolsilla en q̃ lo purga
en el ombligo de q̃ en la relacion cap. 23.
117

编号 117

下面是官员外出巡视时携带的仪仗器具，见于第六章

第一，要注意的是携带仪仗器具的有一些是家仆，有一些是士兵，有一些是军事头目，有一些是随行的低级官员。

第二，携带仪仗的人有些是步行，有些是骑马。

第三，那些步行运送仪仗的人一般用肩膀运送，就像扛旗子一样，拖着杆子和锁链，而骑马的人则笔直地举起这些仪仗器具。

第四，小官不会带那么多仪仗器具，也不会有那么大阵仗，但是大官的阵仗就很大，一排排的，就像游行一样，带着很多仪仗器具，仪仗器具的多少取决于官阶的大小。

如果你远远旁观，这些仪仗队看上去很有意思，神采奕奕的。但是如果走近看的话，你会立刻发现里面的很多东西质量低劣。

第五，官员的妻妾们在城里巡视的时候也是排着队的，她们把容貌遮盖得很严实，随行人员可能会多一些或者少一些，这要看地位高低。官员的婢女也是排着队前进的，还有一些其他随行的中国男性。她们出行时也会携带一些仪仗器具，特别是遮阳伞，拖着杆子，举着牌子，上面写着中国字，还有钟、小喇叭以及其他官员（也就是她们的丈夫）平常会携带的东西。随行队伍跟官员出行时很类似，这表明了她们的身份，但是没有大小之分。

第六，在结婚的时候，即使新郎新娘跟当官的没有关系，他们也会在街上坐着轿子，随行队伍和官员出行时很像，也有小号、钟、鼓、走路的仆人等等。

第七，互赠礼物的不一定是新郎新娘，官员有时候也会送礼，要么给对于官员来说很特殊的人送礼，要么给地位重要的中国人送礼。这些官员在街上光明正大地拿着礼物，放着音乐，带着随行队伍，但是不带仪仗器具，那些仪仗器具是官员给自己用的。

第八，要注意的是，有些官员所带的仪仗器具就是武器，这些仪仗器具不是拿来惩罚人的，它们单纯是用来恐吓和炫耀的。棍子就不同了，官员会突发奇想地惩罚一个应该惩罚的人，就像人们所说的那样，手和

嘴巴都要撞到一起了（de manos a boca）①。（手稿第 158 页）

编号 1②：一面小旗子，旗杆的末端有一个铜制的小钵，携带旗子的人一边走一边用破布制成的小鼓槌敲击它。

编号 2：中国钟，悬挂在肩膀上，还有那破布做的小鼓槌是用来敲击它的。它们除像小盆子一样外，在中间还有一个像香瓜瓜脐一样的凸起物，中国人敲的就是这里。这种钟发出的声音很不错。

339 编号 3、4：几种喇叭。

编号 5：另一种挂在手上的小钟，还有用来敲击的鼓槌。

编号 6：一块小牌子，上面的文字意思是让人们给官员让路。

编号 7：很小的鼓，挂在手上。另外一些鼓类似于欧洲所使用的鼓，中国人也会带出来在马上敲击。

编号 8：手里拿着的棍子，上面拴着细绳，用来驱赶群众或者动物，还用来绑那些不马上退开的人，然后把他们拉到官员面前。

编号 9：三支加满弹药的小枪管，被插在铁杆子上。这些枪管在某些场合用于欢迎官员到场，用引线点燃引爆。（手稿第 158 页背面）

编号 10：几种燕尾旗。

编号 11：几种旗帜，它们之间的不同之处在于上面所画的图案和动物纹饰不同。（手稿第 159 页）

编号 12：锁链，官员携带这些锁链的方式和携带棍子的方式是一样的，都是拖着走，只有很大的官才会带这些东西。

编号 13、16：几种锤。

编号 14：小矛，上面有蛇缠绕的图案。

---

① 西班牙俗语，意思是突然之间，某事在毫无预料的情况下发生。（陈国坚，1993）[518]

② 不知道为什么，在手稿之中，从这张图开始编号变为 1，后面的图片也依照顺序变为 2 号、3 号……一直到 24 号，而按照此顺序原本应当是 25 号的图片却变成了 125 号，接着后面的图片又开始从 125 号开始进行编号，且编号较为随意，存在缺号的情况。蒙科所编辑的版本则放弃了手稿上的编号方式，直接承接上文的图片编号顺序，上文的最后一张图为 117 号，因此蒙科将这张图编为 118 号，后面的图片也依照顺序编号。为了让读者更方便对照图片与文字解说，我们选择继续使用手稿上的编号方式。

编号 15：几种戟。

编号 17：一只铜手，上端平展升高，应该是暗示官员的手很长，触及范围很广，能够轻而易举地把犯人握在手中。人们说他们用这种铜手扇耳光。那些位高权重的官员才会把它们带到仪仗队里，而且这种情况很少。（手稿第 159 页背面）

编号 18：一个拳头，握着一条蛇，这可能是为了表明甚至连蛇都心 340
甘情愿被官员掌握在手中。人们说官员经常下令用此物打耳光，这是高官才会使用的仪仗器具。

编号 19：一个类似于箭筒的东西，上端有一些小型箭状物。人们说这东西是用来惩罚人的，把一个人的耳朵对半折起，然后用这个东西穿过耳朵上下两部分，最后用小型箭状物把整个耳朵彻底切下。

编号 20：用来打人的棍子，在第二十章有介绍，一般行刑人会抓住较小的一端拖着走，还要大喊几声，声音巨大、凄楚、骇人，拿着棍子的行刑人用它们来驱散人群，一些行刑人喊完以后，就换另一些喊，轮流值班。我看见有些小官的行刑人是举着棍子走路的，而不是把它们拖在地上，不过这是因为这些官员的权力很小。大官在他们辖区范围内走过审判庭门口的时候，倘若碰到跟自己官阶相同或者更大的官也会这么做。

编号 21：挂起来的牌子，上面写着官员的职权和地位。

编号 22：一种剁刀。

编号 23：弯刀。

编号 24：带有炭火的烟锅，飘出来的烟有味道，在大官面前不能带这个东西。

编号 125[1]：官员的秘书，负责在箱子上写关于官员的事情。

编号 126：两个中国人抬着一个大箱子，或者叫大文件柜，里面有官员的官印，见于第六章。官员无论在家还是在外，都会尽量不让官印离开自己的视线范围。编号 126 右侧，一位骑着马的小官，他带着他所跟随的官员的官衔证书，这官衔是吏部[2]授予那位官员的。（手稿第 160 页）

---

① 从此处开始图片编号变为 125。

② 原文“Consejo supremo”，即最高级的部，后文提到最高级的部是吏部，因此这里也翻译成吏部。

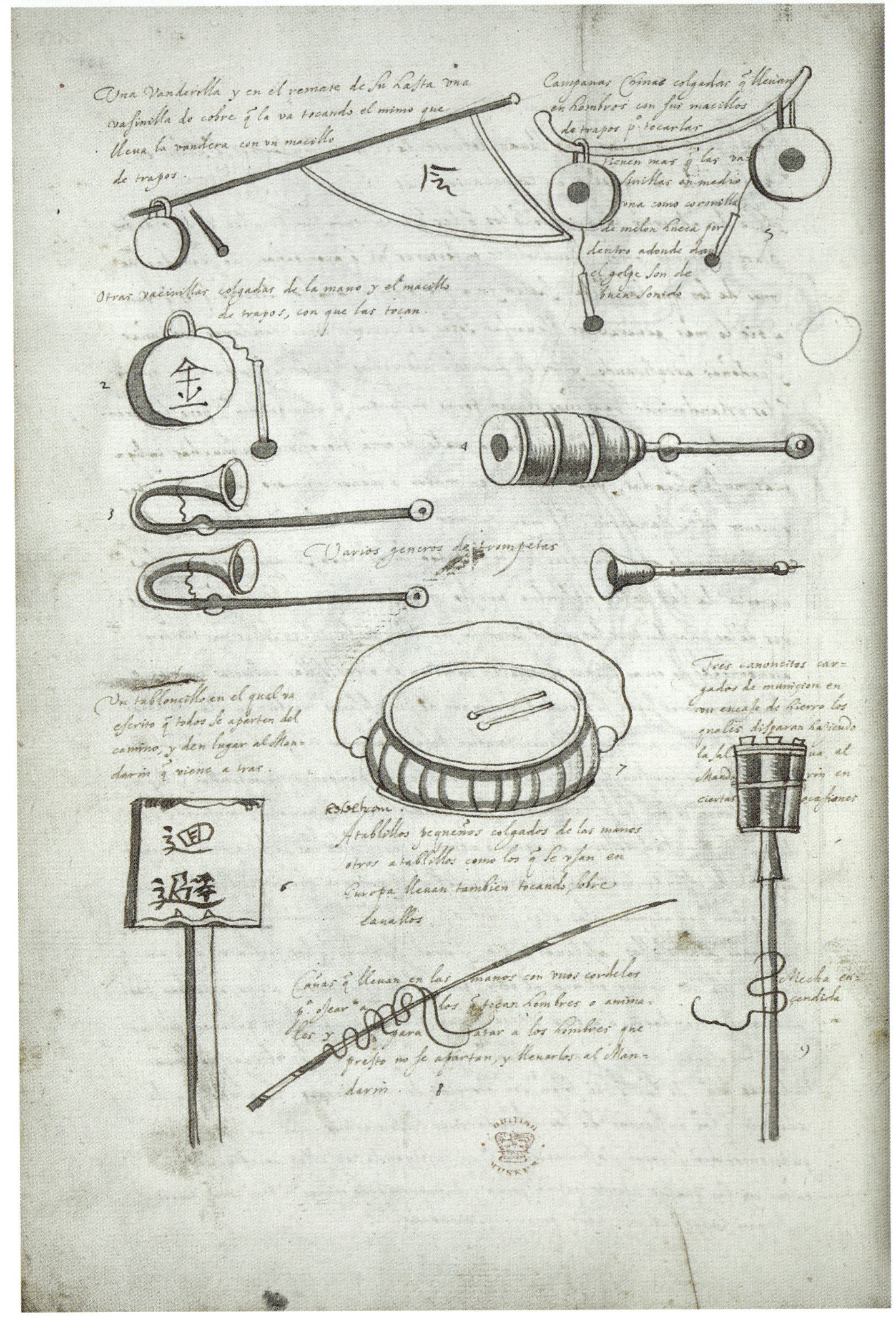

从上到下分别为编号1（左）、5（右）、2、3（左）、4（右）、7、6（左）、8（中）、9（右）

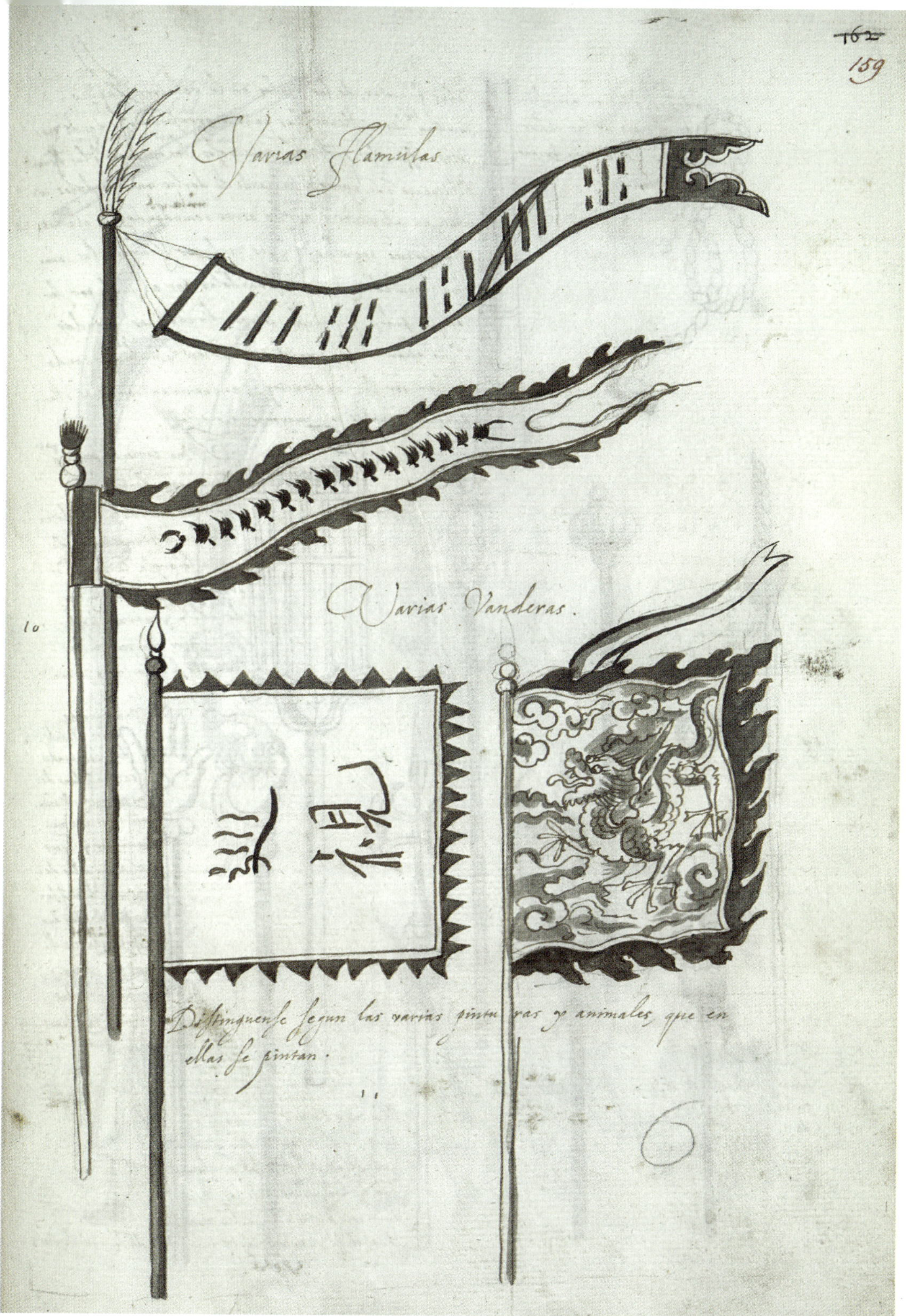

从上到下分别为编号 10、11

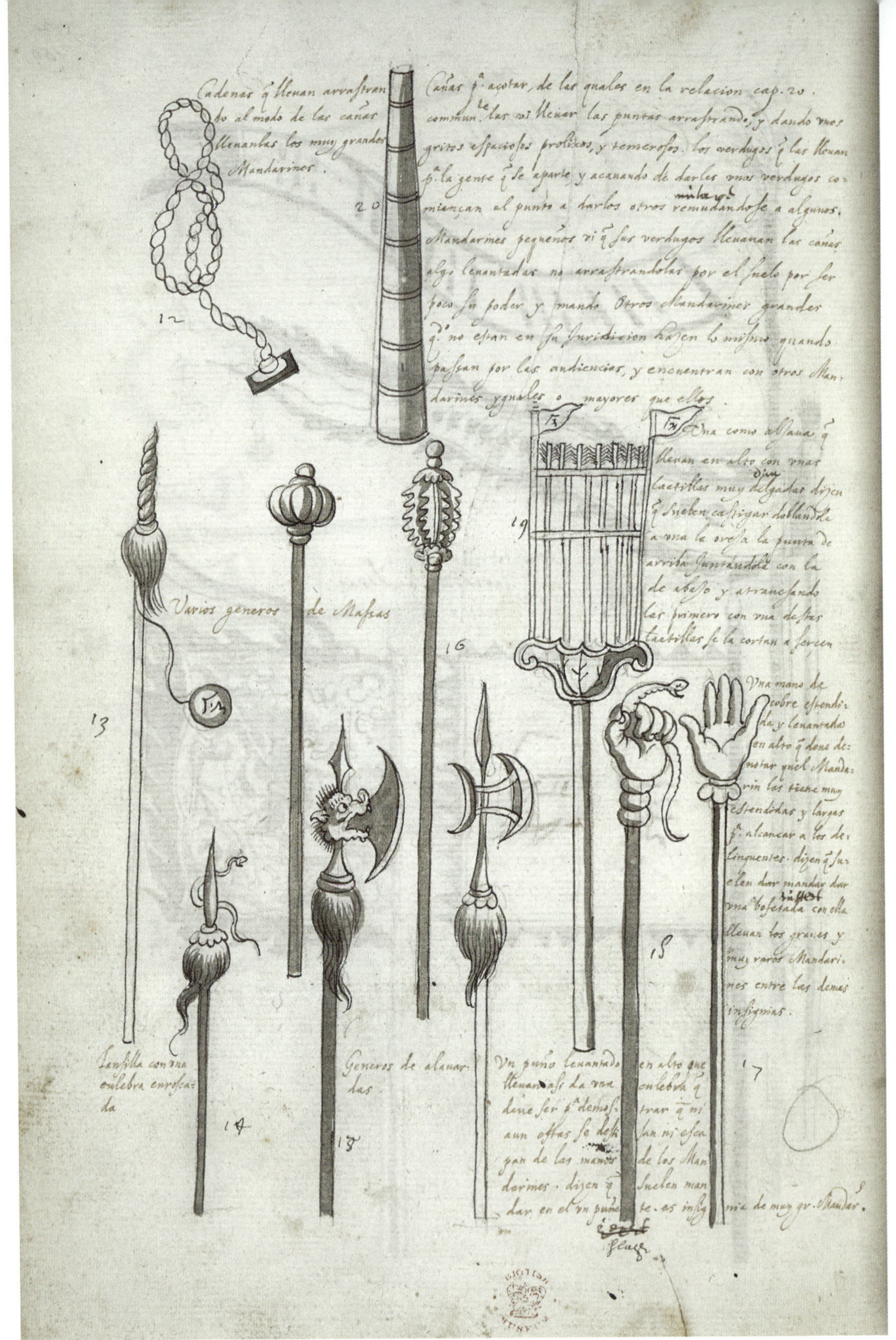

从上到下分别为编号12（左）、20（右）、13（左）、16（中）、19（右）、14（左）、15（中）、18（右1）、17（右2）

从上到下分别为编号 21（左）、24（右）、22（左）、23（中）、125（右）、126

编号 127：遮阳伞，展开以后很大。有些官员只带一把，另外一些更高级的官员可以带两把，官阶很高的可以带三把，有的用黄色的塔夫绸或者锦缎装饰，有的用蓝色，有的用其他颜色，根据遮阳伞的颜色就可以看出官员的腰带是什么材料的，进而得出他的官阶大小。其中一把遮阳伞遮住官员的头部，另外两把遮阳伞在官员身前，在随行队伍之间展开。不是做官的人不能带这么大的遮阳伞，但是小一点的是可以带的。编号 127 下方，配有鞍鞯、戴着马嚼子的马，注意座位是什么样的，然后马镫是怎么防止脚碰到马身的，这样他们就不需要使用马刺，而是用鞭子驱动马向前。他们总是带着脚凳，这样官员想要上马的时候就可以踩着上去。此外，在马的胸皮带上有很奇怪且很大的铃铛。（手稿第160 页背面）

中国人用肩膀抬着官员的宝座。

编号 128：蒲扇，用来遮挡官员前进的路线，见于第六章。编号 128 下方，携带仪仗器具的一般有四个人、六个人或八个人，数量越大，官阶越高，戴着小红帽子的人运送这些器具，一些军事头目也会紧跟官员。在朝堂上不允许官员携带这么多的器具和随行人员，就像我们说过的一样，在朝堂上没有官员敢坐在宝座上，即使是最高级的官员也只能坐在普通的轿子里，四个人抬着，更常见的情况是官员骑马上朝，不坐轿，这是为了表明皇帝所在的地方没有其他地位相同的人。普通官员在宫外的随行队伍比高官在宫内的还要声势浩大，普通官员在宫外也比高官在宫内要威严。（手稿第 161 页）

接下来是关于中国皇帝与皇后的内容

我在这一节会说得比较少，主要还是看图片，还讲述一些有趣的中国之事。

现在统治中国的皇帝年龄很小，他叫天启（Tiengnes），据说由于
341 血统的关系，他生下来就有很大的耳朵。现在中国皇帝都不能走出宫门一步，因为他们怕被杀害。更早一些的时候，皇帝每年要离开皇宫几次，去进行祭祀活动，但由于怕被杀害，皇帝出宫这段时间不允许人们上街，连看都不准看，强制关闭街道上所有房屋的大门。宫里的人会带许多外

形相似的轿子出宫，全部盖住，把皇帝藏在其中一个之中，这样人们就不知道皇帝在哪个轿子里了，而且如果某个人不幸看到了皇帝在哪个轿子里，不一会儿宫里的人就会取这个人性命。

如今的皇帝从小就没有见过宫外的世界，宫里只有一些不同的建筑
以及园囿、庭院。这些园囿和庭院向他展示了全国十五个省份，皇帝所 342
有的交际圈子就是后妃、子嗣和太监。

太监都是中国社会地位极其低下的人家的孩子，五岁时就被阉割得一干二净，这样就有希望在宫中缺人的时候可以被一个大官或者其他大太监选上。遴选的时候一般会有两万多个这样的孩子一同参加，而一般只会选两到三千人，如果这些孩子幸运就能进宫。一开始他们还只是侍奉年纪更大的太监，随着时间的推移，他们的等级会越来越高，功劳越来越大，直到能够侍奉皇帝、皇后以及皇帝的嫔妃。为了杜绝隐患，每三年宫里就会有一次全员检查，如果发现某些太监产生性欲，宫里的人就会把他们再根除得干净一些。这么低贱的人，就只配得上这样悲惨的生活，他们让我想起了圣·伊比凡尼奥斯（San Epiphanio）古老律法[①]中的重新割包皮（recircuncisión）以及其他圣经诠释者给出的说法。

六部成员不允许皇帝见任何人，哪怕是别国使臣也不允许，中国皇帝不会见这些使臣，也不会跟他们说话。一个官员根据法律给他们在宫里留了位置，当使臣以及其他外国人到达中国的时候，就会被关在一间十分寒酸的房子里，这间房子是专门选来给使臣住的。朝廷的人还安排士兵看守，防止有人跟他们讲话。负责的官员则会把使臣的请求用他喜欢的方式转呈皇帝，解决了之后就会强迫使臣赶紧离境回国。不过，使臣离开时带走的礼物总是比使臣带给皇帝的礼物要多很多。

至于中国人上交给皇帝的请愿书，除行政长官的请愿之外，有一
个专门的官员负责审查它们，请愿书是递交到皇帝手上，还是被他拦下
来，完全取决于他的想法。国家不喜欢的请愿就不会回复，并把它送到 343

①圣·伊比凡尼奥斯（310/320—403）是拜占庭帝国的一名大主教，反对异端，坚持正统，其著作《帕那里翁》（*Panarion*）是一本关于异端的著作，著作中列举了八十余个基督教异端教派，并予以驳斥。（Saltet，1912）这里阿德里亚诺指的可能就是伊比凡尼奥斯的《帕那里翁》。

六部手中，六部官员会以书面形式告诉处理请愿书的官员依照国家法律应该怎么做，皇帝一般不敢反对国家法律，也不敢坚持自己的观点，除非是少数特殊情况。但是，另一方面，皇帝想对高官做什么，他就可以做什么，就像他想对任何一个普通中国人做什么，就可以做什么一样，轻而易举。

六部是皇帝在宫中设置的最高法庭，有六个委员会，每部都有自己的尚书（presidente）以及其他要员。吏部（el Consejo de Magistrados）是第一个部，也是最大的部，它向全国各地提供治理的官员，将新的官员提拔上来，给有功劳有文采的官员擢升的机会，有缺陷的官员则要么被革职，要么被降职；第二个部是户部（el de Hacienda Real），它负责收集全国的赋税；第三个部是礼部（el de Ritos），它负责许多事务，其中最主要的是负责一切与皇帝、皇子及其婚礼相关的事宜；第四个部是兵部，它向全国提供武官、军事头领、将军，也负责其他与战争相关的事宜；第五个部①掌管皇家建筑以及全国的公共设施，比如城墙、桥梁、造船厂等等；第六个部②负责刑事案件。六部在所有省份都拥有下级官员，它们通过这些下级官员履行职责，并通过他们了解各地法院都发生了什么，所以这些下级官员隶属于它们，它们也只需要去处理国内的重大事件。（手稿第 161 页背面）

编号 130：中国皇帝华丽的外袍。皇室的衣服颜色永远都是黄色，用金线刺绣，上面绣着水、六条龙以及背部的三条龙。不仅仅是这件衣服，皇帝的其他衣服也都是这个颜色的，也都绣上了龙，皇宫里必要的装饰以及皇宫里的其他东西，甚至是瓦片上都有龙的图案以及黄色的蛇形图案（serpentina③ amarilla）。无论是颜色还是龙的图案都是禁止皇族以外的人使用的，冒用皇室服装是要被逮捕、惩罚的。不过普通人穿黄色似乎是可以的，我看到很多次这种情况，那些人并非军人，身上的衣服却使用了黄色。（手稿第 162 页）

皇帝的帽子，用极细的金子制作。

---

①应该是工部。

②应该是刑部。

③“serpentina”是“serpentino”（蛇形的）的阴性形式，可能指的是龙袍上的蛇形纹路。

Payo o tirasol estendido. es muy grande. Unos Mandarines lleuan uno solo, otros de mayor calidad dos. los muy grandes tres. Unos son guarnecidos de tafetan o damasquillo amarillo. otros de azul otros de otros colores. por cada uno destos colores se conoce y sabe de q materia lleua el Mandarin el cinto y consiguientemente su maior o menor dignidad. con el un payo le cubren la caveça los otros dos van delante estendidos entre el acompañamiento los q no son Mandarines no pueden lleuar semejantes payos grandes pero si lleuan los pequeños.

129

Cauallo ensillado y enfrenado. Notese la silla, y como impide quel estrivo y pie no pueden tocar al cauallo y assi no usa de espuela sino de azote al q va acauallo lleuan siempre el banquillo pª quando el Mandarin quiere subir a cauallo. en el pretal van raros pero muy grandes cascabeles.

127

编号 127

161
Lleuan al Mandarin grande en trono en
hombros de Chinos.
Auentador con q van
cubriendo el rostro del
Mandarin del q en la
relacion cap. 6.
128
Suelen ser los q lo lleuan 4 o seys o ocho q es lo sumo, y por el mayor
numero dellos se conoce tambien la mayor dignidad dellos. Lleuan los q
lo cargan los bonetillos colorados. Cercan tambien el Mandarin algunos
capitanes. en la corte no soler consiente tanto aparato y acompañam.to como se a dho en la q.
ninguno de los Mandarines va en trono, y a los muy granes q se les permite silla ordinaria
es a lo sumo con quatro cargadores, y lo comun es q vayan acauallo, y no en silla p.a q se entienda
q donde esta el Rey no ay otras grandeças. Mandarines ordinarios lleuan mas acompañam.to y
magestad fuera de la corte q en ella los muy grandes.

编号 128

165
162
Ropon rico del Rey de China.
Veſtidura R.l cuyo color es ſiempre amarillo. bordado con hilo de oro. las bordaduras ſon aguas, y ſeys
dragones, y tres en las eſpaldas. No ſolo eſte ropon pero todo el raſto de veſtidos del Rey ſon del miſmo color
con dragones, y todo el adereco de palacio, y q̃ en el ay haſta las miſmas texas de barro. tienen dragones
y la ſuperficie amarilla aſi el color como los dragones ſon a todos los q̃ no ſon de la ſangre R.l pro-
hibidos, y vſarlos en ſus veſtidos ſe tendria y caſtigaria como traycion, aun q̃ el color amarillo
ſolo a la gente vulgar no parece q̃ les eſta prohibido yo vi a muchos deſta, y ſin ſer ſoldados
q̃ lo vſaban en ſus veſtidos.

编号 130

皇帝所戴的第二种帽子，古时候皇帝戴着这个帽子出现在朝堂中较高的位置的一扇大窗子里。它是一块小板，其下端有一条镶嵌槽，从槽里垂下一串串珍贵华丽的宝石，遮挡面庞。皇帝手里还拿着一块象牙板，就像某些圆雕神像在祭台上手拿的象牙板一样，用于显示自己尊贵的身份。我在神像上看过许多次这种帽子，也看过戴着阁老或者其他官员的帽子的神像。

皇帝戴在胸部的束带。

官员佩戴的普通腰带，他们将它们缠在腰间。这些腰带是用金或者华丽且极其贵重的宝石制成的。（手稿第 162 页背面）

344 中国皇帝坐姿图。（左侧）国公，中国皇帝以下的第二大人物，但是并不是官员；（右侧）阁老，我们称他们为“Colaos”，皇帝之下的最高级官员。（手稿第 163 页）

皇后只有一个，她是中国皇帝的合法妻子，但是即使没有她，还有九个次要等级的女伴，另外还有三十六个第三等级的女伴，这些都有结婚的头衔。即使没有这些女伴，也没有结婚的头衔，还有其他许多女伴拥有小妾的头衔。只有合法的原配所生的皇子才能在到了年龄后继承皇位，倘若原配没有子嗣，那就是其他女人所生的孩子中年龄最长者继承。有地位的中国人在与合法的原配结婚时都会注重她的生育能力。

皇帝和皇子的女伴没有平等权，负责为皇帝和皇子遴选女伴的官员一般都会挑选外貌和魅力出众者。无论是官员的女儿还是其他有地位的中国人的女儿都不愿意和皇室的人结婚。第一个原因是她们不愿意离开父母亲族，不希望以后再也不能见到他们、跟他们说话。倘若儿子们要被加封成皇子的话，这种事情也会发生在这些人身上。第二个原因是她们不想像修女一样被关在宫里，甚至情况要糟糕很多。而且她们当了皇后以后权力很小，父母亲族能获得的好处也很少，她们生下的皇子能获得的好处也少，因为这些皇子中的任何一个人，都可能会因为国家的法律规定所限无法当官，无论是当武官还是文官都不行。

那些皇室成员在这方面几乎没有权力，甚至没有普通官员会因为任何事情而去依附皇室成员。虽然一直到第三代子嗣，这些皇家血统的人都能收到礼物，也能获得足够的租税作为生活来源，但是这些租税不是

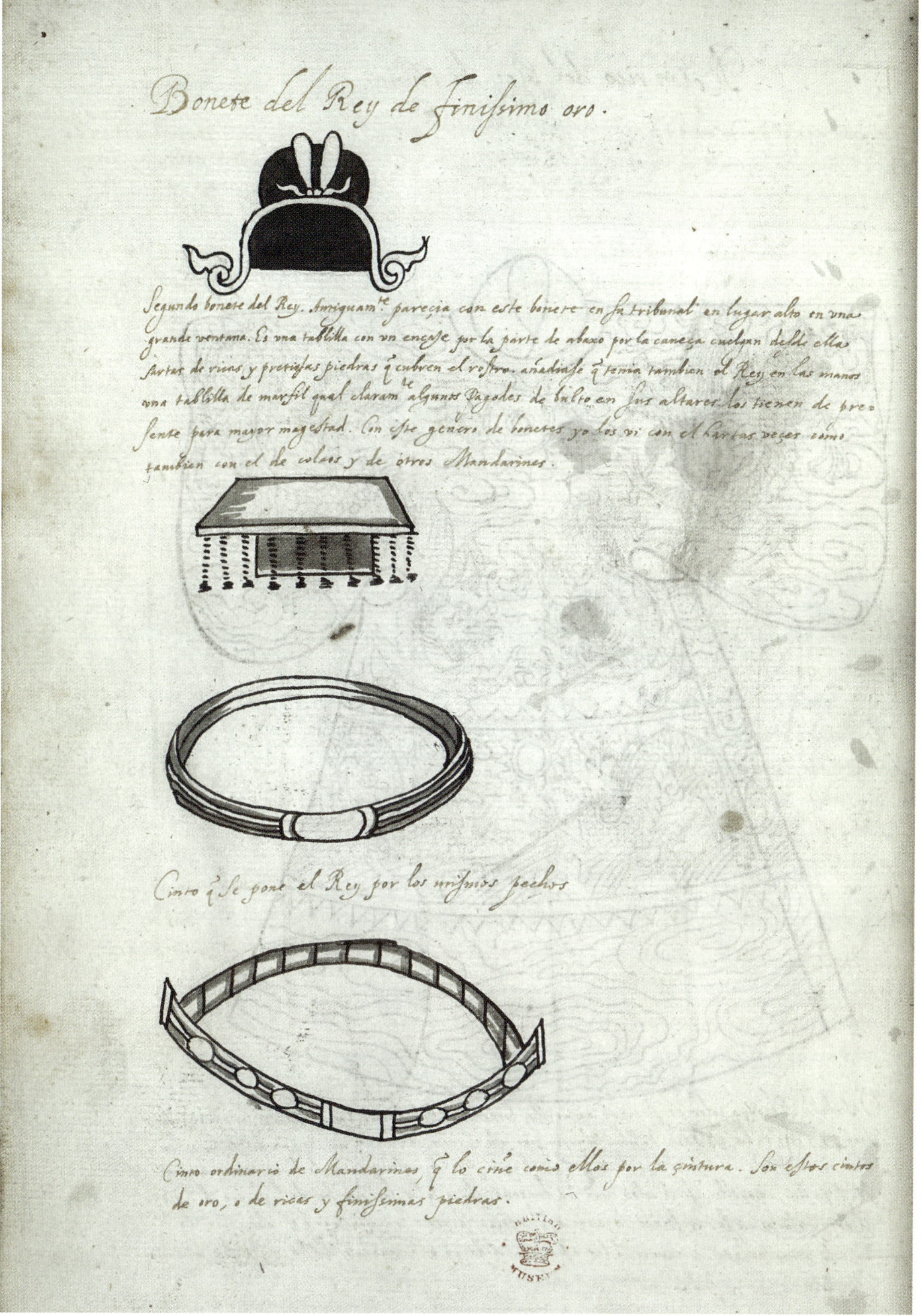

以上皆没有编号，从上到下分别为皇帝的帽子、皇帝所戴的第二种帽子、皇帝戴在胸部的束带、官员佩戴的普通腰带

163
REY DE GRAN CHINA SENTADO
Cingcong segunda dignidad en China despues del Rey pero no Mandarines
q nos otros llamamos Supremos Mandarines immediatos al Rey
131

中国皇帝坐姿图

来自他封地内的臣民，也不是来自封地①或者其他财产，而是由国库的官员直接拨款。而第三代子嗣之后，由于这些皇室成员的名字仍然具有皇家特征，仍然是皇室宗亲，因此国库仍旧会给他们钱生存，不过只是刚刚够用而已，不会给他们当任何的官。（手稿第 163 页背面）

编号 132：皇后的长袍，刺绣十分华丽。据说在这种长袍以及其他衣物上可以使用各种颜色，没有限制。（手稿第 164 页）

编号 133：皇后的头饰。

皇后的另一种头饰。

皇后使用的腰带，十分华丽，上面有黄金和质量上乘的宝石。（手稿第 164 页背面）

编号 134：中国皇后坐姿图。只有皇后，也就是中国皇帝合法而且最为重要的妻子才有资格使用上述长袍和头饰。皇帝的其他女伴只能穿图中另外两个女性所穿的衣服，这是给高官穿的衣服，她们跟皇后说话时还必须手拿象牙小板，皇后会在她们犯错的时候下令惩罚她们。（手稿第 165 页）

接下来是几张平面图②，通过它们可以看出中国所有建筑的大致样式，画家将中国建筑最普遍的特征都呈现了出来，忽略了只有某些建筑才会具有的特殊情况，这些特殊情况也遵循着中国人主要的建筑理念和思想，没有做出什么大的改变。

最开始的两幅画是官员的审判庭，这里也会成为行刑的地方，就像
印度人在法庭上惩罚犯人一样。中国人在这里摆上几幅描绘行刑场面的 345
画。在图画的背面以及图画之中有带编号的小型图片，且在图片的后面附有对应编号的说明，帮助读者理解图画内容。

另外两幅画画的是寺庙，同时也有它的编号以及相应说明，在图画的背面画有一些要放在神台上的图画或者偶像。

另外两幅画画的是中国人的房子以及其他建筑，也附上了说明。

---

①这里神父是在以一个欧洲人的眼光看待中国的现实情况，而当时的欧洲实行封建制，国王将土地分封给有爵位的人治理，这些人就变成了领主，每个领主都能得到一块封地，而且能够享受封地百姓、臣民缴纳的捐税。

②神父所说的这几张平面图，没有出现在手稿中。

Saya de la Reyna ricamente bordada. dizen, que vsa en ella y en las demas vestiduras de todas colores sin limite.
164
132

编号 132

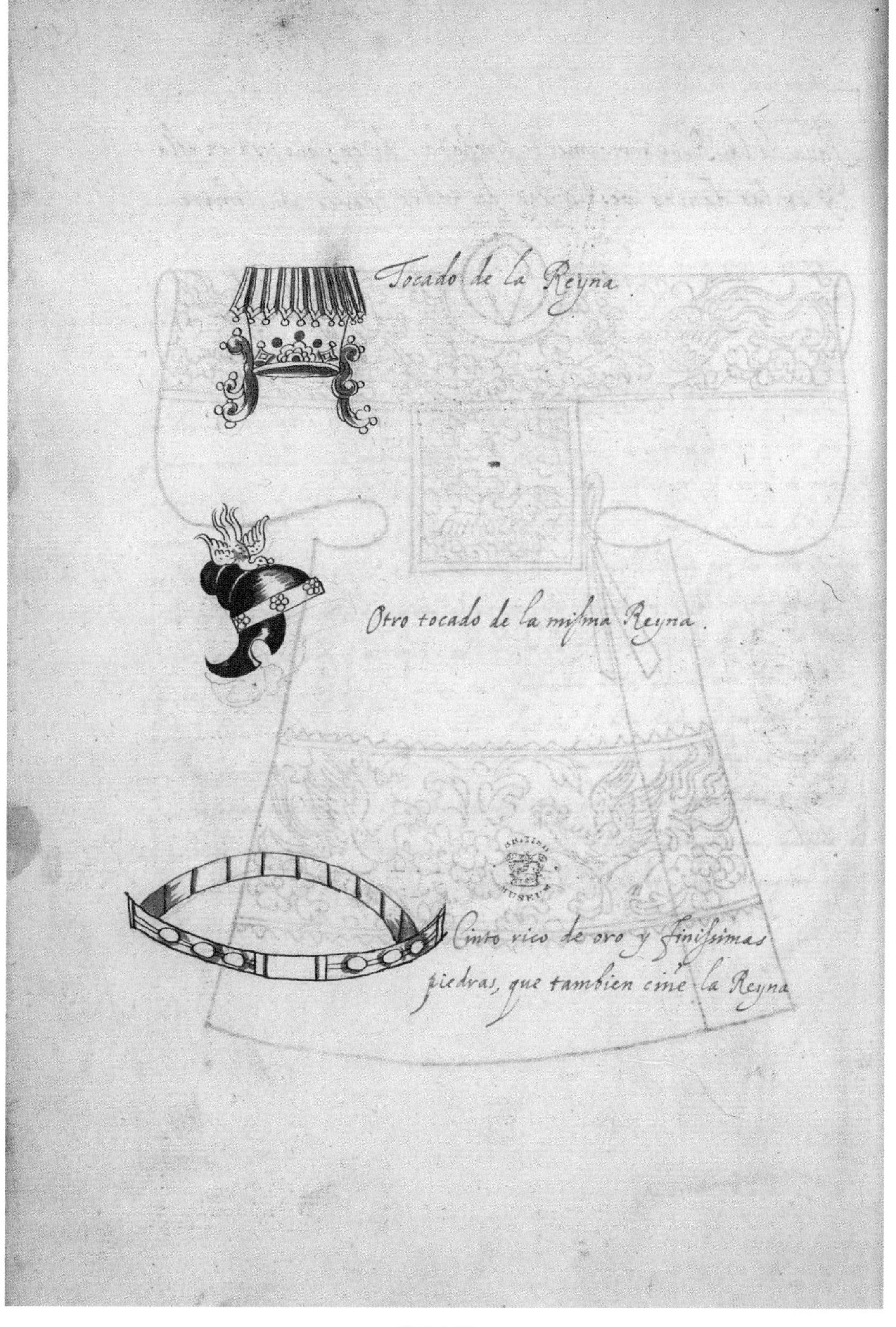
Tocado de la Reyna
Otro tocado de la misma Reyna.
Cinto rico de oro y finissimas
piedras, que tambien cine la Reyna

编号 133

REYNA DE LA GRAN CHINA SENTADA.
Sola la Reyna muger del Rey de China le-
gitima y principal usa de las sayas, y toca
dos arriba dhas. Las demas mugeres del Rey
visten el traje de las dos q estan aqui pinta-
das q es el de las muy granes Mandarinas
con sus tablillas de marfil para hablar a la
misma Reyna la qual a ellas las manda casti
gar quando lo mereçen.
134

编号 134

最后附上一张澳门的城市地图，以及一张中国海岸的地图。[①]（手稿第 165 页背面） 346

编号 135：官员手下的小吏和小卒押解着犯人到审判庭受审。

编号 136：注意，犯人被押解到审判庭见官的时候，他们原本穿在长袍或者上衣下面的小裙子现在必须系到上面来，而且他们也不能戴发网式的束发帽。（手稿第 166 页）

坐落于城墙外田野中的审判庭的平面图，第六章有提及：（手稿第 347
166 页背面）

1. 审判庭位于中间的大厅，也是主厅。

2. 主厅的两边有两个小厅，当主持庭审的官员在审判庭审判时，其他与他级别一样的官员就来到这两个小厅。

3. 跪拜官员的时候，官员站起来，跪拜结束之后，官员便坐到椅子上主持庭审。

4. 官员背后的一块隔板（cancel），木制，防止其背后的人窥视庭审情况，这块隔板和第 5 点提到的门之间有一条很窄的小道。

5. 审判庭背面的大门。

6. 前面用锦缎装饰的办公桌，桌子上有官员的官印、墨水瓶、笔、纸张、小筒，还有一些小型的植物茎秆，上面写着汉语的数字，表示要打多少板子。

7. 听差（paje）、仆从以及官员的其他下属工作人员。

8. 从主厅通往旁边的两个小厅需要经过的小门。

9. 官员在这里站成一排，穿戴着官员的专用标志，两只手在外袍宽大的袖子里握在一起。这些站成一排的官员的官职都比主持的官员要小。

10. 戴上武官标志的武官们站成一排的地方。

11. 捕快们带着棍子站成一排的地方，他们是打板子的人。

12. 庭审进行时，和主持庭审的官员同样级别的官员在旁边的两个厅坐下闲聊时所坐的椅子。

13. 第 9 点提到的站成一排的官员、第 10 点提到的武官、第 16 点提

① 澳门的城市地图以及中国海岸的地图都没有出现在手稿上。

从上到下分别为编号 135、136

到的士兵两两下跪拜见官员的地方，去的时候拜三次，回来的时候再拜三次。受刑者也是在这里被打板子。

14. 用来上到审判庭上层各个大厅的台阶。

15. 审判庭前很大、很干净的广场，通常四周围着大面积的菜田（huertas）以及郊区的建筑。

16. 士兵竖起长矛、各种小旗、其他武器站立的地方，他们身后是一大群平民百姓。

17. 官员到来或者离开时，中国人演奏小铜鼓、小号、钟，燃放爆竹或者更小的东西进行迎送的地方，演奏的音乐还要与官员到来时演奏的音乐一致。

18. 一根杆子，它的底端围着石阶，上面升起旗帜。

19. 方形广场的入口，在审判庭建筑的正前方两侧。

20. 官员坐在几个中国人抬起的宝座上进入广场，并围绕它行进一周，走在他前面的是庞大的随从队伍，队伍会一直行进到审判庭前的台阶处，在这里官员就会从宝座上下来，走上台阶，进入审判庭。（手稿第 167 页）

官员府邸的审判庭，这是为了解决日常小事设立的，官员每天出来
两次听取诉求，一次是上午，一次是下午，第三十章有提及：（手稿第 348
167 页背面）

1. 主要的大门，从这里进入第一个院子。

2. 高高的木制建筑，有两三个屋顶层，在我们前面说到的第一个院子前面的大门上。

3. 第一个露天庭院。在开门庭审的时间还没到的时候，前来提出诉求的人就在这个庭院里等着，士兵也在这里值勤。这里有两个很大的鼓，至少有一根杆子，很高，上面升着旗子。

4. 主要的大门，在第二个院子的中间，很大，有台阶，台阶后面是用作审判庭的建筑，只有主持庭审的官员才能进出这里。

5. 主要大门旁边的两扇门。当官员从他的府邸出来，准备去往审判庭的时候，这两扇门会被关上，诉求人从右手边的门进入，庭审结束时，从左手边的门离开。

6. 一条道路，上面的东西很漂亮，通常只有主持庭审的官员才能从

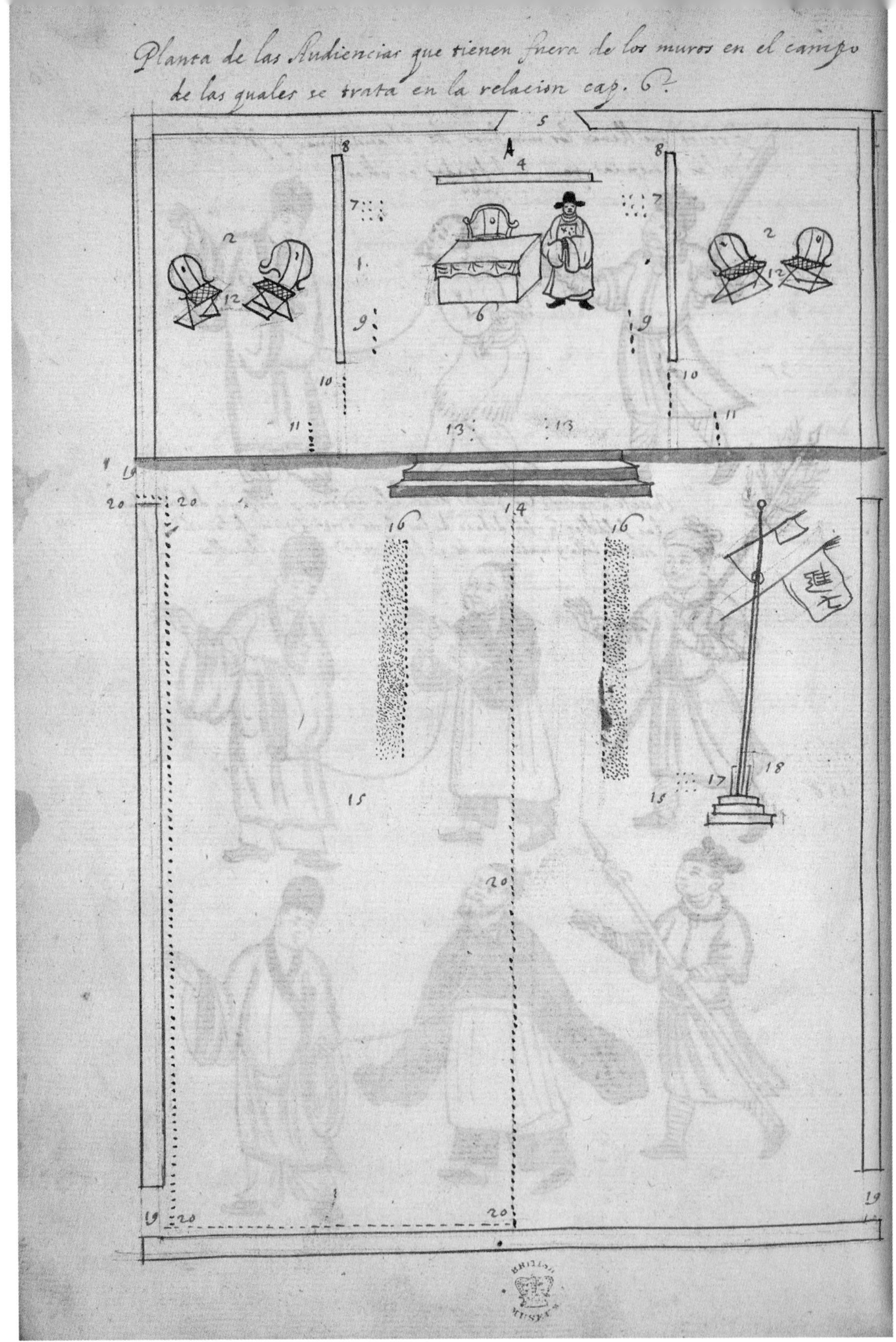
Planta de las Audiencias que tienen fuera de los muros en el campo de las quales se trata en la relacion cap. 6º.

审判庭的平面图

这里进出，其他官员都不行。这条道路及其经过的其他院子都没有明显的屋顶，都是露天的。

7. 一扇门，在铺着瓦片的屋檐的下面，它也在上文那条道路上。这扇门总是关着，除非是官员从府邸出来，到审判庭里坐下的时候，这扇门才会随着敲钟的声音被打开，第 4 点中提到的大门也会被打开，然后突然之间，官员就这么出现在了第 3 点提到的在庭院中等待的众人眼前。

8. 庭院的右侧，诉求人在这里等待一个中国人的传唤。这个中国人的职责就是专门传唤诉求人，并让诉求人说出自己的诉求。在诉求人进入审判庭之前，他们的名字以及诉求已经被告知给了官员，官员会告诉传唤人他想要解决的事情清单和顺序。根据顺序，先让第一个人进入，再是第二个人进入，然后是第三个人进入，以此类推。

9. 楼梯，被传唤的诉求人从这里上到上文中的道路上。

10. 道路上人们突然跪下的地方，诉求人在自己面前高高地打开请愿书。

11. 官员命令诉求人上前跪下，秘书拿到诉求人的请愿书，带到官员面前，诉求人在这里回答官员提出的问题。如果官员下令打他板子（这很常见），那么武部就在这里打他板子。

12. 一个中国人跪在这里，大声数着受杖刑者被打的板子数。

13. 诉求人的诉求被官员听到并审理（并且有时候本人还要被打板子）之后，被捆起来，在左边下楼。

14. 院子的左侧。被审理过的人如果想看看其他人庭审的情况就可以留在这里，不然这些人就可以直接从第 5 点中提到的左边的门离开。

15. 两条小路，去往与审判庭连着的或者附近的监狱，官差从监狱里押出戴着手铐、脚镣的犯人，审判完毕后又把他带回监狱。

16. 两个楼梯。上楼就是审判庭，官员的助手从这里上下楼梯、进出 349
审判庭。（手稿第 168 页）

17. 审判庭大厅，有屋顶。

18. 庭审的官员坐在这把椅子上主持庭审。

19. 官员身前的办公桌，前面用塔夫绸或者锦缎装饰，桌上摆有纸张、笔、墨水瓶、小筒，筒里面是写着板子数目的小型植物茎秆和官印。

20. 官员的仆从、小听差以及其他工作人员站着的地方。

21. 一个木制的隔板，被用作官员所坐椅子的靠背，而且可以防止门外的人看到里面的情况。通过这扇门可以直接进入官员的府邸，隔板后面还有一条小道，从这里可以直接去往上面说到的那扇门。

22. 通过这扇门可以直接进入官员的府邸。

23. 官员的府邸或者说宫殿就建在这里。

24. 比审判的官员官阶小的官员在这里站成一排，佩戴着官员标志，两只手在外袍宽大的袖子里握在一起。

25. 协助官员的武官在这里站成一排。

26. 武部们在这里站成一排，他们是打板子的人。

27. 秘书、书记员在这里工作，这里还有审判庭的柱子和符号。

28. 秘书、书记员以及其他工作人员的小房间或者文书室。

29. 有栏杆的走廊，在上文所说的小房间的门口。

这些人在折磨一个中国人，把他的手绑起来，嘴巴朝下平放着，抬起他的头，并尽可能让头靠近脚，然后把他的头发绑在脚上，如果这个人头发比较短，那么就加上一条细绳，接着在他的双腿以及双臂之间，也就是背上塞入一根大棍子，两个中国人用这根棍子挤压他，逼他招供。（手稿第 168 页背面）

第五、十、十四章已经提及许多次的打板子，这些人用板子抽打着腰带以下都被脱光的官员，但是不会绑他的脚。行刑的时候会把他的官员标志、帽子、腰带、官服取下来。

腰带以下都被脱光的中国男子正在被打板子，行刑的人一般会绑住受刑者的双脚，另外一些行刑者会用板子的尖端摁住他，使他动弹不得。如果犯人一直躁动不安的话，还会有中国人直接用手和脚摁住他。（手稿第 169 页）

中国女子被打板子，她的袜子和短裤都没有被脱。注意看这个女人是怎么给行刑人比手势，告诉他贿赂金额，以求行刑人手下留情的。

编号 137：由于通奸罪被判背着大木板在城市里游街的男女。中国人也会判罚重罪者背着这样的大木板在公众场所一动不动，不让他坐下，持续十五到二十日，并且不停地给他的双脚注射液体，这不仅让他双脚

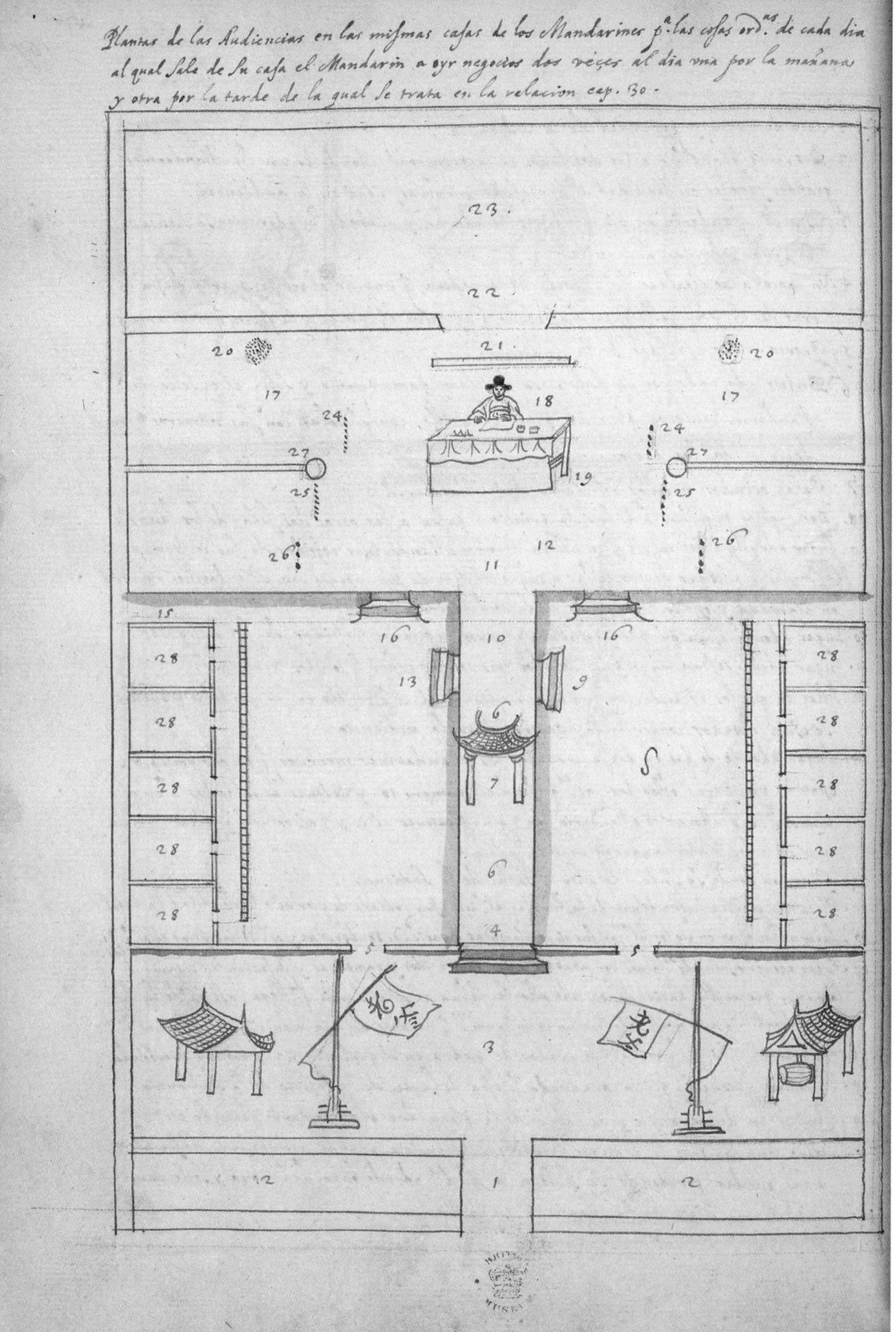
Plantas de las Audiencias en las mismas casas de los Mandarines p.ª las cosas ord.ᵃˢ de cada dia al qual sale de su casa el Mandarin a oyr negocios dos veçes al dia una por la mañana y otra por la tarde de la qual se trata en la relacion cap. 30.

官员府邸的审判庭

17. Sala de Audiencia cubierta con techo.
18. Silla adonde esta asentado el Mandarin dando Audiencia.
19. Bufete q̃ tiene delante de si el Mandarin adornado con su delantera de tafetan o damasco y sobre el q̃ papel, plumas, tinteros canuto con las cañuelas q̃ tienen los numeros q̃ los actores y el Sello del officio.
20. Lugar adonde estan en pie los criados y pajes del Mandarin y otros officiales.
21. Un cancel de madera q̃ sirve de respaldar de tras de las sillas del Mandarin y impide el ver la puerta por donde se entra a su casa, y vn callejoncillo de tras del cancel dho por el qual se va a la puerta dha.
22. Puerta por donde se entra a la casa del Mandarin.
23. Lugar adonde esta edificada la casa o palacio del Mandarin.
24. Lugar adonde estan en pie y en hilera los Mandarines q̃ son menores q̃ el q̃ juzga vestidos con sus insignias de Mandarines, las manos asidas dentro de las mangas anchas de sus ropones.
25. Lugar adonde estan en pie y en hilera los capp.as que asisten al Mandarin.
26. Lugar adonde estan en hilera y en pie los otros con sus cañas en las manos q̃ son los verdugos.
27. Lugar adonde estan los Secretarios y escriv.os junto a las columnas y tabiques de la sala de la Aud.a
28. Aposentillos o Secretarias de los Secretarios, escrivientes y otros officiales.
29. Corredor con sus Valaustes q̃ esta delante de las puertas de los dhos aposentillos.

Dan tormento a vn Chino atandole las manos atras, y luego tendiendo la boca abaxo levantandole la cabeça, y hacia esta los pies quanto pueden, y atanselos con sus cabellos y si tiene ellos muy cortos añadenles para ello vn cordel luego le meten por entre las piernas y por entre los braços sobre las espaldas vn grande palo con el qual dos Chinos le aprietan con fuerça y le van estrujando para que confiese.

折磨中国人图

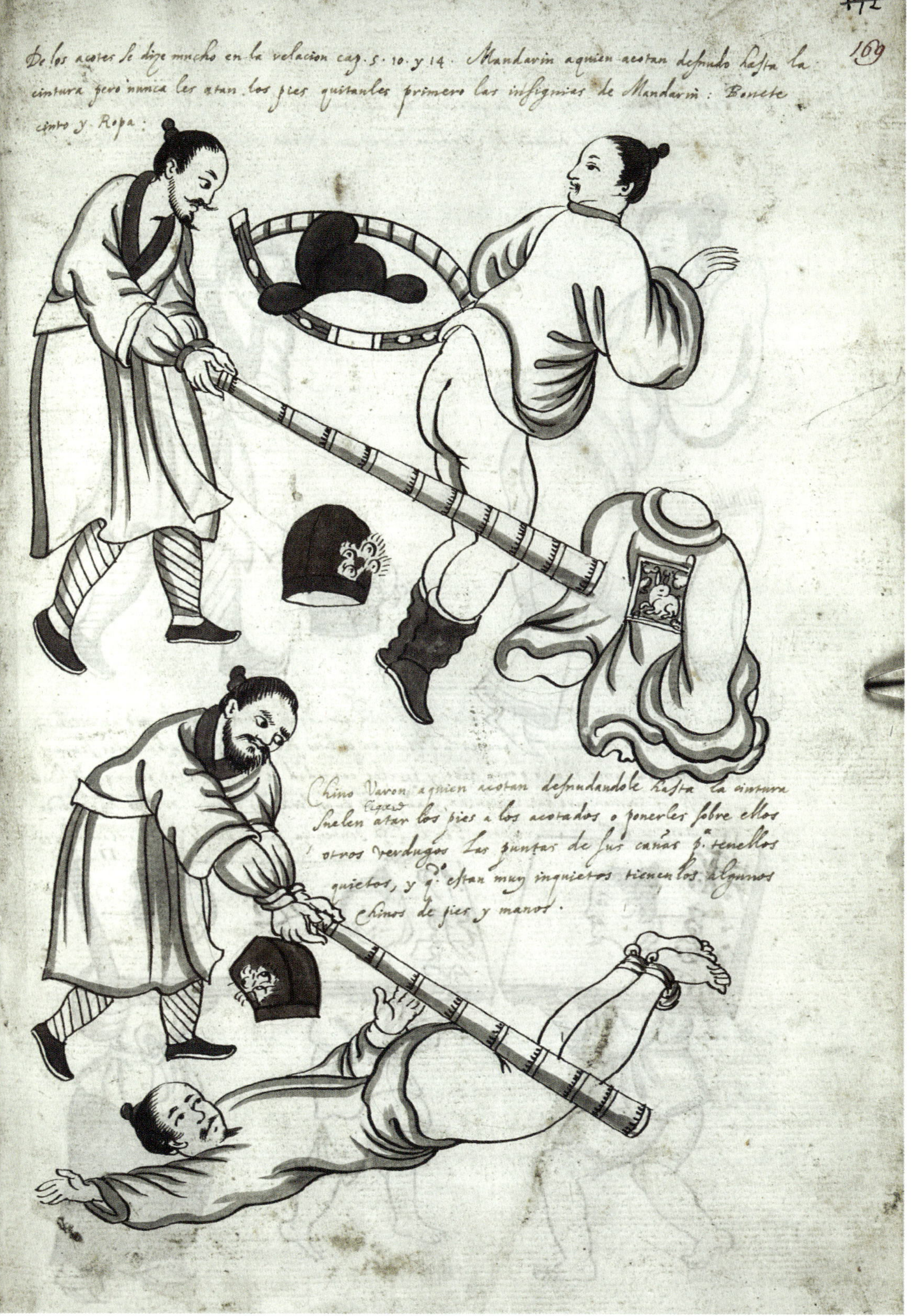
172
169
De los acotes se dize mucho en la relacion cap. 5. 10. y 14. Mandarin aquien acotan desnudo hasta la
cintura pero nunca les atan los pies quitanles primero las insignias de Mandarin: Bonete
cinto y Ropa:
Chino Varon aquien acotan desnudandole hasta la cintura
Suelen atar los pies a los acotados o ponerles sobre ellos
otros verdugos las puntas de sus cañas p.a tenellos
quietos, y q.do estan muy inquietos tienenlos algunos
chinos de pies y manos.

中国男子被打板子

350 水肿，甚至还让他的脚爆裂开来，一般惩罚的日子没到犯人就死了，将这种刑罚判给犯人就是为了要他死。见于第二十章。

给赌鬼脖子上套上大板子或枷锁，文中有提及。（手稿第169页背面）

1. 寺庙大门，在第一堵墙上。

2. 大门两边的门。

3. 寺庙的第一个院子，完全露天。

4. 一个大池塘，里面有水和鱼。

5. 池塘上方的桥梁，从这里可以直接到达大门。

6. 一个有屋顶的大厅，它的宽就是整个建筑的宽。

7. 第二个院子，很大，铺地砖，露天。

8. 第二个院子两侧的小房间。

9. 寺庙的主厅，或者是最大的礼拜堂，它的宽就是整个建筑的宽，有漂亮的天花板。

10. 上文提到的两个大厅的柱子，在某些寺庙是用木头做的，在另一些寺庙则是用漂亮的石头做的，每个柱子都是一整块石头。

11. 小房间的小门，门前有一个有铁栅栏的走廊，从这个走廊可以直接走到各个房间的门前。

12. 礼佛者鞠躬下跪的地方，也是求签的地方。

13. 很长很大的桌子，做工精良，镀金和上漆两种工艺都做得很好。桌子上有一个小筒，里面有小型植物茎秆和小角，用来求签，还有用来焚香的火盆和用来烧香或点蜡烛的烛台。桌子上还有一盏灯，用来放人们供奉的小蜡烛。

14. 主祭台，上面有许多神像。

15. 靠近墙边的石凳，上面有很多圆雕神像，全身像、半身像都有。

16. 一块立起的石头，像圣水池一样，上面有一个火盆，里面用来焚香，也会烧前来礼佛之人供奉的银箔纸和金箔纸。我经常见到另一种情况：在某些寺庙没有设立这种石头，取而代之的是一个或多个很高且整洁的火盆。

17. 两个装饰好挂在寺庙墙上的雕刻物，上面写着一些说明文字作为装饰，向大众说明在求签的时候应该怎么让这些小板子（或者叫小角）

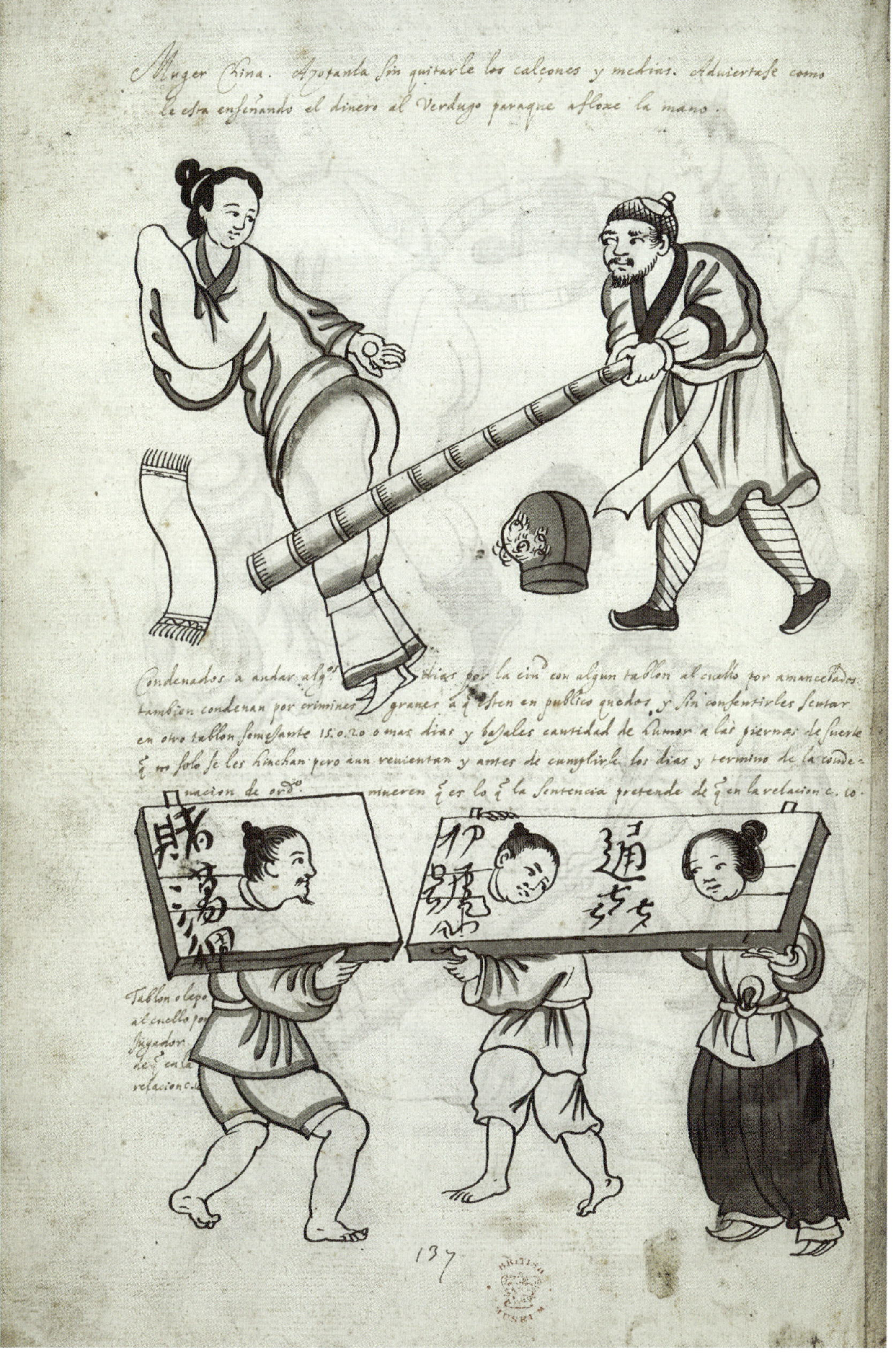

中国女子被打板子、编号 137

掉在地上。

18. 一口吊起的大钟，和卡斯蒂利亚的钟形制类似，只是没有钟舌，在礼拜过后，中国人用一根棍子敲击两三下。

19. 一个长凳或者木制凹槽上的大鼓，拜完神像以后中国人就会打几下，跟敲钟一样。

20. 木制长凳，上面有小孔，人们将遮阳伞、打人的板子以及其他在官员身前携带的仪仗用具插在小孔里，人们抬着神像出庙巡游的时候也会携带这些仪仗用具。（手稿第 170 页）

编号 141：神像，男性，名叫弥勒（Vitec）。人们说他很有智慧，因此很崇拜他，把他的塑像放在寺庙的神台上供奉，旁边还摆设有点燃
351 的灯和火盆，烧香烧得烟雾缭绕，人们拜他的时候要鞠躬和跪拜很多次，甚至官阶最高的官员也要这么做。根据绘画形象来看，他身体大部分都是裸露的，特别是胸部有两个大大的乳房，肚子也很大，手拿一串念珠，耳朵上戴着两个大铁环当作耳环，就像暹罗人一样，据说弥勒就是从暹罗传到中国的。

编号 142：寺庙的秘书。

编号 143：寺庙看守人。（手稿第 170 页背面）

第七章提到的桥梁，上面有一些房子，只有两个桥洞，还有一些台阶，下去就是船只的通道，从这座桥梁的状况我们可以推测其他桥梁是怎么样的。

编号 149：中等权势的中国人在山坡上的坟墓，见于第十一章。那些十分有权有势之人的坟墓更加豪华，有门厅、金字塔[①]和其他漂亮石头建成的建筑，整整齐齐地搭建在一起，中国人将他们的幸福寄托在这上面。

编号 150：中产阶级中国人的小型坟墓，建在山坡上或者公路旁。

编号 151：普通老百姓十分普通的坟茔，小镇周围的坟场里全都是这种坟茔，它们是地面上很小的拱，盖上了许多土。（手稿第 171 页）

① 可能是坟堆。

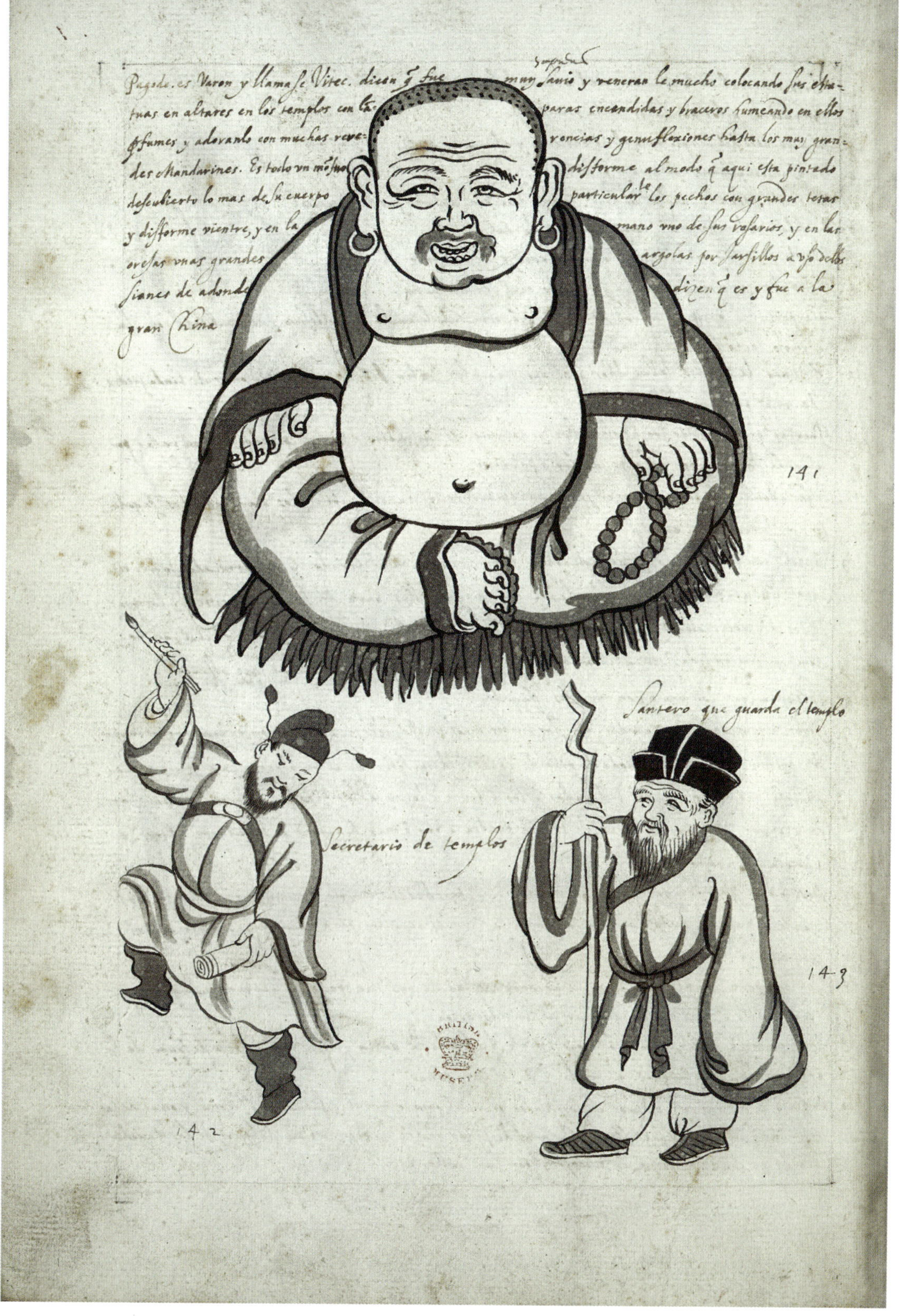

从上到下分别为编号 141、142（左）、143（右）

桥梁图及编号 149、150（左）、151（右）

澳门城描绘图[①]（descripción）上各个号码的说明

澳门城是在广州附近的一座岛屿的一端上建立的，它的一边环绕着海洋，另一边则是广州那条河的支流，这让它成为一座岛。它所在的地方是一个小丘，高低不平，所以没有笔直的大型街道，城里面的建筑和西班牙的建筑类似，由于描绘图或地图太小，我们只能用点来表示街道，而且我们只画出了最值得注意的东西，并给每个东西加上了编号，并在编号后面加上了说明。[②]

1. 白色的房子，一个官员住在这里，带着士兵和船只在这里看守
着，防止有澳门居民顺流而上，也防止任何外国人从中国离开，也不让 352
中国人在没有官员许可的情况下给澳门城带去任何商品、给养或者其他东西。

2. 一堵石砌的城墙，有门，城墙上有岗哨的亭子，亭子里有中国士兵，防止澳门居民进入内地，城墙的一部分浸在海里，另一部分在河里。

3. 中国人住的小村子。

4. 中国人耕作的土地。

5. 圣母指引教堂（Ermita de Nuestra Señora de Guía），建在高山一个山坡的平面上。1622 年光荣的圣约翰日[③]（día del glorioso San Juan Bautista），一千个荷兰人乘着十七艘舰船在此登陆，想要拿下城市，大部分中国人从城中逃走，而澳门居民则在没有其他中国人帮助的情况下迎战。那个时候还没有城墙，之后人们知道了荷兰人的企图，在他们到来前的几个月建起了城墙，还在上面安装了数量很少的大炮。

6. 圣拉撒路济贫医院[④]（Hospital de pobres de San Lázaro）。

7. 管理澳门华人居民的官员所住的府邸，其他广东的官员来澳门也会住在这里。

8. 圣保禄碉堡（Fuerte de San Pablo）。

9. 圣保禄教堂，属于耶稣会[⑤]。

---

① 该图并不在手稿之中。

② 此处有删减。

③ 庆祝圣约翰出生的节日，在 6 月 24 日。

④ 应该位于如今澳门城内的圣母望德堂附近，后者建于 1568 年，后在此设立辣撒禄麻风病院，这里的圣拉撒路济贫医院应该就是指的辣撒禄麻风病院。

⑤ 应该是今天澳门的大三巴牌坊。

10. 圣安多尼教区[①]（San Antonio, parroquia）。

11. 西班牙国王医院（Hospital del Rey de España）。

12. 主教座堂（Iglesia catedral）。

13. 圣多明我[②]。

14. 仁慈堂（Iglesia de la Misericordia）。

15. 圣方济各[③]以及那里的一个碉堡。

16. 圣奥古斯丁[④]（San Agustín）。

17. 圣洛伦佐教区[⑤]（San Lorenzo, parroquia）。

18. 法国圣母堂（Ermita de Nuestra Señora de Francia）和一个叫作佳生育圣母碉堡（Nuestra Señora del buen parto）的堡垒。

19. 圣伯多禄碉堡（Baluarte llamado San Pedro）。

20. 圣约翰碉堡（Baluarte llamado San Juan）。

21. 城墙处的城门，可以经由此处到达田野处。

22. 城门，可以经由这座城门进入河流，在这里安装了炮台以作清洗之用。

23. 一个中国人的佛寺。

24. 岛屿的大门，这里有一个装有炮台的碉堡。

25. 一个堡垒，或者是避难所，在一座山上，这座山也被用作岗哨。

26. 议会大厅或市政府。

27. 625 年[⑥]城墙被中国人逼迫推倒的一面（加上屋脊）。中国人此举是为了加强对城市的控制，有一些部分甚至没有完成，还在施工当中。（手稿第 171 页背面）

---

① 今天被称为圣安多尼堂区或花王堂区。

② 应该是今天澳门的玫瑰圣母堂，又名圣多明我堂。

③ 可能是今天的路环圣方济各圣堂。

④ 应该是今天澳门的圣奥斯定堂。

⑤ 应该是今天澳门的风顺堂区，又称为圣老楞佐堂区。

⑥ 此处是笔误，应该是 1625 年。

第三部分
追溯福音在中国的传播历史

第一章　圣福音传入中国的时间

357 据重要作家记载[①]，使徒圣多马[②]（S.Tomás）很有可能到过中国传教，并发展了一批信徒。在《基督教远征中国史》[③]（*Christiana expeditione*）中，耶稣会的金尼阁神父[④]援引了使徒圣多马每日祈祷所用的祈祷书中用迦勒底语[⑤]写就的几句经文佐证了这个观点，也就是东犹地亚（Judea）的马拉巴尔[⑥]神父们所朗诵的那句经文："神性圣多马，俾华夏与黑地兀皮亚皈依真理。"（per divum Thomas sinae ethiopes conversi sans ad veritatem.）[⑦]意思是因为圣多马的传道，中国人和埃塞俄

---

①《中国纪行》的手稿是阿德里亚诺从中国回到马尼拉后撰写的，根据阿德里亚诺的计划，手稿原本分成三部分，第一部分讲述他在潮州府被囚禁的经历，第二部分是图册，里面是中国各种事物和民俗的手绘图片，而第三部分，也就是这篇文章，则讲述基督教在中国的传教情况。阿德里亚诺原本计划在本部分撰写三篇文章，然而第一篇文章还没有写完，他就去世了，在本篇文章的末尾读者可以发现这篇文章并没有写完，是突然中断的。

②耶稣的十二门徒之一，公元 53 年，他来到今天印度的喀拉拉邦传教，并在印度不同的地方建立基督教会。（Encyclopaedia Britannica, 2021）

③这本书更为人熟知的名字是《利玛窦中国札记》。这本书的中文版由中华书局于 1983 年出版，由何高济等翻译（利玛窦 等，1983）。

④神父在手稿中写的是"Nicolás Tregancio"，西班牙语版《中国纪行》的编者蒙科在注释中认为神父实际想指的是金尼阁神父"Nicolás Trigault"。

⑤迦勒底王国即新巴比伦王国（Neo-Babylonian Empire），公元前 626 年至公元前 538 年存在的西亚国家。（《世界通史》编委会，2011）使徒圣多马的《多马福音》原著用希腊语写就，有拉丁语和叙利亚语译本（文庸 等，2005），可能这里神父指的是叙利亚语译本。

⑥犹地亚位于今巴勒斯坦地区，而马拉巴尔则属于印度西海岸的南部地区，读者不要被神父的谬误误导。

⑦正确的拉丁文应该是："per divum Thomam Sinae et Ethiopes conversi sunt ad veritatem."

比亚人才真正皈依圣福音。祈祷书下面又写道:“神性圣多马,俾天国(手稿第 172 页)降临华夏。”(per divum Thomam regnum caelum volavit et ascendit ad Sinas.)在祈祷书中有一首对唱赞美诗也说:“身毒人、华夏人、波斯人咸追忆圣多马,以子之圣名崇拜子。”(Indi, Sinae, Persae, in commemoratione D. Thomae offerunt adorationem nomini tuo sancto.)

另一个证据是,中国人之间流传着一些绘有男性形象的绘画,上面有我们用来描绘圣徒的符号标志。还有一种中国人所崇拜的女性画像,
叫作观音,手里抱着一个小孩,如果是在欧洲看到这样的画像,那可能 358
会被当作圣母画像供养和崇拜。我在第九章谈到过与观音相关的内容,在这里补充一下,虽然一般情况下我看到的观音像都是圆雕塑像,但有些时候我看到她身上披着披巾,就像我们的画家所画的披着披巾的圣母像一样。在当地中国女性身上是看不到这种装扮的,无论是在家里还是在街上,当地女性都没有戴这种披巾的习惯。我在探视几名狱友的时候发现了这点,就此事多次询问了中国人,问他们那位夫人是谁,为什么他们要崇拜那个画像。我发现,他们对她几乎一无所知,只是回答我说她和手里抱着的那个小孩都是神。

在 1626 年 2 月我离开监牢并抵达澳门时,教会里的神父们给我看过一块石头上所篆刻汉字的一部分翻译。这块石头是 1625 年在中国内陆距省会西安城(Singán)10 里格的地方发现的,石头位于周至县(Chouche)境内的一座道观(也就是中国三大教派之一老子教派的寺庙)中。被发现时,石头竖直摆放,上面以中浮雕的形式篆刻了一些碑文。碑文清晰地显示在那个州府里有基督教徒和传播福音的传教士,作者称之为“景教”(Kinkiao),意思是清晰的教义,因为教义的字里行间包含着一个神圣信仰的奥秘,包含以下内容:创世、我们第一个父亲的原罪、人类的救赎、圣礼、崇拜偶像、洗礼、按手礼[①]、(手稿第 172 页背面)教会规定的祈祷时间和弥撒。所有的这些内容都用中文和叙利亚文(或者叫

① 基督教仪式。一般在为教徒施行坚振和任命神职人员时进行。多由主教或神父、牧师把手按于领受者头上,念诵规定文句,表示赐予领受者以圣灵的祝福和权柄。

巴比伦文）写就，上面出现了弥赛亚、神、埃洛希姆（Elohim）[1]和撒旦的名字。此碑文拥有超过八百四十年的历史，并且证明了于一千年以前，即公元 625 年，基督教信仰就已经被我主传播和扩散到中国，也就是说，从福音开始传播到篆刻这块石头大约经过了二百年。[2]

在我脱离囚徒生涯后的第二年，即 1627 年的 5 月 29 日，我听到
359 从澳门传来的关于此事的消息。我的好神父、好伙伴和好狱友，我们教会的米盖尔·松田神父从澳门来到马尼拉城，他无法返回他的祖国日本群岛，因为日本闭关锁国，极其残忍地迫害基督教徒，他希望能有办法回去，好拯救那些命运极其悲惨的基督教徒、神父或者是传福音的牧师。

他给我捎来几封信，其中一封便提到那块石头上的中文，石头上的文本已经被拓出，被中国境内教会的神父翻译成了葡萄牙语，信是司库瞿西满寄给我的，翻译成西班牙语是这样的[3]：

> 那永恒而真实之物，无始无终，以其无比的强力创造万物，这就是上帝，三位一体，一个实体，一个神，万物之主，没有源头。这位先主名为 OSO OYU，迦勒底语中意为阿罗诃[4]。他将世界四方分为十字形状，他创造了天地，令白昼之日与黑夜之月辉耀，使人成为人，在他的恩惠和天道之中将人养育，使人成为宇宙之主，而人类从这幸福的状态中跌落。跌落之后，宁静被扰乱，他们信仰的统一被破坏。于是，他们加入世界上不同的教派，崇拜着那个他们应当崇拜的神，崇拜太阳、月亮和其他

---

① 埃洛希姆（Elohim），来自希伯来语“神们”的意思，但是经常用作单数，是希伯来语“神”或“神们”的一种叫法（Oxford English Dictionary, 2021），详见“Elohim, n.” OED Online. Oxford University Press, June 2021. Web. 14 July 2021.

② 这段实际上指的是天启年间于西安西郊（一说周至县）发现的《唐大秦景教流行中国碑》，此处提及的基督教第一次传入中国的时间点有谬误，实际上第一位景教主教阿罗本来到长安是 635 年（贞观九年），而不是 625 年。该碑立于公元 781 年（唐建中二年），距神父所处的年代约八百四十四年。

③ 下文出现的音译词根据《唐大秦景教流行中国碑》翻译。

④ 景教由叙利亚传来，故而此处所谓迦勒底语应该是指亚拉姆语，也叫叙利亚语。而所谓阿罗诃，是景教中对上帝的称呼。

可以将他们堕落的精神带出黑暗与阴影的造物。（手稿第 173 页）

于是，极其神圣的三位一体中的一位，弥施诃（弥赛亚，
Mesias），将他的威力掩盖，变为凡人，经处女之母降生人世。
天使们愉悦地宣告这一消息。东方出现了一颗新星，三王[①]看
见之后将他们的赠礼奉上。他用圣洁、高尚、神圣的教义统御
世界，却无语言的聒噪喧哗，他将真正信仰的知识与完美带给
凡人，将洪福传递，将神德[②]之门开启，他将死亡摧毁，将生 360
命带给世界，他降临灵薄狱[③]，令恶魔混乱而逃遁，显示出他
的仁慈，将好人从灵薄狱带走，把他们的灵魂安置在天堂。在
这之后，他下令施洗礼，用水洗濯灵魂，将他们的罪孽洗涤，
使他们的灵魂纯净，他用十字架的四端令众人醍醐灌顶（没有
人能够例外），敞开他们的心门，让他们皈依这世界上最强大
的信仰之一，飞升到荣耀无比的天堂。

牧师将顶发削去，表示他们没有自己的情感，也不是自己情感的奴隶，他们不聚拢财富，反而施舍给众人，他们斋戒以便改变肉体和他们混乱的情感，他们日祷七次，用他们的祷告帮助生人与死者，他们每七日必须祭祀一次，以便净化灵魂。因为这一教义是那么睿智和杰出，我们很难找到一个适合它的名称，故而用“景教”一词称呼它，意思是光明而宏大的教义。

这套教义是真实的，所以只能传播到真实之人那里，不信这套教义的人不是真正的伟大，也并非真正具有威严。如果国王们能张开手拥抱这套教义，那么世界将闪耀出它应有的光辉。

---

①三王即东方三博士，据《圣经·马太福音》记载，耶稣出生，三位博士在东方看见伯利恒方向的天空上有一颗大星，于是便跟着它来到了耶稣基督的出生地。因为他们带来黄金、乳香、没药，所以有人称他们为“东方三博士”，而三王则是西班牙的说法。关于东方三博士，详见《辞海》第 7 版词条（陈至立，2020）。

②指信念、希望、仁慈。

③灵薄狱（limbo）指一个地方或者一种状态，那些在死时没有达到进入天堂的要求的，但是也没有必要进入地狱的人处于此种状态。（迈克尔·格拉茨 等，2012）“灵薄狱”一词在西班牙语中本来就有“边缘”（borde）的意思（Real Academia Española，2020），详见 https://dle.rae.es/limbo（最后访问日期：2021 年 7 月 14 日）。

> 故而，在太宗文皇帝统治之下的幸福时期，（手稿第 173 页背面）一个拥有至高无上美德的凡人阿罗本受上天指引，带着他的审慎与大德，从犹地亚地区传入那真正而神圣的教义，为此历经千难万苦。636 年，皇帝派一名十分亲信的阁老出来迎接这位客人，以礼相待，十分殷勤，同时，他也下令在皇宫内翻译基督教学说，并也因此了解到了我们神圣教义的真实性。在深入了解基督教教义之后，他让他的国家接纳了基督教，并于 639 年下诏，诏书内容如下：
>
> “真正的教义没有特定的名字，圣徒也不一定有特定的地方居住。他们到处行走，希望自己能够有益于世界。阿罗本是大德之人，从大秦国（根据石头上的定位显示，毫无疑问这个
> 361 大秦国指的是犹地亚）而来，将教义与圣象千里迢迢带到我们朝中向我们展示。我们彻底了解了这一教义的目的，渴望知晓它的理论依据。我们发现这一教义是基于这个世界的诞生的，它揭示的真相也十分杰出。它不依托于表面的文字，带给人们极大的助益，拥有救人济世的美德。故此，我们认为这套教义很适合在我们的帝国广泛传播和宣讲。因此，我下令让官员们在义宁坊，也就是我们的首都建造一座教堂安置二十一名牧师。”

石上文字及诏书的准确翻译就到此为止。总而言之，就我手上拥有的这一部分翻译来看，可以看出中国（手稿第 174 页）的神父可能已经将基督教传遍整个国家了。

翻译的文本继续讲述了之后的事情。颁布诏书的皇帝在此之后消失①，其继任者带着不逊于他的热忱，渴望将基督教传遍中国。也正是在这片土地上，在 639 年至 695 年之间，美丽的教堂的数量大幅增长，这些教堂也受到了开明的皇帝们的崇拜。教堂内部有众多祭司，隶属于一名主教。主教是一个地位很高的要职。据石上文字记载，教堂里的人遴选德行最佳、最有品德之人担任主教。但在此时，和尚们（也就是他们

① 原文相关内容“宗周德丧，青驾西升”显示这里所谓的消失指的是皇帝升上天堂。

的牧师）张开了大嘴，吐出了詈骂语攻击我们神圣的教义。从此，基督教稍稍式微，统治者不再关心基督教。直到 740 年，在一位可能身任主教一职的祭司的建议下，皇帝渴望踵袭先人足迹，才下令重建教堂。

公元 645 年[①]，一位来自犹地亚的大德祭司到达中国。当时的皇帝为他的到来感到高兴，下令让祭司聚集在一起，于是祭司数量不断增加，分散到全国传播教义，以期所有人都能享受圣福音的恩泽。

这位皇帝的继任者于 757 年在五座城市修建了许多座华丽的教堂。
在它们的落成仪式上，人们举行了盛大的宴会，整个国家都十分高兴。 362
从此，这个国家也抬起了头，因为以前他们没有那么幸福。后来的皇帝也继续发展基督教，不论是在统治上，还是在仁爱和信仰上，于是他们建立了许多教堂。（手稿第 174 页背面）

① 根据上下文判断这里可能想写的是 745 年。

参考文献①

白钢，1991. 中国政治制度史［M］. 天津：天津人民出版社：812.

卜正民，2010. 维梅尔的帽子［M］. 刘彬，译. 上海：文汇出版社：107.

陈国坚，1993. 西班牙语成语词典［M］. 北京：商务印书馆.

陈至立，2020. 辞海［M/OL］. 上海：上海辞书出版社.［2021-07-12］. https://www.cihai.com.cn/index.

陈致平，2003. 中华通史：第 8 卷　明史［M］. 广州：花城出版社：384.

丁光训，金鲁贤，2010. 基督教大辞典［M］. 上海：上海辞书出版社.

《东南亚历史词典》编辑委员会，1995. 东南亚历史词典［M］. 上海：上海辞书出版社：172.

范金民，2019. 明清社会经济与江南地域文化［M］. 上海：中西书局：119-149.

方国明，2018. 天启通宝大钱版式图谱［M］. 北京：群众出版社：3-4.

方豪，2007. 中国天主教史人物传［M］. 北京：宗教文化出版社：251.

冯承钧，1956. 诸蕃志校注［M］. 北京：中华书局.

费赖之，1997. 明清间在华耶稣会士列传 1552—1773［M］. 梅乘骐，梅乘骏，译. 上海：天主教上海教区光启社.

富路特，等，2015. 明代名人传：4［M］. 北京：北京时代华文书局：1561-1564.

高汝栻，1636. 皇明续纪三朝法传全录：卷 14［M］. 刻本.

《港澳大百科全书》编委会，1993. 港澳大百科全书［M］. 广州：花城出版社：783.

龚延明，2006. 中国历代职官别名大辞典［M］. 上海：上海辞书出版社：

① 此为译者翻译过程中所引用文献。

582-583.
鼓信威，1958. 中国货币史［M］. 上海：上海人民出版社 .
广东省汕头市地方志编纂委员会，1999. 汕头市志：第 4 册［M］. 北京：新华出版社：686.
黄一农，1994. 瞿汝夔（太素）家世与生平考［J］. 大陆杂志，89（5）：8-10.
姜椿芳，梅益，1988. 中国大百科全书　建筑　园林　城市规划［M］. 北京：中国大百科全书出版社：484.
赖林冬，2016. 菲律宾语 Sangley 的汉语词源及翻译研究［J］. 兰州文理学院学报（社会科学版），32（5）：100-104.
利玛窦，金尼阁，1983. 利玛窦中国札记［M］. 何高济，王遵仲，李申，译 . 北京：中华书局 .
吕宗力，2015. 中国历代官制大辞典［M］. 北京：商务印书馆 .
迈克尔·格拉茨，莫妮卡·海威格，2012. 现代天主教百科全书［M］. 北京：宗教文化出版社：493.
丘光明，1992. 中国历代度量衡考［M］. 北京：科学出版社：482-488.
《世界通史》编委会，2011. 世界通史［M］. 长春：吉林大学出版社：33.
孙文范，1990. 世界历史地名辞典［M］. 长春：吉林文史出版社：334.
王杰，1994. 中国古代对外航海贸易管理史［M］. 大连：大连海事大学出版社：208-210.
王应奎，1983. 柳南随笔；续笔［M］. 北京：中华书局：91.
文庸，等，2005. 基督教词典［M］. 北京：商务印书馆：125.
吴淑生，田自秉，1986. 中国染织史［M］. 上海：上海人民出版社：251.
吴颖，1661. 潮州府志：第 1 卷［M］. 刻本：48.
杨焕钿，2019. 庵埠历代题刻［M］. 广州：暨南大学出版社：12.
张廷玉，1974. 明史［M］. 北京：中华书局 .
赵翼，1987. 廿二史札记［M］. 北京：中国书店 .
中国宗教协会，2007. 中国宗教百科大辞典［M］. 北京：民族音像出版社：229.
“中央研究院”历史语言研究所，1966. 明熹宗实录［M］. 台北：“中央研究院”历史语言研究所 .
周硕勋，1763. 潮州府志：卷 31［M］. 潮州：珠兰书屋 .
周锡保，1984. 中国古代服饰史［M］. 北京：中国戏剧出版社：338.
ALBRIGHT W F, MANN C S, 1971.The Anchor Bible：vol.26 Matthew［M］. New York：Doubleday & Company.
BETH，2007.Primer Domingo de Cuaresma, Domingo de las Tentaciones［Z/OL］.（2007–02–23）［2019–05–08］.https://famvin.org/es/2007/02/23/primer-domingo-de-cuaresma-domingo-de-las-tentaciones.
BLAIR E H，1903–1909.The Philippine Islands, 1493-1898［M］. Cleveland：The Arthur H.Clark Company.
City Government of Vigan，2016. The City - Vigan City［DB/OL］.［2021–07–12］. http://vigancity.gov.ph/city.
Cordillera People's Alliance，2001. The river systems of the Cordillera and their watersheds［DB/OL］.［2021–07–12］. https://web.archive.org/web/20080828003406/http://www.internationalrivers.org/files/021214.corddams.pdf.
DE LAS CORTES A，1991.Viaje de la China［M］.MONCÓB，Ed.Madrid：Alianza.
DE LAS CORTES A，2001.Le voyage en Chine［M］.GIRARD P，MONBEIG J，Trads. Paris：Chandeigne.
Encyclopaedia Britannica，2009.Malabar coast［DB/OL］.（2009–02–02）［2021–07–13］.https://www.britannica.com/place/Malabar-Coast.
Encyclopaedia Britannica, 2021.St. Thomas［DB/OL］.（2009–02–02）［2021–07–14］. https://www.britannica.com/biography/Saint-Thomas.
FERRARI NÚÑEZ Á，1958.Castilla dividida en dominios según el libro de las Behetrías［M］.Madrid：Real Academia de la Historia：43.
GEMELLI CARERI G, 1700.Giro del mondo: vol.2［M］.Napoli: G.Roselli: 190.
GONZÁLEZ ARNAO V，1826.Diccionario de la Real Academia Española II［M］. París Librería de Parmantier：786.

Gran Enciclopedia Aragonesa，2000a.Pesos aragonese［DB/OL］.［2021-07-14］. http://www.enciclopedia-aragonesa.com/voz.asp?voz_id=10144.

Gran Enciclopedia Aragonesa，2000b. Onza ［DB/OL］.［2021-07-14］. http://www.enciclopedia-aragonesa.com/voz.asp?voz_id=9605&tipo_busqueda=1&nombre=ONZA&categoria_id=&subcategoria_id=&conImagenes=.

HARPER D，2021.Online etymology dictionary［M/OL］.［2021-07-12］. https://www.etymonline.com.

HERNÁNDEZ B，1998.Monedas y medidas［M］// CERVANTES M D.Don Quijote de la Mancha. Barcelona：Crítica Barcelona.

IZQUIERDO P L，1984.Sistema aragonés de pesos y medidas：la metrología histórica aragonesa y sus relaciones con la castellana：vol.45［M］. Zaragoza：Guara：76.

Ministerio de Fomento，1852.Gaceta de Madrid［M］：1-4.

MOLINER M，2008a.Diccionario de uso del español：vol.2［M］. Madrid：Gredos：570.

MOLINER M，2008b.Diccionario de uso del español：vol.3［M］. Madrid：Gredos：87.

MONCÓ B，1991.Introducción ［M］// DE LAS CORTES A.Viaje de la China.Madrid：Alianza：17-93.

Monedas Españolas，2021. Monedas epañolas［M］.［2021-06-11］. https://www.fuenterrebollo.com/faqs-numismatica/monedas-antiguas.html.

NASCENTES A，1955.Dicionário Etimológico da Língua Portuguêsa［M］. Rio de Janeiro：Livraria Francisco Alves Editora：94.

Oxford University Press，2021.OED online［M/OL］.［S.l.］：Oxford University Press.

PORUBOVÁ R，2012.El español hablado en Andalucía con atención［M］. Brno：Masarykova Univerzita：32.

POTET J-P G，2013.Arabic and Persian loanwords in Tagalog［M］.Raleigh：Lulu Press：139.

Real Academia Español，2020.Diccionario de la lengua española［M/OL］.

［2021-07-12］. https://dle.rae.es.

SALTET L，1912.Epiphanius of Salamis［M/OL］// The Catholic Encyclopedia：vol.13. New York：Robert Appleton Company.［2021-07-14］.https://www.newadvent.org/cathen/13393b.htm.

SANGER. J P，1905.Census of the Philippine Islands：vol.4［M］. Washington：U.S.Bureau of the Census.

SCHWEIZER E，1975. The good news according to Matthew［M］. Atlanta：John Knox Press.

SUÁREZ FERNÁNDEZ L，2018. Isabel I［DB/OL］.［2021-07-12］. http://dbe.rah.es/biografias/13005/isabel-i.

Villa de Alcazarén，2005.Antiguas medidas［DB/OL］.（2005-04-22）［2021-07-12］. https://alcazaren.com/node/250.

Wiktionary，2021.Wiktionary［DB/OL］.［2021-07-12］. https://en.wiktionary.org/wiki/Wiktionary:Main_Page.

WOLFF J U，1972.A dictionary of Cebuano Visayan：vol.2［M］. New York：Cornell University：1055.

附录一
耶稣会士庞迪我和科尔特斯的中国行纪[①]

[西] 贝亚特丽斯·蒙科　著
孟庆波　译

引　言

耶稣会最初的传教史，可以说是一部包含了许多伟大行程的故事汇集。这些传教之旅不仅意味着传教士们远离家人和故土，还意味着他们必须适应其他民族的行为方式和文化观念。正是在16世纪中叶，像拉达（Martin de Rada）、阿尔瓦拉多（Alonso de Alvarado）、贝纳维德斯（Miguel de Benavides）和沙勿略（Francisco Javier）那样，这些传教士都名垂传教史册。尽管顺应对方文化并不为耶稣会所独有，但我认为，践行这种传教政策的多数耶稣会士和他们在亚洲的同行一起，为后来者树立了参照的标杆。

在范礼安（Alessandro Valignano）的帮助下，利玛窦（Matteo Ricci）在中国确立了一种传教策略：用开放、灵活和多样的方式接触异质文化，再把象征性和宗教性的想象融合在一起。范礼安最终被任命为印度教区的巡视员。这个职位使他早在1853年担任教区大主教前，就有权派出特别布道团。拥有在印度和日本传教的经验，对于这个时期的传教士将变得更加重要。

利玛窦显然是中国福音传道的领导者和文化适应策略的主要推

① 英文原文载 *Culture& History Digital Journal* 2012年12月份第1卷第2期，作者是马德里康普顿斯大学的贝亚特丽斯·蒙科（Beatriz Moncó）教授。译文受中国矿业大学中央高校基本科研业务费专项资金“汉文化比较研究”（项目号：2014WX01）资助。

手——这一策略将改变历史。

利玛窦 1552 年 10 月 6 日生于意大利马切拉塔（Macerata），在接受耶稣会多种技术和经院人文的强化培训后前往亚洲，并于 1582 年 8 月 7 日到达中国。利玛窦在这里谱写了耶稣会传教事业的新篇章。我们不能忘记，他在澳门登陆的时候，耶稣会士的处境极其复杂。他在科英布拉（Coimbra）的同窗罗明坚（Michele Ruggieri）为了适应这块由于语言障碍、葡萄牙人利益和缺少中国当局协助而充满敌意的地方，已经做出了两年半的努力。当时的广东总督出于好奇心，从肇庆（Shiu-hing）给耶稣会士写信，提出以观看利玛窦从果阿（Goa）带来的钟表为交换条件为他们开具公文，允许他们在肇庆居住并可自建两所房舍。但事后总督又以中国百姓必须回避外国人为借口，把他们遣送回澳门。幸而利玛窦跟一位南京要员的儿子结成好友，并通过他接触到中国的文人阶层。对利玛窦而言，这是个转折点。他开始穿着红蓝相间的丝绸大褂，蓄发留须，加入中国社会最受尊敬的群体之一——文人学士。利玛窦跟他们讨论占星术和神学、数学和哲学、天文学和制图学，同时还把儒教和基督教融会贯通，写出了他的最早著作，并设法获取进入北京的许可。正当利玛窦赢得尊敬和认可之际，年轻的西班牙人庞迪我（Diego de Pantoja）也来到中国并将成为他的助手。

庞迪我的中国之行

庞迪我 1571 年出生在马德里的巴尔德莫罗（Valdemoro），并于同年 4 月 24 日受洗。他的双亲都出身于当地有名的基督教世家，前辈中出过一位神学博士，还有几位成员担任宗教圣职或宗教裁判所官员。童年时期，他和其家族高级宗教官员的社会地位和经济状况都曾得到莱尔马公爵（Duke de Lerma）的庇护。1589 年 4 月 6 日，庞迪我进入耶稣会阿尔卡拉学院（Alcalá College）。一年后，他进入昆卡省比利亚雷霍—德丰特斯的修道院（Casa de Probación of Villarejo de

Fuentes)。[1]1593 年，他在普拉森西亚学院（Plasencia College）深造神学、修辞学、语法、逻辑学、哲学、科学、建筑学、希腊语、拉丁语和艺术。他因聪颖勤奋、学养良好和品德优秀而转学到托莱多（Toledo）学院，得以聆听日本教区督察吉尔·德拉马塔（Gil de la Mat）讲述东方传教故事。

耶稣会培养传教士有一套多年行之有效的做法，即让学生在课业学习中熟读前人在异域写下的游记，根据其学业状况决定征聘。这些由本人讲述或用信件传达的游记故事，能让学生穿越时空限制，[2]建立对这一伟大事业之认同，进而产生去遥远地域传播福音的决心。庞迪我即是如此。他在精神导师路易·德·古兹曼（Luis de Guzman）神父的帮助下，坚决向教会当局（authorities of the Order）申请去东方。尽管家人反对，他后来还是去了里斯本，并打算从那里出发去日本传教。

我们对庞迪我在葡萄牙的经历和行迹知之甚少，只能确知他在 1596 年 4 月 10 日从葡萄牙出发，历时半年，于 10 月 25 日到达果阿。同期抵达的还有范礼安、龙华民（Longobardi）和阳玛诺（Dias）。庞迪我从果阿前往澳门并于 7 月 20 日抵达，然后在这里学习直至 1598 年夏。此时，他的日本行期已近。据他后来回忆，由于日本发生战事，他接受了留在澳门的建议，在那儿一直待到 1599 年 10 月。在这期间，他以去广州从事贸易为借口，开始准备进入中国。11 月 1 日，庞迪我和郭居静（Lazzaro Cattaneo）穿上中国服装，藏在一艘小船里北行，经南雄、赣州、吉安和南昌，然后又沿长江航行，途经安庆和芜湖，最后抵达南京。

五个月后，庞迪我于 1600 年 3 月在南京见到利玛窦。两个月后的 5 月 20 日，他和利玛窦在中国同事钟鸣仁和尤文辉陪同下，开始了漫长颠簸的北京之行，并于 1601 年 1 月 24 日到达。

① 耶稣会创建者罗耀拉在《章程》中规定，准耶稣会士们需要在该修道院学习并证明自己有资质被选入会。第一阶段为见习试读，第二阶段为经选拔后的正式在校学习，第三阶段为神学培养后的职业引导期。

② 耶稣会有内部规定，各传教士须每隔三个月向耶稣会总长发回传教通讯。但这种通讯后来发展成年度报告。耶稣会将这些年度报告汇总成《传教年鉴》，成为记录耶稣会发展历程、引导学生和初学者入会的绝佳材料。

一年后，庞迪我根据耶稣会的通讯会规，于1602年3月9日向古兹曼神父发出一封长信，详细讲述了他的行程和在北京的经历。这封信中所含的人类学材料，有助于我们更好地了解他的旅程经历。[①] 这封长达133页的长信写满正反两面，共255页，还为必要的地名和人名加了注解。该信件用标准的卡斯蒂利亚语写成，夹用一些葡萄牙词语短句。据他解释，这是因为他已经把多种语言混融。如果我们理解他作为陌生人，在一片陌生的土地上生活在意大利和葡萄牙教会同事中间，这种现象就不难理解。这些同事由于对利玛窦的传教政策态度分歧而关系紧张，常爆发近乎民族主义者之间的争斗。我们通常认为早期赴华的传教士属于一个意见统一的群体，而实际上他们遵从天主教会教规的程度各不相同，甚至不听取利玛窦对教规做出的宽泛解释。因此庞迪我面对的形势并不轻松。由于语言孤立，他不能用母语跟同事交流，也很难跟他们产生文化认同。

这封长信分为两部分，详细报告了庞迪我的个人经历：第一部分讲他到达北京之前的传教经历；第二部分聚焦于中国文化。它完全符合传教士报告的模式：异国情调、内容纷繁、独特别致，一寄到欧洲就能引起读者的好奇心，并且让他们不必费心去参考其他信息资料。我们须谨记，这种对"他者"的好奇心、对异域独特性的偏好、对异质且有价值的信息的渴求，曾经极大地推动了当时的旅行和商业交往。东方是一片令人瞠目且取材不尽的神奇的土地：香料、丝绸、瓷器、漆器、银、水银、硝盐、麝香、硫黄，甚至还有披肩和扇子。无怪乎，他的信件一到西班牙就得以在巴里阿多利德（Valladolid，1604年）、塞维利亚（Seville，1605年）和帕伦西亚（Palencia，1606年）出版，随之被译成多种文字：法语[1607年，阿拉斯（Arras），雷恩（Rennes）和里昂]、德语（1608年，慕尼黑）和拉丁语（1608年）。英文版也于1625年推出，而就在这一年，本文关注的另一位耶稣会士拉斯·科尔特斯（Adriano de las Cortes）也踏上了他的东方行程。

庞迪我信件的第一部分，讲述耶稣会在华的传教背景、他本人的南京之行，特别是他们一行去北京路上经历的事情。其中北京之行是描述重点。他为此做了长时间的悉心准备。郭居静曾专程返回澳门，为这次

---

①该信副本藏于马德里的西班牙国家图书馆。

行程筹备路费和礼品。当初，利玛窦一见到庞迪我的背景和经历，就决定选他做助手，并让他开始阅读相关资料，对中国的文化和风情加深理解。

该信记载，他从广东先跋涉了大约 300 里格[①]，才于 1600 年 3 月抵达南京。为了赶在河道封冻之前出发，大家马不停蹄，又立即准备京城之行。1600 年 5 月 20 日，[②]他们搭乘一艘平底船，顺着京杭大运河北上。传教士们携带了一座用中文标示时间的青铜时钟，指针是一只“赤乌鸟”（sun bird）。能够如此长时间地在一条河道上通畅航行，这令庞迪我感到吃惊。这也解释了他何以称长江为“我所见过最长的河流。有一个地段，长江宽达 3 里格甚至还要多，而且航道很深。由于这段水面太大，中国人称之为‘小海’（small sea）”。他还记载了他们一行人如何发现了一条大河（黄河）的河水几乎不可饮用，因为它“闻上去更像泥浆而不是水”。这段经历让他领会到中国人的生活是怎样跟水密不可分。这也成为庞迪我对沿河所见鸬鹚的捕鱼方式、繁多的鱼种、形制各异的船只及其巨大体量着迷的原因：“这真是这个帝国最大的荣光之一。每座城市都一分为二，一半房屋，一半船只。”

这队耶稣会士的紫禁城之旅用了四十天才走完 230 里格，然后抵达山东临清。他们从临清前往天津期间，曾受到掌权太监马堂的刁难。庞迪我为此花费了数页笔墨，评论朝臣的卑鄙和太监的贪婪。马堂试图把耶稣会士给皇帝准备的礼品据为己有，还曾假扮中间人身份来企图蒙蔽外国人。耶稣会士们为此曾不得不搬上小船居住。马堂则屡次上船盘查。但马堂最终也没能说服传教士把礼品交给他。为此耽误十五天行程后，他不得不允许传教士们继续向北京行进。

接下来的路程中，传教士在所到之处都受到良好招待。他们在出发八天后向皇帝发函，请求得到入城许可，而此时离北京只剩下三天的路程。时间一天天过去，皇帝的回音却迟迟未见。庞迪我写道：“这简直就已经表明他们不喜欢你的请求。”他们又在等待中度过了两个星期，最终太监马堂极其傲慢地出面。庞迪我详细描绘了马堂的座船，包括舱房、百叶窗、丝质帷帘、宽敞的走廊：“船的外侧挂有枝状物，叶子上

---

①leagues，约 900 英里，1 里格约等于 3 英里。——译者注

②庞迪我信中记录如此，利玛窦传记中记载的日期是 5 月 18 日。

面似乎有五颜六色的美酒不断淌下。中国和日本有很多这样的装饰物，葡萄牙人都称之为‘夏蓝’（Charan）。这种装饰极有光泽，明亮且持久，被其装点的物件能像镜子一样闪闪发光。”[①] 皇帝的回信迟迟不到，也使马太监焦躁不安。他决定给传教士们派个仆人，实际上是让他充当监视者。

又等待了三个月后他们才得到消息，说是皇帝要太监先查验一下传教士们带来的礼品。马堂立刻照办，并把礼单送进皇宫。这些呈送给万历皇帝的礼品值得我们仔细研究，因为这是耶稣会士使命中的关键要素。

这些外国礼品确实能取悦文人甚至皇帝。其中有些物品价值微薄，比如利玛窦在果阿时请当地印度人协助制作的棱镜、日晷和小钟表；但也有些特殊礼品是根据耶稣会的明确指定而准备的。

他们也期待中国人能够礼尚往来有所回赠。马堂知道传教士的小船上藏有中国人眼里的宝物，就公然索要，甚至强行打开了传教士的衣箱，抢走了一些在庞迪我看来十分贵重的物品：一个十字架、一个圣物箱、几只圣髑（relics）和弥撒圣餐杯（mass chalice）。但在文化接触中，并非每一件异域物品都能找到等价物，也不是所有的物品都能具有相同的象征含义。当马堂看到一件“在耶稣会士心目中真正有价值，代表极其美好和平静”但遍体鳞伤、鲜血淋漓的耶稣受难像时，马堂就“指着它一言不发，然后惊恐地扭脸问这算是什么礼品”，太监听懂了耶稣会士的解答，然后粗鲁地说：会士们“真是鄙陋且没有人性，竟然带来一个受到虐待、被钉到架子上的满身是血的人”。马堂若将其视为企图谋害皇帝的咒符也不算过分。作为文化反差和文化象征的不同解读，这件事很快在文人中流传开来。人们对此不能理解。有人甚至建议传教士要顺应并遵行中国的文化道德。一些文人因而收回了他们（对传教士）的友谊和支持。接触异文化显然并非易事。

传教士们在威胁下被锁进舱房进行监管，他们缺乏生活必需品且无法外出采购。直到两个半月后，马堂才再次前来探视。令耶稣会士们吃惊的是，皇帝竟然听说了他们的行程，并对他们要呈上的礼品颇感兴趣，

① “夏蓝”亦称葡萄牙大漆，有多个色层，有时也用于油画创作。

包括自鸣钟[①]和一些画像。太监马堂只好让耶稣会士在仆人和一位官员的陪同下启程，并归还了他先前掠走的大部分礼品。

四天后，传教士们到达了北京城门处。官府在那里给他们拨付了一所房子，让他们在城外等候音讯。传教士们托人把部分礼品转交给万历皇帝。据庞迪我记载，万历皇帝很快派人传话，说已用心看过礼品，对其中的肖像画很是吃惊，尤其震惊于自鸣钟。这件事貌似简单，但确实可以进入科技交流史册，并成为中国统治者和耶稣会文化相互理解的案例之一。它使耶稣会在中国长期扎根，甚至能让会士们进入中国各级政府任职。[②]

传教士们不久就接到传令，要他们去演示自鸣钟的工作原理。他们骑着马，在众人的陪同下首次进入皇宫。他们在皇宫里展示了自鸣钟的操作技能，并得知皇帝已指派了四名“最善器械”的太监向他们学习操作。耶稣会士们在教习期间，可以住在皇宫里。正是从这时起，对新奇事物的渴求和对知识的思考成为文化理解的重要方式。万历皇帝甚至“时常派太监来询问有关我们国家的事情”，例如国王、他们的服饰及葬礼仪式等。利玛窦和庞迪我描述了这些奇特事物，并向万历皇帝展示了西班牙国王、教皇的画像和埃尔埃斯科里亚尔（El Escorial）的城市规划，还借助中国文化对葬礼的重视，介绍了西方的葬礼仪式。此后的信息交流很是通畅，皇帝也很想知道这些外国人的文化传统。根据规定，皇帝不能向非近旁之臣展示其人其貌，所以就命人把耶稣会士的画像传进内宫。据庞迪我记载，利玛窦他们两人被画成“长有大胡子、身着律师袍般的体面服装［letrado（s）］”，长及脚面。这种转化就是上文提及的顺应式传教策略。他认为这样做的目标十分清楚：“在这个掩饰下，皇帝才会要求我们施行慈善教化，直到上帝有其他安排。”

---

①庞迪我称之为自鸣钟，表明其为圆盘摆钟，能够以声报时。而中国此时仍以沙漏和焚香计时。这些时钟将成为借以觐见皇帝的理想手段。庞迪我的自鸣钟画像引自荷兰画家莱顿（Lucas of Leyden）的作品，其画法迥异于中国画技。

②由利玛窦、庞迪我和熊三拔（Sabattino de Ursis）所开创的技艺调和传教模式，多年以后在“金尼阁传教团”中得以强化。耶稣会士金尼阁、邓玉函（Johann Schreck）、罗雅谷（Giacomo Rho）和汤若望（Adam Schall von Bell）曾将传教和科学（主要是天文学和数学）结合在一起。

使团的行程终于有了善果：尽管目标的实现不是一帆风顺，但也没再遇上多大麻烦。他们在北京停留多年，对日益开明的中国文人阶层进行劝募归化。这是耶稣会士们的幸福时光。利玛窦担当起数学家和天文学家的角色，庞迪我成了制图家和音乐家。这种身份使他能够编写一部有关羽管键琴的西班牙文－汉文字典。他还根据广州和北京之间主要城市纬度计算的结果，来更正中国和北京的地理坐标。限于本文主旨，笔者无法详述利玛窦和庞迪我的成就，甚至无法评价庞迪我作为一名制图师的价值。但有必要指出，庞迪我享有的特权地位，使他能和善地看待身边的事物。他是一个能把任何事物付诸笔端的分析型观察者：土地状况、耕作方式、动物、植物、水果、商品、文字、礼节往来及穿戴、人群外观、葬礼仪式、文官制度、太监、皇家成员和统治阶层在中国文化中的重要性，如此等等。庞迪我固然不是什么都喜欢，但他对异质文化描述和解释得仔细而又灵活，使他堪称最优秀的人类学家。

本文尽力避免过于关注利玛窦 1610 年去世后耶稣会内部关系的紧张。这些紧张甚至冲突尽管没有影响庞迪我的写作，[①] 却影响了他的传教业绩。出于同样的原因，本文对此也不做过度阐释。龙华民（Longobardi）的传教新政，确实给那些不想让耶稣会在中国继续待下去的人提供了口实。1615 年，对基督教义偏见至深的沈榷出任礼部侍郎。他在一年后向皇帝上表，陈述了耶稣会的危害及天主教义传播可能会造成的思想混乱。很多反对耶稣会的教案肇端于此时，庞迪我的生命也逐渐走向尽头。数度挫折之后，他于 1617 年 3 月 18 日离开北京向华南回返，5 月到达南京，夏季抵达广州并在那里逗留数月。1618 年，庞迪我因病在澳门去世，终年 47 岁。

拉斯・科尔特斯的中国之行

科尔特斯 1578 年生于陶斯特（Tauste）的一个富裕家庭。家族成员中也有不少天主教徒。他于 1596 年 5 月加入耶稣会，1602 年在巴塞罗那学院（College of Barceloba）学习艺术和神学。1604 年，科尔特斯动

---

① 庞迪我曾以中文写过几部作品：《人类源始》《天神魔鬼说》《受难始末》和他的代表作《七克大全》。

身前往菲律宾，并于 1605 年 6 月 22 日抵达那里。三年后，他去维沙扬群岛（Visayas Islands），主要在提拿港（Tinagon）地区传教，几年后成为当地的耶稣会教区主教。

如果不是因为一个偶然事件，他的名字就不会与中国连在一起。上司要他去调停可能是跟澳门当局有关的一件重大经济争端。科尔特斯领命后，于 1625 年 1 月 25 日乘大帆船离开马尼拉前往澳门。同船出发的还有葡萄牙商人、日本人、西班牙人及其随从。船上载有大量银条。2 月 16 日遭遇风暴，大帆船在中国海岸沉没。科尔特斯称沉船的地方名为“Chauceo”，即潮州府。他被中国当局逮捕后羁押了一年零四个月。1626 年 2 月 21 日获释后，他取道澳门于 5 月 20 日返回马尼拉。安定后的科尔特斯立即着手写作中国行纪，还请了一位画家根据他的回忆制作了些场景插图。三年后，即 1629 年 5 月 6 日，科尔特斯在马尼拉去世，留下了极具历史学和民族学价值的著作。

科尔特斯对其旅行经历的描述也分两大部分，共 174 页信纸，写满正反两面。第一部分是关于他与其他耶稣会士的行程以及在中国潮州府沉船后的经历；第二部分是附录，里面有些插图。[①]

他首先花费几章篇幅叙述被捕经历和救难过程，其余各章则描述了中国文化的若干方面。他的行纪弥足珍贵，经常让我们感叹他和他的著作何以甚少为研究中国历史的学者所知。他固然不是驻华传教士，但我们须知，当耶稣会与中国政府的关系疏远之际，正是科尔特斯为我们提供了一份有关中国人民、耶稣会传教政策以及中国形象的非同寻常的精确描述。从国家外交和澄清事实的角度讲可能就更易于理解。当时的耶稣会已被逐出中国，原本团结的传教团也因对中国礼仪的不同态度而分裂。金尼阁（Trigault）一派正通过他们的科技特长在中国扎根。这个时候确实不宜再出新的难题。

科尔特斯的这次行程也实在是多灾多难。他和同船人离开马尼拉沿海岸航行到博赫阿多尔角（Bojaedor Cape）就用去二十二天，中间停靠四站。天气状况迫使他们又回到伊罗戈省（Ilocos Province）的阿布拉河

① 原件不完整，截止到第 174 页背面，原因不明，据说该通信止笔于他逝世当天。原件藏于大英图书馆“西班牙文手稿藏品部”。

（Abra de Vigan River），差点造成人员伤亡。他们为了能够向西到达澳门，再次回到博赫阿多尔角，从这里向北直行几百里格就能抵达中华帝国。但好景不长。帆船在“安静的海面伴着顺风”航行仅两天就进入了北纬22度的大雾寒冷海区。他们在这样的条件下继续航行，直到2月16日黎明前两小时在中国海岸触礁沉没。接下来的场景十分可怕：海难、寒冷、黑暗、不知身在何处、（和难友们）彼此语言不通、暴力、尖叫和不断的溺亡者。他在第二章里详述了跟中国人的首次会面，充满了血腥笔触：大约三百名中国人对他们用矛刺、用石砸，甚至把几名洋人斩首。这些人又在尖叫声中搜查了传教士们的衣服和头发，寻找值钱的物件。中国人殴打他们并推来推去，尽管他们遭遇沉船无法逃脱，但还是被捆上双手，脖子上也被戴上套索押送上岸。这群遇难者在周围人的大声讥讽和嘲笑中蹒跚而行。科尔特斯写到，“我们并无冒犯之举，却有如此遭遇”。科尔特斯被人像狗一样拴着，并转给一个被称为“主子”的中国人。

科尔特斯在一路暴力相加下，最终到达靖海所（Chingaiso），并在那里被主人带回家。主人给他一些食物和衣服，他在书中从头到尾大书特书的文化震撼就此开始。例证之一：当他口渴作势要水时，主人给他的是热水，还泡了一种他不知其名的叫作“茶”的草本植物。科尔特斯实在不喜欢主人给他的茶水、米饭和午饭时吃的“小咸鱼”。此时他还在为性命担忧，因为他见过同伴的遭遇。由于惊恐难寐，他只能在夜里祷告上帝。第二天早上，他接受第一次审讯。令人称奇的是，他竟然开始观察中国的法庭仪式和司法程序中的文化成分：服饰、帽子的特征，砚台和墨汁、毛笔，法庭内的陈设。

接下来的几天，中国人出于好奇跟他有了更多的文化上和个人之间的接触。科尔特斯惊讶于自己的相貌竟能引起靖海所居民如此大的兴趣。他们一遍一遍地来看这个囚徒，有些胆大的甚至摸他的脸和手。科尔特斯不习惯这种接触，但这也使他知道外观不同何以会产生距离、非我族类感（otherness）和好奇心。他甚至略带幽默地记述了同船的黑人仆人在中国人那里产生了怎样的轰动，因为“他们不管怎么洗澡，都不会变白”。但这种好奇心是双向的。科尔特斯诧异于那些对他来说非常奇特的中国文化。比如在辗转各地时，他见识到各地的建筑、河流、船只和人民。

他写到，一夫多妻制和纳妾制产生了数不清的人口，中国男人总有多生孩子的欲望。最穷困的阶层因而“深为孩子所累”。“他们养不起孩子时，就毫无畏惧地把刚生下来的孩子扔进河里，女婴尤其如此，即使他（她）们很好很健康”。溺婴尤其是溺死女婴的现象如此普遍，以至于他看见“河上漂满溺死的婴儿”。[①] 文化、价值观和感受如此迥异。科尔特斯神父对文化相对有了一次切身的体会。

“Toyo”（大概是澄海）之行使他着迷于这座城市的护城河：水面上挤满了各色船只。这次经历使他得以近距离观察文官体制的各种礼仪。陪伴他们（科尔特斯和他的主人）的随从、澄海的仪典、旗帜、鼓乐、遮阳帽和种种色彩都给他留下了深刻的印象。他不仅用几页纸的篇幅做描绘，并且还在第二部分附上了许多美丽的插图。离开澄海，他们又去了潮州府。一部分人走陆路，另一部分人包括科尔特斯分乘两艘船用了一天半的时间到达。他喜欢这座城市和所见的事物，尤其是横跨水面的一座座大桥、石制设施、街道、建筑、商铺、面点、水果、肉类以及其他各种商品。这一切对他而言都异常新鲜，在他心目中构成了一幅宏伟画卷。然而，他对中国文化的知识还不能从根本上改变其处境的不安和危险，因为他明显受制于操纵他命运的商业和政治势力之手。中国人控告他们是窃贼和海盗、私藏银两，甚至把他们视为荷兰人。他们因而成了中国人的敌人。西班牙人的辩护很糟糕，一是因为他们对汉语的掌握不够，二是因为中间的翻译人不肯把他们的辩词如实翻译，而只是猜度上司的心思乱译一气。另一班人员重审这些囚犯时，询问了海难后发生的事、他们陷入靖海所官员之手的过程（他们被控倒卖囚犯）以及被羁押的细节。这充分展示出这一班审判人员与先前的官员看待问题的差异。他们甚至提供了救济品来改善囚徒的生活条件。

3 月初，翻译的障碍继续存在。囚徒们试图用文字形式解释他们的境遇，并希望这些文字能被译成汉语。他们的这一愿望从未实现。但在等待广州方面下达分派他们的裁决之前，官员们还是给了他们衣物和新的救济品。囚徒们还有了一个意外之喜：他们找到了一个在澳门居住过

① 庞迪我和科尔特斯都注意到了中国的一夫多妻制和对孩子的轻视。他们都认为一夫多妻制是一种错误，庞迪我更是直接拒绝一夫多妻的人入教。

并且会讲葡萄牙语的中国人。这才使双方的信息沟通更为流畅，也开始了有关人身自由的谈判。但最大的幸运则是他们的一个同伴设法将一封信送抵澳门。据科尔特斯说，“这封信使我们活了下来”。

科尔特斯讲到他在潮州府与和尚们的初次会面。可以想象，他事先对这些人已经有所知晓，因为利玛窦曾在《传教年鉴》里记述过他和同伴与和尚的一场辩论。[①] 科尔特斯仔细观察了和尚们的相貌、衣着、鞋袜、帽子、唱经和仪式、布施和苦修，甚至他们的佛塔。但他明确警告这一切都显示了佛教与基督教的不同，在他看来，佛教存在着最根本性的错误和迷信，它的一些习俗（比如化缘）暗含了近乎荒唐的宗教态度。

审判过后，科尔特斯和其他十三名囚徒启程前往蓬洲所（Panchiuso）[②]，他们将在那里被羁押三个月。他们徒步走完这段路程，途中经过几座村镇。在吉伽德（Gigard）的研究里，他曾把这些村镇识别为潮州府以东的坪溪村（Banjiashe）和汉塘村（Hantangxun）。南澳（Amptao）村留给科尔特斯的印象尤为深刻，他在这里见证了一件最惊人的事情：一个中国人不小心弄坏了一扇门，官员竟然令科尔特斯用藤条鞭打此人。这种惩罚在中国司空见惯，但却让科尔特斯大为不安，因而极为详细且图文并茂地记叙了这种刑罚方法，包括他们如何捆住犯人、受刑人的衣着和举止、藤条的特点、抽打的方式、受刑人的贿赂和中国对犯人的虐待及惩罚。总之，这一部分的可怕描述在其他文献中最为少见。

此外，作为一个常见主题，科尔特斯还描绘了中国的军力情况。最有趣的是，尽管是一名“天主教斗士”，他的评论却更像是一名军方人士而非宗教神父。中国的士兵很令科尔特斯诧异，因为他们都非常滑稽。他表现出对中国军队训练方式的不屑，并讽刺说，“我们只是为了寻求

---

① 读过科尔特斯的手稿，人们能够发现他以前阅读过有关中国的书籍。这不仅包括他教友同行的写作，更有可能还包括马可波罗、克鲁兹（Gaspar da Cruz）和门多萨（Juan Gonzalez de Mendoza）的著作。而最后这一本书——门多萨的《中华大帝国史》1585 年在罗马首版，仅仅二十年内就再版四十次，成为欧洲塑造中国形象的重要来源。

② 此处的地名翻译，译者多参考了耿昇先生的《明末西班牙传教士笔下的广东口岸（上、下）》，载《华侨大学学报》（哲学社会科学版）2011 年第 4 期及 2012 年第 1 期。——译者注

乐趣和笑声才去看他们训练”。他不喜欢这架可恶的暴力机器，对军队士兵也用藤条进行管教更是深感不解。但与此形成强烈反差的是，他在文章的图解部分却为我们绘出了一种极富美感的战争场面：士兵戴着不同的头巾，身穿华丽制服，备有各种盾牌、战刀、短剑、长矛、头盔、弓箭、旗帜、狼牙棒、标枪和长戟，还有人拿着管乐和打击乐器。这一场景描述占去好几页笔墨，似乎显示出这位传教士对军事服饰和武器装备的强烈兴趣。这种兴趣在耶稣会士的写作中并不少见。少见的是科尔特斯对中国教育和知识的异常钦羡。他把教育视为中华民族精神气质的一部分，并高度评价说“非常奇怪，所有的男孩子，不管他多么不情愿、多么粗野、地位多么低下……都要学习读写他们的书面文字。同样，成年人，不管其社会地位如何，都很少不会读写。他们对教育的重视和偏爱真是令人吃惊”。科尔特斯非常羡慕中国的学校，包括它们的教育质量和组织结构，甚至整个教育制度。（中国）书法表明了对异域事物的极端好奇是双向的：中国文字让耶稣会士痴迷，但他说中国人也“特别想看我们怎么写字”。庞迪我也曾有过几乎一样的评论。蓬洲所之行对科尔特斯及其同伴是一次极为艰难的经历。毫不奇怪，他对这段经历描写得很详细，并称这对中国人和耶稣会士来说都是“受罪”的行程（寒冷、饥饿、臭虫和虱子伴随全程）。这种情形促使他写下了中西方食物的巨大差异以及中国人对筷子的使用。中西文化对比和类比在这一部分随处可见。科尔特斯在此处还描述了三种令他着迷的动物，使他的写作堪与庞迪我的著述相比：他花费了整个第十三章描述老虎，还加上了几幅精美图片；麝鹿，欧洲已经有文字讨论过这种动物的本性和特征，科尔特斯又用了第二十七章及几幅图画进行描绘；鸬鹚（他称之为海渡鸦），这种使用鸟的渔猎方式曾吸引了包括庞迪我在内的许多外国人的注意。他的描写又从这些奇特动物转向肉类、鱼类、水果、蔬菜和其他农副产品，比如油脂、醋、橄榄和谷物，然后又转向中国的财富和人口流动，尤其涉及了我们可称为经济体系和文化价值的诸多方面。总之，科尔特斯用了六章的笔墨描绘了家畜饲养、渔业和农业、采矿和冶炼业。正是有了这些章节，我们才知道中国饲养猪、鸡、鸭、鹅、鸽、山鹑的高效率，尽管他们的饮食习惯使他们食肉不多而更倾向于吃鱼。我们由此可见中国人对鱼类养殖的强烈兴趣和欧洲所称的渔－农型文化。

中国的贸易状况也使他极感兴趣。由于在菲律宾这个中国对外贸易的中间站待过多年，他对此熟稔。他讲述了中国的商品如何出口到日本和印度，尤其是通过广州的葡萄牙商人、漳州及厦门的中国商行进行的交易。黄金、珍珠、宝石、麝香、丝绸、大黄及其他药材如茯苓（Stick of China，科尔特斯说他自己也用过）都是通过这些路线进行贸易的。跟庞迪我一样，引起科尔特斯注意的还有瓷器。他称之为世界上“最好最精致”。他也同样欣赏精美的木质和铁制手工艺品。

但科尔特斯的个人处境并不美妙。这能解释为什么他会注意到同类行纪中很少见的一些特殊方面。据他说，中国人生性贪婪，这在他经历的审判和与澳门商人的贸易往来中表现得淋漓尽致。但中国人的这一特性也有好的一方面：他们能开发利用一切物品使其产生价值。正是在这个意义上，科尔特斯将其评价为我们今天所倡导的循环利用和商品个性化。在中国，没有不被循环利用的东西，诚可谓毫无浪费。他们用猪毛甚至是自己的头发做成刷子，用动物骨头肥地，还把破旧衣物搅拧撕碎，再纺成毡子或毯子。他甚至说中国最令人艳羡的工作之一就是去打扫店铺，因为能在墙缝里找到积尘中的银子。但他对这里毫不留恋。事实上，科尔特斯还详细描述了“中国人的本性和爱好”，把很多注意力集中于中国人洁净无毛的身体和不长胡须的脸，以及他们剃毛“使身体须发皆无”的习俗。但中国人在伦理道德方面却没有给科尔特斯留下积极印象，“没有人性”，“不知羞耻”，“容易放荡”，“与野蛮动物一样，与人的本性相反”，“像鸟兽一样善于偷盗”的评价随处可见。幸而他还认可中国人“很有技巧，容易学会任何机械工作”，“很仔细”，“很聪明”，并且“如果报酬足够高”，对他们来说几乎没有什么不体面的工作。如果知道此时西班牙国内的状况，我们对这一评价就更要做出积极的解读。

在一份又一份的公文、一个接一个的官员、或多或少的澳门消息和艰难地追索银两之间，科尔特斯的受审和自由时断时续。此时耶稣会也在和中国政府谈判，但归于失败。[①]1625 年末，科尔特斯的案情似乎

① 科尔特斯在被释放后立刻开始了他的写作。这使他能够记录在中国官员、澳门当局和耶稣会之间所发生之事。因此他在文中收入了几封信，清楚记录了这一谈判过程。

已经无望。但在圣诞节那天，他们还是获准去广州。这段行程本来只需十二或十五天，但传教士们身体虚弱，共走了二十三天。科尔特斯在记述中解释了他们的行进方向：前十天“从南到北直接穿越潮州府”，出了潮州地界就是惠州府（Fuchiufu）的辖区，由此又“一路向西”，在广州府地面上走了十三天，才于 1626 年 2 月 6 日到达广州。科尔特斯艳羡这座城市的魅力，对它功能和空间的记述极尽赞美之词。他描写了那里的海洋气候、低阶层人的贫民窟“新城”（社会发展和多种文化交杂的象征）以及上等人和官员们居住的“老城”。他还描绘了房舍、庭院、拱门、城墙、角楼的构造和装饰，甚至写出了这些地方的嘈杂和色彩。他们在广州接受了按察使的询问。这位大员业已查明传教士们的银两落入了哪几位官员之手。他们最终获得自由返回澳门，并于 2 月 21 日抵达那里。澳门耶稣会热情欢迎了他，并为他提供了细心的照顾和衣物。科尔特斯最终完成了他的澳门使命，并于 4 月 30 日自澳门出发前往马尼拉。归途中，他们再次遭遇风暴，很多人在海上丢了性命。但他总算在 5 月 20 日抵达菲律宾。在这里，科尔特斯开始写作他非凡的中国之行笔记，直到三年后过世。

庞迪我和科尔特斯的中国观

任何民族对其他民族的定义都只能以自我为出发点，因而离不开其自身的文化语境、价值观念和意识形态。其中最有决定意义的，是他们对“人”的概念的界定。从这个意义上讲，在一片陌生土地上的旅行经历和所见所闻，一方面是我们界定“人”的概念的基本素材来源；另一方面对异域事物的讨论，又将复归于它所从属并借以诞生的社会，并从中产出一副独特鲜明的他者形象。行纪因而不仅是了解异域文明和文明多元的手段，同时它也以人类生活的多样性塑造了文明的形态和表达方式，进而显示出多样文明的重要性。

我们当然也能在人类学和历史学研究中发现一些很基本的问题，诸如材料的内部关联性、客体材料的矛盾性，甚至材料的真实程度，如此等等。但笔者在此想强调的，不是这些旅行者的描写正确与否，而是他们文本中所蕴含的能动性：置身于一种现实中，然后将它转换成一种形象，并赋予其特定的意义、可能性甚至真实性。但只需做些简单对比，我们也能发现这种形象的扭曲和设计理念的断裂之处，进而提出一种必要性，即始终要评估我们到底处在现实与憧憬之间的哪个位点上。这是因为旅行者的观察有时既不是实际信息，也不是文化思考，而只是受制于不同角度和变化因素，对多样性特征所做出的一种失衡的离题式发散处理。因此，我们才能读到种种神话的、政治的、地理的、道德的、伦理的、浪漫的、异域的、族裔的甚至是视觉化的陈述。[①] 我们因而必须考察这些文本写作的不同场景和作者的品格、角色和身份，以及其背后复杂的目标、价值观和个人背景。

换言之，任何国家在任何历史时段对他者文化形象的塑造，总是有意无意地被整合进作者自身文化对“人”及其价值观的构建。新材料时而会在积累的过程中和原有的材料重组。中国也是如此：新的信息既能改变形象本身，也能改变当时重要的批判性思考。这就是欧洲和东方接触之后的实际情况。执笔人面对碎片化的、不完整的他者，即便有亲身经历，他的个人思考也通常会受到限制（况且任何人都无法掌握中国文化的全部信息）。这种思考通常会把个体经历视为全面的、完整的且毫无漏洞。除此之外，还有民族学认识论和方法论的整体性难题。因此，16 世纪以前的中国形象通常带有很多中世纪时代的神话性和局部性特征，这就不足为奇。马可波罗游记是其主要来源。12 世纪的约翰长老（Prester John）[②] 以及中国基督教源于圣托马斯（Saint

---

①本文此处特别强调科尔特斯作品中所附的绘画。对于塑造文化形象来说，这种视觉化手段鲜明直观并且富有创造力。本文对此未予涉及，但它仍然是欧洲塑造中国形象过程的一部分。（中国的）视觉化在从中国引进的绘画、屏风、披肩和瓷器等物件中有最好的体现，19 世纪后欧洲收到的中国照片就更是如此。

②12 世纪中后期，欧洲开始流行约翰长老的传说并出现了“约翰长老来信”，让欧洲人认为约翰长老是东方最强大的国王。13 世纪前期，欧洲人曾把成吉思汗视为约翰长老；中期，欧洲人认为约翰长老不是东方最强大的国王，而仅仅是中亚某个聂斯托利派部落的首领。从 14 世纪开始，欧洲人又转到非洲去寻找约翰长老。17 世纪末，他们才彻底认识到约翰长老是个虚幻的人物。约翰长老故事的演变过程，反映出中世纪欧洲的东方观，也折射出西欧的社会心理。详见龚缨晏、石青芳：《约翰长老：中世纪欧洲的东方幻象》，载《社会科学战线》2010 年第 2 期。——译者注

Thomas）[①] 及其门徒的传说，也并非毫无情理。这些都适用于理解和解释外国人在中国看到的巨大文化反差。

尽管如此，中国形象还是因为有了葡萄牙人和西班牙人的文字记叙而变得逐渐清晰。这种中国形象代表了异质他者的一种距离，但也呈现出一种异域憧憬渐行渐近的真实。我们能基于这些记叙，识别出一种设计和目标的常见模式。皇家下达的指令、作为工作指南的各类调查计划，甚至直到 16 世纪海员、探险者、商人及传教士们留下的文字，都固化成一种描述模式。这种模式在观察中国时既能产出某些陈词老调，也会影响其他人对其他陌生地域所做的观察、识别、解释和分析。

笔者在前文已经涉及了这些观察中某些因素的重要性。接下来的问题是，除了这些观察，我们还有必要把这些历史学和民族学的文本视为一种话语、一种讨论。我们应该明确谁在书写、为谁书写、书写的目的和方法，以及它要达到的终极目标。换句话说，我们不仅要知道文本作者的生平经历和意识概念，还要知道他的身份权力、选择标准、价值评判和他的知识结构、探求兴趣和形成作者民族学敏感性的不同经历。我们还应该查知文本的接受者，以及文本读写双方在目的上的差别和距离。正是在这个意义上，我们要知道并非所有的文本都具有民族学目的。相反，很多文本的写作，都只是为了获取经济赞助和支持，或者是努力使他们的某些政策合法化。桑切斯（Alonso Sánchez）和阿科斯塔（José Acosta）神父就是例证。

葡萄牙和西班牙文献竭力塑造的中国形象多半产生于 16 世纪。但耶稣会确实代表了认知中国的一种新的范式。这种分析和解读中国的模式，部分打破了地理和文化的碎片化和偏见，并引领出一场剧烈的质变。绝大多数耶稣会士都曾在中国各地久居，顺应了中国习俗，接受了当地人的价值观并且学会了汉语，从而开启了一条前所未有的理解异质文化的通道。更为特殊的是，这个过程毕竟取得了成功。

---

① 据门多萨的《中华大帝国史》，托马斯系葡萄牙传教士，在印度传教时曾到过中国的“汗八里”（元代的大都今北京市，突厥语称之为“汗八里”）并传播福音。由于当时的中国人忙于战事，对此没有在意，以致布道成效不大。周宁在《中西最初的遭遇与冲突》第四章中认为此事“纯粹是异想天开”。——译者注

我们也要看到“在地化”这种人类学经典方法，并非完全异于奥雷（Ollé）所称的“理念化的中国主题”以及庞迪我和科尔特斯的文本。从这个意义上讲，对中国的等级制度和金字塔形的社会结构、土地的富饶、城市规模之大及其建制的合理性、行乞之少见、战争规模之大、瘟疫、领土之广阔和庞大人口的描述，都是游记评论家们持久欣赏的共同话题。在这一点上，我们还应该加上笔者所指出的“异质化的中国主题”，因为它能更准确地凸显他者的鲜明特质：特殊的服饰和帽子、饮食和进餐礼节、各种场合的不同仪式、不同的性风俗和文字及书写系统。但与他人相异，同时也异于奥雷所谓的“在行政和司法上的公平和清廉”，耶稣会士们展示了规定和现实之间的差异，并且用资料加以证实，如庞迪我对太监、科尔特斯对官员的记载。笔者据此理解，由于有亲身经历和与他者的接触，耶稣会士们注视、观察和分析的方法确有独到之处。

最后，由于旅行者之间的差异极大，每个文本都要取决于作者在当时的处境和个人的品性。这决定了他们对文本的偏好、取材，对具体资料的评价和思考，对基础知识的具体应用和具体目标的设计。常见并可佐以例证的现象之一，是科尔特斯在信中所讲的“作者们一致认为”。但笔者讲到的上述影响因素，却能像多棱镜一样，把个体所看到的形象加以歧化、澄清、模糊、增加、减少或扭曲。有了人，有了生活、经历、差异、感觉和情绪，观察者的眼光就有了目的性和能动性。庞迪我作为传教士自请前去中国，希望能实现他多年的宗教梦想。尽管他遭到太监马堂的纠缠，但如我们所见，他在中国知识阶层中仍然是个可尊可敬的角色。他的技术知识被人关注，成为一个受到官员甚至皇帝赞誉的宾客。他住在中华帝国的首都北京，如果遵守约定和宫廷礼节就能任意出行。相比之下，科尔特斯偶然因事才来中国，境况之恶劣也使他无法达成自己的目标。他在虐待、伤痛、惊恐和饥饿中辗转于庭审之间，由于不会汉语而无法为自己辩解，因而既不理解也不知道生命中接下来会发生什么。两种地位、两种眼光、两种殊异的文本就此描绘出截然不同的中国。

但无论如何，这两位传教士都来自耶稣会这个善于弥合文化差异的团体。耶稣会要求会士们向教友同伴详细描述他者文化及其对“人”的理解、记录当地所发生的事情并努力对其做出解释，为人们提供可理解和可分析的关键解读。庞迪我和科尔特斯按照这个规范写出了他们的行纪：精确、严密、比例均匀，力图逼真，有时能令读者感到吃惊。[①] 这是耶稣会的特征，也是受过专业写作训练的标志。耶稣会创始人罗耀拉（Ignacio de Loyola）的警告非常有效："与口头表述相比，文字书写需要进行更多的观察，因为文字可以流传并且可以验证。"四百年后的今天，庞迪我和科尔特斯流传下来的记录仍然堪称第一流的民族学资料。

本书译者按：本文原载《世界民族》2015年第4期。出于尊重原译者，本文中出现的音译词保持原样，因此可能会与本书其他部分的译名有所出入。

① 有必要指出，庞迪我和科尔特斯将其见闻以读者所熟悉的术语表达出来，这具有现实化和翻译化的意图。科尔特斯的例子尤为明显：他以步长丈量建筑的长度、根据欧洲人的习惯计算中国人用于各种礼节的费用、调查并记录物品的价格甚至估计皇帝的岁入。

附录二
西班牙传教士文献所见明代潮汕妇女服饰[①]

黄　媛

引　言

明天启五年（1625），西班牙耶稣会士阿德里亚诺·德拉斯·科尔特斯（Adriano de las Cortes，1578—1629）（以下简称科尔特斯）从马尼拉前往澳门调停争端，途中遭遇海难，于潮汕地区沉船。他被中国当局逮捕、羁押，先后辗转潮汕、广州等多个地区，后成功获释，返回马尼拉之后，他记录了此次为期一年零四个月的行程见闻及在潮州府沉船的经历，留下手稿《中国纪行》。天主教传入潮汕始于清顺治年间。清顺治七年（1650），西班牙“多明俄会”传教士杜士比、丁热力、欧巴泽等于汕头市澄海盐灶传教，后中断。[②]清道光二十八年（1848），德国巴色会国外布道会牧师黎力基到潮安、南澳等地布道，未被当地官府所允许，于翌年2月到澄海盐灶布道，并设立教堂，这是基督教传入潮汕的肇始。[③]若科尔特斯沉船事件真实存在，那么传教士进入潮汕的时间就可往前推，对于明代潮州府地志、民俗、海防等各方面的研究都有所助益。“自明清之际耶稣会士来华，对中国民俗的搜集和记录已由传教士先行一步，

---

①本文系国家社会科学基金重大项目“海外藏珍稀中国民俗文献与文物资料整理、研究暨数据库建设”（项目编号：16ZDA163）的阶段性研究成果。吴榕青、詹韩逸等老师为本文提供相关材料与意见，在此一并致谢！

②参看张秀清主编，澄海县地方志编纂委员会编：《澄海县志》，广州：广东人民出版社，1992年，第648页。

③王琳乾、邓特主编，广东省汕头市地方志编纂委员会编：《汕头市志》第4册，北京：新华出版社，1999年，第624页。转引自杜式敏：《20年代的基督教会女校》，汕头：汕头大学，2005年。

但直至十九世纪晚期才出现有意识的民俗学探索，即现代科学思想指导下的民俗研究。”① 由此可见，早期传教士文献对于中国民俗的收集与记录有其珍贵性与独特性。

《中国纪行》（*Viaje de la China*）（以下简称《纪行》）手稿目前存于大英博物馆西班牙文手写本收藏室②。另有西语、法语 2 个全译本③，中文摘译 1 篇④，论文 6 篇，研究分为三大方面：一是主要内容的梳理介绍⑤；二是同期个案的对比分析⑥；三是特定命题的例证列举⑦。基本上多以译作为主，穿插评介；多参看蒙科所著西语版本，蒙贝所译

---

①张志娟：《西方现代中国民俗研究史论纲（1872—1949）》，载《民俗研究》2017 年第 2 期。

②说法见于［西］蒙科：《耶稣会士阿德里亚诺·德·拉斯·科尔特斯与中国文化》，陈用仪译，载《文化杂志》1997 年第 32 期。笔者联系大英博物馆，得知这份手稿可能现存大英图书馆，真实情况待核。

③1991 年，马德里康普顿斯大学教授贝亚特丽斯·蒙科（Beatriz Moncó）将其出版，章节有对应插画，附有前言和参考书目。2001 年，巴黎高等实践研究院研究员茱莉亚特·蒙贝（Juliette Monbeig）与帕斯卡尔·吉拉尔（Pascale Girard）将其译为法文出版。与西语原版相比，法语版按手稿原序，将插画全部归于第二部分，插图体量较大，但出版质量低于前者，出现重页与个别图片缺失的情况。也可能是笔者购买的个别图书如此，存疑。

④范维信译的《中国旅行记》前附基本情况介绍，摘译第二十五章。参见澳门文化司署编：《十六和十七世纪伊比利亚文学视野里的中国景观》，郑州：大象出版社，2003 年，第 203—216 页。

⑤主要有耿昇的《明末西班牙传教士笔下的广东口岸》（耿昇将该文章拆分为上、下两篇。通过对比，笔者发现上、下两篇和吉拉尔所作的序重合度较高）、陈用仪译的《耶稣会士阿德里亚诺·德·拉斯·科尔特斯与中国文化》（概述科尔特斯沉船途经地点的当地文化，附有前言中的部分术语和第二十六章译文）和范维信译的《中国旅行记》。

⑥《耶稣会士庞迪我和科尔特斯的中国行纪》对比科尔特斯与庞迪我，分析两人的“中国之行”和中国观，指出他们的个人书写构建了“异质化的中国主题”。参见［西］贝亚特丽斯·蒙科：《耶稣会士庞迪我和科尔特斯的中国行纪》，孟庆波译，载《世界民族》2015 年第 4 期。

⑦《台湾民间传统丧礼斩衰首服摭拾》中引用《纪行》第 397 页与第 405 页的丧服图作为材料，补充说明两岸斩衰首服盔冠“充耳”“蔽目”之制一脉相传。参见韩碧琴：《台湾民间传统丧礼斩衰首服摭拾》，载《兴大中文学报》2017 年第 41 期。《清代潮汕的茶研究》以科尔特斯喝茶情景说明“潮汕人在明天启年时饮茶不是以工夫茶的方式进行”，参见赖泽冰：《清代潮汕的茶研究》，汕头史志网，http://www.gd-info.gov.cn/shtml/st/lanmu07/lanmu702/2017/09/07/223340.shtml，访问日期：2019 年 4 月 4 日。

的法语版较少提及；服饰民俗研究涉及此书的，笔者目前查找到的可能只有《台湾民间传统丧礼斩衰首服摭拾》一篇。同时也没发现其他利用传教士文献对明代潮汕妇女服饰进行研究的论著。可见《纪行》弥足珍贵。那么它是否真实可信？它对于明代特定潮汕妇女服饰民俗记录价值如何？

科尔特斯与《中国纪行》可信度分析

在法语版《纪行》（*Le voyage en Chine*）中，吉拉尔以罗马耶稣会档案馆中三年一次更新的档案、奇里诺（Chirino）神父的信件以及菲律宾耶稣会教省名录，对科尔特斯（1578—1629）的生平进行真实性鉴定：科尔特斯神父为西班牙人，1578 年出生在阿拉贡省的陶斯特村。1596 年 5 月，他被耶稣会接纳。七年后，他在巴塞罗那大学完成了艺术科和一年的神学课程，并于 1604 年出发前往菲律宾，1606 年完成晋铎，在马尼拉学院任圣职。后续在米沙鄢海岛（Visayans）做传教工作，并担任菲律宾萨玛岛（Sanar）提拿港（Tinagon）传教区的长上。

耿昇曾在《明末西班牙传教士笔下的广东口岸（上）》[①] 提及，法国前入华耶稣会士荣振华（Joseph-Dehergne S. J.，1908—1990 年，1936—1951 年在华）出版的《1552—1800 年入华耶稣会士列传》有关于神父更为详尽的生平信息，并将其列为第 45 号传主。笔者查阅此书，却发现第 45 号传主为“多玛斯 · 阿拉尼亚司铎，葡萄牙人”[②]，但是书中的《入华耶稣会士国籍统计表》中有“阿德里亚诺 · 德 · 拉斯科尔特司铎 1627”[③] 也可以作为其真实性的佐证。

1625 年 2 月，耶稣会士科尔特斯乘“圣母指引号”（Nuestra Señora de guía）船只前往澳门（航线见图一）。从他本人的记述和其他相关文献来看，他似乎在此次出行中扮演复合型角色。具体出行的原因可能如

①耿昇：《明末西班牙传教士笔下的广东口岸（上）》，载《华侨大学学报》（哲学社会科学版）2011 年第 4 期。

②[法] 荣振华等：《16—20 世纪入华天主教传教士列传》，桂林：广西师范大学出版社，2010 年，第 58 页。

③[法] 荣振华等：《16—20 世纪入华天主教传教士列传》，第 474 页。此处标注的入华时间存疑。

下：一是经济贸易。科尔特斯提及在澳门要做买卖。返航时突遇暴风雨，痛失一艘船的货物，这些货物是价值大约30万比索的中国锦缎和薄纱等丝织品。他自己痛心估算卖出后的损失高达50万比索。而船上人员组成大致有69名日本人、34名南亚穆斯林人、6名西班牙人，还有未说明具体人数的摩尔人、黑人、水手、葡萄牙商人及女仆随从。[①] 科尔特斯认为强调这一点非常有必要，意在申辩自己是无辜商人，并非海盗抑或侵略者。但这恰恰让当时处于抗倭和防范“红毛”的敏感时期，从未见过这么多外国人的官兵包括村民措手不及，故而引发打斗、劫掠。载有白银的船号一定程度上也说明了科尔特斯意在购买中国商品，转运至马尼拉牟利，以作传教开销。二是政治军事。1624年底，澳门爆发“拆墙事件”[②]。而马尼拉的西班牙人也面临与荷兰的地盘争端。两地均处于内忧外患的境地。正如科尔特斯本人所说：“1625年，马尼拉处需要派人去（澳门）处理一个重要的问题。为此，耶稣会省会长阿隆索·德·乌曼内斯（Alonso de Humanes）需指定一位神父与统治澳门的市政会贵族们谈判。我成为这一人选。这也是此行的原因之一。”[③] 此次出行主要目的在于调停。三是传教。这是科尔特斯作为耶稣会士的自带任务，以至于他在遭遇一系列苦难之后，看到潮汕当地拜佛，仍劝村民信教。

由此，一个“身兼多职”的传教士自身已有的品质可见一斑，一定程度上也是民俗内容质量的保证之一。辗转潮汕多地的神奇经历为他拓展了民俗观察的场域，上到达官贵族、下至贩夫走卒的社会接触为他拓宽了联系网络，两者加持提高了记录内容的全面性与有效性。而商人、传教士与政府调停员多层身份的叠加又使得他具有多重的知识和敏锐度，

---

① 具体可参阅［加］卜正民：《维梅尔的帽子》，上海：文汇出版社，2010年，第91—106页。

② “拆墙事件”指澳门第一任总督和将军弗兰西斯科·马士加路（Francisco Masearenha，1623年7月—1626年7月任职）为加强防务，修筑城墙，后引起当局不满，双方协商，拆除部分城墙，铸造大炮防御，地方民众尤其商人阶层对此项“无益工程”很不满意，诱发了澳门1624年10月间的动乱。参阅耿昇：《明末西班牙传教士笔下的广东口岸（上）》，载《华侨大学学报》（哲学社会科学版）2011年第4期。

③ d'Adriano de las Cortes（1625）; introduction & notes de Pascale Girard ; traduction de Pascale Girard & Juliette Monbeig.*Le voyage en Chine*.Paris:Chandeigne,2001,p.12.

能够较为立体地分析民俗事物。“囚徒”的角色可能会让他的描述带有“抱怨”甚至“悲剧”色彩，而这也是他摆脱之前传教士“神秘东方”崇拜，而具有个人真实而耿直的书写特色所在。这也是《纪行》具有较高的可信度的原因。

《纪行》主体内容分为两部分。第一部分共有三十二个章节，以文字介绍他的旅程、遭遇的海难、他在中国潮州府与其他人一同被囚一事以及在路上的其他见闻。第二部分汇总罗列第一部分的插图，点明对应章节并为其添加新的注释。还有一章谈到基督教在大中华的传播情况。但据他所说，这一章节是上级要求强加上去的，因为科尔特斯承认自己去到的地方“没有找到她”①，同时强调自己有进行真实书写的权利。

而书中的水墨画插图是科尔特斯在马尼拉找的中国画家绘制的，一方面提高了《纪行》的直观性，另一方面也保证了《纪行》的民俗事物与场景的还原度，作为潮汕妇女服饰研究的新材料的可信度较高。笔者结合实地考察结果，也证实科尔特斯先后到达的潮汕地区（见图二和图三），有靖海所（现揭阳市惠来县靖海镇）、澄海县（现汕头市澄海区）、潮州府（现潮州市区）、蓬洲所（现汕头市金平区鮀江街道）以及其他译者提出待考的坪溪村、双塘村和南澳村。《纪行》涉及潮汕民居建筑、饮食文化、服饰礼仪等，是当地为数不多的“补史”外文文献，对潮汕当地“文公帕”“潮屐”与“翘鞋”等妇女服饰记载得更是完整，图文并茂。

《纪行》中的“文公帕”“潮屐”与“翘鞋”

“的确，我们不是在他们去马尼拉的 Chincheo② 省和王国沉没的，而是在一个村庄里，居住着非常无知和野蛮的中国人的地区。”科尔特斯对于潮汕地区评价并不高，但非常客观地花了一个章节的内容，长达 85 张（书中选入插图共 122 张）图片记录下明天启年间潮汕地区官员、百姓日常和特殊仪礼的服饰。而女性服饰单品中出现了所谓的“文公

① d'Adriano de las Cortes （1625）; introduction & notes de Pascale Girard;traduction de Pascale Girard & Juliette Monbeig.*Le voyage en Chine*.Paris:Chandeigne,2001,p.28.

② “Chincheo”为漳州，译名参考耿昇:《明末西班牙传教士笔下的广东口岸（下）》，载《华侨大学学报》（哲学社会科学版）2012 年第 1 期。

帕”“潮屐”和“翘鞋”。

被押解到靖海所的科尔特斯被当地女性围观。他在书中提到她们戴着丝绸做的头巾（见图四），出门时用它遮盖头发。这可能是当地所谓的“文公帕”。其与《三才图会》所记的妇女蔽面工具——“面衣”（见图五）有异曲同工之妙。而之所以用《三才图会》作为印证，一方面是因为《三才图会》作为一部由藏书家、文献学家王圻及其子王思义撰写的明代百科全书式图录类书，成书于明万历三十五年（1607），出版于明万历三十七年（1609），书中所记录的事物所处的时间段与《中国纪行》接近；另一方面，编者慎选务真，《三才图会》卷帙巨大，门类齐全，成图线条清晰，服饰图文记录覆盖面广，参考价值较高。[①]

书中展示了两双木屐和两双绣花鞋（见图六至九），后续将详细分析。笔者统计了《纪行》涉及的服饰，发现在85张服饰插图、56件服饰单品中，女性服饰插图有29张，服饰单品有29件。男性服饰与全国其他地区大同小异，其具体原因可能是男性的社会化程度较高，该地区与外界交流的角色多由男性担当，服饰被官方及其他地区同化程度较大。相比较而言，潮汕地区女性的头巾（文公帕）、潮屐、翘鞋等服饰地方特色较浓，地方指向性较高，研究价值较高。

《纪行》中潮汕妇女服饰记录的史料价值

“文公帕”的明代历史链环

饶宗颐先生总纂《潮州志》有载：“妇女出行，则以丝巾或皂布丈余，盖头蒙面，双垂至膝，时而两手翕张其布以视人，状甚可怖。时人称韩公帕，盖昌黎遗制。”[②]

“文公帕（韩公帕）”[③]在其他历史时期是否有相关记载？《纪行》第四章提及的头巾是否就是文公帕？

明《永乐大典》引了《三阳图志》残文，载道：“其弊俗未淳，与中州稍异者，妇女敞衣青盖，多游街陌。子父多或另居，男女多混宴集，

---

①陈步墀：《京外近事：潮州倡不缠足纪》，载《知新报》1898年第62期。

②饶宗颐总纂：《潮州志》卷十五《丛谈志·物部二》，潮州：潮州市地方志办公室，2004年。

③文公帕有韩愈（韩文公）创制与朱熹（朱文公）创制两个说法，故又称韩公帕。

婚姻或不待媒妁。是教化未洽也，为政者可不思所以救之哉？”① 吴榕青老师在《闽南粤东妇女服饰“文公兜（帕）”考辨》中认为“敞衣”即是敞开着的上衣或上衣短小而露出肌肤；至于“青盖”，就是蓝色或蓝黑色的盖头。青盖应该就是“文公帕”的雏形。

《三阳志》亦载：

> 州之旧俗，妇女往来城市者，皆好高髻，与中州异，或以为椎结之遗风。嘉定间，曾侯噩下令谕之，旧俗为之一变，今无复有蛮妆者矣。故曾侯元夕尝有诗云：“居民不谇灯前语，游女新成月下妆。”②

这里提到的宋朝嘉定十四至十五年（1221—1222）的潮州知州曾侯噩对于当地元宵节男女灯前“谇语”以及妇女“椎结高髻”遗风进行移风易俗。但改革成效即所谓的“游女新成月下妆”并没有具体提及。

从上述两则材料可以获得以下信息：椎结高髻和敞衣青盖都在潮汕当地存在，并且在宋元时期被认为是“弊俗”。另外，妇女在当时的自由度较高，可“往来城市”，也可“多游街陌”，甚至胆大到同居或私订终身。这大大突破了对潮汕女性的传统认知。

元代广东佥事周伯琦至正六年（1346）冬天东巡至潮州路府下辖的县——潮阳，写下《行部潮阳》，这首诗中“遗老衣冠犹近古”一句体现了他对潮州民风淳朴的赞扬。从中看出，当地百姓衣着可能相比较于前朝而言，并没有多大的变化。宋元时期所谓的文公帕可能也就这样流传下来。

“文公帕”之名在清代的文献材料被正式提及。清光绪二十六年（1900），丘逢甲的《东山重修景贤楼大忠祠，次第落成，喜而有作》有一句：“春风游女飘遗帨，落日行人读断碑。”附注：“妇女出门以黑巾蒙面曰韩公帕，潮阳今犹然。”

---

① [明]解缙等：《永乐大典》卷五三四三《潮州府一》，第12页之“风俗形胜”，引《三阳志》，下接引《三阳图志》作补注，中华书局残本，1960年。转引自吴榕青：《闽南粤东妇女服饰“文公兜（帕）”考辨》，载《闽都文化研究》2004年第2期。

② 陈香白辑校：《潮州三阳图志辑稿》，广州：中山大学出版社，1989年，第19页。陈香白先生的辑稿将宋元时期的《三阳志》合二为一，为研究宋元时期潮汕史地文化的可靠材料。

郭则沄（1882—1946）的《十朝诗乘》卷一不仅提及惠州与潮州女子帽饰："韩苏流风，沾溉岭外，至今惠州女子尚'苏公帽'，潮州尚'文公帕'"，还以梁绍壬歌云"苏公之帽如戴笠，韩公之帕如曳帛。帽犹潇洒帕特奇，请状其形与其色。横裁皂布丈二长，自首以下垂至裳。中间天衣忽裂缝，露出一寸秋眸光。海风吹人疾于箭，侬有坤灵遮一片。薜荔披来山鬼头，芙蓉护住蛮姬面"详述文（韩）公帕的样式颜色。通过查找，笔者发现梁绍壬在《两般秋雨盦随笔》中也有以下说明：

> 广东潮州妇女出行，则以皂布丈余蒙头，自首以下，双垂至膝，时或两手翕张其布以视人，状甚可怖，名曰"文公帕"，昌黎遗制也……①

当下有不少学者对其进行研究。黄超云在《"文公兜"来历考辨》（1990）中提出"文公帕（兜）非朱熹所创"，曾楚楠则在《韩愈在潮州》（1995）一文中持反对观点。在其之后，吴榕青对闽南粤东妇女服饰"文公兜（帕）"进行较为全面的考辨，于2005年在《民俗研究》上发表《粤东闽南"文公帕（兜）"之历史考察》后不断完善，于2013年在《潮青学刊》上发文《清代粤东闽南妇女服饰"文公帕（兜）"之考察——兼论闽粤赣边客家地区的"苏公笠"》，并谦虚坦言"眼界有限，未能找到明代闽南、潮州妇女盖头的材料，此中论述存在时间空档"。

而《纪行》中关于头巾、发髻的描述与上述文献中的文公帕、椎髻确实有一定的吻合度。

在第四章中，被押解至靖海所的科尔特斯发现相比于中国传统"大门不出，二门不迈"的深闺女子，当地妇女很喜欢围观他们，而且是趁男人们都不在的时候；貌似还有专门的人把风②，当确定男人离开了就通知自己的同伴。有时候，若她们在里面感觉到一点动静，即使可能是普通人或下等人，也不敢放松警惕③，而是小心翼翼。当然，还有一些看起

①［清］梁绍壬：《两般秋雨盦随笔》，上海：上海古籍出版社，1982年，第335页。

②原文"espia"，意思是间谍，为了使语句更通顺，更符合中文语境，改译为"把风的人"。

③原文"se les daba mucho"，意思是显得容易，按语境意译。

来身份更高贵的女子比较羞涩，她们不知道往哪儿跑，看清楚对方是男人以后，就急忙躲起来，在男人走之前，不会再出来。因此，科尔特斯在被观看的同时，也得以对当时潮州妇女的装束进行记录：

> 女子不像男子一样佩戴发网，她们把头发整理得很好，发旋上打上一个结（原书第127页），结婚的妇女在一个小半球内打上发髻，小半球和一个小型的裙状物放在一起，后者上了黑漆，就像一小撮头发一样，出门时用一块薄布覆盖（手稿第17页）、包裹头部，也可以用它来挡住一些秃顶的部分，她们专门用镊子拔除一些额头上的头发，很明显她们不用其他种类的头巾或披巾。那些未婚女人，她们不会专门秃顶，也不会盖住头发，头上的结也不带任何东西。①

在《纪行》第二部分附上了已婚女性“薄布”的相关插图（见图四），下方附注：“57.头巾，通常是丝绸做的，当她们走出家门时，她们的头发会被遮盖。”②

按照科尔特斯的记录，潮汕地区妇女大致有两种造型：未婚女子椎髻，已婚女子椎髻加裙状物，出门会戴上掩盖头发的丝绸“薄布”。从图十的构图和中国画具有的对称性来看，在执行笞刑时，衙门隶卒卸下头顶皂隶巾，被处刑的女子卸下的也应该是头巾而非纱巾。可见，图中的已婚女子发型与科尔特斯文字记录相符。

约翰·汤姆逊在《中国与中国人影像》中就有一张清代潮汕妇女观海的照片（见图十一），图中女子发型、头布和《纪行》中的表述一一对应。

左二、左三、左四、左五的女子均用布帕包扎在头上或者包结在发髻上，其中左四很明显梳了高髻，将头发往后梳齐，卷起之后束起，盘于脑后，成“椎”型发式，并蒙上布帕。结合大棉袄的穿着，可以推测应该是秋冬季节。而此时的头帕可能还发挥着遮阳挡风、御寒防尘的作用。其余几名女性则梳大刀髻等高髻。

---

①［西］阿德里亚诺·德拉斯·科尔特斯：《中国纪行》，徐志鸿摘译，黄媛、陈超慧校，马德里：联盟出版社，1991年，第127—128页。

②原文“57. Foulard, d’ordinaire en soie, avec lequel elles couvrent leur coiffure et leurs cheveux quand elles sortent de chez elles.”

从约翰·汤姆逊拍摄的细节可以更为清晰地看出其大致形状。他强调在汕头看到的发髻很多，各有不同。图十四和图十五的女子属于同一家族的年轻女性，发髻比较常见，也区别于图十二和图十三中的女子的发髻。

潮汕地区较封闭，服饰的时代延续性较强。由此进一步猜想，《纪行》中的“椎髻”与“文公帕”记录可补全明代历史链环，具有一定的准确度和可信度。

无论是“文公帕”抑或“椎髻”，在潮汕某些地区、人群或特殊仪式上仍可见其遗存，可为“文公帕”实物提供参考，从而佐证《纪行》文公帕的形象真实性。

潮汕地区以前有疍民，宋代的时候已有记述他们受雇帮潮州通判陈尧佐捕鳄鱼，“会疍网于渊，获始化者以献”。清康熙三年（1664）迁海界时，疍户也被迫迁徙内地，定居陆上。所以现在潮汕不少地方以“疍家”命名，如潮州疍家官、揭阳疍家山等，有些是复界之后迁回聚居点，如澄海的疍家园等[①]。靖海所便是揭阳下属地区。疍民上陆定居后，生活、生产习俗已基本与陆上居民一样。在外销画中也有疍民妇女以渔业为生，因为头发散乱不利于劳动，所以结髻束发并围上头巾。头巾四边以红、蓝、绿等各种颜色丝线绣成小斜角，形似狗牙状，故称狗牙毡布。未婚女子戴的是红色，已婚女子则戴黑色。披在头上成拱形的狗牙毡布和“文公帕”非常相似。

细看之下，图十六中的女子的头巾颇似潮州水布。潮州男子的水布在过去用途广泛：一是水下捕捞，袒胸露腿时扎在腰间遮羞用；二是田间劳动，汗流浃背时包在头顶擦汗用。潮州歌谣曾唱道：“一溪目汁一船人，一条浴布去过番……”这里提到的浴布一般为方格长条形，也叫番幔，头布，也便是潮州水布。

《中国风俗辞典》更将“文公帕”与“潮州水布”相联系，指出：“直

① 参考郭马风：《疍民之俗》，潮汕民俗网，http://www.chaoshanw.cn/article/hyx/yyy/200701/3135.html，访问日期：2019 年 4 月 3 日。

至清代末年，尚保持这种装饰。后改为男女皆适用的水腰带。”[①] 这样看来，潮州水布与文公帕、狗牙毡布之间确实有一定的渊源。现今潮汕部分地区仍有妇女在丧礼或是“走贼”之时头戴帕。

笔者为潮州饶平人，饶平县新塘、坪溪等山区，年过五十的老妇女有些仍会戴头帕。揭阳、饶平等地，除了至亲外，往生者的某一辈女眷会戴或黑或蓝的尖顶皂巾。饶平县钱东镇紫云村村民杨碧兰[②] 手里有婆婆留给她丧礼用的头帕，但笔者提出观看时，她表示头帕作为丧礼用品，不可随意拿出，以防灾祸。2019 年 7 月在钱东镇紫云村参加葬礼现场，仍记得笔者请求，她主动展示头帕（见图十九、二十）：黑色薄绸布，两边有穗，佩戴时居中对折，穗子朝下，折叠处对准额头佩戴，尖角朝上，用夹子定型。丧礼上的头帕与《纪行》中所展示的文公帕图片非常相近。

汕头市南澳以及饶平县钱东、海山、汫洲等地有“走贼”之说：至亲生病将去世之时，子女乘凶结亲，也有一些为其“冲喜”的意味。饶平县钱东镇李厝村村民黄楚卿[③] 曾亲身经历“走贼”。据她口述，因为将要结婚时，父亲有急症，药石无医，当地老人建议她走贼冲喜。走贼日当天黄昏，她戴斗笠从娘家出发，夫家到路口来接人，为其戴上黑头帕，并接回家中，待三个月丧事办完后，方可把嫁妆顺路带回娘家。

结合上文的梳理和考辨，不难看出中国传统女性确有“蔽面”之俗，面衣便是一力证。宋元时期的“敝衣青盖”由于政府的移风易俗，“敝衣”逐渐消失，“青盖”留存，这可能是“文公帕”的雏形。随着时代发展，多了较多的花色或样式，到了明清，顺应理学之风，服饰纷纷被赋予了具有三纲五常意味，符合理学正统的名称，如“韩公帕”或“文公帕（兜）”。本地文献记载往往过多对“文公帕”这一用物进行价值叠加与现象评议，科尔特斯等传教士更多直观叙述其对个人的生理满足。两相比较，显然观察记述的角度又有不同，一定程度上拆解了文公帕的意义叠加——“对

---

①叶大兵、乌丙安主编：《中国风俗辞典》，上海：上海辞书出版社，1990 年，第 360 页。

②访谈对象：杨碧兰，女，51 岁，广东省潮州市饶平县钱东镇紫云村人，访谈时间：2019 年 3 月 23 日，访谈地点：被访者家中。

③黄楚卿，女，51 岁，广东省潮州市饶平县钱东镇李厝村人，访谈时间：2019 年 3 月 23 日，访谈地点：被访者家中。

正统文化的认同，文化名人的曲意附会”[①]，还原其真实的面貌。《纪行》一方面补全了文公帕明代的文献记载链环，另一方面也是古代弥足珍贵的“文公帕”形象材料。在历史演变中，文公帕所谓的理学正统意味逐渐消减，实物从狗牙毡布、潮州水布到凤凰山茶妇头帕、丧礼或“走贼”头帕，在美化装饰、遮阳挡风、御寒防尘等功能的基础上，成为特殊仪礼的程式用品，被潮汕不同地区的人赋予了不同的意味和内涵，但其基本样式和《纪行》中头巾的图文描述大致吻合。可以说，《纪行》在串联“文公帕”或者更为准确地说潮汕妇女“戴帕”习俗的整个历史脉络中充当了非常关键的一环。

“潮屐”“翘鞋”的明代图画佐证

有这样一首潮州歌谣：“一帮姿娘好佚陶（游玩），花纱脚裤绿屐桃；三面胭脂四面粉，耳钩老鼠拖葡萄。”所谓的屐桃便是潮汕地区特殊样式的木屐，简称“潮屐”。

《岭表录异》卷中对“潮屐”的原料及制作进行了说明：“枹木产江溪中，叶细如桧，身坚类桐，惟根软不胜刀锯。今潮、循多用其根，刳而为履……今广州宾从诸郡牧守，初到任，下檐皆有油画枹木屐也。”[②]《岭表录异》为唐代刘恂为记录岭南地区异事异物所作，这样看来，“潮屐”出名较早。

明万历年间，潮州太守郭子章写下《潮中杂记》，与《岭表录异》所记“潮屐”说法吻合。“潮人喜穿木屐，至妇女皆然”的情景让他大为震惊，反倒是他家小儿辈很快适应，还给他介绍“潮屐”防水、纳凉、省钱、快干、防盗五大优点。郭子章反问为什么妇女也用呢，对方这样回复：“其重跬禁步之意矣。”[③]何为跬，何为步，《小尔雅》言：“跬，一举足也；倍跬谓之步。”[④]跬和步是两个概念，一抬脚的大致长度为“跬”，两脚各跨一次则为“步”，跬是半步。可见，木屐在当时还有

①参见吴榕青：《闽南粤东妇女服饰“文公兜（帕）”考辨》，载《闽都文化研究》2004年第2期。

②刘恂：《岭表录异》，北京：中华书局，1985年，第11页。

③具体参见［清］郭子章：《潮中杂记》卷十二《物产志》。

④参见王宾仁辑逸，［清］葛其仁：《小尔雅疏证》，北京：中华书局，1985年，第82页。

约束女子，控制步伐大小之用。

“潮屐”记录多出现在清代。孟亮揆写过一首《潮州上元竹枝词》：“……怪他风俗由来异，裙屐翩翩似晋人。”[①] 屈大均认为散屐以潮州所制的拖皮最为雅致，这种拖皮有的是用附着水中的松根生长的抱木做的，清香且柔韧，做出来的鞋子叫“抱香履”。潮人刳而为屟（古代鞋的木底），轻薄而耎（柔软）。他还指出黄桑和苦楝也是潮屐原料佳品。[②]“潮屐”开始正式得名。

在《纪行》中，男子和女子都有穿木屐，有前方包口的皮革木屐（见图九），也有上方用布帛进行扎结的“帛屐”（见图八），不遮蔽脚背。这为存在于上述文献字里行间的“潮屐”提供图像佐证。

《纪行》另外两双是较为普通的绣花鞋。一双绣花鞋（见图六）是船形，另一双（见图七）是有点似传统潮汕地区客家尖头绣花翘鞋（样式可参见图二十一）。详细描述如下：

> 她们的鞋子很不一样，是小船形状，鞋尖终结于一个点，就像船只调转向上的冲角或者是腰果的核果（手稿第16页背面）一样。核果部分由鞋子生出，向上弯曲。总而言之，可以说它就像公鸡的头冠一样。因为鞋子很紧，而且是像拖鞋一样的木屐，比一般鞋子要短，所以她们走路很困难。但对她们来说算不上特别难——她们之前走路走得那么多，我们都惊讶总能在路上遇见她们……我的一些同伴有时候在大街上看到她们穿着鞋，有时候光着脚。他们跟我说，没办法理解为什么她们光着脚的时候又和我们西班牙的女人的脚一样大，但她们的脚能穿得下看上去那么狭窄短小的鞋子。有时候他们信誓旦旦地说他们看到她们之中的很多人都长着一双即使是跟男人的脚比起来也算是大得畸形的脚。总而言之，从她们还在母亲的臂弯时开始，她们就用某个东西[③] 束缚和压迫双脚、把脚塞进那么小的

①参见孙忠铨、潘超、钟山编：《广东竹枝词》，广州：广东高等教育出版社，2010年，第435页。

②［清］屈大均：《广东新语》，北京：中华书局，1985年，第453页。

③原文可能缺少了相关的关键词。

鞋里面。这样的习俗可能是为了让她们感觉不到太多被那些精致的鞋子压迫的痛苦。[①]

现场围观科尔特斯的中国女性身份阶层并不明晰，所以针对这段描述，笔者有两种猜测：一是现场有缠足女性；另一则是穿样式似“翘鞋”的鞋子的女性，后者的可能性更大。客家“翘鞋”鞋头上翘，形如凤嘴。鞋后跟与帮面不是连在一起的，而是被分成两个不同的个体，制作鞋帮时先预留后跟位置，再用麻线联结鞋帮左右两端，交织成网，形成后跟。[②]与普通绣花鞋相比较，后跟更松软，既可穿着，还可当拖鞋使用。这也是科尔特斯神父看到妇女们的大脚可以塞进小鞋的原因。同时在描述“翘鞋”时，他还提到“它们被塞进比鞋子小的木屐里，作为拖鞋”。潮汕地区雨水较多，仍需从事社会劳动的中下层妇女并非“大门不出，二门不迈”（在《纪行》中也有背着孩子出门和外出打水的妇女），将布鞋套在木屐中可以防湿防污。在《红楼梦》第四十五回中便提到一样“棠木屐”。宝玉将棠木屐套在鞋子上，身穿蓑衣，头戴斗笠前去探望生病的黛玉，身上不湿，鞋子袜子也滴水不沾。可见木屐套布鞋的用法确实是存在的。

潮汕地区有些富贵人家的女子还有穿丝绸做成的花鞋，甚至缠足的，为的是嫁一个好人家。有一首潮州歌谣如此唱道：“头插金钗貌清奇，身穿绫缎锦绣衣；腰围罗裙绣鸾凤，脚穿花鞋绣花枝。”[③]对此，科尔特斯也有描述：

> 这些鞋不是用粗棉布或毛布制的，更常见的是丝绸制的，织造繁复，工序复杂，整个过程有趣而漂亮。这些鞋子看起来比身上的其他衣服都要华丽精致……看一看她们用带子包裹得严实的双腿。[④]

科尔特斯所记录的明代潮汕地区各阶层的女性鞋子种类较为丰富，

---

①[西]阿德里亚诺·德拉斯·科尔特斯：《中国纪行》，第127页。

②参考陈东生、甘应进、刘运娟等：《海峡两岸的客家服饰文化与艺术》，北京：中国社会科学出版社，2015年，第66页。

③林朝虹、林伦伦编著：《全本潮汕方言歌谣评注》，广州：花城出版社，2012年，第232页。

④[西]阿德里亚诺·德拉斯·科尔特斯：《中国纪行》，第126页。

既有木屐，又有可以塞进木屐的翘鞋，还有富贵人家穿的丝绸绣花鞋，而这些都与当地的文献记录印证。

明代潮汕妇女服饰融合性在《纪行》中的体现

潮汕地区为潮州市、汕头市及揭阳市等三地统称。潮州为潮汕地区旧称，潮州之名始于隋开皇十一年（591），义安郡改为潮州。明洪武二年(1369)，潮州政区改设为府，同年又废梅州置程乡县，归潮州府。此时，潮州辖海阳、潮阳、揭阳、程乡4县[①]。而潮州府隶属广东行中书省。经过陆续的拆离合并，科尔特斯到达的潮州府在此时共辖海阳、潮阳、揭阳、饶平、惠来、澄海等10县。但可以肯定的是，无论时代怎么变化，机构名称如何，现在的汕头市、潮州市、揭阳市都处在同省下的次一级行政区域，未曾离分。笔者之所以厘清这一概念，目的在于说明《纪行》中的地点确实为明代的潮州府，现时的潮汕地区，而非仅限于现时潮州地区，从而对该地区妇女服饰指向有较清晰的认识。

上文提到潮汕地区以前有疍民，宋代已有记录。《惠来县志》明嘉靖年间也有疍户的记载。《潮州府志》第七卷则记载了潮汕地区的另外一脉畲族（猺人）来潮之始。但是畲族最早迁入潮汕可以追溯到唐朝。南宋末年，元军南下，诸多江西和江浙的客家人从福建逃亡到广东沿海，包括潮汕，据学者考察这是客家人第四次南迁[②]。饶宗颐先生认为潮汕人的主体构成还是从秦开始南迁的汉族，有由中原迁入潮汕的“河老”（“河老”来源于河东地区，大致指高宗武后，平定泉潮间蛮僚之乱的陈政、陈元光父子及其将卒），也有先到闽，后转入潮汕的“福老”，后者作为现在潮汕族群主干的认同度比较高。[③]

可见，明代潮汕地区已有多个民族迁徙于此。服饰是一种身体语言，是一个地区的群众记忆，也是民族融合的地区背景最显著的表征之一。这一特点在《纪行》中也有所体现。除了与疍民狗牙毡布相似的“文公帕”、

①李宏新:《1991: 潮汕分市纪事》，广州: 广东人民出版社，2012年，第270页。

②周建新、张海华:《客家服饰的艺术人类学研究》，北京: 中国社会科学出版社，2015年，第34页。

③参看黄挺编:《饶宗颐潮汕地方史论集》，汕头: 汕头大学出版社，1996年，第144页。

具有客家特色的“翘鞋”“潮屐”之外，还有非常形似畲族合手巾式钱袋的腰包及明朝中原盛行的“膝裤”。江苏、四川等地陆续都有出土明代时期的“膝裤”文物。科尔特斯认为它是“用饰带固定住的长筒袜”。有学者指出，潮汕地区为海滨地区，与苏淞来往密切[①]。那么将苏淞地区的丝绵作为衣料的同时，采用其样式也未尝不可。一定程度上这也是潮汕当时或历时多次族群交融的体现。

通过《纪行》《中国与中国人影像》等明清传教士记录与本土文献的比较可见服饰自身具有政治无法掌控的时代延续性，无论“履屐而走”或是“脚穿花鞋”或是“椎髻跣足”都是一个时代女性对当时社会、历史、地理等多方面因素适应的结果。这一结果让明代潮汕妇女服饰有了自己进一步鲜明的视觉形态、行为形态和理念形态，呈现的是集所在地区各族群之大成的综合趋势。在这一形式下，原先具有的服饰民俗话语又在民族迁徙与演变中被新的场域赋予了新的意义符号。这一种新的意义符号通过《纪行》这一类“他者”的文字抑或图画的记录，得以被拆解与解读。

结　　语

可以说，科尔特斯用自身敏锐的观察细致地记录了明天启五年（1625）潮汕地区形形色色的人与事。如果说一年多的时长可能让科尔特斯在《纪行》中无法对潮汕当地的宗教信仰与仪礼形式进行最为准确的表述，那么服饰本身具有的直观表征较好地回避这一缺憾。在此基础上，本土画家结合西方绘画技法，用具有中国特征的笔触最大程度生动而真实地还原了潮汕地区妇女服饰的丰富性。所谓的丰富性打破了当下传统贤妻良母式的潮汕女性认知，展现了明末礼教束缚渐宽与民族融合下具有生气的各阶层女性群像与服饰演变。

从“文公帕”“潮屐”“翘鞋”等潮汕妇女服饰记录个案也可以窥探到，《纪行》保留了这一时期这一地区珍贵的历史图文资料，在与当地中文文献的相互参照中，不经意间记刻下重要的历史线索，印证中文

① 参考刘志文主编：《广东民俗大观》上卷，广州：广东旅游出版社，1993 年，第 27 页。

文献的记载。同时也拆解了本土记录的意义叠加，使其事物本质更为明晰，弥补中文史料的不足。另外，其中的插画作为形象材料，对于当地民俗研究提供较为直观的佐证。库尔特·塔科尔斯基曾言："一幅画所说的话何止千言万语。"[①] 同样，《纪行》中的潮汕妇女服饰民俗记录史料价值仅为研究的小切口，其他部分所具有的绘画价值、文献价值、民俗价值、史学价值仍有待来者挖掘。当然，由于文化的根本差异、西方本位主义、传教士个人苦难经历等原因，其文本可能对中国本土社会的体认和记述存在误读或失真之处，对其材料进行挖掘时，应当客观看待与合理利用。

附注（本文图来源）：

1. 图一、图三、图五至九来源于 d'Adriano de las Cortes（1625）; introduction & notes de Pascale Girard ;traduction de Pascale Girard & Juliette Monbeig.*Le voyage en Chine*.Paris:Chandeigne ,2001.

2. 图四来源于〔明〕王圻、王思义：《三才图会》（08. 衣服 3 卷 . 总 106 卷 . 明万历三十七年原刊本），http://zhonghuabook.com/1300/，访问日期：2019 年 4 月 4 日。

3. 图十至十四来源于［英］汤姆逊：《中国与中国人影像——约翰·汤姆逊记录的晚清帝国》，桂林：广西师范大学出版社，2015 年。

4. 图十五、十六来源于程存洁：《十九世纪中国外销通草水彩画研究》，上海：上海古籍出版社，2008 年。

5. 图十七为 20 世纪四五十年代凤凰山区戴头帕的拣茶老妇，韩山师范学院吴榕青老师及其友人提供，老师认为其亦为文公帕遗存。

6. 图十八、十九为 2019 年 7 月 18 日笔者于广东省潮州市饶平县钱东镇紫云村摄，实物由村民杨碧兰提供。

7. 图二十为明清时期粤东地区客家妇女所穿的翘鞋，转引自胡小平、林华娟：《粤东客家妇女绣花鞋的美学特征与文化寓意》，载《丝绸》2018 年第 11 期。

8. 图二为揭阳普宁詹韩逸老师整理供图。

---

①［英］彼得·伯克：《图像证史》，北京：北京大学出版社，2008 年，第 2 页。

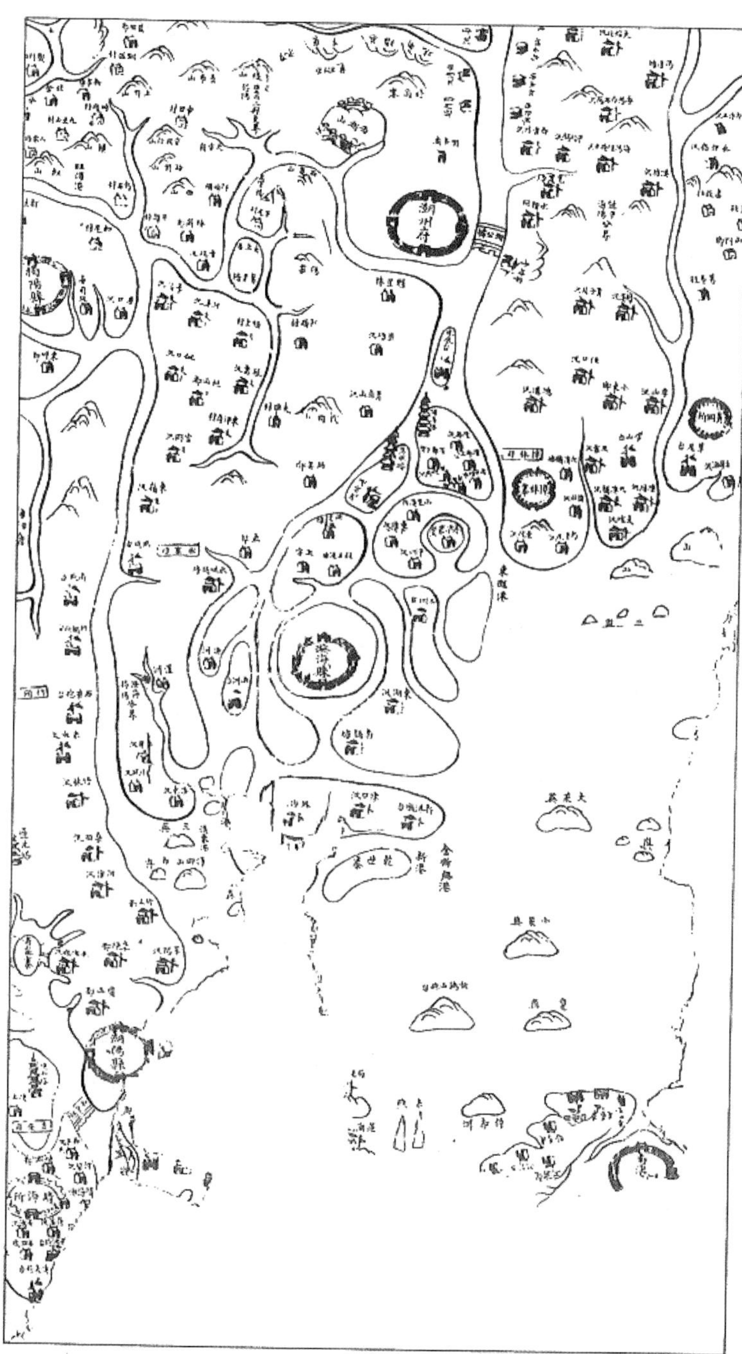

La région de Chaozhou où la galiote fit naufrage.
Détail de la *Carte chinoise de la région de Canton, XVIIIe siècle*,
Bibliothèque du Congrès, Washington (original détérioré dans sa partie méridionale).

图一　《纪行》中的沉船地潮汕地区地形图

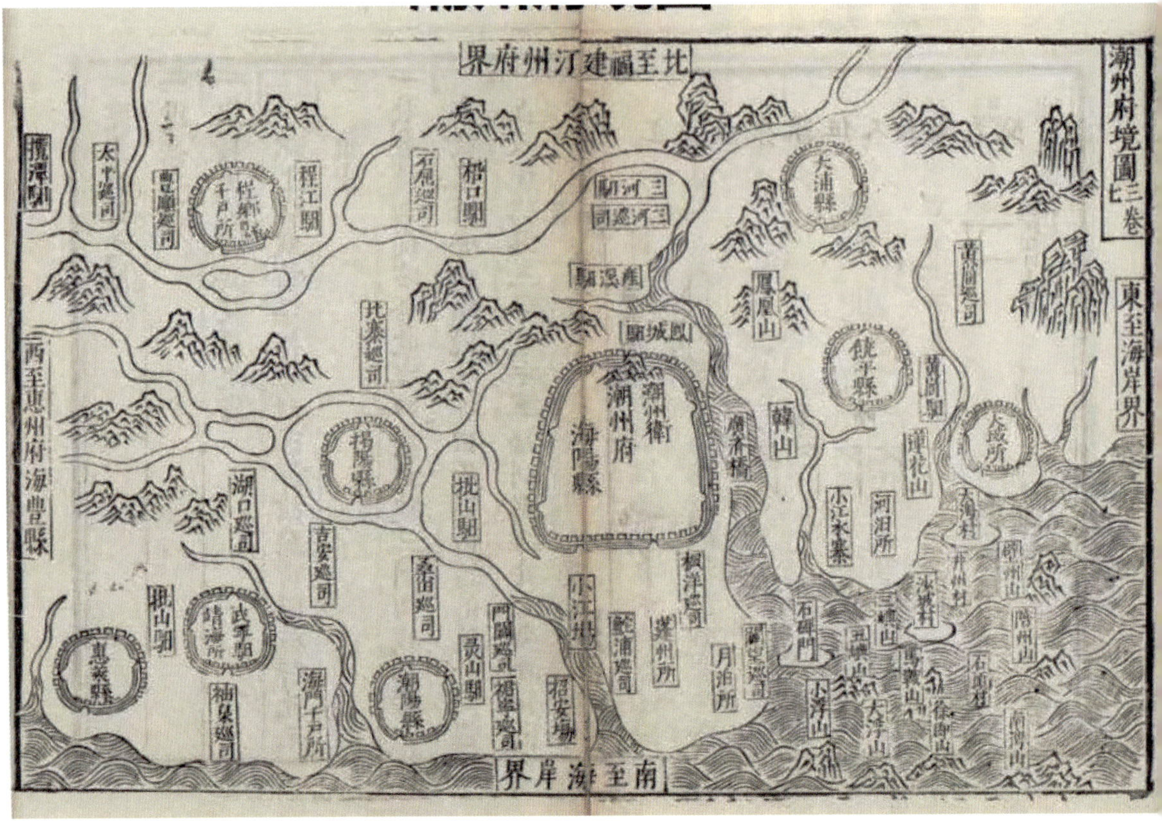

图二　《筹海图编》（明嘉靖四十一年刊本）潮州府境图

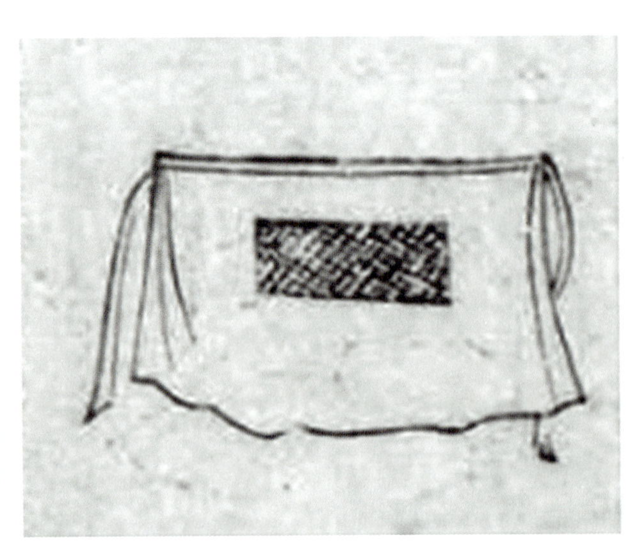

图三　《纪行》中的头巾

图四　《三才图会》中的面衣

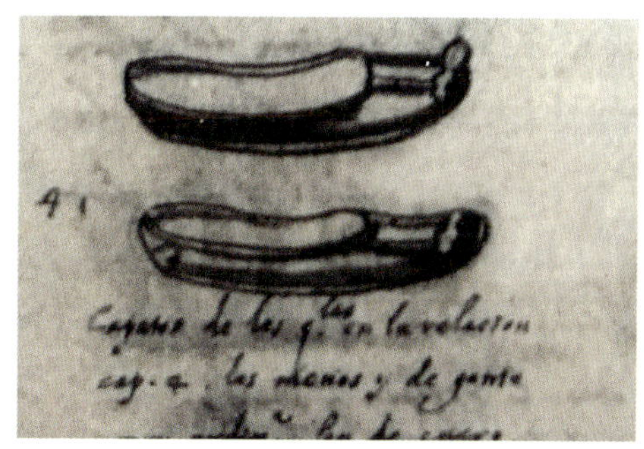

图五 《纪行》中的鞋

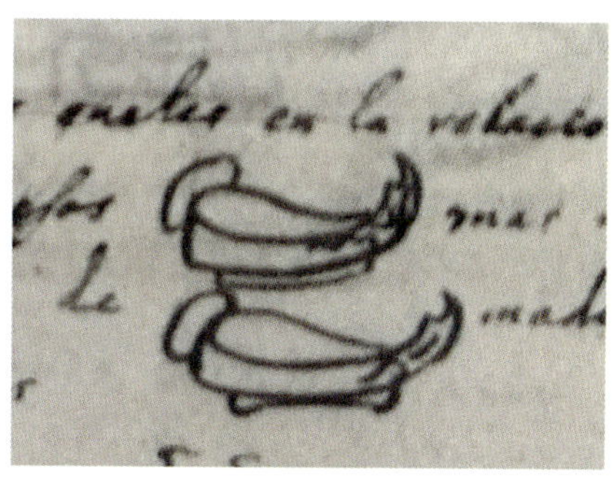

图六 《纪行》中的鞋

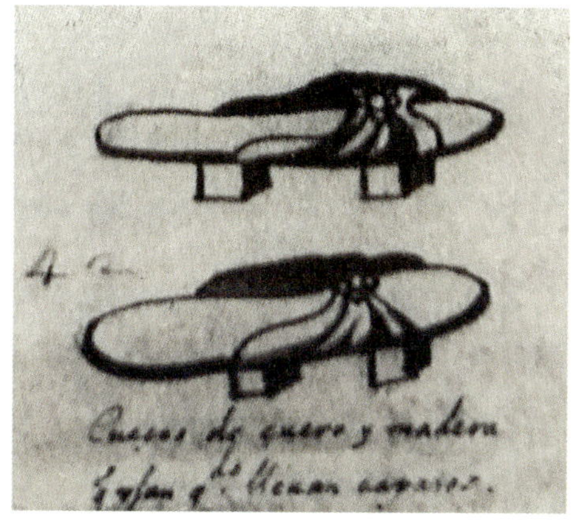

图七 《纪行》中的木屐

图八 《纪行》中的木屐

图九 《纪行》中卸下头巾被执行笞刑并贿赂隶卒的女子

图十　潮州妇人观海图

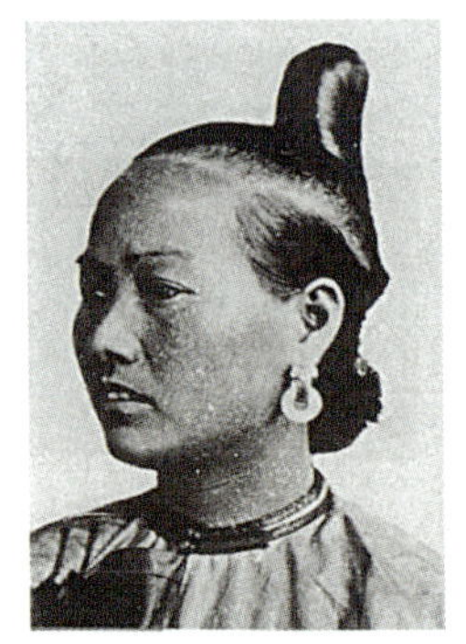

图十一　《中国与中国人影像》中的汕头妇女

图十二　《中国与中国人影像》中的汕头妇女

图十三　《中国与中国人影像》中的潮汕妇女

图十四　《中国与中国人影像》中的潮汕妇女

图十五　通草画中的疍民妇女

图十六　通草画中的疍民妇女

图十七　凤凰山拣茶老妇头帕

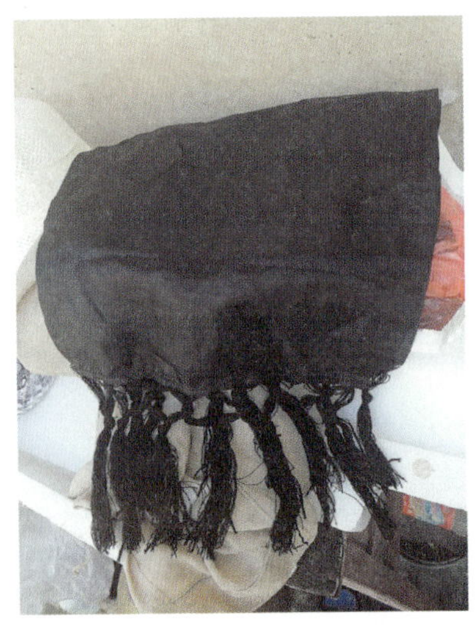
图十八　丧礼头帕（细节）

图十九　丧礼上的头帕（展开）

图二十　客家博物馆藏翘鞋

本书译者按：本文原载《文化遗产》2020 年第 3 期，收入本书时略有修改。

附录三
《中国纪行》汉语名词考

徐志鸿

1625 年 1 月 25 日，一艘名为“圣母指引号”的双桅小帆船向澳门方向驶去。船上有一位西班牙耶稣会传教士，名叫阿德里亚诺·德拉斯·科尔特斯，他被派往澳门“处理一些重要事宜”（De las Cortes, 1991）[97]。2 月 16 日，该船在位于中国潮汕地区的海滨军事重镇靖海所遭遇海难搁浅，当地人将船员们当作外国入侵者逮捕。他们身陷囹圄，直到 1626 年的 2 月 21 日才获释到达澳门。科尔特斯回到马尼拉后便开始写作《中国纪行》（下文简称《纪行》），以记录他被囚于中国的一年零五天中发生的一切，书中还有大量关于明代潮汕地区政治、社会、文化、经济和风俗的记载。其手稿目前收藏在美国西班牙学学会博物馆内，大英图书馆藏有一份 19 世纪的抄本。

科尔特斯好奇心很强，喜欢询问并记录他发现的每一件值得注意的事。但他不会说汉语，因此收集信息变得尤为困难，他的解决方法是向那些在菲律宾生活过的、会说西班牙语的中国人请教。他将这些中国人称为“拉丁中国人”（Chinos ladinos）。然而，有很多诸如地名、人名、特产一类的中国专有名词在当时无法翻译，这些“拉丁中国人”也只能用明代官话或潮汕话把它们说出来。科尔特斯完全不通汉语，这些词语对他来说是完全陌生、无法理解的，但是为了保证记载的翔实性，科尔特斯仍旧必须在书中将这些词言说出来，他的解决方法是根据西班牙语发音，将它们转写成拉丁字母。这完美解决了他的问题，却给后来的研究者造成了更大的困扰。由于科尔特斯的转写过于随意，而且未附上汉字，这让读者很难知道这些中国专有名词指的是什么，它们妨碍了读者深入理解这本书，也导致读者很难将这本书中的记载与当时的情况联系到一起。笔者在翻译此书的时候便经常有这样的疑惑，书中出现了许多官名，其中三个以“T”开头，分别是“Talavia”“Tavia”“Tayya”，笔者完全不知道它们原本是从哪几个汉字转写而来的，也不知道怎么翻译这几个词，这样的情况在《纪行》中屡见不鲜。该书现有的西班牙语和法语版本对这些名词的辨认问题很多，有很多的错误，这也进一步误导了读者。所以，对《纪行》中出现的中国专有名词进行辨认是十分有必要的工作。

《纪行》所涉中国专有名词来源较杂，主要来自明朝官话以及潮汕方言，也有的来自其他语言。明朝官话部分，本文所使用的是“韵典网”上基于《洪武正韵笺》的构拟，以国际音标的形式呈现。而潮汕方言部分，由于该方言根据所在地域分为不同口音，同一个汉字或词语在这些口音中往往发音不同，比如“潮州”一词，在潮州口音中读作“diê^{5} ziu^{1}”，但在潮阳口音中则读作“dio^{5} ziu^{1}”。[①] 所以必须注意科尔特斯所在地区所使用的口音，以避免相关错误。当地人教他某个物名时，使用的应该是当地口音，但也不能排除信息提供者是从其他地方来到当地的潮汕人，所以笔者也碰到过某个词语并不根据当地口音，而是按照另一地区口音转写的情况。

科尔特斯主要居住在靖海所、蓬洲所和潮州府，这些地方在今天分别在揭阳市惠来县、汕头市和潮州市辖区内。明朝还没有汕头市，只有澄海县，现在的汕头建于清朝，1861 年开埠，1921 年设市（广东省汕头市地方志编纂委员会，1999）。此后，大量来自潮汕其他地区的移民来到汕头，将自己的口音带到这里，最终诞生了汕头口音，施其生认为汕头口音的形成大约是在 1946 年（施其生，1988）。科尔特斯 1625 年被囚蓬洲所时，汕头话还不存在，蓬洲所当地人讲的可能是澄海口音。靖

① 为了与正文保持一致，本文潮汕方言采用《潮州话拼音方案》，各个地区口音的发音参考“潮州母语网”，详见本书第 9 页注释①。

海所流行的是惠来口音，与潮阳口音类似，由于目前仅能找到潮阳口音相关资料，因此以潮阳口音代替。本文将给出潮阳口音、澄海口音和潮州口音对于同一个词语的发音的国际音标以做对照，确认其与科尔特斯所给转写发音的对应关系，以证实辨认的准确性。

一、地名考

在《纪行》中，科尔特斯将福建称为“Oquien”，海南称为“Aynao”。“Oquien”可能来自闽南语 [hɔk^{32} kian^{21}]。他可能省略了首字母“h”的发音，用西班牙语中的音节“quien”代替“kian”。科尔特斯应该不是在潮汕学到这个地名的，当时在菲律宾的华人大部分来自福建，他很可能在马尼拉的时候就已经从在菲律宾的华人口中听到过这个地名。“Aynao”显然借自葡萄牙语的“Ainão”（海南）。托梅 · 皮雷斯在《东方概要》（*Suma oriental*）中将该词写成“aynam”（Cortesão，1978），可能来自海南话 [hai^{213} nam^{21}] 或明代官话 [hai^{53} nam^{11}]。在 1520 年的《广东来信》（*Carta de Cantão*）中，它被提及为“Hainão”（d’Intino，1989）[22]，最终在《中华志》（*Tratado das coisas da China*）中被称为“Aynão”（d’Intino，1989）[147-254]。科尔特斯的说法很明显来自葡萄牙人，“圣母指引号”上面也确实有很多葡萄牙人。

《纪行》中出现了许多带有后缀“fu”的地名，这应该来自明代官话中“府”的发音：[fu^{53}]。有趣的是，科尔特斯将这些府都称作“王国”（Reino）。书中提到了十二个府，这些州府名应该都来自明代官话发音：“el reino de Cantón”（字面意思是“广东王国”，在书中指广州府）、“Chauchiufu”、“Chauchiufu”、“Namgionfu”、“Cochiufu”，“Zianchiufu”、“Lichichiufu”、“Dianechiufu”、“Quinchiufu”、“Fuchiufu”、“Chinchiu”、“el reino de Tinchiu”（汀州王国，即汀州府）。有两个地名都写成了“Chauchiufu”，但它们一个代表的是潮州府，明代官话发音为 [tʃʱɛw^{11} tʃiw fu^{53}]，而另一个是韶州府，这是法语版译者帕斯卡尔 · 吉拉尔的说法。吉拉尔还将其余的府分别认定为南雄府、高州府、肇州府、雷州府、廉州府、琼州府、惠州府、漳州府、汀州府（De las Cortes, 2001）[501-502]。

吉拉尔的说法符合史实，不过下面这些州府名的明代官话发音似乎与科尔特斯的转写稍有差异："Zianchiufu"和 [dʒiɛw′^{24} tʃiw fu^{53}]（肇州府），"Lichichiufu"和 [lui^{11} tʃiw fu^{53}]（雷州府），"Dianechiufu"和 [liɛm^{11} tʃiw fu^{53}]（廉州府），"Quinchiufu"和 [kʱyuəŋ^{11} tʃiw fu^{53}]（琼州府），"Fuchiufu"和 [ɦui^{24} tʃiw fu^{53}]（惠州府），"Cochiufu"和 [kaw tʃiw fu^{53}]（高州府）。这些差异可能是由于科尔特斯方面的错误，毕竟他在听到这些地名的时候并不懂汉语，因此有可能听错，而且他在回到马尼拉之后开始写作的时候，也有可能忘记了词语原本的正确发音，并根据错误发音进行转写，因此产生错误，而且科尔特斯经常混淆形状相似的字母，比如他会将"Macau"（澳门）写成"Macán"，这个错误似乎也出现在了"肇州府"一词的转写上。

科尔特斯将中国的县称为"Ciudad"（城市），县名都来自潮汕话。《纪行》最常出现的县名之一是"Toyo"，有时候也写作"Toygo"。吉拉尔认为这个地方是澄海（De las Cortes，2001）[26]，但第二十六章出现的"Tinghaicuin"与"澄海县"的潮汕话发音"têng^{5} hai^{2} guin^{7}"几乎一模一样，这说明这个词指的才是"澄海县"，科尔特斯没有必要用两个拼写完全没有关系的词指代同一个地方。"Toyo"应该是"潮阳"（潮阳口音"dio^{5} ion^{5}"）。一个非常有力的证据是，科尔特斯对"Toyo"的描述正好与潮阳的情况吻合。第七章科尔特斯说他们在非常宽的河道航行，并到达潮州，这条河应该就是榕江。榕江的河口很宽，并且正好位于潮阳和潮州之间，他们可以通过榕江的支流到达韩江，并最终到达潮州。在第二十五章，科尔特斯说他从所在地蓬洲所去海门所拜访松田神父，途中经过潮阳。海门所（Aymanso，"hai^{2} meng^{5} so^{2}"或"hai^{2} mung^{5} so^{2}"）是今汕头市海门镇；蓬洲所（Panchiuso，"pong^{5} ziu^{1} so"）是今汕头市蓬洲村。潮阳的位置刚好在两者之间。

科尔特斯在第二十六章提到了另外九个县名："Quinio"（或"Quimir""Quimo"，明显是误写）、"Taupon"、"Timguan"、"Fulen"、"Teiyocuy"、"Fuelay"、"Yaupen"、"Tinghaicuin"、"Ancho"。"Tinghaicuin"（澄海县）的发音前文已说过，在此不再赘述。其他八

个对应的应该是下面这些地名①：揭阳（gig^{4} ion^{5}）、大埔（dai^{6} bou^{1}）、平远（pêng^{5} iang^{2}）、普宁（pou^{2} lêng^{5}）、程乡县（têng^{5} hiên^{1} guin^{7} 或 têng^{5} hion^{1} guin^{7}）、惠来（hui^{6} lai^{5}）、饶平（rieu^{5} pêng^{5}）、海阳（hai^{2} iên^{5}）。许多地名在语音上无法完全对应，但是还是能看出相应的语音关系。将“Ancho”认定为海阳县，是因为第二十六章中科尔特斯说“Ancho”是潮州府的一部分，由特殊的官员管理，海阳县是唯一符合这一条件的地方，它离潮州府很近，近到外国人确实可以把二者当作一体，而且在明代它也确实有自己的县令。

第二十八章②中提到了另外五个县名：“Theolo”“Luxancuy”“Onangecuy”“Cuyxen”“Poloncuy”。它们对应的是长乐县（ciang^{5} lag^{8} guin^{7}）、陆丰县（log^{8} hong^{1} guin^{7}）、永安县（iong^{2} ang^{1} guin^{7}）、归善县（gui^{1} siêng^{6}）、番禺县（puan^{1} ngo^{5} guin^{7}）。

除了上文提到的省名、府名、县名，科尔特斯还提到了许多村镇名：“Chingaiso”“Panchiuso”“Aymanso”“Tatapo”。它们对应的是靖海所（zêng^{6} hai^{2} so^{2}）、蓬洲所、海门所和踏头埔（dah^{8} tao^{5} pou^{2}）。

至于科尔特斯一直称颂的“Amptao”，应该是庵埠。庵埠在明末和清代是繁荣的港口，《潮州府志》载其“实为海、揭、潮、澄四县之通市”（周硕勋，1763）。该地名的发音“am^{1} bou^{1}”也与“Amptao”类似。如果科尔特斯在今广东省潮州市潮安区东凤镇下园村小学的位置上岸，朝蓬洲所方向走，他们也会经过这里。清顺治刻本《潮州府志》成书于1661年，距离科尔特斯的时代不过三十余年，这本府志提到庵埠的别名渡头庵是一个“集市”（吴颖，1661）[10]；顺治年间在庵埠设立了海关（《庵埠志》编纂办公室，1990）。这证明当时庵埠有一定的繁荣度，符合科尔特斯对“Amptao”的描述。

---

①由于第二十六章科尔特斯本人身处蓬洲所，当地流行澄海口音，因而笔者猜想科尔特斯在当地学习到的应该是澄海口音发音，因此这里给出的发音都是澄海口音。

②第二十八章，科尔特斯已经来到潮州府。

二、物名考

大部分特产的译名都使用了东南亚的语言。第十七章提到的“chicueyes”被吉拉尔认定为某种菲律宾语言对柿子的称呼（De las Cortes，2001)[491]，但没有说是哪种菲律宾语言。现存书籍中只有两本提到了这个词，除了《纪行》以外，还有一本安东尼奥·德·莫尔加（Antonio de Morga）于1609年出版的《菲律宾群岛诸事》（*Sucesos de las islas Filipinas*），书中说“chicueyes，不管是新鲜摘下来，还是制成干果都很嫩”，这符合柿子的特性（De Morga，1890）。其他来自菲律宾的词语目前都仍在使用。“patola”是他加禄语丝瓜的意思；“gabe”或“gábi ”是他加禄语芋头的意思；“ube”或“ubi”是参薯；“dilao”在意大利旅行家杰梅里·卡雷利（Gemelli Careri）的著作中也提到过，后者将其描述为一种类似于姜的东西（Gemelli Careri，1700），在他加禄语中“dilaw”是黄色的意思，“luyang dilaw”则是姜黄，因此这个“dilao”应该就是姜黄；“piles”是霹雳果（他加禄语：pili）的西班牙语；“cancon”来自他加禄语“kangkong”，就是空心菜（De las Cortes，2001）[498]。

第十七章和第十八章也提到一些汉语方言音译词语。“muy”就是“梅”，可能来自粤语[mui^{21}]或明代官话[mui^{11}]；“lurgan”即龙眼，粤语发音[lʊŋ^{21} ŋan^{23}]；“canaa”来自潮汕话的“橄榄”（gan^{1} na^{2}）。

第二章出现了一种叫“sangley”的钟，这是西班牙人对16—19世纪的菲律宾华人的称呼。第一个提到该词的是西班牙海军上将马丁·德·戈蒂（Martin de Goiti）的下属（1570），他说吕宋岛当地人称中国人为“sangley”（Blair，1903-1909）、（范启华 等，2021）[35]。关于该词词源，学界有三种说法：常来、商旅、生理（闽南话“生意”）。其发音分别为[siang^{2} lai^{2}]、[siang^{1} li^{3}]、[sing$^{1-6}$ li^{3}]。“常来”的发音更加类似于这个词，范启华和吴建省的文章里提到，“常来”一说最早来自弗朗西斯科·德·桑德斯（Francisco de Sandes），但他只不过是转述当地流行的说法。如果西班牙人是1570年从菲律宾当地人那里学到的这个词，那么它在这个年份以前就应该在菲律宾流行起来了。朱杰勤在《菲律宾华侨史》中引用大量史实证明中国人在16世纪以前就开始到菲律宾经商、移民。经商活动最早可追溯到宋代，而移民则可能是在7世纪 。（朱杰勤，2016）。从中国人最早来到菲律宾开始，直到桑德斯听到“sangley”的词源为“常来”的说法已经有很长时间了，“常来”并不一定是“sangley”的词源，也有可能是当地人或菲律宾华人根据发音进行的杜撰。研究者观察到，“sangley”一词在19世纪经过音变变成了“sanglay”（范启华等，2021）[38]。按照同样的逻辑，完全可以假设，“sangley”在西班牙语将其拉丁化以后，发音才经由文字真正固定下来，在那之前它未必就没有经过音变，完好地保存了“sangley”一词诞生之初的语音形态。如果“sangley”确实来自“常来”，那它必须经常被重复使用，其频率必须很高，至少必须像口头禅一样每天使用，以至于菲律宾人一见到中国人，这个中国人就在说这个词，菲律宾人才会拿这个词称呼中国人。“常来”似乎并不是这样的口头禅，它多数是在客人离店以后的客套语，似乎达不到这样的频率。“生理”则是这样的词，去菲律宾的华人多是经商的，他们经常要使用这个词，因此菲律宾人听到该词的频率也更高。而且考虑到“sangley”的词源可能很早就被带到了菲律宾，经过漫长的时间变化，[$sing^{1-6}$ li^{3}] 音变为“sangley”是完全有可能的。

第十九章提到了各类织物，除“abaca”（蕉麻）和“damasco”（锦缎）就是现代西班牙语词语以外，其他都是潮汕话词汇。“hungmua”“qua”“tiu”分别是潮汕话“黄麻”（ng^{5} mua^{5}）、“葛”（$guah^{4}$）、“苎”（diu^{6}）的发音。吴淑生和田自秉在专著中提到明代东南沿海主要“有麻布、苎布、葛布、蕉布等”（吴淑生 等，1986)，可以说科尔特斯提到了当时东南沿海的所有主要亚麻织品。这一章提到了“sin”这个词，考虑到科尔特斯经常混淆“n”和“u”，它可能是“siu”的误写，来自潮汕话“绡”（$siou^{1}$）。“lanquin”应该就是南京布。“cadaqui”来自菲律宾语词语“kandaki”，至今仍在使用，而“kandaki”来自阿拉伯语“tiyaab-al-kandakiyyat”（一种羊毛布），指“中国一种窄而结实的衣服”（Potet，2013）。

科尔特斯也提到了一些来自葡萄牙语的词语。“canja”是葡萄牙语“粥”的意思，来自马来语“kañji”，后者来自泰米尔语“kánxi”（Nascentes，

1955）；“margoso”指“苦瓜”，来自葡萄牙语“amargoso”（苦味的）。

《纪行》中出现了许多钱名，其中“condin”（按：正文译为“孔锭”）是马来语“kunduri”西班牙语化的版本，这中间可能受到了其他欧洲语言，比如葡萄牙语的影响。现代英语中这个词变成了“candareen”的形态，有一位17世纪的英语作者把这个词写成了“contrin”（Yule et al., 2010），这两个英语词在词汇形态和语音形态上已经与科尔特斯的“condin”十分类似了，这证明“condin”很有可能也是葡萄牙人或西班牙人简化“kunduri”以便适应自己母语发音后产生的词语。马斯登（Marsden）在《马来语词典》（*A Dictionary of the Malayan Language*）中说“kunduri”就是英语“candorin”（今“candareen”）的意思，即“分”（Marsden, 1812）。根据科尔特斯的描述，在中国，一个“condin”相当于3.5马拉维迪（maravedí）。《梅迪纳德尔坎波法令》（*La Pragm ática de Medina del Campo*）是西班牙王室1497年颁布的法令，其中规定了货币系统中各种钱币的价值。根据该法令，1雷亚尔（real）相当于34马拉维迪（Casillas Rollón，2012）[68]，也就是说，10“condin”大约相当于1雷亚尔。雷亚尔在1642年以前是3.43克的银币（De Villanueva，2005），而丘光明的考古研究表明，明末1两的重量在35.8克到37.2克之间（丘光明，1992），也就是说，1雷亚尔略少于1钱银子。那么1“condin”价值略少于1分银子，天启年间没有1分银子的银钱（彭信威，1958）[455-456]，笔者猜想“condin”应该是一种铜钱。彭信威的论述表明天启年间，铜钱与银钱的价值对应关系并不稳定，但1两银子的价值大约相当于600至1000文（彭信威，1958）[456]，则1钱银子相当于60至100文，而1雷亚尔略少于1钱银子，也就是说，1“condin”的价值相当于6到10文钱，甚至更少。

科尔特斯在《纪行》中提到了一种叫“caxa”（按：正文译为“卡夏”）的货币，这个词是英语“a Chinese cash”（1文钱）的词源，150卡夏略多于1雷亚尔，大约可以等同于1钱银子。另一种钱币“ducado”（按：正文译为“杜卡多”）被科尔特斯用来指“1两银子”。根据《梅迪纳德尔坎波法令》，“ducado”相当于“375马拉维迪”，也就是11雷亚尔余 1 马拉维迪（Casillas Rollón，2012）[81]，这个价值正好与 1 两银子的价值接近。“testón”（按：正文译为“特斯通”），相当于半个“杜罗”（duro，按：8 雷亚尔）或 4 雷亚尔（Monedas Españolas，2021），大约相当于 4 钱银子。

许多名词很难确定其词源以及所指。“candol”是一种葫芦科（calabaza）的粗厚、发绿的蔬菜。清顺治刻本《潮州府志》记载了当时潮汕地区的特产，提到了冬瓜、丝瓜、王瓜、苦瓜、甜瓜、西瓜、瓠瓜、香瓜（吴颖，1661）[48]，唯一符合描述，又没有被科尔特斯在其他地方提到过的，就只有瓠瓜。吉拉尔认为“linbines”就是杰梅里 · 卡雷利提到过的“bilimbini”，即阳桃，现在许多东南亚语言仍称阳桃为“balingbing”“balimbing”“belingbing”等，“linbines”看起来应该是“bilimbini”的某些发音随着使用脱落之后的产物，从发音上看，二者应该是有承继关系的，所以可以判定“linbines”就是阳桃。第二十八章出现了“chabán”（按：正文译为“漆”），吉拉尔将其认定为漆，但是它的发音更加类似于粤语的“漆板”（[tʃ^{h} ɐt^{5} pan^{35}]），有可能科尔特斯指着木板上的漆询问船夫时，船夫误以为在询问板子是什么，因此产生了误解。

三、人名、官名考

书中部分官名、身份名很好地保留了源语言的语音特征，因而容易识别，如“都堂”（Tutan）、“海道”（Aytao，按：即海道副使的简称）、“阁老”（Colao）、“按察使”（Anchacu）、“察院”（Chaen，按：都察院、巡按察院的简称）、“国公”（Cogcong）、“洪武”（Hiungmuno）、“天启”（Tiengnes）、“总兵”（Chumpín）、“尼姑”（nico）、“和尚”（fuision）。第二章出现了“lautea”一词，应该是潮汕话“老爷”（lau^{6} ia^{5}）的转写。

潮州府诸官员的名字是最不可考的，他们叫“Tavia”“Talavia”“Tayya”“Goucia”“Mocia”“Cabanchon”，特别是前三人，名字几乎一模一样，仅有少数拼写的差异。“Tavia”被科尔特斯称作潮州府的“总督”（visorey），这很类似于历史上知府的地位，但是这个人在 1625 年 10 月 25 日去世，时任潮州府知府李栻在 1625 年并没有死，根据《明熹宗实录》的记载，李栻于1627年晋升。而且李栻姓李，在书中，“Tavia”（按：正文译为“知府”）姓韩（Jan），也不对应。“Talavia”（按：正文译为“大老爷”）是军团长或军事总长官，是府里知府之下的第二大官员，他的官职有可能是潮州卫指挥使。“Tayya”姓“米”（Vy，潮汕话发音 [bhi²]），是“审判庭以及法院的第二大高官”，也是府内执掌财政的官员，这与同知的地位对应，但同知不仅掌管财政，也掌管军事、农业的相关事务（张廷玉，1974）。庵埠文祠的碑文显示1626年潮州府同知是莫天麟（杨焕钿，2019）。“Tavia”“Talavia”“Tayya”是“大老爷”“大爷”的各种音译，清代《柳南随笔》载“前明时……外任司道以上称老爷，余止称爷……其父既称老爷，其子贵亦称大爷”（王应奎，1983）。外任司道大约相当于所谓的“三司六道”，“三司”就是承宣布政使司、提刑按察使司、都指挥使司，“六道”即布政使下的左、右参政，左、右参议，以及按察使下的副使、佥事，其中品级最低者佥事为正五品（吕宗力，2015）。这三位官员的品级都在正五品以上，因此都可以被称作老爷，“Tavia”和“Tayya”被称为“大爷”可能是因为父辈已经当官，而“Talavia”被称为大老爷则是因为品级在正五品以上。

“Goucia”（按：正文译为“吴舍”）和“Mocia”（按：正文译为“莫舍”）分别姓吴（ghou⁵）、莫（潮汕话发音“mog⁸”），这十分确定。但另一方面，这两个人名的后缀“cia”代表的是什么，却有些问题。它似乎是“舍”（sia³）的转写，但该字是对官宦子弟的称呼。明代潮汕话戏剧《刘希必金钗记》出现该词，说明在明代潮汕话中已经开始使用这个词了。现代潮汕话也有这个后缀，阿舍（a¹ sia³）是少爷、公子哥、阔少的意思。《刘希必金钗记》如此使用该词：“宋舍，你三十岁没老婆，又来假佐少年郎。…… 宋舍为人好风梭，说话甚痴歌。”（陈历明，1992）[173] 言语间虽然有讽刺意味，但单凭此例并不能认定“舍”在明朝是讽刺性词语，因为宋舍确实是一个贵族子弟，这从他家族的财产就能看出：“我家积祖有名声，州县由我横行。但是官员并子弟，尽是我结义兄弟。”（陈历明，1992）[173] 但“舍”无论如何实际上都是对官宦子弟的称呼，不是对官员自己的称呼（简宏逸，2016）。当时老百姓与官员交流一般用官话，潮汕话是老百姓之间交流的语言，称呼二人为吴舍和莫舍可能是为了强调他们是贵族出身。总而言之，为了翻译“cia”这个名字后缀，无论从语义层面还是语音层面，“舍”字都是唯一的选择，再没有其他词语可以用来对应这个名字后缀。吴舍是潮州府第三等级的官员，应该是通判；莫舍是第四级官员，即推官。书中还出现了“Cabanchon”（按：正文译为“正千户”），他应该是靖海所的正千户，但除此之外笔者没有查到关于他的任何信息。

四、余论

无论何时何地，一个文明（或一个文明的个体）处于另一个文明所在的地域之内时，接触和冲突就会随之开始，科尔特斯在中国就是这种情况。当他不得不用拉丁字母转写那些他完全无法理解的词语时，可以看出他的母语在这个场域内变得完全无效。书中词语主要来源于官话和潮汕话，从中可以看出当时潮汕地区二者高度混用的情况。当时没有威妥玛式拼音，更没有现代汉语拼音，明朝也不使用拉丁字母。面对庞大的明王朝，科尔特斯前半生的语言经验完全是无效的。他唯一能做的就是随意且无效地音译他需要在文本中提到的那些事物。出于同样的原因，当科尔特斯碰到中国和东南亚共有的特产时，他便寻求“圣母指引号”上东南亚同伴的帮助，并使用这些同伴的母语言说这些特产——这对他来说会更容易，毕竟船上的同伴会说葡萄牙语或西班牙语，他们能够互相交流，东南亚语言的发音也更类似于西班牙语。

虽然《纪行》中的这些转写让中西方读者、研究者都难以理解这本书，中国人不理解那些词语代表的是中国的什么事物，西方读者更是只能把它们读出来，却不知道它们背后的含义是什么。但是，读者也须知道，当时科尔特斯面对这些中国名词时，他并没有其他办法，只能通过转写的方式，向读者表现当时中国完全不对外开放的潮汕地区。

希望本文抛砖引玉，更待来者对《纪行》中的各种词语进行研究。然而，由于目前没有可靠的明代潮汕话资料，科尔特斯的转写也并不能准确反映语音，因此本文没有办法认定所有的名词。希望未来能有更好的研究，能够更准确地认定书中的各类名词。

参考文献

《庵埠志》编纂办公室，1990. 庵埠志［M］. 北京：新华出版社：162.

陈历明，1992.《金钗记》及其研究［M］. 桂林：广西师范大学出版社.
范启华，吴建省，2021. 浅析西菲时期闽南话音译词“SANGLEY”的汉语词源问题［J］. 福建史志（2）：35.
鼓信威，1958. 中国货币史［M］. 上海：上海人民出版社.
广东省汕头市地方志编纂委员会，1999. 汕头市志：第 1 册［M］. 北京：新华出版社：233.
简宏逸，2016. 闽南头家的命名学：“官”与“舍”的意义、用法、词源［J］. 汉学研究，34（3）：319–348.
吕宗力，2015. 中国历代官制大辞典［M］. 北京：商务印书馆：475.
丘光明，1992. 中国历代度量衡考［M］. 北京：科学出版社：482–488.
施其生，1988. 从口音的年龄差异看汕头音系及其形成［J］. 中山大学学报（哲学社会科学版）（3）：106.
王应奎，1983. 柳南随笔；续笔［M］. 王彬，严英俊，点校. 北京：中华书局：91.
吴淑生，田自秉，1986. 中国染织史［M］. 上海：上海人民出版社：251.
吴颖，1661. 潮州府志［M］. 刻本.
杨焕钿，2019. 庵埠历代题刻［M］. 广州：暨南大学出版社：12.
张廷玉，1974. 明史［M］. 北京：中华书局，1974：1849.
周硕勋，1763. 潮州府志：卷 34［M］. 潮州：珠兰书屋：13.
朱杰勤，2016. 菲律宾华侨史［M］. 广州：广东高等教育出版社：8–12；18–23.
BLAIR E H，1903-1909. The Philippine Islands, 1493-1898［M］. Cleveland: The Arthur H. Clark Company：74.
CASILLAS ROLLÓN A，2012. Medina del Campo 1497: Análisis de la reforma monetaria de los Reyes Católicos［J］. Ab initio（2）: 57-89.
CORTESÃO A，1978. A Suma Oriental de Tomé Pires e o Livro de Francisco Rodrigues［M］. Coimbra: Imprensa Da Coimbra：359.
DE LAS CORTES A，1991. Viaje de la China［M］. MONCÓB, Ed. Madrid: Alianza: 97.
DE LAS CORTES A，2001. Le voyage en Chine［M］. GIRARD P,

MONBEIG J，Trads. Paris: Chandeigne.

DE MORGA A，1890. Sucesos de las islas Filipinas [M] . París: Garnier Hermanos：352.

DE VILLANUEVA C F，2005. Política monetaria y política fiscal en Castilla en el siglo XVII: un siglo de inestabilidades [J] . Revista de historia económica，23（S1）: 329-347.

D'INTINO R，1989. Enformação das cousas da China：textos do século XVI [M] . Lisboa: Imprensa Nacional-Casa da Moeda.

GEMELLI CARERI G, 1700. Giro del mondo: vol. 5[M]. Napoli: G.Roselli: 190.

MARSDEN W，1812. A dictionary of the Malayan language [M] . London: Cox and Baylis：270.

Monedas Españolas，2021. Monedas españlas [M] . [2021-06-11]. https://www.fuenterrebollo.com/faqs-numismatica/monedas-antiguas.html.

NASCENTES A，1955. Dicionário Etimológico da Língua Portuguêsa [M] . Rio de Janeiro: Livraria Francisco Alves Editora：94.

POTET J-P G，2013. Arabic and Persian loanwords in Tagalog [M] . Raleigh: Lulu Press：139.

YULE H，ARTHUR C B，2010. Hobson-Jobson: being a glossary of Anglo-Indian colloquial words and phrases and of kindred terms，etymological, historical, geographical and discursive [M] . Cambridge: Cambridge University Press：119.

本书译者按：本文原载《西班牙汉学》（*Sinología Hispanica, China Studies Review*）2021 年第 2 期，收入本书时略有修改。

译后记

◎ 徐志鸿

我于2019年接到此书的翻译任务，当时是一介初出茅庐的译者，此前虽然亦曾移译过上万字的文本，但是从未译书，我怀着憧憬、兴奋与忐忑之心打开了这本并不厚的书，开始翻译工作。我的兴奋劲儿并未持续多久便遇到了困阻，原来科尔特斯书写的语言并非我在学校所学的现代西班牙语，而是17世纪的西班牙语，许多单词的拼写已与现代迥然不同，而且句子冗长，句式复杂。

对翻译工作阻碍最大的是那些与现代西班牙语的句法习惯差别过大的句子，它们就像一张大布一样蒙住了整本《中国纪行》。我感觉自己在翻译这本书时像在破译天书一般，又像在打着一个又一个的山地攻坚战，那一个个佶屈聱牙、晦涩难懂的谜语般的句子就像一个个易守难攻的堡垒，我费尽九牛二虎之力破译完一句晦涩难懂的话语之后，便又要爬上另一座山岗，去攻打下一个一夫当关，万夫莫开的堡垒，而那些西班牙语字母就像好整以暇的守兵一样嘲笑、攻击着我不堪负荷的大脑。我有时候不得不求助于帕斯卡尔·吉拉尔和茱莉亚特·蒙贝的法语版翻译，将其与原文对照着来看，才能大概看懂作者自己到底想说什么。

我在翻译《中国纪行》的过程中碰到的难攻的堡垒不仅仅是那些晦涩难懂的语句，还有一些完全不见载于任何字典的单词。比如第九章出现了“cuano”的字样，但是这个单词连西班牙皇家学会词典（西班牙语最权威的词典）都没有收录，在西班牙皇家学会制作的西班牙语语料库

CORDE 中也只出现了两次，这很可能是自西班牙语有文字以来这个单词仅出现的两次，而且它们都只是“Cuando”（在……时候）的讹写[①]，好在法语版翻译为乌木（ébène）可以自圆其说，于是我便采用了法语版的翻译。这样的词在书中不止一个，还好它们对应的法语版翻译都足够令人信服，也解决了很大一部分问题。

由于身处异国，语言不通，又要每日接触大量无法翻译成西班牙语的信息，科尔特斯选择将大量的地名、人名、官名、潮汕特产等名词音译成西班牙语。这些专有名词通常来自潮汕方言或者明代官话，比如潮州府就被他音译成了“Chauchiufu”。这些名词，我都通过语音比对以及严谨的考证一一辨认出来了。而且，我撰有《〈中国纪行〉汉语名词考》一文，展示了整个考证及论证的过程，读者如对这些名词的翻译有疑问，可以参见作为附录三收入本书的该文。

有人或许会问：为什么要大费周章将这些名词一一考证出来，而不直接音译或给出西班牙语原文？理由很简单。首先，我们做的始终是中文的翻译，这本书写的也是中国的东西，甚至那些怪异的西班牙语音译也始终来源于中文，音译始终只适合外国人名、地名或某些物名等，而中国的人名、地名、物名等还是应当以中文的形式呈现，这样读者才能沉浸在真正的潮汕文化的世界里，真正从科尔特斯的文字中感受到明朝时候的潮汕，而不是从中感受到那个时候的西班牙或者葡萄牙，或者菲律宾，或者西班牙化的明朝，所以我们毅然决然摒弃了直接音译或者给出西班牙语原文的做法。其次，中文是一种十分强调自身“纯洁性”的语言，特别是中文的书面语。当今许多人喜欢在中文的字里行间加上一些外文，这大大地削减了文段的优美性。倘若我们也如法炮制，在译本正文中加入大量外文，或者是用类似于外文的音译来指代那些原本来自中文的事物，那文本的优美性就会大大削弱，这并不是我们愿意看到的事情。因此，摒弃音译或者原文是我们所认为的对译文负责、对读者负责的决策。

正如大家所看到的，我们在翻译的过程中并没有百分之百直译，特

---

① 参见 REAL ACADEMIA ESPAÑOLA: Banco de datos （CORDE） [enlínea]. Corpus diacrónico del español，详见 http://www.rae.es（最后访问日期：2021 年 6 月 11 日）。

别是在句法上，我们并没有这么做，而是选择了更符合中文阅读习惯的意译。这是由于西班牙语与中文是两种完全不同的语言。如果将西班牙语翻译成法语、英语，我是可以做到完全直译的，因为这几种语言的语法是有互通之处的，而且它们共享大量的同源词，将相应的词语兑换成目标语言同词根的词语或者是对应的词语就能实现完全直译，但是中文与西班牙语几乎不共享同源词，二者的语法更是没有办法在同一个话语体系里面言说。我试举书中的一句，并将其强行直译为英语、法语和中文（括号里是意译）：

> Supuesto lo dicho no será difícil decir algo de la traza de las ciudades, villas y aldeas de China.（根据上面已经说到的方面，要描述中国都市、城镇、农村的结构并不是一件难事。）
>
> Supposed the said things it's not difficult to tell something about the looks of the cities, towns and villages of China.
>
> Supposé ce qui a été dit, il ne sera pas difficile de dire quelque chose sur la structure des villes, bourgs et villages de Chine.
>
> 说到的东西被猜想，说一些中国的城市、城镇和乡村的结构将不会是难的。

可以看出，虽然英语译文和法语译文不符合母语者的表达习惯，但是这两种语言的使用者是完全看得懂，也能够理解其中的隐含义的，而对于中文的译文，虽然隐隐约约可以看出作者想表达什么，但是原文中许多隐含义已经消失不见了，我们只能磕磕绊绊地猜测作者到底在说什么。比如“supuesto”虽然字面意思是“猜想”，但是它这里包含“将……作为前提”的隐含义，由于在西班牙语、英语、法语三种语言的母语者的思维中这个词语都包含这个隐含义，这个隐含义在英语和法语中完整地保留下来了，但是对于我们来说，猜想的东西是不能作为前提的，因此直译后的中文“说到的东西被猜想”变成了一句谜语。后面的“decir”直译是“说”，但是原文是“描述”的意思，在直译中也无法表达出来。而且，仔细观察四个译文，我们就会发现，中文的句法必须完全颠倒过来，严格来说这里给出的中文直译甚至不能算作名副其实的直译，只有英文和法文的才是，因为名副其实的中文直译根本就不可能做到。

另外一个原因则是科尔特斯的文笔过于琐碎，句子冗长，往往一句话有三四行之多。这在西班牙语里面也算是超长句了。我们尚无法将这样冗长的文段直译成中文，纵使勉强为之，呈现的也将是一堆乱麻，完全不可读。

关于翻译的事情，我们就说到这里。还有一点需要读者注意，由于科尔特斯来到潮汕时遭士兵围攻，变成一介囚徒，因此他看中国的视角与同时期的其他西方来华传教士很不一样。首先，这使得他不会像部分西方来华传教士一样极尽吹捧之能事，能够不蹈盲目崇拜天朝上国的旧辙看待这个陌生的国家。其次，虽然他的天平并没有倒向对中国过于正面评价的一边，但却倒向了过于负面的一边，他十分憎恨中国人以及明朝官府。因此，在某些文段，他极尽辱骂之能事，将所有的中国人都骂了个遍，立场极其偏颇。另一方面，科尔特斯对于中国的领土完整和中国的国情了解不深，书中有大量关于中国国家统一、领土完整的错误表述，还有很多不符合史实的道听途说。而且，当时的科尔特斯身处异国他乡，不懂语言，不了解中国文化，又被中国官府关押，生活条件极其艰苦，每天都面临死亡的威胁，这个时候似乎只有他的上帝一直在给予他心灵的慰藉，因此在书中也有大量与宗教相关的夸张表述。我们在翻译的过程中，本着尊重历史的精神，删减了部分与中国国家领土统一完整相关的错误表述、不符合史实的道听途说，以及与宗教相关的夸张表述等。就全书而言，删减部分的占比十分小，读者大可放心阅读。

与此同时，还请读者注意，由于文化的巨大差异、西方本位主义、基督教本位主义、传教士个人的苦难经历等因素，《中国纪行》中对中国潮汕地区本土社会的叙述和认知可能存在误读或失真之处，在阅读的过程中需细细甄别，在历史的语境下客观看待、合理利用。而且，读过《堂吉诃德》的读者可能会知道，西班牙人喜欢将标题写得很长、很详尽，甚至我们可以戏谑地说：看完这些标题我们就不用看文章了！这一点与中国人是截然相反的，我们一般习惯将标题写得言简意赅。为了适应中国读者的阅读习惯，译者重新拟定了本书大部分章标题，这些标题都是完全根据章节的内容拟定的，并附有原标题的中文翻译，读者可放心阅读。

此次《中国纪行》能够顺利翻译出版，得益于许多老师、同学的帮助。首先要感谢的是中山大学中文系王霄冰老师，倘若没有她主编的“海外藏中国民俗文化珍稀文献”，就没有《中国纪行》的翻译出版，其次是陕西师范大学出版总社的邓微老师，她负责本书出版事项，然后是当时中山大学中文系学生黄媛同学和中山大学西班牙语专业研究员陈超慧师姐，她们是本书主要的校对人，还要感谢中山大学中文系硕士生陈哲以及中山大学历史系硕士生黄夏东，这二位在文本的勘校过程中也贡献了自己的力量。在此，对上述诸君致以由衷的感谢。

还有一件事需要说明，本书于 2019 年开始翻译，那时唯一可用的《中国纪行》西班牙语版本是 1991 年蒙科整理出版的版本，本书也是以该版本为底本进行翻译的。2023 年 9 月，西班牙加迪斯大学欧荷西（José Luis Caño Ortigosa）教授来北京大学讲学，展示了收藏在美国西班牙学学会（Hispanic Society of America）的科尔特斯《中国纪行》原稿电子扫描件。而且，欧荷西教授已于 2022 年将此原稿整理出版。从欧荷西教授口中我们得知，蒙科当时整理的版本实际上是英国方面专门派抄写员抄录的备份稿，据说与原稿有一些差异。由于出版日期迫近，我们无法短时间根据 2022 年的欧荷西版本进行修改，因此暂先出版以蒙科版本为底本的中译本，日后若有机会，可以根据欧荷西版本进行进一步修订。

2023 年 12 月于北京大学畅春新园